飞扬的青春

姜丰仪　著

中国海洋大学出版社

·青岛·

图书在版编目(CIP)数据

飞扬的青春 / 姜丰仪著. —青岛:中国海洋大学
出版社,2012.10

ISBN 978-7-5670-0123-7

Ⅰ.①飞… Ⅱ.①姜… Ⅲ.①日记—作品集—中国—
当代 Ⅳ.①I267.5

中国版本图书馆 CIP 数据核字(2012)第 230520 号

出版发行	中国海洋大学出版社		
社　　址	青岛市香港东路 23 号	邮政编码	266071
出 版 人	杨立敏		
网　　址	http://www.ouc-press.com		
电子信箱	391020250@qq.com		
订购电话	0532—82032573(传真)		
责任编辑	邵成军	电　　话	0532—85902533
印　　制	日照报业印刷有限公司		
版　　次	2012 年 10 月第 1 版		
印　　次	2012 年 10 月第 1 次印刷		
成品尺寸	140 mm×203 mm		
印　　张	13.5		
字　　数	350 千字		
定　　价	35.00 元		

3岁

海军航空工程学院幼儿园

2004年10月6日 农博园

2004年春节 武夷山风光

2005年12月10日 百年一遇大雪

2005年 小学5年级

2006年 堆雪人比赛

2007年10月4日 龙门石窟

2007年2月 香港

2007年8月 漓江古东瀑布

2007年 内蒙草原

2008年2月 广州

2008年8月 吉林朝鲜族村庄

2010年8月18日 远眺三八线

2010年8月 上海闵行体育公园

2010年10月7日 高一秋季运动会

2011年5月26日 做板报

2011年7月13日 实践活动

2011年8月23日 华兹华斯英语学校

2011年10月7日 运动会三连冠

2011年10月7日 运动会三连冠与班主任合影留念

做慈善义工辅导聋哑学生

2012年 科技创新大赛

2012年 科技创新大赛实物现场展示

目　录

目 录

目 录

飞扬的青春

小学

一年级

春 天

2002 年 5 月 16 日—22 日

春天百花齐放,泉水叮咚,柳树发芽了,小草一个个从地里钻出来了。春天欢声笑语越来越多,小雨密密地斜斜地洒向大地。春天鸟语花香,和风细雨,我和爸爸妈妈去了南山公园,我被天空中飞的鸟儿吸引住了。五一节,爸爸妈妈带我去养马岛玩了。春天的太阳该画什么颜色呢?画个彩色的,因为春天是个多彩的季节。

看房子

2002 年 7 月 15 日 星期一 晴

今天下午我正要去游泳,爸爸来电话说:"今天不能去游泳了,要去开发区看房子。"我从窗户往外一看,爸爸开着车正在楼下等着,我和妈妈穿好衣服就跑下去了。我们来到开发区家属住宅区,这里看房子的人真多。我看到的房子真漂亮,我最喜欢房顶的阁楼,阁楼里面有一个可以上下走的楼梯,阳台上可以做操,还有宠物间,房间特别多。不久我们就可以有新房子了。

第一次独自乘车

2002 年 7 月 23 日 星期二 小雨

昨天我去姨妈家玩,跟姐姐们说好了明天去送哥哥。早上我跟妈妈说去送哥哥的事,妈妈说她有事,问我能不能自己乘 23 路车去姨妈家,我说:"OK。"我跟妈妈在家准备了一会儿就出门了。我们在23 路车站等了不大一会儿,23 路车就到了。我上了车,对妈妈说:"妈妈你放心吧。"23 路车开动了,走了很长的路,停了一站又一站,终于到了开发区。下站以后,看见姨妈正在车站等我,我高兴极了,我能自己乘车了。

机器人比赛

2002 年 7 月 28 日 星期日 小雨

接连几天晚上，中央 7 台都有机器人大奖赛，参加大奖赛的都是著名的大学，参赛的机器人真多。有的大学设计的机器人很灵巧，灵活自如，往篮筐里投的球又多又快。有的大学设计的机器人很笨重，活动缓慢而且老是投不进球。这些都是遥控机器人、自动机器人。每个参赛队有两个出发点，在规定的时间内尽量投进较多的球，投进 20 个球的可以参加下一场比赛。比赛的方式是一对一，规则是遥控机器不能超过自动机器人的比赛区，而自动机器人随便活动，可以到遥控机器人的比赛区域进行投球，比赛既精彩又激烈。

这是知识的比赛，科学的较量。我也要好好学习，设计出比他们都好的机器人，参加比赛，打败他们，赢得冠军。

磁铁玩具

2002 年 7 月 29 日 星期一 晴

今天上午，妈妈在做家务，让我自己玩一会。我看到磁铁，突发奇想：用磁铁组合设计东西玩。我用 2 块圆形大磁铁，7 块小圆形的，1 块圆柱体的，组合了远距离高射炮、汽车档位、公共汽车时钟、金字塔。更有意思的是，这个组合体反过来竟像是农村磨面用的石磨，我讲给妈妈听，妈妈说真好玩。

泥 鳅

2002 年 7 月 30 日 星期二 晴

我家的鱼缸里养了 4 条泥鳅鱼，它们是浅灰色的，体形细长，身体又黏又滑。它们可机灵了，平日挺安静的，可人一走近，它们就惊慌得乱蹦乱窜，仿佛要把鱼缸撞破。今天，妈妈又买了 5 条泥鳅鱼，这下鱼缸里可热闹了，一改平日的安静，它们竖直身体一个劲往外跳，可惜，老是没有成功。它们不灰心，稍作休息，游了几圈，攒足力气，准备再跳，真有点鲤鱼跳龙门的气势。我明天就给它们换个大鱼缸,让它们无计可施,乖乖地待在里边。

果 片

2002 年 8 月 10 日 星期六 阴转多云

今天吃完饭,看见茶几上放着一包东西,我便问妈妈那是什么。妈妈说是山楂片、水蜜桃片。本来我还以为山楂片是药,我就问妈妈,妈妈说不是药,并说:"你以前不是吃过吗?"妈妈让我打开尝尝。我打开后,看见山楂片是圆形的,红色的,一片片重叠在一起,水蜜桃片也一样,只不过颜色是杏黄色的,放在嘴里一尝真好吃。比较起来,我更喜欢水蜜桃的味道。

晨 练

2002 年 8 月 12 日 星期一 晴

今天早上教练带我们从游泳馆出发,去南山公园陆上训练。教练把我们分成两人一组,一大一小,这样过马路时就不怕出危险了。我和路鹏分在一组。

我们过了马路,从南山公园东大门进去,走啊走,走到一个不熟悉的地方,看见右边一个大铁网,里边有各种各样的动物,但是去路被一堵墙堵住了,进不去。我们只好拐到一个像村庄一样的地方,我和路鹏走在最前面,结果这里的路也被堵住了,我们只好又返回交叉路口选择另一条路走到南山公园的正门口,这是我熟悉的地方。我一看工作人员怎么一个也没来,倒是晨练的人多了起来。

进了南山公园,我发现好多不用电可以玩的大型玩具,有滑梯、咖啡杯、秋千,我们开始玩起来:从滑梯上往下滑,我有点害怕,选择了另一个小一点的滑梯。它有三条滑道,有波浪形、蜗牛形、直线形。咖啡杯也很好玩,以前我玩过,但已经过去了很长时间。我们玩得很开心,这时教练说时间到了要返回了,我们还是两人一组回到了游泳馆。

保护环境

2002 年 8 月 13 日 星期二 晴

今天我们又像往常一样来到小饭桌,吃完早饭,写完作业,姥爷就领我们到外边玩。路鹏、赵佳负责照顾我们,我呢,负责照顾杨同,姥爷便去买鸡腿去了。

我们玩了一会儿,口渴了,赵佳说:"我们去买两瓶水去。"我们到超市买了两瓶农夫山泉,一个人一口分着喝。赵佳又说:"我们去拾废电池,拾 3 个电池可以喝一口水。"我们喝完水把废电池放到空瓶里,又把地上的烟头放进另一个空瓶里。我们继续寻找,看到路两边都有烟头、废电池,便分成两个小组,烟头给路鹏,废电池给赵佳,一直寻找到路的尽头,拾了整整三瓶。我们为保护环境做了一件好事。

第一次滑水滑梯

2002 年 8 月 18 日 星期日 晴

今天下午教练带领着我们来到黄海游乐城,我们等了好长时间,看门的阿姨才让我们进。高高的水滑梯吸引着我们,我们赶紧往水滑梯上跑,我心里想:"这水滑梯会不会倒塌呢?"我先滑水滑梯的第一层,它的速度很慢,可第二次滑时速度却加快了。我闭上了眼睛,觉得自己要飞起来似的,我终于落在了游泳池里。我又重复滑了几次,胆子越来越大,但我的胆子还没放得那么大,还不敢到最高层。教练说:"必须滑,要不罚 3000 米自由泳。"教练让我抱着她,后面还有人抱着我一起滑下去,我的心快要停止跳动了,我终于滑下去了。第二次,第三次,我终于敢自己滑水了。我们一直玩到天黑,玩得真开心!

罚

2002 年 8 月 20 日 星期二 晴

今天下午陆上训练,我们在健身房里练到快下课时,教练让我们在外边拉韧带。我在拉韧带时没说话,可袁新瑶却偏说我说话并告诉了教练,教练罚我跑 20 圈,跑完了还要扒肩。出来后,我跟妈妈说了,妈妈说:"要先检查自己有没有错,如果有错,认罚,没有错就应该向教练说明,找袁新瑶让她出示证据,找出说话的另一个人,你也不可能自言自语吧?!"妈妈的话使我明白:凡事要据理力争,不能不讲道理。

我的储蓄箱

2002 年 8 月 22 日 星期四 晴

我的家里有两个储蓄箱,一个是大象,一个是小猪。大象是白底红色的,小猪是白底蓝色的。它们都有大大的耳朵、小小的眼睛和短短的尾巴。大象有一只又长又粗的大鼻子,小猪有一只又短又翘的小鼻子。大象鼻子下边有两只大大的象牙,小猪却没有。这两个动物我都很喜欢,它们在我床头待了好多年了。

失　望

2002 年 8 月 28 日 星期三 晴

今天又像往常一样要陆上训练,教练说:"今天要踢足球,要求穿长裤子,保护膝盖。"我在家里穿好了长裤子,妈妈又给我准备好了足球袜,穿上了米奇的白衣服,我去了足球馆。教练说不能踢了,我心里面非常难过,感到非常失望。

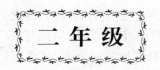

教师节

2002 年 9 月 4 日　星期三　晴

　　9 月 10 日是老师的节日。老师教我认字、写字、读书、做数学题，还给我们批作业，辅导我功课，非常辛苦，我非常喜欢我的老师，预祝老师节日快乐。

仿写植物妈妈

2002 年 9 月 4 日　星期三　晴

　　榆钱树妈妈准备轻纱衣，把它穿在娃娃身上，只要微风轻轻一吹，孩子就纷纷出发。栗子妈妈给孩子全身武装，让它们穿上带刺的铠甲，只要挂住移动的东西，就能走到田野、山洼。黄豆妈妈也有办法，她让豆荚晒在太阳底下，啪的一声，豆荚炸开，孩子们蹦跳着离开妈妈。

节　俭

2002 年 9 月 4 日　星期三　晴

　　今天游完泳之后，妈妈给我买了迪迪汉堡，我看见了非常高兴，打开一看里边只有一个贝贝汉堡，一个玉米热狗，一个苹果派，一个鸡腿，我便问妈妈："妈妈你吃什么呢？"妈妈说："我下点面条吃就行了。"我问妈妈："为什么呢？"妈妈说："这样省钱，妈妈爸爸挣钱不容易，不能乱花钱，要节约。"我记住妈妈的话了，再也不会浪费了。

我是路队长

2002 年 9 月 5 日　星期四　晴

　　今天下午放学后，我们走路队时孙逊老是散队，我管了他好几次他就是不听，最后跑到一个路灯底下，那儿有一堆小石头。他说："小石头真好玩。"气得我大声地喊："孙逊,你还站不站路队了?"他又顽皮地跑到秘密通道里了。我让祝媛去跟踪他,宋林超负责其他同学,我去追孙逊。我想看看宋林超带队带得好不好,没想到前面有棵大树,我想绕过去的,但脑子里想看看宋林超带他们走得好不好,突然间忘了前面有棵树,撞上了大树,头上起了个大包,感到很疼。我咬着牙忍住了,因为我是路队长,就要管好我们的路队。

自己买吃的

2002 年 9 月 9 日 星期一 晴

今天下午放学后,我到了妈妈学校,妈妈说:"马上去游泳。"我跟妈妈说:"妈妈我想吃面包。"妈妈说:"行。"妈妈刚想去买面包,我说妈妈我自己能行。妈妈给了我 7 元钱,我下楼到卖奶点买了一袋奶和一个面包,然后我又自己打车到游泳馆去游泳了。

我当滑板车教练

2002 年 9 月 10 日 星期二 晴

今天下午,妈妈让我写完作业以后再到她学校玩。我写完了作业以后拿着滑板车,锁上门,就来到妈妈学校。我和明明在操场上玩滑板车,一会又来了个小弟弟,我问小弟弟:"小弟弟你玩不玩?"小弟弟说:"我不会玩。"我说:"我来教你。"我从上车、站稳、滑动开始,一步步教他,经过我的努力,小弟弟终于会滑滑板车了。

换教室风波

2002 年 9 月 11 日 星期三 晴

今天下午第一节课老师说要到二(2)班教室去上课,二班老师要到我们班去上课,因为电脑搬到我们班去了。下课后牟老师说:"下节课你们还在二班上课。"我们在楼下玩儿,一会儿上课铃响了,本来我想说:"我们快上二(2)班去",结果又习惯地说成快上二(4)班去上课。同学们都来到我们的教室,一看二(2)班的老师在上课。结果牟老师出来了说:"我今天没说去二(2)班上课吗?"我们一起说:"说了。"我们没听老师的话,让老师上火了,我真后悔,一想起这事就头疼、难受。

打扫教室卫生

2002 年 9 月 13 日 星期五 晴

今天下午放学之前,老师说:"谁愿意留下来打扫卫生?"我们都举起手来,老师选了一些同学,里面有我。同学们走了以后,我们开始打扫教室。我发现暖气片后边有一些灰,我扫呀扫扫不出来。我就找了个细一点的扫帚,又扫起来,还不行,我只好先扫别的地方了。扫完后,我看见又来一些大姐姐和大哥哥帮我们打扫起来。我找了一个抹布,弄上些水,开始擦窗台擦桌子。我干得非常起劲,非常认真。我们终于扫完了,看见我们打扫的教室真干净,我心里高兴极了。

吃葡萄

2002 年 9 月 16 日 星期一 晴

今天中午起床穿好衣服后,上学前,看见妈妈已经起来了,我就对妈妈说:"妈妈我想吃个梨。"妈妈说:"没有梨呀!"我又问:"那有没有桃啊?"妈妈说:"也没,只有葡萄。"我说:"就吃葡萄吧。"妈妈端上一盘葡萄,我一看葡萄是紫色的,真馋人,就尝了一个,真甜,忍不住都吃完了。

我多想去看看北京啊

2002 年 9 月 17 日 星期二 晴

许多同学都去过北京,可是我没去过,但我在课文中学过许多有关北京的内容,它们是:雄伟的天安门,故宫,天坛,长城,中华世纪坛,高大的中央电视塔,人民英雄纪念碑和美丽的北海公园。我对妈妈说了这些,妈妈说:"等以后有时间再领你去,我们先到网上浏览一下北京城。"我又认识了好多地方:颐和园,十三陵,中南海,美丽的香山红叶,北京大学等。我多想去看看北京啊。

写完作业才能睡觉

2002 年 9 月 18 日 星期三 晴

今天晚上我游泳回来,吃完饭就开始写作业。我写的第一个作业是书上第 23 页的,我会写的"加拼音组词",我写了两遍。我会写的第一个字是"喜我组"的词:"喜欢",第二个字是"丝我组"的词:雨丝。我会写的所有字我都写了不一样的词。有的词写:更加、机灵、钱包,等等。我写的第二个作业是 23 页的"我会认抄"一遍,我抄完了我会认的。我写的第三个作业在妈妈学校写完,数学的第一个作业也在妈妈学校写的。数学第二个作业我给妈妈爸爸看了,准备了好多题,妈妈、爸爸看了,有的对,有的错。做完了这个作业,我写完日记就上床睡觉了。

教练送我漂亮泳镜

2002 年 9 月 19 日 星期四 晴

今天游泳时,教练叫住我说:"姜丰仪,这个泳镜送给你。"我说:"谢谢教练。"教练说:"不用谢。"训练后,我把这个好消息告诉了妈妈,妈妈说:"这是因为你游泳进步了。"我回家后从泳包里拿出泳镜一看,它是椭圆形盒装的,蓝色的镜片,白色的泳镜带、镜圈。颜色搭配真好看。我一试,非常合适,看世界,好像置身于大海中一样,我快乐极了。

在姥姥家过中秋节

2002 年 9 月 20 日 星期五 晴

今天是中秋节,我和妈妈爸爸来到姥姥家,我一看大姨妈她们都来了,饭菜也已经准备好了,就等我们了。我吃饱了之后,又出去捡了几个小树根儿,玩起耍猴来。之后我又和妈妈玩羽毛球,妈妈好几个球没接着,我和妈妈打得非常激烈,一直到筋疲力尽,该吃晚饭了才回家。我吃饱后,妈妈爸爸也吃饱了,我们就回家了。我们过了一个愉快的中秋节。

停 电

2002 年 9 月 23 日 星期一 晴

今天我游完泳出来,妈妈说:"家里停电了,只能到外边去吃饭了。"我看见爸爸的车在外边,就问妈妈是不是看见了,妈妈说:"是在外边等我们。"我和妈妈上了车,我问爸爸去哪儿吃饭。爸爸说:"去馄饨馆吃饭。"我们来到馄饨馆,爸爸给我点了糖醋里脊、烤饼。糖醋里脊是金黄色的、甜甜的,稍微带一点酸味,我非常爱吃。我们吃饱之后,爸爸回家看看有电,我和妈妈也回家了。

居香快餐

2002 年 9 月 24 日 星期二 晴

今天中午妈妈说:"今天带你去居香快餐吃饭。"我非常高兴。我和妈妈来到居香快餐馆,点了牛排汉堡、居香炒饭、小面包。我们回家以后,我打开饭盒一看:炒饭是黄色的,上面点缀着红色的胡萝卜、绿茶豆,样子真馋人。我忍不住吃起来,非常好吃。我吃完炒饭以后,好像浑身长满了劲。

机器人展览

2002 年 9 月 27 日 星期五 晴

今天下午老师要带我们去看机器人展览,我高兴得一中午没睡好觉。下午我怀着激动的心情来到学校。我们排好队,坐上车来到科技馆,下车后还要排队进去。

进了科技馆,我在第一层看见一个手里拿着花的机器人在不停地点头和拍手,他在欢迎我们。我看他的左眼他就停了,不看他的左眼他就动了。老师带我们来到七楼,来到第二展厅,里边全都是机器人:有钻洞机器人、智能机器人。我与他们做智能游戏,我得了 30分,机器人真有趣。这些机器人要是我发明出来的多好呀。我要好好学习,将来一定能发明出比这更好的机器人。

我学缝被子

2002 年 9 月 29 日 星期日 小雨

今天天气有点冷,妈妈给我拿出厚一点的被子。妈妈一看被套口还没缝上,就说:"我给你缝上吧。"我说:"妈妈,我来缝吧。"妈妈说:"不行,你缝不好。"我对妈妈说:"妈妈,请相信我吧。"妈妈说:"好吧。"我非常高兴。妈妈帮我穿好针,我就缝了起来。妈妈双手捏住被套口,我也一只手捏住被套口,另一只手缝了起来。妈妈说:"小心别扎着手。"我一针一针地缝着,妈妈说:"针脚小点。"我把针脚改小了点。我终于缝好了。晚上盖着自己缝的被睡觉,觉得真舒服、真暖和。

努力当上运动员

2002 年 9 月 30 日 星期一 晴

今天上午我们学校开运动会。一提起运动会我就很伤心难过,因为我没选上运动员。今天一早我就穿好衣服,拿着小凳来到学校开运动会。首先我们走方队,然后进行运动员宣誓和升旗仪式,最后校长宣布:全体运动员下场,运动会正式开始。运动会的项目有跳远、垒球、跑跑……比赛进行得非常激烈。我坐在下面非常着急,很想上去试试,与他们比比。可惜我不是运动员,下次我一定努力当上运动员。

参观科技馆 想当发明家

2002 年 10 月 2 日 星期三 晴

今天妈妈带我去德胜科技馆玩,我和妈妈跟随讲解员阿姨来到展区。展区的东西真多,有树公公、弹琴机器人、激光琴、风力发电、柔和电击、辉光球、雅各布大梯、万人镜、潜望镜、隐身术、悬空人、倾斜的小屋、太空转椅、可视电话、运动与关节、候风地动仪等等。科学的东西真多,有古代的,也有现代的,这里我不能一一介绍了。有好多的科学家我不认识,好多的东西的原理我不明白。妈妈说:"你以后会学到的。"我要好好学习,发明出更高级的东西。

三人自行车

2002 年 10 月 4 日 星期五 晴

今天我和爸爸妈妈来到开发区的海边,我看见有出租自行车的,告诉妈妈和爸爸说:"我们也去租个车吧。"妈妈说:"好吧。"我又问爸爸,爸爸说:"好。"我们租了三个人坐的车,我们上了车一起蹬了起来。我们蹬到了东巡宫,我们租车的地方早已经看不见影踪了。我们又蹬了回去,这时出租车的阿姨说时间正好到了。我们把车送了回去,就回家了。

塔山游乐城——最难忘的是蹦极

2002 年 10 月 7 日

今天我对妈妈说:"妈妈,今天我们上塔山玩好不好?"妈妈说好。我们准备了一下,八点钟从家里出来,坐车来到了塔山,到售票处买完门票后就进入了塔山游乐城。

我让妈妈把票给我,我一看,哇,塔山又有新的景点了:有竹林,滑道。我决定先去儿童乐园玩碰碰车,于是我告诉了妈妈,妈妈同意了。我来到碰碰车这,一辆辆碰碰车正在互相碰撞着。打铃后,车停了,那些人下了车,我连忙跑了上去。开始了,我开着碰碰车,向别人那开去,我撞到了别人车上,这时,几个人又撞了过来,撞来撞去,把我的头都撞晕了。玩完了碰碰车后,我又玩了飞机、火车、大虫子、射击。

玩飞机时我慢慢升高,又慢慢地落下。我把飞机升高,向远处一看,真是太美了,每一架飞机都慢慢地落下。飞机玩完了,我来到火车这里,准备玩一玩火车。火车进站了,我马上上去坐下了,我坐在最前面。火车开动了,我向远处眺望,山上一片绿色,加上蓝天那蔚蓝的颜色,看上去太美了。不知不觉中,慢慢的火车又进站了,我下了车,准备去玩射击。

我接着来到了国防教育馆,妈妈喊我进去打枪。射击用的是真枪,叔叔教完我怎么瞄准后我就开始瞄准。就在这时我开始紧张,生怕没打中,枪口总是在动,十枪之后我开始放松,我的成绩是:4个5环,1个7环,1个8环,3个9环。打完枪之后我看了一些飞机、坦克的模型就准备去玩小虫子。

我已经坐在小虫子上了,小虫子开始动啦,小虫子一会高一会儿低,真好玩。过了不久小虫子就停了下来,我下来之后一想所有的东西都玩完了,只有去爬山了。

我和妈妈来到了景区山门前,看到有开向山顶的车,于是就上车了。这辆车是专门开向山顶的,不一会,我们就到达了山顶。我下了车,看到了那高大、雄伟的三和塔,在三和塔间转了转我们就开始下山了。不一会,我们来到了太平庵中心区。我们接着来到了猴山,小猴一会爬到我身上,一会又爬到我的背上,我们玩得非常起劲。

过了很长时间我们才离开了猴山。我非常喜欢小猴,不想离开猴山,这时妈妈说:"下面有更好玩的呢。"这时,我才依依不舍地离开了猴山,向山下进发。

不久之后,我们到达了山底,我问妈妈:"现在该去哪儿了?"妈妈说:"去动物竞技馆。"我们来到国防教育馆北边的动物竞技馆。正在这时,我看到竞技馆那边有蹦极,于是我对妈妈说:"妈妈,我想玩蹦极。"妈妈同意了。

安全带绑在我身上,真难受。叔叔先给我升高了一些,然后,我轻轻一跳跳得很高,落下来的时候就跟失重似的。我让叔叔再给我升到中间,我便使劲一跳跳到了最高点上。这时,我看到了动物竞技馆里的表演,不过,失重的感觉越来越大。我想出了一个办法,上去的时候吸气,下去的时候吹气,就这样失重的感觉没有了。我玩够了之后竞技馆的表演也演完了,我和妈妈玩完之后就高高兴兴地回去了。

今天我玩得非常快乐,下次我还玩蹦极,跳到最最最最高的地方,让别人无法超过。

假期中最快乐的一件事——爬山

2002 年 10 月 8 日

今天我来到了想念已久的姥姥家,刚刚进家门姥姥姥爷就迎上前来抱起我左亲右亲，把我的脸亲得火辣辣、红彤彤的。

第二天，我对姥姥提出了一个意见：去爬老庙顶！姥姥说："好。"于是我们开始准备东西去爬山。

东西全部准备齐了，我、妈妈、姥姥开始向山顶进发，而姥爷留在家里看门。

在向山里进发的路上，我看到了许多不同的水果，成熟的庄稼，鲜美的蔬菜，这些东西使我眼花缭乱。山上的小路上时不时地有蛐蛐的叫声，还有螳螂和蚂蚱的格斗场面。大自然真是千奇百怪，多姿多彩。

我们爬到山顶开始休息，那边有一个长城似的围墙，我问姥姥那是什么，姥姥说："这是以前人们用来打日本鬼子的，人们先藏在里面，等日本鬼子来了就把准备好的石头推下去。"听完后，我跑到另一个高一点的山丘上，我登高望远，一看离老庙顶还有十几座山呢。于是，我下去对妈妈说："我们回去吧。"妈妈和姥姥同意了。我们一回到家我就感觉不高兴，闷闷的，因为我们没有爬到老庙顶。但是，我又非常非常快乐，因为我学到了许多知识，又开阔了眼界，也开阔了我知识的视野，这是我今天最快乐的一件事，也是假期中最快乐的一件事。

运动会

2002 年 10 月 9 日

今天早上，我很早很早起床，为的是迎接今天要召开的运动会。

我吃完早饭后，穿上了校服，然后把自己打扮得非常整齐。我穿好衣服之后，拿起了书包冲向门外。来到学校一看，好多人为了迎接运动会跑第一，时刻不停地练习着长跑、跳高、扔垒球……

我来到教室一看，同学们说说笑笑。正在这时，集合的铃声响了起来，我们来到了操场上。当康书记宣布"运动员入场"的话音刚落，就看到一排排整齐的队伍向主席台前走去，听到了那整齐的步伐声。

该我们上场了，我们走到主席台前，大声地喊着口号："发展体育,振兴中华。"等到全体都入场后,我们才回到了自己的座位上。

该王良跑了,他在发枪的那一瞬间像箭一样地冲了出去,我们不断地大声喊着:"王良加油。"最后,第一还是让别人抢走了。

宋林超跑过了,于暖暖跑过了……每一个人跑过去我们都为他们加油,可是没有一个人得到过第一。正在这时,老师让我上教室开门让他们换衣服,我很乐意地上去了,因为,运动员已经为我们尽心尽力了。1次、2次、3次、4次……每一次我都这样非常乐意地去开门。等到我下去一看,才知道只有刘媛媛为我们得了个第一,再没有一个人为我们班拿第一。运动会结束了,评比时,我们是 22 分,第三名,我又失望又高兴,失望是因为我们没有得到第一,高兴是因为运动员已经为我们尽心尽力了。相信我们,加油吧,我们下一次一定能取得更好的成绩的!

山泉娃娃

2002 年 10 月 10 日 星期四 晴

夏天的一天,山泉娃娃挎着篮子顺着山泉,一边走一边采花,一会儿篮子就满了。花的颜色真是五彩缤纷,花的味道非常香。山泉娃娃顺着山泉走累了,坐到了泉水旁边一块大石头上。他用小脚打着清清的泉水,小鱼有的从他的脚旁边游过,有的从他脚上面跳了过去。清凉的泉水从他的脚缝中流走,带走了山泉娃娃脚上的灰尘。他的脸上露出了甜美的笑容。

路　队

2002 年 10 月 14 日 星期一 大雨

今天上午路队上,我走着走着感觉没有人了,回头一看,路队落下了很远,于是我过去对他们说:"你们为什么不跟路队走?"他们说:"崔倩倩的钱掉了。"我说:"她的钱掉了,找不到就继续走啊!"这回,他们就无话可说了,我就领着路队继续向前走了。

妈妈出差

2002 年 10 月 17 日 星期四 晴

妈妈出差了,她是 10 月 12 日走的,今天来电话的时候,我问:"妈妈你哪天回来? 妈妈你说你要送给我的礼物到底是什么?"妈妈说:"是百拼电子一类的。"爸爸又跟妈妈说一会话,我又跟妈妈说:"妈妈你到哪儿去买?"妈妈说:"校长大妈带着去。"我们说了再见,就把电话挂了。我一心想着妈妈早点回来。

打　车

2002 年 10 月 19 日 星期六 晴

今天我画完画,老师就领着我给我打车。因为妈妈出差了,爸爸又没时间,姥姥又不知道路,只好给我打车走。老师刚给我打上车,就听见喇叭声。我一回头看见了一辆车,我没发现是爸爸的车,但我觉得不对劲,又一次回头看,看见爸爸车的车牌号。我对老师说:"老师,我爸爸的车来了。"老师也看见了,就说:"快去吧!"我就上了爸爸的车回家了,出租车自己开走了。

与姥姥争论

2002 年 10 月 23 日 星期三 晴

今天晚上我和姥姥准备睡觉,突然,听见砰砰两声,我连忙拉开窗帘一看:对面的房子发出红色和绿色的光。我问姥姥:"这是不是在放鞭炮?"姥姥说:"不是吧? 我也不知道。"我说:"就是放鞭炮。"我就跟姥姥争了起来,最后我说:"等问问妈妈吧。"

看图写作文——照顾老人

2002 年 10 月 26 日 星期六 晴

今天是星期天,小明要到书店买书。在去书店的路上,小明看到一位白发苍苍的老奶奶摔倒在地上,连忙跑过去,扶起了老奶奶。他一摸老奶奶的头,滚烫滚烫的,原来这位老奶奶发烧晕倒了。小明连忙把老奶奶送到了医院。

看图写作文——懒惰

2002 年 10 月 27 日 星期日 晴

晚上,小朋友在和爸爸妈妈一起吃饭,吃完后,爸爸妈妈在忙着收拾碗筷。小朋友把碗里的饭吃得很光,可是她还是撅着嘴巴,一幅没吃饱的样子。看看饭桌上,饭粒到处都是,这样非常浪费,她也没帮爸爸妈妈干家务,一个人坐在饭桌旁。我们都不要学她这样懒惰。

看图写作文——让座

2002 年 10 月 29 日 星期二 晴

有一天,小明放学后上了一辆公共汽车。公共汽车停到了一个站点上,然后上来了一个白发苍苍的老爷爷。这时车上已经没有座位了,小明连忙站起来,对老爷爷说:"老爷爷,您请坐。"说着就把座位让给了老爷爷。

妈妈开会了

2002 年 11 月 7 日 星期四 晴

今天我放学后,刚刚走过妈妈学校的传达室,传达室的叔叔就叫住了我。我问:"叔叔,有什么事吗?"叔叔说:"你妈妈在上面开会,她把游泳的东西和吃的东西放在这里了。"我一看,妈妈给我拿的吃的有两个蛋黄派、两个仙贝。我把它们吃完,等了一会,刘媛媛他们下来找我了。然后叔叔给我们打上了车,我们一起来到了游泳馆。

爸爸迟到

2002 年 11 月 11 日 星期一 晴

今天我游完泳,出去等很长时间爸爸还没来,回大厅等一会再出去看看爸爸还不在,我就进去坐在长椅子上等爸爸。我等得不耐烦了,就从包里拿出脑筋急转弯看,我看着看着就笑了起来。这时张笑同来了,也和我一起看了起来。然后我让张笑同自己看,我出去再看了一次，爸爸却还没有来，这可把我急坏了。就在我准备进屋的这一刹那，爸爸却站在我面前了。我问爸爸为什么这么晚才来。爸爸说："我进去找你好几回了。"我说："可我没看见你呀。"爸爸这回无话可说了。

免费借书卡

2002 年 11 月 13 日　星期三　晴

今天早上，我进了教室，看见于腾位子上围了那么多的人，于是，我也围上去看个究竟。我一看原来他们都是抢着让于腾办借书卡。我问于腾，拿着借书卡是不是不用花钱了。于腾说，当然不用。我也拿了一张纸给于腾，让他给我办一个借书卡。于腾终于给我办好了一个借书卡，我又问于腾："高瞻的书店是不是和你们的合成一个书店了？"于腾说："当然了。"于是我又借了一本米老鼠的书。

奇形怪状的房门钥匙

2002 年 11 月 15 日　星期五　晴

今天放学后，我自己来到楼下防盗门前，掏出钥匙，找出楼下防盗门的那把钥匙，钥匙是银白色的。我开门回到家，开始写作业。刚写了一会儿我就听见楼下有人在叫我的名字，我一看原来是妈妈单位的朋友，也是二年级三班吕志裕的妈妈。我马上收拾好书包，拿着泳包，挂好钥匙，锁上了门，就下去了。我一路思考着这个问题：为什么钥匙的前一部分是坑坑洼洼的？为什么竖着看钥匙前一部分像一座山？

自　理

2002 年 11 月 21 日　星期四　晴

今天中午，我和往常一样开门回到家，刚刚看了一会书电话铃就响了，我一听，是妈妈的声音。妈妈说："你把作业写完吃点东西看电视吧。"首先我从食品柜里拿出锅巴。锅巴是牛肉味的，我吃了一些锅巴就开始独自写作业，没等到上学时间我就把作业写完了。这时，门铃响了,我从门上的猫眼往外看,原来是我家旧房子的邻居阿姨。我让阿姨进来了,问:"阿姨有什么事吗?"阿姨说是要找妈妈的,我给妈妈打了个电话。阿姨与妈妈说完事后,我就把阿姨送走了。

看图作文——老鼠宝宝

2002 年 11 月 23 日 星期六 晴

看,这只小老鼠宝宝多白净呀!躺在床上喝着可口可乐多自在!它的妈妈在厨房里做着香喷喷的饭菜,小老鼠宝宝在床上都能闻到妈妈做的饭菜香。炊烟从它们家的金黄色的烟囱里冒出来。它们家真是一个金色的世界。

猜猜她是谁

2002 年 11 月 24 日 星期日 晴

她喜欢留着短头发,她是个活泼快乐的小姑娘。今天她穿着一件黄色的面包服,她的书包是蓝色的。她有一双明亮的眼睛,她的脸非常的白嫩。她非常乐于助人,比如说:经常帮老师擦黑板,扫地,前面同学的书包掉在地上,她就马上拾起来送还给他,等等。她在路队上非常负责任,有同学乱说话时,她就立即把名字记在本子上。她到底是我们班哪一位同学呢?请你们猜一下。

爸爸妈妈的优点

2002 年 11 月 28 日 星期四 晴

我的妈妈是一位聋哑学校的教师,她的优点让我数都数不清,比如说:和我一起去学琴,我不懂的乐理,妈妈回家后仔细地给我讲解;我游完泳出来后,要是有谁打我骂我,妈妈可不会轻易放过他。妈妈告诉我:"凡事要据理力争,要有人欺负你,你要学会保护自己,他也就不会打你了。"我爸爸优点是:他是一个英语迷、知识迷,每天晚上,他都学习到1:00点才睡觉。我要向爸爸学习这种精神。

看电影

2002 年 12 月 2 日　星期一　晴

今天上午放学前,老师说:"今天下午看电影,中午 12:50 到校,1:00 出发。"我们心中非常高兴。下午同学们都到齐了,我才刚刚来到学校,钟上的时针终于跑到了 1:00 这个黄金时间。我们排队走到了儿童影剧院,我们看的电影名字叫《克隆人的进攻》。我们看的这场电影有的同学说好看,有的同学说不好看,我觉得它是又酷又好看。走在回家的路上,我还在想着那些精彩的细节。

我的圆锯勇士

2002 年 12 月 5 日　星期四　晴

在我的"武器库"当中,有一辆叫"圆锯勇士"的战车。它的前面有两个锋利的圆锯,用来扫清障碍和锯断敌人的战车。要是敌人从左右进攻,那也没有问题,因为我的战车有四个带着电钻的轮子,可以把敌车钻个稀巴烂。"圆锯勇士"的驾驶室上方有一个展翅飞翔的保护翼,可以减少阻力和加快车速。它的中心有一个明亮的电子眼,那是整个战车的心脏,要是它受到任何伤害,战车就会瘫痪失去控制。驾驶室的后面有四个尖尖的角,用来防止敌人从后面偷袭。

"圆锯勇士"真是威力无比,所向披靡!

雪后观察——不进则退的学习

2002 年 12 月 9 日　星期一　雪

今天早上起床后,我从窗户往外一看,外面正下着鹅毛大雪,房顶上已经有一层厚厚的白白的雪。天上仍然飘着熙熙攘攘的雪花,就像是无数的伞兵,天空中偶尔看到的云就像一架架横空而过的飞机。我家离学校特别近,我马上穿好衣服到学校打扫卫生。扫雪真难,雪留下的冰就跟疙瘩一样,怎么扫也扫不动,没办法我只好用扫帚后边的把一点点地刮雪。雪边扫边下,我抬头看看操场,全是白茫茫的一片,到处都是雪,没有一个脚印。我真想下去打雪仗,堆雪人。

路面真滑,中午我站在家里的阳台上往外看,看到路上的车很多都停在半坡开不到坡顶。有一辆三轮车开到了坡顶,还有一辆三轮车试了两次最后还是放弃了,掉头去走好路了。有一辆轿车开到半坡开不上去了,像蜗牛一样停在半坡上。有一个好心人在雪地上垫了两块硬板纸,车向前走了一点,可还是上不去,好心人只好去推车,车在好心人的帮助下终于开到了坡顶。妈妈说:"学习也和爬坡一样,要一鼓作气,要不就像雪地的汽车一样不进则退。"

爸爸生日

2002 年 12 月 10 日 星期二 小雪

今天早上我起来得非常早,妈妈说:"今天是你爸爸的生日。"我说:"那我们祝爸爸生日快乐吧!"我见爸爸没起床,就迅速地穿上衣服,然后说:"妈妈,我们用英语祝爸爸生日快乐吧?!"妈妈说:"好呀。"妈妈教了我一句英语,那句英语就是:GOOD MORNING FATHER,HAPPY BIRTHDAY TO YOU。我们练熟了后,爸爸也起来了,我对爸爸说:"GOOD MORNING FATHER,HAPPY BIRTHDAY TO YOU。"爸爸用英语回答说:"THANK YOU SON. I DON'T KNOW THIS DAY IS MY BIRTHDAY."原来爸爸忘了今天是他的生日。爸爸听了之后非常高兴,妈妈表扬我说得非常好。

快乐扫卫生

2002 年 12 月 11 日 星期三 晴

今天下午放学前,老师说:"谁留下来打扫卫生?"我们都举起了手,老师点了我的名,我就放下了手。等别人都走后,我就开始拿起扫帚打扫卫生。我扫了一会问老师:"老师,可以擦桌子吗?"老师说可以,我就拿起抹布蘸了点水开始抹桌子。一会儿水桶里的水就变成了漆黑色,我和于腾去换水,于腾把水弄到了我的身上,风一吹很冷,我继续坚持扫完卫生。美丽的时光一会儿就过去了,老师说每人加上 5 分,我非常高兴,像只快乐的小鸟,飞也似的跑回家去了。

我们家的"玩具"——喜欢的事情就是最好的玩具

2002 年 12 月 12 日 星期四 晴

在我们家里,每个人都有自己的玩具。在宽敞的柜子里,装满了我的玩具:会录音的机器猫,威力无比的战车,科学有趣的百拼电子,层出不穷的套娃,各种各样的模拟军队、军舰和汽车模型,能瞄准的步枪、手枪,花花绿绿的拼图。每天做完功课,我就和它们游戏。在安静的书房里有一整套"玩具":有装满书的柜子、花花绿绿的纸张和钢笔。每天晚上,爸爸妈妈各玩各的,静悄悄地非常入迷。在我们家里,每人都有自己的玩具,做好自己喜欢做的事情,比什么都有趣,就是最好的玩具。

与孙榕茜玩打仗

2002 年 12 月 13 日 星期五 晴

今天上午放学后,我走出校门看见妈妈在路边等我,我走到妈妈面前说:"妈妈走吧?!"妈妈说等等,我问妈妈为什么,妈妈说等等孙榕茜。我高兴地跑回家,开了门等妈妈和孙榕茜来。她们一会儿就到了,妈妈给我和孙榕茜买了两个汉堡,我们大吃了起来。吃完后,我又和孙榕茜玩打仗,我上面三个兵,左面三个兵,右面三个兵,下面三个兵,把孙榕茜军团打得落花流水。这时,妈妈说,你们该上学了,我们就一起上学了。

乐 康

2002 年 12 月 18 日 星期三 晴

今天下午,我来到妈妈学校,妈妈让我写一篇日记。我写完后感到很孤单,妈妈说:"你到三楼的小屋子吧,乐康他妈妈在给你打文章,乐康也在那,你和他玩会吧。"我来到小屋里,乐康非常欢迎我的到来。我看见乐康他妈妈在给我打印文章,我就问她:"阿姨,可以和乐康玩一会吗?"阿姨说可以,我们就开始玩起了轱辘。我们玩得可开心了。

圣诞憧憬

2002 年 12 月 23 日 星期一 小雪

再过几天就是圣诞节了,我对爸爸说:"爸爸,要是圣诞节能和朋友们一起过就好了。"我还要和爸爸妈妈和我的朋友们开一次联欢会,每一个人都要安排一个节目,我还要在我们家的玻璃上喷上圣诞老人的图案,我还想把家里都挂上彩带。晚上,我还想和妈妈藏在门后面,爸爸一到家里我们就把装满彩带的盒子抛出去,彩带就会落到爸爸的头上。我还想和爸爸妈妈和我的朋友们玩钩糖的游戏,谁钩到了,糖就是他的。我还要和朋友们玩枪战,我就是想这样过圣诞节。

仿写四个愿望

2002 年 12 月 24 日 星期二 晴

米佳和同伴打完雪仗,又堆起了雪人,然后到湖面上溜冰。他非常兴奋,高兴地对父亲说:"冬天真快乐,我愿永远是冬天!"父亲说:"把你的愿望记下来!"米佳记下了他的第一个愿望。春天来到了,米佳在绿茵茵的草地上追逐霸王蝶,追累了米佳躺在草地上休息,休息了一会,米佳起来采了一大把花,编成了一个花篮,戴在头上。他的嘴上露出了笑容,对父亲说:"春天真是个多彩的世界。"父亲拿出小本子,让米佳记下了第二个愿望。夏天来临了,米佳跟父亲到郊外去,他们吃野餐,捉小鱼,采蘑菇,爬山,在树荫下翻跟头,晒太阳,玩得痛快极了。他非常满意地对父亲说:"夏天太好了,我巴不得夏天永远不过去!"米佳又把这个愿望记在小本子上。到了秋天,果园里果实累累,米佳帮爸爸把又红又大的苹果摘下来,又帮妈妈把一筐筐又大又紫的葡萄抬回家。他兴奋地对父亲说:"秋天比任何季节都好!"父亲取出小本子看,春天,冬天,夏天,他也是这样说的。

看图写作文——让座

2002 年 12 月 25 日 星期三 小雪

一天,方方和往常一样上了一辆公共汽车。那时,车上一个乘客也没有,方方交了钱就选了一个座位坐下了。一站、二站,有一站上来乘车的人非常多,把座位都给占满了,有许多乘客没有座位就要站着。最后一位老太太上了车,看到没有座位了,叹了口气就站在车上。方方看到了马上请老太太坐到她的座位上,老太太说:"不用了,你的尊老行为很好。"方方说:"您还是坐在这里吧,别累着。"老太太说:"不用了。"一会儿方方就把老太太说服了,老太太坐在座位上非常高兴。我们要向方方学习。

学给解放军叔叔写信

2002 年 12 月 27 日　星期五　晴

今天老师说要写一封信,而且是要写给解放军叔叔。我回家找出稿纸开始写信。信的开头我觉得应该这样写:亲爱的解放军叔叔您好,我是二年级四班的姜丰仪,今天能给您写信我非常高兴和快乐。里面信的内容有:我的梦想、我的特长,把小塑料片"变成"坦克和军队,我的奇遇以及祝福解放军叔叔的话。我希望解放军叔叔能尽快收到那封信。最后,我祝解放军叔叔新年快乐,工作顺利,万事如意。

我盼望着解放军叔叔回信,和解放军叔叔成为好朋友。

联欢会最佳表演奖

2002 年 12 月 31 日　星期二　晴

今天是喜气洋洋的日子,因为,这一天是我们开联欢会的日子。可能有人要问了:"为什么要开联欢会呢?"因为今天是 2002 年的最后一天。我带了吃的、玩的和一本课外书来到学校,我问祝媛:"什么时候可以开联欢会?"祝媛说不知道。第一节课联欢会就开始了!联欢会开始后,我让大家把吃的东西放在中间,我要和同学们一起分享这些东西。节目中我要和刘玉亭、周阳一起画一幅画——航空母舰。我们画得非常顺利,然后我自己拉了手风琴——一首《新年好》的歌我就下场了。最后,老师要评出最佳听众奖和最佳表演奖,我得了一个最佳表演奖。然后我放学回家了。下午,我来到妈妈学校和哥哥姐姐一起开联欢会,开完联欢会我又和哥哥姐姐一起包饺子,包完饺子我又和哥哥姐姐一起吃了饺子。我今天过得非常快乐。

我的梦想雪世界

2003 年 1 月 4 日 星期六 大雪

我想把雪做成雪迷宫,进入迷宫的人都要穿上特制的防雪服,这样就可以防止被冻僵了。我想把雪做成一个个会走路的雪人,我想把雪做成一个水晶电话。我想把雪做成一个水晶城市,名字是:水晶之城,里面的生物会动、有思考力、有感情。我想把雪做成一个最高的大塔。我想把雪做成我生活中每一样东西,因为它看起来那么洁白那么干净。我梦想有一个洁白的世界。

干家务的奖励——买书

2003 年 1 月 5 日

今天上午,我写完作业,开始帮助妈妈干家务。时间不知不觉地过去了,不一会,就到了中午。妈妈看我干得那么卖力,便说:"看你干得那么卖力,就奖励你一下吧,去买本书。"我一听妈妈让我自己去买本书高兴地跳得老高。我拿着钱冲出家门跑向书店并以最快的速度买了一本漫画书。回家以后,妈妈见我买的是漫画书,并没有发火,而是说了一句:"漫画少看一点没有坏处。"第二天,我写完作业,来到了读书俱乐部,我发现又增多了许多丛书:《哈利·波特》《大话三国》《世界名著全套》《少儿百科全套》《男孩日记》,还有我喜欢的《郑渊洁童话》。过了一会,我发现角落里还有全套的《阿忠》。现在我有点恨自己,当时借过来多好啊! 剩下那十元钱干什么不好。这时,我有一种哭笑不得像损失了什么重要的东西一样的感觉,心里觉得十分别扭。

以后,我买书都要先到俱乐部去看看有没有再买,以后我买东西就是能省的钱就省下来好做更重要的事情。

骑车记——凡事要有备而动

2003 年 1 月 18 日

今天我对妈妈说:"妈妈,我们出去骑车吧,家里太闷了。"妈妈说:"好吧,马上去准备吧。"于是,我和妈妈分别把自己的自行车打上气后便上路了。刚走到一个路口,我感到自己露手指的地方冻得都痛起来了,于是我便后悔自己戴着露手指的手套。我没办法只好向妈妈求援。妈妈下令道:"停下来。"我停下来问妈妈:"妈妈,要回家吗?"妈妈说:"不!"并从包里拿出了一副不露手指的手套,让我先戴上这一只。外面再套上我的手套。我说:"妈妈,你可真是神算啊!"我用佩服的目光看着妈妈。妈妈说:"看我厉害吧!"妈妈和我又开始走了。我们顺着海边向东郊的方向骑去。我向大海看去,被太阳照得雪亮的浪花一个接一个地涌向海边,这时我才感受到了大海的辽阔和生命的重要。

不久,我们来到了东郊,这里简直美不胜收:树木排着整齐的队伍立在路边,这里到处都有草,在哪都能见到绿色的存在。一幢幢阁楼、高楼大厦更增添了这里的光彩。妈妈对我说:"拿出水和吃的吧。"我这才想起忘拿水和吃的了,是因为我很久没和妈妈骑车了,所以激动得忘了。我只好对妈妈说:"忘拿了。""下次记住拿哦!"妈妈说道。我答应道:"好。"

我们在海边玩了会打水漂便回家了。

这件事告诉我干什么都要做准备,准备好了要再检查一下,要以防万一,忘记就不好了。

买手电

2003 年 1 月 19 日

我晚上回家时因为路上太黑,所以总是摔倒,我为此痛苦不堪。

今天早上我对妈妈说道:"妈妈,我晚上回家时总是因为太黑摔倒,能不能给我买一个小手电啊?"妈妈说:"好,近来你表现不错就给你买一个吧。不过,要买一个好一点的,要不然用不久就坏了。"

之后,我和妈妈来到振华。经过打听之后,我和妈妈奔向卖手电的柜台。这里有着五花八门、琳琅满目的手电。柜台的阿姨向我推荐了一种小巧玲珑的手电和一种像钢笔一样细小的手电,说:"这两种手电很好用,还小,很精致。"我问:"有没有再短一点的?"阿姨说"有,但是要一百多。"我就让她拿出来看看,说着,阿姨拿出了一个精巧别致的小盒子,打开一看,里面有一个和中指差不多大小的手电。阿姨介绍说:"这个手电的灯光是刚才那个手电的 5 倍,并且比那个手电用的电池好,后面还有一个备用灯泡,还有说明书。"我看着妈妈,妈妈说:"就要这个手电了。"我高兴地对妈妈说:"太好了,太好了!"

我们高高兴兴地回家了,以后走路再也不用怕黑了。

在姨妈家"为所欲为"

2003 年 1 月 23 日

今天,我对妈妈说:"妈妈,让我去姨妈家吧,待在家里有点闷!"妈妈默许了,我准备好东西后,便坐上出租车向姨妈家进发。

经过一个多小时,我终于来到了二姨妈家。二姨妈迎上来对我说:"宝贝,你终于来了!"

二姨妈家有阁楼,共有两层,有三个卧室,两个卫生间,两个客厅,一个餐厅,一个书房,一个阳台,怎么样?够大吧!

到姨妈家,我可以去租书,租光盘,骑自行车,随心所欲。

我们可以在家静静地看书或者在家看那有趣的光碟。时间不知不觉地过去了,转眼到了中午,姨妈做了我最爱吃的土豆焖芸豆来招待我。

下午,我和姨妈来到商场,姨妈说:"奖励你几个玩具吧。"我高兴得又蹦又跳。过了一会,经过精挑细选,我终于选出了一个激光红外线枪、一个机动战士、一个游戏机。

晚上,我和姨妈依依不舍地分别了,一会我便回家了。

打点行装去海南

2003 年 1 月 30 日

今天，妈妈急急忙忙地冲进我屋，对刚刚起床的我说："快起来收拾东西。"我问妈妈干什么这么急，妈妈说："后天咱们就要去海南玩了。"我一听出去玩立刻有了精神，一下子从床上爬起来穿上衣服，去收拾了。

我先从玩具柜找起，里面有玩具枪、拼图、赛车、汽车，但都因体积太大装不下或无法通过安检不能拿。

玩具不行，我就打起了书的主意。于是，我又开始翻书柜，我找了一本书试了一下，呀，能装下。于是，我就使劲往里面装书，装的有：《世界奇闻》《科幻世界》《鲁西西传》《皮皮鲁传》《校园里的吸血鬼》《少年博览》《男生日记》《女生日记》……直到把书包填满。这时妈妈进来了，看见我装了那么多书，说道："别装那么多书，不是去看书、学习的，是去玩的。再说，你那个书包还要装水什么的呢！"于是，我只好把书拿了出来。

最后，我的书包里只装了《校园里的吸血鬼》和《男生日记》两本书了。

飞行体验

2003 年 2 月 1 日 春节

今天，我们带着准备好的行李坐上车，先去三姑家吃顿饭便向青岛进发。出了市区打开车窗，啊！多新鲜的空气啊！这里不像城市里一样，这里很少有车，因为四周环山树草多。

过了一个小时，到莱阳了，这里又乱又差，不如烟台。

又过了一个半小时，我们终于到了青岛机场，景色实在是美不胜收啊。我们换了登机牌开始过安检。我们先将包放在传进带上进行检查，然后我们通过仪器检查，一切通过之后我们通过票检上了飞机。过了一会飞机启动了，滑行到了指定的位置后便开始加速了，慢慢地飞了起来。开始我们有点耳鸣，但过了一会便好了。

多美啊！这里能看到青岛的全景，过了一会，飞机又升高了，这次可以看到云了，洁白无瑕的。云有各种形状，有的像老虎，有的像蛇，有的像面包……该吃饭了，飞机上服务真周到，晚饭有肉、米饭、面包……

吃完饭后，窗外变了，云上像洒了一层红纱一样美丽，又像彩霞一样漂亮。

过了三个小时我们终于到了海南海口。这次飞行之旅非常刺激。

逛海南热带野生动植物园

2003 年 2 月 2 日

今天我们来到了位于海口市的海南热带野生动植物园，这里是海南省最大，也是中国首家大型热带野生动植物园。

海南热带野生动物植物园位于海口市秀英区东山镇，距海榆东线高速 12 公里，总占地 2000 余亩，是一家集热带野生动物植物观赏、科研、繁殖及休闲娱乐于一体的专业仿野生状态的园区。

不一会儿，我们便进入了园区。我们非常惊讶，因为车可以开进去，人可以坐在车上观光。进入了一个铁门，我们首先来到猛兽区。当后面的门重重地关上时，前面的门开了，眼前的景色使我惊呆了，周围是一片草原，里面有许多狗熊。这时，导游对我们说："狗熊有时会到漂亮的车子上的后视镜上照照自己漂亮不漂亮，如果感觉不漂亮就会把后视镜打坏。"狗熊会爬树，但不会下树，下树就容易掉下来。有时候，狗熊会落到老虎那边，打不过人家，就爬上树。

到了步行区了，我们下了车，往前走，前面标牌上画有一个狮虎，近前一看，大吃一惊，笼子里面同时关有狮子和老虎。导游说："这只老虎和狮子生了一只狮虎兽，但没活过 54 小时就死了。"我们看了狮虎兽的标本：狮虎兽头和尾巴像老虎，其他地方像狮子。我们不知不觉地看完了园区，就回酒店了。

我喜欢海南野生动植物园！

参观博鳌亚洲论坛国际会议中心

2003 年 2 月 3 日

今天我们来到了位于三亚的博鳌亚洲论坛驻地。这里山清水秀，美不胜收。我们首先坐车向论坛驻地进发。路两边，绿草如茵，树木郁郁葱葱，空气清新，景色美丽无比，简直是人间天堂啊！

我了解到，博鳌亚洲论坛是亚洲唯一定期定址的国际会议组织，是立足亚洲、深化亚洲各国间的经济交流、协调和合作的组织。

博鳌亚洲论坛会议中心位于博鳌东屿岛东北角，是博鳌亚洲论坛永久性会址。它包括一个可容纳两千人的主会场，以及一个可容纳六百多人的多功能厅，二十多个各种规格的贵宾厅，并拥有七种语言翻译系统，满足各种国际高端会议等多方位要求。

我们来到了博鳌亚洲论坛，一下车在门口就有音乐喷泉，简直是太美妙了！主会场呈圆形，大厅里各种设备应有尽有，而会议室相当于我们二百多个教室。我们出了大厅，还有通向地下的一层。地下一层通向海边，在那里有许多海上娱乐项目，比如说：降落伞，沙滩车……这里还有高尔夫球场呢。

参观完了博鳌亚洲论坛，感受到前所未有的震撼！我爱中国！！！

潜水的乐趣

2003 年 2 月 4 日

你会潜水吗？看到潜水两字你是否会想到广阔无边的大海？今天，我就当了一回潜水员，感受一下当潜水员的乐趣。

我们首先来到了海南三亚最著名的港湾：亚龙湾！

这里有许多的海上娱乐项目，比如说：玻璃船、海底漫步、游泳、降落伞、沙滩车、摩托艇、观光潜艇、潜水……我选择了潜水。

我们拿着票去更衣室换上了潜水衣，坐上快艇，向海中央进发。不一会儿，我们便来到了一艘固定着的船上，背上氧气瓶下水了。

我们往下游去，哇，太美了，鱼儿们在珊瑚间游来游去，教练通过手势告诉我们哪些可以摸，哪些不能摸。珊瑚千奇百怪，有的像花，有的像仙人掌,有的像假山……鱼儿们在我身边游来游去。想不到这只能在电视里看到的美丽景色,我竟然能亲眼目睹,亲身体验。

我先是顺着从船上垂下的竹竿往下潜,不知不觉地我被水下的景色吸引了,慢慢离开竹竿的导引,自顾自地在珊瑚岛间玩了起来。教练几次做手势制止我,给我照了几张相我们就上去了。潜水就这样结束了。

我爱海南,更爱潜水!

快乐的夜晚

2003 年 3 月 3 日 星期一 晴

今天我从游泳馆出来,妈妈对我说:"今天我们在外面吃饭,给你介绍一个好朋友。"我听后有点急不可待。爸爸开车来到海边,老远我就看到一艘巨大的轮船停泊在港口,上面灯火辉煌。烟台山上的灯塔一闪一闪的,像一个警察在给过往的轮船指点方向。

爸爸开车来到饭店时叔叔已经在饭店里等候。我们来到饭店,等一开饭就迫不及待大吃起来,等到上最后几道菜时却吃不下了。最后吃完饭我们来到保龄球馆,没等开局,我就摩拳擦掌。第一局开始我用 7 磅的保龄球打,打了一个空球,我不服气,接着打了下去,这一次我全击中了。我玩得越来越顺手。叔叔、阿姨、妈妈、爸爸拍手叫好。小妹妹要到旁边玩台球,台球也真好玩。最后天色不早了,我和小妹妹依依不舍地分手了。

妈妈的爱是……

2003 年 3 月 4 日 星期二 晴

今天我放学回家,看见妈妈正在找面粉,于是我问妈妈:"妈妈,你在做什么?"妈妈说:"我们今天要吃馅饼,我正在拿面做馅饼。"我说:"我可以学做馅饼吗?"妈妈说:"可以,当然可以。"我们开始做馅饼。一开始,我不会擀皮,就学着妈妈的样子做,学了一会儿总也学不会。妈妈发现后手把手教我,发现错误马上给我纠正,我很快就学会擀皮了。妈妈的爱是亲切的纠正。

33

今天我理完发回家感觉身上非常刺痒难受。吃完饭,我说:"妈妈,我非常想洗个澡,可以吗?"妈妈说:"可以。"我急忙跑进浴室,妈妈见我很长时间没有出来,就进去了。看见我总也冲洗不干净,便耐心地洗着我的头,不一会儿,我身上刺痒的感觉没了。妈妈的爱是清除刺痒的浴水。

妈妈的爱无处不在……

夸妈妈

2003 年 3 月 7 日 星期五 晴

今天我要夸夸我的妈妈。我要这样夸我的妈妈:妈妈每天早晨很早很早就起来,给我和爸爸做饭,我们吃完饭妈妈就在家洗碗,妈妈一点也不怕累。晚上我独自一人在我屋睡觉,有点害怕,妈妈就会来到我身边,这样我就会以光的速度睡着了。晚上妈妈辅导我写作业,妈妈每天给我们洗衣服,每天都承受着很大的压力,还要完成她的工作。我真想马上对妈妈说:"妈妈,您辛苦了,祝您三八妇女节过得快乐。"

停止战争

2003 年 3 月 21 日 小雨

每天早晨或傍晚,爸爸妈妈就迫不及待地守候在电视机前等候新闻播报。以前爸爸妈妈不是这样的,我问妈妈这是怎么回事。妈妈说:"最近美国和伊拉克开战了,我们看电视是为了了解伊拉克和美国的消息。"我最近看了报纸了解到:美国和伊拉克有"世仇",1991年的海湾战争,因为石油问题结下不解之仇;9·11 事件,终于使两国关系更紧张而发生战争。

听到战争爆发的消息,我非常痛苦,因为伊拉克人民吃不饱、穿不好,只好用石油换取食品……我热爱和平,我要让世界变得安全、稳定、没有战争、没有灾难。我想呼吁:快停止战争吧!

西红柿炒鸡蛋

2003 年 4 月 6 日 晴

今天中午,我向妈妈学做西红柿炒鸡蛋。我把事先准备好的西红柿洗干净,然后开始切西红柿。妈妈指点我说:"西红柿要切得细一点、薄一点。"我明白了。西红柿切完了,下面要打鸡蛋了。我拿出一个碗来,把鸡蛋打碎,把里面的黄倒在碗里,然后用筷子搅拌,一定要搅拌成水一样。下面就要炒菜了。把火打开,要等锅干了后再加油。我把鸡蛋加了进去。鸡蛋炒好了。我把鸡蛋盛出来,把西红柿放进锅里,炒一会儿,我把炒好的鸡蛋放进去,加上盐和味精炒呀炒,终于炒好了,一盘味美可口、营养丰富的菜做好了。让我们一起享用吧!

种植的快乐

2003 年 5 月 2 日 星期五 晴

今天上午,老师说下午要带我们去试验田种苦瓜、丝瓜、绿豆、黄瓜、油菜、茼蒿,让同学们带容器和种子。

放学了,我回到家里把这一喜事告诉了妈妈。妈妈听后马上给我准备了绿豆、豇豆种子还有喷雾器。我在家里等呀等,不肯睡觉,生怕睡过了头,耽误了去试验田种植、劳动。终于到了上学时间,我高高兴兴地走出家门,飞也似的来到学校,把种子交给老师。

上课铃响了,老师带着我们来到试验田。老师说:"我们先刨土吧。"我们就刨起土来,镢头很沉,每刨一下都需要很多力气。过了一会儿,有几个大哥哥来帮我们刨土。刨完土老师又说:"现在挖坑吧!"挖坑比刨土简单,我们一会就把一个个坑挖好了。老师让我们把水浇到坑里,等水干了再把种子放进去,然后再把坑填好。我们照着老师说的步骤一步一步地做,终于完成了种植任务。此时我们个个都累得汗流浃背,热得满脸通红,但是我们都很高兴,因为它们是我们劳动的结果,是我们亲手种植的。

回到教室后,我心想:我知道了种田的辛苦,农民伯伯不容易,以后我一定要爱惜粮食。

我的服务小虎队

2003 年 5 月 4 日 星期日 晴

我看到妈妈学校那残疾小弟弟小妹妹,他们从小离开妈妈爸爸来到聋哑学校上学读书。只有老师照顾他们,我想为他们义务服务。今天到社区服务,我下决心一定要帮助他们。我组织出一个小队,名叫小虎队。我们的成员有:宋林超、苏宁远、我。

来到妈妈学校,我们的第一任务是打扫教室。我们选了间最脏的教室开始打扫。我们分头行动:有的扫地,有的擦桌子,有的擦玻璃。打扫了好一会儿才打扫了教室的一半。这里真脏,过了好久我们三个人才共同把这间教室打扫完。我还把讲台上的本子整理得整整齐齐。这时我才发现原来帮助别人也是一种乐趣呀!

我们的第二任务是打扫操场。操场上的纸真多。我们不停地捡纸,过了不一会儿我手上已经有很多纸。我把纸放到了垃圾桶里,继续捡,一会儿,操场上的纸已经没有了。

帮完聋哑小朋友,我们又去帮盲生小朋友。今天我帮助残疾儿童做了许多事,我很快乐,也很有收获。

三年级

植物的变化

2003 年 9 月 5 日

　　今天,老师让我们观察自己喜欢的植物,写一篇观察日记。老师刚说完,我就想起了我们家里的那一盆绿豆。那盆绿豆是上学期我和妈妈一起种下的,现在,绿豆芽已经长成到了 40 多厘米,听妈妈说如果在外面种的话最多能长到一米左右。

　　现在这些绿豆已经结出了果实。妈妈又说:"马上摘了吧,要不等再过几天都不能吃了,叶子也会跟着枯死的,到了冬天就可能会完全枯死的。"我问:"那有暖气呢?"妈妈说:"那就让我们看看吧。"让我们拭目以待吧。

动听的声音

2003 年 9 月 16 日

　　今天,老师让我们仔细听一听周围的声音,写一篇日记。我回到家左思右想想不出来。突然,我听到耳边传来了嗡嗡的声音,我想了想,认为这种声音是空气流动的声音。当晚上吃饭时,筷子从我手中滑落到了碗上,发出了嘭嘭的声音。当吃完饭时,我用筷子、瓢碗等,当我敲它们的时候,它们发出了不同的声音:有的发出砰砰的声音,有的发出当当的声音,还有的发出咚咚的声音……

　　当晚上我睡觉的时候,外面有呼呼的声音,我敢断定这是风声。

　　原来,各种各样的声音就在我们身边,只要仔细听就能听到,只要你的耳朵不关闭,什么声音都可以听得见。不要让你的耳朵关闭,认真听吧,然后你会说:"在这个世界里,声音是最奇妙的东西,我喜欢听各种各样的声音。"

　　用心倾听,声音的世界真动听!

听雨声

2003 年 9 月 20 日

　　今天下起了大雨,我就不能好好地玩了。一开始下的是小毛毛雨,吧嗒吧嗒的非常好玩,也非常好听,落到身上就像好多毛毛落到身上一样。慢慢的,小雨变成大雨,哗啦哗啦的,落到手上就像针刺到手上一样疼。大雨砸到窗上,就像冰雹砸到窗上似的。哗啦哗啦的雨声和战争时期飞机射出的子弹一样。大雨下得没完没了,就像要持续几天几夜一样。在窗前坐着,有一股寒流像要把我冻住。我喜欢下雨,喜欢听那哗啦哗啦的声音,喜欢坐在窗前让冷气包围着我。我喜欢雨,喜欢听雨声。

南郭后记

2003 年 9 月 23 日

　　自从南郭先生溜走之后,就开始每天找工作,问了这家问那家,可谁也不让他在自己这工作。南郭先生差不多找遍了整个国家也没有找到一份工作。他坐在墙角想来想去就是想不通。突然,屋子里传来了说话的声音:"店倒了,只能自己重新再想办法了。"这一句话启发了南郭先生,他连夜编了一些草帽,到了第二天,南郭先生提着草帽来到集市上找了一个地方放下草帽坐了下来。那正好是夏天,非常闷热,不一会,一个人来问草帽的价钱,南郭先生说:"五个铜板一顶。"那人买了一顶,戴上草帽,不再感到闷热了。不一会,一大群人都来买草帽。每天早上,南郭先生就这样把草帽带到集市上卖。过了一年,南郭先生用卖草帽的钱建了一座酒楼,生意非常的好。酒楼开张了几个月后,就成了国都最好的酒楼了。南郭先生想:"我变成了这个样子,还要多谢谢那句话呢。"

我的旧照片

2003 年 9 月 28 日

　　今天来介绍一下我的旧照片。在我的旧照片中有许多能让我快乐起来,有一些能让我记起小时候的时光。

这一张照片是我在南山公园大门前照的。当时我才一周岁半,对这个陌生的世界还不熟悉。当时我只认识爸爸妈妈,除了他们,我没有一个最亲切的朋友。如果没有爸爸妈妈在我身边,我不敢碰周围的任何事物。那时候我才刚学会走路,那是妈妈第一次带我出去。这一次可开阔了我的眼界,我看到了各种各样的东西。我在南山公园大门前对石头路很感兴趣,就在那看着石头路发呆。我看着每一样事物都非常入迷,连妈妈给我照相了我都不知道。

我的家乡美

2003 年 10 月 1 日

我们烟台是著名的水果之乡,这里五月有杏子,七、八月有香梨、蜜桃,到了九、十月份,人们最喜欢的葡萄成熟了。

今天,妈妈带我来到了红富士苹果的家乡——我的姥姥家。那里是一个文明、安静、热闹而又忙碌的村庄。

早晨,村庄的路上显得特别安静,是公鸡的叫声把村庄的人们叫醒了。

太阳缓缓升起,村庄从沉睡中苏醒过来,变得热闹了起来,烧火的声音,大鹅、鸭子跑来跑去,大叫大嚷,孩子们满地跑得欢,热闹极了。

村庄的早晨更是忙碌的。大人开着拖拉机、三轮车拉着苹果出去卖,孩子们追逐着,玩躲猫猫等游戏。

我站在了平台上向远处眺望,一片绿色,这里好像有上千座高山,在空中向下看,就像铺上了绿色的大地毯。这时,姥姥送来了各种各样的水果,苹果红得像小姑娘的脸蛋似的。葡萄紫得像玛瑙,梨就像是宝葫芦。这就是我的家乡,我的家乡千奇百怪,多姿多彩。

沙粒的梦想

2003 年 10 月 22 日

一颗圆圆的沙粒想变成一颗珍珠,它下定决心后,就钻进了蚌壳里。

过了不久，一条蓝鲸前来找食物，蓝鲸发现有一些鱼正在集体游动，鱼群正游向河蚌的那个地方。突然，蓝鲸张大嘴巴，把鱼全部吸了过去，那河蚌还没来得及跑就进入了蓝鲸的大嘴巴，蓝鲸就一下子把大嘴巴给"关上了"。

有一次，一阵龙卷风把圆圆沙粒乘坐的河蚌吹向浅海，圆圆的沙粒乘坐的那河蚌好像河蚌车一样，河蚌车来到了浅海。这时，一条渔船开了过来，渔夫一扔网突然把河蚌车给网住了。幸好，网那里有一个大口子，河蚌车就从那个口子里逃了出来。

又有一次，一条大龙虾来到河蚌车这，它想和河蚌比一比到底是龙虾的壳子硬还是河蚌的外壳硬。比赛开始了，龙虾拼命地使力气，想比过河蚌，河蚌也在拼命地防备，最后龙虾比不过河蚌。

时间就这样过去了很久。有一天，采珍珠的姑娘打开了一个蚌壳，里面闪闪发光，圆圆的沙粒变成了珍珠，成为了"有用之才"。圆圆的沙粒激动地说："我终于变成珍珠啦！"

学做家务

2003 年 10 月 28 日

快看啊，这个围着围裙帮大人做家务的小孩是谁？是我！什么？你竟然能帮你妈妈做家务了？！怎么样，不相信了吧？告诉你吧，只要你敢去试，努力做，那你什么都学得会。这张照片是我在帮妈妈洗碗时照的。看！我那一身打扮，多像一个小围裙妈妈呀！

我洗碗时是这样洗的：先把爸爸妈妈和我用过的碗筷一起拿到水龙头那，然后先用水把碗填满，等一会儿后，把水倒走，然后向碗里挤一些洗洁精，然后用小铁丝放在里面擦，擦干净后，用水冲，一个碗就洗好了。

有时洗碗遇到的难题也很多：铁丝容易掉进碗里；米黏到碗上洗不干净。我要慢慢地积累经验，找出奇招来对付这些难以解决的问题。我不光做过洗碗的家务，还拖过地、擦过桌子等等。我现在才发现，原来帮妈妈做家务也是一种快乐，我以后一定会坚持。

我家的小鸟

2003 年 11 月 10 日

今天老师说要写《最喜欢的动物》。说起动物我想起了家里那只小鸟，那是妈妈买回来的。这只小鸟是一只五彩缤纷的小鸟，身上一共有三种颜色：红，黄，蓝。头上的羽毛很像红色的乒乓球，背上的羽毛像黄蓝相间的大衣。

小鸟喜欢跳来跳去，每当有人逗它的时候，小鸟就会很怕地飞到笼子上面，它飞起来就像箭一样的。小鸟晚上会把头缩进身子里，很像一个大乒乓球。

我多想变成这么一只美丽的小鸟啊！

全家买书计划

2003 年 11 月 15 日

今天我们全家准备去买书，每人只许用 50 元，每个人从两点半到五点半选书，六点正式回家。

爸爸准备买文学书，价格要在 20 元，还要买英语书，价格是 30 元。

妈妈要买教育书，价格要 20 元，还要买口算书，价格 10 元，还要买资料书，价格要 20 元。

而我呢，要买科幻书，价格要 25 元，还要买知识书，价格 25 元。

我们全家共用 150 元，这就是我们的星期六购物计划。

我能帮妈妈拖地了

2003 年 11 月 24 日

"你们在说些什么啊?""我们正在说你能不能在家里做家务。""我? 当然能了,怎么不相信吗? 如果不相信的话,那就给我提几个问题好吧?""那我问你怎么拖地? 什么时候拖地?""好,我现在告诉你:先将拖把拿出来,放在水中浸泡 1 到 2 分钟,然后拿出来,用拖把头在地上来回拖,等干了之后就可以了。拖地要先用扫帚扫一遍,然后再用拖把一拖就可以了。"

如果你不会拖地的话,快跟我学学吧,这会对你有好处的。祝你早日学会做家务,帮助妈妈,减轻妈妈工作负担。开始吧,你一定能行!!!

成长的经历

2003 年 11 月 26 日

在生活当中,每个人都有自己最满意的事情、最伤心的事情,还有最想做的事情。你们想知道我最满意的事情、最伤心的事情和最想做的事情是什么吗?那就来看看吧。

我最满意的事情就是第一次自己过马路。那一次,我心里非常害怕,又想,妈妈带我走了很多次了。想了想妈妈嘱咐的话,定一定神,大步向前走,结果,我顺利过了马路!

我最伤心的一件事是,我们家以前养了两只小鸟。一天,有一只小鸟开笼子门飞走了,我只好将另一只鸟送到了别人家,因为我怕另一只小鸟会寂寞死。以后没有它们给我做伴了,我太伤心了。

我最想做的事情是,好好学习,天天向上,将来做一名科学家,发明很多东西,让人类时代变成全自动化时代,为人类在科学方面做出巨大的贡献。

我所希望的房间样子

2003 年 12 月 2 日

我希望我的房间是无所不能的,那我随时就可以查资料了,了解最近发生的国家大事、奇人奇事等。

我还要变出一本本好书,开阔知识视野,看完后,我会把书捐给受灾地区,让那里的小朋友也多加读书,增长知识。

我还要变出无数的秘密探测器,将藏在每一个角落的坏人都找出来,让警方抓获他们。

我还要变出几百架一次能装 1000 吨东西的飞机,装许多的钱,将这些钱发给穷人还有无家可归的人,让他们过上幸福的日子。

我还要施一个法术，让全世界的人都善良起来。

不过，我还是比较喜欢自己现在的小房间！

我的海底村庄

2003 年 12 月 9 日

这是我的海底村庄，房子的形状是蘑菇形的，用特殊材料封闭起来，房子上方有一个圆圆的管子，这是用来运输水和食品的。房子的窗户是用水晶、玻璃、塑料结合在一起做成的，可以让房子里的人看到奇异景观。房子还有一个非常大的通道，是用来让人走的，这条通道通向每家每户，让人不用老是待在家里，可以到别人家里走走。这条通道还可以让人在水里自由游泳，可以说是潜水员的入海口。这通道也可以通向地面，可以让我们能常常上岸玩，也可以让我们在水中看到奇异景观。

这就是我的海底村庄！

给电视节目瘦身

2003 年 12 月 12 日

我喜欢卡通王，因为里面有我喜欢的节目，还能看到国外的动画，我希望前面后面的广告都可以去除，就播卡通王。

我还喜欢《三国演义》，那是名著之一，还能学到许多知识、好的词语。真希望一天能演三集，把广告的时间除去。

我还喜欢七彩虹，在里面能听到许多好歌和一份份祝福，看到许多精彩刺激的动画。我希望，前面的点歌时间缩短一点，动画时间也少一点，再加一个小知识栏目，就更好了。

学习方法

2003 年 12 月 15 日

我的学习方法有很多，你们想知道吗？想知道的话就快来吧。

我上课的时候认真听讲，不走神，不做小动作，老师讲的知识马上记住，积极发言。

回家后先把当天学的东西复习一遍,哪里有不懂的地方记下来,问爸爸妈妈或老师。写作业时,先把难的写完,再写简单的,因为如果难的写完了太晚了要睡觉,就可以早上写简单的,简单的好写,一会就可以,所以早上的时间足够了。

快考试了,我准备一天默背的生字,让爸爸妈妈挑写了几遍。还要多看字典,积累好词语,多写一些与书上有关的日记,写好之后让父母提一提意见,再试着写一遍。我还多练习造句,多做一些和语文基础训练一样的练习。数学我让父母多出一些和书上类似的题目来做,还做家里有的三年级的数学练习,还翻一翻语文数学书,找出不会的题,问问老师。这就是我的学习方法和期末打算。努力吧! 让我们考试取得好成绩。

元旦打算

2003 年 12 月 22 日

在元旦,我打算先做四五道菜,还要多买一些爆竹,到晚上吃完饭后我们全家要去广场上看节目,看比赛,还要看一看五彩缤纷的礼花飞上天空的那一刻。

而我要准备贺卡,送给我的亲朋好友。我还要拿着鞭炮上街去放,赶走"年"怪兽。我还要去姥姥家,给姥姥、姥爷送去新年的礼物、新年的祝福,帮姥姥、姥爷干些力所能及的活,减轻姥姥、姥爷的负担。这就是我的元旦打算。

圣诞喷花

2003 年 12 月 25 日

今天是个特别的日子,你知道是什么日子吗? 是圣诞节!

这一天,我拿着我的喷花,背上书包高高兴兴地来到学校。到了第三节课,老师说:"准备好,我们要开始圣诞联欢了!"我激动地拿出喷花准备起来。丁零零,上课了,我忍不住地打开喷花喷了起来。啊,天上下起了"绿色的雪花","红色的雪花"也相继出现。这时老师说:"姜丰仪,雪妮,拿着喷花下来,每个人下来摸东西时,你们向着他们喷。"这时教室里沸腾了起来,同学们争先恐后地举起手来。老师定下了一条规矩:谁坐好了谁上来。教室里安静了下来。老师说让雪妮下来摸,她刚刚下来,便被我们的三合一"大雪"给喷了个正着,接下来我们又做了很多有趣的事。

这一天真的很快乐啊!

认识足球

2003 年 12 月 25 日

今天,老师对我们提出了一个问题:你们了解足球吗?认识足球吗?说到足球,我还真的知道一点足球的知识呢。

足球必须是球体,用皮或其他适合的材料制造而成,圆周长为 68～70 厘米,重量为 410～450 克,在足协举行比赛中,足球上要印有足协的标志。

我还知道:国际足球协会公开承认足球运动起源于中国。

我还了解到:中国古代足球运动的起源时间,最早可追溯至 2500 年前的战国时期,《战国策·齐策》曾记载苏秦与齐宣王会面时,提及人民安居乐业,喜欢"蹴鞠"。所谓"蹴鞠"或"蹋鞠"就是一种足球的游戏,"蹋"或"蹴"都是指踢,"鞠"则是指球。

东汉时已经有女子踢球。

汉唐两代是中国古代足球发展最兴盛的时期,发展出直接对抗的竞赛。对赛双方各有 12 人,有正副球证执法,球场两端各设 6 个洞式球门,为进攻目标,所用的足球是用皮革裹毛发制成,比赛用球场成为"鞠城"。

宋代时,蹴鞠更发展了双球门及单球门的竞赛,并且有球会组织产生。皮球由人用嘴吹气,发展到用气筒打气,愈来愈接近现代足球。

我还知道:英国是足球运动发展得很好的国家。1908 年足球正式列入奥林匹克运动会比赛项目之中,足球协会亦于 1930 年主办第一届世界杯赛事。足球有许多规则和技巧,我就不一一列举了。

这真是不看不知道,一看吓一跳,原来足球有这么多学问呀!我真为我们国家骄傲，古代人真是聪明呀。我要像古代人那样，好好学习，长大多多发明对人类有用的东西，让人类的科技更进步，生活更丰富，社会更发达！

我想变成一只快乐鸟

2003 年 12 月 26 日

阳春三月，诗意一片，
丛林里群鸟鸣叫。
我忽发奇想：
我要变成一只自由而快乐的小鸟。

我想变成一只燕子，
冬去春来，自由快乐地
穿枝掠湖、滑翔鸣叫：
"春天来了，春天来了！"

我想变成一只啄木鸟，
一年四季，辛勤地
为大树治病，为柳树疗伤：
去除病痛，消灭害虫。

我想变成一只报喜鸟，
神州大地，愉悦奔波，
传递喜悦，歌唱欢乐：
为你报喜，送你祝福。

我想变成一只雄鹰，
蓝天碧海，机智敏锐地
主持公正，保卫草原：
适者生存，弱者淘汰。

我想变成一只和平鸽，
在天地间，自由飞翔，
让世界停止战争：
不要仇恨，要爱和平。

我要变成一只快乐鸟，
尽自己的所能做应做的一切。
我高兴，
我快乐——我是一只快乐鸟。

我当家庭小主人

2004 年 7 月 11 日

我准备 7 月 17 日当家庭小主人，品尝一下做家庭主人的甘苦，体验一下爸爸妈妈的辛苦。为了更好地做家庭小主人，特别计划如下。

1. 饮食。

早上：炒三个鸡蛋，买一些芹菜、小菜，买一些片汤，热一袋牛奶。

中午：炒一个芹菜炒肉，一个干煸头菜，热一袋牛奶，煮两个鸡蛋。

晚上：炒一个土豆焖芸豆，一个蒜薹，一个芹菜，热一袋牛奶，还要煮米饭。

2. 家务。

早上：清理床铺，清洁地面。

中午：洗袜子，洗衣服。

晚上：清整桌面。

3. 文化。

中午看 30 分钟的书，一个小时的电视（分两次，一次半小时），中午休息眼睛，下午听一会音乐，晚上看一场电影，早晨跑步 5 分钟，中午跑步 10 分钟。

4.资金。

电影需要 50 元,早餐需要 3 元,中午菜钱要 5 元,晚餐需要 9 元,共计 67 元整。

感受家庭小主人

2004 年 7 月 12 日

清晨,我被妈妈叫起了床,我问:"妈妈,现在才几点啊?你怎么这么早就把我叫醒?我还想睡一会呢!"妈妈说:"你自己看看几点了,6 点半了!快起来吧,要不就买不到菜了。"我连忙爬起来,跟妈妈来到热闹的市场,我紧紧地跟在妈妈后面,生怕走散了。

我和妈妈来到卖蔬菜的地方,这时芹菜已经被抢购一空。我想:"我们怎么起来这么早还是买不到芹菜呢?想来妈妈说得对,我们还是晚了。"

我们找到了芹菜、大头菜、蒜薹,这样我们就把这一天的菜的问题解决了。我们回家准备炒鸡蛋,妈妈就是我这一天的助手。妈妈将爸爸叫醒,让他去跑十分钟的步,而这时我已经围上围裙,开始炒菜了。我学妈妈那样打鸡蛋,放油……终于,一盘丰盛的炒鸡蛋在我手下出锅了。这时,我已经累得满头大汗,我感受到了妈妈的辛苦,我做一顿就这么累,妈妈要做多少顿饭菜啊!

吃完饭后,我准备打扫卫生,妈妈说:"打扫卫生不能怕脏怕累。"我们俩便开始了大扫除,我先扫地,我仔仔细细地扫了一遍,直到感觉没有一丝灰尘后我才放心。这时我已经觉得浑身都在痛,我了解了妈妈平日酸痛的感觉。

中午,我和妈妈开始做饭,我切菜,妈妈炒菜。我一想到妈妈平日为我们打扫卫生,炒菜,心里酸酸的。

爸爸对今天的菜十分满意,我和妈妈心里甜甜的。

下午,我开始向妈妈学习洗衣服。衣服真是太难洗了,我一整个下午才洗了一件衣服和三双袜子。

晚上,我已经累得筋疲力尽了,但我还是做完了我的工作才休息。晚上,我们一起看了一场电影。今天,我才知道妈妈的每一天很辛苦,我以后要帮她减轻负担!

给姥姥姥爷的一封信

2004 年 7 月 22 日

亲爱的姥姥、姥爷:

您最近身体好吗?

姥姥,您的左眼感觉怎么样了?在做完手术后,左眼看东西是否清楚了?您要多向远处眺望,还要少看书,少看电视,这样,您的视力才不会下降。

姥爷,您平时干活不要太累了,这对您自己不好,也让我们担心。请您和姥姥多吃些营养品,不要舍得,只要您过得好,不生病,就是我们最大的快乐。

在这里,我向您说一下我的期末考试成绩。

语文:92 分,数学:98.5 分,英语:100 分,我还像往常一样是三好学生。您可能会纳闷,为什么都已经放假了我还不去看您?因为我参加了英语补习班,要隔一天学一次,这期间要复习以前学的英语,所以没时间去看您。我现在已经可以写英语小作文,也可以对话了。我想利用假期让自己全方面提高,使自己处于遥遥领先的地位,将来您看到的是一个更优秀的我了。

姥姥,不要吃太多甜的东西,这对您的牙齿不好,要多吃水果、蔬菜、营养品。我、爸爸、妈妈都欢迎您来玩。

最后,外孙祝您心想事成,身体健康!

买滑冰鞋

2004 年 7 月 24 日

今天是个可喜可贺的日子,因为在今天,我将买到我盼望已久的滑冰鞋。我有可喜的成绩和出色的表现,所以妈妈成全我和别的小朋友一样,如同燕子的速度般在地面滑行。

我和爸爸妈妈驱车来到振华商厦,向卖滑冰鞋的专柜走去。

呈现在我眼前的是让我眼花缭乱的滑冰鞋,我左看右看,不知道该买哪双。阿姨说:"买这双吧,这双耐穿,美观,可调整尺寸、长短。"我去问爸爸妈妈的意思,他们说:"穿上去感受一下,一切由你决定。"我穿上滑冰鞋,有种腾云驾雾的感觉,惊讶我能站起来!阿姨说:"这是你练双排的原因,这直排比双排好滑多了。"我还觉得,生命是自己的,要是发生意外没什么护具怎么办? 所以,我要外加一套护具。

我穿上了滑冰鞋,戴上护具,顿时,我感到自己精神抖擞,像个攻无不克、战无不胜的勇士。我禁不住在商场里滑了起来。我们吃完饭回到家,我就一刻不停地想练习。我希望自己早日在朋友面前一显身手。我要不停地练。

我喜欢这双滑冰鞋!

住房调查

2004 年 7 月 25 日

今天我调查我们一家的住房情况,对象是大姨妈、二姨妈和三姨妈。

大姨妈原来住在平房,面积 85 平方米,水、煤气、暖气设施不全。现住房面积 170 平方米,复层,上下楼,水、电、暖气、煤气设施齐全。

二姨妈家原住房面积 98 平方米,水、电、煤气不齐全,现住房面积 167 平方米,各种设施齐全,复层。

三姨妈家原住房面积 100 平方米,水电不全,现住房面积 179 平方米,各种设施齐全,复层,装修豪华。

四年级

做人要诚实守信——读《秉笔直书》有感

2004 年 9 月 2 日

今天,我读了《秉笔直书》这篇课文后,感动得泪流满面,因为太史伯为了按照事实写历史而献出了自己宝贵的生命。

这个故事告诉我,人干什么事都要尽职尽责,不能丢了本分,也不能做欺人诈骗的事。否则,即使你表面上多么正直,内心骗人也无法逃过鱼死网破的结局。与其自己欺骗自己,还不如承认事实,这样才心安理得。

这个故事还告诉我,做人应该诚实,不能捏造事实。假如你是一个会计,接了一批大账,原本是 600 万,你又故意加了一个 0,成了6000 万,那 5400 万你或别人全拿走了,纸是包不住火的,这事早晚会暴露。给企业造成巨大的损失,自己也不会有好下场。

因此,做人要诚实守信。

前进路上的明灯——读《童话大王》有感

2004 年 9 月 9 日

今天我读了《童话大王》这本故事书,感觉这是一本非常有趣的书,里边讲了很多很多的童话故事。这些童话里有很多人生智慧,比如说:机器猴传奇讲的是贪官没有好下场,如果不为百姓服务,早晚会有报应……

这本书还告诉我:不能将别人的贵重物品占为己有。因为,你小时候争的是铅笔,是小事,还给别人就行了,等长大了,你还拿别人东西,但如果这次是相当珍贵的跑车、古董、钱财,你仅仅是归还吗?你能担当起这个责任吗?那可是犯法的,那不跟小偷一样了吗?别人不再会相信你,也不再用你,接触你。

这真是一本好书,它为我点亮了前进路上的明灯。

知识就是力量——读《语言的魅力》有感

2004 年 9 月 16 日

《语言的魅力》讲的是，从前有个盲人老乞丐，没有多少人给他钱，但自从一位诗人把盲老人写在木板上的字改了一下，给他钱的人多了起来。

读了这个故事，我感到学好语文是多么的重要啊。有的时候只要你口才好，就可以征服一个人，同时口才好也可以是一门职业。当然其他科目也一样重要，知识就是力量。

同时我也感到，人们的竞争有时是不公平的，人一出生就开始竞争，有的人从 0 开始跑，而有的人从 100 开始跑，有人一开始就从1000 开始跑，就因为相貌、家庭……

我认为对我们小孩子也不公平，大人们把环境破坏了，把能用的用完了，能吃的吃完了，只给我们留下一个只会绕着太阳转的大石球和核武器。

我认为我们应该学好语文，同时我们要像诗人一样乐于助人，这样社会才会更美好。

我们要团结——读《我是春天的小雨点》有感

2004 年 9 月 25 日

假如，我是春天的雨点，我不会为我的微不足道而可悲、生气，因为我对于春天的树芽、小草、种子、土地等是多么重要啊。因为如果没有我，大地不会像以前一样焕然一新。我对种子是多么重要啊，它需要水，我就像它的希望，我很重要。

同时，我也懂了，我们应该团结向上，互相帮助，只有这样才能发挥出我们的作用。因为我们其中一个人的力量太小了，只有齐心协力，才不会轻易被打倒。假如说，你准备做网站，但是你的知识不够，需要帮助，有一个人来帮助你，你们共同努力就可能成功。

因此，可以肯定地说，做任何事情，一个人的力量是不够的，要团结别人才行。我们是父母的希望，努力吧，别让他们心思白费。

我第一次穿轮滑鞋

2004 年 10 月 2 日

记得那是我 8 岁的时候,我非常向往有一双轮滑鞋,妈妈对我说:"只要你这次考好了,我一定给你买。"我说:"一言为定。"于是我想,为了轮滑鞋,必须考好,拼了。最后,我考了一个爸爸妈妈满意的成绩。妈妈给我买了一双黑色的轮滑鞋。回到家,我迫不及待地穿上了它,但是怎么也站不起来——因为是单排的轮子,所以很滑。一开始妈妈扶着我才能站起来,后来我自己可以慢慢站起来了,最后,我一个人可以站起、蹲下了。然后我慢慢地向前滑了一下,"啊!"我一下子摔倒了,但是我一个人爬了起来,我想到了妈妈对我说的一句话:"摔倒了不要紧,能努力爬起来就好。"

功夫不负有心人,在我摔倒了很多次以后,我终于可以一个人很长时间地慢慢往前滑了。

从这件事情,我懂了,干什么事情都要坚持才能成功,不能半途而废。你也来试试吧。

鸭梨熟了

2004 年 10 月 5 日

今天,我来到了姥姥家,姥姥对我说:"走,咱们上山去。"我痛快地答应了。

我走在半山腰,突然发现远处一片金黄色,我跑去一看,啊,原来是油光发亮、个大皮薄的鸭梨呀!那金灿灿、圆乎乎的鸭梨把枝头压弯了腰。多么诱人啊!

我实在经不住这香气袭人、鲜嫩水灵的鸭梨的诱惑,但又不能摘。我仔细看看周围,突然,我恍然大悟,这不是姥姥家的地吗?我见这是姥姥家的地,就摘下了一个梨尝了尝。啊!这梨的味道真是香甜爽口、甜酸适口、甘美多汁啊,我吃得津津有味。

我又仔细端详着这梨,看起来好像一个个可爱的小娃娃。这梨黄得就像被油漆染黄了一般,秋风一吹,那又肥又大的鸭梨仿佛要掉到地上，让人看了就流口水。

姥姥告诉我那就是莱阳梨，我说："真是名不虚传啊！"我留恋这一片丰收的景象，很晚了才回家。

珍惜时光好好学习——《渴望读书的"大眼睛"》读后感

2004 年 10 月 9 日

读了《渴望读书的"大眼睛"》后，我才知道世界上有很多人失学。对于失学、贫穷的孩子，上学的机会是多么可贵啊，而他们的精神是多么值得学习呀！我们应该去帮助他们。

读了这篇文章后，我才知道，我们的家庭条件这么好，如果成绩还不如那些读不上书的人，我们应该感到惭愧。还有一些人不愿意学习，想一下贫困山区的人们多么渴望学习，我们有些人就不会只玩而不学习了。那些孩子，他们要做那么多的累活脏活来挣钱，就为了上学完成自己的愿望。从他们身上我们还应该学会吃苦耐劳。

我们不能把父母的劳动当儿戏，我们应该为他们争光，好好学习，经常参加劳动。

看到山区的孩子那么渴望学习，希望上学，我们应该做点什么去帮助他们，助人为乐，帮助他们完成自己的愿望。

我喜欢这篇课文，它告诉了我要珍惜现在的好时光，好好学习，完成自己的学业，为祖国争光，不辜负父母的希望。

飞吧，我的梦想

2004 年 10 月 15 日

我有一个梦想，它就是：我将来要成为一名高级白领。

光说不做可不行，我要行动起来，改掉坏习惯，学好科技知识，为梦想打下坚实的基础。

我应该做到：言行举止要文明，不能打人骂人，不能做不文明的事。不能懒惰，要勤奋好学。做事要认真，不能马虎。要学会做事从小事认真做起。我要学好数、理、化、电脑文化知识，要多看科技方面的书，开阔一下视野，增长自己的见识。我还应该学好英语。

我一定做好以上几条，只有这样我才可以上进，考上大学，成为白领，让我的梦想成为现实。只有这样我的将来才会更加美好，让我们的父母过上好日子，让我成为孝子。

为了我的梦想而战吧！我不会忘记在背后教育过我、帮助过我、鼓励过我，让我从困难里站起来的人。

学会忍耐和奉献——读《种一片太阳花》有感

2004 年 10 月 20 日

今天我学习了课文《种一片太阳花》，我认为我们应该学习太阳花的忍耐精神，不能像一个小公主似的太娇贵。假如我们太娇贵，连家务活都不会做，爸爸妈妈不能一直服侍我们，将来一个人出去以后，干什么也不可以，什么也不会干，什么都要别人伺候，有什么用呢？狼狈死了。我们还应该学会抗拒诱惑，以免上当。

我们应该为了集体、信誉、荣誉而奉献，以维护我们的集体。比如说，有人说你偷东西打人，说你们这个班一点也不好，教育出这样的人，如果你还无动于衷的话，对班级的信誉就会产生不良影响。

为了整个班级，我们应该像太阳花一样学会奉献。

凡事要多动手——读《一双手》有感

2004 年 10 月 23 日

虽然我们的手很普通，但它可以为我们做很多事：打篮球、工作、学习……所以我们要好好利用这双手，用它为别人造福。

其实每个人的手都是一样的，只有看你努力不努力了。假使你不努力，再好的脑子也不行。只要你用心了，努力了，敢于多试验、多动手，那你一定会成功。

我们要像张迎善一样坚持不断地努力，因为只有这样，我们才会像他一样把事业干得红红火火，干得那么有声有色。

假如你不动手，手脑的协调能力不行，慢慢就会迟钝起来，干什么都不会，谁会给你工作呀？

遵守规则——读《钓鱼的启示》有感

2004 年 10 月 30 日

今天我学习了《钓鱼的启示》这一篇课文。在学习这篇课文的同时，我得到了一个启示：不管在任何时候什么地方，都一定要遵守规则，做一个守信的人。

我们应该学习詹姆斯的精神，做一个守规矩受信任的人，不做一个人前背后不一样的人。只有这样，我们才会成为一个人人信任、事业成功的人。

我感到我们应该不光是自己遵守规则，还应该不时地提醒别人注意遵守规则，让社会上多一些遵守规则的人，才能美化社会。我们应该不管有多急的事也不能不遵守规则，这样时间一长人们会看出你的品德，便会有许多人更加信任你，尊重你。假如你不遵守规则，时间一长人们都不会相信你。别人会想：一个不遵守规则的人，还会遵守对别人的承诺吗？再说，假如你去一家公司应聘，别人查到你有不遵守交通规则的情况，那你有再好的条件也不行了。因此，我们应该做一个遵守规则的人！

让社会上所有的人都遵守规则，让我们的明天更美好吧！

要有三毛精神——观《三毛流浪记》有感

2004 年 10 月 31 日

今天，学校组织同学们观看了电影《三毛流浪记》。看完电影之后我感动万分，主人公三毛不顾自己安危，不断帮助别人逃脱困境的精神值得我们学习。三毛只是旧上海的流浪儿，既然一个旧社会的流浪儿都有助人为乐的精神，为什么我们可以没有呢？难道我们承认我们连一个流浪儿都不如吗？首先我们应该有见义勇为的精神，只有乐于助人，人们才会相信你，感到你伟大、崇高。因此，当你遇到困难时，他们也能拔刀相助。人们都是互相的，只有你首先帮助他们，他们才会帮你。

你也应该想想，如果你是那个需要帮助的人会怎么想，会有什么感觉？

　　看了电影之后，我感到我们应该节省钱，因为爸爸妈妈挣钱不容易，旧社会没钱就得挨打挨骂、得受压迫，因此我感到了钱有多重要，爸爸妈妈多辛苦。如果再乱花钱，我们将来会成为败家子，只会花钱不会挣，所以我们要节省钱。我们也应该好好学习，如果知识不学好的话，再有钱也没用。只有这样我们的明天才会更精彩！

　　通过影片我知道了旧社会政府的腐败，我们要为国家争光，不再回到旧社会！

　　这个影片给了我很大的启示和动力，我喜欢这个影片！

学会冷静、理解他人——读《跳水》有感

2004 年 11 月 3 日

　　今天我学习了《跳水》这篇课文之后，深感遇事冷静的重要性。船长的儿子就是因为没有经过思考，为了面子而上了猴子的当，最后自己把自己弄到了绝路。因此，我们做事要经过自己的考虑，在自己确认没问题后才可以进行，以免上当。

　　假如发生了失火这样的事，只有沉着冷静，才能使自己逃脱困境，死里逃生，不被烧死。

　　我们也不应该鲁莽行事，像小男孩一样无法下台。我们应该学会舍小家顾大家的道理。假如男孩可以停下来思考片刻，便会想象得到自己可能会上去下不来了，所以应该舍弃帽子，保住生命。

　　我认为孩子上去拿帽子完全是为了面子。如果水手们不笑话他的话，孩子也不会上去冒险，以至于只得跳水逃生。我们应该想一想，如果我们是那个男孩，看到别人笑的，感受会怎样？我们会做什么？我们应该从他人的角度去考虑别人会不会难受？只有你理解他人，他人才会理解你。

　　从这篇课文中，我学到了很多道理，我要为我的将来打下良好的基础。

太阳是伟大的——读《太阳》有感

2004 年 11 月 5 日

今天我读了《太阳》这篇课文，深感大千世界无奇不有，太阳竟然可与原子弹爆炸相比，从而验证了古人的一句老话：人外有人，天外有天，不要自以为是，外边有比你更强的人。

这篇课文告诉我们太阳的威力及它与我们的关系。现在我感到假如没有太阳，我们的世界将寸草不生，也不会有我们。太阳为我们提供了许多能源，如煤炭、雨水等，使我们可以在地球上生存。

太阳为我们成长做出了贡献，地球上的东西都离不开太阳，所以我们要珍惜周围的环境、花草树木。我也感受到了太阳的伟大，是太阳在时刻养育着我们。

太阳给了我们许多，如果我们可以很好地利用太阳能就好了，不会有污染、废弃物、核电厂，使我们的生活安全又美好！

太阳为我们付出了很多，我们要感谢它给予我们美好的生活，给予我们生命，使这个星球充满生机勃勃的景象！

太阳，你是伟大的！

灿烂的文化——读《丝绸之路》有感

2004 年 11 月 7 日

今天我读了《丝绸之路》这篇课文。课文介绍了张骞为了开通丝绸之路而付出的心血，付出的努力。

文中讲述张骞坚持不懈终于摆脱困境，回到了祖国。读了课文，我懂了，只有付出莫大的努力，才会成功。成功还要有意志力，不可以半途而废。假如张骞没有信心意志他也不会回来，人们不会知道西域是什么样子，也不会知道其他具体情况。

通过这篇课文，我了解了丝绸历史和灿烂的丝绸文化，更使我对自己的祖国感到自豪，连罗马的凯撒大帝都穿上中国制的衣服，说明我国丝绸很早就出名。当时竟能与黄金等价，使我惊叹不已。同时，我也明白了一个道理，人与人之间应该取长补短，不然独自一人。不吸取别人的优点,永远不可能发展得比别的国家好和强大。只有这样,才会使自己的国家更强大,更繁荣昌盛,使我们生活得更美好。

我读了课文后,感到一个人的力量往往是不够的,要团结一起才行!

这篇课文也让我了解了丝绸的历史。

冷静快速才能救险——看《明日来临》有感

2004 年 11 月 8 日

今天我看了《明日来临》这部电影。电影讲述的是气温升高,引发了雪崩,雪崩将美国范尔山旅游胜地吞没,范尔山的旅馆被埋,主人公米高试图救出妻子与旅客。在第二个雪崩发生之前,他成功救出了所有人。

我想,如果米高当时不是那么沉着、冷静的话,他也会像其他人一样,被大雪淹没。因此我感到,我们平时做事或遇到紧急情况,应该保持冷静,这样不但可以化险为夷,有时还可以救我们一条命呢!同时,在发生紧急情况的时候,一定不要留恋什么东西,要马上逃离,以免引火烧身。如果留恋想带走,可能会导致死亡,而《明日来临》中反面角色,就是因为留恋钱财,在拿包的时候,将包后的管道弄断了,使液体漏出,弥漫到了空气中,引发了爆炸。

由此可以看出学好逃生、急救知识是多么重要啊!我们应该像米高一样遇事冷静、沉着,只有这样才能使我们在任何情况下都化险为夷。让我们一起行动起来吧!

我的班级大家庭

2004 年 11 月 9 日

我与同学们组成了一个班级,在这个班上,我有许多好朋友:姜惠荃、史梦菲、李炫璋、苏宁远、王淑文、王泽晨。我们的班级有 59 名同学,我们同学相处得非常非常非常好。在我们这个班上,同学们都很有集体荣誉感。而且,对于同学们来说,曾有过一条规矩,就是:有富共享,有难同当,路见不平,"拔刀相助"(自己班的同学)。

有一次，我们班同学表演一个重要节目，同学们为了让这个同学的表演圆满成功为他忙前忙后。大家为了让班级获得荣誉，把希望都寄托在他的身上，所有人都忙碌着。最终，功夫不负有心人，我们最终获得了荣誉，这也有同学们的一份力呀！

还有一次，我走在下楼的路上，发现护导抓了一位同学，我仔细一看，那不是我的同班同学嘛。我走近一听，原来，是因为护导说他踩到黄线，但他刚刚在我前面没有踩呀。于是，我与护导打开了口水仗，那个同学见我来了，便跟我一起上，终于我们赢了。我说："他敢在光天化日之下乱冤人！"

在这个班上，同学们像兄弟姐妹们一样生活着，让我感到了家的温暖。

第一场雪

2004 年 11 月 30 日

清晨，我拉开窗帘，只见天空上彤云密布，鹅毛大雪从天而降，周围的一景一物都早已被冬爷爷盖上了一层厚厚的棉被。大树上早已被厚厚的一层雪包住，在阳光的照耀下像闪闪发光的银条。极目眺望，这万水千山似乎像收获了的秋季，但是，这次"丰收"可是白颜色的。雪花像舞蹈家一样在空中跳着欢快、优雅、漂亮的舞。小雪花又像一名保卫祖国、维护世界和平的小战士，正在进行空降演习。

这时，楼下传来了朋友们的嬉戏声，我跑下去一看，他们正在堆雪人、打雪仗、"滑雪"呢！于是我也跟他们一起玩耍、嬉戏。我们便这样玩了一天，欢快的叫喊声把树枝上的雪都震下来了，雪像玉屑一样纷纷扬扬地从树上飘落下来。于是，我们欢快、有趣的嬉闹声，便成了新年的钟声，给我们每一个人带来了希望和幸福。

难忘的牟老师

2004 年 12 月 1 日

今天，同学们向我公布了一个坏消息：牟老师转走了！虽然平常牟老师对我们严格点了，但是我还是很喜欢她。她的走让我难忘，舍不得,毕竟她教了我们三年的时间。发生在我身边的关于牟老师的事更是让我难忘。

记得那是我上一年级的时候,一天下午,我发现操场上我们班同学正在进行一场"决斗",我连忙上前阻止打斗,却被一位同学误以为要"参战"。这时,另一位打架的同学却成了旁观者。这时,我才觉得自己真是引火烧身,引狼入室,自找苦吃呀!

现在我和那位同学产生了矛盾,我们打了起来。这时,牟老师及时赶到才阻止了"病情"的恶化。牟老师把我们带到办公室,耐心地告诉我们不该打架等,化解了我们之间的矛盾,让我们和睦相处。因为我们的事,牟老师开会都晚了,被上级罚了。我不知道该怎么谢她。她为了我们而不去开会,我该称牟老师是救命的仙丹,治病的良药。

我希望牟老师可以回来。在这里我祝牟老师:万事如意、工作顺利、身体健康!

网络风波

2004 年 12 月 6 日

今天我回到家,准备玩电脑。打开电脑后,我发现桌面上有一个"拨号"图标。于是,我怀着气愤的心情点开它,有一个拨号键,我点了一下,屏幕中间出现了:已与网络连接。顿时我转怒为喜,心花怒放。我打开 IE,打上了平常同学们说的有趣、特别好的网站,开始痛痛快快地玩起来。

爸爸妈妈回来了,我告诉他们说我会上网了! 妈妈说:"是吗? 我们晚上庆祝咱们家上网了,还有,你会拨号上网了,奖你一个礼物:今天你可以无限制上网。"我高兴得一跳三尺多高。

由此,我们家也引发了一起网络风波。每天晚上,我和爸爸妈妈抢电脑,一天之内,上三次网。周末因为不用去单位,所以很方便。

上网有许多的好处,比如说,它可以查资料,看 Flash,玩游戏,下载文件等。

有一天,妈妈说:"不能再这样上网了,网上有许多不健康的东西,所以只有星期五、星期六、星期天才能上网。"我只好说:"好吧。"

我们家的网络风波就这样结束了。

我的发明家愿望

2004 年 12 月 7 日

我有一个愿望，就是让自己成为一位海外知名、多才多艺、文武双全的发明家，为别人付出。我想到这个愿望是因为人生是枯燥无味的，所以快乐需要自己创造，我感到为别人付出就是一种快乐，就像这句话："只有为别人付出了所有的爱、时间、力量、精力，你的生命才会开花结果。"我要让我的生命花朵绽放得更美丽、更动人。

如果我梦想成真，成为了一个人人敬爱的科学家，我想为落后生辅导，让他们天天向上，为教育科技事业而献身，不分日夜地工作、试验、探索。我要让我的第二个愿望成为现实，我的第二个愿望就是发明一种微型电脑，外形类似手表。虽然外形屏幕小了点，但是，如果你打开它，就会有一个超大屏幕，但那是一个虚拟的，可以无线上网，不用安装就可以玩游戏，可以不用手控，直接用心想，电脑可以接收脑电波，还可以查找地图等。我想我能做到这些，它将给人们带来方便！

一件神奇的外星乐器

2004 年 12 月 8 日

一天，一架 UFO 飞到地球上一个乐器制造厂的旁边，人们都出来活动，一个外星人将一盆水倒了，这些水正好洒到了一架小提琴上。另一个外星人说："别随便倒，咱们的水可能和这水的成分不一样。"那个外星人说："不就一盆水吗？有什么大不了的。"过了一会，外星人坐着 UFO 从地球上消失了。

这个小提琴卖给了一个名叫山克的小学生。一天，学校里要开"特长展示会"，要求全校同学参加。山克拿着他的小提琴来到了学校。经过千辛万苦，终于，轮到山克拉小提琴了。当山克拉的时候，人们都感到自己身边的差等生在变。当拉完一曲后，差等生身上再也看不到那种有气无力的表现了。晚上，山克也感到自己一拉起这个小提琴,就比以前聪明一倍。如果是气愤地拉琴的话,听者一定会比以前智商低 100%。于是,山克当天便向全球公布了小提琴的秘密,并声称:"只为穷苦人使用。"

某国的总统有一个弱智儿子,想让山克把他变成聪明人。总统让两名特务到山克家,送东西让山克帮助把总统的儿子变聪明。可山克不吃这一套。于是,两个特务便准备强行带走,山克用小提琴将他们变成了傻子,然后让全世界知道了这件事。

为了中国的尊严

2004 年 12 月 9 日

在日本鬼子侵占中国的时候,许多知识分子留学到外国学习知识带回国。有的国家不想看着中国富强,于是,便在大使馆门前写道:"狗和华人不得入内!"谁也没有办法。有一天有一个爱国知识分子看到了这句话,愤愤地走了。第二天,他带着一群人冲进大使馆,对那些人大吼道:"我们是人,不是狗!你们不想我们富强,我们一定会强起来的!!!"吓得那些人东躲西藏的。最后,那些人没有办法,只好把写那句话的木板扔了。其他大使馆的人看见了,不想受同样的苦,于是,他们也都把木板扔了,准许中国人出国学习技术带回国家。

我们是有血有肉有尊严的人,而不是碰到困难就退后的人。一个人没尊严,永远只能为别人做牛做马,也永远不会干成大事业的。

没有自己尊严的人,只是一具活僵尸,而不是人!

我要做一个有骨气有尊严的孩子,中国的未来就掌握在我们这一代人手里了。为了中国的尊严,为了中国人的尊严努力吧!

浪费时间的下场

2005 年 1 月

今天早上,我正在吃早饭然后准备上学。这时,妈妈走过来对我说:"唐老师刚才打电话说,今天因为大雪封道,不用上学了。"我一听这个好消息,从椅子上跳了老高,心想:"今天可以好好玩一天了!"没想到妈妈却说:"我知道这对你来说是一件大喜事,但是我们不能轻易放纵自己,让自己开小差,这样便会越来越懒,被别人赶上。所以你在家里复习,中午我回来查看一下,如果好的话,奖励看一个半小时电视。"我连忙说道:"好,就这么办!"虽然我口口声声说好,心里却想:"这样只能看一个半小时电视,如果我来一个偷天换日,投机取巧,上午先看两小时电视,再复习,也不迟呀,这样便可以看三个半小时电视了。"但是,我一想到后果,不由吓出了一身冷汗,可是我太想看电视了,于是心一横,说干就干,但要先等妈妈走后,伺机而动。

妈妈走后,我还不敢动身,生怕妈妈回来,做贼心虚啊。听见大铁门被关了,我便马上行动,无声地打开电视机,美滋滋地看了起来。

正在我为自己的"完美计划"而沾沾自喜时,门开了,妈妈回来了!妈妈看我在看电视也大吃一惊,过了一会儿才反应过来,对我说道:"好哇你,我叫你复习,你却在这看电视,我原本想如果你复习好了,让你玩一个半小时电脑,现在,一切免谈!给我做一张卷去!想玩?我让你享受一下浪费时间的滋味"!我被这突如其来的一切吓得目瞪口呆。

我本可以轻轻松松复习,并得到奖励,而现在什么也得不到,还要写卷。我知道"浪费时间的滋味了"!我再也不敢浪费时间了!有一句名言说得好:一寸光阴一寸金,寸金难买寸光阴。

同时我也懂了,珍惜时间的人才会赢得胜利,而浪费时间的人永远也不会!

多才多艺的爱心少年

2005 年 1 月 5 日

姜丰仪——一个活泼可爱、快乐自信的男孩子,生于 1995 年 5 月 7 日,是烟台市芝罘区葡萄山小学四年级四班的学生。

从他背上书包,踏进校园的那一刻起,就下定决心要使自己成为一名品学兼优的好学生,不辜负老师和家长对他的殷切希望。几年来,在学校老师的辛勤培育下,通过自己的不懈努力,在德、智、体、美、劳儿方面都取得了优异的成绩。

　　除了每学期(年)都被评为学校三好学生、优秀少先队员和劳动积极分子外,在各科学习上也取得了优异的成绩。

　　他爱好运动,体育成绩均达标。在班上是一位游泳好手,能一口气游 500 多米呢! 他的英语更是顶呱呱。通过三年多的学习,已能流利自如地用英语和英语老师交谈,并坚持用英语写日记和作文。

　　作为少先队员,他不愧为同学们学习的榜样;作为普通的家庭一员,他是父母的骄傲。在学校、在家里,他都有令人感动而又妙趣横生的故事。

　　遨游在书海。 姜丰仪同学出生在一个知识分子的家庭,父母从小严格管教和辅导自己心爱的儿子。在这样的环境中,姜丰仪懂事很早,养成了独立的个性,每天闲暇缠着妈妈给他讲故事,什么白雪公主、瓦特发明蒸汽机、丑小鸭、小红帽等等。他想:不能总是听妈妈和别人讲故事,自己也要能给父母和同龄人讲精彩的故事。于是,他渐渐地迷上了读书。除了课堂内学到的知识外,他阅读了大量的课外书籍,并从课外书籍中认识了华罗庚、高士其、陈景润,也认识了爱迪生、爱因斯坦、牛顿、居里夫人、华盛顿……读书帮他打开了一个世界的大门,同时也把他推上了班级"佼佼者"的荣誉宝座。在他读小学的这三年多里,妈妈学校的图书室开始对学生开放,当别的孩子在尽情享受童趣之时,他却常常利用课余时间痴迷于学校那简易的图书室与阅览室。大量的阅读加上勤奋与努力拓展了他的眼界,知识面更广了。在历年的"读书榜样"评选中,他连年当选;他的作文,也常常因立意新颖、构思独到而屡屡胜出同学一筹。在全校的颁奖大会上,常常听到他的名字。

　　用心播撒爱。 如果说学校是姜丰仪的一个舞台,那学校以外的世界则是他童年生活的另一个大舞台。在葡萄山小学少先队大队部的组织倡议下,"献爱心"的活动在学校开展得风风火火。而作为中队委的姜丰仪更是处处争当表率。妈妈是特殊学校的一名老师,小时候到妈妈学校,常常看到一些残疾学生由于家庭困难而造成学习生活困难。他就问妈妈:"为什么他们穿得这么差? 为什么他们常年不回家?"妈妈告诉他:"这些孩子由于小时候得病,失去听力或视力,父母全国各地到处给其治病，有的已经倾家荡产，甚至落下外债，他们的家庭都很困难。"他听后记在心里，暗暗下决心尽自己的所能帮助他们。在盲哑学校的校园里总是能看见姜丰仪的身影——帮小同学学习，给他们学习用品和课外书籍，把父母给买的食品送给残疾儿童，甚至用攒下的零用钱给困难同学买所需用品，去福利院看望这些特殊的朋友，无私地奉献大量的业余时间，风雨无阻，从未间断。他用行动在继承华夏民族的美德，他用心在播撒博爱的种子。正是这帮扶行动，感动着盲聋哑同学，他们结成深厚的友谊，也把葡萄山小学的"献爱心"活动落到了实处并推向了高潮。因为数年如一日尽自己所能地为残疾同学送温暖、献爱心，所以在残疾同学的心目中，在妈妈学校和葡萄山小学老师的心目中，姜丰仪是同学们的榜样、少先队员的楷模。

校园风景线。几年来，葡萄山小学一直紧跟时代悄然变化，校园更美了，师资更强了，姜丰仪的表现更优秀了。最值得自豪的是：他不但学习成绩优秀，在其他方面也毫不逊色，因为追求全面发展是他的目标。自入学以来，他一直担任班干部兼科代表，是老师的好帮手。热爱班集体，热心为班集体做好事。从担任班宣传委员以来，认真负责地出好黑板报，在校黑板报评比中多次获奖；在各类的手抄报绘制中，精心设计，份份优秀。他尊敬师长，团结同学，帮助同学。当同学在学习上有不懂的地方请教他时，总是耐心、仔细地给他们讲解，因为帮助同学是他最大的快乐。同时，他还是一个富有爱心的男孩子。每当学校有同学因病需要帮助以及贫困山区的孩子需要捐助时，他都会把自己的零用钱捐赠出来，表达自己的一片爱心；主动和海军叔叔联系，写信赠物，以表达敬慕之心，因此赢得了老师和同学们的赞扬。在他和几名优秀干部的带动下，班级、校园呈现出时时皆文明、处处都洁净的良好景象。人们随时可以看见这一道靓丽的校园风景线。

雏鹰展翅飞。他不仅成绩出众，而且爱好广泛。他是游泳运动员，爱好电脑、绘画、手工制作、饲养小动物、旅游和大量阅读各种各样的书籍：童话故事、自然科学、侦探和科幻故事以及许许多多妙趣横生的英语读物,它们是他丰富的精神食粮,带给他无穷的乐趣。他不仅乐于助人,而且积极参加各种有益的社会活动……用老师们的话说:姜丰仪真正称得上是一个品学兼优的好学生。面对赞誉,他并没有骄傲,而是这样说:"我并不认为自己很优秀,我只觉得作为一个小学生、作为一个少先队员,我所做的是很多少先队员已经做过的,我只不过是以他们为榜样罢了!"的确,榜样的力量是无穷的,正因为有榜样的力量,才有姜丰仪这样的少先队员,而正因为有姜丰仪这样的榜样,班级和学校的少先队工作才能有所突破,有所收获。

当我们问姜丰仪新学期有什么新打算时,他竟不假思索:"需要做的事还很多,海啸灾区的儿童需要我的帮助,环保问题需要我们努力,需要我献爱心的人还有很多很多,需要我做的事也还很多。"的确,正是这些事情使他一刻不停向前迈进,也正是这样,让我们看到了学校少先大队部的一面活旗帜还正迎风飘扬,志在高远的雏鹰振翅欲飞,祖国的未来、祖国的希望,正在茁壮成长。

获奖情况。2001 年度被评为三好学生和优秀特长生;2002 年度被评为优秀少先队员和三好学生;2003 年度被评为三好学生;2004年度被评为三好学生和优秀干部;2003 年 6 月 6 日爱眼日书画比赛中《视欣使我的眼睛更明亮》、《视欣变形金刚》两幅作品分获一等奖和三等奖;2004 年 4 月第三届全国中小学生课外书画创作笔会大赛《水下乐园》荣获本次活动最高奖:一等奖。

班干部就应该以身作则

2005 年 1 月 18 日

许多人都有难忘的事,我也一样有许许多多难忘的事,但是,给我印象最深的还是这一件事。

一天中午,同学们站着整齐的队伍准备下楼集体放学,我因为一点小事没来得及站队,便跑到楼下站在队伍的最后面。站在最后面因为没有老师,所以有点想说话,但一想,自己身为班干部应以身作则,作好同学们的好榜样,不能带头犯错。过了一会儿,我实在忍不住说话的诱惑,看看没有老师,便像青蛙一样没完没了地说了起来。

当老师来到后面检查时,我就装着像什么事情都没发生似的,等老师走了,便又说起话来。当老师第二次来到后面检查时,我被发现了,老师说:"好小子,留下来。"我知道自己完了,第一次老师来检查时,其实就发现我在说话,老师没说我是给我面子,我怎么没看出来呢?再说我早知如此,何必当初呢?这时,老师送完路队回来了。老师对我说:"你其实是很优秀的,就是有点懒,你比别人优秀,所以才选你当班干部。你是别的同学的榜样,应该以身作则,不能带头犯错,你干什么事都应比别的同学强,知道了吗?好了,这次就当是一次教训,记住,不能人前背后不一样,回家吧。"老师的话虽然轻,但像锤子一样砸在了我的身上,我真有点想哭,后悔极了,计划着今后该怎么办,思索一路,回家了。

从此以后,我还有我们班级,再也没有站队说话的情况了,因为有我和班干部们管理这个班级。当我们全校出去活动时,我们说话的次数也明显减少了。因此,我们获得了流动红旗。这是班干部的功劳,是同学们努力的结果。

老师的话现在还刻在我的心坎上,它时刻激励着我。

这就是我最难忘的一件事。

竞聘宣传委员

2005 年 2 月 21 日 星期一

老师、同学们:

你们好!

我叫姜丰仪。今天,站在你们面前的我:聪慧、自信、正直、诚实、勇敢、善良又有责任心。今天,我走上讲台的目的就是竞选宣传委员——中队委。

今天我上来竞选是想把我们的班级建设得更美好,因为我上课认真听讲,积极发言,勤奋学习,成绩优秀;我遵守学校纪律,积极参加学校的各种活动;我积极参加体育锻炼,关心集体,爱护同学;我能及时完成老师布置的各项任务和作业,精心设计出我班的黑板报,管好图书角,使同学们能及时看到课外图书,增加知识;我还能管好班级的路队,让同学们走得整整齐齐,安全过路口;如果有人破坏公物,我更能及时制止。所以我觉得我能够胜任宣传委员这个职务。

老师、同学们,如果我竞聘上宣传委员,我会继续努力,做到:

1.协助老师做好各项工作,当好老师的小帮手。

2.我会组织学习游戏,提高大家的学习兴趣,扩展大家的知识视野,让大家的学习成绩上升。

3.我会精心设计出我班的每一期黑板报、宣传栏,给全校师生耳目一新、别出心裁的感觉,提高我班的知名度,为班级争得荣誉。

4.以身作则,更严格地要求自己,给同学做一个好榜样。

5.管理好班级,学习其他班级的优点,克服自己的缺点,使班级工作迈上一个个新台阶。

如果我没竞聘上宣传委员,说明我还做得不够,要继续努力,争取下一学期评上宣传委员。

老师、同学们,请信任我,投我一票,给我一次机会吧!我会经得住考验的。我坚信,在我们的共同努力下,发挥我们的聪明才智,我们的班级的宣传工作一定会做得更红火,班级工作一定能搞得更出色,我们的班级也一定会步入新的辉煌!

五一游记:艾山温泉

2005年5月1日

今天是五一长假的第一天,我与爸爸妈妈一早开车来到位于栖霞市的艾山温泉。到达后爸爸带我们先转了一圈四周看看。这是一个温泉疗养中心,不但有豪华的住房,还有宾馆似的服务大厅、商业中心、游泳池、露天温水池,还有餐厅和康乐中心。这里建筑面积广阔,设备齐全,在这里可以一边洗温泉一边看书……

我们安顿下来后天已经黑了,爸爸说洗温泉必须要体力好,所以我们先美美地睡了一觉。晚饭后,散着步向康乐中心走去。我急不可耐地冲在前边,迫不及待地想看看温泉的真正面目。来到康乐中心,爸爸领我来到更衣间换衣后进入了露天温泉。一阵寒风吹来,有一点点冷,我问爸爸:"爸爸,会不会冷啊?"我有点想打退堂鼓了。爸爸说:"怎么会冷? 里边三十多快四十度的温度呢!"但我还是有些害怕。

　　我来到温泉池旁脱下浴巾,站在池旁进退两难。这时,爸爸悄悄地推了我一把,"啊!"我急喊一声就整个身体进水里了。原以为会冻得半死,可是下边的水比上层的还热呢! 爸爸也下来了。我就想,如果有人不下来,那可真傻! 我感到这里冷热适当,并且进水后感到皮肤好像变细腻了,光滑无比。

　　我看看四周,这是一个很大的温泉池,水也很深,里边几乎全是大人,而且很多人用游泳圈。我可以大显神威了。于是我在里边游了一圈又一圈:蝶泳、自由泳、仰泳、蛙泳轮着游,让那些大人看得目瞪口呆。游累了,停下了,我看到大人们不断向我投来敬佩的目光。我想休息了,就闭目养神一会。这时妈妈也来了,她怕冷还围着浴巾在身上。我渐渐感到体力不支,忽然想起有人说:泡温泉两个半小时等于慢跑两公里,慢慢地想休息了。

　　在妈妈的看护下,我浮在水面上睡了一觉。当我醒来时已经11点了,我和爸爸妈妈起身回客房休息了。多么愉快的一天啊。

逛商店

2005 年 7 月 9 日 晴

　　今天学完英语,爸爸、妈妈和我一同来到振华商厦挑选裤子。我们三人用锐利的眼光,挑好了一条黄色的裤子。爸爸去交钱时,我与妈妈一同来到六楼继续为我选裤子。之后,我又来到玩具区对妈妈说:"妈妈,给我买个玩具吧,行不行?"妈妈无法抗拒我的攻击,只好让我买一个。我精挑细选,选好了一个实验用具。妈妈交了钱,我们高高兴兴地回家了。

艾山温泉

2005 年 7 月 10 日

　　今天天刚蒙蒙亮,我和爸爸妈妈便从床上爬起来,拿起书包冲到楼下。过了一会儿,张叔叔开着车来了,我们坐上车向牟氏庄园和艾山温泉进发。

经过几小时的奔波,下午时分,我们终于来到了位于栖霞市的艾山温泉。这里有康乐中心,娱乐休闲的歌舞厅,还有繁华的餐厅、商业中心。安顿下来之后,我们美美地睡了一觉。

晚上,我们两家饱餐了一顿之后,便来到康乐中心,并进入了露天温泉。来到这里以后,我先用脚放到水里试了一下水温,正好合适,我便顺着台阶慢慢往下下,没有什么不适应,也没像大人们说的那样太冷或太热。于是,我对正在上面犹豫不决的爸爸妈妈说:"下来吧,不冷。"他们只好鼓足勇气跳了下来。下来后,我们并没有感到冷、热,而是感到比在上面还要更加舒适。这里的所有人几乎都是旱鸭子,我可以一边享受温暖舒适的温泉,一边展现我变化多异的泳姿,实在是两全其美。我在小妹妹强烈要求下推着她的游泳圈在池子里转了一圈,看着她高兴的神情,我的心情顿时也像她一样高兴。玩了一会我感到有点累,便在妈妈怀里躺下休息片刻。我起来时,大家全都跑到另一个池子了,我也可以在这里爱干什么干什么了。于是我一会计时冲刺,一会躺在水上休息,玩得不亦乐乎。时间过得飞快,不一会就到了11点,于是大家全都上"岸"回去休息了。我们的这次温泉之旅也到此结束。

组装百科

2005 年 7 月 11 日

今天中午,爸爸向我借走了 1950 元,我对爸爸说:"爸爸,明天是我的生日,你给我买个玩具吧!"老爸爽快地答应了。

学英语时,我左盼右盼恨不得马上下课。终于盼到了下课,我一溜烟跑下楼窜上爸爸的车。不一会,我们来到了振华商厦。

我和妈妈首先来到六楼玩具区。这里的玩具琳琅满目,让我眼花缭乱。我挑来挑去,看来看去,心想:"要一个彩屏游戏机,可是这里的全是黑白屏的,妈妈也不让买游戏机,我只好放弃买游戏机。""买一只机器狗吧,既然真狗不让买,可以买假的呀!"我想。可是一问机器狗并没有狗一样的性能,只会叫一叫,走一走,太没意思了。这时,我的目光落在了放在一旁的组装百科上,我问阿姨:"它能干什么?"阿姨说:"它能随意组装起飞机、坦克……"顿时,我心花怒放,忙对妈妈说:"妈妈,我就要这个玩具了!"

回到家,我迫不及待地打开组装百科,里面有轮胎、螺丝……我先在说明书中选择了一个简单的模型——直升机,开始组装了。我首先按照图片所示,找到零件并组装起来,还要不时地检查螺丝的松紧。不一会,我便累得满头大汗。虽然有点累,有点麻烦,但是组装百科却很有趣,很好玩,也锻炼了我的动手能力,使我能出类拔萃,更加优秀!

夏日的救命稻草

2005 年 7 月 12 日 晴

7 月的知了,像小号手一样,带领着夏日滚滚的热浪向我们袭来。夏日像一批训练有素的特种兵在我们身边无声地来到,夏日又像一匹烈马,疯狂地在外面穿梭着,使我们感到闷热天气的来到。

今天,我在运动馆踢完球,走在回家的路上,酷热的阳光照在我的身上,有一种火辣辣的感觉。于是我便跑回家打开冰箱准备吃冰棍,然而,意想不到的事情发生了,冰箱里冰棍全都没了!我问妈妈:"妈妈,我的冰棍呢?"妈妈笑了一笑对我说:"今天来了客人,我看他们太热了,便给他们吃了。"我大吃一惊。在夏天里,冰棍就像是一根根救命稻草,一片片沙漠绿洲,没了冰棍可怎么办呢?这时妈妈说道:"为了补偿你的损失,我拿出 20 元给你买冰棍。"妈妈话音刚落,我便接过钱飞也似的跑向商店。商店里的冰棍琳琅满目,使人目不暇接。经过我精挑细选,终于买下了 20 个既经济又实惠的冰棍,而且只 8.5 元,剩下的 11.5 元可以买我想买的其他东西。回到家,我已是满头大汗,并连吃了三个冰棍,从嘴巴到肚子马上感觉凉丝丝的,真是透心凉啊。炎炎的夏日要晒死我了!7 月的夏日真是热的要命呀!冰棍让我有了一种凉透的感觉!它是夏日里我的救命稻草!

不要崇洋媚外

2005 年 7 月 13 日 晴

今天下了"cat's and dog's"。英语真有意思，"倾盆大雨"竟然用"cat's and dog's"，不懂的人会以为是下猫和狗呢！学完英语，我脸上洋溢着微笑，因为今天我学英语学得很好。于是，妈妈对我说："今天表现不错，走，去买些韩国食品尝尝吧！"我高兴地欢呼起来。之后，我们来到振华商厦食品部。这里的食品各式各样，琳琅满目。于是，我开始挑选食品。经过半个小时的精挑细选，我终于选定了一包鸡翅饼干、五包海苔、一包香脆棒，上面都画着精美的图片，诱人的画面，使人看着就流口水。一回到家，我便迫不及待地打开一包鸡翅饼干，一尝，什么呀!? 酸酸的，还不如国产的呢！妈妈今晚做了拿手好菜：西红柿炒鸡蛋及紫菜汤。但是，紫菜还未入口，便在嘴边成了"胡子"。

在这里，我要告诉大家，不要崇洋媚外，自己国家的东西很多是最好的。

英语大赛获奖了

2005 年 7 月 14 日

今天，是我参加中央电视台"希望之星"英语大赛的日子，想到马上就可以看出自己真正的实力了，我激动万分。烟台市的精英全部都在这里，我要跟他们一决胜负，一比高低。

下午，妈妈爸爸陪同我来到参赛地点——烟台双语实验学校。来到这里，我信心十足地挂上参赛证，看到周围的观众用羡慕的眼神看着我，自豪极了。当我与爸爸妈妈来到多功能厅时，这里已是人山人海。首先，我去抽比赛序号！我心里默默为自己祈祷，一定要 30 号以下，30 号以下，可是天不由命，我却抽到了一个 45 号。本想早比赛完早走呀，唉！

比赛开始了，1 号选手上场了。首先是选手自我介绍，然后是讲故事或自命题演讲 2 分钟，接下来便是评委问问题。我准备了一个长达 1 分 45 秒的演讲与 10 秒钟的自我介绍。比赛分上、下午,共 140 多人参加 B 组选拔赛,前 60 名进入复赛。许多选手都在问答题时冷了场,弄得不可收拾。慢慢的,我发现演讲分高,故事分低。我在上场之前进行了一次调查,发现只有 2 人演讲,其他人都是讲故事,并且我发现 80% 的人第一次比赛分低于 9 分。"请 B045 号选手做准备。"一听到喊声,我马上来到后台准备上场,其他在后台的选手紧张万分,但我却不以为然。我认为不管进不进入复赛,都是一种解脱。"请 B045 号选手上场。"主持人喊我名字了,我一步一步走上台去,开始进行自我介绍和演说。我很顺利地完成了前面的比赛。"下面进行问答题部分。"面对评委一个个轰炸式的提问,我都能对答如流。可是最后一个问题却让我犯难了:Can you tell me some about monkey? 平时我对猴子不感兴趣,怎么办? 时间一分一秒地过去,我终于想到了一个答案回答了。下了台之后,我迫不及待地想听我的分数,"下面公布 B045 号选手分数,9.12 分!""太好了! 我终于进入复赛了!"我比很多人的第一次比赛分都要高! 这时,妈妈又告诉我一个好消息:我是第 11 名!"太好了! 真没想到!"我欢呼了起来! 平时的努力真是没有白费啊!

　　领了表演奖后,我们便高高兴兴地回家了。

　　这次比赛让我感觉到,平时应该多练习才会出成绩,多经历才会不紧张。

欲速则不达的滑冰比赛

2005 年 7 月 15 日

　　今天,为了按时赶赴我与王策、仲鹏伟一起玩的约会,天刚蒙蒙亮,便迷迷糊糊地从床上爬起来,睁着惺忪的双眼,强打精神开始写妈妈今天布置的作业。"啊! 终于完成了。"经过三小时的艰苦奋战,我终于把今天的作业完成了!

　　下午,我如愿以偿地来到集合地点。此时,王策、仲鹏伟早已来到楼下,于是我们穿上滑冰鞋向聋哑学校进发。一路上,来往的车辆行人我们都能一一躲过,望着别人那羡慕的目光,那真是一种享受啊!

不一会，我们便来到聋哑学校，开始在宽敞的校园的水泥地上自由自在滑起旱冰来了。过了不久，他们便对我说："这地坑坑洼洼的，一点都不好。"但是我可以轻松应对，因为我从买滑冰鞋之日起便在这练习滑冰。再说，他们买滑冰鞋才不到一周呢，我都买了快一年了呢！为了更有意思，我开创了接力比赛、警察抓小偷等游戏。可是每次我都赶不上他们，这是为什么？我可是滑了一年的老手呀！难道是他们上了培训班？我静下心来仔细一想，哦！原来是我太着急了，求胜心切。这时，我想到课本上的一篇课文《欲速则不达》。我是因为求快反而达不到目的。之后，我不慌不忙地与他们比赛，很轻松地便胜利了。

同学们，千万要记住，凡事欲速则不达呀！

惊险的路上滑冰

2005 年 7 月 16 日 晴

今天上午，我没有拖拉，及时完成了作业，有些沾沾自喜。妈妈说要给我一个意外的惊喜。晚上一吃完饭，妈妈就说："走，拿上轮滑鞋，咱们到音乐广场去玩，这就是我给你的惊喜！"这时，我欣喜万分，没想到妈妈给我的惊喜竟是出去玩！我连忙带上轮滑鞋准备出去玩。这时我灵机一动，突发奇想，我为何不滑去音乐广场呢？这样又省力又刺激。于是我对妈妈说："妈妈，我滑着去吧？"妈妈说："那可不行，路上滑冰太危险了，坡那么陡，车那么多，不行不行！"在我的再三要求下，妈妈终于同意了。我穿上滑冰鞋，一步一个台阶，慢慢来到楼下，这时街上所有人都在看着我，好像在问：这小子行吗？哼，真金不怕火炼，我一定能成功，证明给你们看一下！于是我在妈妈的带领下开始下坡，慢慢地我让妈妈松开手试试，可是刚一松手我就像一匹脱了缰的野马一样疯狂地向下冲去。妈妈见状急忙拉住我，我才没有摔倒。前面，我们面临一个更大的困难，这里有一个更陡的坡，而且下面还有一个 90°的急转弯。我扶着大树，在妈妈的帮助下，一步一步向下滑去。忽然，我一个趔趄向下摔去，幸亏妈妈眼疾手快一把抓住我，才阻止了我又一次摔倒。没想到，我脚下没站稳，还是摔倒了,这一次差点把妈妈也拉倒了。通过这次险情,我体验到了在这种情况下千万别大意,要听大人的意见呀!一定不能在路上滑冰啊,不然会引起一些不必要的麻烦和危险。

同学们,千万别骄傲自大呀!

我是妈妈的护理员

2005 年 7 月 17 日

今天,妈妈为我剪指甲时,我看到了妈妈的手,惊呆了!妈妈的手上布满青筋和老茧,和我这双白胖胖、细腻又柔滑的手比起来,简直是天壤之别!如今,看看妈妈为我付出了多少:当我睁开惺忪的睡眼从床上爬起来时,热腾腾的饭菜早已放在桌上;当碰到雨雪天时,是妈妈提前在校门口为我撑起了雨伞;当我病了的时候,是妈妈整夜的不睡握着我的手嘘寒问暖;当我已进入梦乡时,妈妈却还在为我洗衣料理家务⋯⋯

这时,我才真正感受到妈妈对我的爱,为了我,妈妈简直操碎了心,但我却一点也不理解。现在,我真想对我心爱的妈妈大声说一声:"妈妈,请您不要太爱我!请您像其他妈妈一样青春快乐吧!"想到这,我便对妈妈说:"妈妈,您去做皮肤护理吧!"妈妈说:"只要你什么都好,便比我做护理还管用。"我想:"既然妈妈不做护理,那么我就要在精神上给妈妈抚慰。"于是,我帮妈妈料理家务,打扫卫生,自己叠被子,学做家庭小主人⋯⋯写作业时我字迹工整无错字。妈妈见了我所做的一切,感动地说:"儿子呀,谢谢你,你所做的一切胜似我做护理!"

妈妈的话语给了我极大的鼓舞,我真高兴,我能为妈妈做点什么了。妈妈,今后就让我为你做永久的"护理"吧!

与表哥为所欲为地疯玩

2005 年 7 月 18 日

今天表哥来到我家,我们可以为所欲为了。哥哥的突然到来使我欣喜万分,我与哥哥好像一个人,你知我心,我知你心。每当我搞恶作剧时,哥哥便能心领神会,我们配合得非常默契,经常把对方吓个半死。

哥哥一来,我便可以因他沾光。因为哥哥是贵客,好久没来了,所以妈妈特批今天我们可随意了,爱怎么玩就怎么玩,无所谓。于是,我与哥哥便开始疯玩行动。我们一会玩相扑,一会玩海战,一会玩美国大兵。不一会,我们便大汗淋淋,屋子也被我们搞得乱七八糟,东西也东倒西歪。妈妈见了对我们说:"快快,马上去洗澡。"

来到浴室,我见到角落里的喷壶与放在一旁的喷头,眼珠子一转,计上心来。我对哥哥说:"哥哥,咱们玩打水仗吧!你用喷头,我用喷壶。"哥哥说:"我没意见。"于是,一场世纪水战开始了。首先我把喷壶的气打足了向哥哥冲去,"看我的大规模杀伤性武器!"哥哥说着便打开了喷头开关。这时,我也不甘示弱,拿起喷壶向他脸上喷去,"啊!"哥哥一声尖叫,把身子向后转去,以抵挡我的攻击。借此机会,我把喷头的开关一关,断了他的"水力",他也只好束手就擒。

这时,我才发现爸爸刚洗好的西裤,早已成为了"水裤"。于是,我悄悄地把电吹风拿来,打开最大马力想把裤子吹干。电吹风的声音把妈妈吸引了过来,当她打开洗手间的门,发现里面已经"水漫金山"时对我们说:"犯错误是小孩子的本性,但是不要再干了呀!"我们开心地笑了。同学们,可不要学我们呀!

和睦之家

2005 年 7 月 19 日

今天是我和妈妈最高兴的日子,因为今天是这段时间以来爸爸唯一一次不去加班的日子,他答应今天留在家里陪我们。我复习完英语后提议道:"今天咱们去进玉烧烤吃一次吧,庆祝爸爸不加班。"全家人没意见。于是爸爸开着车,来到了进玉烧烤店。之后我们来到二楼,开始吃饭。我们吃得其乐融融,我们一会给爸爸这个,一会给爸爸那个,不亦乐乎。旁边的阿姨见我们那么和睦,主动搭话,说道:"看这一家子,吃得真高兴,那么融洽,真让人羡慕啊!特别是孩子一看就知道很聪明。"我听了心想："以后我要做得更好，把更好的一面展现给别人！"

希望快乐的日子天天有

2005 年 7 月 20 日

　　昨天，我还对爸爸说滨海广场是轮滑高手云集的地方，而海边金沟寨风帆处却是轮滑新手区，到那里一定会出尽风头的。今天，机会便来了。

　　学完英语后，我们便等爸爸来接我们。不一会，爸爸来了并告诉我们一个好消息：张叔叔请我们在新雅酒楼吃饭。我听了激动万分，不就是轮滑新手区那周围嘛！这下我可以出一次风头了。心动不如行动，于是我叫爸爸开车先回家，拿上我的轮滑鞋。之后我们驱车来到新雅酒楼，叔叔他们早已等候在门前。下了车以后，我们去点菜。这里真是海鲜的大世界呀，光是龙虾就有十几种。当我指着龙虾问小妹妹这是什么时，小妹妹一脸的疑问，想了一会对我说："海怪！"把我们逗得牙都快笑掉了。于是，我便像导游一样为她讲解："这黄色的是龙虾，这个是皮厚的皇帝蟹，这个是老板鱼，这是鳗鱼，这是大乌贼……"这时服务员告诉我们该吃饭了，我们立即进了房间，一看桌子上已经摆满了菜。今天的饭菜真是琳琅满目、美味可口呀。我心里惦记着滑冰，快速地吃完饭，出了酒店来到风帆旁边的轮滑新手区，披挂上阵。果然不出我所料，在这里，我的技术是最好的。望着他们那羡慕的眼神我感到平时的努力没白费！过来一会，小妹妹有点想睡觉了，我也感到累了，我们便回去了。

　　今天真是好呀！好吃，好喝，好玩。要是天天这样该多好呀！希望快乐的日子天天有！

我愿给社会添一点光与彩

2005 年 7 月 21 日

　　今天是我自从放假以来最开心的日子，因为今天我将参加"英语夏令营"。

天刚蒙蒙亮,我便睁着惺忪的睡眼从床上爬起来,见爸爸妈妈还在昏睡,便对他们大喊道:"快起来呀,房子要倒了!!!"这一招果然管用,他们赶紧从床上爬起来,拿着衣服就向外冲去。我捧着肚子哈哈大笑,这时,他们才感到不对劲上当受骗了。经过这"叫醒活动",我们早已睡意全无。于是,妈妈开始做饭。吃饭时,我问妈妈:"妈妈,你认为外教好,还是中教好?""我认为外教好。"妈妈说她以前看过一篇报道,说的是一个中教和外教同时在一个教室上课,他们问道:你们将来想干什么? 一个学生说:"小丑。"中教老师说:胸中无大志,将来一定不会成为栋梁之才,而外教老师却说:愿你把欢乐带给全世界。妈妈说这就是中教与外教的区别。爸爸插话道:"不要害怕,想干什么就干什么,只是不要做得太出格了,把握尺度就行。"这时我更加相信我一定会出人头地,去了可以开一个小玩笑,轻松轻松,把快乐带给老师和夏令营的每一个成员。

凡事角度不同,结果也就不同,但愿我将来能成为栋梁之才,给爸爸妈妈带来幸福和快乐,给社会添一点光与彩。

英语夏令营

2005 年 7 月 22 日

今天一早我便与爸爸妈妈驱车来到贝恩特语言培训中心。车停下;我们进了大楼,跨入电梯以后,我便感觉心跳加速了,而且是百感交集:激动、紧张、高兴、担心。每当电梯上升一层,我的紧张与激动便增加了一分。"叮!!!"随着一声提示音,电梯停在了九楼,我们来到了贝恩特培训中心。

我们首先来到大厅,老师、家长、学生,所有人都在这里,济济一堂,热闹极了。爸爸带我见了培训中心的校长——马校长,马校长带我来到大教室,为我安排好了座位。坐下后,我仔细端详起大教室来:这里有五颜六色的图片,各种各样的英语故事,整齐的桌椅。正当我仔细地端详教室时,一声声"Good morning!""Hello!"在我身边发出,我转身一看,原来是外教呀! 我急忙回应道:"Good morning!"接着我们继续交谈起来:"What's your name?""How old are you?"一个个问题倍感亲切。正当我们交谈得如火如荼时,上课了。我们首先一个个站起来做一个自我介绍,之后,便开始由外教带领玩各种有趣的游戏。我们先玩吊死鬼游戏,就是猜字母,分两组,如果猜错六次就死了。我们玩了许多英语游戏。12点了,该吃饭了。啊!饭菜丰盛可口,有黄油面包、饮料、米饭、土豆……吃完饭,我们便可以接着上英语课。老师带我们做了许多事,如:编英语故事,开火车说单词等等,这一天就到了最后的部分——VCD欣赏。今天我们看了好看的《花木兰》。这一天过得可真快呀。

这里让我感到亲切、舒适、和谐、美好。我喜欢这里,在这里我认识了很多新朋友,它也肯定会给我带来更多的知识、快乐!

英语大赛奖励——买玩具

2005 年 7 月 23 日

今天是一个值得庆祝的日子,因为今天我参加英语大赛进入复赛并获得参加山东省选拔赛的资格。妈妈为了表彰我在比赛上过关斩将的英勇表现,准备奖励我梦寐以求的滑板。

比赛结束后,妈妈与我一同来到振华商厦六楼玩具部。面对面前堆得像小山一样多的玩具,我都无动于衷,到处寻找着。突然,我眼睛一亮,冲向一个卖模型车的柜台,妈妈看出我喜欢模型车,便对我说:"看你那么喜欢车,就给你买一个吧,当做额外的奖励吧!""太好了!"我欢呼了起来。这里有日本车、国产车……妈妈对我说:"买日本车吧!"结果一问20多元一个。我说:"看看功能,和国产有什么两样?"于是,我们便买了10辆国产车,用了58元。

我们随后来到卖滑板的地方,一问才知没货了。我们只好失望地回家了。在路上,司机叔叔对我说:"这么大了还玩三岁小孩的玩具?!"我说:"三岁小孩玩的玩具对于我们来说也是玩具。但是我们是去玩战略战术,用孙子兵法,分警匪双方,和小孩玩的方法是不一样的。它们能给我带来巨大的财富和意想不到的快乐!"

勤奋的爸爸是我的榜样

2005 年 7 月 24 日

我爸爸很高很胖，身上皮肤像我一样白白嫩嫩的，他是一个政府官员，经常勤奋忘我地工作。我每天和爸爸接触的时间很少，因为爸爸每天都在工作。他经常很晚回家，即使回家了也坐在电脑前查资料、写论文、思考问题。一天爸爸回来得很晚，我问妈妈："爸爸干什么去了？"妈妈说："爸爸去加班了。"我的爸爸没有双休日，爸爸即使在双休日也要去加班。为了工作，爸爸可以不要假期，不用休息。爸爸付出的努力比别人多得多。

我的爸爸很伟大，因为从小到大最关心我的是爸爸，冬天怕我冻着，夏天怕我热着，是爸爸一把屎一把尿地把我养大的。有一次，我发高烧了，爸爸在床边急得团团转，一会帮我拿药，一会帮着拿东西，只有这时，他才能暂时不想工作。

我的爸爸是家庭的支柱，如果没有他，我们的家便会像山洪暴发一样垮下来。早上我和爸爸妈妈去上学、上班，晚上，我们回来吃一顿丰盛的晚饭，并一起看电视、看书，一个多么和谐美好、甜蜜的家庭呀！

让我像爸爸一样聪明、勤奋、能干吧！

要做和平使者——观"美国战队"有感

2005 年 7 月 25 日

今天，我一回到家，妈妈便给了我一个巨大的惊喜——五张 videos！因为我的英语成绩直线上升了，这是妈妈给我的奖励。搞笑卡通片"马达加斯加"，讲述的是四只友好的动物之间发生的故事。"疯狂猴子"，讲述的是一个中央情报员和经过训练的黑猩猩一起闹出了许多笑料……妈妈对我说："只要上午你好好完成作业、学习，中午咱们就看一盘。"听妈妈这么一说，我便更加努力地去写暑假作业，学习英语。

经过一上午的艰苦奋战，我奇迹般地写完了平时一天才能做完的作业。妈妈对我的表现十分满意，于是同意我看盘。我挑来挑去终于选定一个动画片——美国战队。我把盘放入 VCD 机里，影片开始了：

首先，一群恐怖分子来到法国，准备实行恐怖袭击，但在此之前美国战队的主电脑早已得到情报并向队长报告。因为战队及时到达才阻止了几千万人死亡。

这时，主电脑又得到一条可怕的情报：某国元首正向世界各地恐怖分子发放烈性炸药，准备摧毁世界每一个国家。爆炸将是 9·11 事件的 10000 倍。于是队长决定选择一名演员，用其特技打入全球恐怖分子总部内部，充当间谍并将其摧毁。这新成员名叫凯瑞。凯瑞由于时间紧迫无法进行训练。他来到国外，成功地打入恐怖组织内部并最终将其摧毁。但由于队长的草率，他们只是打入了某地区的组织，造成了又有几起爆炸发生，激起了民愤，人们围在他们总部前示威游行。这时主电脑发现，给恐怖分子提供炸弹的竟然是某国元首！于是战队全体出动向某国出发。这时，某国元首正准备请各国元首及电影明星出席一个和平会议，并计划利用这次会议。

凯瑞由于认为是自己的过错导致了几千万人丧命便退出了战队。然而有人在总部无人把守时冲入基地，并引爆了身上的炸弹。由于失去基地与主电脑，战队成员被捕。后来凯瑞又回到了基地，队长修理好了主电脑。经过训练，凯瑞来到某国救出队友并阻止了某国元首的疯狂行动。但元首死后体内有蟑螂爬出，乘飞船逃去了。原来某国元首长期被蟑螂控制着。

通过这个影片我们懂得了，应该让世界和平起来，我们要成为和平的使者！

五年级

台风不来了

2005 年 9 月 1 日

今天下午放学后,老师向我们公布:明天将会有台风,所以不用来了。我们欢呼起来了,明天我可以尽情在家玩游戏了! 于是,我们便开始狂欢,开始尽情地庆祝,几乎所有人都是这么想的:哈哈,明天不上学,自己在家好好玩一天,再也不用去受人限制了! 我见到的每一个人都是满面春风。教育局终于做了一件正确的事了!

一个人的到来改变了这一切。正在我们拍手叫好时,一个家长来了,老师告诉他明天有台风不上课了。"什么?"那家长说:"明天不会有台风了,台风没像预想得那样来到。""什么?"我们都吃了一惊,计划又泡汤了! 我们老师又去打电话查询,果然是这样子的,老师只好取消了计划,我们也只好收住野心,安心学习了。

我恨台风,为什么没来到呢?! 也怨那个家长,他不来就好了! 我们也可以在家里做自己的事了。

难忘的话

2005 年 9 月 4 日

星期天,我复习完英语,便和妈妈坐出租车来到道怒街小学学习英语,有许多人来这里上课。到了第二节课老师说:"现在公布上次英语单元考试成绩。"这时,我紧张极了,因为上次考试时,我有些单词不会。老师开始念了:"XXX85 分,XXX89 分,XXX74 分,XXX94 分,XXX100 分,姜丰仪 87 分……"

当时听到 87 分时,我脸上露出了伤心的神情。我伤心极了,因为我每次成绩都在 95 分以上,但是只有这一次没有考到 95 分以上,这对于我是一个非常沉重的打击,让我有一些不自信。妈妈对我说:"行了,别伤心了,事情既然已经发生,已经无法挽回,努力就行了。

这次考不好不要紧,下次努力就好。只要你努力就一定能成功。"我懂了,只有下次努力才行,伤心不是办法。妈妈的这句话刻在了我的心坎上。我感到爸爸妈妈从早到晚的唠叨,老师的教诲都是为了我。我按照这句话去做,果然有了显著的效果。我感谢我的妈妈,是她给我指点迷津。我成绩上升了,这个方法给了我许多益处、力量,鼓励我一直前进、天天向上、奋发有为。

你也来试一下这个方法吧。

教师节礼物

2005 年 9 月 6 日

今天,升旗仪式上,学校发给老师一人一个红领巾,当教师节礼物。这时,我感到学校太小气了,送礼物就这么点东西?! 更可气的是,升旗仪式结束后,红领巾又被收上去了,老师们当小学生戴红领巾才十几分钟呢! 老师太辛苦,应该得到更大的尊重。

鲜花送给爸爸妈妈

2005 年 9 月 10 日

今天是星期六,爸爸妈妈都不在家。我想,爸爸妈妈为我付出了那么多那么多,我应该回报他们一下。

于是,我拿着自己的零用钱来到旁边的花店,一个阿姨问我:"小朋友,你想买什么花?"我说:"送给爸爸妈妈买什么花?""买天堂鸟和康乃馨吧,天堂鸟象征吉祥、自由、快乐。康乃馨象征母爱,是慰问母亲之花。"我问:"多少元一枚康乃馨?"阿姨说:"一元一枚。"于是我就买了 30 枚康乃馨。

康乃馨有许多颜色,如红、粉、黄,芳香四溢,我各拿了 6 支。康乃馨的花散散落落、稀稀疏疏的,一层一层的,给人一种层次感。康乃馨的花仿佛是千千万万朵数不清的小花组成的。康乃馨美丽动人,香气迷人。我又买了 3 个喷花。回到家后开始忙活了起来,干起了平时不干的家务活。"啊,真累啊,想不到妈妈这么累呀。"之后,我便做起饭来。啊,终于在爸爸妈妈回来之前做完了。"叮当"门铃一响,我知道爸爸妈妈回来了。我开门把花送给了爸爸妈妈,同时把喷花喷了出去。爸爸妈妈看我把饭都做好了,他们感动地说:"谢谢,谢谢。"

爸爸妈妈很高兴,我也感到了向他们献花表爱心的快乐和感动。

我的手

2005 年 9 月 11 日

我有一双普普通通平平常常的手,但是它却是我最重要的器官,也是我最要好的朋友。

它做出的事会让你大吃一惊:它会像医生一样救死扶伤,像朋友一样助人为乐。它会像狮子一样感觉灵敏,像老虎一样动作迅捷……但是它也会像病人一样生病。

我的手细嫩而不粗糙,摸上去就像软绵绵的棉花一样。我的手上有千千万万条纹络,有大的,有小的,有长的,有短的,其中还透着几丝血丝。我的手上有五个手指,它们各有长处。但我比较喜欢大拇指,因为它乐于助人,干什么都离不开它。它的力气也是最大的。

我的这双手可以帮助我洗衣服、干家务、看书、用电脑、做实验……同时,它也可以帮助人、干好事、互相帮助。

我们不能没有手,因为手是大脑最忠实的执行者。没有手的帮助,人们只能是空想家。我们也不会有现在的发达科技。因此,人不能没有手。

让我们用手去创造美好的未来吧!

我爱我的手!

最喜爱做的化学实验

2005 年 9 月 12 日

我最爱做的事情是做化学实验,因为在我做实验的时候会有一种从来没有过的快感。

在我做实验时,我有时会遇上前所未有的困难,但是我认为我应该坚持下去。既然已经选择了做实验我就应该坚持到底,一直做完这个实验才可以,不能半途而废。于是,我就看了许多数理化的书,再加上我坚持不懈地努力,保证在实验中能很顺利地找出问题的答案。每当烧杯中发生反应时,我就会有一种成就感,因为这些反应是我创造的。我感到自己似乎成为一名科学家了。

做化学实验给我带来许多乐趣,它让我有机会自己去发现问题,解决问题,让我自己有能力去探索世界,我也认为这很有意思。做实验可以让我感到自己长大了,可以独立工作、干事了。

做实验也给我带来了许多好处:它让我加深了对化学、物理等知识的了解,也让我对化学有了浓厚的兴趣,它培养我能够自己探讨、研究、发现更多的科学问题。

我喜欢做化学实验!

要做心胸宽广的人

2005 年 9 月 13 日

记得那是几个月前的一件事。中午时分,我见同桌正在乱翻我的东西便勃然大怒,顺手拿起放在桌上的书,向她身上狠狠地打了一下。她也不甘示弱,随后也拿起书向我打来。我躲来躲去她没打着,便趁她没注意,又打了她一下。同桌见我不分青红皂白随便打人,非要替自己出气不行,便又向我打来。于是一场世界大战爆发了!许多人劝架我们还不听。这件事传到了老师那里,老师下了一道圣旨:"马上去办公室。"这时我才意识到事情闹大了,老师一定会批我的,因为是我先动手的。

来到办公室后,老师随手拿起了一个陶瓷杯子塞到我手里说:"你不是恨她吗?拿着,往她头上一砸,就死了,来,拿着呀!在教室里不是很激烈吗?现在不敢了?就为那一点点小事干吗打架?你的心胸太狭窄了!我最讨厌小肚鸡肠的男人。男人应该心胸宽广、海阔天空。就是一个女生向你身上洒水你也不用跟她计较。因为我们不该对比我们弱的人进行攻击,男生就不同了。"现在我感到尴尬死了,如果给我一次机会从头再来,我一定要做一个心胸宽广的人!"好了,回去吧。"回到教室后,老师的那句话刻在了我的心里:"男生应该心胸宽广、海阔天空。"以后我将改变我自己,改正过错,成为一个全新的我,一个心胸宽广的我!

保护自己的眼睛

2005 年 9 月 14 日

我有一双大大的眼睛,它美丽动人,明亮而富有光泽。我的眼睛让我看到了世界上的东西,使我知道了世界是多么美丽,多么美妙。但是眼睛也令我痛苦不堪,因为视力下降的原因,我不能多看电视和玩电脑,也不能畅游在游戏世界。眼睛近视使我不再神采飞扬,但我还是为自己有一双眼睛而感到骄傲。因为这个世界上有许多盲人,比起他们,我感到很幸运。

我的眼睛给了我许多欢乐时光以及精神上的享受。我可以看到五颜六色的花朵,看到大自然的千变万化,体验各种神奇美妙的事情,使我的生活更精彩。

如果给我一次机会从头再来,我一定会万分爱惜这双眼睛,不让视力再度下降,我要做到:以后不长时间看电视、玩电脑,看书半小时就休息十分钟或向窗外眺望。

为了以后不走上失明的道路,为了我以后生活更加美好,遵守这些规则吧! 保护我的眼睛吧!

我是太阳城的小公民

2005 年 9 月 15 日

今天是一个值得纪念的日子,因为我终于成为太阳城的公民了! 我生活在这个城里,不会有空气污染,也没有噪音。我呼吸的空气不再是污气,而是新鲜、清新的空气。人们用的一切能源来自太阳,不会像以前一样有核污染、电厂浓烟等,使我的生活洁净如水。我想:在没有污染的太阳城里生活,说不定我们也会活到近千岁呢。当我在太阳城里驾驶汽车时,汽车烧的不再是汽油,也不会像以前一样,不再有车祸后的连续爆炸。

作为一位太阳城的公民,应该做到随时保护环境,不使用污染环境的汽油,不使用永不再生的塑料制品等。

作为太阳城的公民,还应该爱惜能源,维护能源设施。如果人们都不去维护设施,太阳城不久就将成为垃圾城。

我是太阳城一个勤劳的公民,每当我见到有人破坏环境,都要去制止。我们太阳城的公民应该为自己的城市做出奉献,发明新设施,使太阳城更美好!

玩足球闯祸了

2005 年 9 月 16 日

世上发生的事太多太多了:好事、坏事、喜事……而我前些天便经历了一件有趣的事。

那天上午我早早地完成了老师布置的作业。中午回家,我对妈妈说:"妈妈,今天我很早就完成作业了,下午复习完英语之后,是否可以让我与同学踢一会球?"妈妈说:"好吧,既然你已完成了作业,那就成全你吧!"我高兴地欢呼了起来。度日如年的下午使我真正感受到时间的缓慢。终于熬到了放学,一出校门我便以一流的长跑速度跑回家,拿出书复习英语。复习过程结束后,我迫不及待地来到我们的集合地点——洪武家楼下。王策、仲鹏伟、洪武早已来到。于是我们开始了二对二的对抗赛。渐渐的,我们感到体力不支,便停下来休息。仲鹏伟为了助兴,拿起王策的枪,装腔作势地对前面饭店喊道:"注意了! 世上独一无二的恐怖袭击马上就要开始了!"仲鹏伟的喊声引来了一位厨师,他过来想看个究竟。就在这时,意想不到的事情发生了,仲鹏伟由于紧张过度不小心扣动了扳机,使枪射出了子弹,而子弹不偏不倚正好打在厨师旁边的窗户上。厨师大叫道:"小子,你还真打呀!"随后从窗户上跳了下来准备捉住我们这几个捣蛋鬼。我们看着他那肥胖的身体笨拙地跳下来,忍不住大笑起来。这下可把他激怒了,厨师猛地向我们冲来。逃命要紧,我们以刘翔百米冲刺的速度冲到了洪武家。我看到洪武家楼道上还有一道大铁门,于是建议道,我们还应有最后一道防线才会更安全些。说时迟那时快,我们冲进了铁门内。可能是因为求生本能或过度紧张,洪武"砰"的一下把门关上了。这时,他才醒悟过来对我们说:"坏了,我们出不去了。"我真想痛扁他一顿。但是,厨师已接近我们。我们飞快跑上楼,厨师上来了,对我们喊道:"下来吧,我知道你们在上面。"厨师看半天没动静,便回去了。

不知道厨师是否真的走远,我们便派出机灵的仲鹏伟从楼梯缝钻出去探查。过了一会,他回来了,告诉我们厨师的确走了。我们这才松了口气。突然我们发现洪武也要像仲鹏伟一样从楼梯缝里出去,远走高飞,逃脱责任,我和王策便合力把他拉了回来。这时,楼下传来阵阵脚步声,我们在想,是楼上的阿姨,还是楼下的住户呢?我期盼是楼上的阿姨,过了一会那人上来了,果然是楼上的阿姨。阿姨问我们怎么了,我们把事情原委说了一遍。开门后,我与王策向阿姨说了声"对不起",便跑下楼,阿姨留下洪武一人。过了好一会,洪武下来了,我们问他:"怎么了?"他摇摇头说:"没事。"我们便又放心地玩起足球了。

多功能新概念车

2005 年 9 月 17 日

今天吃完饭后,我与妈妈散步来到学校。半路上,我看到各式各样的车及轮胎,突发奇想:为什么车胎装得那么笨重,不可以 360°自由旋转、平移?为什么不可以像各种购物车一样,轮胎控制系统在车胎上面?为什么现在的车,只要前排车胎有一个转动就必须全部运行起来?怎么使车子可以在原地 360°旋转、平移?如果这样,就为人们节省了不必要的麻烦,以及方便人们行车,节省人们时间,也使车祸的可能性成为零。

车的方向盘也应该改成另外一种形状,想加速就向前推,想左右转就向左右推,这既节省了力气,又方便了控制。传统方向盘只可以控制方向,这个方向盘是多功能的,可以加速减速,把换挡也加了进去,打消了新手上路、手忙脚乱的紧张心理。

我设计的新概念车还可以通过人的心理改变温度,不必像平常的车载空调需要随时调整那样麻烦,让夏日变得凉爽透顶,冬天温暖如春!

我要为自己的梦想而努力！

不做温室的花朵——观《马达加斯加》有感

2005 年 9 月 18 日 晴

今天晚上，我与妈妈一同观看美国大片——《马达加斯加》。7月 22 日的晚报上还刊登了《〈马达加斯加〉让孩子乐翻天》一文呢！妈妈能买到真是奇迹呀！现在这个片可是抢手货呢！我把盘放入VCD 中，按捺不住心中的喜悦，目不转睛地盯着大屏幕。

影片开始了：刚一开头便把我惊住了，果然是与众不同的梦工厂效果，画面清晰度真高呀，人物绘制的不像其他动画片那样草草了事，而是明亮仔细，给人耳目一新的感觉。

影片内容是：纽约中央动物园有四只要好的动物朋友，凶悍的狮子亚利克斯，蹄脚仃伶的斑马马蒂，脖颈细长的长颈鹿麦尔曼，怀孕的格洛丽亚。其中一个失踪，其他三个好友忙逃出中央动物园寻找，经历了许多挫折后，四位好友终于再度团聚。但他们发现他们脚下已不再是繁华的纽约城了，而是遥远的马达加斯加。因人类照顾他们四个从小到大，他们不知如何野外生存，最后阴差阳错地当了猴子的守护神，为猴子赶走了野狼。后来一艘船来了，驾船的竟是四只企鹅！于是，四个好友准备借此机会环游地球。

这个影片告诉我们，应该学习一些野外生存能力，以防万一，不能做温室的花朵。也告诫各位家长，不要把孩子宠坏了，到了单独一人时不知该怎么办，没了自理能力。

妈妈开车上路——不进则退

2005 年 9 月 19 日

妈妈学车已经有好几年了，但是一直没开车上路。由于这几天我们奔波于开发区与市里之间，而且都是爸爸送我们，有时爸爸没时间我们只好打车，很麻烦而且车费很贵。这时妈妈认识到会开车的优势以及重要性了。于是，今天早上妈妈早早地把我们叫醒，对我和爸爸说："现在我感觉到开车非常重要，你爸没时间，我们就只有打车,太浪费钱了,我经过一晚上的思想斗争以及线路确认;决定今天由我开车去开发区吧!"

为了表示尊重妈妈的选择以及避开上班高峰期,我们早早地吃完饭并上了车。我与爸爸交换了一下位置,由爸爸坐在副驾驶位置当指导员,指导妈妈开车。

妈妈开车上路了,我一直注视着妈妈的表情。一开始刚上路时妈妈就连转一个小弯都如临大敌似的,慢慢的,妈妈找到了感觉,掌握了规律,放松了许多,神态也缓和一些了。一路上,妈妈工工整整、一丝不苟,每当红绿灯、超车、转弯、会车……都能一一解决,一点也不像好久没开车的样子。路上,我们经常鼓励妈妈车开得很好,让她有自信心。

到了开发区,妈妈长长地吁了一口气说:"啊,终于到了!一路上我手忙脚乱的,一会换挡,一会加油门,一会转方向盘,连想摇下车窗风凉一下的空闲也没有,一路上顶着酷暑,后背都湿透了!不过还可以,我能开到开发区了呢!不尝试怎么有收获呢?不体验怎么才有进步呢?"

我认为,学习也应如此,这样才会有进步。

乐玩闪避球

2005 年 9 月 24 日

今天,我像往常一样早早地来到贝恩特语言培训中心,首先来到大厅报到,然后来到教室。大家已经来齐了,于是我们静静地坐着等待老师到来。10 分钟、20 分钟,怎么回事呢?平时老师很早就到了,难道老师也会迟到?"我一分钟也等不了了!"我大喊道,推开门来到办公室找到校长问:"校长,为什么老师还不来上课呢?"校长一脸歉意地说:"啊,今天早上忘了告诉你们了,上午你们没有课,可以干你们想干的事,不过,不可以打扰别的班,也不许玩电脑,这里有球拿去吧。"我拿着球失望地回到了教室,通知各位同学这个坏消息。听到了这个消息大家一个个无精打采,垂头丧气。见到同学们没了精神,我对他们说:"不要跟丢了魂似的,不要因为一点小事而不高兴,我们玩闪避球吧。"

　　我们分成两组，男一组，女一组，如果被打中就下场，看哪组先下场。激烈的"战斗"开始了。首先，由我们发球，我们故意拖延时间分散开她们的注意力，突然，球像炮弹似的打了过去，女生还没反应过来，就被我们打下去一个。在"战斗"中，我们勇往直前，百发百中，而女生临阵退缩，总是挨打，弄得狼狈不堪。我充当前锋，机灵勇猛，总把女生打得措手不及。

　　虽然我们没上课，但却在欢乐中度过了一个愉快的上午！

要学会休息

2005 年 9 月 25 日

　　今天我看到了一句有名的谚语：All work and no play makes jack a dull boy. 意思是：整天工作不玩耍，聪明孩子也变傻。我认为这是正确的，我们在做长时间脑力运动时应有正确的体力运动及休息，只有这样，我们才不会累着脑子，保持工作效率一直都很高。

　　有一些同学整天学习，下课也不出去玩，时间一长，出去一玩什么都不会，笨手笨脚的整个一个书呆子，成了一个笨蛋。与我们玩电脑的道理是相同的，如果我们玩太久会眼痛、眼酸，因此我们要出去休息一下眼睛。我们应该自觉，适可而止，这样才会保护我们的头脑。

　　这句谚语很有用，我们应该去遵守它，这样我们才不会伤害大脑、眼睛……也不会变成笨蛋。让我们一起遵守它吧！

熟能生巧——与外教 PK CS

2005 年 9 月 26 日　小雨

　　今天放学后，我来到大厅玩电脑，真幸运很快就空出了一台电脑！于是我激动地打开 CS 去玩反恐。时间一分一秒地过去，已接近 5:30 了，这时老师们也上完课来到大厅。Fat teacher 看到我在玩CS 便坐到另一台电脑上对我说："Come on, let's play."我便爽快地答应了，不过心里还有一丝不安：听说昨天我们班的 CS 高手与老师玩时，共玩 18 次输了 16 次！我怕我也成为他的手下败将。

游戏开始了，我选择了 007 岛与老师对决。在这关不可买枪，只能用刀，但可以用叉车叉起对方，并且可以把车提高。如果想用枪，必须先用云梯车接到高梯上到枪库才能得到枪，但如果按错按钮的话，就会落入硫酸池自杀。

我们开战了，我向老师的匪窝前进，而老师开着叉车把我干掉了，并告诉我说这关没意思，因为不能买枪，我便把地图换成了前后门，我选匪，老师选警。游戏开始了，老师冲进匪窝把我一枪干掉了。经过几次输我发现，我经常被干掉的地方是固定的，于是我便在我当警时，在容易被干掉的地方设伏，结果老师一来就被我干掉了。经过五六次的对战，我已与老师平分数了。这时老师说："COME OUT！"于是，我出去用老方法又把老师干掉了。

我发现，其实玩游戏不难，只要找到技巧就行，生活中的很多事也都如此，勤奋加熟练，你说不是吗？

弱小战胜强大——坚持不懈就会成功

2005 年 9 月 27 日

今天我急切地来到夏令营，因为昨天老师答应我们今天上午单独放片看，于是我们早早地找到老师准备看片子。老师由于时间紧便让我去选片，我激动得半天说不出话来。老师这么信任我，我一定不会让老师失望的！

我来到老师办公室，啊，这里的影片真多呀，如同一个小影像店！我一会看这个，一会看那个，几乎每一个片都想要看，但只可以选择一盘，真遗憾！我开始仔细选择了，我用地毯式方法搜索，心想绝不漏掉一个好盘，绝不会找到一个烂盘。我想：是选动画片还是警匪片呢？动画片生动有趣，而警匪片却惊险刺激，动画片对我们小孩来说比较好一点。有了搜索主要点就好办了，我直奔我最喜欢的"虫虫特攻队"，拿回教室，大家早已等烦了，但慢工出巧匠嘛！

影片开始了，讲的是关于蚂蚁的故事：从前在一个蚂蚁岛上面的蚂蚁被蝗虫压迫着，被迫为蝗虫准备食物，而蚂蚁们准备的食物却让一个名叫飞利的蚂蚁翻到了水中,闯了大祸。飞利便出岛寻找更大的虫子去打败蝗虫,维护蚂蚁岛。最后,弱小的飞利找到了战士打败了强大的蝗虫。

虽然飞利遇到了许多挫折,但是它坚持了下来,我们应学习它的这种精神。只要坚持不懈,就会成功,生活中不也如此吗?

机会把握在自己手中

2005 年 10 月 1 日

今天上午,由于我早早完成了作业,没有拖拉,妈妈对我说:"只要下午你表现得像上午一样好,妈妈晚上就带你去买盘。"我便默默地在心中说道:"下午一定要好好表现给妈妈看一看,证明我是最棒的!"

不料,下午妈妈却对我说:"我有些事还要做,需要出去,你自己在家里写作业吧!"妈妈说完后便出去了。妈妈走后,我忍不住想看电视、看书,但想到晚上去买盘又不能去看,弄得我进退两难。仿佛心中有两个小人,一个说:看吧,看吧,没事的,另一个说:不行不行,你对得起你自己吗!? 但是,经过了一番"战斗"后,第一个小人战胜了第二个,我便开始肆无忌惮地玩起来了,玩得不知道了时间。正在这时妈妈回来了,看见我在玩,没写作业,气得对我说:"你永远别想买盘了!!!"

机会把握在自己手中,想成功就只有把握住自己的机会。

枯燥的足球赛

2005 年 10 月 2 日 小雨

我以前只是蜻蜓点水般地在电视上看过足球赛,却从未身临现场,亲自体验那惊心动魄的场面。今天爸爸对我说:"今天下午有场足球赛去吗?"我激动万分,终于有机会体验一下当球迷的滋味了,便毫不犹豫地说了声:"好!"于是,我们便开始准备必备的物品:两把雨伞(以防万一)、两个望远镜、两瓶水、一包薯片、一本书。必要装备准备齐后,我们便开始睡觉,为下午看足球赛养精蓄锐。

下午 4:00 了,经过三个小时的休息,我们已精神抖擞,焕然一新。我和爸爸驱车来到位于烟台市体育公园的烟台体育场。直到这时,我们才意识到来晚了!广播里传出"运动员入场!"的洪亮声音,体育场内发出一片片喊声及鼓掌声,声音响得几里地之外就可以听到。听得出这是一场期待已久、不容错过的比赛,一次激情与智慧的碰撞,一场亚洲顶级俱乐部间的交锋,一幕斗智斗勇、奋力拼搏的舞台剧。

不知不觉我们来到安检处,民警对我们说:"哨子、提包、饮料、食品、刀具、打火机等严禁带入场内。"我们的 4 瓶水白白送人了。我们来到了 4 号门入场了,入场后,我们迫不及待地找到了座位坐下,足球赛正好刚刚开始。

首先,由鲁能泰山队先开球。泰山队前锋勇往直前向现代队球门发起了进攻,前锋已来到球门前,在这时,现代队后卫抢过了球一脚向泰山队球门踢去……我越看越没意思,不就是那几个动作吗?重复几千遍了!郑渊洁说得对:"现在要想生气就去看中国队踢球,那叫球吗?应该叫气球,完全是一群不懂踢球的人在踢!"我倒认为应该是观众为球员表演,人们集体挥手,从一小部分开始,慢慢发展到全部挥手,多么壮观啊!我没事干便看起书来。

球赛结束了,我听到许多人说:"场上人笨手笨脚,连球都不会踢!"我们发现,原本安检的地方的水都不翼而飞了!只剩下一堆瓶盖。

这真是一场枯燥乏味的比赛!

雨天畅想——鞋中的微雨伞

2005 年 10 月 3 日 小雨

今天我从开发区回到家时,发现开始下雨了,于是便尽情享受毛毛细雨给我带来的凉爽的感觉。过一会雨下大了,我便关上窗欣赏雨中的烟台。这时,我发现,有行人没带伞只好跑着回家,哪像我们坐车、打车回家好啊。我们真是身在福中不知福呀!雨给人们带来了很大的不便,但也帮助了人们。下雨时,我们不可出去,如果出去就可能被雨水淋湿或滑倒。下雨时,可以帮助麦子、水果、蔬菜等生长,使它们得到所需的养分。

我认为,将来我们要在道路上看不到积水,在人行道上要有遮雨板,在没有遮雨板时,我们可以用放在鞋中的微雨伞。在有积水的地方,我们可以使用在鞋上自配的伸缩装置趟过雨水,即使路上有积水,也不用担心会溅到自己身上。因为将来,将全部使用磁悬浮车,再也不会溅出水的。

让我们为达到这些目的而努力吧!

下馆子

2005 年 10 月 4 日

今天,当我复习完英语正准备写作业时,才发现铅笔、橡皮等学习用品早就用完了,于是便向妈妈请示一下出去买。妈妈听后说:"好,正好你爸爸不回来吃饭,咱们一起出去吃吧,作业晚上再写。""太好了,终于可以不写作业了!"我欢呼道。于是我们便分头行动,妈妈去订座,我去买东西。

我来到文具店买好东西便匆匆忙忙地去了餐馆,服务生给我们两份菜单,菜种琳琅满目,有口感特佳的炸面包、可口的凉拌菜、炒热菜……我看着这些菜,口水都流出来了! 我点了炸面包、扬州炒饭、米饭等十几种饭菜,把桌子都堆满了。我一样一样地细细品尝,把饭菜一扫而空。

回家路上,我才感到肚子不便地每走一步都要费很大的劲。望着我与妈妈凸起的小肚,不禁笑了起来,并默默地对自己说:"不能再胖了,不然就成小猪了!"

我以后不能再多吃了,不然就会一动也不能动了! 同时,你们也应该提前做好准备,不然便会像我今天一样呀!

玩电梯

2005 年 10 月 5 日

今天中午,大家商量一起出去买东西,来到电梯门那,我们嘻嘻闹闹地不小心按下了上下两个键,两个电梯同时来了。我说:"看看哪个人最先下去!"于是我们冲向电梯,他们见我电梯门已关便又按了一个下的键,电梯又开了,他们先下去了。来到一楼,我一看他们先到了,这时我傻了眼。保安把同学 PAUL 抓走了,我们问保安:"他怎么了?""他玩电梯,按了 16 楼了!!!""什么?"我们有些不相信,他可是跟我们一起下来的呀,并且上午没出去呀! 我们便在消控中心门口等。不一会,PAUL 出来了,我们忙上去问长问短。PAUL 说:"没事,他带我去看录像,看了没有,便把我放了。但他不分青红皂白就抓人,太坏了!!!"

我们闷闷不乐地上了楼。

合金弹头——协同作战

2005 年 10 月 6 日

今天早上,我与哥哥早早地起来了,玩起了合金弹头 4,可好玩了。我们进入游戏后,游戏中出现了两个人,一个是我,一个是哥哥。我们在游戏中勇往直前,冲锋陷阵,一会落入了敌人的圈套。有时我们总是被敌人攻击,莫名其妙地死掉,还不知道自己在哪里死的。慢慢的,我们发现,原来是我们配合不好呀! 本来我们躲在一个机器下面,上面发导弹,我们可以左右配合,不让导弹打死,可我们都向一边打,便让敌人另一边来的导弹打死了。我们发现后及时改正,终于打过这一关,赢了!

我们玩得太入迷了,忘了时间,发现时已经 8:49 了! 马上就要上课了,于是我忙退出游戏,拿着书包跑了出去,但到学校时还是晚了。

我们应该巧妙配合,心连心才会赢,取得胜利。我们干事应该有尺度,有分寸才行,这样做事才不会出格。

水滴石穿——从"菜鸟""进化"为 CS 高手

2005 年 10 月 7 日

自从上夏令营后,我便一直玩 CS,技术也越来越高。原本我拿着卡宾枪向对方开枪,30 发子弹打完后,对方剩下 85 滴血,而现在呢，只要我与敌人发生冲突，便可在 10 发子弹内解决他。

以前，我以为只要玩得仔细、认真，短时间内也可以成为高手，直到有一天，我与一位同学玩 CS，每次都输。最后他问我："你经常玩游戏吗？玩 CS 多长时间了？"我回答道："不是经常玩，玩 CS 一年多了。""怪不得是个菜鸟。"他不屑地说道。我迷惑了，难道时间可以分辨出一个高手和一个菜鸟？我回家后一直苦思这个问题。晚上看书时，看到了一个词语"滴水石穿"，我眼睛一亮，想到了以前学习骑车时的经历：我自从学车以后一直没骑过，直到一次去自行车游时，才慢慢熟练了。难道玩游戏也需要时间？经过种种证据，我证实了这一点，于是我便苦练 CS，练成了现在的样子，从一个"菜鸟"进化到一个高手。

玩游戏也需要许多时间和精力才会成为一个高手，你知道吗？

学习的等级

2005 年 10 月 8 日

今天妈妈和我来学英语，看见课堂上有许多不同等级的学生。有学习好一直是第一的，上课积极发言很少用中文的。有学习一般排中等的，上课回答问题还可以的。还有一种不好的人，上课不积极回答问题的。

在回家的路上，妈妈对我说："看见英语课上那么多等级不同的人了吗？要想当上等人一定要努力。人就像一个个足球，人们从商店买来时都是没打过气的，有些足球被带回家打得气足，有些打得气少，打得足的拍起来好拍省事，而不足的呢拍起来太麻烦了。运动员用气足的球可以多踢进几个球，而用气不足的球呢，说不定一个也进不去。所以我们要当气足的球。"

回到家，妈妈给我画了一个笑脸和一个哭脸，对我说："看见了吗？要像一个笑脸一样可以接住财富，但哭脸让财富'跑了'失去了很多机会，懂了吗?! 所以我们要笑到最后。"

我们应该笑得最长，成为最好的！让我们一起为我们的将来努力吧！

姥爷家的卡尔

2005 年 10 月 9 日

今天我来到姥爷家，见到一条威风凛凛的大狼狗在门前看门。大狼狗见到了我便大叫起来，姥爷听见了忙跑出来迎接我，对我说："对不起呀，家事繁忙，有失远迎。""没事，没事，姥爷这条狗叫什么呀？"我问道。"这条呀，它有一个响亮的英文名字，名叫卡尔。"姥爷说。我说："卡尔，这个名字太有个性了。"突然，卡尔像是吃了兴奋剂似的猛地向我扑来，我见了忙向后躲，一不小心，摔倒在地。卡尔扑在我身上，用舌头舔我的脸。姥爷哈哈大笑，对我说："告诉你，他很友好的！"我从地上爬起来进屋了。

傍晚，我来到卡尔的饭盒前，惊奇地发现，早上卡尔咬了一口的包子，许多不知名的小虫爬进去，早把里面的菜吃了！正好，卡尔来吃饭，刚咬一口包子，就发现馅没了，望着它那莫名其妙的表情，我哈哈大笑。姥爷见卡尔没饭吃了，便给了它五块大排骨。卡尔吃了三块，两块吃不了了，便把它们埋了，留着明天吃！姥爷见了大声对卡尔喊道："卡尔，你再埋，明天又忘了！！！"狗也会忘，真是稀奇呀！

晚上，我与姥姥姥爷还有卡尔一起来散步。姥爷说："你们在下面跑，到前面上来。快点呀！"我们跑了起来，卡尔跑得越来越快，我只好加快步伐。回到上面时，我累得气喘如牛，卡尔却跟没事似的欢天喜地。刚回到家，妈妈爸爸已来接我了，我便依依不舍地离开了。姥爷家的卡尔真有趣！

好消息

2005 年 10 月 10 日

今天老师向我们公布了一个好消息：下周三我们全体去栖霞市的艾山温泉。这可把我乐坏了。因为我去过艾山温泉，并对地形了如指掌，如果男生打野战，我可以进行无人知晓的攻击。我还可以成为向导，向他们介绍地形、设施、项目，也可以单独向男生介绍在温泉中应该待多久，什么时候去洗最好。后面还有更激动的事呢！校长知道了我去过艾山温泉后,马上来找我,问我去后的感觉,那儿好不好,设施齐不齐全,洗温泉舒不舒服,房间怎么样呀,周围的景色美不美呀,等等。一个个连珠似的问题,我都一一耐心仔细地回答。

回到教室后,我发现女的又欺负男的:女生先派人把老师引来,然后就打我们,把男生全激怒了。然后男生把女生赶得满教室跑,正好让老师看见了,及时阻止了男生。我看了,马上把男同学召集起来,告诉他们去艾山温泉需要拿什么,要注意什么。女生急切地也想听,没办法只好投降,我还是不告诉她们,可把她们急坏了。

今天整女生整得好爽呀!

买滑板的周折

2005 年 10 月 11 日

今天早上,妈妈向我通报了一个好消息,振华商厦有滑板了! 自从一个月以前我去振华商厦买滑板以来就没有滑板。我们几乎每个周去一次振华,但每次都不赶时机没买到。这一次我和妈妈去了仍没有滑板,经过几次的经验教训,我和妈妈给专营滑板的营业员留下了电话,并把营业员的电话也留了下来,告诉营业员如果有滑板的话及时打电话通知我们。

今天一来电话,我们便马上穿上衣服,来到振华,果然有我心爱的滑板,让我爱不释手。妈妈和我急忙买下,怕再被别人买去了。

几经周折终于买到了滑板,我的心愿也了结了。经过几次买滑板,我也学习了不少知识,同时也懂得了许多道理:应该吸取经验教训,这样才会每天进步的。万事应该做好准备,这样才会事半功倍!

灵感来自于坚持——米老鼠的诞生

2005 年 10 月 12 日

今天,我看到了一篇名为《上帝给他的老鼠》的文章,说是从前有一个穷画家,他一无所有,来到一家报社应聘,但人家不录用他。最后,他找到一份为教堂画画的工作,但工资很低,无法租用画室,只好租一间车库当画室。每天晚上,他都看见一只老鼠在桌子上爬来爬去,于是慢慢的,他们成了朋友,老鼠为他表演,得到面包。

一天,穷画家争取到去拍一部以动物为主的动画片,但是,他没成功。他无钱回家,每天晚上也无法入睡,开始怀疑自己的天赋,认为自己一文不值。一天晚上,他突然来了灵感,想到那只老鼠。他马上爬起来,支起画架,画布上逐渐出现了一个老鼠的轮廓。有史以来,最受欢迎、最伟大的卡通形象——米老鼠诞生了!那个穷画家就是——沃特迪斯尼先生。

从这个故事中,我懂得了,只有坚持到底才能胜利。天才是99%汗水加1%的灵感。同时,我也懂得了,干任何事情要有坚持不变的信念与坚强的意志才会取胜!

上学的穷孩子

2005 年 10 月 13 日

今天晚上,我与妈妈在看电视,换到少儿频道,一个电影的名字吸引住了我:《陕西孩子求学记》。陕西可是有很多贫困山区,在这些贫困山区中的孩子是如何上学的呢?我便与妈妈急切地等待起来,电影终于开始了,影片内容是这样的:

在陕西山区有一个小女孩,她认真地学习,一学期下来各门考试成绩优异,但家中无法再供他上学。暑假期间,她养羊去卖,除本钱外只挣了 5 元钱。为攒够 10 元车钱去摘梨卖钱,她便帮人卖东西,最后,她终于攒够了 10 元钱。来到梨园帮人摘梨,一斤梨两毛钱,她要摘 120 斤梨才能够学费。多么辛苦呀,小女孩只用一天便干完了这么多活,高高兴兴地买了一支 1.5 元的自动笔,送给早早便出嫁的姐姐。之后,便急急忙忙地来到学校交上钱,参加了新学期的开学典礼。

那小女孩求学真是千辛万苦呀!要是让我们去摘 120 斤梨,10天也干不完。我们的生活条件比起他们来,简直就是天堂。连条件比我们差百倍的这些穷孩子都那么的努力去学习,何况我们呢!?我们应学习小女孩的这种精神,努力学习,天天向上!

独立练习滑滑板

2005 年 10 月 14 日

今天我对妈妈说:"妈妈,滑板都买来了,不能不练呀,所以今天上午我把全天的作业做完了,下午练习滑滑板吧。"妈妈说:"完全可以,但是上午一定要写完作业,下午才可以练习呀!"

上午我准确无误地写完了作业,下午开始练习滑滑板。这次我单独一人练习,不需妈妈帮我。一开始我只能靠着墙站在滑板上,一只脚在地上一点一点慢慢向前滑,但还是需要扶着墙。我当时的心情简直无法表达,百感交集:有快乐、有忧伤、有担心、有失望。快乐是因为终于可以滑滑板了,忧伤是因为只可以练一下午,担心是因为怕摔下去,失望是进度太慢了。什么时候才能学会呀!?我开始慢慢地一只手扶着墙,再开始慢慢地不用手扶墙试试,呀,可以。于是,我便向前滑去,那欢喜劲不用提了。

凡事开头难,只要认真去做就一定会成功!

好朋友终于分到了一组

2005 年 10 月 19 日

今天是一个值得庆祝的日子,因为我们即将要去艾山温泉了!我们坐电梯上楼,每当电梯上升一层,我的紧张心情与激动便又增加了一分。我紧张是怕无法与好友分在一个组,激动是因为终于可以离开父母独自一个人生活了。"叮!"电梯来到九楼,我拿着笨重的旅行包来到大厅。为是否拿旅行包,我还与妈妈吵了一架,最后我妥协了。到了大厅,我傻了眼,几乎所有人都带着像我一样大的旅行包!妈妈真是料事如神,就像孙子兵法说的似的:知己知彼,百战百胜。

刚放下包不一会,"嘟嘟"的几声哨响,"集合了!"我们忙跑到大课堂集合。老师拿着分组单准备读分组情况。每一个人现在精神都高度集中,都想与自己的好朋友一组。我、Paul、Peter 三个人欢呼了起来,天助我也!我们三个终于分到一组了!

分组完毕后,我们下楼上车坐下,一直形影不离。

经过三个小时的奔波，终于来到了艾山温泉。安排下住宿后，我像个小导游一样介绍这介绍那的，今天真高兴呀！

我做称职的导游员

2005 年 10 月 20 日

由于昨天当了一天的导游，我的人气大升。今天早上，PAUL对我说："ARTHUR，走去游泳吧？"我爽快地答应了，别看这芝麻大点的小事可把我吓了一跳。

我们进入商务会所，来到男宾部，进入了露天温泉。这时我吃了一惊：露天温泉竟变了样子！不像以前是一个圆的大池子，而现在成了一个太极形的大池子！我心里想：难道艾山温泉更新这么快？不行，我还不了解更新后的艾山温泉，所以中午我一定要了解了解了解！要不然，我这导游的官帽就要丢了！我要做称职的导游员。

中午我来到外面，四外转一转，发现又多了两处住所，多了一个游泳池、一个网球场，还多了一个假山……

下午，就有同学来问我："ARTHUR，来给我介绍介绍，艾山都有什么？我们好去 PLAY。"正好，打探来的情报都派上用场了，我一一为他们介绍。他们走后，我长长地吐了一口气，说："好险，好险！"

潜水捡硬币

2005 年 10 月 21 日

今天是我与同学们在艾山的最后一天，因此我们便格外珍惜今天的时光。

上午我们来到游泳池，开始游泳。老师对我们说："现在进行一场比赛，我把硬币扔下去，你们找，看谁找的硬币多谁胜出。"话音刚落，老师便把一打一打的硬币丢入水中。我们这些会游泳的占了优势，而不会游泳的只能在上面干瞪眼，气得两眼发火。我看见硬币有一打在一起的，有一个个零散地落在水底的，便计上心来，潜入水底见了一打的便一起捡起来，等于 10 个零散的呢！我捡了 20 打硬币，整整 200 个硬币呢！不一会，名次统计出来了，老师说："第一名：ARTHUR!""成功了，我的战术终于成功了！"我高声喊道。但是成功是要付出代价的。我为了捡硬币，身上不知被踢了多少脚。但是，我还是坚持住了。最终我赢得了比赛，获得了胜利！

从这件事我懂了，成功一定要付出代价，成功之门只向那些有毅力的人敞开！

保龄球计划泡汤了

2005 年 10 月 22 日

这几天的好事真是接二连三，今天我们刚从栖霞艾山回来，老师便通知我们上午 10：00 集合去保龄球馆打保龄球。"太好了，可以去打保龄球了！"所有人欢呼道。"终于可以出口气了，我们一定要把女生打得片甲不留。"我暗暗想。于是我把男生都聚起来，讨论如何打败女生。大家你一句我一句地说着，有的人建议说，我们互相介绍一下打球经验，这样才会打得更好。我们采纳了这个建议。我说："首先，打保龄球时一定要有力度才行。"有人说："应该尽量拿轻一点的球，这样发出去的球才会有力。"

我们便这样讨论到 10：00，大家心中有了底，经验丰富了不少，已经胜利在握了。但是 10：00 到了，我们没有等到客车，却等到了老师，老师对我们说："对不起，保龄球馆的经理说，球太重了，连最轻的你们也拿不起来。""什么？"我大叫一声，又一个计划泡汤了！

见义勇为的感觉真好

2005 年 10 月 23 日

前几天我在艾山温泉时，与几个同学目睹了这样的一件事，也是做了一件见义勇为的好事。

那天下午没有活动，于是我便和几个同学溜出艾山温泉瞎逛。正当我们准备在一家小商店买点东西时，看见一个小孩买一个一毛钱一个的塑料枪时，那个老板却向小孩要三毛钱，并解释说："你看，一个枪要四道工序，每道一毛钱，要你三毛，已经够便宜你了。"那小孩听了掏出钱买了下来。小孩出了门,我对他说:"你被骗了,在我们那,这东西最多卖一毛钱。"他惊讶地看着我,我与同学说着便把他带进商店与老板说理去。我说:"你这东西最多卖一毛钱,为什么卖三毛?"老板说:"我爱卖多少钱卖多少钱!那用你管?""好,那我再叫其他人来评评理!"老板不说话了,他知道,如果让别人知道,他就得关门。于是,他对我们说:"我还他三毛,让他再选一元的东西,他保证不说出去,我也不再干这种事了,好吗?"我们同意了,兴高采烈地回去了。

今天真痛快,见义勇为的感觉真好!

生命的永恒赞歌

2005 年 10 月 24 日

今天我读了一篇文章,知道了一个响亮的名字——任长霞!想必大家都认识她吧?!故事是这样的:

有一位陈秀英老大娘,四年前因邻里纠纷,头上被打了一个长达五厘米的窟窿,没钱治病,便只好在家养着。任长霞看了,用手一摸,惊讶地说:"咋打成这样呀!?打人的人呢?"大娘掉着泪说:"跑了!"任长霞坚定地说:"就是跑到天涯海角也要把他抓回来!"

2004 年 2 月,任长霞兑现了她的话,从广东肇庆将殴打陈大娘的肇事者逮捕归案。在任长霞在任期间,查案一百多起,成为人民的"任青天"。任长霞 2004 年 4 月 14 日遭遇车祸,经抢救无效于 15 日凌晨不幸殉职,14 万百姓自发为女局长含泪送行。

就像人们说的一样:任长霞,这个平凡的女子演绎了伟大的一生,她用短暂的生命谱写了一首永恒的赞歌!

成功失败只差一步——要学会坚持

2005 年 10 月 25 日

今天,我在算一道计算题时,算了五六步还没算出来,不禁心中有些奇怪,为什么算了这么多步还没算出来?!我仔仔细细地检查了一遍,没什么错误呀?!我便把妈妈叫了过来,让她这位数学老师来帮我看看哪儿出了问题。妈妈看后对我说:"并没有什么问题,接着往下做吧,你这个地方写得开吗? 换个地方写吧。"

之后,我照妈妈说的,一步一步接着往下算,刚算到刚才没往下算的地方又算了一步,这个算式便结束了。原来刚才只差一步就算完了,而我呢,就在这只差一步的时候放弃了,就差一步就成功了。害得我浪费了那么长时间去检查和重算。

由此可以看出,成功与失败只相隔一步。有恒心有决心就等于成功,有决心没有恒心等于零,也就是说等于失败。这样可以看出恒心即坚持不懈的重要性。

三兔图

2005 年 10 月 26 日

亲爱的老师、同学们,大家好,在这里我给大家出一道智力题:为什么三只兔子只有三只耳? 不知道了吧? 告诉你吧:因为三只兔子围着一个圈跑,兔耳并排向后就成了三只兔子三只耳了。这样一道看似普普通通的知趣题,却吸引了不少世界各国的数学家。而这道"普通"的知趣题,就诞生于我们的祖国——中国的敦煌! 并且这块三兔图还出现在世界各地:伊朗、印度、英国、西欧……在各种布料、瓷砖、钱币上都有三兔图。有人认为,这些都是从丝绸之路传出去的,连中国丝绸上都有三兔图。

由此可见,古代时中国是多么辉煌呀,人们聪明地利用这一切创造发明……我为有这样的祖先而感到自豪,也为有这样的祖国而感到骄傲,也为我今后的努力学习暗暗地加了一把劲!

动物也有"人权"

2005 年 10 月 27 日

今天早上,我读了郑渊洁写的《九鼠复仇记》后,百感交集,感到人和动物是多么不平等呀! 说人有人权,那动物也有"人权"呀! 故事是这样的。

有九只老鼠在太空中看到了自己的同胞被人类杀害后做实验,

决心用自己的高智商去复仇人类……

我认为人类的做法是不对的,自己认为是世界的主人,那说不定动物还认为自己是世界的主人呢。人认为动物的手是爪子,动物说不定还认为人的手是爪子呢。人有人权,动物也应该有"人权"呀。你用你自己和你的亲人做实验,下得了手吗?自己都下不了手,那动物呢?见到自己的亲人被杀会怎么想?说尊重人权做到了吗?只有人类有人权吗?动物也有呀!

同生一个地球,都应该是一家人,为什么人类主宰地球就可以为所欲为?把地球弄得不堪一击,没有了蓝天白云,只有废气污染,人类确实该好好想一想了!

受骗——不防水的防水表

2005 年 10 月 28 日

今天上午,我发现我的手表掉了两个按钮,下午我的手表便开始进水。表进水弄得我痛苦不堪,因为我无法看清是几点,对我的学习造成了很大的麻烦。同时,我也恨死了卖表给我的那个营业员,我现在还清楚地记得她说的话:"这是防水表,即使其他外部零件脱落、坏了也进不了水。"现在表进水了怎么办?而且我发现有许多人也是用跟我一样的表,也是哑巴吃黄连有苦说不出呀。更让人吃惊的是,他们买的价钱是 15 元,而我却是 100 多元买下的!

从前有人说:世上没有物美价廉,只有货真价实。现在买东西如果想买一个物美价廉或者是货真价实的东西,就应该货比一亿家了!无法确认时间,给我的学习生活造成极大的干扰。

同时,我也感到,任何事想干得好就只有讲信用。

偶遇杨英博

2005 年 10 月 29 日

今天,我参加完"硬"式教育的熏陶后,来到了加州牛肉面,这里客人少得可怜。其实经营饭店的人很多都是一些不懂经商的人,他们可能从来没从客人的角度来看问题,替客人着想,可以看出饭店的缺点并及时改变。

我与妈妈点了一碗牛肉面、一碗鸡丝面、泡菜、土豆丝。刚吃到一半,肚子便向我发出警报:大肠的库存已满,急需处理。我连忙拿上纸,来到厕所满足生理需要。我刚进去,一个熟悉的声音在门外喊起来:"猜猜我是谁?"我的第一反应就是一些太好交朋友的人想跟我交个朋友。但是令我吃惊不已的事就是他说出了我的名字,我马上想到的是杨英博。我出去后一看果然是他,他问我玩过 CS 没有。我便给他传经验。他听得太入迷,上的面也不吃了。我真是魅力无穷啊!

我会存钱了

2005 年 10 月 30 日

今天,我高高兴兴地起了床,洗漱完毕后,便来到厨房吃早饭。我一边吃着早饭,一边抱怨道,为什么没有人发明一种能将知识直接输入脑内,不必去学校学习的机器? 真希望马上到中午,去与妈妈一起存钱。这两天,我突发奇想,要是能有张银行卡取钱存钱,在同学眼里那多威风。于是我便跟妈妈要,妈妈没办法,只好答应今天中午为我存钱。

上午的课对我简直是"度秒如年"啊。终于放学了,我以"每秒5000 公里"的速度跑回家,与妈妈一同来到了中国建设银行。我们来到取款机前,妈妈教给我怎么取钱。首先,插卡、输密码,之后便出现了许多个选项:查询、取款……先点取款,之后就会出现:100、500、1000、1500 这四个选项。我看明白后,对妈妈说:"妈妈,快去存钱吧。"我们便来到银行。妈妈说:"你自己去存吧,先填单,再把卡、钱给人家。"我又紧张又高兴,既怕填错了,又兴奋自己可以存钱了。单来了,由于我太紧张,字抄错了,我吓得忙把它划去。我把单递给叔叔后,叔叔把卡给了我,我成功了!

虽然出了一点小错误,但我还是高兴,我会存钱了!

我的核武器

2005 年 11 月 4 日

今天晚上我做完作业，复习完英语后，收拾书包，准备睡觉。洗漱完毕后，我上床躺下，让妈妈帮我抹药。

突然，我感到肚子胀气，不由自主地放了一个屁。妈妈说："你怎么不事先通报一声就违反了和平条约，使用了核武器，我连防毒面具也没戴你就攻击，不人道！"我说："我就是专门为你定做的新武器，是新口味，新感觉！"妈妈和我都哈哈大笑起来。

这时，妈妈唱了起来："亲爱的，你慢慢飞，小心前面带刺的玫瑰……"我跟着说道："妈妈，应该改成：亲爱的，你慢慢飞，别像妈妈那太臭的屁，亲爱的，你跳个舞，就像爸爸那笨拙的身体！"我们一同哈哈大笑。

这真是一个快乐的夜晚！

成为 FLASH 高手——观《冰河世纪》

2005 年 11 月 9 日

今天，宋老师说，如果学完了《狮子王》就学《冰河世纪》，妈妈听了忙小声对我说："帮我记着，下课马上就去买《冰河世纪》。"我听妈妈这么说，高兴得一蹦老高，心想，今晚又可以看新片了！

下了课，我便拉着妈妈向音像店跑去。找到了《冰河世纪》，付了钱后，我们便迫不及待地坐上车向家进发。

回到家，我熟练地接上 DVD，放入《冰河世纪》，影片开始了。我们都屏住呼吸，观看电影。《冰河世纪》讲的是：两万年以前，地球上到处是冰川，无论何处的动物都在四处逃跑，躲避着新的冰河世纪。因为一名突如其来的人类弃婴，三只史前动物凑在了一起，它们不但要充当保姆，还得想法把他送给人类。在路上，它们遭遇了剑虎们的攻击，火山爆发。最终，它们克服了困难成为了好朋友，把弃婴送还给了人类。

看完后，我感到不可思议，虽然如今 FLASH 制作简单，但是这么长这么精确的动画,起码一分钟就要 1000 多帖不一样的,这太难了! 要是让我做,起码三四年也做不完。我做的动画,只是两个小人赛跑、震撼字……我今后要学习梦工厂及迪士尼的 FLASH 手艺,要与他们比赛,成为 FLASH 高手!

打扑克

2005 年 11 月 10 日

这两天,我刚刚从爸爸那里学习了打扑克,想不到扑克这么好玩,怪不得人们这么爱玩啊! 以前我都不让爸爸上网玩扑克牌,现在才明白爸爸的苦衷了。我也上了瘾,总想找个人练习练习。上网,妈妈不让,跟爸爸玩,不行,爸爸晚上回来太晚了,要不找妈妈? 不知道她会不会? 如果会的话就太好了。我过去问妈妈:"妈妈,你会不会玩扑克牌?"妈妈说:"当然会玩了,要不咱俩搓两把?"我大叫一声:"好!"于是我们俩"三通鼓罢",准备开局。我们首先拿出在杭州买的扑克牌,上面印有许多风景名胜的图片。我们从中拿出一小部分的牌,这是防止让人知道对方有什么牌,因为共 54 张牌,从 1—A 各有四张。

扑克大战开始了。我先抽牌,10 张、20 张……我一边抽牌一边思考战略方针。有了! 我茅塞顿开,灵机一动,计上心来。我想,现在我有 3、4、5、6、7、8、9、10、J、Q、K、A 各一个,可以全军出动,妈妈一定没牌接,所以我就乘胜追击,把剩下的出了,就万事大吉了! 拿到战场上一试,果真如此。我出了大军后,妈妈无牌以对,我就又出了个对 4,妈妈出了个对 Q,我便出了对 A,赢了!!! 妈妈不服输,结果第二把又输了。妈妈连连摆手生气地说:"不干了,不干了!"我笑着对妈妈说:"妈妈输不起! 你应摆正心态呀! 要不会吃大亏的。"

奇怪的足球梦——跑向未来的足球明星

2005 年 11 月 18 日

昨天晚上,我做了一个奇怪的梦。

在梦中,我们班中来了一个转学生,他老是神神秘秘的。一天,他把我拉出来问我："你想不想成为足球明星？"我想：足球明星？当然了！我便告诉他："可以，太好了！"他说："好，那么请你签下这份协议吧。"说着便给了我一张纸，上面写的是一份协议书，协议书的内容清晰可见：

　　本天堂公司生产的产品含有梦想成真之足球天分。本产品属于未经临床试验的梦想成真产品，特拿一份作为临床试验品，在您身上试用。临床试用成功后便将此品赠予您作为试验报酬金。如有一切不良影响由本公司负责解释，并且答应您的一切赔偿要求。

　　我想：天下哪有如此好的事情呢？不过试一试也可以。这时，我心中像有两个小人在吵嘴架，一人说："去干吧，即使上当受骗也有一个教训，下次便不会上当了。"另一个小人说："这样的事怎么可能有第二次呢？上当的便是傻子！"最终一个人胜利了，他引我去签订合约，我毫不犹豫地签上了字。那人对我说："现在你是本公司第052045号试验员，现在我把试验品给你，试验期是10天，10天中，如果你足球水平提高了，那试验便成功了，你可以当足球明星了！"我兴奋不已。

　　放学后，我便迫不及待地来到一块空地上，做了一个简易球门，想试试自己球技是否有所长进。我拿来一个球，心里想，要是能用足尖把球勾起来多好哇！心动不如行动，我轻轻地把脚一勾，哇！球飞起来了！我想耍耍帅，颠球试一试。没想到，我感到球像一个气球一样，动得好慢，我便一边跑步一边颠球，引得路人对我指指点点，刮目相看。我心头一热想试试射门，不然没法上场。于是我便一记抽踢，正好打在墙上，正中门中央，博得了行人的一声声喝彩。我骄傲地把脖子、头挺得老高，颠着球回家了。我决定先不告诉妈妈，等得了冠军，双喜临门，她一定会同意的。

　　晚上，我兴奋得一夜未合眼，幻想自己成为了世界冠军时的样子……第二天早上，我急急地吃完饭，一早来到我们班足球队长上学的必经之路上。看他来了，我便颠起球来，他看见了便挖苦我说："有本事来抢我前锋呀，怎么，不会呀？不会就别逞能！"我便回敬他说："到时还不一定谁当前锋呢!"我一脚下去,球正中电线杆,让他目瞪口呆。我说:"让不让我加入球队?"他知道如果不让的话便失去了一个好机会,便说:"好吧,可以,明天同五(3)比赛,准备好。"

第二天,体育场里人山人海,全校师生都来观战。红方是每年校运动会的冠军——五(3)班雄狮球队,另一方是号称无敌之龙的五(4)狂龙球队。谁都知道,这两只球队是打败天下无敌手,今天是本世纪最经典的狮龙大战。不但全校师生都来了,连电视台和外校都来了,把小体育场挤得满满的,场面沸沸扬扬,红红火火。甚至有人开了投注站,赌谁赢谁输。我知道,这次如果输了便丢死人了。

开场了,对方前锋闪过层层防线,直向我方球门冲去,我连忙上去阻拦,一个假动作,把球抢了过来,带球向对方球门冲去,"嘟",哨子一响,进球了。我开始进行白热化攻击,平均上场一分钟便可赢一分,上半场结束,比分是 30∶0,我方赢定了!下半场,我们接着攻击,对方已毫无希望了。"嘟"终场哨响了,我们赢了,创造了单场进球的世界纪录,68∶0,我们一起拥抱,祝贺。

我急忙跑回家向妈妈报喜,我知道,我也是在跑向未来!

如果我是妈妈(1)

2005 年 11 月 28 日

如果我是妈妈的话,便会让妈妈把电脑打开,并且让妈妈去电信公司把猫换成电缆线,并连到电脑上,这样网速一升再升。我玩了一上午的游戏后,又可以去尽情购物,我冲进商场进行疯狂采购,我把我最爱吃的、玩的、喝的都一抢而空。我还买光了电脑盘、游戏机,我把自己所有喜欢的事情都做完。

如果我是妈妈(2)

2005 年 11 月 29 日

今天中午,妈妈干完家务活后,擦了擦脸上的汗水,我心痛地对妈妈说:"妈妈,哪天你休息休息,让我帮你干活吧。"妈妈说:"好,那就明天吧。"

晚上，我躺在床上想："明天我就当妈妈了，也就有了妈妈的权力了，那我就可以干我想干的事了！明天我要在3:00起床，打开电脑玩游戏，玩到6:30，出去买上十几个汉堡、面包，回到家，早饭就是这些。吃完饭，我看一会电视，之后便来到商场，把我最喜欢吃的、玩的、喝的都买了。我把所有电脑盘买下了，并买了一大堆玩具，买了一台超级电脑，内存5000G，空间是一个硬盘。之后，我便满载而归了。把东西放下后，我到电信局把'猫'换成了电缆线，回家一插，网速2000。我玩游戏玩到晚上6:00，狂吃一顿好吃的后，又开始玩游戏玩到8:00。当个妈妈真累呀！"

我边想边迷迷糊糊地睡了过去。

作　弊

2005年11月29日

今天中午放学时，学校广播说，下午默写小学生守则及行为规范。我听到同学们在小声地叹着气。其实谁都知道，没有一个人能背下来。

中午上学时候，我心里想："13:40默写，我去晚点不就行了?"但是要是默写很长时间怎么办? 无可奈何，只好按时去默写了。

来到教室，大家都在背，生怕默写不下来。可是，老天似乎在捉弄我，我刚拿出行为规范，老师便来了。没办法，只好作弊了。我看见其他人都把规范放在桌洞中，以便作弊，我也放了进去。监考老师冷冰冰地盯着我们，像一只饿狼一样，可能随时向我们扑来。开始考试了，一场大决斗开始了！尖刀在我的手中，我只有一次机会，我在等待良机，等待敌人疏忽的那一刻。终于，敌人低下了头，我快速拿出刀，向敌人杀去……"耶!"我胜利了，抄完了！我慷慨地让周围同学抄。丁零零! 下课了，我赢了! 后来知道，全班有97%的同学作弊，不去考的要到黄主任那补考。"幸亏来考了!"我庆幸道。我终于赢了?!

百年一遇大雪——打雪仗(1)

2005 年 12 月 5 日

今天早上，我拉开窗帘，不禁打了个冷战：下雪了！我不禁欣喜地唱起歌来：2005 年的第一场雪……我急忙吃完饭来到学校，准备在操场上一展雄姿。可是令我失望的是，因为雪太大，打雪仗的雪全是冰，打起来有危险，所以禁止打雪仗。

回到教室，男同学们一个个唉声叹气的，希望下去玩。这时，我眼珠一转，计上心来。我忙上讲台，大声喊道："现在大雪飘飘，正是打雪仗的大好机会，机不可失，时不再来！既然学校不让玩，那咱们自己去玩！中午 12 点学校门口居民区集合！！！"我这振奋人心的话博得了同学们的一阵阵欢呼和口哨声。

中午 12 点，我忙吃完午饭，匆匆来到集合点，定睛一看，大家大部分都来了，全班六分之五的男生都来了。于是我们分两帮人，开始要人，我要了于腾、王良、王策等这几个精英。现在他们只剩下一些不中用的人和几个闻风而来的四年级同学，我们处于优势。于是我们在坡下面，他们在上面。

"世界之战"开始了，我们先在路两边都部署上"警力"并让人占领制高点进行攻击。他们一来，不是被打得满身是雪，就是被打得满地找牙，可是我们无论如何怎么攻就是攻不下来。他们防守严密，不容易进攻。于是我们派出两个人，从后面绕到敌人火力小的地方，再一举进攻。红旗飘起来了，那边准备好突围，"上！"随着我一声令下，两面夹击，双管齐下，打了他们一个措手不及。我们越战越勇，取得了最终的胜利！

百年一遇大雪——打雪仗(2)

今天早上，我从梦中迷迷糊糊地醒来，忽然感到非常冷，精神一下子抖擞起来了。我睁开眼睛，看被子都好好地在身上盖着呢，怎么会冷？于是准备起身看个究竟。我穿上衣服，走到窗边，拉开窗帘一看，不由自主地打了一个冷战——哇！下雪了！后来才知道，这一次下的雪是百年一遇的大雪啊！大地被铺上了一层又厚又软的大毛绒毯子，树木、楼房早已银装素裹，被大雪埋在脚下。狂风中小雪花像一个个英勇善战的小伞兵在扶善除恶、降妖除魔，而雪足足有六七厘米多厚。我兴奋极了，这可是天赐良机呀！如果不滑冰、不堆雪人、不打雪仗，那不是傻子吗？我急忙叫醒妈妈，让她来给我快点做饭。我匆匆吃完早饭，背上书包，向学校冲去。可是身不由己，由于下了一天一夜的大雪，路面有的地方结成了冰，难以行走，我一边扶着树，一边艰难地向学校跑去。由于路面滑，加上我在跑，一不留神摔了一跤，我从地上爬起来，坚持着向学校走去。

终于到校了，我长长地吸了一口气。由于不小心，我已经摔了五六次，全身上下全是雪，脸也成了大花脸。我冲到教室，登上讲台，对同学们说："今天中午十二点准时到学校门口集合打雪仗，拿什么都行！"我说完，下面早就成为一片"火海"，大家七嘴八舌地讨论着，表现得都很疯狂。这两天大雪茫茫，大家都憋足了劲想玩打雪仗，可是家长和老师不同意。大家早已憋了很久了，所以想借助这次大雪和打雪仗，好好发泄发泄，并露一手……

"丁零零！"下课了，我们男生忙冲出去堆雪人。虽然老师不让打雪仗，但是可以堆雪人。没想到，一下来便寸步难行——雪太深了。于是我们先每人做一个小雪球，再滚，再组合，再滚，不一会儿，一个半米多高的大雪球诞生了。

百年一遇大雪——打雪仗(3)

今天，我才真正体验到什么叫"度日如年"了。我真希望时间变得飞快，马上到中午。"丁零零！"放学了，我们全体男生以 100 万公里/小时的速度冲回了家。我从冰箱中拿出早上准备好的饭，在微波炉中简单热了一下，马上吃完饭，便飞快地冲到集合地点——校门口。大家都在那了，就等我这个中心人物的到来。雪仗开始了。

我们首先找出两个头，我和崔潇夫，然后采用猜拳的方式选择人，每人只能要 5 个人。第一把，我胜了，我先选人。我选了王良、于腾、宋林超、王策、孙逊这几个算得上是厉害的人物,而崔潇夫只能选择剩下了的那些"垃圾"了,"五、四、三、二、一,战斗开始!"

由于整夜大雪,所以我们有足够的"弹药"攻击。首先,我们派两人从后面攻击,其中一个是我,再让一个爬上楼,从制高点攻击,让另外两人在路旁伺机攻击,这样就大功告成了!我们两人从后边绕道。在路上,我们大气也不敢喘一口,生怕让敌人听见。我们一路上一会儿惊,一会儿怕,弄得人心惶惶。终于,我们来到了敌人的后面。太好了,敌人并没有在这里防守,真是太好了。于是,我们准备好雪球,准备突击。我们借助居民楼做掩护,悄无声息地向前冲去,敌人就在眼前,也许是老天在帮助我们,竟然没有一人发现我们。于是我们一人对付对方两个人,瞄准敌人脑袋,一个个雪球以优美的姿势打向了敌人,"中弹了!"我喊道。见我们突击成功,我们的其他人也冲了过来,一时的两面进攻得手,打得敌人不知道怎么办,措手不及,屁滚尿流,只好四下逃散。我们借此机会,乘胜追击,将他们一网打尽,我们胜利了!

第二次,我们看他们接受了上次的教训,把四个人撤到后面防守,只有两个人在前面把守。我们看准时机,在他们两人休息时,从正面冲了过去,没等他们回过神来,我们便干掉了他们。反复打了几次,几乎每把我们都赢,但是由于时间问题,我们只好上学去了。虽然玩的时间不多,但我们玩得很高兴。我喜欢打雪仗,希望以后每一天,我们都有时间去玩!我也从中得到了不少经验、道理:凡事不要只看一看,要多方面看问题,从多方面去思考……

大 雪

2005 年 12 月 15 日

今天上午,妈妈和我见阳光明媚,暖意洋洋,便商量利用下午的时间去买双新鞋。可是,好景不长,不一会,天就变得阴沉沉的,不久就下起了雪。"这可不是好兆头。"妈妈说道。但是坏天气并不能影响我们去买东西的渴望。于是我们决定首先我在家完成作业,之后去读书俱乐部等妈妈。于是,我便去睡觉了,醒来时妈妈早已经走了。我马上开始写作业，我可不愿意失去任何看书的时间。做完作业后，我急忙来到读书俱乐部，准备读书。可是来到楼下我傻了眼：雪足足有半米高，封住了门，可我必须过去。我在雪中慢慢移动，经过20多分钟的努力，我终于来到了俱乐部。

五点钟，妈妈准时来接我，我们打车去振华。虽然雪还在下，但不是那么大了，地下的雪也只有0.1米高了，好走多了。于是，我们便打了辆车准备去振华。不料，半路雪上加霜，又下起了大雪。原本就难走的路，现在更滑了，汽车像蜗牛一样在路上爬行。终于到了书城，离振华不远了，妈妈说："停！"我们下了车，大雪纷纷扬扬地落在身上，我受不了了，想找地方避一避去。我们急忙跑进书城，到了书城，不能不买书。于是我便宰了妈妈一下：买了十几本书。见风暴有些停了，我们急忙冲到振华买东西。

直到晚上八九点，雪才停了，我们便回家了。

偷偷看书——与妈妈捉迷藏

2006年1月23日

今天晚上学习完英语回到家，我感到累极了，想马上休息，可是妈妈不肯罢休，坚持让我把寒假作业剩余不多的几页做完了再睡觉或看书。家长和孩子之间总会发生一些战争，但是我在和妈妈这场战争中，最终因妈妈的武力威胁而不得不投降。但是我始终不服输，所以我想找机会报复一下。这时，我看到了放在床上的《哈利·波特》，这是我最爱看的书之一。于是，一个计划在我脑中浮现了……

当妈妈走后，我写了几笔作业，见安全了，便鬼鬼祟祟地把书拿了起来，偷偷地看了起来。但当我的"情报部门"发现"敌军"有动静了，便把书放回原来的位置。这样，妈妈不但没有发现，还表扬了我"不偷懒"。过了几次，我胆子大了起来，等妈妈出来了再放书。可纸包不住火的，没想到有一次，妈妈出来了我还没放书，让妈妈识破了我的诡计，一下子又开始动用"武力"了，并布置了许多作业。

唉，早知道这样，还不如踏踏实实写作业呢！

我的画和制作手工——艺术家的辉煌

2006 年 1 月 24 日

今天上午，我刚跟妈妈收拾完房间，突然，一个平时并不起眼的小柜子引起了我们的注意。妈妈说："里面可能有许多废纸，打开看看吧。"我不经意地打开柜子一看，果然，里面全是一堆堆的废纸，我忙对妈妈说："妈妈，没错，是废纸，快来帮我啊！"妈妈过来一看，说："你这个大老粗，这哪是什么废纸啊，这是你小时候的画和制作手工！"我定睛一看，果然是我的画，我不禁笑了起来。看着我画的画，真令人发笑，那幼稚的字迹以及妈妈写上去的日记，真令人怀念啊。妈妈拿起我的画和日记说道："看看你的画，就知道你是一个当艺术家的料，看看你的日记，前面好，后面就什么都不是了，就是懒，你应该越来越辉煌！而不是衰败！"

妈妈说得对，我应该走向辉煌，应该越来越好。从现在起，我应该努力，让自己走向成功。

配眼镜

2006 年 1 月 25 日

今天上午，我与妈妈来到书城，来到查视力的地方。妈妈对我说："你来看看那行字，看能不能看清楚。"我说看不清，"那再戴上眼镜看看！"妈妈又说道。我忙拿出眼镜，戴上去后看了看说道："还是看不清。""什么？"妈妈惊讶地喊道："下午马上跟我去验光，没想到近视变得这么严重了。"听妈妈这么一说，我不禁犯愁了。又要去验光、配眼镜，烦死人了，不但浪费时间，还浪费钱。早知道这样，还不如好好保护眼睛呢。先失去了，才知道珍惜。早知如此，何必当初呢？现在我真后悔啊。

下午，我和妈妈驱车来到眼镜店，准备配眼镜。首先，阿姨给我验光。虽然我很难过，但是难过也掩饰不住我的好奇心，我看看这，又看看那，直到妈妈把我按在座位上我才罢休。阿姨先让我把眼睛对在一个仪器上，然后看里面的小房子。之后，又给我戴上眼镜来测视力,最终确定我的度数为 300 度。验好光后,就开始挑镜架。我试了这个试那个,转了一圈又一圈,最后终于把目标定为一个黑色方形镜架。这时,阿姨向我们推荐了一种镜片,它可以看近看远两不误。看近时,可以放大,有 4 种合体组成,上面看远,下面看近……它叫渐进镜片,比普通镜片好。看近时,不像普通镜片,看得更清楚,但是也很贵,要 800 元! 妈妈狠一狠心,买了下来,但是这样一来,我考试的奖品和压岁钱全没了。妈妈为我付出那么多,我也不能辜负她,我要不玩电脑不看电视,让眼睛尽快好起来!

做饭记

2006 年 1 月 27 日

今天早上,我突发奇想,想体验体验妈妈做饭的滋味。虽然我以前做过饭,但是那已是几年前的事了。于是,我便对妈妈说:"妈妈,以前都是你做饭,今天我想做饭试试。"妈妈说道:"让你做饭,菜还不都煳锅了? 不行!"妈妈这么看不起人,点燃了我心中不服输的精神,并把我惹火了,心想:"你不让我做饭,我就跟你要赖皮,看你敢对我怎么样!"我说:"你不让我做饭,我也不让你做!"妈妈斗不过我,只好让我做饭。我说:"做炸小馒头和炸肉。"妈妈说:"你就会做这些你喜欢吃的,就不会做点别的? 好,打开火,倒油。"我按照妈妈指导的一步一步来,就差放肉了。"放",妈妈说道,我把肉来了一个"从天而降":把肉从空中扔了下去,"砰"的一声,随着肉扔到锅里,油也被弄得四处都是,有一些打到身上,很痛,像发射出的子弹一样。妈妈一指客厅说:"你先做,我过去了。"我又把其他几种肉放进去炸,我不断将它们翻过来覆过去。这时,妈妈过来说:"快拿出来,要不煳了!"我忙拿出来,这时肉已经煳边了,妈妈也来帮忙。"都成什么样了,你看看。"妈妈说道。虽然肉煳了,但吃着自己做的饭,真高兴啊!

教爸爸玩电脑游戏

2006 年 2 月 2 日

俗话说,父母是孩子最好的老师,可是老师应该样样精通,即使不是这样,学生会的老师应该会。可是我爸爸就不是这样,我会玩电脑,可他不会。你可能就会问了,玩电脑有什么用呢?坏了还会伤眼睛,学这干什么用呢?这是因为我爸爸经常加班,工作到很晚,整天工作很无聊,没事干,这样,他便可以劳逸相结合,放松一下。

　　于是,我便对爸爸说:"老爸,你晚上工作到那么晚,等工作完了,是不是很无聊啊?"爸爸说:"是啊,你有什么办法吗?"我说:"有啊,我教你玩游戏吧,教你玩 QQ 堂吧。"爸爸说:"要钱吗?"我说:"不用,但得有 QQ,等回来我帮你申请一个。空格是放糖果,方向键是上下左右。"真不愧是爸爸,输了几把之后,总结了经验,反败为胜了。爸爸说:"挺有意思的。"我说:"爸爸不要上瘾,要劳逸结合。"爸爸说:"知道了。"

　　以后,爸爸有时不在家,我和妈妈便在网上与他聊天,玩游戏,当老师的感觉真好。

亮剑精神

2006 年 2 月 3 日

　　这两天我从电视上得知,有一部抗日巨作要上映于中央电视台第一套节目,我急急忙忙地看了开播时间,心里想:"能上中央一台的电视节目都应该是不错的。"于是,每天都在等待。

　　终于,今天,《亮剑》上映了,一开始便让我吃了一惊:这部电视剧可以算得上是经典之作。片中讲述的是在抗战期间,晋西北有一位作战指挥官,他战术独特,使骄横的山崎大队全军覆没,使用冷兵器全歼日军两个中队,他就是——李云龙。李云龙生性勇猛、好斗,经常鼓励战士们要有野狼的精神,要敢于斗争,即使明知不敌也要毅然亮剑。

　　我们应该学习片中那种亮剑精神,即使是敌不过人家也要亮出自己的宝剑,敢于和敌人一决死战,输了也比逃跑了强。我们应该学习这种品质,并运用到生活中去。学习也是一样,不管有多大的困难,我们也要咬紧牙关冲过去,只有这样,我们才不会败!

　　我喜欢《亮剑》。

倒冰淇风波

2006 年 2 月 4 日

今天,我来到开发区,同哥哥姐姐们一起去欢度新年。

我刚刚到,姐姐便过来神神秘秘地对我说:"今天中午姐带你们去吃一顿,就免给压岁钱了。"我说:"好,不过地点、菜我们定,你只管付钱就行了。"姐姐说:"好吧,想到哪去?"我说:"去肯德基吧!"姐姐说:"可以,不过你们自己去跟姨妈说去,就说你们自己想去的。"我说:"OK。"中午,我们来到肯德基,点了几个汉堡、圣代……

首先,圣代上来了。姐姐说:"告诉你们一个吃圣代的好方法:先拿吸管沾一点饮料,再放到圣代里,弄十次就可以了。"我们试了试,果然方法不错。我对姐姐说:"姐姐,再要三个圣代吧。"姐姐说:"好的。"这时,我心中产生了一个开玩笑的想法……圣代来了,正当我拿起饮料向杯子里倒时,哥哥抢先一步,把我手中的饮料全倒在了我的圣代杯中,我的圣代成了水了。没想到他比我早一步实施了我的计划,我想:"我要以牙还牙,让你的损失更大。"这时哥哥说道:"我这是做好事呢,这样省得倒了。"

这时,机会来了,我见他拿了一个大杯的饮料过来,我心想:"报仇的机会来了。"我把我的这杯圣代水全倒在了他的饮料里,把他气得七窍生烟,脸上青一块紫一块的。我忙说:"我这也是帮忙啊!"这时,姐姐说:"要把自己的东西都吃了喝了。"哥哥无奈,只好咬着牙喝了下去,看着他肚子挺着走路的样子,真叫人好笑。

难忘的正月初八

2006 年 2 月 7 日

今天上午,我在贝恩特学完英语后,回到二姨妈家。由于下午还要学英语,我想在去之前先玩一会,便匆匆吃完饭,去恋战电脑去了。

由于我太着迷了,所以忘了时间,直到二姨妈悄悄地走过来对我说:"快过去吧,你妈在那边好像生气了。"我吓出了一身冷汗,但还是一头雾水,不知道妈妈为什么生气。可当我不经意间看了眼表时,我

知道妈妈为什么生气了,因为现在已经 13:15 了! 平时 12:40 动身
13:15 才能到,而现在……我忙跑过去,穿上衣服,跟妈妈说:"妈妈,
走吧,走吧,要不晚了。"妈妈没有发火,只是脸上有点恼色,照平常,
妈妈早大发雷霆了。妈妈说:"行了,不用去了,既然已经晚了,去晚
了还丢人,行了。"我听了这些话后,喜怒交加,因为有三点:1.我可以
下午不去了。2.我害怕妈妈发火。3.我害怕妈妈让我做很多作业。
这时,妈妈说:"去玩吧,只要晚上好好表现就行了。"我简直不敢相信
自己的耳朵,忙跑过去玩电脑了。

　　我一过去,就看见姐姐在玩,哥哥在一边看。我知道下午不用玩
了,因为姐姐一向自私,她是只许自己玩而不让别人玩的人,可是这
次她却不知怎么地,一见我来就对我说:"来你帮我玩玩吧,我给你倒
地方。"说着,她便站了起来,把座位让给了我。我吃惊地看着这一
切,感到不可思议,又受宠若惊。我忙打开游戏,帮姐姐玩了起来。
这时哥哥说:"给我玩玩试试吧。"我说好,便倒给了哥哥。"不行!"姐
姐大喊一声,把哥哥拉了起来,"我倒给你们,你们还长脸了啊!"哥
哥也不甘示弱辩解道:"你本来就该给我们倒地方,应该是你怎么长
脸了!""你说什么?"姐姐见说不过就露出了流氓相,试图以年龄的优
势压住我们,同时声音也高了八度。我们刚想应战,只听客厅一声大
喊:"什么,刚才谁说的那句话给我过来!"我们心里高兴地想:"哈,这
下可好了,她欺人太甚,是该好好地管管她了。"姐姐走后,我们忙把
电脑占了。过了一会儿,姐姐过来了,对哥哥说:"起来,让我坐!"哥
哥只好让座,站在一边看。一会,我说道:"哥哥,你过来,我教你玩这
个游戏。"于是对姐姐说道:"你起来一下,我要坐。"可能是她挨批了
心中不服,把怒火发到这了,一开口就说:"不行!"二姨妈听到了,又
说:"你给我过来!"我们一听,心里暗暗幸灾乐祸,可是我们听见那边
发出打骂声:"你小吗?你跟他们争?啊?!你让给他们不行吗!?"我
们听了感到有些于心不忍。二姨妈摊上了这么个女儿也真够呛。从
她身上,我们能吸取一些做人的道理:人应该有广阔的胸怀,不应该
太自私了。

　　事后,妈妈对我说:"遇到这种事,首先要远离现场,别让人把自

己扯进来，之后再辩护别人。别人情没得着，倒把自己给赔进去了。"经过这件事和妈妈的教诲，我学到了很多道理，我应该把它们一直刻在心中！

"八路军一型坦克"

2006 年 2 月 8 日

今天，我读了一本有意思的书，名叫《讲给男孩子的故事》。从书名中，你们可能就会知道，这本书中讲的是什么。没错，讲的就是历史上一些经典智慧的、勇敢的故事。

其中的一篇名叫《八路军一型坦克》的文章，里面讲的是：在抗日期间，中国军队没有重武器去攻打敌人的炮楼，只能靠战士带炸药进行爆破，可是这样，部队伤亡很大。一天，几个战士在讨论这个问题时，一个人说："我提议造一个土坦克。"说干就干，几天后，"八路军一型坦克"造完了。它由几十层木板制成，进行实弹试验后，没有一发子弹打透。于是，晚上，"一型坦克"开始进攻炮楼。不一会，就冲到了炮楼下，在坦克里的两名战士将炸药放在炮楼旁，然后迅速离开，不一会，炮楼便倒在硝烟之中。

读完了这篇文章，我认为，我们应该在平时多积累一些生活经验，就如同那几个造"土坦克"的战士一样，如果没有经验，又怎么会有那坚固的"铁甲"呢?! 生活中，我们也该用用智慧。我喜欢这本书。

反其道而行之——读《老鼠医院》有感

2006 年 2 月 9 日

今天，我读了一本书，名叫《老鼠医院》。故事是这样的：随着老鼠数量的与日俱增，各种灭鼠药不但不能将老鼠从地球上灭亡，反而将老鼠中的弱势群体消灭了，留下的都是老鼠中的精华。于是，全世界的灭鼠专家聚集在一起，商谈灭鼠方法。经过讨论，人类派出一名密探，使用转基因技术，打入老鼠内部，帮助它们建造医院，使老鼠中的弱者得以生存，再与老鼠结合，使得身上的残缺细胞遗传到更多老鼠身上，强壮的老鼠越来越少，最后只能等待死亡，从地球上灭绝。

有时候，反其道而行之，可能会得到意想不到的结果。正如文中帮助老鼠建医院一样，表面上是在帮助老鼠，其实是在害老鼠。在我们的成语中，有许多智慧结晶，我们应该多学习，我们应该学会像故事中的捕鼠专家一样利用智慧。

凡事要多一些方法——读《厉害》有感

2006 年 2 月 13 日

今天，我读了本科幻文章，名叫《厉害》，故事情节是这样的：班步来自"H-3"星，来地球的任务是探查地球人的防御能力；卡维来自"M-7"星，他的任务是探索地球人的攻击力到底强不强。

两人都不约而同地来到了地球，都化成了地球人的模样，很巧合的是，他们都看见了对方，都认为对方是地球人。两人都不约而同地执行了任务。"H-3"星人的攻击力可是银河系中非常厉害的，"M-7"星人的防御力是银河系中最强的，最后两败俱伤，大家都心寒了，都觉得对方好厉害，放弃了各自的目的离去了，也给地球免去了一场灾难，真是幸运！

这两人犯了一个错误，只试探了一个"地球人"，应该多试几次。在生活中，我们也常犯这种错误，如：验算时……让我们改正错误吧！

和妈妈过"情人节"

2006 年 2 月 14 日

今天，是妈妈向我兑现承诺的时候了。放假时，妈妈对我说："这个假你可以去两次书城，时间你定。"第一次已经在 1 月份完成了，今天是第二次兑现。

我们两人匆匆吃完午饭，打车来到了书城。奇怪的是：路上全是一对对的新人在购物，散步，而且手上全是清一色的一束束玫瑰花。今天是个什么特别的日子吧！？我们顺路来到了眼镜店，这时，我们身旁的一个人打电话问道："给你买个休闲包当情人节的礼物还是买一个……"我们这才恍然大悟了，原来今天是情人节呀，怪不得有那么多情侣走在街头,怪不得有那么多人在购买礼物,怪不得他们脸上都挂满了会心的笑……

这时,妈妈说道:"要是你爸爸给我送件衣服该多好啊!"我说:"妈妈,难道情人节只是男人给女人送礼物吗?"妈妈说:"对呀,走,跟我选礼物去吧!"可是我想:"我跟妈妈去过情人节,不是拆爸爸的台,让妈妈红杏出墙吗?"我把想法对妈妈说了,妈妈说:"母子有情人关系,朋友关系……只有关系交织才形成了一个和谐关系。"于是我便和妈妈看书,逛街,然后去选礼物了……

成为神童——我是第一个全对的人

2006 年 4 月

1 日晚上,妈妈对我说:"明天上午你想不想去听一个关于记忆方面的讲座?"我想:"一般这样的讲座都是骗人骗钱的,听了也没用。可明天上午学画画,在那待一上午闷死了,还不如去听听课呢。"于是我便爽快地答应了。

2 日一早,妈妈便催促我马上起床,好去占位置。我说:"不就是个讲座吗? 有什么大不了的!"妈妈说:"这票是祝梓馨妈妈好不容易帮咱们弄到的,为此,她还特意为你做了张小记者证。"我一听,感到不对,祝梓馨妈妈一般也不相信这类讲座,这次这么热心难道是真的吗? 我跟妈妈一同来到儿童影剧院,啊! 来的人可真不少啊,足足有几百号人,坐满了全场。我说:"这么多人,哪还有座位啊?"妈妈叫我到第一排找祝梓馨和她妈妈,果然,她们帮我们占座位了。

我们刚坐下不久,就开始放映介绍片:如何成为神童以及学习后的效果。通过这个,我知道了是一位名叫关牧林的老师讲的讲座,他曾经在中央电视台连续播出三次节目,而且在广大观众中反应极其热烈。

看完纪录片,从后台走上来一个人。这时,话外音介绍道:"这就是纪录片中的关牧林老师!"老师坐下首先对我们说:"想必在座的各位都是希望自己成才的孩子,希望孩子成才的家长,那么怎么成才? 鼓励是关键。"便讲起了自己如何把自己的女儿培养成天才的经历。

我感到他很像郑渊洁，因为他们的观点都是：鼓励能使傻子变成天才。之后，老师将一组词语打到银幕上，告诉我们，如何一分钟内背下这几十个杂乱无章的词语。方法如下：XXXXXX。之后，他请上三位同学到后台，五分钟后，老师把他们领上台来，在银幕上打上一组单词，最长的一个竟有 50 个字母之长！让三位同学看两分钟，就转过身去背了起来，虽然有一点错误，但都令我们在场的所有观众大吃一惊，都是随便选上来的，真是点石成金啊！

　　到最后，老师给我们全部学生做了个测试，如果写上老师姓名的后两个字，便是满分，写上全名——失败。老师给我们出了几道看似简单但很难的题，但我还是一鸣惊人，得了满分。老师对我们说："得了满分想当神童的明天可以报名参加学习班。"我当时的感觉难以用语言表达，晚上回家便说服爸爸明天去报名。在我的说服下，爸爸终于同意明天去报名。

　　3 日一大早，我与妈妈早早来到报名点准备上课，没想到祝梓馨和祝伟源也来了，于是我们便准备一起上课。老师 9:00 来了，首先他叫家长也进来，为我们讲了一个小故事：郑渊洁的儿子郑亚旗上三年级时，生病了，叫他爸爸帮他写作文。郑渊洁写了一个晚上写出来了，第二天，他儿子往上交，结果中午，回来对他爸说："老师说这作文是她见过的最次的作文，叫我重写。"郑渊洁气得让保姆写，他儿子拿去学校，让老师做范文在全校人面前读了一遍。郑渊洁当即把儿子接回家，不上学了，自己教儿子，现在他儿子火得不得了，报纸报道全是。就是说，生活要靠自己！之后便把家长请出，给我们一人一张资料说道："成为神童的关键就在这里，如果你们把这张资料以及其他几张背得和你的名字一样熟，那你们就注定成为神童了，不行的话，你们就得离开了。今天我要淘汰 6 个人，钱退了，还请你们吃面包。"我一听，马上拿起资料背了起来，其他人也急忙复习。老师说："好了上来，我检查就可以拿另一张了。"十几分钟过去了，不断有人上去"闯关"，但都失败了。这时，我们开始组织人员大批进攻，长长的队伍排满了教室，但是一直没人成功。这时，老师说："你们别像一个周前我在成都，那些小小孩说：上了！上啊，干掉老关，端了老关据点！

结果像打仗似的，冲的那个快啊，但问一个不会，一会，倒了一大片，倒了再冲，结果让我一下弄走了20个。"我们不但没笑，反而吓出了一身冷汗，"妈呀！20个人，会是我们今晚的结果吗？"该我了，老师问："ＸＸＸＸＸＸＸＸＸＸＸＸＸＸＸ"我仔细思考了一下，答道："ＸＸＸＸＸＸＸＸＸＸＸＸＸＸＸ"，"全对，拿下一张吧！"老师说："太好了。"我高兴得一蹦老高，我是第一个全对的人，我忙回去背了。

中午我们吃完午饭，自由活动，下午，还是背资料。17：00，关键的时刻到了，家长们进来了，老师马上便将选出谁被淘汰了。老师说："其实大家表现很好，但我们必须选出6人，没办法，只好从名单中抽了。"我们的心不由自主地加快了运行速度。"开始选了"，老师说："祝伟源。""啊!?"祝伟源大叫一声，我心想："他上课老玩，罪有应得，哈，我是第1个，他是第6个，没我事了！"但是……当读到第4个时，念道："姜丰仪。"我脑子一片空白，但还能控制住自己，接过了面包，而第6个是"祝梓馨"，我们呆了，但我马上明白是祝梓馨爸爸搞的鬼，他是这次活动主办方的领导，幕后一定有玄机，便哈哈大笑起来。这时，其他人都走了，老师让工作人员看看外边有没有人，关上门对我们说："你们并不是真的被淘汰了，而是骗他们，要不，他们回去不背，就完了。为了弥补你们的精神损失，学费免了！"我们哈哈大笑起来，妈妈过来对我说："说你时，我心跳一下到了240！"为了祝贺我们，我们几个到西郊开了庆功宴。

买游戏机记（1）——我做"流行先驱者"

2006年4月22日 星期六 晴

前不久的一个星期六，我照常来到学校上微机课。刚进门，便见一群人在那围着，好像在看什么"稀世珍宝"。强烈的好奇心指使我飞奔过去看个究竟，过去一看，我才知道，人们围着宋佳达，是因为他正拿着一个不知名的手掌大小的东西玩着游戏"瓦里奥"。"这是什么东西？竟然可以玩游戏，而且是彩屏的。要知道，普通的游戏机只是黑白的，只能玩俄罗斯方块等小游戏，而这东西上竟可以玩瓦里奥，这可是风靡世界十几年的经典游戏！此物一定不是世间凡品。"

我马上用"大脑计算机"在"脑海"中"搜索",可"搜索"了 30 秒也没发现目标。平日,"大脑计算机"的速度"搜索"只需 1 秒,最多不过 10 秒,可这次……我都不知道,一定是"流行的新产物",我可是号称"流行先驱者",难道我被流行"抛弃"了?! 我刚想问这是什么,竟有人先我一步问了他:"宋佳达,这是什么?""这叫 GBA,是现代游戏机的一种",宋佳达为我们详细解说道:"它可以用来玩各种大型游戏,比在电脑上玩的感觉好多了! 它可以通过电脑下载游戏,玩电脑上的游戏。"他说得眉飞色舞,我们也被他说得激动神移,恨不得马上要一个。

　　那天晚上回到家后,我马上跟妈妈说了整件事以及我想买 GBA 的想法。妈妈说:"想买? 先考好试了再说。"听了妈妈说后,我忙一溜小跑回到卧室抓紧复习,心中始终只有一个想法:考好了买 GBA,我一定"起早贪黑"地学习,直到期中考试来临。

　　这么多天的努力也使我获得了回报:经历了"冷酷无情"的考试后,同学们都在讨论一些错误率比较高的题,我认真听着,发现自己一道题也没错,平时考试能发现好几处呢!

　　今天晚上回到家,我马上将这一喜讯报告给了妈妈。妈妈说:"我同意也没用,你爸说了算,你去跟他说去。"我一听,心想:"完了,说不动他,还去干什么? 这几天工夫白费了,睡觉吧。"我生气地脱下衣服躺在床上,这时妈妈说:"不去不用买!"我犹豫了,多么好的机会啊,要不去可惜了! 这时,我心中好像有两个小人在吵架,一个说:"去吧,失去了就没有了。"另一个说:"去什么去,爸爸不是那么好说服的,去了也白去!"最后他们打了起来,一阵苦战后,坚持去的那个小人胜利了,我的欲望、自信、意志也随之而来,准备去找爸爸。

　　鼓足勇气加上做了一番忙碌,为爸爸接水、倒茶后,我对爸爸说:"爸爸,我这两天是不是表现不错?""是,你妈说了。"爸爸回答道。"那新年时你还欠我三个礼物,加上这个,我想买个东西行不行?""得成绩出来才行。"爸爸的一句话如同晴天霹雳打得我"痛不欲生",那个原本支持不去找爸爸的小人对我说:"看,去了也白去,当时听我的多好?!"回到房间,我失声痛哭,为自己不能说服爸爸而痛苦,为爸爸的无情痛苦，为我所做的一切付之东流而痛苦……

妈妈对我说："他不给你买，我给你买，就冲你敢去跟爸爸说，这东西我给你买！"

我以为妈妈只是哄我不哭，可是不是。

欲知详情，请看下回分解。

买游戏机记（2）——"恶补"游戏知识

2006 年 4 月 29 日 星期六 晴

我见妈妈这么认真地对我说，我想这事一定不假。果然，第二天，妈妈便带我去了振华商厦看游戏机。到了振华，我证实了我的猜测：GBA 果然不是"世间凡品"，不是普通的玩具柜台所能买到的，要到七楼的数码产品专柜才行。终于，经过"九九八十一难"和千辛万苦后，我见到了梦寐以求的 GBA 游戏机。它分两种，一种是直板的450 元左右，它的功能稳定，但是只能在亮处玩，无法背光。还有一种是上下翻盖的，可以保护屏幕，可以背光，其他功能跟直板一样。导购小姐又带我们来到另一个柜台，对我们说："这还有一种，你们看看吧。"我看见一个有两个手掌大小的游戏机，它与其他游戏机不同的是：它有两个显示屏，可以插两种卡。导购小姐对我们说："它可以用两种卡同时插入机体玩，它两个屏一个是用来看的，一个是用触摸笔点击的。"我听得稀里糊涂，一句也听不懂，心想："看来，我已经落后别人几个世纪啦！"

回到家，我找了几本有关游戏方面的书，回去"恶补"游戏知识。这时，妈妈对我说："我要跟学校的老师们一起出去旅游，你在家，每天爸爸给你做饭，那事等我回来咱就去。"一听这，我马上答应妈妈的要求，准备这几天"好好学习"我的游戏知识，使我的大脑"天天向上"！

第三天，妈妈走了，我便冲出家门，准备调查游戏机市场价格。俗话说，货比三家嘛！我来到附近的一家游戏机店，一问才知道，直板的 420 元一个主机，加上一个卡 120 元，总共要 540 元，在振华，400 多元一个主机加一个卡，还赠送一个卡，比这便宜多了。翻盖的更不用说了,这里750元一个主机一张卡,振华789元一个主机两张卡,其他地方也都差不多,于是决定还是去振华买。

在经过补习之后,我知道了,游戏机有两种卡,一种是烧卡,一种是游戏卡。烧卡可连接至电脑,从网上下载游戏,它的缺点是网上有部分游戏无法运行,但90%可以运行。游戏卡是厂家直销的,100%运行,但只能玩一种游戏。

在家的日子实在是度日如年,我每天都盼望妈妈快点回来,每十分钟看一次表,终于盼到了今天。我欣喜万分,犹如中了一百万大奖一样高兴。妈妈刚进门,我就上前说了我的调查结果。妈妈见我这么认真,当机立断,马上去振华!我激动万分,今天真是我的幸运日啊!"感谢老天,感谢上帝!"我在心中默默地说道。

到了振华,我按捺不住自己心中激动的心情,忙向上跑去,对后面的妈妈说:"快点妈妈,要不被人买了!"妈妈说:"急什么啊,人家有那么多货,还愁没有了?"我们来到柜台时,已是气喘吁吁,别人用诧异的目光看着我们,好像在说:"干什么呢?!"我忙对阿姨说:"买游戏机。"阿姨拿出两种:直板的和翻盖的。我毫不犹豫地选择了翻盖的,因为它功能完善,拿着方便,可以背光,比直板的好多了。我也不贪心,知道爸爸妈妈的辛苦,决不给他们太大压力。妈妈说:"你看看那个。"我顺着一看,那有一个比手掌小点的游戏机,我并不对它心动,因为上面标着:1098元。阿姨说:"这个是刚进的,是液晶显示屏,不但可以玩游戏,还可以看电影、看书、听歌。"我想妈妈是不会同意的。没想到,妈妈却说:"看挺好的,买了吧,同意吗?"我当机立断,快速地说:"好,成交。"妈妈被这突如其来的一切吓坏了,原本她只是开个玩笑呢!付了钱,我拿到了梦寐以求的GBA!我迫不及待地玩了起来,真过瘾啊!我恨不得天天抱着它,晚上也抱着呢!

游趵突泉

2006年5月1日

今天早上,我和妈妈早早地起了床,洗漱完毕并吃完早饭后,拿出了早就准备好了的行装,整装待发,随时准备出动。同时,我们脸上洋溢着灿烂的笑容,是什么让我们这么高兴呢?原来,我们要跟张叔叔一同出去旅游,"丁零零!"电话响了,我们忙跑下去,坐进了叔叔的车。

在高速路上奔波四个半小时后,我们来到了目的地——济南,找到宾馆并安顿下来后,我们驱车来到了济南的标志——趵突泉。这里人山人海,见不着边,趵突泉大门口竖立着用鲜花编织起的五个福娃,真是活灵活现。叔叔买完门票我们进来后,随着人流向漱玉泉方向进发。果然名不虚传,漱玉泉的水清澈见底,伸手一摸,身上马上感到凉丝丝的。我顺手捧起一捧水,一口下去,感到全身舒服,似乎疲劳顿消。

接下来,我们来到了李清照纪念馆。李清照是宋代著名女词人,在这里有许多蜡像,都是关于李清照的真实事迹。出了纪念馆,我被人们热烈的欢笑、欢呼声所吸引。过去一看,原来是人们在观看趵突泉泉水喷涌而出的场面,那可真叫心动神移啊!泉水中心有着三个喷水口,不断向外喷涌着泉水,不时地还向空中喷出一两米高的水柱,好似喷泉,使人们赞叹不已。人们不停地拍照、留念。说趵突泉为天下第一泉一点也不过分,反倒使我们感觉还有点小呢!这时,我想到古人描写济南的一句话:家家泉水,户户垂杨。看那泉水,那杨树,那诗人,济南真不愧是泉城啊!

准备内蒙古之旅

2006 年 7 月

我早就想在这个暑假好好玩玩了,妈妈也是这么想的,因为这是我在小学的最后一个暑假了,马上就要升初中了。在这个暑假,没有作业,我可以痛痛快快地玩了。

早在考试前,妈妈单位的阿姨便想去内蒙古,一睹草原风光。妈妈对我说:"去看看吧,大草原上应该很好玩的。"我想待在家里有些无聊,还是出去走走,见识一下,便答应了。

要玩,便要有准备,不能打没有准备的仗,所以我便翻出家中的地图册查阅地图。我想:"内蒙古能有多大?最多也就比山东大两倍吧。"可打开地图一看让我大吃一惊：内蒙古自治区位于我国北部边疆，西北部与俄罗斯、蒙古交界，南、北、东三方与甘肃、宁夏、陕西、河北、辽宁、吉林、黑龙江等省区接壤。1947年5月1日成立的内蒙古自治区，是我国建立最早的民族自治区，面积110多万平方公里。它的版图像一只展翅欲飞的雄鹰飞翔在北方，它有一碧千里的草原，一望无际的沙漠……看完了资料，让我吓了一大跳，没想到内蒙古这么大。查阅资料后，我对内蒙古有所了解了，心中有了数。

该出发了，我早早地起了床，收拾了自己的东西，慢慢等待十点的到来。今天的天，晴空万里，有些闷热。终于到十点了，我与妈妈来到了妈妈单位，与我们同行的阿姨、哥哥、弟弟、妹妹打过招呼后，便上车，准备去青岛坐飞机飞往内蒙古。

在车上，我与哥哥、弟弟们逐渐混熟了，一起玩起了拍手游戏、扑克等。时间飞逝，不一会，我们到达了青岛，开始了我们的内蒙古之旅。

飞马希拉穆仁草原

2006年7月13日 星期四 晴

昨天，我们好好休息了一晚上，养精蓄锐为今天的旅行打下了坚实的基础。吃完早饭，我们乘车一同向今天的目的地——希拉穆仁草原出发。不一会，我们来到了著名的阴山，晁说之的《阴山女歌》所描写的就是这里。阴山虽无泰山高，但已有泰山的雄伟骨气。在经历了九曲十八弯后，我们终于通过了阴山，更进一步靠近了大草原。这时，我心中百感交集，既乐又忧，乐是因为马上见到大草原了，心激动无比，而忧是因为怕草原并不是一碧千里，会令我失望。这时，我终于见到了我心中美丽的大草原了，它一碧千里，一望无际……美丽极了！

不一会，我们来到了第一个目的地——蒙古人度假村。我们下了车，直奔马群，准备体验一下"西部牛仔"的感觉。我看中了一头"高大英俊"的"白马王子"，让马倌把我扶上马，顿时感到自己高人一等。这时，我看见我右边有一个阿姨的马，又是拉屎，又是尿尿，真把我们乐得前仰后俯。马倌告诉我们一共有三个旅游点,一个地方往返两个小时,三个都玩需三个小时,我们便毫不犹豫地选择了玩三个地方。马倌大声喊道:"抓紧了,马要走了。"马果然走了起来,我坐在马上,仿佛一位久经沙场的将军,摆出要和敌人决斗的样子。妈妈趁机按下快门,照下了这一场景。一开始,坐在马背上,马走,一颠屁股,生疼生疼的,可一会,便熟悉了,还感到颠得很舒服呢!这时,我见到马倌飞驰在大草原上,羡慕不已,就对旁边的马倌说:"叔叔,我也想快马加鞭地让我的马跑起来……"在马倌同意后,他一拍我的"马屁",我的马立刻飞奔而去,我立刻做出反应,马上站了起来——要不太颠了。此时,我仿佛成为了将军,指挥那十万骑兵,南征北战,攻打江山。风呼啸着从我耳边经过,我尽情享受着大草原无限的风光。突然,马倌让马停下来了,原来,到景点了,我们下马参观了神奇的敖包,许下了心中的愿望,并拜访了好客的牧民家,品尝了可口的奶茶、奶豆奶皮、奶豆奶干,全是乳制品,很好吃。特别是奶皮,用奶上面结成的膜制成,味鲜得很。

品尝完奶茶,我们便骑上马,回度假村了。我回来便躺进蒙古包呼呼大睡起来,在梦中再次领略了草原的美景,享受了骑马的快乐。

神游响沙湾

2006 年 7 月 14 日 星期五 阴

今天早上,天刚蒙蒙亮,我便早早地起来,穿好衣服,兴奋地走来走去,简直度"秒"如年,希望妈妈早点起来,希望旅游车早点启程……我今天这么兴奋,全是因为今天要去"响沙湾"。在来内蒙古之前,我便早已耳闻"响沙湾"。听说,这里的沙子会"唱歌",在干燥天气里能发出声响,我早想目睹一下它的风采了。

经过 4 个小时的长途车行,我们终于来到位于沙漠地区的响沙湾。一来到这里,我们并没有感到有多么的热——因为上午这里下了一场罕见的大雨,所以空气很潮湿。很遗憾听不到沙子"唱歌"了。

虽然不能目睹沙子响的风采,但风沙不会刮得你睁不开眼,来了就要玩好。在众多娱乐项目中，我先挑中了骑骆驼。马虽然好玩，但哪儿都可以骑，但骆驼只是沙漠"版权所有，翻版必究"！我们来到骆驼群里，我在找一头好骆驼。这时，"领路人"对我说："坐这头。"我见是一头结实的领头骆驼，便毫不犹豫地坐了上去。"起"，领路人喊了一声，骆驼们全站了起来。骆驼走起来很慢，随着步伐左一下右一下，我的屁股不但不痛，反而很舒服，好似按摩一样。我"躺"在驼峰之间，既享受"人工按摩"，又领略大漠风光，多惬意呀！多美好呀！我现在仿佛是一代大探险家正带领人们穿越这片沙漠，而骆驼好似水中轻舟，带我们穿越渺无人烟的沙漠，坐在第一个，是何等光荣呢！

不知不觉，我们已与骆驼度过了一个小时的快乐时光，回到出发时的地点，我又选了样好玩的娱乐项目——沙漠探险车。我们的车奇形怪状，像一片叶子。车开了，"啊！"人们大声尖叫着，因为我们的车开到了一个呈 U 形、高 10.20 米的沙坑，大家怕车撞上地面尖叫着，车子靠惯性跑了上去。我明白了一个道理：人总会"下降"的，但有人会把它当做一个往高处走的转折点，走得更高，而有的人却越来越坏……

我又见到了一个刺激的游戏：沙漠飞车。我很好奇，就玩了一次。首先，有人替你开一阵车，经过一阵在沙漠山壁上行走，由你自己开，太刺激了。有一次车体简直快垂直了，吓得后面的女孩直打战，我连玩了两次都没玩够。

随后，我们去滑沙，从沙山上滑下。我为大家做了个表率，拿着"滑板"滑了下去，"嗖嗖"的风从我耳边吹过，我从上面"飞"了下来，体验到了"飞流直下三千尺"的感觉。可下来了，我们傻了眼，要回去便要爬上大"山"，然后坐索道。没办法，上吧！我们一步一个脚印，用了三十多分钟终于上去了。我真正体会到了"下山容易上山难"，下用了不到半分钟，上去用了半小时。

神奇的响沙湾净化人的心灵，陶冶人的情操，有着无穷的乐趣，留给我一个终生难忘的美好回忆！

参观恐龙博物馆

2006 年 7 月 15 日 星期六 晴

今天,我们参观完最后的景点——"中国乳都"标志,正准备回宾馆时,我的眼球突然被一样东西吸引住了,不能自拔。妈妈发现了我的异常,问我道:"怎么了,儿子?"我激动得说不出话来,只是用手指了指不远处的一座建筑——博物馆,呆呆地看着。妈妈明白了我的意图,对我说:"要不咱们进去看看?!"我兴奋地连忙说:"好,好!"而这时,小弟弟、哥哥等早已被那激动人心的标题所吸引住了:亚洲最大的恐龙、世界上最大的猛犸象……也同意一同去参观。

买了票,我们随同一批前来参观的学生,一同进入了内蒙古博物馆,由于他们人数众多,又请了一个导游做介绍,为了了解得更多更好,我们便跟着一起听。

来到第一个展厅时,我惊呆了:这个展厅里陈列了成千上万件恐龙化石及恐龙骨架,让我这个无知孩童如饿汉见到了龙虾大餐,迫不及待地想汲取其中的营养,丰富自己。

进去后,我看看这儿,看看那儿,永不满足。这时,导游引人入胜地讲道:"开始时,宇宙并不是现在我们所见到的样子……"直把我说得心动神怡,打开了我对恐龙的兴趣之门,将这些知识一一吸入脑内。

看着看着,我终于见到猛犸象了!它有两辆大巴车那么长,那么高,在它面前,就算是骨架,都具有一股王者风范,就连老虎也会惧怕三分。

接下来,我见到了亚洲最大的恐龙,它身高 17 米,长 5 米。当看到它那张开的大嘴时,我仿佛回到了侏罗纪时期,那绝世大龙正张开血盆大口要将我吞下。突然导游的声音把我拉回现实:"这种龙以高处的树叶为食,说明以前我们这儿的草、树起码高 12 米以上,才可以养活这样大的恐龙。"生态如此重要!讲解完毕了,我见到有卖有关恐龙的书籍,便请求妈妈买几本回去,并答应一定看,没想到妈妈却买了一套,真是用心良苦啊!我一定回去好好读书,了解恐龙,拓展视野，丰富自己的头脑。

参观了内蒙古博物馆，我了解了更多知识，我喜欢，我开心。

疯狂游乐园

2006 年 7 月 16 日 星期日 阴

昨天，我们买了一幅地图，好为今天的自由活动打好基础。昨晚上，我们在寻找活动地点时，发现了一块新大陆——在一块长方形地域上，标着"游乐场"，我们的目光全被吸引住了！游乐场，那可是我们一心所向往的地方啊！于是，我们决定与大人们"谈判"，把上午的时间让给我们去游乐场，下午再去购物。

为此，我们做了细致的调查：呼和浩特共有三个游乐场，其中最大最好的为阿尔泰游乐场，里面娱乐项目很多，有摩天轮、过山车……我们欣喜万分，立即找到大人们进行谈判：

我们展示出地图并将打听的消息告诉了大人，大人们见我们调查得这么明确，并听说有许多我们那儿没有的娱乐项目，立即答应了，我们的心情简直难以用语言表达。

今天，我们坐车向游乐场出发。阿姨向司机打听去游乐场所需时间，司机说："五六十分钟就到了。"我的心跳加快了，什么？一个多小时？完了，去不成了。这时司机马上说："不对，是五六分钟，不是五六十分钟。"我这才松了一口气，身上也吓出了一身冷汗。

不一会就到了游乐场，我一眼便看到了雄伟的摩天轮，高大的过山车……我们迫不及待地冲了进去，选择自己心目中的游戏。经过选择，我们决定先玩卡丁车。

我们急迫地来到卡丁车赛场。所谓的卡丁车便是光秃秃的车身和引擎，其他一切从简。我自己挑了辆车，戴上头盔。工作人员告诉我，左脚是油门，右脚是刹车。他帮我启动后，我一脚踩下油门，车飞奔而去。风在我耳边呼啸而过，周围的景色飞快地向后倒退。我犹如 F1 赛车手，驾驶着车，在赛道上飞驰。这时，"嘭"的一声，我撞在了赛道壁上，眼看哥哥和小弟弟超过了我，我咬牙切齿，倒了下车，随后又跟了上去。在一个左转弯处，我看见哥哥跟在弟弟后面，不敢超车，怕撞车，只能跟在后面，当"白眼狼"仇视弟弟，而我却想出了一个对策。在转弯时，我加大油门超过了他们，我开了回去大喊："我赢了!"

接下来，我们决定坐过山车!

我原本在富华游乐园见到过过山车，但不敢坐。当时不管妈妈怎么对我说，动员我，我死活不干，但回到家，感到有些后悔。这次，我一定要坐!

上去了，我被安全设施夹住，我在脑中拼命想过山车与轨道连接的种种保护设施。"开了!"随着工作人员一喊，过山车"嗖"地"飞"出去，在铁轨上飞驰。我心情舒畅地体验着飞翔的感觉，体验刺激真是一种享受啊。过山车有时呈半下形，有时呈倒下形。有时，O形轨道来了，我 CLOSE MY EYES。突然，我感到自己要向下落，幸好有设施保护，我才没掉下去，我真恨牛顿发现万有引力! 停了，我下来了，但顿时感到后悔死了：我为什么要闭眼?! 害我没见到那只有在过山车上才能看见的场面。我便又坐了一次，别人对我投来敬佩的目光，我舒服极了!

车再次开动时，我睁大了眼睛，到O形轨了! 我终于看见了那天旋地转的形状，天地交换了位置，太爽了! 从车上下来，我还不满足，还想再坐，幸好妈妈拉住了我。

其实成功、失败，只有一步之遥，只要你敢于迈出这一步，战胜自己，便会成功!

随后，我们还玩了蹦蹦车、摩天轮、激流勇进……真是疯狂快乐的几个小时啊!

站在别人的角度看自己

2006 年 7 月

在每一位老师的心中，他都是一个爱学习的好学生，同学们已习惯把他和读书一词联系在一起。作为一名小学生，他对读书的执着与痴迷是有目共睹的，他优秀的作文见证了他的博览群书，他精彩煽情的演讲展现着知识面的广阔，优异的学习成绩凝结着阅读的成果。

好书滋润他美好的心灵，激励他健康向上。读书演绎着他精彩的学习成长历程，也正是书海使他在短时间内成为精神上的富翁。良好的阅读习惯像是在他的心灵深处装了一部发动机，让他时时充满阳光与朝气，处处展现自身的价值。他的优秀表现已不是个人行为，在他的带动下，爱学习已是我校学生皆有的品质。

他心灵手巧，他还是我们学校的板报明星。他是我们学校最灵气的学生之一，是小学生的智慧代表。雪地里那栩栩如生的雪雕，走廊墙面上活泼多彩的画卷，教室里五彩缤纷的宣传板报，网页上形象逼真的 FLASH 动画，从课上到课下，从学习到生活，演绎着创造，书写着思想，从知识传递到情感互动，时时精彩，处处生动。他用智慧头脑和智慧创造着校园生活的一个又一个惊喜，他用双手用自己的才华描绘着和谐校园文化，丰富了同学们的生活，也丰富着自己。同学们的思想也在姜丰仪的"板报"引领下涌动，智慧的火花在姜丰仪的"宣传"启发下迸发，使我们的校园更加充满生机活力。他是老师的小助手，同学们的好榜样，爸爸妈妈的好孩子。

可爱的姜丰仪像一棵沐浴阳光的树苗，正茁壮成长。我们真诚地祝福他再接再厉，用热情的双手去绘制出五彩斑斓的学习画卷，用聪慧的头脑在知识的海洋里遨游，付出努力，收获更多。

飞扬的青春

初中

忙碌的早晨

2006 年 9 月

今天早晨，当我还沉浸在梦乡中时，一阵若隐若现的铃声传入我耳内，不久，便停止了。又过了一会，只听一阵脚步声悄悄地由近到远，这倒引起了我的好奇心："是谁这么早起来？干什么？"刚才还睡意蒙眬的我，立马打起了精神，悄悄地穿好衣服，轻轻地拉开门，一看，原来是爸爸妈妈。他们两个正在厨房内忙这忙那，一会接水，一会切菜，忙得不亦乐乎。只见爸爸平时那肥大的双手，此时已变得轻巧灵活，在菜板上飞来舞去。妈妈正忙着向锅内倒水，刚倒完，又忙把早已准备好的菠菜放了进去。放入的菠菜溅了妈妈一手，她却顾不上手上的烫伤，盖上锅盖，打开微波炉，加热米饭。而爸爸此时也忙得不可开交，一边切菜，一边向锅中放调料。爸爸妈妈在厨房里左转右转，头上冒出豆大的汗珠，但是却不忘了注意轻手轻脚，怕吵醒我。他们把厨房的门关紧，将油烟机开小，宁愿自己被呛，也不让油烟机的声音将我吵醒。香喷喷的饭菜出炉了，我看着这一切，心里又感动又温暖。

这时，我手上的手表发出了"叮叮"的声音，该起床了。我从屋中走了出来，看着桌上那一道道美味的饭菜，妈妈手上的烫伤……我想起自己因为起来晚或饭不好吃而不吃饭的情形，感到内疚无比。每一顿饭都灌注了爸爸妈妈的心血。爸爸妈妈为了让我多睡会，宁愿自己受累，他们牺牲了自己宝贵的睡眠时间为我做饭。这一次，我一定吃个精光。

爸爸妈妈，我爱你们！

彩旗队员

2006 年 9 月

今天,我们正准备上历史课,可是历史老师告诉我们说,这节课我们要挑选彩旗队员。一开始我还纳闷,什么是彩旗队?彩旗队是干吗的?带着这些疑问,我来到操场站好。除我们之外,还有七(4)的男生。

体育老师对我们解释道:彩旗队,就是运动会上打旗的方队。听到这儿,我立刻联想到上次运动会时,走在我们前面的那一队彩旗队,他们手高高地举着彩旗,迈着整齐划一的步子,在全校几千人的注目下,绕场一圈,别提多么神气了!"我一定要好好走!成为彩旗队的一员!"我想。老师将我们带到操场上,看看周围的同学,只见他们也是表情严肃,看来对此也是十分重视。"我可不能输给他们!""齐步走!""嗒嗒嗒"……同学们自己走起来,那整齐的步调,仿佛出自一人之脚,胳膊像是一把尺子似的,甩得直直的,谁也不想被落下。我的耳中只有走来走去的踏步声,只有甩臂的呼呼风声,心中也只有一个信念:"不被落下!""立定",我左右一看,只见少了不少的同学,而剩下的,也只有仅仅 48 位同学,我留下了,没被刷下来!想着我在体育场里举着彩旗,神气地走在前面的场面,我不禁暗自高兴了起来,心想:"我离那一步不远了,我是彩旗队的一员了!"

彩旗队训练

2006 年 9 月

今天上午刚刚上完第三节课,军体便来通知我们大家说:"今天第四节语文课彩旗队排练。"我一听,立即心花怒放,心想,排队时,外人看我那目光一定是羡慕之极。想到这,心里不禁美滋滋的。

伴着一声上课铃,我们破门而出,以迅雷不及掩耳之势,来到操场上。不到一分钟,只见两排整齐的队伍,就站在老师的面前。大家站得直直的,一动不动,没有一个说话的。

老师为我们讲解了路队的队形后,马上开始演练。"齐步走!"我们立刻端起了"旗子",手一动也不动紧紧地握着红旗的一角,脚却跟着节奏踏着步子向前走,目不转睛地盯着前面的同学,不时用余光扫一扫排面,身体其他部位一动也不敢动,生怕因为自己影响到整个队伍。同学们仔细地听着老师的指挥,只见前面的同学如同提前说好了似的默契,一起在前面拐弯了,内道的同学步子放小了,与外道的同学一起,向左拐去。同学们的动作整齐,协调。紧接着同学们又在前面外分为两组,向相反的两个方向走去,将整个操场包围了起来。"啪",同学们一起停了下来,手中仍然举着旗。一声哨响,在外面的同学按照原计划,转向后面,飞快地跑到原来拐弯的地方,对操场形成一个包围之势。这正是我们最终的队形。

没想到我们第一次排练就取得了成功,这是我意想不到的。老师在一旁也连夸我们领悟快,这又让我对下周的运动会充满了信心!

海边蹦极——我达到了极限

2006 年 9 月

今天下午复习完英语后,感觉无所事事——游戏也玩腻了,电视也看够了,无聊地看起书来了。这时姐姐凑过来,对我说:"无聊是吧,晚上去海边吧?"我妈给了她当头一棒,不屑一顾地说:"海边有什么好玩的,不就是去散散步,吹吹风嘛,还不如在家里看电视哩!"姐姐马上"反击",说道:"怎么可能呢,海边现在有好多好玩的呢:有蹦极、碰碰车……"我一听,惊呆了:"什么? 这么多玩的,当然去了,不去海边的人是傻瓜!"

吃完晚饭,我们来到了海边。我迫不及待地来到玩碰碰车的地方,但是一个人都没有,所以我便央求二姨父一起跟我玩。上了车启动后,我加大油门向姨父冲去,砰的一声,我们各自受到了巨大的震击,我向后退去。不料,姨父竟从左边偷袭我,撞了我一下,把我撞得左摇右晃的。再一看姨父,他竟稳稳当当地坐在那,我奇怪了:"为什么他坐得那么稳,而我却被撞成这样,难道另有办法?"我也想试验一下,看看到底为什么会发生这种事。我便从右侧面撞向姨父,果然成功了,他被撞得够呛,而我呢,却稳稳地坐在车里。姨父想反击,可是这时时间到了,我们打了个平手。下车时我突然看见了"蹦极",急忙跑过去,想玩,便让姐姐交钱。姐姐允许后,我让叔叔五花大绑,由叔叔控制,将我升了起来。叔叔把我一拽,我便飞起来了。由于我以前玩过蹦极,心里一点也不害怕。心想向姐姐他们从容地挥挥手,以示我一点也不害怕。我刚想挥手,向下一看,才发现我下面的叔叔一直拉着我好让我"飞"得更高。意想不到的是,此时叔叔一下子跳了下去,我便像一发炮弹一样飞了出去。我"飞"得很高,上去时感到"光荣"得很,舒服得很,可下去时就完了,我的心快蹦出来了。跳了两次后,我再也坚持不住了,歇斯底里地大喊:"我不玩了!"于是在跳第 4 次的时候,我慢慢地被降下来了,姐姐付了钱,对我嘲笑道:"跳了几次啊?"叔叔的话给我解了围:"有人才跳一次就不行了,最多有人跳 6 次就不行了,是极限。""6 次,那我跳得不是很好吗?"我抬起了头,骄傲地说:"回家去!"

人生需要刺激、体验,否则,人生会显得索然无味,苍白无力了。

海中十八般武艺

2006 年 9 月

昨天我与姐姐一起去了海边,我玩了碰碰车、蹦极,爽极了。今天晚上还想去,姐姐一听,忙把自己的包藏了起来,说:"昨天晚上你高兴了,我的钱包可倒霉吃苦了,今天晚上我说什么也不会给你掏钱。"说着,便偷偷地走进自己的房间。我想:"既然她不给我掏钱,那么去海边还有什么意思?"这时妈妈说:"你可以去游泳啊!"我说:"我怎么没想到呢?游泳既可以强身健体,又可解暑降温,又不用让这个吝啬鬼给我付钱,真是一个绝妙的计划呀!"

吃完晚饭,我和姨父一同来到海边,脱下衣服便向海里冲去。水里可真冷呀!我们一边向水里走去,一边摆脱水草的入侵。这时我见姨父走在前面,便想弄些水在他身上,以报昨天的仇。我抓准时机,猛地向姨父泼去,姨父被冻得直打哆嗦,我一下跳入水中,既让自己适应水温,又以免姨父攻击。果然,在我入水的那一刹那,姨父向我发出一招"排云掌",只见水花四溅,向我喷涌而来,幸好我躲过了,不然……我借此机会以迅雷不及掩耳之势绕到姨父身后,并发了一招"横扫千里",把姨父打得落花流水。我见偷袭成功,便使出独门绝技"仰蛙泳"遁水而逃。所谓的"仰蛙泳"就是上半身使用仰泳"躺"在水上,脚用蛙泳的划水方式前进。姨父被我搞得团团转,很是恼火,用自由泳飞速向我冲来。我马上有了对策,在姨父向我冲来时,我向边上一闪巧妙地躲过了攻击。我运用对游泳的熟练躲了过去,因为自由泳速度虽然很快,但无法在短时间内转弯。眼看姨父又来了,我说了一声停,说:"我们来打水仗比试比试"?姨父说好,水仗马上开始了。我使用"佛山无影脚"溅起一阵阵"通天"水柱。姨父立马反击,使出"降龙十八掌"。我忙潜入水中,像一条鱼,挥动着"柔美"的身躯,向前冲去。一开始,我们并排一起游,慢慢的,我超过了姨父,上蹿下跳,灵巧地游来游去,终于,我赢了。我的海中十八般武艺发挥到了顶点!

姥姥家古灵精怪的小妹妹

2006 年 9 月

当星期一妈妈告诉我今天要去姥姥家时,我高兴得简直无法用言语来形容:我吃惊地张着嘴,仿佛要吞万吨巨物,眼睛瞪得大大的,眼球好像马上要脱眶而出……

早在几天前我便收拾好东西准备走了,这几天简直度秒如年。好不容易熬到了今天,我迫不及待地坐上了去姥姥家的车。

经过一个小时的长途跋涉,我们终于来到了位于栖霞的姥姥家。进门后我向姥姥、姥爷问了声好,便跟屋里的小妹妹玩了起来。小妹妹虽然只有两岁,但是她似乎有心灵感应,能听懂大人们说话,令我大跌眼镜。这时,姐姐开始下令了:"来,瞪个眼!"小妹妹立刻心领神会,低下头眼睛向上看,瞪起了眼来。小妹妹那小脑袋瓜,以及那搞笑的动作,令我们捧腹大笑起来。小妹妹见我们那么高兴,也哈哈大笑起来,并且她竟跳起了迪斯科!两只小脚一上一下,手还不停地舞动着,手舞足蹈,高兴极了!忽然她对窗边的蝉产生了兴趣,我随手拿给了她。我突然惊喜地发现,在无意之中,我竟然敢拿蝉了,要知道，原来我还有点不敢拿呢！这真是一大进步呀！！！姥姥叫道："孩子们，该上山了。"我们依依不舍地离开了。

在上山之前，我在全身喷了许多防蚊剂，以防蚊虫叮咬。

出了门，我们一行人开始向山上进发。走到草丛地了，我才发现穿的裤子实在是太短了！山上杂草丛生，山路也是若有若无的，只能隐隐约约看到。我们深一脚浅一脚地走着。我没有被裤子遮住的那一块腿和脚，可糟糕了，被杂草"无情地鞭打着"，留下无数伤痕，头顶上还有太阳烤着。我第一次真正体验到了汗流浃背又酸痛的滋味。

终于到了山坡上，我们采摘着各种各样的花，欣赏着山上的风光，沐浴着暖暖的带点花香的微风。为了不让姨妈姨父在家久等，加上我惦记着跟家里的小妹妹玩，在山上玩了不大一会儿我们便早早地下山了。结果回家时小妹妹已经走了。等了好大一会，姨父姨妈回来了，姥姥开始准备午饭。姥姥让妈妈拿出带来的已经做好的虾，让大姨妈拿出排骨，让二姨妈拿出鱼，让三姨妈拿出烤鸭，现在只需拌几个菜便行了。我真佩服姥姥的精打细算，多省事啊！

下午，我们便恋恋不舍地离开了姥姥家。

疯狂滑道——乐游塔山

2006 年 9 月

今天中午，学完英语回到家后，妈妈把我拉到一边，对我说："你看，王大鹏来了都有五天了，他就在家里看看电视，都没干什么有意义的事情，要不今天下午你和他一起去'塔山'玩吧！"我一听激动地忙将这一消息告诉了王大鹏，他也兴奋不已。我们早早地吃完午饭，妈妈给了我们每人一百元，让我们在那玩个够。

我们乘车来到了塔山游乐城，到了售票口，我们发现，票价只有三十元，离我们预想的五十元相差甚远，于是我们每人便有七十元的活动基金了！

我们首先玩碰碰车。上车后我们两个撞来撞去，好不快乐！突然，我无意中向不远处的山上一看，什么东西在山上绕山而下？啊，我想起来了，是滑道！我怎么没想到玩这个呢？玩完碰碰车，我把哥哥拉到一边,悄悄对他说:"我们接下来玩这个,怎么样?"我指了指滑道。他说:"干什么的?""就是把你先拉到山顶,再坐上一辆小车,滑下去。"我解释说。哥哥说:"看样子不错,走!"我们来到了滑道站,每人十五,我们各想坐四次过把瘾,还剩十元。于是我挑了一辆较新,并且没破的车坐了上去。滑道车有四个小轮,上面可坐人,两脚之间还有个手闸,向前是快,向后拉是慢。我的车先被缆绳拉上了一个几乎为七十五度的坡,我坐在上面心惊胆战,因为人在车上坐着,后面没有靠背,只用手拉着手闸。如果一旦手闸断了,我就没东西把着,会掉下去。不过我留了一个心眼,在前面的好处是不用管前面的人,自己想快便快,想慢就慢,而一旦手闸断了,我还可以倒到后面的车上。

不一会,到顶了,我的心也渐渐平静下来。现在滑道是平的,一旁的叔叔告诉我们怎样使用手闸,之后,将我们一一送上滑道。我一开始慢慢地来,先进入状态,渐渐地,我进入了"疯狂状态",感到爽极了。由于都是下坡,速度极快,只见眼前景物呼啸而过,速度大约为50M!我驾着"车"在山里灵巧地穿梭,快速地穿过一个个弯道,周围的景物连成一片,飞一般地向后倒退。我的耳边只有风呼啸而过的声音,没有了夏日林间的小鸟的欢叫,没有了山涧溪水的叮咚声,却迎来夏日知了的嘈杂声。我的身上没有了夏日的烦热,取而代之的是山风吹拂的凉爽。

不知不觉地到山底了,我等了大约有十分钟,才把哥哥"盼"来。第二次,第三次,我们每一次都等没人了,偷偷下车,采花,抓蚂蚱,在我们玩第三次的时候叔叔说:"给你们便宜一下,再玩两次吧。""害"我们又花二十元多玩了两圈。这"骗子"的骗术真高,让你先玩上瘾,再给你便宜,让你多玩。唉,难以割舍,只好"上套"。

紧接着,我们又玩了太空飞船、海盗船等免费项目,便开开心心地回家了!

我懂了一个道理,人要适可而止,不能太贪,否则会吃大亏的!

喜欢在书海里畅游

2006 年 9 月 19 日

　　书，是人类赖以生存的精神食粮，人们需要从书中获取新的知识，以不断充实自己的大脑，从而使大脑能够为我们的学习生活提供更大的帮助。我渴望着在书的海洋中遨游，从书中提取吸收让我们茁壮成长的养分。可是，由于暑假中我五花八门的特长班，时间的"珍贵"，使我不得不对书望而却步。

　　然而，似乎老天见到了我的遭遇，冥冥之中注视着我，帮助着我。

　　由于今天返校，所以我带了英语作业去做，没想到，由于无人打扰，我竟然把作业全写完了！要知道，这可是我一下午的作业啊！现在做完了，下午时间可以自由支配了！简直是"无作业一身轻"呀！我回到家，将这个好消息告诉了妈妈，妈妈说："既然这样，下午咱们去书店吧！"我一听心里乐开了花，我已经好久没有品尝到新鲜出炉的精神食粮了，连"味"是什么样的都忘了。

　　中午，我在床上翻来覆去兴奋得睡不着，一想到马上便要去书城了，我的心不由地微微一颤……好不容易熬到了下午，我们来到了书城门口，妈妈去逛商店，而我则选书，等妈妈来找我。分完工，我们便各奔东西，冲往各自的"第一战场"。

　　我一进书城便迫不及待地冲向我的最爱——儿童小说、侦探小说的书柜选起书来。突然我发现了一本特别想要的书，拿起一看便被小说那情节给吸引住了，不一会便不自觉地进入小说那惊险、刺激、生动、引人入胜的故事情节，慢慢地品味"每一道菜"。

　　不知不觉中，已经将近 6:40 了，书店也快关门了，我选了几本比较喜欢的书在那等着妈妈。眼看着越来越多的大人来把自己的孩子领回家了，而妈妈却还没有来。我就像是热锅上的蚂蚁，急得团团转。眼看身边就剩几个为数不多自己来的人，我在心中不断地期盼着妈妈的到来。这时传来一阵熟悉的脚步声，"是妈妈！"我在心中大喊道，结果一看，并不是妈妈，而是另一位来领孩子的家长，我的希望又一次破碎了。这时，我想明白了，原来妈妈口头答应来买书，等到最后，以来晚的借口再堵上我的嘴，但是我还是希望我的推断是错误的。我一次又一次地向门口眺望，但都没有见到妈妈的身影。这时，又传来一阵脚步声，我满怀希望地看了一眼，但迎来的却是售书员的喊声："快走了！快走了！下班了！下班了！"我的希望再一次破灭了。

我飞快地跑出书店，跑到一个电话亭，我要打电话给妈妈！电话通了，我质问妈妈："你为什么不来？"妈妈说："我在振华南门，你来找我吧！"我放下电话，飞快地向振华南门冲去，我问妈妈："你为什么不去？"妈妈说："我逛商店太累了，所以坐下休息会。我看快七点了，想去接你，可是一想，想锻炼一下你的能力，看你在没有大人在身边的情况下，能不能自己想办法联系我。买书就等下一次吧。"妈妈向我说明了原因，我也不必追究了，毕竟是为了我好啊！

爸爸妈妈认为我自理能力提高了，决定改天再去一次书城，补偿我今天的损失，我太高兴了！

书城，是我锻炼能力、增长知识的地方，我喜欢书城，更喜欢书城里的书！我喜欢在书的海洋里畅游！

大海，我们不会让你远去

2006 年 9 月 20 日

住在海边的我，每当面对辽阔无边、气势磅礴的大海时，便会不由自主地唱起这首歌：小时候，妈妈对我讲，大海就是我故乡……它勾起了我对大海的无限情怀。

我眼中曾经的大海像一幅美丽的四季画，不断变幻着那梦幻般的色彩。

春天的海如一个捉摸不透的顽皮孩子，一阵春风拂过，大海卷着一道道白色的浪花，从遥远的地平线追逐打闹着奔向岸边，可刚一触摸到金黄色的沙滩，又害羞似的退了回去。金光灿灿的阳光倾洒在清澈碧透的海面上，把海面倒映得仿佛洒满了金丝碎银，波光粼粼，银光闪闪。远处，天和海隐约交织成一片，分不清哪里是天，哪里是海了。不远处，如墙壁一样平整的沙滩闪现出一种朦朦胧胧的金黄，是那样富丽堂皇,诱惑着人们禁不住想要试探试探,看看那里是否真的能挖出奇珍异宝。

夏天的海如一个恬静的少女,安详而又美丽。她早已褪去了春天时的那股顽皮劲儿,变得沉稳、羞涩。时而吹来的微风,打破了如镜的海面,将海水推向沙滩。海浪犹如天边滚来的层层银线,缓缓地拍打着礁石、沙滩、海岸,之后又慢慢地退了回去。浪花海水那节奏分明的声音,犹如一曲曲动人心弦的旋律,时而缓慢柔和,时而无声无息,悠扬动听,美妙极了。它又像在与海岸呢喃私语,时而激动万分,时而和声细语。

告别了春天的轻盈、夏日的浪漫,秋天的海变得成熟丰腴。她犹如一位温情的母亲,充实而又忙碌。经过春季的播种,夏季的休渔,迎来了秋季的收获。一艘艘满载鲜鱼活虾的渔船伴着渔民的欢声笑语驶入港口,激起一片片波澜。远处,几艘货轮满载着货物,起锚远航了。

冬天的海是雄伟的,伴着一阵狂风扫过,海水如冲锋陷阵的千军万马,疾速向岸边涌来,势不可挡,激起万丈巨浪,发出雷鸣般的响声,溅起千堆雪,雪花四处飞溅。大地仿佛都被震撼了!浪潮越来越大,"哗——"一股股浪花被推到岸边,不断击打着堤岸,溅起的浪花又如朵朵竞相开放的白玉兰,直冲上空,在阳光的照耀下闪闪发光。

我眼中曾经的大海就是如此的波澜壮阔、千姿百态。

然而,我们赖以生存的海如今却遭到无休止的侵害、蹂躏,遭到了几乎毁灭性的破坏:化学废水污染了一个个入海口,金黄的沙滩变得又黑又臭,原油肆无忌惮地洒落在蔚蓝的洋面上,一堆堆生活垃圾漂浮在海面上,产生的浮沫带着恶臭,扑向人们。温顺的她变了,变得不可理喻,不可控制。海啸、台风、地震、赤潮、水华一个个疯狂地向人们涌来,灾难如千万头愤怒的雄狮猛兽,张着它那血盆大口,呼啸着、怒吼着,从天际扑向海岸。那金黄的沙滩、嶙峋的礁石,甚至高大的堤岸都被呼啸而来的雄狮猛兽所吞噬;灾难又如千万匹脱缰的野马,肆意践踏蹂躏,沙滩在它的铁蹄下淹没了;灾难更好似无数条怒吼的巨龙,向世间发出一声声惊天动地地呼吼。礁石在巨龙的呼吼中颤抖着,堤岸在巨龙的翻滚中呻吟着,大地惧怕了,物种减少了,贝类变种了,鱼类的繁殖能力、生长能力大大下降。印度洋海啸、日本海病变、台湾沿海地震已经证明,海洋的危机来临了。这是人类掠夺造成的,污染是文明和发展的肿瘤,我们的"文明进步"是以大海的远去作代价。大海在警告我们:别再往我怀里投放污染物,如不停止,我将远去,那时候人类也会像灭绝的物种一样消失得无影无踪。

觉醒吧,朋友!阻止这一趋势必须从我做起,从现在做起。让我们一同行动起来,保护环境,保护我们的大海,保护我们的家园!

大海,我们不会让你远去的!

学英语的突破

2006 年 9 月 21 日

语言,是人类赖以生存沟通的重要桥梁,而学好一门外语,就等于是让自己走上一条通往成功的捷径。

今天下午,是我学习英语的一大考验,因为我将迎来第 3 课到第 8 课的测验。以往,我一旦有不会的题可以向旁边的妈妈求援,所以每次考试我都是十拿九稳,而这一次可让我傻了眼,我们所坐的座位旁,坐了一个大人!在妈妈旁边坐了个人,就如同是对我宣告今天的考试泡汤了!妈妈和我便不能灵活巧妙地配合了。我不断地在心中告诉自己:"我复习得已经很好了,不会有什么不会的题了。"同时,我也恶狠狠地瞪着那个人,以示我对他阻挠我的"一百分"行动的不满。

上课时,我一到空余时间立即复习单词,临时抱佛脚吧,没办法,能补多少补多少吧!这时,老师说:"好了,现在我们开始考试。"我最怕的环节来了。我拿着一张轻薄如毛的纸,却好似压了一个千斤哑铃,令我拿不起放不下。我不能让别人看出我的破绽,只好硬着头皮去完成。我仔仔细细地答卷,小心地用我的扫雷器检查了一遍又一遍,生怕被哪一颗未被发现的地雷炸上云霄,把我的秘密炸得众所周知。"收卷!"老师一声令下,马上冲来四名"突击队员"将卷子以迅雷不及掩耳之势收了上去。我忙翻开书,检查一些自己不知道对错的题,结果发现"全对",没一个错误,也没有一个不会的,也没问妈妈!我将这个好消息告诉了妈妈,妈妈也欣喜万分,这次我可没用妈妈帮啊!我真高兴!

我竟能摆脱妈妈,独自答题了!还全对了!这难道不是进步吗?!

只要相信自己,任何事都难不倒我!

该出口时就出口

2006 年 9 月 22 日

今天中午,正当同学们紧张地复习之际,衣老师来到了班上,问同学们:"谁还知道上学期评的孝心标兵还有谁?"同学们你望望我,我看看你,谁也记不住了。甚至,还有的同学问了起来:"什么是孝心标兵?"看来同学们都已忘了个干净。衣老师也有些想不起来了,她思考了一番说道:"张艾末,难道你忘了吗? 于尚楠,王一斐,刘勇男,怎么都忘了呢?"老师这么一说,这几个同学才恍然大悟,想了起来。我自己心里却犯了个嘀咕:"唉,我好像记得我是孝心标兵,怎么,没有我呀? 刚才,我刚刚准备举手,老师便叫了他四个,真是怪了,难道我会记错? 不可能吧!"接下来的事更让我大吃一惊,老师拿出八张票,给了于尚楠,让他分下去,是一个讲座的入场券。这不禁让我更着急了,"要是老师记错了,那我岂不是损失惨重吗?"我刚准备起来说,老师便离开了。下午,我投入到了紧张的学习中去,也就忘了这事。

晚上放学的时候,老师主持放学,我刚想举手对老师说我是孝心标兵时,没想到,老师竟自己提起了这件事,衣老师说道:"那四个孝心标兵里没有刘勇男,而是姜丰仪,把票等会分给他。"我这才将悬着的心放了下来,为老师的细心而感叹,我可以去听讲座了。太好了!同时,这也让我认识到"该出口时就出口"!

孝心报告会上我感动地流泪了

2006 年 9 月 25 日

今天下午,我与妈妈一同来到了儿童影剧院,来听孝心报告会。

进入了会场，我的心怦怦直跳，只见会场人声鼎沸，人头攒动。我仔细地找着第十五排，只见同学们都到齐了，我和妈妈找到座位坐下。不一会，嘈杂的会场一下安静了下来，台上走上五位演讲者，别看他们其貌不扬，但是，在他们的背后，却是一颗颗巨大的孝心。

第一位演讲者，讲的是他妈妈和他姥姥的故事。他的姥姥当年是以一名保姆的身份进入他们家的，当初，十年"文革"，迫使他的亲生姥姥跳河自杀，他的妈妈整日沉浸在无限的悲痛之中。这时，他的姥姥，也就是他们家的保姆，向他的母亲伸出了温暖的手，安慰她，帮助她走出了阴影。于是从此以后，她们的命运紧紧地连在一起。到了他的姥姥年事已高的时候，他的妈妈又承担起了抚养他姥姥的义务，为姥姥擦拭身体，换尿布……姥姥身得多病，可他妈妈仍然坚持为她养老。多么感人啊！她们早已超出了血缘，她们扩充了爱的含义，她们本是雇主与保姆的关系，但她们却胜似母女！后面的感人故事更是催人泪下，我也不禁流下了感动的泪水。

这次报告会让我感触颇深。孝，是中华民族的传统美德，是我们应当尽的义务。是啊，谁都会有老的时候，到时候，我们可不想见到儿女将我们拒之门外。百善孝为先，孝敬父母从我做起，从现在做起！让我们一同来孝敬父母，争当孝心标兵吧！

包饺子

2006 年 9 月 26 日

今天中午妈妈问我："想不想包饺子啊?"我立即兴奋地答道："好啊!"妈妈说："咱们下午包吧!"中午，我躺在床上想："我包的饺子一定要做上记号，并且我做的饺子里面要全是肉！而我给爸爸包的要菜多肉少，让他的大肚子收拢收拢。"我兴奋极了，恨不得马上就包饺子。我等来等去，终于等到了，我与妈妈一起进厨房，准备包饺子。首先，妈妈先把面捏好了，我飞快地拿了一块面，拿起面杖擀了起来，可效果不怎么样：面呈长方形，而且外面太厚，里面薄。我不服气，不断试，终于找到了窍门，擀出来的面也越来越好。该包饺子了，我拿起一个饺子皮，把菜馅翻来覆去，找肉放进去，似乎想把所有肉都包到饺子里……

不知不觉中,我们已经包完饺子了。妈妈把饺子放到锅中,我兴奋地在一旁等待。饺子终于熟了,我们一家开始一起慢慢品尝这自己做出来的美味!但是爸爸一直没有吃我包给他的饺子,倒是把我的"肉"饺子都吃了!

品尝自己做的饭菜,是最香最好吃的!

货比三家买书包

2006 年 9 月 27 日

我已经成为初中生的一员了。我认为,新学期,新风气,我要以焕然一新的面孔迎接初中的到来,所以我恳求妈妈为我买一个新书包,将原来的旧书包换下,因为上面的卡通图案会让人觉得很幼稚,仿佛没长大。在初一,人们对你的第一印象会保留四年,直到毕业。妈妈见我分析得头头是道,于是答应第二天带我去商场转转。

第二天,我们先来到振华,从一楼慢慢向顶楼进发,结果,一到二楼,妈妈便被琳琅满目的商品吸引住了,对我说:"我们进去看看吧?"没办法,恭敬不如从命,我答应了一声:"好。"妈妈便使出杀手锏,"眼观六路,耳听八方",眼睛不断从商品中选择物美价廉的,从周围的声音中获取别人的赞美声,让别人为自己"选"衣服。妈妈还让我当起了她的审美顾问,时不时地向我"请教"哪一件衣服比较好看,我也胜任了这个角色。既来之则安之,渐渐地,我也被季末疯狂的、便宜的价钱所吸引,也加入了采购的行列当中。

等到我们买到了心满意足的衣服时,已经是上午 10:30 了。我们连忙向楼上赶去,来到六楼运动品专卖区。首先来看 Adidas,但是看到的令我失望:书包又肥又大,没有美观的外形,口袋过于简陋。我打起精神,一家一家地仔细筛选,认真地辨认。经过严格的检查,却没有一个包让我满意。

于是我们又上了七楼儿童世界,我像刚才一样认真地检查,生怕落下一两个精品,让我痛失良品。经过严密的勘探,我"掘地三尺",终于发现两块来之不易的"金子"——在米奇屋里的,一黑一蓝的两款书包。我爱不释手。这时,妈妈把我拉到一旁说:"咱们再去百盛看看?"我进退两难,既怕我去了之后有人把这俩书包买去了,又怕不去会错过更好的书包,妈妈看出了我的忧虑,对我说:"这里货很多的,不会没有的,我们看看那如果没有更好的我们再回来。"我一听,这才跟着妈妈去百盛了。

由于第一次来百盛,所以我们一层一层地找卖书包的,终于在三楼找到了。这里的书包数不胜数,突然我眼前一亮,跑到一个书包旁,拿起来,对妈妈说:"妈妈看。"妈妈也找来了一个,这一找不要紧,我可犯难了,因为这两个书包一样时尚、流行,一样让人一看有大孩子的感觉,与振华的那两个书包比,简直有天壤之别,好比飞机和自行车相比,差别太大了。卖包阿姨见我进退两难,给我出了个锦囊妙计:先出去转一转,再回来一看,就能选出来了。

我出去走了走,回来一看,立即选定了黑色的那个书包(我选出的),虽然另一个包比这个包多了一个小口袋,但黑包让人感到稳重。这个包整体呈黑色,有五个大袋,两个小袋,前面由网状组成,让人感到青春的气息。我们交了钱,满载而归地回家了!

尿床事故

2006 年 9 月 28 日 星期四

今天晚上,妈妈放我看电视。吃完饭,我迫不及待地打开电视,看起精彩的节目来了。不知不觉中,我已把《终结者》三部曲看完了。在我一旁的妈妈也由于抵不住倦意的侵扰,早已进入梦境。而我,由于多次寻找不到"好电影"这熬夜人的咖啡,夜晚的兴奋剂,也终于在疲劳的攻击下,节节败退,想睡觉。我在卧室与卫生间的路上,慢慢地走着,仿佛这段短得不能再短的路一瞬间变得那么漫长,而我的脚好像也不受大脑控制,走来走去,而时不时地眨眼皮也成了负担。我每将眼皮闭上,便感到这是多么的美妙,多么的舒服啊,可睁开眼皮,却犹如让一个瘦骨嶙峋的小孩抬起大力士才能抬起的石块。我"艰难"地行走着,终于到了厕所,一泡尿让我舒服极了。我回到卧室,躺下便呼呼大睡起来。

　　在梦中,我参加了"铁人三项"的比赛,赢主可得到任何自己想要的东西。我在赛前努力训练,终于,我的努力没有白费,我获得了"铁人三项"滑滑梯、睡觉、画画三项的总冠军。正在我准备接住颁发给我的奖牌要说出自己的愿望时,我突然感到有一股暖流从我的腹部向下蔓延,冲到"钢门"处。"钢门要失守了",我一边呐喊,把周围的人吓了一跳,一边派五万精兵向钢门支援,跑到厕所尿尿,可尿了一盆还想尿。我突然醒悟过来:这是在梦里!我无论如何尿也尿不完,可实际上我在现实中也想尿尿,并随着梦中尿的次数增加,我也会"失禁"。我急忙集中精力想着:"我要醒过来!"

　　经过我的努力,我终于睁开了双眼。我感到前面的"小丫"有一种像要爆炸的感觉,我忙从床底下掏出了一个瓶子,将"丫头"伸入瓶内,等确认"小丫"已被保护后,我命令其施放高浓度高压力的"激光"。突然"砰"的一声我的尿以迅雷不及掩耳之势,喷涌而出,我舒服得长长地呼了一口气。这时,我也感到越来越困,想立即躺下睡觉。尿完了,思想仿佛一片空白,想马上闭上睡眼,感到手也没劲了,对周围的事也没有感觉了。突然一个声音对我说,"把瓶子给我,我帮你倒了!"我听出是妈妈的声音,立即把瓶子拿起。突然,我的心凉了半截,瓶子轻了,有将近一半的尿不翼而飞了!我一摸床单,湿湿的,我心里想着一定是尿床上了。妈妈一把拿过瓶子,大喊道:"你把尿给撒了?"我心里一惊,心想:完了完了。妈妈气得七窍生烟,铁青着脸对我说:"你给我起来。"我吓得屁滚尿流,忙从床上起来。妈妈对我说:"给我把被套换了!"我忙跑到床前,把被子拿到地上,将被套向外拽啊拽啊,气喘吁吁,心想,要是那时候清醒点,现在就不用受这个罪了!再说,换床单是两个人的事,我一个人怎么干得了?我把心中的不快发泄到床单上了,把床单又拉又扯,来将自己的一切"不幸"怪罪到它身上。我拿下一个床单,摸了摸下一个床单,还是那么湿。我在心里暗暗叫苦,我要换多少个床单啊。我想将床垫提起来放在一边,这样有利于我换床单。我运足了气,抓住床垫边,用力向上抬,可任我怎么使劲,床垫就是不听话,不移动一点:"连你也欺负我!"我愤愤不平地想着,没办法,还是用拽的法吧。

终于，在我的努力下，床单终于都拽下来了，我松了一口气。妈妈说："你要是当时不尿多好啊，就不用这么费事了。"我从这件事中悟出一个道理：永远不要在没干完事的时候去干另一件事。通过这次事故，我再也不会尿床了！

关心火灾

2006 年 9 月 29 日

今天下午，我正准备上体育课，在操场上活动的时候，忽然看见学校上空振华方向飘来一阵大雾。我感到纳闷了，怎么现在会有雾？不可能吧？只见那雾越飘越大，越飘越远，我感到不对劲，想："怎么光那边起雾，这边不起呢？"一阵上课铃声打断了我的思绪，我只好站队上课。

不一会儿，一阵警笛声由远至近，是消防车，我这才恍然大悟，原来那不是雾，而是火灾冒的烟！是哪起火了？我感到不解。这时，女生解散了，只见她们飞一般地跑向大门，只可惜看不到火灾现场。看着她们失望地走了，我想到，到南楼边上不是可以看见火灾吗？而且六楼很少有人去，这更为我提供了便利。于是一等到解散，我便向南楼跑去，王策、杨凡见我去南楼，便好奇地跟了上来。我迈着轻盈的步伐，一步一步走上去，不敢发出任何声音，生怕惊动了任何人。我们慢慢地向上走，这段路仿佛无尽头，走不完。终于到了六楼，我已是汗流浃背，可我仍不敢放松，慢慢移到窗边，只见楼下一片混乱。看来，火让消防员给扑灭了，路中央的那两辆消防车，其中一辆已经准备离开了，另一辆车上的消防员，已在收拾现场，我们来晚了！

晚上放学，我经过振华，只见一辆烧完的车停在路中间，烧得只剩下黑黑的车壳，一旁的干粉灭火器把地面染成一片白。原来是它烧着了啊！

运动会演练

2006 年 9 月 29 日

今天下午刚下两节课，学校的大喇叭就广播了：请各班同学准备好，到操场上演练运动会入场仪式。我们班别提有多兴奋了，只见同学们个个兴奋地讨论这件事,脸上如绽放出一朵朵美丽的鲜花。我也不例外,心想自己走在全校师生的最前面,举着一面鲜艳的彩旗,多威风,多耀眼啊!想到这,心中不禁偷着乐。

"集合!"随着老师一声令下,全班同学以迅雷不及掩耳之势集合在跑道上。只见这时的操场早已站满了人,穿校服的,戴白帽子的,戴白手套的,举牌的,形形色色的人站在操场上,唯独我们跑道上只有我们站在那。只见一旁几个学生纳闷道:"他们是干什么的?站在那,好威风啊!"我这心里别提多美了,更下定决心要走好了,给他们看看。

"举旗!"伴着老师的一声令下,"唰"的一声,48双手整齐地举了起来,伴着《解放军进行曲》,我们踏着节奏,慢慢向前走去。我一边听着节奏,一边来回地看着排面,调整着自己,步子也放慢了一些,与前面拉开距离。我走得格外小心,"可不能丢人啊!"我想。已经走了一圈半了,我举旗的手酸得不行了,真想放下来休息一下,可是不能,我提醒自己:"一定要坚持!"只见前面的同学终于拐弯了!来到最关键的地方了,第一个拐点,我来了个标准的向左转,在前方不远处停下了。"放旗!"我的手顿时感到轻松多了,如羽毛般轻盈,我如释重负。"发展体育,振兴中华!"一声响亮的呼喊声在我们耳边响起,斜眼一看,一个整齐的方队在我们右前方走着,我不敢多看,生怕被老师点名,只好斜着眼睛偷偷地看。不知过了多久,运动员全部入场,演练结束了!

去云台山(1)——舒适的卧铺

2006 年 10 月 1 日

"滴!"伴着一声火车的汽笛声,我们上了烟台到西安的火车,去云台山旅游。来到软卧车厢,只见这里是人挤人,箱子,皮包,满地都是。我们艰难地在其中走着,一边照料好自己的东西,一边对照着车票上的座位号,找着位置。我们的进程是走走停停,一会儿前面的人放箱子,一会又找东西的。

终于,在车厢的另一端,我们迎来了胜利的曙光,找到了我们的

"床位"，只见白色的被子，洁白的床单，摆列整齐的枕头，不由得使我提高了对这次旅行的信心，以及刚刚开始旅行的兴奋感。我三步并作两步，爬上了第二层床位，将包放入架子上，然后把东西一放，向后一仰，躺在了这柔软的床铺上，多么享受啊！我简直想马上进入梦乡。王子俊、张艾末他们则选择了海拔偏高的上铺。火车越来越快，周围的景物飞快后退，树木在火车的快速移动中也形成了一道绿色的墙，白云高山，多么美的景色啊！火车渐渐地远离了城市，远离了喧哗，四周剩下的只是宁静和一幅美丽的山水田园画。

晚上，伴着火车的轰隆声，我也很快地进入了梦乡。

去云台山（2）——乐游开封府

2006 年 10 月 2 日

今天八点半，我们下了火车，出了火车站，来到旅程的第一站——开封市。开封市是七朝古都，其中，以宋朝建都时间最长，长达 168 年。因此，我们现在看到的古建筑大多是仿宋或宋代的。

吃完早饭，我们来到了参观的第一个景点，开封府。此乃北宋天下首府，也是著名的包公断案的地方。作为"天下首府"，曾有过空前的辉煌，宋太宗、宋真宗、宋钦宗这三位皇帝都曾潜龙在此，先后有寇准、包拯、欧阳修、范仲淹、苏轼、司马光、蔡襄、宗泽等一批杰出的政治家、文学家、思想家、军事家在此任职。伴着一声声锣鼓声，我们走进了开封府。高大的城墙上挂着一块巨大的匾，上写着"开封府"三个大字。城门前是两只威风凛凛的大狮子。城门上，一个个大门钉似乎在向我诉说着它以前的辉煌历史。进入开封府，首先迎面而来的是一个包公断案的景象：包公坐在中间，左边是公孙策，右边是他的贴身护卫。这时，一阵号声吸引了我。我顺着它一看，只见一对身穿红衣古装的人从门前经过。我不禁好奇地追了上去，只见他们来到了明礼院，原来是演出啊！不一会，这里就围满了人。只见一位身穿古服的人开口说话了："今天各位来到这里，是来竞争女婿的，谁答对题即可上来参战！"原来是榜前招婿啊！我刚刚反应过来，答题便开始了。题目一个接着一个地飞来，使我招架不住。最终，有两位男士、一位女士胜出，只见他们个个眉开眼笑，春风得意。这时主持人不忘调节一下气氛，说道："这几位都是高材生，在几年前就由于用功过度早早地戴上了眼镜。"博得一片笑语……上午时光也在这笑语中渐渐逝去……

　　下午，告别了开封府，我们来到了第二个景点清明上河园。这是一个完全仿造清明上河图制造的一个主题公园，其中还包括许多小演出，让我们的游园活动更加精彩。它占地 600 亩，是集食、住、行、游、购、娱等方面于一体的一座大型历史文化主题公园。我们来到了大门口，只见"清明上河园"五个大字显摆在我们的面前。进去之后，只见一座大桥立在我们的前方：它如一座彩虹，跨越了河岸，飞向岸的另一边，架起一座红色的大桥。它是由木头做成的，两旁为楼梯，中间为平缓的坡路，马车、人均可平缓通过。

　　顺着路，我们来到了民间绝活的演出地点。不一会，演出开始了。只见一个手拿皮鞭的人上场了，不等我们反应，他朝着我们这就是一鞭，那鞭子如一条会飞的蛇，扭着身体，向我扑来。我见状，立刻吓得闭上了双眼。"叭！"鞭子发出了一声响亮的声音，我睁眼一看，鞭子没打中我，反而在空中翻了个跟头又回去了。紧接着，又上来一个人，将放在一旁的火圈点着，向后倒退两步，向前猛地一冲，从火圈中窜了过去，我不禁为他捏了把冷汗。演出结束了，我们按照地图指示，向前走去，只见四周全是古香古色的民居，里面的人也穿着古装，四周是绿水青山，多么美的一幅景色啊！之后我们又看了水傀儡、蹴鞠、斗鸡、鬼谷漂流等精彩节目。

　　最后，我们来到汴河旁，观看最精彩的一出戏：汴河大战。据说北宋年间，北宋皇帝整天处于花天酒地之中，金兵从水路来犯，直逼东京城，而唯一能敌金兵的大将军却因为对皇上"不敬"而丢了官。金兵的战船已攻入皇帝所在的汴河，此时，求降也晚了。只见从金兵船上发射出两发炮弹，冒着白烟，冲向御船，在船四周激起一片数十米的水柱。伴着震耳欲聋的声音，金兵又发射了几发炮弹，皇帝吓得带着妃子慌忙逃入船中，并下达了传大将军的命令。在这一危急时刻，大将军挂红旗的船队出现。可是金兵立即连开两炮，击中船甲板和船尾,可红船这边仍无反击,再这样下去,船一定会沉的!谁知,红船在金兵换弹药时,亮出四门大炮,同时开火,把金军的船打穿了,将船帆打得着起火来,船头冒着滚滚浓烟,金兵跳水求生,大将军宽宏大量将金兵救起。我们的这一天,便随着这故事的结束而愉快地结束了。

"大部队"赶火车

2006 年 10 月 3 日

今天下午,参观完最后的一个景点少林寺以后,我们连忙驱车前往郑州赶火车。晚上八点十分,我们终于来到了郑州,这时我悬着的心才放了下来,便开始安心吃饭。可谁料到,我们的票竟被旅行社分给了别人,这使我们既气愤又无奈,只好在这里干等。可过了一会,导游告诉我们旅行社给我们定了新的火车票,时间是九点三十分。我一看表,都九点十五了,只有十五分钟了!导游带着我们急忙去赶火车。我们这个团的十二个人立即忙活了起来,拖箱子的拖箱子,提包的提包,跟着前面的小黄旗向车站跑去。大家只是忙着赶路,谁也顾不上谁,大步流星地向前跑。我则一手提着大旅行包,一手将背包的带子调紧,拉上外衣拉链。这样,包就完全被裹进了衣服,谁也偷不走,抢不了,只不过从外面看来,我就像一个大胖子,有一个大肚子,跑起来上下晃来晃去,可是为了安全,我也顾不得形象了。

我们这一行人终于来到了火车站,到了安检口,我把包一放,立刻冲到另一头去,抓起从另一头出来的旅行包,提着就往电梯上跑。后面的人也是三步并作两步,冲向电梯。我们一直冲到第二候车厅,我已是满头大汗,身上的面包服如一个屏障,使我身上的热量散发不出,把我闷得不行了,手上的包,如千斤重物,使我不堪重负。这时,我们并没有找到我们应该上的车次,得知在第四候车室,我们只能又一次快速奔去,我已经跑不动了,只想停下来休息,可一想到电视上那些被黑煤窑拐去的孩子,生怕有何不测的我连忙以飞一般的速度赶上了前面的大部队。终于在开车前五分钟来到候车室,一打听才知道列车晚点了,这对我们来说可真是个大好消息。

列车终于来了，我们拿着一打车票，向列车跑去。我一边看着票上的列车号，一边用眼睛仔细地寻找，来到车票上写的5号车厢，却说此处无法上车，我们只好又大包小包地向着前方跑去，终于在11号车厢上了车。这时，我仔细拿票一看，只见上面写着：硬座，枣庄——四方。我们还要补从郑州到枣庄的车票！来到补票处，补完票才得知，到枣庄后，我们还需到硬座去坐到四方去。不过，至少现在，我们能先睡个好觉了！

我爱你——雪天使

2006 年 12 月 15 日

周五中午放学时，老师向我们公布了一个让我们又惊又喜的消息："明后天由于暴风雪的缘故，全市中小学补习班全部停课！""太好了！"我情不自禁地与同学们欢呼了起来。"明天下雪了，终于又可以打雪仗了！"我在心里美滋滋地想着。我要堆一个大雪人，再找几个同学，好好地玩一场！我的眼前仿佛出现了明天快乐游戏的情景。回到家，我急忙打开电视看天气预报，"明天我市将会迎来大到暴雪，请市民注意安全……"老师说得没错，明天一定会下雪的。

今天中午，我还在被窝中迷迷糊糊地睡午觉，只听妈妈喊道："快来看，下雪了！"我忙一骨碌从床上爬了起来，连衣服都顾不得穿，三步并做两步跑到窗前，一阵冰冷刺骨的寒风顿时向我吹来，不禁让我打了个寒战。此时外面已经成了一个雪白的世界，大地换上了雪的冬衣，树枝上、屋檐上早已是白花花的一片，仿佛盖上了厚实的棉被；屋檐上一串串小冰笋，仿佛是一支支箭，稍不留神，就会被其击中；水晶般的"冰笋"为屋檐填上了一道特别而又玲珑剔透的花边；雪花在空中随风飘动，忽上忽下，游移不定，一会如一个个火箭迅速上升，一会又如一个个训练有素的小伞兵从天而降，亲吻着大地。

我连忙穿上衣服，想与大自然来一次亲密接触，刚开门，一阵阵强风随即吹入，哇，好冷啊。我冲出门外，雪花飘飘悠悠地从空中飘落下来，一群群小雪花好似烟一样轻，玉一样纯，银一样白，飘飘洒洒，纷纷扬扬悄然来到大地上。我忙伸出手，接住美丽的雪花，凉凉的、爽爽的，我又摸到雪了！可还没等收回去，雪花便化为一滴滴晶莹的水珠。突然，一阵大风吹来，雪花使我抵挡不住，睁不开眼来，一下子没站稳，倒入了大地妈妈的怀抱，嘴里也满是雪。它没有味道，又凉又爽。在窗口观看的妈妈哈哈大笑，我也笑了起来。

啊，我爱你，雪，来自天空的小天使！

带伤堆雪人——为了班级荣誉

2006 年 12 月 17 日 星期日

连下了两天的大雪终于停下了，天放晴了，到处都是美丽的雪景，但大雪带来的麻烦却不少：马路上的积雪已经硬化成了冰，给交通带来了很大的不便；厚厚的雪覆盖在露天广播等各种信号发射器，给我们的生活交流带来了很大的不便。

今天上午，班主任衣老师来到班上，左顾右盼，摆了摆手，让大家安静下来，对我们说："大家不要激动，千万不要出声，不要让别的班听见。"老师突然这么神神秘秘，仿佛像一个间谍准备接头，我们也仔细地听着，此时教室里无声无息，连心脏跳动的声音似乎也听得见。老师见全班都安静下来了，便说："今天中午，学校准备组织初一同学进行一次堆雪人比赛！"虽然早有准备，可我们还是情不自禁地将"哇"喊出了口。衣老师见状忙挥着手低声说："不要喊！别的班还不知道这个消息，只有我们班先知道，有时间先说一下，布置布置，否则，让别的班听见了，我们可得不了第一了！"我们忙将喊出口的声音又收了回来，有些仍激动的同学捂住自己的嘴巴，谁也不想因为自己而丢了班级的荣誉。老师接着说："今天中午大家吃完饭便可以来，尽量多带一些工具，以便堆雪人。"

我中午放学时小跑似的跑回家，以便争取在最短的时间内赶回学校。回到家，我胡乱吃了几口饭菜，拿上家里的两把铲子，便冲出了家门。我简直是一路狂奔，生怕去晚了无法帮上忙。

眼看校门就在眼前，马上就要到了，可这时，我脚下一不小心，踩在了一块又大又圆的冰上，加上前面脚上沾了水，一下子摔倒了。我眼疾手快，忙改变重心，左脚落地，"呼！"我感到左脚一阵剧痛，痛得站不起来,这也许就是"因公负伤"吧!我强忍着疼痛站了起来,向校内走去。这时,我看见校园内已经是一幅热火朝天的热闹景象,各班都在积极地铲雪。

我顾不得脚痛,回到教室,找出了一个袋子,拿上铲子,向我们班的"地盘"跑去。发现同学们早已干了起来,我也不甘落后,来到拿铲子的同学旁,装满了雪,手一翻,把袋子压到肩上,向正在堆的雪人那走去。一开始,我掌握不好平衡,肩上扛着雪袋子,脚又疼,走路歪歪扭扭,像老人蹒跚走路一样,又有一点像喝醉酒的醉翁,走路摇摇晃晃。终于来到了雪人旁,定睛一看,我们堆的雪人已高出我好多,足有一米八多高,犹如一个巨人,站在那里。同学们有条不紊地进行着装饰工作。有的人往雪人身上涂颜料,有人忙着为雪人围起围脖,有的人忙着做雪人头……看着大家忙碌的样子,我也丝毫不敢疏忽,忙接着干了起来,可干了不久,我的肩便痛了起来。于是,我便想出用拖的方法,再在袋子下面加块冰,让它移动更快。同学们搬的搬,铲的铲,忙得不亦乐乎,大家都在使出浑身解数干活。

在我们的不懈努力下,雪人终于做成了。它两眼虽由胡萝卜拼成,嘴由涂料涂上去的,耳朵由胡萝卜构成,却威风凛凛,一幅高大而不可侵犯的样子。"来,大家合个影。"老师说。"咔嚓"一声,美好的时光被永久记录了下来。我的脚和肩虽然很痛,但我们的努力没有白费,我们获得了堆雪人比赛的一等奖!我也感到了一丝丝欣慰!

通过这次活动,我感到:集体的力量是巨大的!

知错就改——《蚊子和狮子》的续写

2006 年 12 月 18 日

骄傲的蚊子被胜利冲昏了头脑,吹着喇叭,兴高采烈地飞来飞去,不料,却一头栽进蜘蛛所下的陷阱里。蚊子拼命挣扎,望着蜘蛛正向自己一步一步地逼近,蚊子更着急了。情急之下,蚊子忍痛用嘴将自己被黏住的大腿咬断,在蜘蛛到来的那一瞬间,顺利地飞走了。

蚊子在空中飞着,望着自己那条失去了的大腿,心中后悔万分,也万万没有想到自己这个成功打败大人物的蚊子,却差点葬送在蜘蛛的嘴下。蚊子忍痛飞回自己的巢穴,休整了一段时间,回想自己的得与失,总结出:扬长避短,可以战胜强者,但是骄傲会使人失败。

这只聪明的蚊子寻找到了自己的不足,于是便将自己的故事讲给了巢穴中的同胞们听,并告诉它们:骄兵必败。同胞们听了之后,感到震撼,并将这一句话铭记在心。不久之后,这个巢穴的蚊子,成了这一带的"老大",其他蚊子不敢侵犯它们。蚊子同时也明白了一个道理:犯错误并不可怕,可怕的是发现错误不及时改正。

这个故事是用于教育那些勇敢聪明,但摔倒不会自己爬起来的人。

元旦茶话会——表演小品

2006 年 12 月 31 日

前不久,为了送别 2006 年,迎来 2007 年,我们决定举办元旦茶话会。同学们三五成群地围在一起,讨论着茶话会表演什么节目。我也不例外,我想:准备个什么节目以便在同学们面前好好展现一下自己的才能呢? 最终我决定了表演经典小品《卖拐》,我演范伟,叶俊志演赵本山,丛林演高秀敏。说干就干,我找出了台词,修改加工了一番,打印出来分发给了大家。

随后,我们便投入了练习,一有空闲时间便找到学校空旷的地方,你一句我一句地说了起来:"哎呦,大忽悠呀!""咱俩出来你别叫我艺名行不?"还没说完,我们便被逗得前仰后合,笑得不亦乐乎。没办法,再来,慢慢的,这些笑话我们熟悉了便"听乐不乐"了,你一言我一语,一句一句纠正错误,相互之间交换建议,改正其中的不足之处。渐渐地,我们进入了角色,每人都演得绘声绘色。但是我们虽然尽了最大的努力,仍然感觉排演得不怎么完美。下午就开茶话会了,我们一上午继续排演,准备下午茶话会前仍要继续排练。

下午,茶话会开始了,主持人说道:"茶话会开始!"下面一片欢呼。一个一个节目开始了,个个节目精彩,可让我大饱了眼福,没想到我们班同学真是多才多艺啊。看,同学们吹的长笛,那优美的声音,把我们带进了一个美妙世界……连窗外的鸟儿仿佛都陶醉了呢!

"快看快看,门外竟站着圣诞老人!"有同学喊道。"大家好,知道我是谁吗?"圣诞老人说道。"曲馨田!"知道内幕的同学一语道破天机,原来是他装的圣诞老人。"太不仗义了! 太不给我面子了,这么大的人物怎么能这么早暴露呢!"他的一句话把我们逗得哈哈大笑,"给大家拜个早年儿啊,为了庆祝元旦,我给大家送一些小礼物啊!"说着一把一把的糖扔了出去,大家争着抢着,闹得不亦乐乎。待大家安静下来了,圣诞老人又选了一名"幸运"同学,上台拿刀捅气球,"啪"的从气球里掉出了一个小纸片,一看,是向老师提一个问题:"老师,您在什么时候最漂亮啊?""20 岁的时候!"有人喊道。"对,但是,我觉得我与你们在一起的时候最快乐,最漂亮!"老师的这句话让我们心里暖洋洋的。

下一个节目是《装修》,我看着"黄大锤"八十八十地喊着,笑了起来。突然,我想到了我们的小品,马上叫其他人出去再议论了一下细节。

我们在上台前又排演了一遍,终于该我们上场了!"唉,大忽悠!""我说你出来别叫我艺名行不?"一句话逗得大家笑声连天。该我这个重要人物上场了,我推着"自行车"便上了台,搞笑的动作,多变的表情,结巴的口音,引得大家笑得直拍桌子。临结束一句"谢谢啊"引来了同学们最热烈的掌声,我们成功了! 可以说,我们是最成功的,是最好的一个节目了! 没想到,我们还有表演天赋啊,真是让我大吃一惊。

茶话会结束了,辛勤的付出得到了回报,很高兴自己成功了。通过本次茶话会,我也明白了:要敢于突破自己,勇敢面对困难!

偷懒的下场

2007 年 1 月 1 日

昨天,我与妈妈约好,今天上午,我独自在家写作业,妈妈中午回来检查。如果完成了会有奖励,如果没有完成,后果便可想而知了。

早上,我迷迷糊糊地睁开惺忪的睡眼,一看表,还不到八点,早着呢! 妈妈还在做饭,我顿时产生了睡懒觉的念头。这时我的脑海里出现两个小人儿，一个说："没事，睡吧，就睡五分钟。"另一个说："起来早早写作业啊!"说着，俩小人儿便动起手来，"砰!"支持我睡觉的白小人儿被打倒在地。我心想，就睡一小会也是可以的。可是，我又想，还是写作业比较好，我便在这两种想法中游移不定。最终，我决定小睡五分钟。可谁知我躺下之后，睡神光顾，一躺便起不来了。等到我起来之后，一看表八点半了，不得了啦，我马上穿衣服，来到桌子旁写作业。尽管我起来晚了，但仍不忘妈妈的叮嘱，好好地写。

时间飞逝，不久就临近十二点，妈妈马上回来了，可我仍有英语作业没有写完。妈妈回来了，见我虽然没有写完作业，但字迹较工整，剩下的作业也不多，便减轻了一点惩罚："去学校跑上五圈再说!"我一听，头都大了，跑步可是我的软肋啊。跑完之后，妈妈又让我做了一大堆数学题才罢休。

大家看到了吧，这就是偷懒的下场。

吃火锅

2007年1月2日

今天早晨起来得很晚，临近中午，我们一家人已是饿得肚子咕咕叫了。于是，爸爸便提议说："要不咱们去吃火锅吧?"这句话立刻得到我和妈妈的认可，说走就走，我们穿上外套，向火锅店进发。

到了火锅店，我们三个人便"开戒"了，荤素全上，连平时很少吃肉的妈妈，也当了一回"食肉恐龙"。"唰"的一下子，羊肉便被倒了进去，不一会，羊肉便熟了。我拿起一盘土豆，倒进锅里，过了一会，我捞起一片，刚放入嘴中，便吐了出来。"这土豆怎么回事? 坏了? 怎么这么久还是生的?"爸爸对我说："土豆不是羊肉，土豆必须经过很长时间才能熟啊，就好像学习一样，学习，需要你用努力的火焰反复地将它烧，最终，学习便会顶呱呱。"听了爸爸的话，我似乎明白了许多。"啊，土豆熟了!"说着，爸爸从锅底捞出了一片片土豆。

接着，我们又品尝了一系列的美食。到最后，爸爸妈妈吃得心满意足，可是我还没有"尽兴"。没办法，爸爸又要了一包方便面，三个人分着吃了，我这才肯罢休。

通过这次吃火锅，我还明白了一个道理："学习不是一朝一夕的事，应每时每刻努力才行。"

眼睛的盛宴，心灵的愉悦——港澳五日游

压抑不住的兴奋 第一天

2007年2月1日 周四 晴

"丁零零！"下课了，我连忙收拾起东西来，迫不及待地冲出校门，脸上的表情如一朵鲜花热情绽放，我高兴极了，因为明天我便要与妈妈一同前往港澳游玩。

回到家，我连忙放下书包，拿出作业做了起来，目的只有一个：为明天的旅途减轻负担。不知过了多长时间，我抬起头来舒活舒活筋骨，抖擞抖擞精神，却发现已经九点半了。"休息一下吧！"我想，"不行，还有田字格没写。"我忙拿出田字格来，不知疲倦地写着，认真地对照着字帖一笔一画地写着。不知不觉中，分钟又在钟表上转了两圈，练字、手抄报也一一在我手下完成，"太好了，作业终于完成了！"这时，我突然想到了明天的行装还未准备好。于是，我将自己认为比较好看的衣服拿了出来，进行搭配，再将自己认为好看的配套给妈妈爸爸看，得到了他们的一致赞同，特别是爸爸的一句："不错，既得体又大方，一看就是一个优秀的男孩。"让我心花怒放。我又将妈妈帮我借来的《向生命鞠躬》一书放入我的书包内，又把一些日常用品放入包内，把照相机、摄像机充满电，一切都打理好了，现在是：万事俱备，只欠东风了。我高高兴兴地上床睡觉了。

快乐旅途的起点——夜游太平山 第二天

正在睡梦中遨游梦幻世界的我，忽然听见了一个声音：今天你即将去往香港，马上起来准备一下吧！令我顿时睡意全无，一下子从床上爬了起来。一看表，才六点半，我惊喜万分，离我定闹钟起床的时间还有半小时！我连忙起身穿好衣服，将充满电的照相机等一一取下，将充电器放入旅行包，终于将东西整理完毕。我一次又一次地背上包，在镜子前走来走去以发现自己的不足之处，心中充满了对香港这个大城市的期盼与渴望。爸爸妈妈起来了，我们三个人一同准备

行装,我不止一次地将背包打开,检查东西是否忘带。这个时候,我才真正体验到了什么叫做"度秒如年",每过一分钟,仿佛要过一百年。妈妈见我心情急迫,便对我说:"不要着急,要利用这段时间,写写作业或干干别的事情,不要白白浪费了这宝贵的时间。"果然,当我写完一部分作业抬头看表时,时钟已指向了十一点,我和妈妈带上行李,向飞机场进军了。等我们登上去香港的飞机,已是下午一点半了,到达香港时是晚上六点半。

我们首先来到太平山。太平山是游客来港旅游的必经景点。我们的车在盘山公路上转来转去,来到了太平山 500 多米高的顶峰。刚一下车,我便看到了香港那极具特色的夜景。来到栏杆旁向远处望去,阵阵微风吹拂在我脸上,香港奢华全景映入眼帘:那高耸入云的中国银行大厦,维多利亚港上那一艘艘豪华明亮的船只,以及马路上那一排排整齐排列的路灯,广告牌上的霓虹灯,大厦的反光,汽车的亮光交汇组成了一幅美丽动人的图画,闪闪发光,如一颗巨大的钻石,在灯光照耀下光芒四射。夜幕低垂时景色最壮观动人,不愧为世界四大夜景之一啊。

我充分感受到了香港这动感之都的魅力,已经沉醉于这美景之中。近看,满城霓虹灯闪烁,街灯倒影海中。远处,天空中时常有直升机飞过,不断传来震耳欲聋的音乐,真不愧为"东方明珠"。

参观了太平山夜景,我恋恋不舍地向山下奔去。啊,多美的夜景啊!初来香港,便看到了这么美的景色,如同给我吃了一颗定心丸,让我真正感到了香港的美!后边的旅途一定会更精彩!我兴奋地期待着……

车很快开到了我们下榻的宾馆。我发现这里的宾馆也与内地大不相同,可能是由于地少人多、寸土寸金的缘故吧,房间不大,尺寸仅有我们平常住的房间的四五成,且宾馆内并不摆放日常必需品,如茶叶、牙刷、拖鞋等,日用品需要自己准备。

伴随着那太平山美景,我进入了梦乡……

"万国市场"——体会购物天堂 第三天

昨晚太平山顶上那一幕幕的美景深深地印在了我的记忆中,并时不时地出现在我的梦境里,我睡得很深、很甜、很香。梦中那一个个灯光散发出美丽而耀眼的光芒,如一个个星星在空中眨着眼睛,又像一个个淘气的孩子藏了起来时隐时现。这时,我才真正体会到了郭沫若写下的美景:"远远的街灯明了,好像闪着无数的明星,天上的明星现了,好像点着无数的街灯。"真正体会到了那时那刻美丽的意境。做着这美丽而又神奇的梦,我不禁咯咯笑了起来,笑着笑着我迷迷糊糊地醒了,发现妈妈正在一旁叫我,我连忙起身穿衣服,新的一天又开始了。

我们今天一天都几乎是在购物商场中度过的,香港这一动感之都可真是购物天堂。在香港,可以买到世界各地的最新产品,并且价格低于其他地区,这使它有着"世界商品橱窗"、"万国市场"之美誉。一出宾馆停车场大门,我便领略到了香港的"日生活",整个城市都表现出一种忙碌和快节奏:在街上,到处都是匆匆忙忙赶路的行人和川流不息的车流。

我们首先穿过了海底隧道来到了香港本岛。海底隧道是连接香港岛与其他岛屿的一个隧道,它深入海底,是通往香港本岛的唯一通道。

接下来,我们来到钟表店,开始选购手表。店内各式各样的手表令我与妈妈看得眼花缭乱,种类繁多的手表形态不一,有镶钻的,有可以充当手链的,有可以充当玩具的……在灯光照耀下闪闪发光。我与妈妈并不想买任何东西,便坐下来等候这剩余的 40 分钟。在这40 分钟内,我们度分如年,看着身边那一个个低头仔细挑选手表的身影,真奇怪他们怎么能挑那么长时间,正如导游阿姨的一句话:"给不买东西的人一分钟都难以度过,给买东西的人一天时间都不够。"终于"熬"到了集合时间,我们上了旅行车,驱车前往黄大仙庙。

接着,我们又参观了钻石店、百货店、免税店,最后来到了金厕所。这是属于香港首富李嘉诚的一个金厕所,它全由四个九纯金打造。进了厕所,我才领略到了"金碧辉煌"这一词的含义:金子铺的地板,金子搭的天花板,就连水龙头都是金子做的。精工雕刻而成的壁画,做工精细的马桶,无不让我看得目瞪口呆。

大家"上完厕所"驱车来到了维多利亚海港。早就憧憬着夜游维港,坐上船,我们迫不及待地来到船头,观望维港。阵阵海风吹来,让我从回忆金厕所中醒来,抬眼望去,一座座高耸入云的摩天大楼矗立在眼前,广告牌的霓虹灯与大楼的灯光、路灯、车灯交汇在一起,组成一张大网,给人以眩晕的感觉。满城霓虹灯闪烁,街灯倒影海中,景色极为迷人。时间不知不觉地过去了,船慢慢地靠岸了,这一天在恋恋不舍中度过了······

超越自我——疯狂的游戏 第四天

"呼"的一声,我乘着过山车飞驶下来,望着那飞速消逝的树木、行人、轨道以及那正反颠倒的世界,我不禁"啊啊"地大喊了起来。"干什么呢? 大喊大叫的!"妈妈一句话把我激得清醒了起来。"原来是做梦啊!"我想,"对了,今天还要去海洋公园和迪士尼呢!"我连忙穿好衣服,随妈妈吃完早餐。为了节省时间,我连早餐也很简单:一碗面条。

吃完早餐,我们驱车前往浅水湾。随着车子离浅水湾越来越近,我们可以看到一幢幢整齐美丽的小洋房,乳白色的沙滩,郁郁葱葱的树林,以及碧蓝清澈的大海,看得我眼花缭乱,多么美的地方啊! 导游阿姨介绍道:"这浅水湾位于湾岛南部,遍布豪华住宅和别墅。浅水湾水清沙细,海天一色,是坡平浪缓的游泳场。海滩上建有镇海楼公园,附近还有深水湾等畅游胜地。"下了车,我与妈妈相互留影纪念。望着那碧蓝的海水,连绵的山脉,我不禁发出了这样的感慨:香港虽然人多车多、工厂多,却能将环境保护得这么好,简直不可思议。

紧接着,我们前往海洋公园。海洋公园位于香港南部深水湾与黄竹坑之间的南朗山上,占地 87 万平方米,为世界上最大的海洋公园之一,被誉为东南亚公园之冠。车子停在了海洋公园门口,还没下车,我便被人们"震耳欲聋"的欢笑声所感染,迫不及待地跑到入口处排队。公园内那一声声欢笑声如一支支兴奋剂,令我兴奋不已。买了票急切地冲入公园内,看着那一个个飞了起来的飞船,那一个个撞来撞去的碰碰车,以及那在空中"飞来飞去"的海盗船,我并没有为之打动。我仔仔细细地研究着地图,生怕漏下一处好玩的项目,让我后悔莫及。最后,我认为山下的项目对我来说比较幼稚,终于决定直接坐缆车上山顶玩。于是,我们来到缆车站前排队。站在毫无遮挡的地方排队,而香港冬天的太阳也如一个火辣辣的大火球,像我们那边的夏天一样毒辣,我的脑袋像一个放在烤箱里的烧饼,就快烤糊了。终于,我们等到了一辆缆车,缆车呈正六边形的形状,有四扇窗户可以自由开关,由缆绳驱动,全长 1.4 千米,高达 200 米。缆车关上了门,我兴奋地向外看着,一脸的新鲜感觉。望着窗外缆车离缆车站越来越远,高度也越来越高,我一动不敢动,生怕掉下去。妈妈看出了我的担心,对我讲:"不用害怕,这是用缆绳驱动,很安全的,而缆车四壁及地板都很坚固,不会像你想象的那样掉下去。"妈妈的话令我松了一口气,我立马活跃起来,左看看,右看看,像一个四岁孩童对缆车充满了好奇。突然,妈妈指着窗外说道:"快看,那不是咱们刚才游览的浅水湾吗?!"我来到窗边一看,可不是嘛,湛蓝的天空和海水,辽阔无垠的山脉,海风吹拂下的大海水波荡漾,树木丛生,多么美的景色啊,我仿佛置身于人间仙境,世外桃源,这里的景色简直使我沉醉了。不一会儿,我们到山顶了,下了缆车,向右拐去。根据地图指示,右边的大型项目最刺激。我拉着妈妈向前跑去,来到早映入我眼帘的游戏:通天摩天塔。游客进入摩天塔,由升降机将人旋转运上摩天塔,找了一个座位坐下,摩天塔"飞"了起来,我们尽情欣赏着周围的美景。

接下来,我们来到了"飞天秋千"这个项目处。看着人们坐在秋千上飞来飞去,在空中自由飞翔,我也迫不及待想上去试试飞的感觉。秋千一停,我马上冲到秋千旁,"抢"到了一个绝佳的位置。终于,"飞天秋千即将启动!"随着广播中的女声"一声令下","飞天秋千"上升了起来,升到一定的高度,又慢慢地旋转了起来。我手紧紧地握住安全杆,生怕飞了出去。"飞天秋千"飞了起来,我的脚掠过了树尖,一会儿又惊起树上的鸟儿。我时不时地向地上的阿姨挥手,玩得不亦乐乎。一切事物在我眼前一闪而过,耳边传来了风从身边呼啸而过的声音,真是奇妙极了!

接下来,我准备坐摩天轮,可找来找去,没找到,再仔细一看地图才发现,原来出了缆车应向左走,而我却向右走。于是,我们向缆车站跑去,但是去了一看,那地方原来是个死角,但与那些大型项目只有一墙之隔,怪不得会看错呢。经过仔仔细细研究后,终于找到了去往摩天轮的路。原来出了缆车站,向右走,但走到摩天塔处,有一条路向反方向拐去。好不容易找到摩天轮,我们连忙找了一个地方坐下。摩天轮是一个圆形转盘,上面有许多类似缆车的房间,人们坐在上面游览美景。随着摩天轮的转动,我们的高度也越来越高,香港的大楼尽现眼底,美丽极了。我在摩天轮上不断看着公园,搜寻着刺激好玩的游戏。突然,我眼睛一亮,发现了一个让我心跳加速的游戏:过山车。

　　下了摩天轮,我立即向过山车跑去,刚好赶上一班车。我坐在座位上,拉下了座位上呈 U 字形的保护设施,手把住两个把手,心情紧张了起来:会不会停电呢? 会不会开到 O 形轨道上掉了下去呢? 可是后悔也来不及了。车开动了,我压抑住心中的紧张与兴奋,看着车驶离车亭。慢慢的,车被拉上了一个斜着约呈 50 度的轨道,突然,车子呼啸着冲下坡去,一车人被这一突如其来的下降吓坏了,"啊啊"的一片叫声,我也大声喊着,以此来抒发自己的兴奋和恐惧。眼看着车子马上要飞出轨道了,我又一次叫了起来,这么高的地方,旁边就是悬崖。我想:"坏了,这次玩完了!"正在这时,车子一下子转过弯来,使我深深地吸了一口气,太惊险了! 突然,车子一下子笔直地向天上飞去,"啊啊……"又是一片喊叫声,现在这过山车又变成了登月火箭了,要飞上天了! 我也惊恐万分,害怕地闭上了眼睛,等睁开眼睛,车没有飞上天,却变成了"钻地机",飞速向地上飞去。"呼"的一下,车子在即将"入地"的时候,改变了行进方向,平着向"车亭"驶去,身子能感觉到巨大的停顿和冲击力,太惊险刺激了。还没等我反应过来,"呼呼!"过山车又经过了几个惊险弯道,但我只顾体验速度快慢和上下前后变换的感觉了,已经不顾得害怕了。

　　走下过山车,我已经晕得不分东西南北,心脏似乎也要飞出心窝。太奇妙了,我竟然坐了过山车,太不可思议了! 这时,妈妈过来拍拍我的肩膀对我说:"好,好样的,看,那个敢玩吗?"听到妈妈的鼓励，我不假思索地说："连过山车都坐了，这有什么……"当我随着妈妈指点的手转过身一看，刚要说的话立即被我收了回去。只见一个七八十米的高塔直插云霄，人们坐在高塔四周的座位上，升到高塔顶端，好像停止了运动，突然从塔顶上急速向下坠落，直接降至几乎与地面一般高。下降速度极快，由塔顶至踏底只需约五秒钟。我看了看表，对妈妈说："妈妈，时间不早了，快下去吧，别让一个团的人等咱们。"妈妈一下子笑了，捂着嘴巴对我说："好吧，听你的，走吧。"走着走着，我眼睛一亮，拉着妈妈来到了一个类似柜台的小亭子，前边有五个"高压水枪"需要投币才可启动。我毫不犹豫地投入了一枚五元硬币，"嘭！"水枪中喷出了长长的水柱，对面的墙上有几十个假人和靶子，我简单一瞄准，一束水弹冲了出去，击中了！墙上的火力立即消失了，我再次努力，又一口气击中了数十个靶子。我兴致正浓时，突然水枪没水了，我拍了又拍，以为是水枪坏了，可是一点用也没有，再仔细一想，肯定是时间到了。我正准备走，一抬头看见了一个比过山车还刺激的游戏：飞天雄鹰。

　　飞天雄鹰由 9 个小鹰组成，启动时，9 个小鹰分成 3 组围绕着一个通天长柱旋转。旋转器飞速转动，9 个小鹰也快速旋转，并且不断地翻着跟头。我拉着妈妈坐上了其中的 2 个小鹰。启动了，我紧紧地抓住周围的护栏，飞天雄鹰慢慢升空并旋转起来。我心想："看着上边转得多么厉害，可一上来才发现，其实也没什么。"突然，旋转加速了，我真正感到了什么叫天旋地转，周围的事物变得越来越模糊，我努力看着自己的脚才能保证自己不会晕过去。我感到周身的不自在，我受不了了，我要死翘翘了，我心想。正在这时，飞天雄鹰慢慢停了下来，我如释重负，心中有一种劫后余生的感觉。下来后，随着眩晕的感觉逐渐消失，慢慢又有了意犹未尽的感觉，太刺激了！我玩了几乎所有刺激的项目，我超越了自己。

梦幻世界——迪士尼乐园 第四天

　　在车上，我心急如焚，因为马上就能见到我朝思暮想的迪士尼乐园了。我一刻不停地盯着车上的时钟，仔细地观察周围的指示牌，生怕落下有关迪士尼乐园的一丝一毫的信息，并且恨不得让车马上飞了起来,直接到达迪士尼。此时,我心中百感交集:既充满了兴奋,又充满了期待。兴奋是因为我们即将来到迪士尼乐园,这个充满梦幻的世界,期待着看到的迪士尼与我想象的一模一样。

车停在了停车场,不能再向前走了,只能步行,正好,这也是一个让我认识迪士尼的机会。我走在最前面。周围那一片片"郁郁葱葱"的灌木丛中,时不时地发出孩子们欢快的叫声,也发出了一些其他的声音,有火车"呜呜"的鸣笛声,有火箭发射"嗡嗡"的警报声,有汽车喇叭的"滴滴"声,它们像一支支兴奋剂让我高兴不已。忽然,我看见了一个巨大的牌子上,米奇正在上面向我挥手呢,上面写道:欢迎来到迪士尼乐园。前面是一个喷泉,米奇滑着水滑板,正飞跃喷泉,唐老鸭一幅愁眉不展的样子,池中的大鲤鱼正不断地向外喷着水。这两个迪士尼大牌各有特色,好有个性的样子。

我们来到售票窗口,戴着米妮帽子的工作人员给了我们四张票,上面印着米奇、美妮、唐老鸭的图案,可爱极了。这时,"呜呜"的鸣笛声再次传入我耳内,我一看,竟是一辆火车从对面的桥上驶过,老式火车头,烟囱上冒着浓烟,后边一节节全是旧式车厢,全部拉上了百叶窗。"太不可思议了!"我心里想,这使我更加坚信,这将会是一个愉快的旅途。买完票,我们由正门进入了迪士尼乐园,快乐旅途开始了!

我们首先来到美国小镇大街,这是仿上世纪美国西部小镇大街建造的,里面有市镇厅(询问处)、博物馆(迪士尼乐园的故事)、火车站(迪士尼铁路)……看得我眼花缭乱。我拿出一本《乐园指南》仔细地研读着,最后,我决定,我们先去"明日世界",这是人们根据迪士尼漫画中对未来的描述及想象建筑的一个区域。门口矗立着一个大行星,上边分布着无数颗小行星,巨大而醒目,给人一种震撼的感觉。我踏入明日世界的第一步的感觉只有一个字可以形容:酷!在我的身旁有即将发射的飞船,固定支架即将松开,飞船上的各种指示灯不断闪烁着,飞船上的控制台清晰可见,飞船的下方已冒出浓浓的黑烟(水汽),仿佛马上就要腾空而起,进行一次太空探险呢!我们看到一个接一个的飞船从地面飞向空中,看见一辆辆时髦、前卫的车飞速从面前的公路驶过，我面前那一个个姿态怪异、形态不一的外星人口吐水柱……这一切让我看得目瞪口呆，不知先玩哪一个。

突然我的眼光被一名字深深吸引：巴斯光年星际历险。我看其他人不敢玩，于是就身先士卒，跑了进去。排队的时候，我仔细地观察了一下，终于知道了玩法：我独自一人驾驶一辆星空飞船，船上仪表盘上分左右分别有两把激光枪和两个计分器以及一个控制手杆，通过不断用激光枪瞄准各个方形靶中的圆心来得分，可以挑战个人极限，登上最佳表现榜榜首。

走着走着，我进入了一个类似指挥部的房间，在这里我竟看见了一个巴斯光年正在说话！并且不断地做出各种动作，身体的各个部位与电影上见到的一模一样，简直是太神奇了。我不得不佩服设计人员的精心。

我坐上了一辆星空飞船，拿起激光枪，控制着遥控杆，开始星际冒险旅途了。突然，前方冒出了一只外星狗，我急忙拿起枪，对准它胸前那个圆心"滋滋"一枪下去，它的灯再也没有亮起来。前面又同时出现几个面目狰狞的机械怪物，我一一从容应对。这时，周围突然出现大量敌人，左边有废电池巨人，前方有机械怪人，右边有外星狗，让我一下子措手不及。我不断转动着飞船，消灭着周围的敌人，计分器上的数字不断地跳动。突然，我们进入了一个黑黑的一点灯光也没有的地方，飞船上方不断显示出"DANGEROUS! 危险！"的字样，我紧握激光枪，以对付蜂拥而至的敌人。"嘭嘭，嘭嘭！"前方不断传出这种声音，伴随着"啊啊"的惨叫声，我知道有友船遭遇不测了。我紧握着枪定睛一看，原来是索克天王挡在面前，我手握离子枪，做最后的背水一战。敌人到处都是，我奋力攻击，集中全力向魔王的脑袋开枪，直至它的脑袋上出现＋100，耶！我连续攻击，打得索克天王步步后退，看着它最终被装入"集装箱"，我知道成功击败了索克天王，高兴极了，太刺激了！

从星空城里出来，我们又来到了飞越太空山那里。我们并排坐在一个类似过山车的车厢内，把眼镜都放入前排的袋子内。"真有这么可怕要把眼镜放入袋子里吗？"带着这个疑问，我们的车启动了，慢慢向前驶去,上方立刻出现了无数星星,仿佛我们已经置身于太空之中。突然,车疯狂地向下方驶去,"啊,我们的车要撞上星星啦!"我兴奋地喊道。车子仿佛听懂了我的话,向左驶去,我们又仿佛进入了时光隧道,星光闪烁,五彩缤纷。我们这时突然又向右转去,倾斜到人几乎都可以摔出车外,正要兴奋地大喊时,"嘟"的一声,我们的车突然刹车,我没什么准备,一下子撞在前边的座位上……终于,车停了,我从车上下来时,早已是魂飞魄散……

我接下来又来到了飞驰天下,在排了两个小时的队后,终于开上了一辆车:时尚的外形,超强音响效果——我的最爱。我脚踏油门"呼——呼——"音响发出的音效让我沉醉。我手握方向盘,在未来公路上灵巧地穿梭着,自由驰骋着。我注视着速度表,车正以70M/H的速度在公路上飞驰,与奇形怪状的植物和岩石擦肩而过。到终点了,我一踩刹车,车子立马停了下来。

从明日世界出来后,我们又来到了幻想世界,迪士尼的标志睡美人城堡,小飞象旋转世界,灰姑娘旋转木马……我领略到了迪士尼那充满幻想和魔法的一面。

最有趣的还是"米奇全奖音乐剧",它以颁奖典礼的形式表扬迪士尼最受欢迎的电影、歌曲和人物。大幕徐徐拉开,米奇和米妮跳了出来,用正宗的香港话说了一句:"晚上好!"把现场的观众逗得大笑起来。不一会儿,布鲁托、唐老鸭、高飞也加入到主持的行列之中。又过了一会儿,开始颁发最受欢迎奖:看着屏幕上那一个个昔日的迪士尼明星站在眼前,感觉自己身临其境……紧接着,获奖的明星一个个上台表演,唱着悦耳动听的歌剧。看!花木兰在替父从军,英勇杀敌,巴斯光年在用激光攻击魔王索克,美人鱼在海中游来游去,人猿泰山拉着绳子从天而降。"哗!"烟花四起,大幕缓缓落下,音乐剧结束了。

出了剧场,"呜呜"的笛声提醒了我,我们准备坐火车到达美国小镇大街,然后离开。"请所有旅客注意,这是从幻想世界火车站至美国小镇大街火车站最后一班车,请抓紧时间上车。"听完广播,我们立马上了火车。这火车并不是像真火车一样两边都坐人,而是一边坐人,另一边用来观赏,没有窗户,这是我坐过的最奇怪的火车了!"火车即将出站,为了你的安全……"火车出站了,我对妈妈说:"看着那一个个夜晚挂满霓虹灯的游乐项目,我心里别提多高兴呢!""啪!"突然,一束白光闪了过来,让我睁不开眼,待我睁开眼睛一看,原来是三个三只眼的小怪物正拿着闪光灯拍照呢!夜晚的明日世界更加迷人,"飞越太空山"那巨大的建筑上闪着蓝色的光,太空飞碟闪着五颜六色的光彩飞向天空,UFO 地带那一个个奇异的外星人此时也闪着各种颜色的光,美丽极了……

到站了,正当我们准备离开迪士尼乐园时,焰火开始了。在睡美人公主城堡上方,几颗五彩的焰火飞向空中,散构出美丽的图案。不一会儿,唐老鸭也上场了,仿佛对着我招手呢,既像欢迎我,又像欢送我这个在迪士尼乐园劳累了一天的人。

焰火在霓虹灯下显得格外美丽,天空中不时绽放着五颜六色的花朵,可真是"火树银花不夜天",老天爷的脸上笑开了花。不久,焰火结束了,我们高兴地回到了宾馆。

澳门之行 第五天

清晨,伴随着"滴滴"的汽笛声,我们乘船前往澳门。听说澳门政府一年之中有 80% 的税收来自赌场,而且在支撑澳门的三大行业中,博彩业排名第一位。澳门的福利事业发达,居民获得的各种补贴全面,补贴额高,不管是大陆还是香港都是无法与之相比的。

我们首先来到妈祖庙。澳门的英文名 MACAU 也来自妈祖庙。相传当葡萄牙人在妈祖庙对面的海滩登陆后,问当地人这里的地名。当地人不懂葡萄牙语,但看葡萄牙人盯着山上的妈祖庙,以为他们问这庙宇的名字,便用广东话回答了一声:"妈祖",于是"MACAU"这个名字便成了澳门的英文名。

妈祖庙坐落于一座山脚下,盘山而上,周围绿树丛荫,对面便是当年葡萄牙人登陆的海滩。妈祖庙与黄大仙庙一样,都是比较灵验的庙宇,每天都有许多人前来烧香,与黄大仙庙不同的是,这里没有了带着东西跪拜的人。

接着,我们来到澳门的标志之一,著名的旅游景点——大三巴。

大三巴于 1835 年 1 月 26 日毁于一场大火,现仅存教堂前壁,大三巴牌坊。被烧毁的圣保禄教堂与火有不解之缘,从建造初期起先后遭遇三场大火:1595 年第一次大火,将教堂及修道院全部烧毁,1601 年又再次毁于大火,1835 年 1 月 26 日晚,澳门遭受台风袭击,圣保禄教堂起火,风助火势,足足烧了两个多小时,使这座远东著名的大教堂只剩下一堵形似中国牌坊的门壁,也是教堂最珍贵的前壁供后人凭吊。前壁上有六座圣母圣婴像,雕工精细,形态不一,连衣服上的装饰都清晰可见。

我们绕过一条长廊,进入圣堂后面的博物馆,内有不少大教堂保留下来的著名雕刻及许多遗物,雕刻上的色彩至今仍然光彩照人。同时,博物馆内还有一个墓堆遗址,内埋藏着古时候岛上为人尊敬的圣人或高官。

午饭后,我们经过著名的澳门大桥。在太阳光的照射下,桥下水波荡漾,白光粼粼,美丽极了。过了桥,我们来到了澳门的另一个岛。

我们先来到黑沙滩,一看这里真是名副其实,沙子全是黑色的,奇怪吧?导游阿姨对我们讲,这里是珠江与澳门海的交汇处,水质浑浊不清,受到很大的污染,所以沙子也是黑的。看着脚下那黑乎乎的沙子,我不禁对我们的环境而感到担忧,再这样下去,我们烟台的沙滩是否也会这样?

我们接下来参观赌场。赌场在澳门称为娱乐场。目前澳门有 24 家赌场,每年盈利上百亿元。赌场也十分讲究风水,例如葡京赌场。旧葡京赌场看上去像一个鸟笼子,代表着进去容易出来难,进去的人不会赚到一分钱。下了车,我们进入了赌场,豪华的赌场让我恨不得自己多长几只眼。大厅上那大大的水晶吊灯在灯光的照耀下闪着缤纷的迷人的光彩,更令人意想不到的是,我们走的路竟是黄金做成的,而且是四个九纯金!在地板之间,玻璃板下,镶嵌着无数颗大大小小的钻石!大厅中央的喷泉不断喷着水花,在灯光的照耀下,仿佛也变成了黄金水在池中流淌。墙上挂着两幅巨大的油画,更让人意想不到的是:门口竟有两个外国兵,手持 M16A1 站在门口,一幅威风凛凛的样子。我不得不对赌场的装饰感到吃惊。听说有人因输了之后借钱还不起高利贷而被黑社会勒索致死。许多悲痛离奇的故事在赌场中发生,数也数不清……出了赌场,我们结束了一天的行程,回宾馆休息了。

第二天一早,我们乘船直抵香港机场,坐上了回家的飞机,结束了这次愉快的旅途,依依不舍地离开了香港。

过小年

2007 年 2 月 10 日 星期六 晴

今天过小年,早上,我早早地起了床,一遍又一遍地检查着自己的行装,因为今天我要去二姑家欢度小年。

十一点半,我们来到了二姑家,上楼后放下书包,我便开始参观二姑家的房间。当我走进哥哥房间时,发现了一个新玩意:电脑。"哥哥配电脑了!"我对妈妈爸爸公布了这一消息。我如同哥伦布发现了新大陆一样,万分惊喜,并忙凑到妈妈身旁,说道:"妈妈,我想玩会儿电脑,好吗?"妈妈想了片刻以后,说道:"好吧,可不能超过四十分钟。"我高兴地欢呼了起来,连忙打开电脑,来到 4399 想玩一玩小游戏,可却发现连网页也打不开。当我正准备关机时,却发现桌面上竟有连连看,我欣喜若狂地打开,开始了游戏。正当我玩在兴头上,突然,鼠标坏了! 我的天,我没办法也只好非法关机了。正当我不知玩什么时,我发现哥哥桌子上有《指环王 3:王者归来》。我忙叫上爸爸,把影碟放入 DVD 内。看着电视中那一个个华丽的画面,以及那一个个扣人心弦的环节,我不禁入了迷。当我一转头,发现爸爸脸上一副严肃的表情。此时正是正邪两派决战的时候,爸爸眼睛直直地盯着屏幕,当正义的一方寡不敌众时,爸爸的眼神中充满了担忧,当正义的一方获得胜利时,爸爸的眼神中充满了高兴。怪不得说眼睛是心灵的窗户。爸爸的眼睛随故事情节而变化,太神奇了。这时,哥哥回来了,对我说道:"走,咱们去买光盘去!"我立即爽快地答应了。我们来到家家悦二楼上的音像店来挑选光盘。我一边结合着自己的经验,报纸上介绍的最新大片,一边用我的雷达眼仔细地搜索着,生怕漏下一个经典大片,享受不到那大片带给我的心动及刺激的感觉。

我左看看右看看,还时不时地询问着叔叔的看法。终于,在我的努力搜索下,终于从地底下挖出了几块金子。

我们回到二姑家,正赶上吃晚饭,"啊!好丰盛啊!"晚饭有包子、饺子、鱼、虾……看得我眼花缭乱。我们过了一个难忘的节日。

意外情人节

2007 年 2 月 14 日

今天,我们一家三口驱车前往开发区,在路上,我们发现,路边全是一对对情侣,手中清一色拿着一束玫瑰花。"今天是个什么日子呢?"我问妈妈道。妈妈摇了摇头说:"不知道呀。"妈妈这个年龄段的人,总是对新鲜事物不感兴趣。这时,我眼睛一亮,指着路边一个鲜花店说:"快看!快看!"只见巨大的横幅上写着:愿天下有情人终成眷属,情人节快乐!我这才恍然大悟,原来今天是情人节呀!我看着毫无表情的爸爸妈妈说道:"怎么了?难道你们不是情人?爸爸,今天可是情人节,你应该主动出击一下,笼络一下妈妈的芳心,证明一下你宝刀未老,见证一下你们永不凋谢的爱情。"见爸爸仍无任何反应,我又将攻势转到了妈妈身上:"妈妈,俗话说,谁说女子不如男,你不应该证明一下吗?"看着妈妈仍面无表情的样子,我也只好住嘴了。

来到贝恩特语言培训中心,我突发奇想,何不给爸爸妈妈做一张贺卡呢?我非常爱我的父母,他们也十分爱我,他们便是我的情人!既然他们不主动出击,何不让我来呢?说干就干,我找来一张卡片纸,用彩色水笔写上 Happy Valentines Day,并用学过的知识,编了两段顺口溜以表达我对他们的爱:Roses are red, Violets are blue, Sugar is sweet, just like you. Roses are red, Violets are blue, My love for you will always be true. Postman, postman, do your duty, take this card to my sweet beauty. 终于,在我的努力下,贺卡终于完成了。我在贺卡四周点画上心,太棒了,我恨不得立即回到家,送给爸爸妈妈。

晚上,我回到家,将贺卡偷偷地藏了起来,准备吃饭时送给爸爸妈妈。这时,我听见妈妈正高兴地大笑,我从来没听妈妈这么高兴地笑过。我出去看个究竟,原来,爸爸拿着一大束鲜花送给妈妈,妈妈正为之陶醉呢!爸爸见我出来了,说道:"当我听你早上对我说的之后,我后悔没能提前准备好礼物,于是决定亡羊补牢,看来,为时不晚。"我闻着一股香味飘来,一看,餐桌上的菜丰盛极了,有菜花、白菜、虾、鱼……妈妈说道:"我早上听你说的后,也感到十分后悔,我也没什么好送的,只能做一桌好菜让你们一饱口福。"我忙拿出贺卡送给爸爸妈妈,说道:"你们就是我的情人!实际上,送什么不重要,重要的是有一颗心便行了。"说着,我便坐了下来一饱口福。爸爸妈妈也笑着坐了下来,看,我们是多么和谐融洽快乐的一家呀!

除夕之夜放鞭炮

2007 年 2 月 17 日

今天是除夕,一年中的最后一天,看家家户户张灯结彩,挂灯笼、贴春联,好一幅喜气洋洋的节日景象。我们家也毫不示弱,贴福字、请门神,一样做得比一样好。不仅如此,爸爸还为我准备了各式各样的鞭炮:小蜜蜂、大爆竹、芭蕉扇、开心果……让我看得眼花缭乱。

天黑了,我迫不及待地拉着爸爸下了楼,准备放鞭炮。我一开始便拉出了一挂长长的多达一万响的红色电光鞭,把它高高地挂在了树上。爸爸给了我一支点着的香,我慢慢地走近电光鞭的导火索,正准备点,我脑中突然闪现出一幕幕因放鞭炮而酿成的惨剧:被飞来的鞭炮炸伤,被鞭炮炸去手指……我伸过去的手又缩了回来,"一旦我受伤了怎么办?"这个问题不断在我脑中出现。

这时,一旁乒乒乓乓的鞭炮声把我拉回到现实,我转头一看,只见一个不知比我小多少岁的邻家小朋友,点燃了一挂电光鞭正捂着耳朵看着我呢。"连他都敢点,我为什么不能呢?"我用香点着了电光鞭的导火索就连忙跑了出去,跑出了好远我才停了下来,回头一看,只见火花四溅,鞭炮发出震耳欲聋的声响。听这声音,是多么美妙啊,它寄托了人们对幸福的向往,对新的一年的憧憬!

紧接着,我拿出了一盒名叫旋转花蕾的小鞭,它小巧玲珑,上面尖下面圆,活脱脱一个不倒翁。我拿起一个点燃后扔了出去,只见它像一个陀螺一样，在地上转了起来，像是在跳迪斯科，时而变红，时而变绿，又像一盏霓虹灯一样变幻莫测。我突发奇想：要是把它们全部点燃会怎么样呢？我一个个拿了出来，一一点燃扔了出去，只见一道道红色的光芒划破天空，像一颗颗流星降落在地面。接着，地上热闹极了，像在开一个盛大的舞会，所有的"旋转花蕾"都在跳舞，那场面甚是壮观！

我的目光忽然落在了一盒名叫太空礼花雷的鞭上。虽叫礼花雷，它却十分娇小，就像一块橡皮似的。我点着了之后连忙撤退，但还没等我撤入安全地区，它便在我身后炸开了花。我连忙向后看看它的威力，却看见它早已飞向空中，"嘭"的一声，变成了朵朵礼花，在空中绽放，多美啊。虽说它个头很小，但威力却很大。我又点燃了几个礼花雷，只见顷刻之间天上绽放出几十朵礼花。我又一次体会到了诗人口中所描绘的火树银花不夜天的感觉。过春节的感觉真好。

接着我拿出一大把霹雳雷，拿出一根点燃，只听见噼里啪啦的声响，不一会便全烧光了。爸爸建议我全都点上，我点燃后只见火星四溅，像一只只萤火虫似的在空中飞舞，伴随着噼里啪啦的声响，又像一颗颗飞出枪口的子弹，冲向敌人。

这时，我被鞭炮盒中一大把类似花的东西吸引住了：绿色的外表，红色的装饰，头上还有一个类似鲜花的红色"纸"。我无比好奇地用打火机点了头上的那朵鲜花，过了一会儿，只见它喷出了红色的火焰，啊，原来是喷花呀！我又点燃几支，手拿喷花，并不断在空中做出各种动作。我时而变成手持激光剑的勇士，时而变成手拿荧光棒的歌迷，美妙极了。这时，听见楼上妈妈对我们喊道："快来，晚会开始了。"我们上楼看晚会去了。

鞭炮的生命虽短，但它们发挥出惊人的魅力，供他人欣赏，从而拥有了有价值的一生，这一点让我十分敬佩不已。

看着春节晚会，节目一个比一个精彩，每一个小品都让我捧腹大笑，不知不觉之中，我看着春节晚会便睡着了。

我爱过春节，它能给我带来无限的欢乐，也使我的成长有了一个新的起点。我努力，我快乐地成长着！

拜 年

2007 年 2 月 18 日

今天是我本命年的第一天,我格外兴奋、快乐。因此早早地起了床,看着正熟睡的爸爸妈妈,我不禁走到他们一旁,轻轻地说了声:"过年好。"没想到爸爸妈妈一下子从床上起来,也对我说了一声:"过年好。"把我吓得一动不动地站在那里,好久没反应过来,忙说道:"祝你们万事如意,恭喜发财,年年有余,白头到老。"爸爸妈妈笑了起来,说道:"小嘴挺甜,谢谢。"说得我脸通红通红的。

吃完饭,我们来到二姑家,全家人大多到齐了,我便对着大家说了句:"过年好。"姑姑和哥哥姐姐见我这么听话,也都说了声:"过年好。"我立马根据每个人不同的年龄、性格,送出了不同的祝福语:奶奶,祝您长命百岁,心想事成,万事如意。二姑,祝您身体健康,万事如意。三姑,祝您工作顺利,年年有余。姑姑们立即拿出了压岁钱,准备给我,我再三推辞,姑姑们说:"这不是让你现在花的,而是让你收起来将来上大学用的。"我这才收了起来。

拜年是人们之间互相的祝福,它代表了人们对新的一年的热爱与憧憬。

我希望,在新的一年中,我能更加努力,取得更好更大的成绩!

细品肯德基大餐

2007 年 2 月 20 日 星期二 晴

今天上午大姐打来电话,说要带我和哥哥以及三姐出去吃饭,我十分高兴,立即下了楼等着他们。不久,他们来了,我们向肯德基进发了。一路上,我们探讨着该点什么吃。

我们来到了肯德基,红色的招牌——"肯德基"三个大字清晰地映入我的眼帘。我们刚一进门,一看店里简直可以用人山人海来形容,座无虚席。我们好不容易来到了楼上,等到了一个空座位,我和大姐一起下去点餐。

我依据平时的经验选了起来。正在我准备点的时候,大姐一下子从包里拿出了几张优惠券,对我说道:"我忘了我还有几张优惠券,你想要什么从这里边选吧。"一下子把我的计划全打乱了。没办法,人家请客听人家的,我只好重新选了起来。不久,香喷喷的汉堡、金灿灿的鸡块和冰爽橙汁到齐了,我首先充当了火线运输员,冒着随时可能被人碰翻的危险,将"弹药"运送到"消化前线",姐姐则在下边等着剩余的饭。终于,我绕过层层障碍,将"弹药"安全送到,我连忙下去运送另一批"弹药"——香脆的薯条、多汁的土豆泥、可口的老北京鸡肉卷……那迷人的香味早已飘入我的鼻内,我被它所迷住,恨不得现在就咬上一口,可是,这不光是我的饭,还有哥哥姐姐等着吃呢。我忙将饭端上,刚一坐下,我便将早已看好的汉堡拿了过来,咬上一口,啊!热乎乎、香喷喷,太美味了。牛肉配着葱、椒,简直是天上美食啊。吃完汉堡,我寻找着我钟爱的奥尔良烤鸡腿汉堡,可是,只有一个香辣鸡腿汉堡了。我想一定是阿姨给弄错了,下去换吧。我跟姐姐一起下去换,哥哥说:"正好帮我买盒蛋挞和一瓶可乐。"我们来到柜台,一问才知道,原来春节期间奥尔良鸡腿汉堡供不应求,于是便改成小鸡腿堡,且外包装也换了。我们给哥哥买了蛋挞和可乐,便上去了。一上楼,我迫不及待地想尝尝蛋挞的味道,一打开,哇噻!一个个蛋挞像一个个黄金小碗,四周是香脆的脆皮,里面是金灿灿的鸡蛋,散发出诱人的香味,上面还有几粒松子,让我们吃起来更有味。我拿起了一个,放进嘴里,恩,好香,脆皮在我的牙齿边咯吱咯吱地响,里边的蛋就更美味了,一股香醇的味道钻入我的大脑,甜甜的。我又拿起了一个蛋挞,拿起橙汁,喝了一口,啊,冰凉的橙汁加上热乎乎的蛋挞,一冷一热,绝配!

　　这时,我看见了放在桌上的土豆泥,我拿了一把勺子,打开盖子,只见土豆泥上浇上了鸡汁,我拿起勺子便吃。土豆泥有煮土豆的味道,而且细腻,加上鸡汁,又不会口干,反而会增加土豆泥的鲜度。"恩,很不错。"我想道。我看见了炸鸡块,我手刚一碰到鸡块,鸡块边上那一层炸出的脆皮便向下掉,像一块块金子一样闪闪发光,我高兴极了,希望这是预示我新年会更好的征兆。上校鸡块又嫩又脆,也是好吃极了。

吃完饭,我们四人便高兴地回家了。

肯德基的创始人哈兰·山德士在推广他的炸鸡时,经历了上万次的失败,正是因为他没有放弃,才造就了肯德基今天的辉煌。只有努力才会成功!

施 舍

2007 年 2 月 21 日 星期三 晴

今天我与爸爸妈妈在一家餐厅吃饭,我们刚一走进去,便看见一位爷爷,身上只穿了几件薄薄的单衣,有一些驼背。也许由于是下午,人很少,人们没有把他赶出去。爷爷在这个屋子里取暖,手上都冻裂了口,我很不忍心看到爷爷这样祈求别人的施舍。而且,在别人吃完饭后,爷爷马上走过去,将别人吃剩的饭装在自己的铁碗里。我与妈妈商量道:"妈妈,我能给那个爷爷一些钱吗?"妈妈说:"可以。"于是我便走到了爷爷身旁,对他说:"爷爷,给。"爷爷接过我给的钱,忙说道:"谢谢,谢谢,小伙子,过年好。"我心情沉重地回到座位上,心想:"这个爷爷为什么要出来乞讨呢? 他的儿女呢? 为什么他们不照顾这位老爷爷呢?"

我们的饭菜上来了,但是我却怎么也吃不下去,看看爸爸妈妈,他们也一样没吃任何东西。此时,那位爷爷已走到餐厅对面的路界石上,吃那要来的午饭。看着爷爷佝偻着身子吃饭的样子,我心中有着说不出来的难受。爷爷连一顿饭都难以解决,我们却每顿饭吃香的喝辣的,已经是丰衣足食了。我们的生活与爷爷的生活比起来,那简直是天壤之别。我们三人都看着窗外的爷爷,默默地不说话。过了一会儿,爷爷吃完了饭,离开了。

爷爷的儿女不养他,实在不孝顺。通过这件事,我感到,我们当儿女的应当好好孝顺父母,让他们幸福快乐。我们还要珍惜现在的生活,应该感到满足。同时,努力才是根本,只有努力才会更好地孝顺父母。将来我还要赚很多的钱帮助这些无家可归的老人和孩子。

走　神

2007 年 2 月 23 日　星期五　晴

今天中午，我们一家与叔叔一家吃了一顿饭，全是山珍海味，美味佳肴，并且我还收到了叔叔的一份礼物。可是下午我还要上课，吃完饭便回家养精蓄锐去了。

下午一起床，我感到头昏昏沉沉的，仿佛有千斤大石拉住了我，任凭我怎么努力，我仍一步也走不动，腿好像灌了铅似的。我洗了把脸，这才清醒了许多，来到英语老师家，立即投入到了紧张的预习、复习之中，并且晕沉沉的感觉早已抛到脑后，与刚才判若两人。我在课上积极回答问题，认真做着笔记。

正当课程接近尾声的时候，一边看着老师讲着语法，我的心却早已飞越"时空隧道"，回到了今天中午的饭局。那一道道美食又呈现在我眼前，仿佛意犹未尽，叔叔送的礼物也"飞"了起来，我正想着怎么处置它呢。突然，我感到腿上一阵剧痛，马上回到了现实，一看，原来是妈妈在提醒我，我走神了。我立马将目光集中在了老师身上，可是亡羊补牢，为时已晚，老师讲的东西有些我已听不懂，可那正是关键语法。虽然我努力回忆老师所讲的内容，试图挽回损失，可是仍有一部分不明白的地方。没办法，下课只好请教老师，回家当然也免不了妈妈的一顿教诲。

哎，看来走神真误事啊。

创造"仿生蜘蛛王机器人"

2007 年 2 月 24 日　星期六　晴

今天下午，我写完作业，看了看被我放到一旁的叔叔送的礼物，急切地打开一看，原来是米高组装模型，那包装盒外的组装恐龙，让我爱不释手。经过妈妈的批准，我打开了盒子：哇，太好了！一幅美丽的图画呈现在我面前：飞龙口吐火焰正向我飞来，原始人手持斧子，眼露红光，一步步向我逼来，一条蛇从我身边经过，嘴中不断吐着舌头，可怕的半兽人手中拿着长长的流星锤和寒光闪闪的长剑，站在我的面前……这些都是组装出来的样子。我手早已痒得不行了，迫不及待地想试一试自己的身手，看是否能组装出一样效果的模型。这时，一个"TRY ME"字样的地方吸引了我，里面有一个零件。我的手指伸过去按了一下，只见它发出了红色的光，"哇，太好了！我可以大显身手了！"我更加坚定地相信这个模型一定会带给我无限的快乐！

模型零件由六个袋子分别装着，有两本说明书，共 190 页。打开说明书，我一个一个搜寻着自己的目标，看看自己能"创造"出什么。看着书上那一个个样本，我心想：我一定要组装得与它们不一样，我一定要与众不同！说干便干，我首先根据说明书的教程组装，当模型初有外形的时候，便改变思路，根据自己的想象进行创造。这个模型组装起来看上去简单，但是做起来难。虽然从前有无数坦克、军舰、飞机在我手中"诞生"，可是到了这里却仿佛派不上用场，我的"创作"在此时也陷入了困境，我如同走入了一个死胡同。我费尽心思，努力想找出到底在哪里出了错误。我运用着以前组装的窍门，终于解开了这个谜团，原来是我在组装时找错了零件，导致工程无法正常进行。

终于，在我不懈地努力下，我的"仿生蜘蛛王机器人"完成了。它由六部分组成：头部、身体、腿部、毒螯、尾巴、战斧、流星锤，看上去威风凛凛。两只毒螯立在头前，像一双利剑，让敌人畏惧三分，闻风丧胆。最奇怪的是蜘蛛拥有蝎子的尾巴，尾巴上的毒刺仿佛在警告敌人：我可不是软蛋！蜘蛛王尾巴可以做 180°旋转。

蜘蛛王的头部由两个黄颜色的眼睛、护甲、两颗尖锐无比的白牙构成，脑袋上护甲呈流线形，保护头部不受任何伤害。两颗黄眼睛可以转动，仿佛能"眼观六路"，牙齿在头的前面，可以上下灵活活动。

蜘蛛王的脚由六个部分组成，脚尖处由尖甲保护，并且可以适应各种地形，进行上下左右 180°转换，使之行走灵活。

蜘蛛王拥有一个完美的身体，它的四周有护甲，其中的核心部分是连接全身的重要部分，它贯穿除战斧、流星锤之外身体各个部位，身体可以任意扭曲。

战斧前边有四个铁钉，以便破碎攻击，反面有两个圆形铁钉以固定战斧，中间有一个黑色斧徽，以增加美感。流星锤连接到毒螯处，用毒螯加以固定。

流星锤分为两部分：上部和下部。上部顶端有尖角，下面是四头圆角，再向下是双层旋转锁。下部由青龙毒角及铁盾组成，可以拿下旋转。

看，多么完美的蜘蛛战士啊！好玩，好看，又有创意！随后，我越玩越熟悉，又组装了许多模型，我看着自己创造的一切，心中别提有多高兴了！

不经意间抬手一看表，时间过去五个多小时了。看着自己动手制作的一个个神态各异的模型，一种成功的满足感油然而生，真是其乐无穷啊！仔细反思一下，这个过程极大地发挥了自己的想象力和动手能力。通过玩这个，我感到我各方面也提高了很多。多动手，多收获！

体会民工的艰辛

2007 年 2 月 27 日 星期二 雾

今天中午，我从贝恩特下课出来，坐上了一辆 21 路公交车。我与妈妈约好了，今天我们一同去百货大楼买文具，妈妈在车站等我。车上挤满了人，可是我买文具心切，也只能坐上这辆"桑拿车"了。

我刚一上车，车子便启动了，把我无情地甩向了人堆，仿佛在说："晚适应不如早适应。"我一下子被人群所包围，随着公交车左拐右拐，我好像进了搅拌机，被人挤来挤去。这还不算什么，我一点一点地被挤到公交车中央。突然，我闻到了一股刺鼻的味道：有泥土味，有红砖味，有汗臭味，口臭味……如同一支支催泪弹向我袭来。我仔细一看，只见我周围围着很多衣衫不整的人，好像是民工，可是我怎么也走不出来，没办法，只好这样。过了一会，我开始观察起了他们：这些人头发蓬乱，有的头上还戴着安全帽；他们的脸上红彤彤的，有的嘴皮上裂开了一个个大口子；他们身上的衣服充满污渍，可是当衣服上有脏东西时，他们还时不时地将其拍打下去，有的衣服上还划了好几个口子；他们有的高大无比，也有的只比我高几厘米。我想把头转向窗边，可是只见一张大嘴出现在我面前，那牙齿高低起伏前后凸起，看起来像一座座黄色的山峦，黄色的牙垢充满了牙齿的所有地方。"呼！"只闻一股臭味以百米冲刺的速度冲入我的鼻子，再加上周围的气味，把我熏得是头昏眼花直想吐，肚子里翻江倒海。最终，我坚持了下来，屏住呼吸，让一部分氧气进入。

只听见一个人对另一个说道："看看你那麻秆身材，什么时候能找个姑娘啊？"另一个说："别说我，看看你，矮得似冬瓜，也强不到哪里去。"说着，对着那个人放了一下电，我也被他们搞得差点笑出来。这时，出现了一个不和谐的音符，只见他们中的一人捡起地上的垃圾，随手丢向窗外。我看了看其他人的眼神，个个眼中充满了欢乐。车终于到站了，他们下车了，我也终于松了一口气，大口地呼吸着空气。到了百货大楼，我立即下了车，结束了这次"可怕"的"旅行"。

但是，我知道，这些人是被生活所迫，才会来到这里。他们并不是不爱干净，而是没有条件，他们并不是不爱环境，而是方式不当，他们的眼中充满了欢乐和对待生活的信心，他们的打扮让我感到了他们生活的艰辛，他们让我认识到了学习和知识的重要。他们帮我们创造了美丽的城市和美好的生活！

我的三重大礼——三八妇女节的礼物

2007 年 3 月 8 日　星期四

今天走在上学的路上，只见卖花的特别多，一束康乃馨配上几朵小花，比平时的价格高了一倍多，这让我纳闷了起来。走着走着，抬头一看，只见一个商店的宣传黑板上写道：送给母亲一束鲜花——妇女节最好的礼物。我这时才恍然大悟：原来今天是三八妇女节，妈妈的节日，怪不得今天鲜花的价格又翻了一番，原来是趁过节多赚一把。我也打起了自己的小算盘：是送花，还是送祝福语？送花，我的财政又相当脆弱，但可以承担；送祝福，表达了自己对妈妈的美好心愿，可是似乎又意思显得不太深。最终，我决定，送上一份祝福，再加上一束鲜花及学习上的一个好消息,这份三重大礼包一定会让妈妈惊喜加感动。我为我这一"英明"决策而高兴。

放了学,我急忙以刘翔跨栏的速度飞奔出去,直冲花店,灵活地闪过周围一个个放置在我面前的障碍物买了一束康乃馨,飞奔回家,将这份礼物送到妈妈手中。只见妈妈手捧鲜花,听着我学习上的胜利捷报和祝福,脸上绽放出了美丽的花儿,乐得合不拢嘴。"丁零零!"门铃响了,爸爸回来了。"坏了,我忘了提醒爸爸今天是什么日子,他一定忘了!妈妈可能会不高兴的,我精心设计的一出好戏可能让爸爸搅了局。"我心想。可事实正好相反,爸爸抱着一个硕大的花篮,对妈妈说:"老婆!节日快乐!99朵康乃馨代表我的心,祝你节日快乐!"妈妈的嘴笑得几乎和眼睛合为一体了。看,我们是多么开心的一家人呀!

龟兔赛车——科技的对决

2007年3月9日

森林体育馆被小动物们围了个水泄不通,体育馆内不时响起"呼呼"的引擎声,只见巨大的横幅上写着"森林F1总决赛将于2007年3月9日下午举行!"体育馆内,随着裁判员的旗子一挥,只见火光四闪,各辆赛车伴随着引擎巨大的轰鸣声,如一匹匹脱缰的骏马冲了出去。渐渐地,小兔与小龟的赛车占了上风,取得了领先的位置,它们同时冲过了终点线!

总决赛上同时产生两名冠军的事,从来没有发生过,这使小兔子感到十分不服气。他想:"虽然以前跟乌龟赛跑我因为大意而输了,可是这是赛车比赛呀!"小兔越想越生气,心中的怒火如江水般一发不可收拾,他毅然决定,用"隐山修炼"这种方法来提高自己。于是他在远离城市的深山中购买了一套赛车道及一幢小屋,开上自己心爱的赛车,拿了一些理论书籍,踏上了修炼的道路。他并不安装电视、收音机等与外界联系的电器,也从不订阅报纸,开始专心修炼。

一开始,来找小兔的人几乎踏破了他的门庭,可是小兔一律不见。渐渐地,人们忘记了这个在山中修炼的冠军。

经过长时间地修炼，小兔认为自己赛车水平已经达到了最高境界，于是准备出山再次找乌龟比赛。可是，下山以后，现在的世界让他大吃一惊：赛车的科技含量越来越高，赛车比赛不仅是技术的对决，也是科技的对决。小兔的那些技巧早已无用，他与小龟的比赛结果也可想而知：小龟胜。

人不能没有沟通与交流，失去了通往知识更新的桥梁，就会被时代无情地抛弃！

吉他，我想对你说

2007 年 3 月 19 日

吉他，每当我看见你被人拿在手中边弹边唱时，我是多么想拥有你，多想自己也在同学面前炫一把。我曾经在无数个夜晚梦到你来到了我的身边，我也成了一名吉他手，在台上弹奏出优美的旋律，可这一切仿佛都是痴人说梦，好像永远不可能实现。可是当我无意间向妈妈透露了自己的愿望，妈妈竟然极力支持我去学习吉他。得知妈妈已经联系了学习老师，我兴奋不已，那天晚上连觉都没睡好。

星期六中午，我学习完画画匆匆赶回家，等待老师的电话。当妈妈的手机响了的时候，我立即从床上跳了起来，以极快的速度穿好衣服，与妈妈和老师以及老师的儿子一同来到学琴的琴行。

一进门，我便被墙上挂的一把把吉他所吸引住了，我迫不及待地尽情地欣赏着它们，目光犹如被磁石吸住了，无论如何也移不开。墙上的吉他形状各异，颜色不一，有黑色的、蓝黑的、红的；有带虎皮纹的，有带绿花纹的，有似扇子的，有像缺口葫芦的……看得我眼花缭乱，恨不得马上拿下一把来抱在怀里。我立即进入了仔细的挑选过程。颜色，形状，放在腿上的舒适度，条纹，我都一一考虑进去。我不能让自己的吉他有半点的瑕疵，要让自己配上一把完美的吉他。我用眼睛仔细地寻找自己心爱的吉他。突然，一个蓝黑色虎皮纹的吉他吸引了我，它的颜色和形状都合我的口味，可以说是恰到好处。我从墙上拿下来，仔细地端详着，抚摸着，看有没有磕碰的地方。经过我仔细地验证，确认这把吉他完美无缺，我选定这把吉他了。

挑选完毕后,我抱着吉他来到了二楼吉他老师家,开始学吉他。老师首先教给我们有关音乐方面的知识:"什么是唱音?什么是乐音?吉他属于什么乐器?音分为几种?五线谱的线上音是什么?"我听得津津有味,并把它们铭记在心,而且在口中不停地练习着、背着。

接下来,我们开始实践课。老师教我们如何坐,如何拿吉他。我看着老师的动作,一边模仿一边记着,可是,看着手中崭新的吉他,我却不忍心将身体压在上面。老师看出了我的顾虑,马上给我纠正过来,告诉我要将胸轻轻地靠在吉他的边缘上,这样便形成了一个紧闭的锁型,锁住了吉他,使它动弹不得。随后,老师教给我们正确的指法及简单的弹奏方法:我把手指放对,靠在琴弦上,按老师的方法弹了起来,"啊!吉他出声了!"我兴奋起来,并再接再厉,又弹了一遍。吉他虽然发出几个错音,可是,却按照我的想法响了起来!我又弹了几遍,虽然手指火辣辣地疼,可是与第一次弹奏的兴奋比起来,却算不了什么。时间过得很快,我们结束了今天的课程,意犹未尽地回家去了。

吉他,你使我实现了我的愿望,让我倍感快乐。吉他,我想对你说:我爱你!请相信,我一定会在以后的时间内,好好学习,好好练习,把你的作用发挥得淋漓尽致。

我的蓝黑色虎皮纹吉他

2007 年 3 月 21 日

今天,妈妈与老师约好,带着我和老师的孩子一起去学吉他。在我所看的歌唱会上,时常会有歌手在台上一边演奏吉他,一边摇晃着身体,看起来简直"酷毙了"!

我等到了老师的电话,与老师一同来到学吉他的琴行。刚进门,我便被墙上吉他所吸引住了:吉他的形状各异,颜色不同,紧紧地将我的心勾住了。我不等妈妈让我挑选,便迫不及待地为自己挑选了起来:"要黑的?红的?会不会显得太刺眼?适合古典音乐的还是流行的?"……我一步步为自己精心打算,再加上妈妈为我参谋,我选了一个蓝黑色虎皮纹呈扇形,一旁有凸出的吉他。从老板的手中接过我的吉他，心中有一种压抑不住的兴奋。我试探性地把手伸了过去，碰了碰琴弦，只听吉他发出悦耳的声音，我欣喜若狂，干脆将手放在琴弦上，胡乱弹起来，只听各种声音混合在一起，我高兴地欣赏着自己弹奏的"曲子"，快活极了。此时，老师的儿子和侄子也已挑选好自己的吉他，我们一同上楼去学习了。

　　来到吉他老师家，我们坐下，看着老师正在教授萨克斯，那声音美得简直难以用语言来形容。不一会，老师授完课，开始来教我们吉他。首先，我们上理论课，老师教给我们什么是音乐，音乐分为几种，应怎样识别。我们专心致志地听着，老师让背的东西我一一铭记在心，一遍又一遍地在心中默读。"来，你来说第四音阶是什么？"老师问我了，我马上脱口而出，博得了老师的肯定和表扬。接下来，我们上实践课，老师开始教我们正确的抱琴姿势。我看着老师，模仿老师的动作，将吉他紧紧地"嵌"在自己的身上。看着我的动作，老师为我纠正来纠正去，最终对我竖起了大拇指。接下来，老师教我们指法及具体弹奏方法。我将手指放在正确的位置，按老师的方法弹了起来，吉他传出悦耳的立体声，我高兴得都快"心梗"了！这才是美！我一遍又一遍地弹奏着，一次又一次地欣赏自己的成就。我仿佛来到了悉尼歌剧院，在万人面前演奏着优美的歌曲。我好像已经成为了万人瞩目的大明星，吉他好像我的身躯，我将它表演得淋漓尽致。

　　一小时的时间飞逝而过，我们离开了琴行，高兴地回家去了。

第一次骑马——飞奔的快乐

2007 年 3 月 23 日

　　2006 年夏天，我与妈妈一同来到了浩瀚无比的蒙古大草原，体验了一番骑马的乐趣。

　　那天，我们驱车来到辽阔无比的草原上，刚一下车，绿油油的青草便淹没了我的双脚，一幅只能在电视中才能看到的画面映入我的眼帘：一大群健壮的马儿在草原上飞驰，一头头羊羔在草原上尽情地咀嚼着绿色的青草，我激动极了，终于亲眼看到了这辽阔的草原了！

　　导游叔叔把我们领到一群马旁，说道："你们自己挑一匹，骑着玩吧!"我一听,立即拉着妈妈钻入了马群,开始挑选马匹。我看中了一匹红色雄壮有力的雄马,妈妈却骑上了一匹白色的。当我刚刚被一旁的马倌扶着上了马,旁边一声尖叫,我吓了一跳,只见一位阿姨的马在她刚坐下的时候,又拉又尿弄得她十分难堪。我不禁害怕地看看自己马的下面,我垂下的双脚又向上提了又提,生怕发生不测,我将裤腿也挽了上来。"咔嚓!"妈妈及时地拍下了我这紧张的一幕。

"驾——驾!"前面的马倌骑着头马向前走了起来,我的马也跟随着动了。我随着马的运动,一上一下,害怕极了。"这是怎么了?怎么会这么颠簸?慢点再慢点!我会不会掉下去啊?"我的双腿紧紧地夹着马肚子,手紧紧地握着缰绳,在马背上一动不敢动,生怕因为我的一个小动作摔下马背。一旁的马倌看我害怕得不敢动弹,来到我身旁对我说:"不要害怕,马是通人性的,你放松,它也放松,你紧张,它就紧张,便容易摔倒。"我按照马倌说的,慢慢地放松了下来,紧张的双腿慢慢地放了下来,自然地放在马肚子上,紧张的双手也轻轻地放松下来。我坐在马背上,身子随着马儿上下起伏。我挺直腰,感觉像是一个威武的大将军,正坐在马上,指挥千军万马呢,太威风了!这时,我看见一个土坡,我向右拉了下缰绳,我的马立即向上走上了土坡。我坐在马背上,身子向后仰着,手紧抓着缰绳,我既害怕又兴奋:我能控制马随意走动了!马走上了土坡,我高兴极了!看着马倌在前面骑着马奔驰,我突发奇想:何不尝试一下奔跑的乐趣?!于是我双腿一踢马肚子,喊了声"驾!"却不见我的马跑起来,我又喊了几次,可马不但不跑,反而停了下来,急得我直拍马屁股。突然,马跑了起来,把我惊得差点掉下去。我不一会立即调整了状态,学着电视上看的样子直起身来,马儿在草原上飞奔起来了,周围景物快速向后倒退,我心中一片喜悦,风在耳边呼呼吹过。我渐渐地用一只手把住缰绳,另一只手从头上拿下帽子挥舞,活像一个马背上的勇士!我不断在马群周围奔跑,太刺激了!

第一次真好,第一次的感觉真妙,第一次的经历既刺激又新鲜,丰富着我们的人生阅历。

热闹的课间

2007 年 4 月 2 日

"丁零零!"下课了! 教室顿时由上课时的鸦雀无声转而充满了一片片嘈杂声,大家都趁这课间舒活舒活筋骨,抖擞抖擞精神,而我们班里的几名运动健将早已拿着沙包,跑出教室不见了踪影。大家各干各的,有的忙着收作业,嘴里不断喊着:"交作业啦! 交作业了!"有的忙着讨论问题,与同伴激烈地争吵着,口中一边说道:"不对,不对,这里有错误……"有的同学忙着嬉戏,在教室内上蹿下跳,一边喊道:"呵! 怎么样? 抓不到我吧?! 来呀,来呀!"大家忙得不亦乐乎。在我身旁,有一组同学围在一起,像是在讨论问题。我凑上去一看,原来他们正在解答一道数学题。我连忙拿过纸笔,来到他们身旁,发表了我的意见,与他们一起解答疑难。最终,疑难在我们手下溃不成军,败下阵来。"耶!"一旁的欢呼声吸引了我,我回头一看,只见同学们手中拿着一把"迷宫尺",将小钢珠滚入另一边,一边有人正拿着表,帮他计时。最后,他终于在两分钟内将小钢珠滚入另一边,我不禁也为他喊起好来。

这就是我们既快乐又繁忙的课间。"丁零零!"上课了,教室里顿时安静下来……

我的财富

2007 年 4 月 3 日

每个人都有自己的财富,麦克阿瑟的财富是他坚定的信念,居里夫人的财富是她高尚的品德,丘吉尔的财富是他的伶俐口齿,而我的财富是什么呢? 正当我百思不得其解时,记忆的宝箱缓缓地打开。

小时候,爸爸妈妈买回了一台空气清新器,可他们在屋里已经捣弄了一个多小时了,还没将清新器的功能菜单开启。我好奇地走进了房间,只见床上散落着清新器和各种附加零件,爸爸妈妈正在埋头苦钻说明书,试图将上面的图文弄懂。我走过去拿过说明书一看,马上便明白了什么意思。爸爸妈妈看着我认真的样子,也不忍心打扰我，只好在一边观看。已上了三年级的我照着说明书的指示，一步步在清新器上找到一个个按钮。终于，我找到了自己的目标——电源按钮，伴着一阵优美的音乐声，清新器打开了！"咔！"我按下了一个白色按钮，"啪！"只见清新器的屏幕上立刻显示出了"功能菜单"四个大字，我高兴地对爸爸妈妈说道："看，怎么样？我一下子便打开了清新器，比你们看半天强多了。"把爸爸妈妈惊得说不出任何话来。从此，我便成了家中的电器小管家，不管什么东西，只要是用电的科技产品，我都能一一搞懂各种功能及使用方法，摄像机、照相机、DVD……都在我的手下被轻易弄懂，我也能渐渐地不看说明书就能将电器摆弄得了如指掌。

还有一次，我已经从一个小孩子成长为一个初中生。刚入初中的第一个晚上，白天老师讲授的知识我没有完全听懂，晚上怎么也搞不懂这些问题，费尽了脑汁想将这些问题解答出来，可自己的思想仿佛陷入了泥沼，越挣扎，陷得越深。我一直坚持，最后，困难在我不懈努力下溃不成军，败下阵来，我终于想出了解题方法，战胜了困难。那时，早已是深夜，我也在第二天老师的提问中成为佼佼者。

啊！我明白了，我的财富就是对知识超乎寻常的理解能力和对知识的不懈追求，我要让我的财富在我的一生中发挥出惊人的力量！

下课了

2007 年 4 月 4 日

"老师再见！"待老师的脚迈出了教室，教室里便像炸开了锅一样热闹起来。我们班的几个运动健将早已飞奔出去，不见了踪影。有的同学围在窗边看风景，有的同学则三五成群地围在一起讨论问题，还有的同学仍旧沉醉于语文优美的诗句、数学神奇的代数式当中不能自拔，教室里一片喧闹声。

"嗖"的一声，一个黑乎乎的东西飞过同学们的头顶，在空中划过一条优美的弧线，飞到一位同学的手中。仔细一看，原来是个沙包。正在这时，另外一位同学跑了过来，争夺着沙包的占有权。于是他们两人刚玩完了"扔铁饼"，现在又玩上了"跨栏"，他们灵活地跳跃于桌椅之间。同学们都驻足观看，有的还乘机造反，不断添乱。正在这时，班长出马了，开始维护秩序，并当场"逮捕"了造反的同学。科代表们下课可忙坏了，忙着收作业，可有的同学早已走出教室，他们只能挨个地在每个人的书包里翻找着，找出作业本，仔细地检查着内容，生怕有一条漏网之鱼。有的同学则应别人的邀请，一起飞奔于操场上，相互追逐……

樱桃园里的美景

2007 年 4 月 6 日

不必说美丽的崂山，雄伟的泰山，险峻的武夷山，也不必说神秘的野生动物园，神奇的热带雨林馆，单是烟台的樱桃园里，就有无穷的美景。

一排排的樱桃树整齐地排列着，像一个个训练有素的士兵，一动不动地站着；一颗颗又大又圆的大樱桃挂在树上，红润而又富有光泽，在太阳的照耀下，闪出阵阵耀眼的光芒；风推着樱桃在树枝上左摇右摆，展示着它那完美的"身材"，一刻不停地吸引着我；在周围的草丛里，隐藏着一只又大又肥的蟋蟀，那叫声像是在弹琴，悦耳动听；不时地从草丛中飞出一只只油蛉，时而停在树枝上，时而落在一朵朵花上……

课外书——我梦想中的天堂

2007 年 4 月 12 日

写完了作业，我悄悄将房门关上，偷偷地从书柜上慢慢抽下一本书，轻手轻脚地回到课桌旁，欣喜地翻开读了起来。每当看完一页，我便小心翼翼地翻过去，尽量使自己的动作不发出任何声音，生怕让隔壁的妈妈察觉到我的行动。过了一会儿，只听妈妈那边有了什么动静，好像是妈妈要出来了！我惊恐地连忙将课外书丢在了地上，看着门口。好在妈妈只是上了趟厕所，我害怕妈妈再次回来，搜查到我的课外书，连忙将它放在了书柜上，重新"安分守己"地复习学校里的课程。终于，我在妈妈规定的时间内复习完了学校的课程。我收拾完书包,希望妈妈能给我一点看书的时间,可是妈妈的回答却是一个坚决的"不"字,我只好失望地回到床上,准备睡觉。

我仍然记得在我上小学的时候,我是班上的"万事通",什么都知道:著名战役、科学定义、高新技术……我都能说得津津有味。可是,随着我升入初中,这些东西在历史、地理、生物等课程中频繁出现,我知道的东西就显得微不足道了。我多么想再成为小学那个"万事通"啊,多吸收一些课外知识丰富自己,也好在同学面前风光一把。

还记得有一次在周末,我想与爸爸一同看看有关"自然之谜"的书,并讨论讨论有关这方面的问题。可是妈妈却一票否决了我们的打算,使我们不欢而散。

我的烦恼是无法看课外书,这像一条条铁链禁锢了我的思想。我要挣断铁链,遨游在知识的海洋! 课外书,我梦想中的天堂!

我们家的萝卜苗

2007 年 4 月 25 日

今天早上,我起床来到阳台旁,只见我种下的萝卜苗现在已长得郁郁葱葱,将整个花盆土层完全盖住,如一把绿色的伞,在阳光雨露下展开。只见豌豆苗的一片片叶子呈"心"状,每一个叶上的叶脉清晰可见,像一个血管,一刻不停地为植物体输送着水、无机盐和有机物。每一颗植株的茎上都长出了两片绿叶,如一双小手。在两片叶子分开的地方,老天那鬼斧神工的手,像是一把刀将一片叶子削开,一分为二。风一吹,叶子不停地抖动,像是在与其他苗比赛,看看谁长得高谁长得快……

抽出一株萝卜苗仔细观察,它的根像爷爷脸上的胡须又白又长。根由一条主根向四周分成了若干条"分根",分根变得越来越细,上面长出了数不清的根毛,细而透明,像一只只有力的手,将四周的泥土团团包住,支撑着植物体;又像是一张大网,将营养团团包住,通过一条条脉络,输送到植物体。萝卜苗的茎像是妈妈的手,白而富有光泽,透过它,好像能见到茎中的一条条导管,透过它能看到外面一样。茎的上面有一根根短小的毛,像是人手上的汗毛一样。每一株萝卜苗都拼命地向着阳光处生长，倒向阳光处，似乎想够着那发出光亮的球体，可真是万物向太阳啊！看到那一株株萝卜苗，在阳光的照耀下，闪闪发光，我忍不住地抽出一根，放入嘴中慢慢咀嚼，只感觉一丝丝带有辣味伴着清水般的汁液流入我口中，咬下去，"咔咔"直响。我停下来慢慢品尝，又辣又香，自己种的就是好吃！

那密密麻麻的萝卜苗，远看长得乱七八糟，但近看却发现它们长得规规矩矩，谁也不压着谁，让每一株萝卜苗都能享受阳光的洗礼。

这就是我们家的萝卜苗。

难 题

2007 年 4 月 26 日

"叮、叮、叮！"时钟在墙上不断地跳动着——离收卷时间越来越近了，可是仍没有任何进展。他一只手撑着头，另一只手不断伸进嘴里，咬着手指头，苦思冥想着，双眼一眨不眨地盯着卷子，仿佛想从试卷中得到一点启发，打开做题的思路。手上的汗多得连笔都拿不住了，眉毛都皱成了一个"八"字。忽然，他抬起笔，不断地在演算纸上写来写去，想着各种做题的方法，而后，他黯淡的目光一下子亮了起来，一拍脑门，说了声"哎呀"，好像想出了解题思路，提起笔飞快地在卷子上写出一行行公式。可慢慢的，他又停下了笔，似乎发现了自己的漏洞，眼睛在灯光的照耀下，闪出了晶莹的白光——眼泪急得都快出来了。两只手在课桌下相互打架——这只手掐那只手，那只手又狠狠地打这只手，又急又气，仿佛对自己恨铁不成钢，后悔自己没好好地复习。

风雨过后见彩虹

2007 年 5 月 17 日

"啊，啊！"一阵断断续续的哭声在我身边传来，只见一个女生两只手捂着脸，一边走一边哭着，不停地对身边的好朋友说道："我那道题明明对了……"她身旁的好友也愁眉苦脸，看来也考得不太好。我叹了口气，接着往家走，只见路上一个个身穿红白相间的十中校服的学生，脸上"乌云密布"，一脸的不高兴，有的则是"电闪雷鸣，暴雨哗哗"下个不停，高兴的则是少之又少。

这两天刚考完期中考试，今天老师公布了成绩，简直是几家欢喜几家愁啊！而我，则是由喜剧的主人公变成了悲剧的中心点，由原来级部前十五名转入了七十名，被学校中优等生们的上层贵族社会逐出"家门"，转眼变成了一个中等社会中的一个"工薪阶层"。由原来考分的"衣食无忧"转变成现在的考分供应不足，差点靠吃"救济粮"过日子，这是多么大的差别啊！现在，别人投来的早已不是羡慕赞扬的目光，而是一张张不屑一顾、惋惜而又贬低的目光。想起这些，心中不禁悲痛起来，像有一把把锋利的刀子，一条条恶毒的野兽在我心上肆意割咬、践踏。

不知不觉地，我已到了家门口，这往日通往温馨的"随意门"，今晚不知会通向哪里。是否会通往险恶？我掏出钥匙，打开门，迎来的是妈妈的笑容："来，我的大宝贝，累了吧，快过去放下书包来吃饭。"望着妈妈这张脸，我不禁难过了起来。放下书包，我一步步走向客厅，每走一步，脚下便痛极了，像行走在刀锋上一般。我慢慢地移到妈妈身旁，对她说道："妈妈，我考得不太好，班级11，级部70。"她手中的饭铲子晃了一下子，转过身来对我说道："没事，你过去吧。"我更感到了心痛，这往往是暴风雨前的宁静，说不定马上，妈妈就会翻脸，对我进行拷问。可是吃完饭，妈妈仍没有什么动静，我感到应该安全了。可是这时，妈妈把我叫到一边对我说道："儿子，这次考不好是意料当中的事，你这上半个学期，就是浮躁，没有沉下心来，使自己在各个方面都落后于别人。学了新的不复习，形成恶性循环，使自己越来越落后，以至于成现在这个样子。"我一想：也是啊，在这上半个学期里，我上课无法将心收回，不能认真听讲，正所谓身在曹营心在汉。我上课走神，无法将老师所讲的重点记下，而且回家也不复习，才导致现在这样的后果。妈妈接着说："下半个学期，咱得改改这个毛病，上课认真听，回家要复习才能记住，而且要结合《伴你学》及大卷，学习的知识才能巩固。"我听了之后，立刻就想改变这种状态，从现在做起。于是妈妈说完后,我立即跑到房间,将数学作业一道一道地仔细做了起来。我按照妈妈说的,一道一道仔细审题,认真注意每一个细节,终于发现了一个又一个的陷阱。按照以往,我早会毫不犹豫地跳了过去,可是这次我没有,我绕过陷阱,找到了一条安全的路。做完了,我发现竟然全做对了,这可不简单,妈妈的话灵验了!

这时,我的耳边响起了成龙的那首《真心英雄》:不经历风雨,怎么见彩虹……对,没错,男儿当自强,我要以新的面貌重见光明,取得好成绩。

连绵不断的家事

2007 年 5 月 18 日

妈妈刚做了手术,切除了大腿上一个豆大的瘤子,这几天在家休养,走起路来另一条腿无法受力,只能用右腿行走,看上去像是一只企鹅在走路。可是妈妈仍然坚持着每天为我们做饭,实在让我感动。妈妈每天晚上要抹药、输液,还要为我们打理家务,我着实体验到了妈妈的辛苦。

晚上我正写着作业,只见妈妈飞快地打开门,冲到楼下。我正纳闷,妈妈便扶着爸爸上来了。我一看,只见爸爸的鼻子、脸上肿起了一大片,像是京剧中的丑角。还没等我开口,妈妈便问道:"你这是怎么搞的? 什么人把你打成这样?"只见爸爸放下手中的大袋子,说道:"昨天晚上,我们一起出去吃饭,结果请客的那个吐了 4 次,最后不行了,就给了我们 1500 元,让我们等结账时付。可是结账时,那个服务员说,要发票得交全百分之五的税,可是只给了 1500 元。那个人一看不给钱,就抢我手里的发票。我和他抢,那个人就上来动手打人,就成了这个样……"妈妈关切地说:"那你现在怎样了?"爸爸说道:"没事,去医院看了看,还行。"妈妈又急切地让爸爸张开嘴,让她看看才能放心。看爸爸的样子,我心里别提多难受了。晚上吃饭时,妈妈虽然做了手术,但坚持将大米给爸爸泡软了,又做了几个爸爸喜欢的又松软的饭菜,让爸爸的牙承受得住。这几天我们家里事不断,而我成绩的下降,又为家里带来了精神压力,我一定要努力向上,获得好成绩。家事不好，但是也让我们的家人相互体谅，相互关心，增进了家庭关系。

那该多好啊

2007 年 5 月 25 日

"快!"妈妈在后面不停地催促着，我的双腿也加快了上山的速度。只见我手像钩子一般紧紧抓住树干，右腿向上迈去，手腿并用，向山上爬去。我左闪右闪，一会就把妈妈落下了一大截，这时倒轮到我催妈妈了："妈妈，你怎么这么慢啊? 快点啊!"妈妈累得停靠在一棵树上，断断续续地说道："你先上去吧，在上边先拿出历史书复习复习，我一会就上去。"领得"圣旨"，我立即向山上冲去，选择最合适的路，向上攀登。我如一个登山队员，看好位置，一脚踩上去，再寻找下一个"支点"，不一会，巨大的"开花石"便展现在我眼前。

我放慢速度，准备从包中抽出历史书，好好复习一番。可是，我东翻西找，没有什么历史课本，唯有一本笔记本，我的心一下子凉了半截，连忙停了下来，又仔细地找了找书包，可是仍是一无所获，难道我根本没拿? 可是我记得上午便把历史书放书包里了，我又仔细一想:对了，中午的时候我还拿出来背了一会，肯定是忘放进去了，我怎么这么大意? 妈妈一会儿上来了，见我还没开始背，问道:"怎么了?"我将经过告诉了她，妈妈也只好说道:"那只好回去再背了，原本想现在背完了，晚上还节省节省时间，那现在好好玩玩吧。"我也为自己的大意感到懊悔，可是现在也无法挽回。我玩也玩得不尽兴，总是想着历史还没背完，周围美丽的花朵不能让我驻足，山下的风光无法让我动心，小鸟清脆的歌声无法让我侧耳倾听。时间过得真慢，我想立即回家，背完我的历史。

终于，我们下到了山底，我立即向家里飞奔去。回到家里，妈妈问我:"今天有什么收获?"我愣住了，我光想着历史了，却未欣赏美景，心里想着学习，玩没玩好。

哎，要是当时我不想学习，尽情放松，积蓄力量为晚上的复习打好基础，那该多好啊!

我终于登上了山顶

2007 年 6 月 8 日

"儿子,明天去爬山怎么样?"妈妈昨天问道。"爬山? 还是算了吧,不如在家复习呢。"我回应道。妈妈极力说服我:"去吧,爬山休息是为了更好地学习。"这时,爸爸也加入对我的说服工作:"儿子,怕什么,我也去,锻炼锻炼身体,多好呀!"在爸爸妈妈的强大攻势下,我终于坚持不住,败下阵来,答应今天跟爸爸妈妈一起去爬山。

早上天还没亮,我便被妈妈叫醒了,"快起床了儿子,晚了,快起来穿衣服,准备爬山。"我看了一眼床前的闹钟,才四点半,妈妈怎么就叫我起床,还早着呢。"妈妈,我再睡一会……"可是妈妈不听我说完,不由分说,"刷"地掀开被子,把我从床上拉了起来。顿时,我的全身被冷气所包围,一下子清醒了许多。于是,我不一会儿就穿好了衣服,吃完早饭,准备登山。

天还没亮,走在大街上,四周静静的。我们呼吸着新鲜空气,一缕缕清风,吹遍全身,滋润着我们的心田,心里想着,早起还是蛮好的嘛。我们很快来到了山底下,妈妈打头,爸爸断后,我在中间。中间妈妈一脚踩着一块石头,另一只脚踏在另一块石头上,向前走去。我也学着妈妈的样子,一只脚踩着一块石头,另一只脚踩着另一块石头,可是一不小心,脚一滑,滑了下来,赶紧把住一边的树才没有摔倒,吓了一身的冷汗。我小心翼翼地一步一步地向山上爬去,眼睛不时地看着脚下,生怕再"一失足,成千古恨",手看见什么便扶着什么,为自己充分做好"第二道防线"的准备。由于这样,速度一直快不了,弄得妈妈总是"前不见山顶",转身一看,"后不见儿子",于是,决定马上"培训",加快前进的速度。我也累得一下子靠在一块石头上,直喘粗气,站不起来,直说"不干了,不干了"! 妈妈说道:"爬山,要眼到手到脚到,看哪一块石头结实,手扶上去,再找好脚的支点。要准,且距离不能太远,看好了,脚要马上踩上去。下山时,脚也要看好支点,踩好后,可一溜小跑下来,既快又安全。"爸爸在一旁为我做着示范,我一边学一边摸索,不一会儿,便学会了。于是,我们三人继续上路,向山顶进军。有了妈妈的方法,我现在上山既快又省力,还能欣赏沿途风景,高兴极了。

不一会,我们就登上了山顶,正值一轮红日冉冉升起,映照着小城。伴着树枝上的鸟叫,呼吸着新鲜空气,我惬意极了,对着大山喊道:"我终于登上了山顶!"

发卷后的愉快心情

2007 年 6 月 11 日

阳光洒在他的身上,闪闪发亮。一阵清风吹动着垂柳随风飘动,好像在挥手向太阳致意,感谢它那取之不尽的阳光。小草在微笑着向他摇晃着自己美丽的身躯,仿佛在说:"祝贺!祝贺!"他的手中拿着一张试卷,脸上灿烂的笑容及卷子上鲜红的"100"正向人们诉说着那光荣的历史。

鸟儿欢快地在电线杆上跳着"迪斯科",唱着"卡拉 OK",歌声曲调此起彼伏,引得地上的小猫情不自禁地唱着"喵喵"的歌曲,使得一旁的小狗"汪汪"地两声大笑。往日嘈杂、混乱的小市如今也变得安静、有序了许多。只见小贩们露出了满足的笑容,为自己做成一桩桩公平、合理的买卖而由衷地高兴。胡同里几个淘气、可爱的孩子,相互追逐、打闹,能够清楚地看到他们背上被一片汗水打湿,可脸上仍挂着开心的笑,嘴巴开心得裂到了眼角,一边跑,一边还转过头去,对后边追赶的孩子大喊:"刺激刺激!怎么样?抓不到我了吧!"他的心中也不禁一喜,原来生活是多么令人愉快而精彩啊!

幸福原来这么简单

2007 年 6 月 15 日

周六上午,我独自一人在家复习。眼看着手中的课本一本本地被我"消化",转身看时钟,只见指针指在十点半,离妈妈回来还有 40 多分钟,干什么好呢?这时,我的目光落在了倚在门旁的扫把上,于是我心生一念。

我决定利用这一时间打扫打扫房间,给妈妈一个惊喜,顺便锻炼一下自己。于是说干就干，我抄起门旁的扫把，首先来到了大卧室，准备从这里下手。

首先，我先用扫把将地板大体扫一遍，将明显部位的灰尘扫出来，再逐个清查卫生死角。我用我那双雷达般的眼睛仔细寻查经过的每一个角落，对全屋进行"地毯式"的搜索，找到有灰尘的地方后，便用扫把对它进行"狂轰滥炸"，不让它们停留在房间内。我清理出了不少"危险分子"，将它们小心翼翼地运送"出境"，倒入垃圾桶。

接着，我又对在各个房间找到的死角，进行重点打击。有的被我杀得"片甲不留"，有的则是仍"不思悔改"，继续顽固抵抗，还有的则是"打一枪换一个地方"，利用自身轻盈的特性躲藏起来，令我晕头转向，更是累得我手发麻，腰又酸又痛，直不起身来。我不得不伸伸腰，甩甩手，一屁股坐在床上说："哎呀，扫一次地就可以减下三四斤，减肥既省事又省力。"经过我的努力，终于将顽固分子们送回了它们的老家——垃圾桶，这个地区的"治安"好多了。看着自己的劳动成果，心中别提有多高兴了。这时，我发现，桌子上的物品也在我不经意间摆放整齐了，家中显得更加整洁、清凉了。而地板，看上去仿佛亮了许多，阳光照在地板上，发出耀眼的光芒。

突然，门铃响了，妈妈回来了！我打开门，妈妈刚一进门，就感到有些不对劲，但还没发现有什么变化，连忙问我："这屋子怎么感觉变样了？"我哈哈大笑，告诉妈妈道："我把家收拾了一下，扫了扫地。"妈妈这才恍然大悟，脸上露出了幸福的笑容，夸奖我。看着妈妈如此快乐，我也露出欣慰的笑容。

幸福原来这么简单！这样既方便了别人，也快乐了自己，何乐而不为呢？！

广场鸽

2007 年 6 月 20 日

一只只灰黑相间的鸽子正在广场上觅食，一双双小眼睛一眨一眨地，头不时地旋转着，好像一台高度灵敏的雷达，一刻不停地寻找着食物。这时，只见一只鸽子一转身，双脚一蹬，两只翅膀借势"扑棱,扑棱"地飞了起来。展开的双翅像是两张小型芭蕉扇,上下扇动。身体像是一架滑翔机,飞出一条优美的弧线,飞到不远处一位游人身旁,啄食他手中的食物。脑袋伸出去,以迅雷不及掩耳之势,快速地啄取一粒粒玉米。不久,与游客"混熟"了,便任游客在它身上抚摸,它也温顺地、友好地用嘴啄一下游客的手。鸽子走起路来脑袋一探一探的,好像鸡,然而鸡却没有鸽子那优雅的"举止"和雪白的羽毛。

这时,不知谁在恶作剧,一跺脚,一只只鸽子像惊弓之鸟,紧急起飞。只见 6 月的天空中,好像飘洒起了漫天的大雪。鸽子们扇起了那雄健、有力的翅膀,如苍鹰在空中翱翔,多么美的景色啊!

微风的歌

2007 年 7 月 1 日

微风有一支歌,一支永远也唱不完的歌。

一阵微风吹来,由远而近,嘴中不断地唱着歌。他不分昼夜地向前奔跑,经过一片片绿树成荫的森林,吹拂过一片片带有露珠的树叶。太阳公公出来了,对他示以灿烂的微笑,月亮姐姐出来了,也对他微笑。微风像刚出生的孩子一般,对周围的一切充满了好奇:他一会儿抬起一朵朵白云,一会拂开柳树姑娘的头发,一会又将地上的一片片小树叶旋转着送到天空。白云像一个孩子,快活地看着地上的一切,欢呼起来。柳树姑娘害羞得转过了头,小树叶也惊喜地叫了起来,体验着从未有过的激情。

微风接着向前奔跑。过了一会儿,他来到一条大河上,看见大河激情澎湃地向前不停地奔流。微风不甘落后,与大河赛跑,齐头并进。这时,一个声音在耳边响起:"救命! 救命!"微风一看,原来是一只小蚂蚁坐在一片树叶上,在波涛汹涌的河中央无助的漂着。微风马上来到蚂蚁身旁,正准备救蚂蚁,一只路过的乌鸦飞来说:"别管它了,你都比大河落后那么远了。"微风说:"不行,不能不救。"说罢,鼓足了力气,用力将树叶向岸边推去。这时,河底的泥沙早受够了大河这样无休止的运动,更受不了微风在河面上推动的树叶,泥沙说:"快停止吧!"微风说道:"为什么? 不能停止。"他继续推着树叶,向岸边靠拢。终于,在微风的努力下,小树叶到达了岸边。小蚂蚁十分感激微风,微风说了声不用谢,便去追赶大河了。他又遇见了其他的微风,于是他们合在一起,成了强风。强风向前继续奔跑,奔跑,遇见了一个风力发电厂,他们快乐地推动着风扇,做了也该做的事,向前不断地奔跑,奔跑……

微风的歌是一首永无止境的歌。

诗一首——人生

2007 年 7 月 2 日

人生如梦,带给我们无限美好的憧憬。

人生如海市蜃楼,带来的总是虚幻无比的梦境。

人生如春,总给我们播种希望的种子。

人生如夏,让我们经历炼狱般的火热。

人生如秋,带来风雨后的甘甜和硕果。

人生如冬,带给我们春天的气息。

崇高的献身精神——《真正的英雄》读后感

2007 年 7 月 3 日

1986 年 1 月 28 日,美国"挑战者"号航天飞船在第十次升空后,突然发生爆炸,舱内七名宇航员全部遇难。面对这突如其来的悲剧,美国陷入了一片悲哀之中,世界也为此震惊,而我也为这场灾难而感到悲痛,但是我也被七位英雄所表现的美国精神所折服。

这七位宇航员以其英雄的气概讲述了一个真正的美国英雄故事。这几位英雄用实际行动证明了美国人民在遇到困难时那巨大的勇气以及为科学献身不求回报的品质。

同时我感到美国人民在"挑战者"号失事后,并未一蹶不振,对未来失去信心,而是以更加积极的态度,更加坚定的决心接受挑战,吸取教训,而且能坦然地面对困难。正如里根总统演讲时所说的:未来的道路并不平坦,整个人类前进的历史是与一切艰难险阻斗争的历史。我也对美国人民那良好的心态感到惊讶。他们在得知飞船失事后，并未怪罪那七位宇航员，而是为他们的英勇的表现而感到自豪，而且将失败视为"与一切艰难险阻斗争的历史"。

我从这篇文章中深深地认识到，这七位英雄的表现，证明了美国人民的美国精神：崇高的献身精神以及刚毅不屈的精神。以这次飞行作为激励美国公众向未来冲刺的教例，让我们克服困难，吸取教训，总结经验，迎接新的挑战！

诗一首——乡愁

2007 年 7 月 4 日

小时候，
乡愁是一张精美的照片，
我在外头，故乡在里头，
乡愁也是荷叶上的露珠，
随着心情的好坏，
时有时无。

长大后，
乡愁是无限的"丝絮"，
剪不断，理还乱。
晚年时，
乡愁是落叶归根的迫切，
心音未改，乡愁依旧。

小时候，
乡愁是一张精美的照片，
故乡在里头，我在外头，
乡愁是一部美丽的电话，
我在这头，母亲在那头。

到头来，

乡愁是浩瀚的因特网，

我在电脑这头，母亲在电脑那头。

如今，

乡愁是一张往返台湾、大陆的机票，

我在这头，母亲在那头，

而这机票是台湾回归的计时钟，

相信在不久的将来，我们将无需任何理由，

自由地出入宝岛台湾！

（仿写余光中《乡愁》）

评《受戒》

2007 年 7 月 5 日

今天，当我放下手中的自读课本，不禁感叹道："没想到，人生是这么令人难以琢磨而又充满快乐啊！"看到《受戒》中的明海，因为谋生，因为可以管饭，而去当了和尚，我不禁感慨万千。这并无任何宗教教义，却表现出了人性的美。

当明海去给小英子的姐姐画画时，并未收取什么"下笔费"，而是无偿地为她画画，而且画出的画经大英子的巧手一绣，惊动了方圆三十里的人们。而且在后来，明海还来帮助小英子干农活，帮她干些杂活，而且每当明海去县城时，便是大伯来推船。忙时，则是明海自己推船，这是多么高的一种境界呀：为别人无偿帮忙，将自家的船交给一个"半生人"。这是需要人与人之间的信任才能达到的一种人性之美。可不像如今的某些人，不小心碰一下便张口大骂，缺乏了人生应该具有的各种基本美德构成的人性之美。

然而，社会中也不乏这种高尚的人：上车主动让座，排队买票，礼貌谦让……似乎就是我们家的萝卜苗：虽然多，长得密，但是它们都互相谦让，长的时候都长得一样高，谁也不挡住谁的叶子，都尽量让阳光普照在每一株萝卜苗的每一株叶子上。如果整个社会都像这株株萝卜苗一般相互谦让，具有人性之美，也就会少许多不和谐的音符，少许多不必要的麻烦，少许多不必要的程序。

同时，在这篇文章中，明海与小英子一起去拾荸荠时，小英子总是故意踩明海的脚，也表现了儿童小时候贪玩又调皮的纯真本性，表现了小英子与明海纯洁无瑕的心灵品质。我感到，我们应在这有限的时间内珍惜我们的童年，不虚度光阴，应利用这段时间，多多学习科学文化知识，将自己打造成一个大伯一样的多面手！

文中自由的生活环境，有利于小和尚明海健康的人性发展。而质朴的劳动，和谐的家庭和美的亲情，也造就了小英子良好的品质。由此看来，环境是影响人一生的巨大因素之一。

本文语言优美，立意积极，是让我获益匪浅的佳作。

伟大而高尚的人——评《我的信念》

2007 年 7 月 7 日

玛丽·居里，一位伟大的科学家，她发现了镭，并且掌握了提取镭的方法，但是她却不申请专利，并将提取镭的方法公之于众。我不得不说她是一位伟大而又高尚的人。她视荣誉如粪土，视金钱如摆设。她坚忍不拔，执著勤奋，这些不正是我们极缺少的品质吗？我们应当学习她不达目的不罢休的劲头，努力学习，执著追求，目标明确，从而在学习上取得更大的进步。

她淡泊名利，无私奉献的品质，是现在很多人缺少的品质。比如有的人干了件好事，就争功抢奖，一有什么发现，便申请专利。同时，她对事业的热爱也值得我们学习，正如文中所说："人类也需要梦想家——他们受事业强烈的吸引，既没有闲暇，也没有热情谋求物质上的利益，他们完全不存在特质利益上的观念。"

她坚忍不拔，有信心，有目标的精神，也给我们在学习上做了个好榜样。我们在学习生活中，应当也像居里夫人一样，信心十足地去迎接挑战，为自己制定一个目标，使自己的学习有明确的方向性。

居里夫人认为技术人员要像一个小孩一样，具有好奇心和恒心。我们干什么事都一样，都应该有好奇心，才能使自己在各个领域进步飞快。

　　居里夫人的《我的信念》给了我许多启示。我一定要像居里夫人一样,坚忍不拔,努力奋斗,成就一番事业。

爸爸不在家的日子

2007 年 7 月 15 日

　　到现在,我耳边仍回响着昨天晚上的电话铃声。昨天晚上十二点,我和妈妈被一个电话吵醒了,不情愿地接了电话,话筒中传来了爸爸的声音,妈妈高兴的表情无法用言语来表达,握着话筒的手不禁颤动起来。不等妈妈开口,爸爸便说道:"出差这几天,没给你打电话,因为我买了一个电话卡,可是俄罗斯国际长途十分贵,三百卢布,给你拨过去,你还没接通,便用完了,这还是借别人的用呢。在那儿,考察林区太累了,俄罗斯的针叶林远远看上去像一片绿海,特别壮观,只是太冷了。"妈妈一听,忙接下话来问长问短:"住得舒服吗? 吃得怎么样? 冻着了没有? ⋯⋯"似乎想将这几天积蓄的感情全表达出来。而我,也想表达自己对爸爸的思念,可是话费太贵,害怕花钱。回想起这几天,我感到,爸爸不在家,心里也不踏实。

　　爸爸在家时,我们早上可以吃到妈妈炒的两盘菜,而现在,由于"消费水平"的降低,好东西不吃了,多的东西吃少了,让我肚子着实饱受了煎熬。晚上学习完回家后,家中也没有了那柔和的白光照亮我上楼梯的路,家中也是一派沉寂,没有了爸爸迎接我们的话语与身影,心中不禁一阵空虚,感到从未有过的失落,眼睛总不时向书房看看,希望出现爸爸与我"并肩作战"的身影。学习时,仿佛也没了动力让我勇攀学习的高峰。晚上睡觉时,背后没有了爸爸我这个坚实的后盾,心中不觉增添了一份害怕与担忧。我的心也时刻牵挂着远在俄罗斯的爸爸,为爸爸的身体担心着,为爸爸的安全担心着。

　　爸爸,我终于认识到你在我生活中的地位不可缺少。爸爸,早早考察完,投入我们的怀抱吧!

第一次上微机班

2007 年 7 月 16 日

今天是我第一天上微机班的日子，拿上一支笔，一个笔记本，我就上路了。一路上，我压抑不住心中的激动，一边不停地猜测这微机班会是个什么样子，我未来的同学会是什么样子，一边不时地观察着周围的人，看有没有同我差不多大小不像是去学电脑的人。

怀着对电脑班的期望，我加快了步伐，来到了职业学院。这时，我看见许多与我年龄差不多的人，从四面八方汇集到职业学院。我好奇地打量着他们，他们有的斯斯文文，好像深藏不露，有的打打闹闹，活力四射。他们会成为我的强敌吗？我期待着。不一会儿，我来到了科技楼，在门口，两位老师正在登记发书，我领到两本书后，飞也似的赶到了三楼微机室。只见一台台电脑整齐地排列着，两台空调机不断地为这里输送着冷气，和我想象中的一模一样，简直是一个模板下来的。我找到了一台离老师近的机器坐下，抚摸着轻柔雪白的键盘，按下那熟悉的电源键，电脑屏幕上马上显示出一行行自动检测数据。我趁这一时间，好好看了看发的新书，只见光滑的封面上写着：全国等级二级考试——数据库管理与应用。翻开书一看，上面的定义让我头晕：关系，是指实体间有某种共同的属性。再翻开另外一页，上面的话更是难以理解：连接是关系的横向结合，连接运算将两个关系模式拼接成一个更宽的关系模式，生成的新关系中包含满足连接条件的元组。我只好合上书。不大工夫，周围的座位都坐满了，老师也来了。老师个子高高的，宽敞的鼻梁上架着两片"厚酒瓶子底"，一看就知道是专家。上课了，老师在讲解实际含义时，时不时地举几个例子，将书上的字变成一幅幅动画，有趣极了。书上的字一个个跳动了起来，一瞬间进入我脑中。刚才看到的晕乎乎的定义也被老师讲活了，一下子能听懂了。

老师的讲课深深地吸引了我，增加了我学习电脑的兴趣，有了这么大的兴趣，相信我一定能把电脑学好！

今天我当家

2007 年 7 月 17 日

哈！经过与妈妈的协商，今天我当家！

中午时分，我早早地来到了家家悦超市，推上一辆手推车，直奔熟食部，心中一边想着："中午吃什么好呢？冷面？热菜？……"一边推着车越过一个个障碍物，不断变换着车体方向，来到了熟食柜台前。只见柜台上摆放着一个个大菜盘，有头菜、豆芽、蘑菇、韭菜鸡蛋、发面饼、炸薯条、肉包子、炸鸡、凉菜冷面、炒面……应有尽有，看得我眼花缭乱，不知选哪个好了。一遍遍看着这菜，仔细在心中衡量着：豆芽看上去太黄了，有点小，可能有点问题，韭菜又不能吃，吃多了会将"敌人"打倒，油炸食品不能吃，肉吃多了减肥会乱套的。经过层层筛选，我选拔出三个合意饭菜：大头菜、发面饼、蘑菇。选好以后，我忙招呼阿姨帮我装菜，阿姨以迅雷不及掩耳之势，反套塑料袋，迅速抓出一把菜，还没等我看清就问我："怎么样？"我看饭菜不太多，就说"好吧。"阿姨打上了标价，我结完账欣喜地提着回家了。

回到家，打开塑料袋，妈妈对我说："呀，买多了。"我说："怎么会呢？"边说边看标签：只见大头菜 0.36 公斤，3.72 元，蘑菇 0.735 公斤，10.5 元。"呀！"我拍了一下脑袋，说："我没看清阿姨给我装的多少，就说好，吃大亏了，白花了多少银子啊！""下次注意点，就当交学费了吧！"听到妈妈这么说，我也平静了许多。

晚上回到家，见妈妈仍没回来，看看表 6:20 了，我心生一计，忙将碗放入水中，打上洗洁精浸泡，同时把丝瓜洗干净了，时间结合起来，不一会就完工了。妈妈回来后，看我洗好了菜，刷好了碗，高兴地表扬了我一番，马上开始为我做我喜欢的丝瓜饼。亡羊补牢，为时不晚，何乐而不为！

爸爸回来了！

2007 年 7 月 21 日

今天上午，我正趴在被窝里睡觉，一阵电话铃声吵醒了我，我瞪着一双迷迷糊糊的眼睛，拿起电话，只听电话里传来的声音让我顿时睡意全无："我 10 点钟到家。"我分辨出那是爸爸的声音，立马爬起来，看了看表：7:00，到晚上 10 点还有 15 个小时，可怎么熬啊！我只好去写作业，可是一会一抬头，希望那指针快快转上一圈，可是怎么可能呢！

"四马路一桶水。"妈妈在要新的水了。不一会，传来了按门铃的声音，能听到楼梯上由远到近的脚步声了，我心想送水的这么快就来了啊?! 妈妈来到了门前，不经意地打开门，不禁"呀"了一声，把我吓了一跳，"你怎么这么早回来了?""怎么？不欢迎？我说好是 10 点到家啊！"一个声音在门外说道，我也听到了。"爸爸，是爸爸回来了！"丢下笔，我以刘翔之速跨越一个个障碍物，冲到门前，眼前出现了那张熟悉的面孔。我抱住爸爸，深深地亲了一口，这几天对爸爸的思念一下子如奔涌的瀑布，一泻而下，一发不可收拾，眼睛也不禁有些湿润了。朝思暮想的爸爸回来了，这几天对爸爸憋的一肚子无数的话到此时竟无话可说了。转头看看，妈妈一动不动地盯着爸爸，眼中闪着泪花。

爸爸，我爱你！

在烦恼中成长

2007 年 7 月 25 日

哎呀，我怎么又长秤了！望着秤中那居高不下的指数，镜子中身上那一条条弧度过大的曲线，我不禁犯愁起来，"又要让人嘲笑了！"我暗自想。自从"非典"时期我停止每天的游泳训练后，体重便一路飙升，我也由原来的"皮包骨"发展成现在的"大皮球"，由原来的"食欲不振"变成现在的"来者不拒"、"控制不住"。以前，我还代表班级参加过运动会，还得过奖呢！而现在，显现在面前的是一盏盏红灯，体育成绩单上出现的一个个不及格，可是把我愁坏了。

今年，我立下了豪言壮志：在今年压制住肥胖继续增长，使自己摆脱肥胖的阴影，在晚上少吃、多运动。妈妈也改变了以往饭菜早上差、晚上好的习惯，配合我的减肥计划。想起以前由肥引起的种种不愉快和冲突便上火：上小学的时候，每逢我们体育课接力或测试，我总是远远被落在后边，每到终点，同学们便会来责备我，其中也有不少侮辱性的话。虽然我给予猛烈地还击，他们不再说话，可他们就像那野草般"野火烧不尽，春风吹又生"。我也希望自己能瘦下来，可每次都以失败而告终。而各种体育活动，我也只能望而却步。肥胖成为我身上无形的枷锁禁锢着我。

人一生不可能从未有过烦恼，人们正是在认识和战胜烦恼的过程中成长起来的。烦恼也是一种磨炼，它使我们锻炼出自我解决困难的方式，烦恼让我们更美好，让我们更加坚强，不断进步。愿我的计划成功，战胜烦恼！

核磁共振摔伤的腿

2007 年 7 月 28 日

刘翔的腿使他创造了世界纪录，驾驶员的腿使他们驾驶着车辆驰骋在路上，跳舞者的腿使他们拥有了优美的舞姿，而我的腿却因为一时的贪婪而损失了部分的功能。

今天妈妈带我来医院看我摔伤的腿。来到骨科，一个戴着"厚玻璃瓶底"的主治医师，让我躺在床上，为我"按摩"了起来。我惬意地闭上了双眼。"呀！"这时医生的手一下子按到了我的摔伤部位，我忍不住大喊了一声。这时医生看了看我一个月以前拍的片子，说道："去拍个核磁共振吧！"说着为我开了一个单据。于是，在小姑的带领下，我来到了一个几道铁门把守着的房间内，每一道门上都有一个大大的"！"辐射警示标志，看得我胆战心惊，心中想："什么地方能用到这个标志？还不至于吧？那个医生会不会害我？"

我紧张地望着那些到处都是的警示标志以及那一扇扇厚重的门，最后一个门上标着闪电符号。"请拿出一切含铁的东西！"这更加重了我的恐惧："什么东西这么神秘？不会是拿我做什么实验吧？！"我把东西给了妈妈。最后一扇门打开了，只见里边没有核反应堆，也没有生化实验的恐怖产物，而是一个类似高达动画中的控制舱。

我上了那个控制舱，躺在上面，随着"呼"的一声，铁门被重重地关上，我也被推入了那个东西里。四周的墙壁上闪烁着黄色的警告灯，在黄白相间的警告色上格外刺眼。这时，我有时间仔细地观察它了：它是长筒形，像一个放倒在地上的圆柱体，看上去又像一个飞船的舱室一般，刚才的恐惧全然消失。这时，"舱"内传来了一声声如敲打舱壁的声音，就在我肚子上方，一下一下长短很有规律。"呀，坏了，我还是让人做了试验品，这里面一定装了一个怪物，它要出来了！"这时，机器发出了巨大的响声，上方出现了一个倒计时。"哎呀！这怎么又成一个炸弹了?!"我想挣脱，可是一动也动不了，我想这下可玩完了。可过了一个倒计时又来了一个，我的心渐渐平静下来了，"什么呀，自己吓唬自己。"不知过了多长时间，机器的响声停止了，门打开了，我也被"放"了下来。

我拿着拍出的片及报告来到骨科，医生看了后说："骨髓水肿，软骨积水，只有养了，一开始打个石膏就好了。"说着给我开了一副药。

虽然这次来花了不少钱，得到了几个坏消息，但经历却十分惊险有趣，我喜欢！

小议荧屏错别字

2007 年 7 月 29 日

目前，电视、电脑成为大众用品，进入千家万户。出门看看，荧屏广告牌琳琅满目，电视连续剧、电影、广告充斥着人们生活中的每一个角落。字幕，成了人们观赏时不可缺少的助手。随着电视普及推广，荧屏错别字也越来越多，同时，也出现了一些特意改动的成语来获得广告的新意和吸引人们的眼球：默默无蚊（闻）、钱（前）途无量等。网络上的新新人类，也运用"才智"创造出形态各异、意思多样的错别字，如将"这样子"说成"酱紫"等等，引着人们继续走向误区，让人摸不着头脑，不知道到底哪一个是正确的，以至于使我们的母语都写不好。

面对这些错别字的挑战，我认为，我们应克服对电脑的依赖，勤于查字典。这些荧屏错别字的产生，部分是因为人们平时过于依赖电脑上各种打字法，使得自己提笔忘字或错字连篇，而平时不会写，疑惑的字放着不管,不查字典,之后积少成多,结果是错字连篇,或者把同音字写上去,企图蒙混过关。我们应辨别真假,勤于请教"字典大哥"。

错别字的危害是巨大的,有时,一个错别字不仅会使文章难懂,也能使人不理解想表达的意思,甚至做出错误的判断。因此,错别字对人的危害是极大的,而现在不少的广告商、电影制片厂,仅仅为了追逐商机赚钱,只顾数量不顾质量,导致错别字连篇。而网上有人为了好玩或炒作,说出的话,发出的帖子,有些更是令人大跌眼镜,如果让"字典大哥"看见,定会气炸了肺。广告商则是为了让广告吸引人的眼球,增加知名度等原因,使各种词语成语变得奇中变畸。

对错别字现象我认为国家应该加强管制,有关部门要加强监督,最重要的还是我们,不利用,不传播,勤查字典,凡字都弄明白了。

从这小小的荧屏错别字看到很多问题,比如管理混乱,质量低下等。因此,遏制住荧屏错别字需要多部门努力。错别字并不可怕,可怕的是你对它的态度,愿我们能战胜荧屏错别字!

成功源于自身的素质——读《比尔·盖茨》有感

2007 年 8 月 2 日

这几天,我读了本人物传记,名为《比尔·盖茨》。这本书中介绍的是一位具有传奇色彩的人物——比尔·盖茨他的一生以及他对计算机的热爱和他是如何白手起家的。这本书吸引着我一口气读完,也让我对比尔·盖茨的那种"比尔精神"而感受颇深,同时,也让我学到了不少新观念。

比尔·盖茨具有一种忘我的精神。他在哈佛大学学习过程中,用学校的电脑进行程序设计,常常三天三夜不睡觉,连一些经常熬夜的同学,也"自愧不如"。然而,也正是这种精神,使盖茨开发出至今影响人们的"视窗"操作系统,抢占到了先机,终使自己的产品带来了无限的利益。这种精神,不正是我们应该学习的吗?在今天"考场如战场"的社会当中,这种精神,可以使我们更好地投入到工作、学习当中,更好地把握时机、取得成功。

盖茨还具有一种据理力争的强者精神。在盖茨利用学校电脑开发个人计算机软件这件事上,学校追查起来,而盖茨却不慌不忙,抓住学校的管理漏洞,激烈地反驳了学校,使此事以盖茨的胜利而告终。

盖茨那种居安思危、想法与众不同的观念,也让我不得不称赞。在微软公司股票即将上市前,盖茨便提醒员工,要专心工作,不要被公司股票所左右,公司一旦垮台,一切都会完蛋。果然,上市后,有一小部分员工整天钻在股票堆中不能自拔。在盖茨的提醒下,才逐步稳定了大部分职工的想法,一心维护公司的运转,人人努力工作,才使公司抓住了每一次成长壮大的机会。

盖茨在开发视窗,为天狼星8800设计程序,甚至在为小芯片编制操作语言时已经预见到,个人电脑时代将要来临。这些,为微软现在的蒸蒸日上,奠定了重要的不可替代的基础。

我认为,我们处在这样一个竞争激烈的时代,如果具备盖茨这样的优点,哪怕是一点,已经足够了。我不得不佩服人们对他"软件之神"、"精英之魔"封号的正确性。

DV 经历

2007年8月3日

提起DV,我一直不敢再去想,生怕引起妈妈心中积压的怒火。因为在去香港的途中,我将DV的LCD显示屏弄坏了,我便从此小心翼翼,天天夹着"尾巴",生怕哪天激怒了妈妈,使自己大祸临头。可是这几天由于我们要出去玩,妈妈便又拿出了它,我则胆战心惊地向妈妈提了一个建议:修DV。妈妈同意了,我却怎么也安不下心:维修费太贵怎么办?找不到专业厂家维修人员怎么办?那会不会再激起妈妈的怒火?我不敢再往下想。修DV,后果可能极为严重,有可能给DV判了死刑,我也会"痛不欲生"。

到了下午,妈妈回来了,告诉说:"是主板的问题,但定不下来,有的一份主板要200元,还有一份是3000元,要是3000那份的话,还不如再买一个呢。"这时听完妈妈的话,我的心不禁平静下来,刚才还祈祷着维修费便宜些,厂家维修省钱少挨板子,可现在,我却盼着最好是那份 3000 元的主板坏了,我便可以有一个新 DV 了!

我现在好似热锅上的蚂蚁,每天盼着 DV 公司的维修电话。终于一天中午,我正在睡觉,一阵急促的电话铃声吵醒了我和妈妈,接通电话,是 DV 专卖店的! 我屏住呼吸,仔细地听着,连心脏跳动的声音仿佛都能听见,心似乎悬在了空中,生怕是 200 元的主板的小问题。妈妈接完电话,很失落地说:"是 3000 那个,那就不修了吧!?"妈妈的话打断了我的思绪,我一下子从床上跳了起来,喊道:"哈哈,买 DV 了! 买 DV 了!"而妈妈却马上说:"别高兴得太早,还要到你爸爸那审核新预算呢!"我的心顿时又悬了起来。到了晚上,爸爸回到家,我又接包又递水,弄得爸爸摸不着头脑,"受宠若惊",我趁机说:"爸爸,DV 坏了,修得花 3000 多块钱,还不如买个新的呢!""好,行,不过,不超过 6500。"我呆了,没想到爸爸这么爽快,还未等我"软硬兼施"就答应了。我捧着爸爸亲了又亲,心中的兴奋无法用语言来形容。

总之,我要买 DV 了!

牙套"吃"掉了

2007 年 8 月 5 日

今天晚上,我正吃着饭,享受着那美味佳肴的时候,"咔嚓"一下子,只听一声巨响,我感到牙痛了一下,钻心地痛,之后,便感到牙上好像有什么东西在动,我害怕极了,想:"会不会是牙让什么东西硌得快掉了?"我连忙把手伸入嘴中,一个又一个牙地不断用手摇着,看一看是否真的有牙"病危"。按着一遍下来,牙倒没什么问题,可是手上却多出了几个血印子,痛得我直搓手。不管了,继续享受我那美食。

吃完饭,我来到洗手间刷牙,这时才看见我的牙套悬在那铁丝上,转来转去,既滑稽又难看。我这才意识到,那一声巨响原来是牙套被硌掉的声音啊! 刷完牙,我刚想开口说话,便感到嘴被狠狠地挂了一下,让我捂着嘴痛了好一阵子。见到妈妈,刚一张开嘴,妈妈便一下子笑了起来,一边笑一边指着我的牙说:"你的牙套在做体操呢!"我对着镜子一看,怪不得妈妈笑,牙套不知什么原因,吊在铁丝上转呢! 我连忙按住了它。

唉,整牙真麻烦,牙套坏了的话就既难受又不美观,平时养成好习惯就好了。

买 DV

2007 年 8 月 7 日

这几天,在我与爸爸妈妈的共同协商后,最终决定今天晚上去振华商厦买 DV。听了这个消息后,我激动得几天没睡好。

我与爸爸妈妈一边向楼上走着,一边向他们介绍着我提前打探好的信息:"XXX 品牌的 4280 元,DVD 耗材,107 万像素,CMOS 镜头……"爸爸妈妈心里面肯定也在仔细地盘算着,耳朵上一边听着,生怕买坏了吃了大亏。而我,也不敢掉以轻心,一边说着,一边拿出那几张宣传书仔细对照着,看看说的是否正确。快到七楼了,我的心"怦怦"地一直跳,每走一步,心就微微颤动一下,心中紧张地想着:"马上就能买到我日思夜想的 DV 了,不知爸爸会买哪一种。是 DR33E,还是 SR190E?"

来到了七楼数码专卖区,一个个大玻璃柜台上写着 SONY、CANON、SUMSUNG 等大品牌的标志,看得我激动极了。我们来到了索尼专柜,只见上面摆着一台台摄像机,从几千元到一万元不等,有 600 万像素的,400 万像素的,107 万像素的……有高清晰的,有 5.1 声道环绕立体声的……看得我眼花缭乱,目不暇接。我平定了一下自己激动的心情,定下神来,仔细看着那些摄像机,千方百计要选出物美价廉的一个。我心中不断犹豫,这个还是那个? 这个挺好的,就是太贵了,那个功能少了点……生怕选了一个不好的摄像机吃亏。

我在数码柜台上不停地转着,不断地思考、估量着,最终,我选定了一款物美价廉的好 DV:它 5.1 环绕声道,400 万像素,支持照相功能,CMOS 镜头,具有跌落传感器……功能很强大,与爸爸妈妈一商量,没想到他们也看中了这台 DV,"心有灵犀一点通"啊。交了款,我拿到了机器：它雪白的机身，坚固的外壳，看了就让人喜欢。

我终于买到了中意的 DV 了！耶！

历史的洗礼——平遥古城与乔家大院

2007 年 8 月 10 日 晴

今天一早，我压抑不住心中的兴奋与激动，早早地起了床，享受着山西清晨那清新的空气，望着从东方缓缓升起的朝阳，心中一阵喜悦之情不禁油然而生："我来到山西了！可以和同学们尽情游玩，放松心情了！"

吃完早饭，我们驱车前往电影《大红灯笼高高挂》和电视剧《乔家大院》的拍摄地点：乔家大院。在路上，导游阿姨向我们介绍了有关乔家大院的一些相关资料：在山西，一共有大院 800 多个，其中共开发了 5 个，这就包括乔家大院。

乔家大院共分为六个大院，313 个房间，一个大花园。乔家大院以及山西境内的所有大院，都是晋商商业繁荣的表现。当时，晋商们还将一些经验编成一条条顺口溜，供后人借鉴。其中就有这么一条：用人结义。含义是：凡事成败在于人，乔家慧眼识精英。不拘一格起用人，论资排辈可不行。独木不能成林场，一个好汉三个帮。学习三国刘关张，乔泰结义富一方。听完导游阿姨的讲解，我心中既兴奋又感到乔家大院似乎充满了无穷的乐趣，这又增加了我对它的向往之情。

伴着汽车的刹车声，我们来到了乔家大院。只见古香古色的建筑群出现在我们面前，古朴凝重的风格，典雅而不失高贵。抬头望去，乔家大院的房檐高高地翘起，呈现出优美的弧形，滑向天空。据导游小姐讲，山西雨水少，下雨就预示着财运滚滚来，因此"肥水不流外人田"。乔家还十分聪明，为了显示出乔家票号的阔气，在建造墙壁的时候，还用铜钱在墙缝中加固，使得更多的人来到乔家银票存钱，真是厉害呀！

乔家大院位于国家历史文化名城祁县内的乔家堡村，北距太原约 54 公里，南距全国十大集镇之一、全省公路交通枢纽的东观镇 2 公里，东距大运一级公路 200 米，始建于清乾隆年间，是当时全国著名的商业金融巨贾乔致庸的宅第。该院是全封闭城堡式建筑群,占地面积 9140 多平方米,外观气势宏伟,内视富丽堂皇,素有"皇家看故宫,民间看乔家"之说。它被辟为祁县民俗博物馆,里面展现了清末民初的民风民俗,如八月十五中秋节,展示了过中秋节时的热闹情形,其中展品丰富,奇珍异宝数不胜数,有犀牛望远镜、九龙屏风、最早的监视器、万人球等。《乔家大院》《大红灯笼高高挂》《昌晋源票号》等三十多部影视剧也在此拍摄。

之后,我们来到了平遥古城。平遥古城是一座保存完整的古老城池,城内至今保留着当年的县衙、街道、门户等,全城透出一种古色古香的韵味。我们乘坐的巴士不能进入城内,只有换乘电瓶车。电瓶车小巧玲珑,还不及我们车的一半,不排出尾气,我真是为当地人保护环境和文物的措施感到惊讶。我们坐电瓶车来到城门下,只见古代人鬼斧神工般地将城门建成了走字形,共两道门,既可防风防沙,又可以瓮中捉鳖手到擒来,将敌兵一网打尽。城墙上放着一门门大炮,每一个城墙上都建有瞭望台、指挥部,能够及时发布命令,掌握情报,使自己时刻占有主动权。

随后,我们来到了平遥县衙,观看了大堂、中堂、后花园和刑房。大、中堂是审理案件的地方,只见四周放着几个大牌子,上面写道:肃静、回避,上面还画上了一头头老虎,利爪放在胸前,嘴巴半张,露出那一排排锋利的牙齿,让人闻风丧胆。而在门口,有两块跪石,左边是被告,右边是原告,左边那块石头又叫站石,因为在古代,一些达官贵人仗势欺人,使老百姓受到不公平的待遇,而前者多半有钱有势,不必在县衙面前跪拜,而老百姓却需要跪下诉苦,多么不平等啊!

在县衙的桌子上,放着黑红两种竹签,黑色是死罪,红色是活罪,如五十大板、夹手指等。可这里面也大有学问,有钱的,给衙役几两银子,便拿板宽的那面打,响声大,但不痛;不给钱的,则用打板窄的那面打,痛又不响。正所谓"没钱别进衙门去",穷人在这里受到了多么不公正的待遇啊!

紧接着,我们来到了监狱。在这里,连牢房也分三六九等。有钱的,住高级牢房,死囚呢,则住在不见天日的黑牢中,意思是永无翻身之日。我想到,古人的想象力真可谓是高超,竟然联想到此! 在这后边,是刑具房。这里的刑具五花八门,看,有用来射入血管流遍全身的细小的箭——射鬼箭,还有用来将人千刀万剐的小刀,先削四肢,再削胸,直至削死而止。看到这儿,我不禁闭上了眼睛,不敢再想那血腥而残忍的一幕幕,可导游小姐的话却飘入我耳中:"木驴是一种明代发明的刑具,可将人绞刑致死,十分残忍。而在古代的社会中,就是处以死刑,也有贫富之分,有钱的,给点钱,死得痛快,没钱的,则受尽折磨,生不如死。"听到这里,我不禁感到古代封建社会的腐败。

之后,我们回到旅店休息,结束了这一天的旅行。来到客栈一看,一切是那么古色古香:客栈的门面是木头的,一块大匾上写着旅店的名字。晚上,我刚准备入睡,忽然门外传来一阵锣鼓声,我好奇地向外一看,原来是穿着古装古服的更夫在打更,多么好玩呀! 多么悠久而具有丰厚文化积淀的平遥古城!

佛教圣地五台山

2007 年 8 月 11 日

今天,我们一早驱车前往佛教圣地五台山。车子出了平遥古城,我才真正认识到山西那美丽面纱下的另一面。

这次车程一共六个小时,路途中真让我大开眼界。我正在欣赏着窗外的美景,突然,"咣当"一下子,我还没反应过来,头便重重地撞在了前排座椅的靠背上,紧接着,车开始剧烈地摇晃起来。我向窗外一看,只见路上坑坑洼洼,一个坑连着一个坑,一辆辆大货车正在从上面经过,发动机的声音震耳欲聋。这些车的货箱比以前见过的都要高得多,超出了大约半米。有的车的长度甚至堪与火车相比,前面一车厢,后面连着另一节车厢,看得我胆战心惊。更要命的是,这些货车排出的尾气和扬起的沙尘漫天盖地,铺满了天空。

走出这段崎岖的路,我们很快走上了盘山公路。这时,我向窗外一看,只见远处的山一座连着一座,山叠山,山上是那么的绿,郁郁葱葱。有的山如巨人般高耸入云,而有的则如姑娘一样,将自己打扮得花枝招展。这些山随着我们的不断前进,越来越远,而天上那一朵朵纯洁无瑕的云彩却离我们越来越近,仿佛触手可得。云在山上留下了一片片阴影,让我不得不感叹五台山之高,赞叹五台山之美。

一会儿,我们已经来到了五台山正门,正式进入了佛教圣地五台山。五台山一共有五个台子,我们今天参观四座寺庙。首先,我们来到显通塔,在这里,我见到了由金子打造而成的五座塔,其做工十分精细,在柱子上连龙须都能看得一清二楚。我还看见了纯木结构的大殿。随后,我们参观了塔院寺,见到了五台山大白塔。这时,我看见了许多朝拜的人,他们绕着白塔,双手合拢,在额头、胸前各点一下,然后趴在地上,磕头,起来向前走一步,再重复,这是对佛多么大的信仰才能完成的动作啊!

我们又参观了广化寺、五爷庙,然后结束了一天的行程。

前往云冈石窟

2007 年 8 月 12 日

今天早上,伴着凉爽的清风,我们离开了佛教圣地五台山,沿环山公路向云冈石窟前进。只见路两边的山一座连着一座,绵延不断,一眼望不到边。这公路曲曲折折,不一会儿,就来了一个急转弯,车内惊呼声一片,但这突如其来的急转弯,却送来了美不胜收的新的惊喜:一座座直插云霄的山,连绵不断地向远方太阳升起的地方延伸,如长城般,组成一道天然的屏障,又如一位卧地的少女,安详而又美丽。天上,朵朵白云环绕于高山四周,如人间仙境,使人流连忘返。山上的一片片针叶林,如一张绿色的地毯,保护着山水。近处,一条小溪从山上奇石突兀中曲曲折折流下,真是一处别致的美景。打开窗户,一股清新的空气顿时涌入车内。

行进了约三个小时后,我们来到了应县木塔。它是全木质结构的,整座塔连一个铁钉都没有。它像比萨斜塔似的,目前已向东倾斜。进入塔内,黑黑的一片,楼梯上什么也看不见。幸好我早有准备,掏出手电,上到二楼,只见里面立着一尊大佛。走向外面,只见四周影物尽收眼底,远处的高山、白云依稀可见,我自己仿佛成为了千军之首,一切尽在手中掌握。下了木塔,我还意犹未尽,可是集合的时间到了。

　　又经过几个小时的跋涉，我们来到了云冈石窟，山上的石洞露在外面，一排排，整齐划一。远处巨大的佛像矗立着，双目直视前方，仿佛正在修炼，没有什么能够阻止其静心修行，神态逼真！手上的脉络都能隐隐约约地看见。真是神奇美妙的石窟艺术。

辽阔无垠的绿色海洋

2007 年 8 月 13 日

　　今天，我来到了朝思暮想的天堂——希拉穆仁草原。看着那延伸向遥远地平线的绿色地毯，望着那如同大海波涛一样起伏不平的"山脉"，我心旷神怡。蓝蓝的天上飘着一朵朵白云，如一片片洁白无瑕的羽毛，在天空中飘向远方。在浩瀚的绿色原野上，我发现，我们是那么渺小，那么微不足道。远处，马队正在向着我们这里奔来，一匹匹雄壮有力的骏马，在马倌的带领下，在辽阔的草原上尽情飞驰。马上的人有的摘下帽子，大声呼喊，好像一个西部牛仔，而有的人，则是不断地喊着"驾！驾！"，一边不停地夹着马肚子，希望速度再快一点，企图超过马倌。他们个个笑容满面，兴奋不已，把我看得真想马上骑上一匹高头大马一展雄姿。

　　这时，导游让大家集合了。我马上钻入前面，只见一个牌子上写着，3 小时：牧民家、敖包相会、沼泽地，4 小时：金草地，6 小时：天鹅湖。导游让我们自己选时间。我想起了上次骑马的感受：妈妈叫我下，还不下来，希望再多骑几个小时。于是，我毫不犹豫地选择了 6 个小时，并开始说服张艾末等人与我同一个战线作战。可是，大人们却毫不领情，"无情"地回绝了我的请求，选择了 4 个小时的旅程。我想，4 个小时也不短了，于是，拿出早已准备好的手套，缩短书包挂带，戴上墨镜，OK！万事俱备，只欠东风了！

我的高头大马

2007 年 8 月 13 日

　　看旁边有租帽子的，我选中了一顶黑色牛仔帽，前面刻着一个牛头人图腾,戴上去以后,我感到自己仿佛是一个西部牛仔,帅呆了!如果再配上一把左轮手枪,那就真是无敌了!马倌带着我们来选马,这时,我想起了小学课本上的《房兵曹胡马》中的诗句:胡马大宛名,锋棱瘦骨成。竹批双耳峻,风入四蹄轻。所向无空阔,真堪托死生。骁腾有如此,万里可横行。意思是说好马的耳朵要像竹子被削了一般,眼睛应大而凸出。我用双眼仔细地观察搜索着每一匹马,为自己找一匹好马。终于,在离我不远的地方,一匹高头大马正在专心吃草,雄健的肌肉从大腿上凸出,双眼从眼眶凸出,两耳尖、细,果是一匹好马。我飞快地冲到它的身旁,马倌给我一推,我骑到了马上。

上来马的感觉就是爽,看着周围的大人们,我感到高人一等,不禁挺直了腰,抬起了头,一幅大将风范。"咔嚓!"我这一动作被妈妈捕捉了下来。回头看看同学的马,只见于尚楠的马像他一样,又矮又小,还不及我的马的一半;张艾末的马则一点儿都不讲卫生,在张艾末上去了之后,又是放鞭又是放炮,让张艾末尴尬不已。

启程了!马倌走在前面,我的马仿佛不甘心落在其他马的后面,加快步伐,超过了一匹又一匹的马,直逼马倌。我坐在上面仍是紧张,双手紧紧地握住缰绳,两只脚使劲地踩着马鞍,两腿紧紧地夹着马肚子。虽然我骑过一次马,可是现在上来还是不免有些害怕。

我仔细地看着前面的路,生怕有个凸起的地面,以提前做好准备。坐在马背上,一颠一颠的,把我的屁股按摩得酥酥麻麻的,真够当一当按摩机了!我的马一会从于尚楠的小马左边绕过,一会从王子俊的安逸马边走过,而我则吓得差点把脚抬起来,生怕被马暗算上一脚。不一会,我的马又和叔叔的马亲热了起来:两头马头贴着头,我的脚挤在中间,压得我生疼生疼的。我向左拉一下缰绳,只见我的马向右转一下头,似乎在反抗我的命令。我生气了,心想道:"哼!你竟和人斗!"我向左使劲打缰绳,想将它拉回来,没想到,它顺势回过头来用鼻子碰了碰我,嘴里还"噜,噜"地好像不满意,把我吓得差点仰到后面去。我连忙双手紧握缰绳,两只脚不顾一切地夹着马肚子,心想:"哎呀,吓死老子了!要不是我反应快,早就命送马下了!"我吓出了一身冷汗,刚才那刚刚松弛的神经不禁一下子又紧绷了起来。

我不断告诫自己："稳住，稳住！你同学可在这里！不能丢人！何况，你还骑了一次马呢！"

驰骋在希拉穆仁草原

2007 年 8 月 13 日

慢慢地，我将低下的头高高地扬了起来，两腿也自然地下垂放松，我不紧张了！这时，我才发现我们已离度假村远去，来到一片美丽的人间仙境，而我，则早已超过其他的马，将他们远远地落在了后面，遥遥领先了。我现在是一人之下，万人之上了！我不禁得意了起来。

我就像一个回归的英雄，骑着战马。远处，一只只可爱的小绵羊正在吃草，白色的绒毛如一团雪，洁白无瑕。天上，一只只小鸟正飞向远方，嘴里还不住地唱着歌。这时，只听后面响起了一阵马蹄声，我回头一看，只见远远落在后面的老牛拉破车队追上来了！他们的马以迅雷不及掩耳之势，迅速向我逼近。我们这几个遥遥领先的第一集团军着急了，于是，只听一声声"驾"，如炮弹般一个连着一个从我们嘴中飞出。有的人夹马肚子，有的人拍马屁，可仍不见马跑起来，眼看老牛拉破车队马上就要追上来了，同学们的欢呼呐喊声我已能清晰听到。我又夹紧马肚子，嘴中的"驾"已连成一片。打头的马倌好像看出了我们这五个人的心思，于是，一声"驾"刚一出口，他的马便一下子跑了起来。我的马好像压抑了很久，心中的野性释放了出来，以超凡的爆发力向前奔去。我只感到，自己被一只无形的手推了一把，差点仰到后面。我这匹马不愧是头马，跑起来无人能与它匹敌，还很拉风。我只感到风呼啸着从我耳边经过，马背上的毛像针一般竖了起来，周围的事物像看电影一样飞速倒退，还没看清，便嗖的一下忽闪而过。只见眼前的地面像开车似的，地上有一只小野兔，还没待我反应过来，便跑到马后去了。

我高兴极了，来了劲头，"驾！驾！"我一边夹着马肚子，一边喊道。我的马的步子也越来越快，与打头马倌只有大约一米距离。我再接再厉，狠狠一拍马屁股，我的马立刻更加加快了速度。我感到，我离马倌越来越近,我几乎都能看到马倌头上那一缕缕头发丝,就差一点了!可是,我的屁股却颠得又痛又痒。这时,马的大腿骨头不像刚才一样像一台舒服的按摩机,而更像一个打人机器,一下又一下,把我的屁股打成土豆泥。

"耶!"我高呼一声,我的马超过了马倌的马,成了第一了!可是这时,马倌大声一喊,使我的马一下子减速慢行,差点又让我翻个跟头,我心想道:"哼!真小气,不想让我超过去就耍赖皮!不要脸!"我又恨又气,不禁回头一看,老牛拉破车队又被我落在了后面,他们跑也跑不过我这匹高头大马!我心中又不知不觉得意起来。"看,羊群!"我喊道。只见一只只身披白色棉衣的山羊正安详地低头吃草,有的好奇地抬起头来,用它们那水汪汪的大眼睛看着我,我好不神气,天上的小鸟也在围着我不停地唱歌!

桂林山水甲天下——游览秀山美水

2007 年 8 月 20 日

今天一早我早早便起床,想尽快目睹桂林挺拔秀丽的群峰,清澈明净的流水,玲珑瑰丽的洞府以及那奇异峻美的石头。这些举世闻名、无不令人叫绝的美色早已吸引着我了。"江作青罗带,山如碧玉簪"的经典诗句,更是把梦幻般的桂林山水诠释得浪漫动人。

吃过早餐,我们首先去参观七星公园。路上,可真是让我感到自己的眼睛不够用了。一路是山,山形玲珑,简直像一条美丽的画廊。左边那座山,像是一头巨像,伸出长鼻喝水。右边那个则像一头健壮的骆驼,两个巨大的山峰如同驼峰一般。不一会便到了七星公园。

七星公园是桂林最大的公园,它因山而得名。进去后,一座大桥出现了,它名叫花桥,周围是两个平静的湖,水中的鱼若隐若现。看,前方不远处有一个小瀑布,水不断从上面奔涌而下,绽放出一朵朵水花,一旁还有荷花做伴,更为它添加了一份姿色。

不一会,我们来到了骆驼峰下,它因看起来像骆驼而得名。只见骆驼峰上山林丛生,一处凸起的岩石远远看去如一个和尚在打坐。近处一块石头上写道:克林顿演讲处。我不禁来了兴趣,跑过去,双手放在石头上,顿时,一种总统的感觉油然而生,我面前像有千万人,而我则在万人之上。一会,我们来到试剑石,只见一块巨石自上垂下,只留下一点点与地面的空隙,果如一块宝剑,上面还有坑坑洼洼的小洞。据说,将手伸入填满即是状元。此外,我们还参观了清代千人锅、还珠洞、大铁钟,随后来到了象鼻山下。象鼻山因山形酷似一头站在江边伸鼻豪饮的大象而得名,象鼻与象身之间的大洞便是水月洞。诗人范成大说:其形成圆,望之整如月轮,美丽极了。一天的旅程在欣赏美色中不知不觉地结束了。

阳朔山水甲桂林——游阳朔

2007 年 8 月 21 日

今天一早我们早早启程,向这次旅程的中心阳朔出发。我们驱车来到码头,乘船向阳朔赶去。

阳朔,是一个美丽的小山城,环城围着十八座山峰,合起来就像一朵绽开的莲花。拿上了船票,只见一艘华丽的船缓缓停在岸边,上下两层的结构,还有一层专为观光而用,整座船看上去豪华而上档次。这时,开始下起了蒙蒙细雨,在雨中,整座船更显得高贵美丽,它有个美丽的名字:真龙一号!

不一会,我们登船了,按照座位号,我们坐在二层!我三步并作两步,跑上了二层,迫不及待地按座位号坐下。向外看去,只见漓江果然是名不虚传,山清水秀,简直是碧水如镜,秀雅明丽。蒙蒙细雨为漓江更增添了浪漫色彩,现在正是云雾迷蒙的早晨,更显朦胧之美。正当我欣赏这美景时,船开了,我不禁跑到船头,只见船头破出的一个个浪花,向两边拂去,有的像玫瑰,有的像牡丹,美丽极了!我抬头向前一看,只见一座高大的山峰,被雾所笼罩,时隐时现。那云,如一条白龙,绕山盘旋而上,好似人间仙境。一会,倾盆大雨挥洒在平静的水面上,如一幅美丽的图画,充满了无限光彩,在水面上浮出无限涟漪。远处,几艘小船正停在江中,船上的人正在垂钓,而小竹筏上的渔民,有的用鱼鹰捕鱼,有的用渔网捉虾,忙得不亦乐乎。远处的一座山峰好似一位老人,正站在石头上向远方望去,一旁的那座山又像是一个巨大的田鸡，正吐出舌头好像要将空中的蚊子一网打尽。

雨中的漓江真是美，难怪有人这么选择中国的四大美景：秋北京，夜上海，雾重庆，雨桂林，果然名不虚传。我们报了照相的名，准备在船上照上漓江的十五个景点。不一会，照相开始了，由于天气原因，照相困难，可由于天气原因，漓江的景色也才是最美的。我们飞速撑着伞，顺着楼梯，来到三楼，这时，雨顺着伞直往下淌，冰冷又刺骨。到我们了，我们马上来到船头，把伞一扔，摆好了 POSE，雨哗哗地往衣服里灌，冷极了！身上的衣服不一会儿就成了雨衣。"咔嚓！"终于拍完了，我们以迅雷不及掩耳之势，飞快地撑起了伞。回到船舱，感觉身上冻得直打啰嗦，简直就是洗了个凉水澡，身上的衣服直往下淌水，一拧便扭出许多水来。脚下成了一个小水库，我再也不出船舱了！

过了一段时间，只听见很多人喊道："看！九马画山！"我冲到船前一看，只见一座高大雄伟的山峰，上面有黑、白、绿各种颜色的山壁，听说能找出九匹马在山上奔腾而得名。我透过船窗户，仔细观察这座九马画山，希望找到九匹神马。找到了一只！在山的左上角，由绿白颜色构成。接着，二匹、三匹、四匹、五匹、六匹、七匹、八匹、九匹，我都找出来了！耶！太棒了！又过了一段时间，我们的船上岸了，我们向下一个景点出发。

不一会便来到了银子岩溶洞。进去之后，我们像进入一个水的世界，到处都是银子般闪闪发光的水，清水般晶莹透彻的钟乳石，十分美丽，而且形态各异，有的像是一头凤凰，正在展翅迎接我们，有的像一只小兔子，正在吃着手中的胡萝卜。最美的要数那如帘子般波澜起伏的钟乳石，它向下自然下垂，仿佛白纱般轻盈。那深不可测的悬崖，当我见到它时，不由向后退了退，它看上去如一个山洞般向地下延伸，看不到底，再仔细瞧瞧，却是一片离地面只有十几厘米的水，多么有趣而神奇的银子岩啊！

亲水乐园——游古东大瀑布

2007 年 8 月 22 日

今天，我们来到古东大瀑布，尝试一下爬瀑布的刺激。下了车，要到山上才能爬瀑布。上山要坐奔驰，我好奇极了，迫不及待地冲在队伍前面，想一睹奔驰真相。穿过一片小树林，只见一艘艘竹筏在水中走来走去，原来，这奔驰就是一艘艘竹筏呀！我大呼上当。可是，看这水清澈透底，后面的一座座山峰险而秀丽，坐"奔驰"真是个好的选择。我抢占了登陆口阵地后，一脚踏上了"船"，另一只脚一助力，我第一个登上了竹筏，抢了一个船头的位置，准备其他人上来了就开船。

开船了，前面的竹筏划开湖面，划出一道道上下起伏的水波，水面上，一条条鲤鱼在我身边穿梭，红的、白的……只见它们身手灵敏，不一会就消失了。我立即拿起了身旁的海岸防御炮，准备出动，击沉"鲤鱼舰队"。我装上"炮弹"，"瞄准"，"开火"，只见一束水柱以迅雷不及掩耳之时向一只红鲤鱼打去，可哪知它反应灵敏，迅速下潜，并高速向前逃去。"没打中，"我又装上一发炮弹。这次我长了经验，向鱼的前方打去。"嘭！"一个水柱冲出水枪，如一只怒吼的雄狮直向鲤鱼冲去，只见鲤鱼惊了一惊，竟跳出水面，一甩尾巴赶紧跑了。"耶！打中了！"我高兴地喊道。之后，我又变换战术，用打射、扫弹、精确射击等方法，又击中了不少鲤鱼战舰，打得它们落花流水，落荒而逃。我获得了不朽的战果，产生了极大的成就感。

送椅记

2007 年 8 月 26 日

我的椅子已经坏了好几天了，我成天都不得不把握平衡，调整好重量，生怕再被这坏椅子给暗算了，把我翻倒在地。虽然这样仔细，但我还会时不时地被椅子所暗算，来个与地面的"亲密接触"，可是把我给"受够了"，忙让妈妈打电话给姨妈，让她为我准备一把椅子，来代替这个"断臂残兵"。

可是，一连等了好几天，也没盼来姨妈的椅子，却又连摔了几个跟头，让我又多亲密接触了几下大地母亲。我可是等不及了，恨不得拿把锯子，自己做一把椅子，让我好好享受一下没有与大地母亲接触的夜晚。我已下定决心，明天姨妈再不来送椅子，我就要自己去买一把回来。令人没想到的是，姨妈好像知我心，第二天中午，姨妈便送来了我朝思暮想的椅子，让我悬着的心放下了。而送来的这把椅子，也着实让我高兴了一把，银色的支柱，外黑内蓝的椅背，现代感极强的椅子扶手，由一条条线条组成，木质的扶手背，庄重而不失典雅，真是我的最爱。坐上去试试，舒服极了，可以 360°旋转。"姨妈送来的椅子真好！"我不禁夸奖道。姨妈的脸上也绽放出快乐的笑容。这终于圆了我的换椅梦，我终于能换下"断臂残兵"，坐上新椅子了！

表姐的婚礼

2007 年 8 月 29 日

今天中午，我与爸爸妈妈一起参加了我表姐的婚礼。

还没到酒店，便远远地听到了震耳欲聋的鞭炮声。只见天上礼花四溅，五彩缤纷，把天空装扮得格外美丽。顺着鞭炮声，我们来到宾馆，这里简直是人山人海，天上不断地向下洒落五颜六色的碎纸，把婚礼的气氛变得更加欢快、愉悦。紧接着，婚礼的主角出场了。只见表姐身穿白色的婚纱，后面的裙子一直连到地上，白色的婚纱与她那白皙的皮肤打成一片，秀发高高地盘起，宛如一位欧洲中世纪的公主，美丽高雅，脸上洋溢着幸福的笑容，手紧紧地拉住新郎官的手。新郎身穿黑色的西装，显得高大有力，不失庄重，也挽着新娘的手，亲密无间，一同步入新婚的殿堂。这时，乐队演奏起了《婚礼进行曲》，欢迎新郎新娘向正式成为夫妻又进了一步，悠扬的歌曲钻入每个人的心扉，特别是新郎新娘，心里美滋滋的，脸上的笑容更加灿烂了。

来到餐厅，大家安置就位后，只见一位打扮时尚，梳着长长的马尾辫，身穿长裙，古灵精怪的女生走上舞台。原来，她就是这场婚礼的主持人。她是山东电视台综艺频道的主持人，这么厉害的背景，我不禁对老姐的社交能力刮目相看。"没白活这二十七年"，我想。不一会,婚礼仪式开始了,新人上场,交换信物,夫妻对拜……一个个场面主持得井井有条,甚至,还下了圈套,让姐姐、姐夫稀里糊涂地当了超生游击队,立下了生八个孩子的誓言,把现场气氛调节得欢快极了。

由于时间关系,我不得不离开了婚礼现场。在这里,我祝姐姐姐夫:夫妻恩爱,早生贵子。也祝爸爸妈妈,这对老新人:白头偕老,恩爱终生!

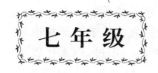

七年级

竞选孝心标兵

2007 年 9 月 4 日

中国有句古话说："百善孝为先。"孝，中华民族传统美德，孝父母，孝师长，孝长辈都是孝，弟子规中也有"入则孝"。我自认为没有独生子女以自我为中心的意识，也没有把父母奉献的心血当成理所当然，更没有和父母顶嘴的现象，对"孝"字理解得比较深刻。深切地体会到父母的爱，并在力所能及的情况下能分担父母的劳苦并表达出对父母的感激，真正做到入学初所学的弟子规中的"父母教，需静听。父母责，需顺承。冬则温，夏则清，晨则省，昏则定。出必告，返必面。居有常，业勿变。事难小，勿私藏"。2007 年的三八妇女节是最让我自豪也最让妈妈开心的一天。

妈妈平时为我付出了很多，费尽了心血。妈妈很辛苦，尤其我上初中以后，每天早晨 5 点多就起床为我做饭。我早就想好了，三八妇女节我要"送"给妈妈一件她最喜欢的礼物。

"送什么礼物好呢？"我一早就冥思苦想。商品之类的东西妈妈是不会要的，她不喜欢我乱花钱。有了！我学的绘画特长，用笔墨在纸画一幅漂亮的画，让她欣赏我特长成果；努力学习，让妈妈看看我的学习成绩；还有，妈妈最讲卫生了，我要把地下拖得干干净净！我还想给爸妈做一顿可口的饭菜，只是老天今天不给时间，只好留着以后表现，最后晚饭后给冲上一杯奶茶。想好了，马上行动！一笔一画画好了一幅图。自己看看，还蛮漂亮的呢！放学了，利用妈妈做饭的时间，马上拿来拖把，开始拖地。妈呀，东一块、西一块，地下成花脸了……越急越乱，越想干好就越干不好，心里好着急呀！怎么办？？哎！妈妈以前不是教过我拖地吗？按照妈妈教的方法，结合平时实践经验，洗干净拖地，然后一块地砖一块地砖地拖，很快地就拖好了。

妈妈从厨房出来了，她看着干净的地面，还有我送给她的画，脸上露出了欢快的笑容。我心里好高兴！今天真是快乐的一天。

哎？对了，电视广播都调侃地说明天是"三九夫男节"，那我也为爸爸精心准备上一份特别的礼物，表表我的孝心。不过，两天代表不了什么，天天坚持才是真我！！！！

一堂快乐的生物课

2007 年 9 月 8 日

"丁零零！"伴着清脆的上课铃声，同学们依依不舍地把语文书放回了书包，拿出生物书，脸上愁眉紧锁，眉毛形成了一个"八"字，谁也不想上生物课。因为，新来的生物老师实在不合我们口味，扩展知识少，大家都怀念以前那个生物老师。

"噔噔噔"，一阵脚步声由远而近，我不经意向门外一看，一个熟悉的身影出现在我们面前——于老师，大家也看到了，于是掌声如雷鸣般响起，有的同学甚至激动地喊了起来。于老师说道："同学们，今后继续由我给大家上课，我也十分高兴……"老师还没说完，一阵"耶"声便响起，同学们兴奋极了。

之后，于老师开始上课。老师在讲台上眉飞色舞地讲着，一边不时地转过身去，在黑板上补充上课外知识。老师的嘴像是一道开了闸门的知识水库，讲起来滔滔不绝，感情丰富，洪亮的声音响彻教室。知识点从天文到地理无所不有，脸上的表情时而凝重，时而微笑，伴着那多变的肢体语言，仿佛把同学们带入生物的世界，使人忘却了一切。同学们认真地听着老师讲课，脸上的表情也随老师而变化，眼睛也始终是三点一线，眼睛、老师、黑板，生怕漏下一个知识点。平时的"大嘴巴"们也安静了下来，都希望以这种方式来欢迎老师的归来。同学们的认真表现也让老师发挥得更好，更加动情地去讲课。老师精彩绝伦的讲解，吸引了同学们的注意力。大家听得入了神，好像跟随老师一起进入了神奇的生物世界，手中的笔也禁不住停下了。不一会，黑板便被老师写满了，老师的脸上绽放出了美丽的笑容，仿佛在为我们的积极表现而感到欣慰。于老师的课精彩极了，让我们真正感受到探究知识的乐趣和学习文化的快乐。

学习是快乐的,快乐学习让我们掌握得更多!

开学典礼上的荣耀——上台领奖

2007 年 9 月 10 日

今天中午,学校要求全校同学期末考试级部前 60 名的同学到操场上集合,排练。我高兴地快步走向操场。路上,我感到一队队的学生,几千双眼睛对我投来一道道羡慕的目光,仿佛在说:看,他就是级部前 60 名的!把我的脸照得越发自信,腰挺得直直的,脚也好像是抹了润滑油似的,全身上下舒服极了。心想:这种感觉太棒了!好像所有人都在对我行注目礼,我感到自己像是一个凯旋的战士,正享受极大的荣耀,心中比吃了蜜还甜。半个多小时的时间,我们便把下午开学典礼的内容排练完了,就等下午精彩表现了。

下午,我早早地便来到了学校,希望早早地享受到开学典礼为我带来的满足和自豪。我在教室中仔细地听着大喇叭,一听到集合声,便准备以飞人之速冲出教室,在主席台前第一排就座。不一会,喇叭中播放出《解放军进行曲》,我飞快地越过桌子,冲出教室,来到操场上,找到预定的位置坐下。现在,我只祈求时间能过得快一点,好让全校几百个老师,几千个同学都知道我的成绩。我为自己自豪,美滋滋地享受着这胜利的果实。

不一会儿,开学典礼开始了,方校长讲完话后,该表扬宣读学习优秀生了。我的心悬在空中,两只手紧绷了起来,生怕自己不被念到名字。七(5)班、李晓薇、迟浩淳……这时,我仿佛听到自己心脏的声音,汗从手中渗出,姜丰仪……终于听到了我的名字,我悬着的心终于落了地,感到无比的自豪,脸上露出了开心的笑。紧接着,我们上台领奖,只见下面黑压压一片片的人,四千多双眼睛正注视着我们。我感到,我现在真是几千人之上了!这时,我看见了还没上来的叶俊志、牟家纬,他们眼中燃烧着愤怒的火苗,仿佛时刻都要将我吞噬。我不禁从兴奋中清醒过来,意识到他们很可能是两匹黑马,在下学期的学习中将我赶超。

清醒奋斗吧,别被胜利冲昏头脑,别被虚荣侵占灵魂,我要继续保持现在的学习劲头,我要一直保持现在的名次和荣耀!

人物形象描写三则

2007 年 9 月 20 日

我的爸爸

他,高高的个子,挺着一个厚实的啤酒肚,在他那正正方方的脸上,总是挂着微笑。头上那浓密的黑发整齐地排列着,理着毛寸。眼睛里闪放着深邃的目光。耳朵又大又厚,一看就是个有福之人。高隆的鼻子镶嵌在他那满面红光的脸上。告诉你,这就是我的爸爸。

我的数学王老师

老师走进来了,只见她个子不高,有些消瘦,身子骨小小的,不禁让人想起小巧玲珑这个词来。在她那高高的鼻子上架着一副眼镜,梳着马尾辫,眼睛总是笑得眯成了一条缝。她那 30 多岁的脸上,已爬上比同龄人多一倍的皱纹,突出的下巴与她那"甲"字脸相吻合。她衣着朴素,总是穿着一双旅游鞋。上课时,只见她两手如快刀斩乱麻般飞速写下一行行字,与同学们谈笑风生又不失严肃。告诉你,这就是我的数学王老师。

我的同学张宇鲲

他的个子不高却略显肥胖,两个红扑扑肥嘟嘟的小脸蛋长在他那正正方方的脸上,从侧面看来他的嘴部上下颚如一座隆起的山脉突起。他的眉毛又短又细,两只小眼睛直直地盯着老师,生怕遗漏了什么。笑起来,眼睛便眯成了一条线,几乎看不出瞳仁,憨厚而又可爱。高高的鼻子嵌在他那肉嘟嘟的小脸蛋儿上。下课时,他与同学嘻嘻哈哈,上课时,认真听讲。发言时,便不停用双手拉那上衣,仿佛想遮住他那突起的肉。这就是我的同学张宇鲲。

课间的教室

2007 年 9 月 28 日

伴着一声下课铃,教室里立刻炸开了锅,几个同学聚在一块手舞足蹈地拉起呱来,另外几个同学拿着一个同学的本子,玩起来了排球,将本子传来传去。只见坐在前排的几个调皮蛋,桌子都来不及收拾,将桌子往前一推,一边招呼着另外几个调皮蛋,一边飞也似的向教室外冲,两只胳膊甩得跟螺旋桨似的飞快。这时,只听见"啪嗒"一声,一个铅笔盒掉在地上,里边的笔撒了一地。"腾"的一声,旁边的一位女生唰地站起来将两只手弄得咔嚓直响,之后,握紧了拳头,嘴里说着:"你……你……"那个调皮蛋看着这一切,手忙脚乱地去捡地上的笔,希望挽回这一切。谁知慌乱中,他的脚"咔"的一声将地上的笔踩碎了一支,那个调皮蛋吓得两手抱头,"嗖"的一声,如一颗洲际导弹飞了出去。那女生也不甘示弱,挥舞着拳头,如爱国者导弹般跟了出去。

运动会前的准备

2007 年 10 月 8 日

今天晚上放学后,我以刘翔 110 米栏跨栏之速,飞快地向家里冲去,拿上钱,立即向振华跑去,生怕去晚了东西都被抢光了。因为明天就是我日思夜想的运动会!让我们足足等了两个周的运动会!所以,我要好好地为明天的运动会做准备。

我灵活地在人群中左躲右闪,飞快地向振华跑去。此时,我身旁已出现不少同我一样的身穿十中校服的人,我更加快了步伐。终于,当我冲进里面时,里面还没有太多的人,我为自己感到庆幸,说着,抓起一个筐,三步并作两步跑上二楼,冲到食品区,目光迅速扫描目标,将自己喜欢的,有营养的食品挑出来。众多的品牌让我眼花缭乱,我凭借自己的经验,最终将它们放入筐中,并仔细检查一遍看看是否合格。紧接着,我又施"轻功"飞下了楼,来到收银台前。这时,只见人渐渐多了起来,越来越多,其中有不少穿红色校服的十中学生及家长。我不禁为自己的英明感到高兴。回到家,我将书包中的书倒了出来,将书包清空,把买的东西放了进去,对照着笔记本上一个一个地看是否缺了什么东西,生怕少了东西影响明天的运动会。我检查好了以后便上床睡觉了,可心怦怦直跳,压抑不住心中的兴奋,辗转反侧,直到深夜才入睡。

运动会

2007 年 10 月 9 日

今天早上我起了个大早,吃完早饭便迅速穿上校服,背上书包,戴上手套,在镜子前照了又照,检查一下仪容,便向南操场进发。

路上,只见一个个穿着校服的学生,有的三三两两结伴同行,有的独自走着。越接近南操场,人便越多。车也越来越多,慢得像蜗牛爬行,最后,干脆不动了。这时,人成了茫茫一片,车也成了茫茫一片,人山人海,我随着人群涌入了南操场。南操场上一片热闹,老师们忙着画跑道线,运动员们则抓紧时间,绕着场地跑,做着热身。我则用目光飞快地扫过一个个牌子,终于,在主席台对面找到了我们班所在的看台。同学们差不多都已到位,我急忙跑了过去,找了个座位坐下,再一次检查了着装:校服,白手套,白鞋,全齐了。我们来到跑道上,站成了四队,去领旗。红旗拿在手中,沉甸甸的。我正准备看看我是否能举起超过四分钟时,音乐响起了,我不得不站好队,一动不动地站着。此时,各个班也在集合,操场上人越来越多,我不禁开始担心害怕起来:"走坏了怎么办,走不好怎么办?"我对这练了好几次的举彩旗担忧起来。这时,"起步走"的号令容不得我思考,我只好向前走了……

怀　表

2007 年 10 月 12 日

今天晚上,我正在复习,妈妈绕到我身后,递给我一个红色的盒子。我打开一看,只见一块金色的怀表静静地躺在盒子里,扁平的表身,长长的表带绕在盒子里的填充物上。怀表的里面是透明的,可以通过它看到不断旋转的机芯。它的外壳采用镀金工艺,它长长的表链是采用链子一般的铁索一个扣一个组成的,而且在每一个连环的下部,都经过打磨,使表链更加坚固,不容易被磨坏断掉。坚固的表带,镂空的机芯,镀金的外壳,我不禁喜欢上了这个表。妈妈对我说:"你那么喜欢,那么送给你了,这是我们学校发的,我留着也没用。"我听到妈妈这么说,欣喜若狂,马上摆弄了起来。

镂空的机芯分为三部分,一部分是齿轮部分,它是为了给怀表上发条或调时间用的。第二部分是转轮部分,它是通过发条的力量驱动并靠铁丝的力量来限制速度,来转动指针。第三部分是铁丝部分,它通过储存一条条铁丝来为转轮提供限制速度的工具。我看着这只表,想着怎么调控时间。我将这表翻来覆去,仔细观察。终于,在表的上方发现了一个小柄头,我试着转了一转。可转了几下之后,我发现秒针动了,开始旋转了起来。我又试着将它拔了起来,转了几下,只见时针和分针都转了起来。我看了看时间,将表调好了时间,将柄头又摁了下去,看着指针转来转去,我的心感到无比快乐。怀表指针走动时,还会发出"嘀嘀"的响声。这响声,如一声声警报,让我倍加珍惜时间!

印象最深的一件事

2007 年 10 月 15 日

今天,是一个重要的日子,我们班二十名同学将代表烟台十中参加区运动会的开幕式。今天早上,我六点半便起了床,吃完饭,穿上校服,准时到了学校。只见操场上已经有不少同学站好了队伍,等人到齐,我加快了脚步,飞快地向教室跑去,扔下书包,冲到了操场上,站好了,等待老师口令。已经六点五十了,女生队伍早已站好了人,都到齐了,可是我们这一边的男生方队,却还有一名同学没来,我们都担心了起来,更为今天开幕式上我们十中的表现而担忧。体育老师再也等不及了,一声令下,我们浩浩荡荡地向南操场出发。

来到南操场,我们又在外面等了二十多分钟,终于在开幕式开始的前十分钟盼到了我们班的另一位同学。人终于到齐了,我们提着的心也终于放下了。开幕式开始了,我们来到操场上,按照排练的队形排好,踏上跑道线,平静了一下怦怦直跳的心,端正态度,踏步走向前。

"起步走!"一声令下,我慢慢地向前走去,一边与前面的同学保持距离,一边看看排面是否整齐,不时地调控着前后距离。我的手一直保持着预定的轨道,向身体的中轴线甩臂,两腿轻上轻下,保证不踏地。我不敢有任何丝毫差错,生怕因为自己一个人的失误,毁了整个团体的美观和荣誉。马上到主席台了,我的心怦怦直跳起来,心中不断为自己加油。"向右看",我听到命令,立即转头,随口而出的是一声声有力的口号,"发展体育,振兴中华……"我们喊得气势恢宏,让看台上的领导不禁一震。"啪"的一声,我们整齐地转回头来,离开了主席台,向前走去,来到了预定位置。"我们成功了!"我不禁喜悦地在心中大声喊道!

学习编程

2007 年 10 月 16 日

今天下午第三节课,我刚刚做完眼操,便拿起课本向南楼三楼跑去。来到微机室,我早已是气喘吁吁。只见微机室早已坐满了人,我连忙三步并作两步,跨到一台机器旁,打开电脑,飞快地安装好软件。这时老师来了,对我们说:"今天,我要去开会,你们自己做卷子上的练习,我回来检查。"我暗暗高兴,心想老师不在,我可以大露一手了。我打开软件,只见上面弹出一个对话框:Do you want to set up a new user?(你想建立一个新的用户吗?)我运用我以前的英语基础,迅速判断出了这个句子的含义,并选中了"yes"。可是,之后出来的却是一张模糊不清的图片,我顿时乱了阵脚,纳闷起来:"难道是我安装错了不成?"我又仔细端详起出现的东西,仍没有发现什么。我看看旁边,只见我周围的人连安装都没有进行完。我"孤立无援",只好自己解决问题了。这时我发现,在这图片的上方,隐约有几个单词。我仔细地辨认着,其中有一个好像是 Files(文件)。我用鼠标点了它一下,只见上面出现了一个下拉菜单我十分高兴,忙选中了里面第一个 new(新建)。顿时,模糊的图片不见了,变成了黑色的编辑区。我简直是欣喜若狂,连忙开始输入程序。

键入了一大串长长的命令后,我试着运行了程序,可出现的却是 instructions discord(指令错误)。我纳闷了,呀! 怎么会错误呢? 我可是照着书上的要求写的呢! 我又将程序检查了一遍,运行,仍是

"指令错误",我觉得很奇怪。这时我看见了底下 watch 窗口中有一行字,仔细一看,大体意思为"第三行、第七行出现语法错误"。我一看终于发现了问题所在,连忙改正,一试,只见"pass any key"(通过)出现了,我做出来了! 我会编程了! 我成功了! 我在心中兴奋地呐喊道。

迟　到

2007 年 10 月 17 日

　　上课铃已经响了十多分钟了,"咚咚咚",伴着一阵急促的敲门声,两个迟到的同学先后走进了教室。前边的甲同学上气不接下气,身后是神情自若、缓步走来的同学乙。"怎么来晚了?"老师放高声音问道。"我,我……"甲低下了头,不敢直视老师,脸红得像猴屁股似的,手不断玩弄着衣角。"啊,早上堵车,所以来晚了",乙平静地说道,眼睛瞟了瞟,好像一点不把老师放在眼里。老师一声大喝:"站好了,来晚了还这样,太不像话了!"手中的黑板擦用力一拍。"切",乙小声嘟哝了一句,说着,略微站直了些。"甲,说说怎么回事? 你身为班长,竟然能迟到?!"甲的头更低了,眼泪在眼眶里打转。乙悄悄地骂了一句:"没出息!"甲说:"老师,我早上起来晚了,我,我一定改。"老师的脸上露出了欣慰的笑容。

生活中的浪花

2007 年 10 月 18 日

　　晚上,我回到家,提起那沉甸甸的书包,放到床上,从里边拿出我的三大法宝:铅笔盒、作业本、垫板,写起了作业。

　　不知不觉中,时间飞快地从我的笔尖流过,我的手表又"嘟嘟"地响了两下,十一点了。我伸了个懒腰,仔细听听一旁的卧室早已没了动静,爸妈早睡了,可我,却仍然还剩下一大堆未完成的作业。我看着这堆成小山似的作业,心中不禁犯了难:"是写,还是不写?"写的话,十二点也写不完,可此时,再过几个周便要考试了,我明天还要复习呢! 我的心里仿佛有两个小人,互相争斗了起来,一个说:"写吧,此时不写，再等何时！"另一个说："别听他的，快别写了，去睡觉吧！"我也一时主意不定，犹豫不决，不知该写还是不写。两个小人竟打了起来，一个给了另一个一拳，另一个反击一脚。此时，我不禁打了一个哈欠，顿时，睡意如决堤了的洪水，一发不可收拾，以迅雷不及掩耳之势，飞快向我扑来。不一会，睡意便席卷全身，我也坚持不住了，想马上躺下去与周公相会。一个小人快打败坚持不写的那个了，我突然想到：如果现在睡觉的话，那明天便无法复习了，再说，坚持这么短短的一会儿，一鼓作气，写完作业，那多好啊！于是，我又重新回到桌前。最终，我做完了作业，使星期六的复习更完整、彻底。

生活中的每一件事，都应像海中的浪花一样，一浪接着一浪，一鼓作气，冲到海岸。只要我们坚持到底，如浪花般勇往直前，终究会克服困难，到达理想的彼岸。

把孝心献给父母

2007 年 10 月 24 日

孝是什么？孝是缤纷的云霞。孝是什么？孝是温暖的怀抱。孝是什么？孝是一条流淌着爱的河流，它没有尽头……

古人云："百善孝为先。"孝，是做人的根本。孝敬父母是中华民族的传统美德，一片孝心动天下。

我看过这样一个故事：一对母女去滑雪时，突然遇到了雪崩，她们只好原地不动，等待救援部队的援助。困在雪地里的女儿因饥饿和劳累而昏迷不醒。由于她们穿的都是浅色的衣服，救援部队几次经过，都没有发现她们。当她醒来的时候，才知道母亲为了救她，毅然用刀割开了左手的动脉，在雪地里爬行了几十米远，在母亲生命终绝的那一刻还在爬行，一条长长的血路使救援部队发现了她们。

她过去一直认为作为清洁工的妈妈是卑微的，现在才知道是平时言语不多的母亲用鲜血把自己救了，母亲那平凡又娇小的身躯里，却蕴含着那么伟大、无私、一丝不苟的爱。

春花秋月，夏雨冬雪，不变的是天地；斗转星移，日月更替，无价的是孝心。孝是稍纵即逝的眷恋，孝是无法重现的幸福。孝是一失足成千古恨的往事,孝是生命与生命交接处的链条,一旦断裂,永无连接。

孝心也许是一处豪宅,也许是一片砖瓦。也许是远在千里的一只鸿雁,也许是近在咫尺的一个口信。也许是一顶纯黑的博士帽,也许是作业簿上的一个红五星。也许是一桌山珍海味,也许是一顿家常便饭。也许是花团锦簇的盛世华衣,也许是一双洁净的布鞋。也许是数以万计的金钱,也许只是含着体温的一枚硬币……但在孝的天平上,它们等值。

同学们,我跟你们说这些只是想让你们都能好好地去珍惜自己所拥有的父爱母爱,都能够趁自己父母还健在的时候,好好孝敬他们,赶快为父母尽一份孝心,让他们快乐无忧地过日子。不要因为他们不满足你的希望而说"废物";不要因为他们的叮咛教诲不停而说"烦死人";也不要在他们需要我们的时候而不闻不问,有意躲开。更不要挥起你的拳头去对待他们,虐待他们。即使父母做得不对,有时说得过火,我们做儿女的也要体谅他们,尊敬他们。如果你连自己的父母都不孝敬的话,能指望你去孝敬谁呢?

"慈母手中线,游子身上衣。"我们做儿女的,穿的用的都是父母辛辛苦苦挣来的,衣服上的每一根丝线,都渗透着父母的汗,父母的血,都寄托着父母的殷殷祝福和企盼。

"临行密密缝,意恐迟迟归。"我们在学校读书,又使父母多了一份牵挂。父母把爱无私地奉献给我们,而他们得到的却是额头上条条皱纹,头上缕缕银丝,多么高尚的爱啊!

同学们,你们又怎样回报父母呢?我们应该用心,用行动去偿还我们得到的一切,因此我们要努力学习,做个好学生,让父母在家少一份担心,多一份放心,要在生活经费上尽量减轻父母的负担,要从生活上不同角度上去关心父母,不要忘记在父母生日或节日献上一份礼物,这些都是孝心的体现啊!领到奖学金时,如果你能拿出一点,买一份小小的礼物给你们的父母,同样会给他们带来莫大的欣慰。

要知道,父母的爱是伟大的,也是无私的。它沉浸于万物之中,充盈于大地之间,想报答完他们的恩情,就像在用勺子一点点地舀着大海一样,无论如何都是报不完的。何不在有机会的时候让报恩之水填满一个个小池呢?其实,父母并不求我们报恩,只要看见孩子开心幸福,就是对他们最大的恩惠。

"谁言寸草心,报得三春晖。"孝,其实很简单,又实在很难。同学们,就让我们从今天开始履行我们那报不完的孝行,从现在开始就让我们开始体会"孝"这个字吧!让我们与父母坦诚相处在一起,过上融融乐乐、幸福无比的家庭生活吧!用我们的孝心,用实际行动来报答父母的养育之恩。通过我们的做法带动我们周围的人,让人们明白"孝"是天经地义的事!

我把消防员当偶像

2007 年 10 月 25 日

伴着一声声刺耳的警笛声,一辆辆消防车、警车呼啸着穿过大街小巷,飞驰着来到市中心的购物大厦。此时,大厦里冒出滚滚浓烟,将那片天空遮住。大厦内不断传来东西烧裂的声音、爆炸声,夹杂着人们的一声声呼喊,一声声撕心裂肺地哭声。大火已蔓延至三楼,人们不断向上层跑去。这时,一个个身着黑色防火服,头戴呼吸面罩的消防员出现在人们的眼前,围观的人群中传来了阵阵的掌声。他们奋不顾身,冲进火海,寻找着被困者。不一会,被困在大厦里的人陆续被解救了出来,人们悬着的心渐渐放了下来。可是这时,有人发现,在大厦最顶端七楼的窗口边,有着一男一女,他们被大火逼到了窗台边,仅靠窗边那不到十厘米长的空隙蹲着,随时可能掉下来。大火离他们越来越近,其中一个人试着顺着排水管下来,可是脚却踩空了。而此时,大火已将整个大楼吞没,大楼随时有倒塌的危险。

地上的人们紧张地盯着这一幕,消防天梯只能达到五楼,消防员一时半会又上不去,眼看着两人就被大火淹没。

这时,七楼窗台边隐现出一个消防员的身影,他在火海中艰难地前进着,渐渐地靠近了窗台。终于,他来到了两人身边,滚滚浓烟冒得更猛烈了。在浓烈的烟火中大家看到了惊人的一幕,消防员毫不犹豫地把自己的氧气面罩摘给了离他最近的那个人，并将他背着下了楼。随后，大家带着惊讶的表情看着他冒着随时摔下楼或窒息的危险又爬上七楼，救下另外一个人，两人都脱离了危险。

他是 2006 年感动中国的人物之一。然而，此事却发生于 2003 年。三年过去了，他默默无闻，不求功名，这是一种舍己为人的崇高精神，这也正是我们新时代青少年需要大力发扬的精神。他是我永远学习的偶像。我们应该学习他这种专门利人的精神，社会多几分这种精神，那么世界便将更加充满爱。

贴地图

2007 年 11 月 3 日

这几天来，我一刻也不停地催着妈妈给我买地图，可是妈妈总是忘记。今天当我回到家，一眼便看见了沙发上那两张被塑料纸包着的地图。我迫不及待地拿起它们，放到手里仔细地看着，一张是中国地图，一张是世界地图。我用手一摸，光滑而有光泽，不愧是妈妈买的地图，质量就是好！

我拿着两张地图，来到房间，准备把它们贴在墙上。我看看这，再看看那，不知该贴哪里才好。贴这，不行，会晒掉颜色，贴那，不行，查看不方便。我左思右想，终于决定将中国地图贴在我床头上方，这样不怕"刮风下雨，风吹日晒"了，看起来还十分方便。把世界地图贴在我学习桌的后面，这样只要轻轻一回头，便能查阅得到。说干就干，我拿出双面胶，将地图展开，在它的四个角贴上了胶带，贴到墙上。为了使地图黏得更紧，我还用手使劲地按了按它的四个边，防止掉下来。两张地图都贴上了，我看了看这两张地图，心里别提多高兴了，终于不用再整天翻书找地图了。

忽然，这两张地图几乎不约而同地一下子从墙上掉了下来。我连忙用手按住地图，仔细一看，只见双面胶早已不好用了。我又拿来另外一卷胶带，这一次，我把四条边全部都黏上了胶带，狠狠地用手按了几下胶带，使其能牢牢地黏在墙上。这下，可不用怕地图再往下掉了。看着这两幅地图，我不禁在心中暗暗地为自己加油：期中考试马上到了,加油拼搏吧!

妈妈出差的日子(1)

2007 年 11 月 6 日

随着"咣"的一声关门声,妈妈便离开家出差去了,我的心中顿时也像那门似的,"咣"的一声,感觉空落落的。家里少了妈妈那忙碌的身影,少了妈妈那一声声亲切的叫喊,吃饭也不香,睡觉也睡不好,心中总感觉少了什么似的。

早上,我来到饭桌旁,只见餐桌上放了几块面包和一杯牛奶,我不禁叹了一口气。回想起妈妈在家的时候,每天早上,当我从被窝爬出的时候,妈妈早已将热气腾腾的饭菜端上了餐桌,可口极了。而今天,只有冷冰冰的面包在等着我,我心中不免失落极了,盼着妈妈能早日回来……

晚上回到家,打开门,没有妈妈做饭忙碌的声音,没有妈妈喊着我的名字向我走来的身影,我一步步地向卧室走去,拿出书本和笔,可满脑子想的仍是妈妈。那笔,如千斤重的巨石,怎么也抬不起来。吃饭时,爸爸虽然给我买了一大堆美味佳肴,但在我看来却怎么也赶不上妈妈给我做的"农家饭"吃起来那么香。晚上,当我写数学作业的时候,我遇到两道极难的数学题,我使出浑身解数,仍百思不得其解,想了半天,仍然没想出怎么做。这时,我习惯性地喊了声妈妈,可是,却没有人回答我,我这才想起来妈妈出差了。我只好自己求自己,自己解决问题了。

妈妈不在,我的生活似乎也被打乱了,一切变得没有条理,我在心里默默地喊着:"妈妈,早点回来!"

妈妈出差的日子(2)

2007 年 11 月 13 日

今天晚上,我回到家,耳边没有响起那熟悉而又动听的声音。黑洞洞的房间像个大嘴一般,正张开那可怕的牙齿,仿佛想要将我吞噬掉。回想妈妈出差前的每个夜晚,每当我推开门,饭桌上便早已摆上了冒着热气的饭菜。每当我回到家,便会有一句温暖的语言温暖我的心田。如今望着空空的桌子,我不自觉地发起呆来……

我缓步来到卧室,开始写作业。可是,妈妈不在,我怎么也无法打起精神来。每当我写几个字,妈妈便浮现在我的脑海中,总是不知不觉地就走神。手中的笔竟不知不觉地写出了"妈妈"两个字。"嘀嘀",我的手表响了起来,"七点了,爸爸怎么还没回来……"正想着,只听咣当一声,门被重重地摔了一下,爸爸提着大袋小袋进了屋,从表情看很是不高兴。我连忙跑了出去,问爸爸怎么了。爸爸说:"我给你去买饺子,等了一个小时,就给我上了一盘饺子,跟我一起来的另一家,要了五六盘,都吃完了,我气得那一盘不要了。"爸爸用纸一擦鼻子,只见纸上有血——爸爸上火了。"你吃吧!"爸爸说完便去书房了,留下我一个人在这吃饺子。

妈妈,您何时回来啊?您的出差,给我们带来了多少"麻烦"啊!但也让我们体会到了您的辛苦。爸爸上火出鼻血,那您为我们家整日操劳,是不是得吐血了?!妈妈,我时时刻刻盼着您回家,见到您那熟悉而又亲切的面孔,品尝您做的那美味佳肴!妈妈,快回来,我想您!

感受考试——不能轻言放弃

2007 年 11 月 14 日

考试是成功者攀登的阶梯,是失意者的拦路虎。

考试是一种手段,是国家、学校为检验学习效果,选拔优秀人才让其进一步深造的工具。应该说,考试是现阶段最公平的竞争方式,人人都有机会,只要有才能,有专长并付出足够的努力,通常都能获得成功。而即使由于种种原因导致某次考试失利,只要从中吸取教训,克服不足,也还可以在下一次考试中脱颖而出。

不过,任何事物都是存在两面性的,考试本身也存在弊端。一般在考场上所要求的大多是主要科目,而即使主要科目得了高分,并不能表示其他科目同样优秀。也就是说,考试不能全面展现一个人各方面的能力。比如:英国首相丘吉尔,小学都没有念完,显然是一个很糟糕的学生,如果是以分数为尺度,他最多只能得 60 分,而事实上,他却是一个杰出的政治家,一个不折不扣的成功者。由此可见,分数所标志的仅仅是某人某一段时间在某一方面的才能,并不能反映一个人的全部才智。

其实,在人生漫长的旅途中,如果只因一次失败就轻言放弃,那么,也就永远不能取得成功。在前进的道路上,有平坦的大道,也有荆棘丛生的小路。遭遇挫折后,千万不要消沉,而应执着、坚定,把暂时考试的失利视作摔了一跤,只要爬起来,总会找到一条属于自己的道路。

既然我们没法改变考试,就只有去积极地去适应它、驾驭它吧。

《石壕吏》改编现代故事

2007 年 11 月 15 日

一阵马蹄声经过,紧接着,便听见一阵躁乱的声音,"快开门! 快开门!"这阵急促的敲门声把屋里的老翁老妪惊醒了,只见老妪神色慌张地说:"老头子,快跑,官府来抓人了! 别管我!"只见老翁衣服也顾不得穿,平时不灵活的手脚如今也飞一般地灵活了起来,跳下床来,冲出屋子,翻过院墙,可是落地不稳,摔了一跤。老翁不敢逗留,忍着剧痛,连滚带爬的,跑进了院旁的森林。

"砰! 砰! 砰!"门敲得更响了,还伴着官吏凶恶的叫喊声,"开门,开门!"老妪一步一步缓慢地走到门旁,还没等开门,门就被官吏撞开了,两个人高马大、身强力壮的官吏冲了进来,他们仔细地巡视了一下屋子,最后说道:"老太婆,怎么开门这么慢! 你儿子呢?"只见老妪痛苦不堪,最后忍不住痛哭了起来,说道:"死了,我三个儿子死了两个了!""那你家里还有其他人吗?"官吏提高了声音厉声问道。"没,没有了。"老妪神色慌张地说。"哼,那屋里的小孩是怎么回事? 他母亲呢?"官吏冷笑一声,问道。老妪的脸刷地一下白了,跪在地上求了起来:"千万别抓他们,把我抓走吧! 求求你们了!"官吏脸上露出了狼一般的笑,连推带搡地将跪着的老妪带走了。半夜,老翁偷偷地跑了回来,得知老妪被抓,悔恨极了,与儿媳一起痛哭了起来。

不断变化的理想

2007 年 11 月 16 日

我的理想从小到大变幻不断。上幼儿园的时候,我的理想是当一名警察,每当他们从我面前走过时,我的眼睛便会随着他们而动,对他们羡慕不已。上了小学,我的理想发生了变化,随着视野的不断开阔,我知道了白领这个职业,希望自己能像他们一样,在将来能有着高薪酬高福利的稳定职位,想能将一周的工作做完后,有无忧无虑的假期……

而现在,我上了初中,不断增加的学科丰富着我的大脑,使我的理想再一次发生了变化。这一次的改变不是高薪酬高福利的白领,或是威严的警察类的职业,而是科学家。知识的增多使我接触了更多的文化名人,也增加了我的求知欲,我希望我能像爱因斯坦发现相对论那样,像达尔文发现进化论那样,在知识的海洋里自由遨游和探索。

可是,这次考试的失利让我明白,任何事情都必须付出极大的努力,并不是那么简单的。所以,我要在平时好好准备,才能取得好成绩。因此,为了我的理想,我要竭尽全力,一门心思地投入学习,在期末取得一个好成绩!

去洗浴

2007 年 11 月 17 日

今天晚上,爸爸决定带我们去阳光假日洗一次澡。由于是第一次去,我不禁对任何事情都充满了好奇。坐车来到洗浴城,爸爸领着我和妈妈顺着楼梯来到了地下,只见这里富丽堂皇,天花板上挂着的螺旋式灯发出幽静的灯光,营造出一种神秘的气氛……

爸爸与我来到了写有"男宾"的浴室,刚刚一进去,便有人为我们打开了两个柜子。我好奇地环顾了一下四周,只见周围站着一个个的服务员,有的匆匆忙忙地走了过去,手上端着一杯冒着冷气的果汁,有的服务员则恭恭敬敬地站在一旁,手上拿着衣服、毛巾……这时,只见爸爸早已脱光了衣服,拿上了毛巾,我也急急忙忙地脱了衣服,拿上了毛巾,跟爸爸一同来到另外一个门里。我刚刚走近,一阵热气便向我扑面吹来,把我闷得险些喘不上气来,眼镜也是布满了雾气,白蒙蒙的一片。我连忙摘下眼镜,这才看清了,这里是个浴池,墙上,地上,铺满了华丽的大理石。一个个淋浴整齐地排列着,上面写满了密密麻麻的韩(日)语,一边的一个个大池子旁边上,一台大平板电视悬挂在墙上,正播放着电视节目。一旁的木屋子里炉子燃烧所发出的热量将水全都蒸发了,形成了浓浓的雾气。一旁,人们趴在椅子上,一旁的服务员卖力地搓着,那些人则闭上眼睛舒服地享受着……我迫不及待地冲了进去,享受这舒服的感觉……

一堂难忘的艺术课

2007 年 11 月 20 日

今天美术课,美术老师提议让我们要在艺术节上表演节目的同学们先在他这里过过关。我们当然也希望自己能当一回评委,一饱眼福,就毫不犹豫地答应了。

首先,上场的是潘欣悦的二胡。只听那二胡的声音如大海一样,时而波涛汹涌,抑扬顿挫,时而水静波平,宛转悠扬,把我们带入了一个梦幻般的音乐世界。美妙的音乐响在我们耳边,我们都沉浸在这天籁之音中,难以自拔。一曲终了,同学们仍都沉浸在这美妙的音乐中,最后,教室里响起了同学们热烈的掌声。

接下来上台表演的是温馨的古筝。庞大的乐器被搬上讲台后,温馨立刻开始了演奏。乐曲虽短,但却引人入胜,短小精悍,将人带入一个古香古色的音乐天堂,每个音符,都深入了我们的大脑,让我们享受到了中国传统乐器的魅力。

紧接着,又是女同学的舞蹈,上场的女同学犹如一只只美丽的天鹅,扭动着美丽的身躯,为我们献上了一段段美丽的舞蹈。

最后,是曲泽轩、丛林等人的小品,操着烟台腔调,让人有种亲近的感觉,无厘头的话语,夸张的动作,让人不时哈哈大笑,带给我们无比的快乐。

下课铃声伴着同学们的笑声响起了,这节课让我们意犹未尽!

发试卷——我是最好的一个

2007 年 11 月 21 日

"发卷了,发卷了!"几位同学大声喊道。我的手顿时停了下来,放下笔,忐忑不安地盯着那几位发卷的同学,希望他们不要走到我这里。我的心像装着一只兔子一般,"怦怦"跳个不停,手也紧张得不知该往哪里放,抠着衣服角,豆大的汗珠从我脸上往下流,"啪嗒啪嗒……"每一声都使我的心随之颤抖。看着来来往往的同学发着卷子,我一边双手合十,闭上眼睛,祈求道:"考得好一点,考得好一点。""怦怦!"我的心跳如一头发了疯的牛一般,飞速地向上飙升,手上渗出的汗也早已将纸染透。眼看着数学老师拿着两张卷子来到讲台,而同学手中的卷子也早已发完,"我的天!我不至于烂到让老师点名批评吧?!"我不禁捂住了脸。

"下面是本次考得最好的同学和考得最不好的同学。"老师扬了扬手中的卷子说道。顿时,我的心跳到了嗓子眼,最好的是"姜丰仪",顿时我感到天旋地转,两耳嗡嗡,怎么可能?我忽然感觉世界万物多么美好,令人喜悦,耶!

妈妈开家长会后

2007 年 11 月 22 日

妈妈开家长会后,我的心顿时紧张起来,我这次又考得那么烂。唉,今天晚上,又是一场恶战啊!我立即进入一级战备状态——好好地写作业,今天的字迹我写得格外工整,每一道题都是经过深思熟虑的,希望妈妈能够满意。

"啪嗒啪嗒",时针的跳动如一根根针,刺进我的心里,想着学校里的妈妈,现在一定像我一样坐立不安,如坐针毡吧,是否表面上平静如水,但拳头早已握得咔咔响了呢?我不敢继续想象。突然,"噔噔噔"的脚步声由远至近,妈妈回来了!我立即排除杂念,安心写作业,可是脚步又由近至远了,渐渐消失了。"不是妈妈!"我立刻松了一口气,继续写作业。今天的钟仿佛走得格外快,"啪嗒啪嗒"的声音回响在大厅里,如一个小锤子,不断地敲打着我的心。唉,我那远在学校的妈妈,你能否为我少一分怒气,多一份自豪,为我那一点点分数少一些羞耻,多一份骄傲?

我仔细地听着周围的声音,害怕那一刻的到来,害怕妈妈的到来。唉,早知现在,何必当初?

试卷发下之后

2007 年 11 月 23 日

"发卷了,发卷了啊!"只见几位同学一边拿着卷子,一边吆喝着。旁边几位刚才还在大说大笑的同学,顿时哑了火,笑容凝固在脸上,紧接着被恐惧所代替,连忙跑回位子,忐忑不安地盯着发卷的同学。有的同学则是盯着桌子,不敢抬起头来,生怕正好看到自己的分数,双手则是合十,口中喃喃地念道:"80 分以上,80 分以上……"窗外的小鸟欢快地叫着,可是谁也无心去聆听。相反,这一声声啼叫仿佛是"死亡"的倒计时,每叫一声便使我们的心头一紧,恐惧与紧张也随之增加一分……

"嗖"的一声,一张卷子飞到了我的面前。顿时,时间仿佛凝固了一般,只有我和这张试卷,恐惧终于止也止不住如决堤的洪水一般,向我的全身蔓延。那张卷子是倒放着的,我伸出颤抖的手,将那张卷子放正,心中一边不停地期盼着:"90 分以上,90 分以上……"

献给"牛叉哥"——我的大侄子

2007 年 11 月 27 日 晴

"牛叉哥",是指我那亲爱的大侄子,因为他那总也合不拢关不上去的外八字大脚。

最近,他好像又有什么不良记录了。

"丁零零",一阵急促的电话铃打断了我的思绪,我停下手中的笔,仔细地侧耳倾听妈妈说话:"你好!呀!是侄女呀?有什么事吗?"这时,电话那边的嫂子开始说话了,我轻轻地拿起我这边的分机电话。我首先按住插簧，慢慢地将电话抬了起来，再缓缓放下插簧，以免让妈妈察觉到。我拿起电话，嫂子的声音立刻蹦入我的耳朵，冲入我的脑海……唉，够丢人了，七门一共 760 分，我的脑海中立刻浮现出牛叉哥他妈那张愤怒变形了的脸。哎呀，牛哥昨犯事儿了，把他妈气成这样。当初他学计算机玩电脑被老师抓了现行之后，我便提醒他："好好改造，以提前获释……难道他又重蹈覆辙了？"还不待我想完，电话那头便又传来嫂子的声音："一共才考了 500 多分，都倒数了！"我扑哧一下子差点笑出声来，"天哪！"我的牛哥不愧为牛哥，真够牛的！能扣 200 多分，我都考不了那么低！我不得不伸出大拇指，对他称赞"真棒"，同时，也不禁为他惋惜。

嫂子后面的话更是让我大吃一惊："我们想让他回初二重学吧，想转到十中那儿去……"话还没说完，我的头便嗡地一下子大了："什么，牛叉哥要到十中来？还要到初二！"天哪，这可要是让我们班哪个"多嘴驴"打探到了我还有一个 500 分的大侄子蹲了级，那可真是后果不堪设想！我的脑海中立刻浮现出这条消息在班里传播时，我那窘迫的样子。我立刻准备冲向大卧室，"指使"妈妈说服嫂子，别让牛叉哥留级。可是我转念一想，哎，有一个倒数的侄子，不是更能说明我的聪慧吗？想到这儿，我的心不禁豁然开朗，反而为牛叉哥担心了起来："人要脸，树要皮，牛叉哥这时得知自己蹲级的消息，是否会感到羞耻呢？"正如诗中所写的：少壮不努力，老大徒伤悲。

牛叉哥，不要让失败的阴影老罩在将来你的身上，让我们共同努力，一同向成功前进吧！

挂在嘴边的那句话

2007 年 11 月 30 日

吃完晚饭，我快步走回卧室，来到书桌旁，写起作业。妈妈则在收拾房间，打扫卫生。望着眼前堆成小山似的作业，我不禁犯愁了，心里想："这么多的作业，我什么时候能写完呀？又难又多，要不，让妈妈帮忙？！"刚想到这儿，我便不假思索地喊了起来："妈妈——""拒绝帮忙，自己解决不会的题！"我刚刚喊出口，只听见客厅那边便传来妈妈的声音。妈妈仿佛是我肚子里的蛔虫，总是知道我想干什么，这会又坚决地拒绝了我。这下我可犯了难，"这么多题到底怎么做呀？"我一个人嘀咕着，看着一道道难题像是小山一般堆起来，组成了一面阻止我前进的墙。妈妈的指令使我只好硬着头皮试着用各种方法将它打破：演算、画图、计算，我忙得不亦乐乎。每当我感到接近正确答案时，希望却再次破灭了。每一次的错误都使我渐渐烦躁不安了起来，我的各种方法似乎都逾越不过这道墙的阻拦，一一失败了。我只好再次叫起了妈妈，可是等待我的仍是同一句话："拒绝帮忙，自己解决不会的题！"妈妈的这句话似乎"激怒"了我，我想："难道没有妈妈帮忙就不行了吗？"这样想着，我便重新开始自己的各种尝试，看看自己是在哪儿出了错。渐渐地，我发现在我面前的一道道题似乎变成了一个个精灵，是多么的有趣呀，这加剧了我做出正确答案的欲望。不一会，这面墙便轰然倒塌，我终于做出了正确答案！

我自豪地走到妈妈身旁，将本子交给她，说："看！我自己做了出来了！"妈妈说："不被人帮，自己完成难题的感觉好吧？"我这才明白过来，原来妈妈是在用激将法呀！以后，每当我快泄气时，妈妈总是用这句话来激励我勇往直前。

口语改时间以后

2007 年 12 月 3 日

今天晚上放学铃刚响，我便一下子紧张起来，可又马上放松下来。因为今天我不必再为口语时间而发愁了，每天不必像以前那样打仗似的，飞快吃完饭，再连忙向老师家赶。这个周，我们的课，改了时间分了班，不仅不用再"打仗"了，而且还能学到更多的东西了！这可谓是一举两得，一箭双雕啊！

放学了，我和老师的儿子大凯来到了饭店，只见妈妈早就点好了菜。我的眼睛都花了，土豆丝，豆芽菜，老汤面，让我目不暇接。我迫不及待地抄起了筷子，开始吃了起来，不到一会，我的肚子渐渐挺了起来，实在吃不下了。接着，我们来到了老师办公室，写起了作业。我也为我的演讲做起了准备，每个人的时间都充实而有意义。

七点十分，我们准时来到了老师家。这时，我周围的同学里已没有了平时那些调皮捣蛋的"小不点"，没有了他们扰人的喊叫声，课堂好像也安静了许多，我们的精力都在老师身上。我听课也比平时更认真了，发言更加积极，更加完美。一旁的同学也一改常态，说得好极了。

下课了，但我仍是意犹未尽，真的希望，我能在这样好的环境下，变得更加出类拔萃。

音乐课上的集体舞

2007 年 12 月 4 日

今天上音乐课之前，大家都在纷纷议论着同一个问题：集体舞。有的人说，学校每个人都要学，要在课间操跳。有的则说，只不过是要在艺术节表演罢了。我也在心里忍不住猜测：集体舞到底是干什么的？我以前在电视上看到过北京的学生跳过，但是其中的男女同学动作过于亲密，让人难以接受。

上音乐课了，大家都怀着不安的心情，准备听老师宣布这节课应该干什么。只见老师身着一身运动服，刚刚"出场"，便点了几个女同学，说："从今天开始，我们将学习集体舞，现在由几个同学做示范。"我的心如一块千斤大石，"砰"的一声掉了下去。"真的要学吗？"我在自己心中问道。看着上去的那几个女同学，在老师的带领下，开始学习集体舞。只见老师身子向右转，迈出左腿，忽然一跳，好似电视中跳芭蕾的小天鹅，十分搞笑，同学们立即像炸开了锅似的，笑了起来。老师则是眼疾手快，瞄准了笑得最厉害的几个男同学，"你、你、你，还有你们，给我上来！"同学们先是一愣，之后，爆发出更猛烈的笑声。只见老师点的几个人当中，有几个是我们班的"重量人物"，此时，正费力地穿过座位，向老师走去。

老师这时让男女合并，一起学习，二人一组，又教了几招，其中包括后羿射日、排山倒海、分筋错骨等"武林秘籍"。上面的同学丑态百出，下面的同学哈哈大笑，好不快乐啊。这节课便在同学们的笑声中结束了。

一波三折的"心理课"

2007 年 12 月 5 日

今天,刚刚下第二节课,衣老师便大声叫着同学去南楼上多媒体课。我还从来没有上过心理多媒体课呢!于是,怀着期待与猜测的心,我拉上张艾末,急行军一百米,向南楼赶去。

来到南楼,我盯着墙上的大屏幕,等待着上课。突然,一幅画面跳到了我眼前,只见上面写了几个大字,"Unit 8:where did you go on vacation?"回头看看执掌电脑的已不是心理老师,而是英语老师,我不禁大失所望,心里咯噔一下子,心想:"今天都上了两节英语课了,难道还要上英语公开课?东西都消化不了了!"这时,我们的心理老师凑了过来,说道:"还没有声音吗?"我似乎看到了一线生机,目光直直地盯着老师,在心中默默地祈祷,希望此时心理老师能够重夺大权。突然,一阵响声引起了我的注意,我看了一眼屏幕,只见上面出现了一个闪动的片断,我几乎激动地喊出声来:"电影。"我的心似乎又来了个 360 度大转弯,来了个"死灰复燃",怎么,又变成电影欣赏课了?我的心怦怦直跳,不断冲击着我的身体,让兴奋的气息随着血液流遍全身。看着那个片段,我的心率快速上升,心里别提多高兴了。这时,英语老师忽然将它关闭了,我那刚刚燃起的"希望之火"又被熄灭了。正在这时,心理老师又重新占领了电脑,并将一些好似政治的书发了下来。我拿到一看,只见是八年级政治课本,原来上政治课啊!还不错,这节课,我们没有感到陌生,我们都很积极地上着这节课,老师也没有亏待我们,给我们放了 flash 和音乐。

这节课真是一波三折啊!

校园艺术节

2007 年 12 月 6 日

随着大喇叭里的那个声音响起,我的心也随之激动了起来,"砰,砰",我仿佛能听见心脏那有力的跳动声,心中想象着来到剧院台前看表演的情形。我简直是欣喜若狂,我们期待好久的校园艺术节快来到了。

在去儿童影剧院的路上,同学们如一只只飞上了天空的鸟儿,快乐极了,小声讨论着心中对艺术节的无限向往和猜测。即便是扰人的喇叭,还有如潮水般的车流也不能破坏我们的心情。在我看来,此时的天仿佛比以前更加蔚蓝,此时的马路,不再像从前那样觉得烦人,反而觉得有几分安静。

来到了儿童影剧院,我找到一个座位坐下来,看着四周墙壁上不断变化的灯光,我不禁对艺术节更增加了一丝向往。这时,躁乱的声音停止了,我往台上一看,只见有两位主持人走上台来。五彩缤纷闪闪发光的衣服,超前炫丽的发型,带来了不可抵御的视觉冲击波,甜美柔和的声音更是让人"醉",让人不得不为此次艺术节的准备齐全而感到赞叹。

大幕徐徐拉开,不断变化的灯光立刻向我扑来,夹杂在那蒙蒙的"雾气"当中,仿佛身处人间仙境,美丽极了。朦胧中,几十个身穿鲜红衣服的人缓缓站了起来,好似一朵朵鲜艳绽放的花朵,姿态婀娜,真是美不胜收。突然,她们舞动起来了,扭动着身体,挥动着胳膊,旋转着,变换着柔美的姿态,像一个个仙子一般,给我们带来一场精彩绝伦的舞蹈。同学们不禁看得入了神,一个个盯着舞台。表演结束了,台下顿时响起了震耳欲聋的掌声。看来,我们同学的表演可真不赖啊!

紧接着,是笛子独奏。笛声悠扬婉转地响了起来,飘入每一个人的耳朵里。我们仿佛来到了绿水青山的乡下,身旁是绿油油的树林,头顶上飘过的朵朵白云,在蓝天的映衬下,显得格外美丽。悠扬的笛声又好像带我们穿过了喧杂的街道,飞越过一幢幢摩天大楼,来到了远离城市喧闹的乡下,享受那一丝宁静。我闭上双眼,眼前仿佛出现一片麦田,一望无际的,风吹拂着麦子,左右飘扬,我顿时感到了心旷神怡,心也沉静了下来。太美妙了!一曲终了,可我仍不愿回到现实,闭着眼睛回味着刚才那使人难以忘怀的笛声。

"大家好",一声响亮的问候把我吓了一跳,只见台上站着两位男生,一位长得又高又壮,一位长得瘦小机灵,原来是小品啊!我马上坐直了身子,聚精会神地看着他们,生怕漏下了让人笑破肚皮的笑料。小品开始了,"哎,去哪了啊?"那个小个子说道。"没去哪,就是去网吧转了一圈。"那个大个挥挥手,不在意地说道。那个小个子夸张地长大了嘴巴,吃惊地说道:"怎么,你还敢去啊?我爸说,要是我再敢去,就打断我的腿,而且不认我这个爸。"一边说着一边模仿其动作来。台下的同学立刻哈哈大笑起来,有的人笑着捂着肚子,有的捂着笑痛了的腮帮子。小个急忙改口:"我是说,不认我这个儿子。"接下来的事情也更是能让人笑得在地上打滚,大个儿把《钢铁是怎样炼成的》当成了炼钢教科书,把奥斯特洛夫斯基当成了司机……真是让人捧腹不止。

我们还观看了美妙的民族乐器古筝、二胡的演奏,美丽动人的新疆舞蹈等引人入胜的节目。最后,艺术节在同学们的一片掌声中结束了。同时,我感到:今天我以十中为骄傲,明天我要让十中为我而自豪!

下雪了

2007 年 12 月 8 日

寒风呼啸着发出"呜呜"的喊叫声,窗外的大地铺上了一层白白的新衣,远远望去,如大海那波涛汹涌的海面,起伏连绵。地面上,一块块闪闪发光的冰面像是做工精细的镜子,在阳光的照耀下,放射出耀眼的光芒。天上飘着一朵朵白色的雪花,在空中跳着优雅的华尔兹,时而向上飞舞,时而向下落去。有的在空中打着旋儿,像一个个飞舞的精灵,美丽极了,又像一朵朵绽放的花朵露出了美丽的笑容。在屋檐底下,一根根长短不一的冰凌挂在那儿,像是一颗颗尖尖的钉子,洁白无瑕,晶莹剔透,将太阳的光芒反射到每一个人的心里。这时,起风了,漫天的雪花在空中急速地打着旋儿,小鸟在树上啼叫,声音宛转悠扬,动人心田,树枝也在摇动,仿佛在为小鸟鼓掌,为它那美妙的歌声而陶醉。

老师的新发型

2007 年 12 月 13 日

"哇！我的天啊！"同学们一声声的尖叫吸引了我，我转头一看，只见历史老师迈着大步走向讲台，她的发型发生了天翻地覆的变化，我不禁也失声大叫起来。老师的头不再是以前的马尾辫了，而是变成了扁平的打着旋的发型，让我们一时都不适应。

历史老师的发型，改变了以往沉稳的形象，追求了前卫的潮流，在我们的班里制造了不小的爆炸效应。上课的时候，大家都将目光放到了历史老师的头上，历史老师的发型立刻成为了聚光点。

而第二节课地理课则是让我们更加大吃一惊：地理老师踏着上课铃声，来到了教室，只见地理老师的发型也不一样了，像历史老师一样，头发打着旋，像羊身上的绒毛一般，又像一个个漩涡，在老师头上转动。老师的头发像电视上卡通人物一样，在耳朵边留下了一撮头发。乍眼一看，还以为老师是个假小子呢！老师却对此不以为然，反而平静地说："怎么样？好看吗？"同学们有的捂着嘴在下面窃笑，有的则是怪声怪气地说"好看"，引得同学哈哈大笑。

叛逆的学生

2007 年 12 月 15 日

今天早上，我们在学习，一切看似正常，衣老师正在收户口本，之后，数学老师发卷考试了。我刚刚拿到试卷，就听见一声大吼划破了寂静的氛围，紧接着，外面大厅里好像发生了什么大事，只听见又有几个人的呼喊声传入我的耳朵："你怎么那么少教？干什么？"还伴着嘈杂的打斗声，之后，是一声歇斯底里地大喊："别动我！"我立刻分辨出，这是小达的声音。怎么了这是？外面到底发生了什么事？这时，几乎所有的同学都放下笔，仔细地听着外面的声音，希望能听出端倪。"你刚才给我了一巴掌是吗？"我听见老师说道，所有人都明白过来了，外面一定是发生了什么恶性事件，小达一定是犯了什么事了。在这之后，外面的声音静了下来，我们又重新将心放到肚子里，仔细开始考试。

直到第三节课，我才从同学们口中得知了一些关于此事的传言：说是小达没有带户口本，于是老师把他的家长请来了。没想到，他竟顶撞老师。老师问他户口本哪去了的时候，他竟然头朝天看着天花板，腿不断地抖动着。更不可思议的是，他竟然还打了衣老师，还把老师的胳膊咬出血了。政教处的老师要把他往政教处拉，他就发出了那声大吼，好一幅不良少年的表现。

听了之后，我不禁为这同学的狂妄感到愤怒，为老师的受伤而难过，希望这样的事情不会再发生！

创作"多功能灯"

2007 年 12 月 17 日

今天下午美术课，老师要求同学们创作"灯"，自己设计自己的灯。我不甘落后，我这自认为想象力丰富的大脑做出的灯一定要与众不同。于是，我开始了我的构思。看着周围同学们一个个开始了创作，我却不急，仔细理清思路。"我的灯应当相当前卫，其次功能要多，可便携的……"想好了之后，我便开始了我的创作，"哗哗哗"，不一会，一幅画便展现在我眼前。我的思路此时如决堤的洪水，我又对我的灯进行了若干改造，增加了功能，提升了美观性。终于，我的作品"灯"完成了：它具备照明、音乐、GPS、电影、图片等功能，能够自由将灯伸缩，拥有 200×300 的 LED 显示屏、环绕立体声迷你音响、高亮度灯管，外观前卫。我信心十足将我的作品交了上去，回到了座位上。

临近下课，老师让同学们安静下来，然后让同学们评选出十佳优秀作品，说着便展示了起来。同学们设计的灯可真是种类繁多，样式奇特！有的外观美丽，像是一个个弯弯的月亮。有的创意奇特，功能繁多，不仅限于电灯功能了。有的贴近生活，设计出了新式路灯。快到我了！我的心怦怦直跳，不知道我的灯会不会受欢迎。大家会不会喜欢呢？"姜丰仪，"到我了！我把头埋在胳臂里，"哈哈"我听到了几个同学的笑声，但接着，传来一阵响声。我抬起头，脸上挂着惊喜的表情。我的"灯"成功了！我的画被大家接受了！耶!!!

在历史课上赶集

2007 年 12 月 18 日

今天下午上历史课的时候,老师在黑板上画了一个大表格,要求同学们一会上来填表,以给小组加分。我看看旁边的同学,只见他们有的早已低下了头,暗自背了起来,准备为小组尽一份力量。我也连忙翻开书,低下头,默默地背了起来。

不一会,历史老师一声令下,"开始"一词刚刚蹦出口,只见各排立即冲出了几个"冲锋队员",向黑板那跑去。我们怎么能让他们抢先? 于是,前面的几个同学立即投入"战斗"中,抢先跑到了黑板前面。我按捺不住了,从座位上一跃而起,也冲了上去,从讲桌旁抓起一根粉笔,刚想要写,可是摆在我面前的是挤成一堆的同学们,一个个的手都抓住了别人,动弹不得,好似打架的章鱼,一只只触角像尼龙绳上的细丝,紧紧缠绕在一起,谁也不让谁。我这时转过头一看,只见今天记名的同学正拿出班级日记,准备要记。我看情况不妙,连忙扔下粉笔头,撤出"战斗"跑回了座位。

这时,讲台上演了一出奇趣无比的"情景喜剧",上面的同学有的抓住别人的双手向后用力地拉着;有的反剪着别人的双手,自己却被别人伸来的手抓得动弹不得;有的同学拿着粉笔向人群中心挤去,想在黑板上写字,却无论如何也挤不进去;在黑板前的同学则极力伸出自己被别人牢牢抓住的右手,努力在黑板上写字,可刚写完一个字,便被别的同学用黑板擦擦去了;有的同学被别人挤了出来,可又马上冲了回去,投入"战斗"……下面的同学个个笑得东倒西歪的,可讲台上仍然一片混乱……

唉,真是"世人皆醉唯我独醒"啊,我的选择是正确的! 没有去赶这个集!

英语竞赛前的准备

2007 年 12 月 20 日

当英语老师告诉我周五要参加竞赛的时候,我的心仿佛都要激动得跳出来似的,好久才反应过来,高兴得说不出话来。我一定要好好复习一下,取得一个好成绩。

　　明天就是考试了,可是我却认为自己复习得不到位,眼看着墙上的挂钟指针一下下地跳动,我的心也随着它一上一下。考试的时间越来越近了,人也越来越紧张起来了。看着眼前堆成小山似的复习题,我的心中不禁犯了难,明天要考试,可是我怎么一点把握都没有?英语老师的话在我耳边响起:“每个班只选十人。”我能在这十人当中出众吗?我能考好吗?我又将课本整个复习了一遍,努力地记住那些短语、用法,希望在明天的考试里可以用得上去。我在床上翻来覆去睡不着,眼前总浮现出想象中的情景:我坐在大礼堂里,艰难地答着题,而周围的同学却如行云流水……我正站在英语老师办公室里,手中拿着一份不及格的卷子,而其他同学则是得到了好的成绩……

音乐课考试

2007 年 12 月 22 日

　　正当我们悠闲地向音乐教室走去时,不知是谁喊了一句:“今天音乐考试啊!”大家顿时慌了,一个个脑袋对脑袋、耳朵咬耳朵地讨论了起来。我的心也像孙悟空闹天宫似的,上下直跳,忐忑不安的,心想:“坏了!我那首歌还不会唱呢!这可怎么办?”看着其他的同学,只见他们也是个个慌张,不知所措。我只能临时抱佛脚了,临阵磨磨枪,忙从书中抽出那张乐谱,凭着记忆,哼哼了起来。

　　来到了教室,我抓住了机会,连忙向四周的同学请教,将自己不会的地方练习一下。不一会儿,一张乐谱被我解决了一大半,可是仍有一小部分怎么也琢磨不出来,急得我像是热锅上的蚂蚁一样团团转。我紧张地看着音乐老师,汗从我的毛孔里不断涌出。老师仿佛看透了我的思绪,说道:“我们先唱一遍再考啊!”说着打开了音乐文件。我这次是精力集中,将一个个跳入我耳中的音符记住。我嘴上一边一起合着音乐唱着,一边不时地看看表,希望上面的时钟能走得快一些。一曲终了,音乐老师说道:“从女生开始!”我心中窃喜,真是不幸中的万幸!!!我有了足够的时间消化乐曲,我随着台上的女生小声唱着,复习着这歌曲。

终于,我等到了盼望已久的下课铃。我的心顿时像飞了起来一样。喜悦的阳光洒满了我的心田,太好了,没考到我啊,真是虚惊一场!

生物世界

2007 年 12 月 27 日

今天,妈妈爸爸和我一同来到了振华商厦给爸爸买西裤。经过精心挑选,终于买到了一条合适的裤子。

正在爸爸要去交钱的时候,我拉住妈妈撒了一个娇:"妈,我想买一些东西,好不好?"妈妈无可奈何,只好答应了。来到玩具区,我看看这个,又摸摸那个,几乎每一样我都爱不释手,都想要买回家。这时,角落里的实验仪器吸引住了我,啊!这正是我梦寐以求的实验设备!我忙对妈妈说:"妈妈,我就要那套实验器材!"妈妈问道:"那你到底要哪个呢?"一共是三种设备,一种是化学的,一种是物理的,一种是生物的。我看了一下,想:"生物盒子里有显微镜,想要做实验先要学会用显微镜,生物里的实验也不少,还是先买生物实验器材吧!"于是,妈妈去交了钱。

我抱着那个生物世界实验器材,心里暗暗窃喜:我终于有了自己的完整的器材了!

回到家,我迫不及待地打开,里面有标本、显微镜、双倍放大镜、虾卵、染色剂、护目镜、试管、收集瓶等,看得我眼花缭乱。这下我可以将以前没有做过的实验都做了,太棒了!

今天,我的心情真是太好了!

建设新世纪的虹桥

2007 年 12 月 28 日

十一假期,我和我的同学张艾末、王子俊去了河南,在那里,我见到了一座让我难以忘怀的桥。那是在开封的一大旅游胜地:清明上河园。它是根据宋代画家张择端的名画"清明上河图"仿制而成的。

　　进入园内，首先映入我眼帘的是一座高大雄伟的木头桥——"虹桥"。我的眼前立刻浮现出历史书上那清明上河图中，一座巨大的桥横立在东京城的两岸，桥上人流不绝，热闹非凡，桥下呈现出航船穿梭货运繁忙的景象。我迫不及待地冲了过去，仔细地端详了起来，只见它由一根根圆木组架而成，两侧有供行人通行的台阶，河两岸的景象都看得一清二楚。桥的南面，商铺林立，马车穿行，一个个古装古色的"宋朝人"正在大声叫卖着，仿佛把我带入了一个时空隧道，回到了千百年前的宋朝。回头望望北岸，则是高楼林立，又像回到了21世纪一般。我们首先向南岸冲去，开始了宋朝之旅。

　　我们来到赛马场，观看了马术比赛，来到了影院，观看了皮影戏，来到了"足球场"，看了古代足球表演，又看了激烈的汴河大战……

　　一天过得真快啊，真是意犹未尽。傍晚我们回到了起点，看着那座大桥，我不禁沉思起来：古代的虹桥在经济发展中起到了重要作用，而如今的虹桥却成了我们休闲娱乐的好地方，多么大的转变啊。科技发展日新月异，新生事物层出不穷，虹桥只能代表过去的辉煌，我们要学好知识，在未来建设通向世界的新式大桥……

期末考试

2008 年 1 月 14 日

　　"丁零零！"伴随着一阵清脆的铃声，监考老师迈着大步走进了教室。"咚咚"声在教室里不断回响，一声一声冲入我的心中，敲击着我的心田。"噗通！噗通！"我仿佛感觉得到那心脏跳动的声音通过我的身体传了出来。教室里静得出奇，似乎连一根针掉落在地上都能听到。几十双眼睛同时注视着老师手中的那份考卷，在心中默默地猜测着考题。我将自己从考卷上拉了回来，闭上双目，回顾着背过的生物卷子、题目……在自己心中祈求上苍保佑我今年"金榜题名"，希望自己这几天的努力没有白费，考一个优异的成绩。

　　"哗啦啦！"发卷了，我急迫而又紧张地盯着前面的同学向后面传着卷子，越来越近了！越来越近了……我感到我的心脏越跳越快，仿佛要从嘴里飞出。我伸出颤抖的手接过前面传来的卷子，稳定下自己的情绪后,认真仔细地看题,调集自己所学过的知识,一遍一遍地过滤着我大脑资料库中的资料,生怕忽略与做题有关的知识点,让自己的"金榜题名"梦因为一个小小的 0.5 而与之无缘。我运用我的逻辑能力,一个一个一步一步地慢慢思考,争取自己的思路准确无误。时间一分一秒地流逝,我握着笔的手渗出的汗打湿了卷面,可我未停下来休息一会儿,我知道时间不等人,我只有快做,才能取胜。终于,我在收卷子前 20 分钟完成了卷子,我抓紧时间,快速检查题目,以防漏网之鱼。

"丁零零"的铃声再次响了起来,我最后看了卷子几眼,依依不舍地将它交了上去,心中念道:上苍保佑……

期末考试之后

2008 年 1 月 17 日

"来卷了!"同学的一声呼喊打破了教室那死一般的沉寂,大家盯着同学手中的那份卷子。我心中噗通跳个不停,默默地猜测着自己的分数,握笔的手中不知不觉地渗出了汗,豆大的汗珠顺着我的面颊一滴一滴地向下流着,"吧嗒吧嗒!"一声一声地仿佛在敲打着我的心。只见一旁几个刚才还有说有笑的同学,此时早已是坐在座位上,眼睛紧张地看着自己的手,嘴里不住地念着:"八十分以上,八十以上……"为自己祈祷。"嗖"的一声,一张卷子飞到了我的面前,我的眼睛刚刚瞄到分数,心便"嗵"的一下子沉了下去,考后轻松的心情顿时消失得无影无踪。一张一张的卷子发了下来,我的心也变得越来越重,越来越重,压得我喘不过气来。我仿佛看见了妈妈那张因愤怒而扭曲的脸,仿佛听见了那 100 分贝的高音喇叭冲着我的耳朵喊话,看见了妈妈手中那长长的鸡毛掸子……再看看其他同学,只见他们有的唉声叹气、怨气冲天,有的是兴高采烈、手舞足蹈,真是"几家欢喜几家忧"。今晚,我又要吃"皮带炸肉"了……

走在路上,我无力地踢着几个雪球。看着前面几个小学生快活地玩着,我的心仿佛被猛地拉了一下。我真希望能像他们一样无忧无虑,但我必须面对现实。想着一会回家之后要受"清代十大酷刑"

的"折磨",我不禁恨我自己:为何考那么几个分? 为何不能多一点? 怎么就不能为自己争一点气? 唉!

回到家,我等待着妈妈的审讯,可是半天,仍不见妈妈有何动作。我暗想,是不是妈妈忘了? 太棒了!!! 突然妈妈把我叫了过去,我吓出了一身冷汗,一步一步挪到了妈妈的面前,等着严刑的到来。可是,妈妈不但没打我,反而心平气和地和我讲道理,我受宠若惊。谈来谈去只有一个意思:重整旗鼓,稳定下心来,下次捅掉前三名这个马蜂巢穴! 为此,我们还制定了计划:数学:每天 2～4 页题,1 小时;语文:背美文,1 小时;日记:1 小时半;练琴:1 小时;英语:20 分钟;练字:30 分钟;做家长操持家务:30 分钟。

希望我在寒假努力向上,重振雄风!

大扫除

2008 年 1 月 22 日 晴

今天上午,当妈妈告诉我大姨妈要来时,我简直是太高兴了。于是,我加快写作业速度,希望在大姨妈来之前将作业快快写完。听着头顶上的时钟"嘀嗒"地响着,我的心仿佛也"嘀嗒"地响着,心里仿佛着了火似的,总是时不时地看看手表,希望我的手能写得快一点,再快一点。终于,伴着一声"叮咚",我的作业也写完了。我扔下笔,飞快地跑向客厅,迎来了刚刚进门的大姨妈,我欣喜的心情简直无法用语言来形容。看着好久不见的大姨妈,我心中真是百感交集。妈妈也是比较开明,让我休息一会,我真是心花怒放,高兴极了。

妈妈和大姨妈开始打扫卫生,我也是闲不住,像是一只飞出了笼子的小鸟,看看这儿,看看那儿,对妈妈打扫的整个过程都十分感兴趣。看着妈妈和大姨妈吃力地想把纱窗拉下来,我连忙上前去帮忙。我使出吃奶的劲儿用力一拉,只见纱窗仍然"坚守"在那里,纹丝不动,像一块千斤巨石一样。这下子可激怒了我,小小纱窗,我还制服不了你?! 再说,有外人在场,我更不能出丑! 于是,我运足了劲,将全身的力气运到了手上,把纱窗中间一弯,把纱窗底一抬,"嘭"的一声,纱窗一下子弹了出来。我现在已是筋疲力尽,仿佛刚刚跑了一圈

400 米。天哪！拆个纱窗都这么累，那打扫屋子不得更累？于是我主动请战，担任了大扫除后备队长的职务，妈妈、大姨妈是正规军，负责正面战场打击敌人，而我是地方武装、游击队，负责打击小股敌人。

战斗打响了，我负责消灭厕所里的敌人，拔掉这个据点！我拿起扫把，打开灯，打开淋浴喷头，向敌人发起进攻。我先将地面上的水渍冲干净，之后，对地面的残渣展开攻势。我一边用水冲，一边用扫把把各个角落的残渣扫出来，顺着水流通过排水孔排出。我一边用那双"高灵敏度雷达"进行地毯式搜索，一边用喷头进行火力压制，防止残渣逃跑。最终，在我的精心指挥奋战下，厕所战役宣告胜利！此时，我已是全身无力，一下子瘫坐在了椅子上。

通过这次学习，我认识到了，妈妈是多么的辛苦、劳累，多么的不容易，我还未当家长便尝到了家长的艰辛。我一定在平时多帮帮妈妈，以减轻妈妈的负担。

雪天畅想

2008 年 1 月 23 日 雪

我正在屋里写着作业，无意中转过头来，只见朵朵白云从天而降，下雪了！我惊喜地来到窗前，那一片片雪花在空中飞舞，随风飘扬，时而低空盘旋，时而直冲蓝天，在风的带领下，跳出了一曲曲优美动人的芭蕾。它们又像一个个快乐的精灵，在空中组成了一幅幅美妙的图片，令人赏心悦目。雪花为大地带来清新，洗涤着空气中的污浊。

不一会儿，风呼啸着席卷而来，刮起一阵"暴风雪"，将地上的雪花"抓"了起来，时上时下，像一曲天籁之音，时而顿错，时而宛转悠扬，如一个个音符，让我沉醉其中。风又像是 B-52 轰炸机，将"雪花炸弹"一枚枚投到地上，时而超低空飞行，时而高空作业，时而又盘旋着向我飞来。我打开窗户，伸出手来，几片雪花落在我的手上，仿佛淘气般地向我眨了眨眼睛，之后，化成了一摊水，抹在手上，有些凉丝丝的，有趣极了。看着漫天的大雪，我不禁感到，雪给人们带来的，并不仅仅是清新的空气，也给人们带来了希望，正所谓"瑞雪兆丰年"。没有"严冬"，哪来"春天"？！

做饭(1)——"火中取食"

2008 年 1 月 26 日 晴

今天中午,妈妈不太舒服。于是,做饭的任务便落在了我的头上。不就是做饭吗？没什么了不起的！我自以为是地想。可一到了厨房,我的头便嗡嗡地像炸开了。锅卧在煤气灶上,菜放在一旁,这平日熟悉万分的厨房,此时,仿佛是那么陌生。我这时不禁又犯了难:做什么好呢？有什么可做的？怎么做呢？这三个问题如同三座大山,把我压得喘不过气来。平时看着妈妈娴熟地炒着菜,在我看来,是多么简单呀！可是,现在我却犯了难,做什么好呢？这时,我想到了妈妈做的方便面,于是,我便决定做这最简单的一道饭菜。

下定决心之后,我便开始做起了准备工作,接好水,倒入锅中,在脑中努力回忆着妈妈做饭的情形:打开火。我把手伸向了总阀,又打开煤气灶,盖上锅盖。我借此机会,连忙拿出三包方便面,放在一旁,随时准备下"油锅"。过了一会,只听见"咕咕咕"的声响,热水翻腾着冒着白泡,我连忙趁机放入方便面,加入菜包,盖上锅盖,万事大吉了。我坐到餐桌旁,听着磁带,心想:"看来,做面条也没什么难的嘛！"过了一会,正当我坐着"享福"时,只听见"嗞啦嗞啦"一阵响声从厨房传出。我心想,这可坏了,连忙冲入厨房,只见锅底下冒出了红色的火焰!!! 妈呀!、烧着了！我连忙把煤气灶上按钮关掉,可是,那火还是连续不断地冒出来,这可怎么办呀？我灵机一动,连忙把总闸门关上,只见那红色火焰顿时消失得无影无踪,我则是心惊肉跳,害怕极了。我慢慢走到锅旁拿出碗来,一点一点挑出面条来。只见那一根根面条,金黄而富有弹性,尝一口清香入骨,真是上等美味。

第一次做面条,第一次值得永远纪念的"火中取食"的经历。

做饭(2)——烙饼

2008 年 1 月 28 日 晴

当今天中午妈妈告诉我说今天吃我最喜欢吃的烙饼时,我简直高兴极了。而后,妈妈又告诉了我一个更大的惊喜:这顿饭,由姜大厨师亲自下厨！我心中的喜悦之情如初春开冻的水流，波涛汹涌，一发而不可收。

写完作业，我迫不及待地冲到了厨房，洗完手。妈妈从冰箱中拿出一块手掌大小的饺子面（凉水面），拿来面板，一幅井然有序的样子。我则在一旁仔细地看着，为烙两个饼做准备。只见妈妈拿出饺子粉来撒在面板上作为布面，以防面黏在面板上。紧接着，妈妈把面分成了两块。面块拿在手上黏黏的，软软的，好玩极了！妈妈开始揉面了。首先，她把面团放在饺子粉上沾一下，之后，用大拇指、食指和中指把面一揪，再一转，用手掌把刚才揪出的地方一按，重复此步骤，直到面团成为一个球形的物体。看着妈妈那娴熟的手法，我也是不甘落后。一揪，一揉，这两个看似简单的动作在我的手下可是怎么也简单不起来，一团完好无损的面，经过我的"摧残"之后，成了一块块又扁又平的大圆盘，成了畸形胎。而妈妈那一团，可是成了一个小笼包似的物体。妈妈一见我这个"面饼"，忙帮着我整容，不一会，我的面团整容成功，终于也成了"小笼包"。

接下来，就是该把面擀成面饼了。擀面杖在我手下变得灵巧起来，三下两下，一个均匀的面饼就在我的手下诞生了！看着那面饼，我的心里高兴极了，这是我唯一做好的一步。妈妈开始撒盐了，晶莹剔透的盐被均匀地撒在了面饼上，这是为了使饼入味。"倒油了！"妈妈倒了一滴油在面饼上，我这可纳闷了，把油倒在饼上，这能好吃吗？妈妈说道："等一会你就知道了"，给我留下了一个悬念。

之后，妈妈又把擀好了的面饼卷了起来，成了一块卷饼。难道妈妈要做卷饼不成？在我百思不得其解的时候，妈妈又把"卷饼"的两头捏死，成了一个封闭的"卷饼"。"妈妈是不是做错了？捏死口了还怎么吃呀！？"我此时更纳闷了。这时，妈妈将"卷饼"扭了起来，成了"龙蛟蛇"，又"啪"的一声把它按成了一个面团。妈妈又用擀面杖擀了擀面，说道："打开火！"我连忙打开了煤气灶，倒入了油。妈妈立即将擀好的面饼放入锅中，"嗞啦"，只听见锅中一阵油响。不一会，一个金灿灿的烙饼在妈妈的操作下出炉了！

紧接着，该我出场了，我叫妈妈离开，以保证此次任务的"独立性"。我由于前面已经对面团加工过了,便从撒盐这一步开始。我用勺子挖出一点盐来,回忆着妈妈刚才的每一个细节,仔仔细细地琢磨着下一步的步骤,生怕酿成"一失足成千古恨"的错误。我慢慢把盐撒在面饼上,用手指抹匀,又用手托住油瓶,把一滴油滴在面饼上,学着妈妈的样子把油抹匀,一股香味扑鼻而来,香极了!我不禁加快了速度,想早点闻到熟透的饼那诱人的香味。我飞快地做完"卷饼",用极速突破了"龙蛟蛇",终于,"下油锅"的时候到了!我把我的面饼放入锅中,只见锅中的油冒着泡向外涌,锅里传来"嗞啦嗞啦"的声音。渐渐的,一个个泡在我的饼上鼓了出来,我看好时机,用饭铲子把饼抬了起来。一翻,没成功,再一翻,还是没成功,一连好几次,我的饼不是卡住了翻不过来,就是翻过头了,险些飞了出去。我回忆着妈妈的做法,把饼抬到了锅外,用力一翻,饼准确地落到了锅中。这时,我灵机一动,盖上锅盖怎么样?会不会更好吃?我说干就干,把锅盖一盖,只见缕缕"轻"烟从锅底冒出,在盖子上方聚集,形成了"云雾"。我正为自己的盖锅盖创举暗自庆幸呢,这时,妈妈来"视察"工作了。见此状,她连忙闭火掀盖,把饼翻过来一看,只见靠锅底那一面已是黑乎乎一片了,我顿时傻了眼。

吃着自己亲手做的饼,虽然煳了,心里也是甜滋滋的。

这一次做饼,让我感到了妈妈做饭的辛苦,也让我感受到了自食其力的快乐,正所谓"没有付出,哪来回报",明白了"幸福来之不易"。我一定会在今后好好珍惜,努力学习,付出自己的汗水与劳动!

做饭(3)——十八般炒菜功

2008 年 1 月 29 日

今天买完菜回家,我便要求妈妈今天中午让我下厨,妈妈同意了。

临近中午,我来到了厨房,接管了厨房所有事物。首先,我拿出几十根蒜薹,在水龙头底下冲了又冲,直至蒜薹发出了翡翠般的绿色,生怕留下一点灰尘让我这一锅美味付诸东流。我把洗好的蒜薹用剪刀剪去头部的"发髻"和局部的"双脚",以保持菜的清鲜可口。

我用从妈妈那学来的功夫,"佛山无影剑",嗖嗖嗖几刀下去,只见一大堆没有了活力的根、茎向垃圾桶飞去,只剩下一堆冰清玉洁纤细饱满的茎。这时,该用用我的真功夫了!我从一旁抽出"倚天屠龙刀",用"九阳神功"运足了力气,把蒜薹放在准备好了的案板上,用手紧紧地压住,我使出了绝招"快刀斩乱麻",刀在我的手上飞快地上下起伏着,一捆蒜薹被我快速地斩成了几段。

"点火!"我飞快地跑到了锅旁,打开总阀,按下开关,锅底立刻冒出了蓝色的火花。趁此机会,我从冰箱上拿出了肉来。这时,只见从锅中冒出了一缕白烟,锅中的水被烧开了。我连忙拿出花生油来,仔细地回忆着妈妈做饭的每一个细节,回忆着油的多少,盐的多少,时间等等。"嗞啦——"当盐接触到了油时,发出一阵刺耳的声音。我小心翼翼一块一块地把肉放入锅中,"嘭!"油在锅里奔腾着、翻滚着,不断地飞溅出星星点点的油星,打在手上痛极了。我把肉在锅中搅拌一下,翻着饭铲子,接着,我又把蒜薹倒了进去。油此时疯狂了,飞快地跳跃着。我把菜在锅中翻来覆去,让它们均匀受热。我打开了油烟机,在油烟机巨大的轰鸣声之中享受做饭之乐。饭铲正在我的手上飞来飞去,像一把大刀,翻舞着,斩断了病菌生存的支柱,将一个个病菌赶尽杀绝。我又从冰箱中拿出了耗油倒入锅中,一阵满满的油香立刻充斥了整个厨房。我继续翻炒着菜,渐渐地,每个蒜薹上都染上了淡淡的咖啡色。

"出锅了!"我把菜倒入碗中,送到早已等候多时的妈妈那里。妈妈一尝,"恩,色美味香,好极了!"妈妈说道。我尝了一口,果然,味美而不腻,略带一丝甜味!不仅甜在嘴上,更甜在了心里!

学琴经历

2008 年 1 月 31 日 晴

今天下午,我来到琴行学吉他,可是上楼一看,只见大门紧闭,大凯也是十分诧异。我下楼取了钥匙开了门,屋里空无一人。我以为老师有事出去,一会儿就来了,因为以前也有过这种情况。我便摆好"装备",温习一下上节课的内容。

时间在美妙悠扬的音乐声中一分一秒地过去了,一转眼,时钟已指向了 3:25 了,我不禁有些担心起来:难道说今天不上?可是我明明听到老师说这次加课了呀,难道是我听错了不成?可是大凯也来了呀!怀着满腹的疑惑,我们又等了 5 分钟,仍不见老师的身影出现在门口。我们终于按捺不住了,想来想去,我决定通知家长!说干就干,我拉上大凯,来到一楼,准备打电话。我的脚刚一踏上一楼大地,一个高大的身影出现在了我的面前——是老板!我咽了口唾沫,壮了壮胆,用那嘶哑的声音说道:"叔叔,打个电话行不行?"只见那"高大威武"的身影转了过来说道:"打电话干什么呀?"我听出了语气中那明显的不快,连忙说道:"老师到现在还没来,我打个电话给我妈妈问一下。"那老板眼中仿佛喷出了愤怒的火花,"老师一会就回来,那么急干吗?你妈刚才还在门口呢,在那等人。"我转过头来向门外看去,没有妈妈的身影,冷清清的大街上只有稀疏的几个行人,哪有我妈啊!真是谎话连篇!

回到了楼上,我仍不甘心,决定再入虎穴。我把琴装了起来,收起了乐谱,又下了楼。这一次,我头也不回地向门外径直走去,看都不看那奸商一眼,出了门,找到一家商店,打了个公用电话把消息传到了大人那儿。

不一会儿,救援队就来了,我抄起吉他拿上包,离开了琴行。

心爱的"重装要塞"

2008 年 2 月 1 日 晴

今天,我早早地放了学,回到家,妈妈说道:"要不,今天去买表?"我看了看手中那块断掉表带的手表,只见断了的表带仅靠那铁扣勉强悬挂在那里,如一具死尸一般。我给它判了"死刑",修复的可能性几乎为零。听到妈妈这么一说,我立即心花怒放,比吃了蜜还甜,立即答应了妈妈。

我们驱车前往振华大厦,一路上,我在心中仔细地酝酿着自己的计划:买个什么样式的呢?带指针又带电子屏幕的?白色的?黑色的?功能是什么样子的?要防水的吗?我简直是越想越激动,时不时地向窗外看看走到哪里了。我现在简直希望一下子飞到商店去。

下了车,我拉着妈妈以 300 km/h 的速度飞快跑向手表区。这里的一个个手表让我看得目不暇接,我用双目雷达飞快地过滤周围的一款款手表,用大脑计算机以 1 微秒/款的速度挑选着,成千上万款手表在我眼前"飞"过。"不要金属表,不要女生表,不要奇形怪状的表……"一句句话在我的脑海中飞快地闪现,一款也没有中意的。这时,一个品牌出现在我面前:卡西欧!我如获至宝,冲了过去,只见亮晶晶的玻璃面板下,一款款运动手表正朝我"眨眼"呢!这一下子吸引了我,我迫不及待地想试一下。看着那时尚新颖的运动表,我的大脑扫描工作开始了,我仔仔细细、一款一款地挑选着,任何一种颜色,一个细节,一个装饰,都逃不过我的双眼。最终,只剩下了三款手表:一种是方方正正带着强烈金属感,内部带着一个类似瞄准镜的线条;一款是圆形的表盘,周围的装饰物此起彼伏,像是防守坚固的要塞,一看便是"三防"产品;另一款也是一个圆形表盘,黑色的表盘上有着四个红色的按钮,高贵中不失典雅,不过它是"轻装骑士",而且中间屏幕过于简单。

看着这三款手表,我简直无法做决定,就如同让我选出一件最想要的东西,必须谨慎挑选,否则以后会后悔莫及。看着这三款手表,我的心里正做着激烈的斗争,三种思想争得你死我活,殊死搏斗。我看了看那款时尚手表,心想:学校可能不让戴,我只好忍痛割爱把那款手表放了回去。再看看那款"重装要塞",军绿色的表带,是我梦寐以求的颜色,前卫的屏幕让我爱不释手,而另一款"轻装骑士"则是典雅极了,如同高贵的骑士一般,神圣不可侵犯。这可让我犯了难,两种观点在我脑中如同两个小人打得越来越激烈,终于,"要塞"的炮火击退了"骑士们"的进攻,马上要胜利了!此时,我又得知"骑士"可以感知进退潮变化时,"骑士们"的"十字军部队"冲了上来,打得"要塞"连连失手。突然,"要塞"来了"炮火支援":我又得知"要塞"可自动照明,支持 48 城市世界时间时,500 架飞机飞抵"要塞"上空,一阵狂轰滥炸,两军打成平手。

我在激烈的思想斗争之后,决定要这"重装要塞"。它时尚,粗犷，而又不失大雅，带着强烈的金属感，正所谓"男人嘛"！！！

交了款后，我迫不及待地戴了上去，棒极了！帅呆了！军绿色透出阳刚之气，时尚的装饰让它"文武双全"，简直让人爱不释手！

自己动手修电脑

2008 年 2 月 5 日

随着春节的脚步日益临近，家里的年味越来越浓，一阵喜气洋洋的气氛在家中不知不觉地弥漫开来。临近过年，我也可以有机会在学习之余放松放松，玩玩电脑。可是谁知，这家伙在这个节骨眼上闹起了罢工，平常看起来"健健康康"的，意志坚定，怎么到这个时候"感冒发烧"了呢？不管怎么倒弄，都是一幅永远"睡不醒"的样子。我正打算好好放松一下，这下也全泡汤了，不论我是狂按电源键，还是换掉插座与插头，重新接线，都无济于事。它如同与外界断绝了联系，一心一意会周公去了。气得我"降龙十八掌"与"佛山无影脚"都使了出来，照着主机就"砰砰"两下，但即便是我踹得机箱直响也没法让它转动哪怕一秒钟。

眼看都要过年了，当我再一次抱怨时，爸爸最终下定决心，拉着我带上妈妈再加上他的那台"老古董"和这台"植物人"，去数码城来一次大整修。我听到这个消息简直是欣喜若狂，因为我终于可以摆脱这台机器的罢工了。我连忙准备好，把电源线收好，把主机小心翼翼地抱上了车，满怀希望地坐车往数码城进发。

车子缓缓地驶到了数码城前的停车场，平日里车来车往的停车场此时却只有几辆车。我抱着电脑向大门走去，谁知大门紧锁，暂停营业了！我心头一紧，顿时凉了半截，"坏了！今天是大年二十九，人们都回去过年了！这到哪儿修啊?！千万别让我守着这个'植物人'过大年呀！""快！去三站！"我忙对爸爸说道。

我再次满怀希望地上了车，然而我看到了同刚才一样的情景：紧闭的大门，加一把大锁，面前像是有一个黑洞一样，要将我吸入绝望的深渊。忽然，远处一个联想连锁店又燃起我的希望之火！开着门！感谢上苍！我抱着主机冲了进去，生怕时间晚了又来不及。

　　"叔叔,修电脑!"我急切地喊了一句,准备把电脑放在桌子上。"对不起,这里不修电脑!"这话如同晴天霹雳一般。此时,我已经彻底绝望了,我恨死了手中的这台电脑,关键时刻掉链子,真想摔了它!

　　回到家,我越想越气,干脆动手自己修。我找出了螺丝刀,"死马当活马医"!按着以前的经验,还有看书学到的知识,我查找着各方面可能的原因,连接线?屏幕?主机?最终判断出是电源的问题。拆下机盖,偌大的电源盒出现在我的面前。我将上下的螺丝一一卸下,从机箱中取出电源盒,打开盖子。只见接入的电线并没有连上接口,我轻轻地向上一拉,拉开总电源,不抱任何希望地插上插头,只听咚的一声,我顿时欣喜万分。按下电源键,电脑转了起来!我心情都不可以用狂喜来形容!太好了!电脑恢复正常了!真没想到,我竟自己修好了!太棒了!

过　年

2008 年 2 月 6 日

　　今天是大年三十,城里一片喜气洋洋的气氛。走在路上,只见每一个路人的脸上仿佛都挂满了微笑,性急的人们已经开始在路边放起了鞭炮。大街小巷里,一阵阵震耳欲聋的响声此起彼伏,好不热闹。刚一起床,我便迫不及待地叫醒了爸爸妈妈,催促他们抓紧时间,好早一点去姨妈家。

　　坐在车里,看着车窗外一个个忙着赶路的行人,一挂挂垂在树上的红得发紫的鞭炮,听着那接连不断的鞭炮声,我的心便不自觉地有些发痒,希望快一点到达姨妈家。似乎是因为过年的缘故,今天路上的车格外少,再也见不到那长长的车龙,我们也得以只用了十几分钟便来到了姨妈家。

　　客厅的沙发上坐满了人:姥姥、姥爷……显得格外热闹。平日里宽阔的大厅此时也似乎显得有些拥挤,欢笑声、说话声充斥着房间,连空气中仿佛也弥漫着一股香甜的喜庆味,让人沉醉。

　　下面,便是我最期待的环节:拜年。不等大人开口,我便急不可耐地主动问起好了:姥姥、姥爷过年好!祝您万事如意,寿比南山!

姨妈：祝您工作顺利，一帆风顺！姐姐过年好！祝你学业有成！……

　　姨妈她们的脸上顿时浮现出笑脸，两片红晕如两朵祥云从两颊飘出。一个个红包如雨后春笋从长辈们的手中冒出，我的心里也是一阵惊喜，忙从长辈们手中接下，道声谢谢，便连忙收了起来，生怕弄丢了。

　　拜完年后，我便立马加入到哥哥、姐姐的行列，与他们一同享受这过年的喜庆气氛。

放鞭炮

2008年2月6日

　　今天晚上，我和爸爸妈妈从姨妈家出来，驱车回家。五点多的天，已经变得十分昏暗了，这似乎为人们发出了一个强烈的信号。不一会的工夫，白天看不见的礼花、礼炮，各式各样品种繁多的彩色焰火开始在城市的上空闪烁。一朵朵绚丽的花朵在天空中绽放，一片片的"花瓣"缓缓展开，如启明星一般，放射出光芒万缕，照亮了城市的夜空。一时间，群芳争艳，这些礼花焰火仿佛在白天憋足了劲儿，一心等着在晚上盛开。城市的上空成了这些鲜花的舞台，把夜空映得五彩缤纷，连那深邃、一望无际的黑暗似乎也惧怕了，心甘情愿地离开了本属于它的领地。城市的夜空被焰火装点成了"白天"。我看得是眼上过瘾，而心里却如虫爬似的发痒，真希望现在自己也来过过瘾。我忙催促爸爸快点开车，在心里构想着玩法。

　　终于到家了，我拉着爸爸迫不及待地冲上楼，拿下一箱子"弹药"——各种花式、不同型号的爆竹应有尽有。我拿出一炷香，用打火机点上。从箱子中拿出一挂长长的"大地红"，我小心翼翼地用绳子把它挂在栏杆上。一个个红衣鞭炮静静地等着我去点燃。我一手拿着引火线，另一只手拿着香火，慢慢地把香对住引火线，"嘶"的一声，引火线冒出了火红的火花。我撒腿就跑，随即，一阵爆炸声在我身后响起，震耳欲聋，一个个鞭炮在空中炸响，留下阵阵白光。

　　窜天猴、闪光雷、吉庆礼花、爆竹……种种鞭炮我都放了个遍，过足了瘾。看着自己的礼花在天空绽放，那滋味真是爽极了！

梦幻之旅的开始——广东六日游

2008 年 2 月 7 日

"前往广州的旅客请注意！SC4671 次航班马上就要起飞了！请在第十七号登机口登机。"我嗖的一下子从候机楼的座位上蹦了起来，我的大脑立刻在一瞬间进入到警戒状态，所有发动机组立即启动，"雷达"马上进行搜索任务！"妈妈！爸爸！"我利用刚刚搜索到的结果，放大分贝"信号"，立即使用"无线电"向他们呼叫。"快点！登机了！"见他们无动于衷，我连忙加大功率，一边继续向爸妈呼叫，一边启动双腿上的"等粒子加速器"以 120 km/h 的速度冲刺到他们身旁。看着登机口外慢慢排起了长龙，我的心好似着了火一般，着急极了，生怕误了时间，晚上了飞机。我的牵挂在那几千里外的羊城广州，它在我的脑海中怎么也挥之不去。我简直想要插上一对翅膀，装上空间转换机，加上火箭发射器，在一瞬间到达那里，立刻开始我的梦幻旅途！

我拉起爸爸妈妈，从妈妈手中"夺"过登机牌，打开"超级牵引机"把爸爸妈妈拉向第十七号登机门。"叮叮叮！"三张登机牌在这发出了美妙的声音，仿佛是我去广州的倒计时，代表我离广州越来越近了！上了飞机，我激动的心情难以抑制，看着一旁的人不紧不慢地走过，我简直快要急死了！简直想帮他们快快地放下行李，快快地找到座位，推这些人快快地走，好让飞机快快地飞上蓝天。

终于，飞机向广州进发了！看着周围一片片白云飞过，我的心也像它们一样，远远地飞向了广州：不断为将来的旅程做着打算，正月初一、初二、初三……资料上那一个个景点从我脑海中飞过：世界之窗、锦绣中华、欢乐谷……我仿佛置身于广东那一个个美丽的地方，身处欢乐谷刺激愉快的魔幻城堡之中，位于世界之窗那一个个雄伟美丽的世界奇观之中，走在锦绣中华的江南丽景当中……时间仿佛凝固了，变得如此之慢，我一会儿看看表，一会儿看看外面的天，真想表盘上那指针快转几下，希望外面的天空出现一座座高楼大厦，希望出现机长那熟悉的声音，告诉我们广州快到了！

不知过了多久，传来叮的一声，我立即坐了起来，耳朵中传来那亲切的声音："乘客朋友们，我们……"还没听完，我就感到耳中气压骤然升高，飞机下降了。可是气压灭不了我心中的喜悦与希望，坚持住！终于，在一片云朵飞开时，一大片高楼出现在我眼前。啊！广州到了！耶！

富饶美丽的羊城——广州

2008 年 2 月 7 日 晴

刚一下飞机，我便被那座高耸入云的建筑所吸引：只见那弧形的屋顶，呈一条顺滑的曲线，如海中的巨浪，激起朵朵浪花，一根根巨大的钢索像是一只只健壮有力的大手，托起那缕缕海浪，又像是为我们撑起了一把巨大的保护伞。这便是闻名中外的广州白云机场。

我迫不及待地冲入大厅，像一个刚出生的小孩子，好奇地打量着周围的一切。只见周围人来人往，霓虹灯映照着每个人的脸，像是一个个彩色精灵，忽闪着他们的大眼睛，把机场装点得酒绿花红。一排排机械化设备整齐地排列在那里，正有序地进行着自动化服务。看着这一切，我更对我们这一次的旅途充满了信心。

出了机场，则更是让我眼花缭乱：几层楼高的指挥塔，纵横交错的立交桥，上百米高的高楼大厦，我睁大了好奇的双眼看着这一切。一个个高大的立交桥把我们送到了景点，连绵不断把广州东西南北连成一片。渐渐地，我们来到了第一个景点：越秀公园。

越秀公园像是一艘古老的游船，承载着广州悠久的历史，从远古驶到现在。它的风景自古便在羊城八景当中占有重要的地位。

越秀公园以西汉时期南越王赵佗曾在山上建"朝汉台"而闻名。园内还有广州的城标：五羊石像。我飞快地跑下车，侦察一下敌情，只见四周绿树成荫，林间小道顺山而上，远远望去，越发展现出其迷人的风采。我向山上爬去，在这远离喧哗闹市的山林中，享受那一份宁静。鸟儿的声音此起彼伏，花儿在丛中鲜艳地开放，一切都是那么美丽动人！

到山顶了，只见一座巨大的雕像出现在我的面前——五羊石像，它便是广东省的代表，广州的城标。只见五只山羊个个头有尖角，有的低下了头似乎准备攻击，有的抬头向远方眺望，还有一只石羊正两脚腾空，仿佛要飞向天空。这便是永不服输、积极进取的精神。

参观完越秀公园，我们便结束了一天的旅程。

广州，你让我看到了那先进发达技术推动之下永不满足的拼搏风采！

长隆欢乐世界(1)——世界之最

2008 年 2 月 8 日 晴

今天，我们来到了一个大型游乐场——长隆欢乐世界。它位于广州市的番禺区，是中国首批国家级 5A 景区。全园区占地 1500 亩，投资超过 15 亿元，引进美国、德国、瑞士、荷兰、意大利等全球最大、最先进的游乐设施，并且拥有七项世界之最：获吉尼斯世界纪录的"十环过山车"，世界游乐金奖、东半球首台"摩托过山车"，世界最大、亚洲首台"U 型滑板"……

下了车，我便听到一阵阵欢乐的尖叫声与孩子们的笑声不断从欢乐世界中传出。这如一剂兴奋剂打在我的身上，我立即冲向入口，希望能早一点入园。只见，一个个高高的支柱伸向天空架起一座座高高的轨道，一辆辆过山车从上面飞快地驶过，左翻右转，看得我心动不已！这时，一个黑影掠过天空，抬头一看，一个大圆盘旋转着呼啸而来，原来是超级大摆锤。它在空中翻来覆去，打着旋儿不断地翻滚，圆盘上的人们时而被地心引力压得喘不过气来，时而被失重感充斥发出一阵阵尖叫。突然，我发现了一个十分刺激的项目：垂直过山车！坐着过山车的人们从 80 米高的高空突然以难以形容的速度快速下降，之后，再来一个"大冲浪"，冲向水面，溅起一阵水花。一切的一切，都让我看得眼花缭乱，心动神怡，以至于我刚刚接到门票时，简直兴奋得想喊出来。

我迫不及待地冲到检票口，冲破一切阻碍，以 200 km/h 的速度抢占先机，来到了队伍的最前面。看着工作人员一步一步不紧不慢地给我检票，我的心如火烧火燎一般急，差一点从他手中夺过门票自己检呢！终于，我进入了长隆欢乐世界！迎接我的是一阵音乐声。我转身一看，只见一个爵士乐团正演奏着欢快的乐曲迎接客人，一旁还有两个高跷小丑手拿两个充气锤子，追赶着游人，为我们的游园旅程增加了不少乐趣。我左闪右闪，抓住空挡，躲过了小丑的攻击，来到了第一个板块——动感地带。

长隆欢乐世界(2)——发现刺激的欢乐

2008 年 2 月 8 日 晴

进入了动感地带，我便被一阵阵的尖叫声所覆盖，转身一看，只见一个个游乐项目简直疯狂至极：让你感到天翻地覆的龙卷风暴，把你转到空中之后，再如同扭麻花一般把你头脚倒置，用飞一般的速度让你感受地心引力带来的巨大压迫感，以及离心力带来的四分五裂感觉；还有摩托过山车，时速从 0 到 80KM 只需 2.8 秒，速度可以媲美航空母舰上的飞机弹射器！"天旋地转"让你感受到速度与旋转的力量……

我们首先来到了离我们最近的摩托过山车。它呈流线形，过山车的平台上载着一辆辆"货真价实"的摩托车。顺畅平滑的挡风玻璃、流线形机身，吸引我立即冲到了一台"摩托车"旁，仔细打量。摩托车前身有一块 U 形的挡板，用来防止、减轻冲撞时的压力，后面一块挡板用来同前挡板配合形成夹板，防止人在加速过程中脱落。我骑上了摩托车，脚踏住踏板，双手抓住摩托车的手柄，用力一拉，让后挡板压住我的背部。我像是一个骑着摩托车飞驰的英雄，简直帅呆了！我的心中仿佛住了一个小兔一般，现在正上蹿下跳地、迫不及待地想开始游戏。终于，冲击开始了！

还没等我反应过来，摩托车便载着我冲了出去！我只感到一瞬间仿佛一把大手抓住了我把我向后拉去，风呼啸着从我面前吹来，如一头头猛兽一般向我扑来！周围的景物飞快地向后飞去，模糊成一片。我只感到我正在划破空气，向前冲去。突然，一个 90°的大弯向我"飞"来！我"嗖"的一声向天空飞去，像是坐了航天飞机一般，摆脱了引力的袭击,我又"掉"入了"无底深潭",头朝下飞快地驶向地面,我的内脏仿佛被吸得一干二净,心中仿佛空无一物!"嘭!"我又回到了地面,顷刻之间便经历了天翻地覆的无数变化!

长隆欢乐世界(3)——品味"天旋地转"

2008 年 2 月 8 日

　　下了摩托车,我又晕晕乎乎地来到了"天旋地转"。乍一看,这么熟悉的轨道,这么熟悉的车辆,这不就是疯狂老鼠吗!我不以为然地上了车。不过,仔细一看,倒也有些不同:这里的车是前面两人,后面两人,背靠背地坐着,而疯狂老鼠则是两人头朝前坐在一起。难道是我判断错了? 不等我认真思考,我们便被拉上了高高的轨道。看着车越升越高,我不禁有些心虚:这高度有点儿高了,这东东绝对不是疯狂老鼠。不待我想完,旅途便开始了:只听见"哗"的一声,我们四人飞快地向下滑去,伴着风呼啸着向我们扑来,我们不约而同地发出了"啊啊"的一片喊声。更为可怕的是,此时,车竟然转了起来! 360°的角度让我时而不明不白地从空中向下落去,时而感觉头就要撞地了,真正体验到了什么叫恐惧。当我们差一点冲出轨道的时候,突然一个急转弯,一股巨大的压力把我们压入了车座中,好像瞬间把我们从死亡的边缘拉了回来。

　　一圈下来,我成了一个醉汉,在地上左摇右晃跳起了舞,好像能从空中看到一个个纷飞的星星。此时,我真的为我的判断失误而感到后悔,但为时已晚,我已经受到了惩罚。此时,我终于明白了"天旋地转"的"含义"了! 逃离了这个"死神眷顾"的地方,我来到了"大力水手"——一个看起来不算太惊险的地方:一根支柱,10 个座位,由10 根支柱连接着,看起来有些像小时候玩过的"太空飞船"。不过这一次我可不会犯上一次的错误,我在外面仔细观察了一番,看起来这10 个座位没有什么不同,大不了便是飞到半空中再降下来,应该没什么惊险的,上去就当压压惊了!

　　游戏开始了! 果然不出我所料,我们升到了半空中,然后旋转几圈,突然,我们从半空中向下快速下降。"妈呀! 出故障了!"我这样想道,可是猛地一下跌后,我们又重新回到了半空中,又来了个高速下跌,我的心仿佛都要吐出来了!全身的血液几乎都要被引力吸干,失重感充满于我的全身。几十次的上上下下之后,我终于又回到了大地的怀抱。这一次,我没有在这里多留,而是马上向下一个景点走去。

长隆欢乐世界(4)——享受探险的快乐

2008 年 2 月 8 日

我"健步如飞"地飞快向前跑去,希望能快一点离开这个"鬼门关"。我不知跑了有多远,抬头一看,只见"冒险岛"三个大字展现在我眼前,我毫不犹豫地冲了进去。刚一进去,我便用我的雷达眼搜索好玩的项目,眼观六路,耳听八方。终于,在前面不远处,我找到了它:"丛林漂流"!我拉着爸爸妈妈飞快地向前方奔去,进入了"丛林漂流"等候区。只见一棵棵巨大的热带树木忽闪着那巨大的"芭蕉叶",增添了不少丛林气息。当我发现玩这个项目需要雨衣的时候,我则是更加兴奋了。这表明,我们很可能会弄湿全身!!!我用兴奋的双手买下雨衣,穿了上去。等全部人都准备好了之后,我们便"上船"!只见这艘"船"呈圆形,一共有八个座位,每个座位配有安全带以及一个扶手。我一马当先,迫不及待地先冲了上去,船在我的重压之下,摇摇晃晃,左沉右浮,一幅要翻的样子。太好了!果然像一艘真正的漂流船!!!

等大家都上来了,我们的旅程便开始了!一阵水流把我们飞快地冲向下游,四周的石壁紧紧地贴在我们的"船"上。石壁上茂密的树林挡住了外边的喧哗与吵闹,我们仿佛置身于亚马逊热带雨林中,没有了城市的嘈杂,没有了沉重的压力,只有绿树红花和深水。在我静静享受静谧之情的时候,水流变得急了起来!我们的船开始打着旋向下漂去,湍急的水流开始向我们攻击。船不断地撞击着石壁,激起一阵阵的水花,船也在这一下下的撞击中变得左歪右斜。突然,一阵水汽向我们扑来!"啊!"我大喊着,从头到脚,我的身上全是珍珠大小的水珠。继续前行,水流更急了!经过一个急湍,我们的船险些翻了过来!猛烈的撞击让船上的人晃来晃去,要不是有安全带,我也险些翻出去！突然，一个长长的东西从树丛中伸出来：剑龙！只见它伸长脖子极力想抓住我们！"哗啦！"巨大的流水声从前面传来，不等我思考，我便被淋了个落汤鸡。原来是经过了一个水帘洞！"哗！"巨大的水流从我头上流到脚上，又来一下？原来是"双重打击"呀！！

长隆欢乐世界(5)——奇妙的四维电影

2008 年 2 月 8 日

走着走着，不知不觉中我们来到了四维影院。只见一块高高的牌子上写着四个动感大字：四维影院。这四个字仿佛有无穷的魔力，我一下子便被吸引住了。我的心一下子悬了起来："立体影院，我还从来没看过呢！"我的心怦怦直跳，看着那庞大的立体影院以及宣传画上那一个个惊心动魄的场面，我不禁想立马冲进去。说干就干，我拉着爸爸妈妈冲进了影院，接过工作人员递过来的眼镜，跟随其他人一起，推开了那扇神秘大门。

刚一进门，只见影院里面伸手不见五指，黑乎乎的一片。"这可怎么看呀！？难道说是用投影仪放映？"正当我猜想的时候，一阵强光突然刺来，我回头一看，只见刚才还"一平如水"的墙面，此时不知从哪里冒出几个霓虹灯，闪烁着把大厅装点成了一个舞厅。对面的墙上也出现了几台电视屏幕。"啊？这就是立体电影吗？？"我的失望之情在全身蔓延。这时，接待我们的工作人员说话了："大家好！欢迎来到四维影院，我们先在这里了解一下剧情，然后再进入放映室观看电影。"我的心终于又回到了地面，太好了，原来这里不是放映室呀！我放下了担心的包袱，同大家一同观看影片简介。

之后，我便迫不及待地推开了身旁那扇神秘的大门。哇！只见四维影院里宽广无比，三排座椅整齐地排列着，每一个座位都是皮质的椅面，头部的位置呈一个三角形夹角状，能让人的头正好卡在里面。前一排的座位上还有一个小箱子似的东西，上面布满了密密麻麻的小孔，我找了一个前排中央的位子坐下，戴上了眼镜。

电影开始了，只听见耳边"嘣"的一声，前面飞出来几个大字："傻蛋闹火星"，它们好像真的似的，嗖的一下子飞了出来，在离我不远处停下了。突然，一艘飞船飞了过来，在离我脑袋几厘米处停了下来，我不禁把头向右靠了一靠。忽然，"嗖"的一声，飞船喷出了巨大的烟雾，我只感到耳边一阵大风吹来，我仿佛就在那飞船之后。"呼!"那飞船撞来撞去，我的全身也颤抖了起来，是椅子在动! 太神奇了! 紧接着，我又欣赏了很多特技表演，精彩得难以用语言来形容，简直太奇妙了!

繁荣昌盛的珠海特区

2008 年 2 月 9 日

今天，我们要向特区珠海进发。现在是春节期间。只见街上到处张灯结彩，一片喜气洋洋的气氛，每个人的脸上都流露出喜悦的神情，到处都是一片红色：人们身上穿着鲜艳的红衣服，门口挂着红彤彤的大红灯笼，对联上红色的底色……与北方不同的是，南方人过节可不能随便放鞭炮，没了平时轰轰隆隆的爆竹声，街道显得更加整洁平静了。不过，南方人自有南方人的办法。只见，周围一家家大型购物商场此时已是人山人海，街道上全是一对一对的情侣，一堆一堆的一家老少，游乐场、商场、动物园成了他们的一个个目标，热闹非凡。南方与北方，真是各有千秋呀! 南方是过得时尚，出去吃年夜饭，出去度春节。而北方则是热闹一些，可以放鞭炮，一般在家过年，一家老小在一起。

我们的车似乎也在新年的潮流中被堵住了，停滞不前，只能一步一步如蜗牛般爬行。但我们终于离开了广州，行进在前往珠海的高速公路上。周围路的两面全是水田，只见一块一块的水田被分割开了，大过年的还有农民在那齐腰深的水中忙碌着。我如吃了一剂兴奋剂，盯着窗外的水田不松眼，"这就是水田呀! 看上去和我们北方的池塘似的。"只见农民伯伯手拿一棵棵的幼苗，弯着腰，在水中插着苗，低着头看着水面。忽然，一群挺拔的大树挡住了我的视线，只见它们长得一个个截然不同。有的是一节节的由粗到细，像竹子似的拔节而起，有的则是黄衣白身，一根杆子下来。它们的头顶上都顶着一个个大芭蕉扇：一根茎上分支出许许多多的细而长的绿叶子，像电视中那一把把大芭蕉扇。这时，我看见那竹子似的树木上面，结着一个个细小金黄的小"月亮",香蕉!原来这是香蕉树!那另一个一定是甘蔗树了。我依靠学习到的知识,自己判断到了,厉害吧!?

南方真奇妙,风土人情与我们北方很多都不同,真是大千世界无奇不有啊!

饱览澳门风光

2008 年 2 月 9 日 晴

今天,我们来到了珠海,一个充满机遇的经济特区。透过车窗,只见窗外一片繁荣的景色:一幢幢高楼大厦鳞次栉比,像一个个登天的云梯,直冲云霄。马路上,一个个行人手中拿着大包小包,一辆辆高级轿车驶过了我们身旁:悍马、奔驰、宝马、凯迪拉克……让我看得是眼花缭乱,目不暇接。而更让人激动的是,只要越过马路一旁那条不足五十米宽的"小河",便是澳门了!

一艘艘重型货船停泊在对面的码头上,高高的电视塔耸立在山顶上,像一个巨人一般,俯视着岸边的这一切。山坡上,成群的别墅构成了一道秀丽的风景线。车停在了码头旁,我们搭上了一艘游船,开始了我们的环岛之旅。

首先映入我们眼帘的是一幢幢陈旧的建筑,这些就是澳门于50—60 年代建造的老城区,它们像是一个个孤独的守望者一样耸立在那里,向我们诉说一个个被人遗忘的故事。突然,一个建筑引起了我的注意:只见它立于半山腰处,两块巨石之间,古香古色,好似一座寺庙,红墙白瓦! 这不就是澳门的标志——妈祖庙吗! 我仔细一看,那不大的妈祖庙门口早已挤满了前来供奉、观光的人们。他们有的手持巨型香火,有的手提供奉之物,好不热闹! 接着,我们看到了一个黑色的大理石建筑——中葡友好纪念碑。它像是一双手掌永合,象征着中葡友谊天长地久。一旁有一座大桥——西湾大桥,它连接了海峡两岸,能抵御八级大风,有上下两层通道,花费了 5.1 亿澳币。

澳门以博彩业而闻名,澳门政府财政收入主要来源便是如此。远远的那座似鸟笼的建筑便是葡京大赌场,它象征着进去赌场的人们进去就像鸟儿飞进鸟笼一样,有进无出。

我们来到了澳门的繁华地带，一幢幢高楼大厦高耸入云，形态各异，漂亮极了！看着看着，不知不觉中，我们渐渐返航了。

繁华都市开心地——深圳欢乐谷

2008 年 2 月 10 日 晴

今天，我们来到了经济特区深圳，首先来到了大型游乐场——欢乐谷。

深圳欢乐谷是华侨城集团新一代大型主题乐园，国家首批 5A 级旅游景点，总占地面积 35 万平方米，总投资 17 亿元人民币，是一座融参与性、观赏性、娱乐性为一体的中国现代主题公园，集海、陆、空三栖游乐为一身，融日、夜两重娱乐为一体。全园共分为九大板块主题区：西班牙广场，魔幻城堡，欢乐时光，冒险山，金矿镇，香格里拉森林，阳光海岸，飓风湾，玛雅水公园，有一百多个老少皆宜、丰富多彩的游乐项目。从美国、荷兰、德国等发达国家引进了众多全国乃至亚洲独有的项目：如中国第一座高空摇摆"发现者"，世界落差最大的"激流勇进"，中国第一座悬挂式过山车——雪山飞龙，亚洲最高、世界第一座"惊险之塔"太空梭……在车上看着手中的一份份资料，看着那些令人激动的语句，我的心仿佛沸腾了起来。"砰砰砰！"我好像听到了那强有力的搏动声，那像是在告诉我：我想去玩！我的眼前闪过一幅幅画面：我置身于那美丽的西班牙广场，看着身旁的一切场景都像是在地中海沿岸，显得是那么自然、和谐。在香格里拉森林中寻找远离城市喧嚣的那份寂静与安逸；在欢乐时光寻找快乐的刺激；在魔幻城堡中开始我们的幻境冒险；在金矿镇中体验北美风情……一切的一切是那么让人激动，我也希望早一点来到这个欢乐天堂。

向窗外一看，只见从四面八方的马路上涌来一辆辆车，汇入这条主干道：深南大道。人行道上，行人们个个携老扶幼，同我们向一个方向走去。渐渐地，我看到了那个大广告牌子：深圳欢乐谷，我全身的血液仿佛都沸腾了起来。我们克服堵车的障碍，拉开车门，冲下车，向欢乐谷飞奔过去。

欢乐时光——体验"尖峰时刻"

2008 年 2 月 10 日 晴

来到了欢乐谷,只见大门口上面写着三个大字:欢乐谷。它仿佛充满了无限的魔力,不断吸引着我,园中一阵阵快乐的呐喊尖叫声让我马上兴奋起来,我迫不及待地从导游手中接过票,以 120 km/h 的速度冲入园内。

"呼"的一声,伴着刺耳的尖叫声,"尖峰时刻"启动了。只见那一个个座位以飞一般的速度飞上了蓝天,直冲云霄,还没等我反应过来,它便带着几十名游客来到了八楼高的高空,之后,便是著名的"自由落体实验"。它们从几十米高的高空"摔"了下来,在离地面几米处停了下来。"嗖"的一声,我的头顶上飞过了一个东西,抬头一看,正看见它飞快地向我扑来,再仔细一看,只见它呈一个圆盘状,中间有一个圆柱形物体,四周围排列着一个个座位,像是一架 UFO。它沿着轨道飞来飞去,旋转着,时高时低,上面的人们随着一起翻滚、摇摆,不亦乐乎!

我站在一旁看得心里直发痒,便快速搜寻着适合我胃口的项目。突然,一个目标引起了我的注意,我飞奔到了那里,提前排上了队,抢上了位置,得意洋洋地看着四维影院的宣传海报,心里想道:"哈哈!这下可是真刺激了!《灯塔魅影》,光听名字就知道一定很好看!"

不一会儿,我们进入了四维影院,只见里面静悄悄的,唯一的灯光来源就是石壁上一个个面目狰狞的石像头上那一个个火把。这里好似古代的神庙,显得阴沉沉的,仿佛是长久无人光顾,墙上爬满了青苔。我们顺着通道走,来到了放映大厅。我找了一个靠中间的位置,戴上立体眼镜,电影开始了。

一开始,迎接我们的是一片金黄色的沙滩,"嗖"的一声,一块石头飞来,惊得我差点跳了起来。我仿佛身处这沙滩中,周围的人物似乎就在我身旁。我仿佛能闻见那海的味道,感觉得到沙滩的柔和。渐渐地,场景转到灯塔里,我们与主人公开始了冒险之旅。突然,墙上的鲨鱼变活了,张着血盆大口向我扑来,我都能看清它口中的一颗颗牙,我的脸上不知怎么被鲨鱼吐了一脸的口水……一场电影下来,我差点心肌梗死,吓出了一身冷汗,不过这太刺激了!

金矿镇漂流——回味北美风情

2008 年 2 月 10 日 晴

看完了 4D 电影,我们来到一个古色古香具有欧美气息的小镇上——金矿镇。在这个镇上,我们仿佛回到了 200 多年前的北美,旧式矿车,陈旧破烂的水塔,铁铺作坊,大锅炉,古老的钟楼,市政厅……一切的一切,都显得那么逼真。我如穿过了时空隧道,又好像置身于电影拍摄地。

"叮当叮当!"一阵阵铃声把我拉回到了现实,我朝后一看:天啊!一辆马车正拉了一车货物从我身边走过,连车上的马夫也是一幅"怀旧"装扮:一顶牛仔帽,一身陈旧打磨过的牛仔服,脚上的皮靴带着马刺。好一个西部牛仔!在我身旁,有一条小河,一座磨坊坐落在河边,一个大水车缓缓地移动着,一个木头路牌立在那里,斜着的路标用不太规整的字体向我们诉说着方向。"啊!"只听一阵尖叫声,我向那望去,只见一艘漂流船从一条河中飞速驶下。我拉着爸爸妈妈向那冲去,一样的步骤,雨衣,八人船,但唯一不同的是,我们可以观赏一下周围的景色。

"开船了!"伴着喇叭中那个响亮的声音,我们的船被水流冲向了前方。首先映入我眼帘的是一座高高的水塔,只见木质的塔身以及铁皮做的顶,架在那高高的木架子上,几根水管连接着那里。"呼!"没等我反应过来,船就猛烈地撞到了一旁的河岸,水流变急了起来,一连几个弯道,我们的船左摇右晃,接近了翻船的边缘。这时,一阵阵打铁声传入我的耳中,"铁匠铺!"我们的周围突然被水汽包围,一个个小水珠飞快地在我们身上降落,形成队列,害得我不得不蒙上双眼。等我们逃过这一难关,我向后一看,两个大锅炉排在我们身后。

终于,当我以为到头了的时候,一阵水流飞速打到了我的身上,来得是那么突然,打得我措手不及。"高压水枪!"我头脑中闪过这个念头。

刚一跳下船，我便直奔出口处，掏出所有硬币，准备好好报复一下。"来船了！"我投入硬币，按下按钮，"啪！"水枪中喷射出一条水龙！打得船上的人抱头躲避，太爽了！我和爸爸父子合作，把手中的二十几枚硬币都用完了，打了个大胜仗！

矿山车——惊心动魄的山洪暴发

2008 年 2 月 10 日 晴

离开了"金矿漂流"，我们来到了"矿山车"，一个刺激的游乐项目。它是中国第一座巷道式矿山车，是根据 1919 年美国山洪暴发时的情境建造的。在矿山车经过的山洞中，不仅有规模巨大的瀑布，纵横交错的岩石，还有惊心动魄的翻转动作，以及极具仿真性的高山、矿石、西部沙漠景象和仙人掌。

我迫不及待地冲了进去，在等了一个半小时之后，我们终于坐上了通往矿洞的矿山车。

驱动器将我们的矿山车拉上了高高的铁轨，我抓紧时间好好享受一下这儿的美景：黄色的山体立在那里，树木挺拔坚强地站在那里，时高时低的山峰上，爬着几棵翠绿的植物，远远望去，只见山根下一片黄色，风儿吹起了漫天黄沙……我仿佛来到了美国的西部，成为了一名矿工……

没等我想完，我们就顺着那高高的铁轨俯冲下去，周围的事物飞速地掠过我的身旁。"呼"的一声，我被一张"大嘴"吞入了它黄色的"躯体"。"进山洞了！"我大喊道，巨大的失重感让我仿佛失去了五脏六腑，心中一片空虚。风飞快地向我的嘴里吹，我只看见那地面离我越来越近，越来越近！我的头要被地球引力吸出去了！我只感到我的躯体还在，而灵魂却摔向了地面！我感到心中仿佛有一股气在上下翻腾，让我感到六神无主，眼冒金星。我不禁张开了门牙，不顾风的怒吼，大喊了出来！"啊啊啊啊啊！"只感到那股气从我身体中飞快地被吐出，被抽出了我的躯体。忽然，心中一片明朗，我的器官又重新回来了，心中的烦恼似乎也如一股烟似的，烟消云散，心里的怨气也随着那声声呐喊被打出了体外，一阵轻松。

"来瀑布了!"我听到了前方流水巨大的"哗哗"声,转过弯来,一个巨大的瀑布迎面而来,我都能看清那一朵朵晶莹的水花"奔涌"而出! 在离水面 2~3 米的地方,我脱离了险境,我都能感受到那水花的清凉! 太刺激了!

下了车,我意犹未尽,真想再来一次!

当了一回妈妈的老师

2008 年 2 月 14 日

今天上午,我拿出数学题来做,正当我一路过关斩将、如入无人之境时,忽见一题长得穷凶极恶,做张牙舞爪状立于我面前。我立即挥刀向前,与其大战八百回合仍不相上下。这题把我难得汗流浃背,苦思冥想仍不得其解,辅助线? 隐秘条件? 我使尽全身解数也无法破解这道难题。此时,原题早已被我画得面目全非,几十条辅助线齐上阵,把梯形变成了三角形,所有的角度都被明码标注。但即使是这样,这道题仍固若金汤。眼看我就要败下阵来,忽然脑中一闪,灵机一动,找到一个漏洞,心中不禁一阵窃喜,一种自豪感油然而生。这时,看到正在做家务的妈妈,不禁心生一计,一个鬼点子在我的脑海中诞生了。

我叫道:"妈妈! 一会过来一下! 有一道题你看一下!"在我眼前浮现出一幅幅妈妈做不出题的场景,一阵坏笑挂在我的嘴角。

"来了! 来了! 什么小题?"妈妈哼着小曲走了过来。我把那道难题递了过去,一边心想:"哼! 每次你什么题都能做出来,这次杀一杀你的锐气!"只见妈妈脸上的笑容慢慢地消失了,转而有一种凝重的神态悄悄地爬上了妈妈的脸庞,继而转为了愁眉冷对,手中的笔也不住地在纸上乱画。"哈哈! 怎么样? 做不出来了吧?!"我在心中窃喜道。"做不出,太难了!"妈妈放下了笔。"哈!!! 投降了吧!"我心想道:"难什么,一点也不难! 就是你不会罢了! 道行不深呀!"我趁机好好地"讽刺"了妈妈一番,然后,得意洋洋地给妈妈"讲解"了起来,像一个老师一样。看着妈妈听得认认真真、毫不懈怠的样子,心中真是出了口恶气,平常哪会像现在这样,当老师的感觉真好!

记错日子了

2008 年 2 月 15 日

我抬起头来看了看，只见指针已指向 3：40 而不是想象中的 2：30。刚放下手，突然脑中闪过一个念头，今天是不是要学英语？顿时，我打了个激灵，整个人清醒了许多，背上冒出了一身冷汗。"今天还要考试呢，这可怎么办？！"刚才还昏昏沉沉的感觉立马消失了，我像是刚在冰水中游了个泳似的，清醒极了。恐惧像是一头猛兽，在我的心中蔓延，吞噬着我。

事不宜迟，我马上把这告诉了爸爸妈妈，我们三人马上出发，上车去。但爸爸却拉着我来到了饭馆并说道："已经晚了，先吃饭再说，等晚上那么晚再吃饭你撑得住吗？！""撑不住也得撑，现在已经晚了！"我一听爸爸这么说，气得两眼直冒金星，恨不得飞回市区，立刻上课去。"不管，先吃饭！"爸爸说着走了进去。

这顿饭吃得真是既受气又不如意，吃了一肚子的气。看着手表指针滴答滴答地跑了一圈又一圈，我简直是在受着无形的酷刑，辣椒水，老虎凳，钉竹签，仿佛都微不足道了，这是无尽的煎熬！

终于，好不容易上了车，4：30 了！老师已经开始上课了。20 分钟后，我来到了老师楼下，火急火燎地冲到门口，按下门铃。"咦？怎么没人接？"我正纳闷呢，这时有人要上楼，我也跟着上去了。"丁零丁零！"不论我们怎么按门铃也没人开门，我趴在门上听了听，里边一点声音也没有，一股不祥的预感爬上了我的心头。我立刻冲下楼去，叫妈妈打电话给老师，证明一下我的预感是正确的。只听见老师困惑地说："今天上课吗？应该不上呀！"我顿时感觉天旋地转差点晕过去，白忙活了一趟，又上火又没用。"你就是个马大哈！"妈妈教训道。

正确的答案不止一个

2008 年 2 月 16 日

一加一等于几？大多数人都会毫不犹豫地脱口而出"二"。然而在我看来，一加一却不仅仅等于二，因为问题的正确答案往往不止有一个。

问题的正确答案不止有一个，只要你足够细心，善于思考，成功最终会走向你。著名化学家雅克比·亨里克·范特霍夫，终日思考苯环结构这个在当时化学界很长时间没法解决的问题，最终他做了梦：他梦到蛇在空中狂舞，首尾相接，从而解决了苯环结构的问题。正是因为他的刻苦思考，命运独辟蹊径地让他以奇特的方式步入成功的殿堂。成功的方式不仅有刻苦钻研，更有灵活变通。

成功的方式也不只有学业有成，学业有成只不过是一条通往成功之路的捷径，让你在成功路上少一些坎坷，但它并不是万无一失的诺亚方舟。只有真正有能力，才会成功。

"大学生就业困难，大学生加入了棒棒军……"这些近期耳熟能详的头版头条，让我们对成功的方法有了更进一步的思考。爱迪生一生千项发明专利，小时候却是报童；比尔·盖茨只在哈佛上了两年学就退学，却创造了微软；爱因斯坦曾被认为是弱智儿，被驱逐出学校；中国的童话大王郑渊洁只有小学学历，但他的童话却影响了中国两代人；牛顿曾是"差等生"。但就是他们，为人类创造出无限的财富，推动了人类历史的发展。

一加一不止等于二。在化学上，一杯水加一杯酒精小于两杯。在物理上，当一个物体放在水平面上时，它的重力与桌子的支持力相加为零，此时 $1+1=0$。在生活中，一桶石头与一桶沙混在一起，仍是一桶，此时 $1+1=1$。事物正确的答案不止有一个，把握好方向，你终会驶向成功的彼岸！

我爱玩魔方

2008 年 2 月 19 日

第三次科技革命使各种电子产品争相进入了人们的生活。电脑、电视、手机……铺天盖地，数不胜数，而人们的要求也逐渐提升，早已不屑于那些现实中的玩具，而在虚拟世界中寻求刺激。可我却偏爱一种古老的玩具——魔方。

魔方虽小却深藏玄机。自从一百多年前匈牙利人发明之后，就经久不衰。看着手中这个小巧的魔方，一张张支离破碎的图片不断变化着，左旋、右扭、上翻，各种方法任你使用。眼下，我的魔方即将原形毕露，三面魔方已经复原，只差一点点，就大功告成。可是任凭我如何"调兵遣将"，也无法将那仅有的几张小图片归于一处，反而是"野火烧不尽，春风吹又生"。这一片刚堵上，另一面又有两个"碎片"，如"滚雪球"一般，越滚越大。可真是越玩越有意思，小小方寸之间，尽显智慧，动手动脑之中，让人爱不释手！

头脑风暴

2008 年 2 月 20 日

"请大家把上次的作业拿出来。"老师拍了拍手，说了一声。"唉！"我叹了口气，拿出了那胜似英语书的厚厚习题集，每一页，每个角落，每个细节，无处不见那密密麻麻的笔记，还有那恼人的一道又一道难题。"等待我的又是一阵头脑风暴！"我想着想着，老师就又开始了那魔鬼训练法："ACBDBAC……"看着手中的题集一页页翻过，看着自己的错题旁一个又一个详细的注释，那被汗水打湿的页角，以及那所剩无几的薄薄几页习题集时，我不禁感到了一阵快感。看着自己做完了整整一本书，一股成就感油然而生。虽说经常上课听得、做题做得累极了，但是我打心眼里十分高兴。一阵辛苦，一份知识，付出总会有回报的！

"好，这本书我们先放一段落，暂且不用！"老师说道。"太好了，我们终于可以缓一缓，休息一段时间，讲讲轻松一点的语法了！"我的心中一阵窃喜。"想什么呢？快来帮忙！"老师冲我喊道。我忙跑到老师房间，差点没晕过去，一摞摞更厚的练习册摆在地上，足有上册书几倍厚，翻开一看，预习题、讲解、练习、预测……一应俱全。准备好了吗？"受难日"来到了！准备迎接更大的头脑风暴吧！

元宵节的农家口味

2008 年 2 月 21 日

今天是正月十五元宵节，一大早，我便和妈妈一起坐上了前往姥姥家的车。

一路上,街上的人们个个喜气洋洋,脸上洋溢着欢快的笑容,我的心情也格外好。一想到马上就要见到姥姥和姥爷,还有那古朴的村庄,以及那高大连绵的山峰时,心中就不免有些激动起来。

不多久,车已停在了村子口,高大的山脉如海浪一般上下起伏,由天边延伸至此。一片片翠绿的林带绵延着,像一块巨大的绿地毯,盖在群山上。向蓝天白云之间看,几片白云缓缓飘来,仿佛是在向我打招呼一般。

远远的,就见那熟悉的庭院静静地坐在那里,等待着我们的到来。两棵高大的果树站在门前充当起了门神,一切都是那么熟悉。

中午时分,姥姥姥爷带着我们一同来到了同村的大舅家作客,见到了大舅和舅妈。他们热情地招呼我们上炕,说着,拿出了两碟点心,让我们先充充饥。紧接着,舅妈又忙着跑去厨房张罗做饭。这时,姨妈说道:"快尝一尝你舅妈自己做的桃酥吧!蘸着茶叶水吃特别有味道!"说着拿起一片桃酥,向茶水里这么一蘸,紧接着吞了下去,如同吃了山珍海味一般。我也忍不住了,夹起一块点心,也向茶水里泡了泡,在嘴边一嚼,的确,这味道好极了,既不腻,又有味,还带一点茶香,果然不错。没等我再尝几片,大舅妈已经把菜端上了桌子,熘肝尖、苦菜汤……大部分是我没吃过的,甚至听都没听说过。我夹起来一尝,味道鲜美,与妈妈做的菜大不相同,略带些农家口味,都是平常难以吃到的菜,丝毫没有大饭店中那些无用的藻饰,一切以口味和环保为主。可以说,这顿餐毫不逊色于五星级大酒店的大宴!

吃完饭,我们便一同离开了大舅家。

农家兄弟

2008 年 3 月 1 日

他,高高的个子,消瘦的身材,满脸络腮胡子,一张脸棱角分明,头发乱蓬蓬的,像一堆杂草似的,凌乱地堆在那里。他有一双宽大的手,上面印满了岁月的痕迹,粗糙无比。一道又一道的皱纹像是地图上的一条条密密麻麻的铁路线,如沟壑一般布满整个手掌,厚厚的一层老茧在诉说着他的艰辛。他的手有力而强壮。

他身上的衣服显得很不合身,颜色也略微发白,样式也是毫不流行的旧款,衣服的领口处磨开了线。一双鞋也因为终日的劳作而变得脏黑不堪,裤脚处沾上了星星点点的土星。

远远看去,他略微有些驼背,低着头,蹲在地上,目不转睛地盯着眼前的庄家,眼神中喜忧参半。不一会儿,他拿起农具干起了农活。

小作文三则:写好开头

2008 年 3 月 7 日

书

书如同一个充满了魔力的法宝,在你困惑时,它会给你解疑的方法。书如同一部悲喜交加的电视剧,能让人身临其境,感同身受。书又像一杯浓浓的咖啡,读了之后,回味无穷。

可爱的家乡

远远望去,只见这里高楼林立,道路如网,依山傍海,美丽极了。蔚蓝的天空与大海交织成一片,天空中不时地飞过几只海鸥,空气中弥漫着大海的气息。这就是我可爱的家乡——烟台。

妈妈的爱

是谁把我们带到了这个世界上?是谁悉心抚养我们长大成人?是谁为我们排忧解难,排除我们成长路上的障碍?答案是妈妈。你是否知道母亲能感受到孩子额头上 0.01℃ 的变化?你是否知道每个母亲买菜走的路可以绕地球转上十几圈?平凡的妈妈正在进行着一项不平凡的事情,对我们付出无私的爱。

小作文两则:写好结尾

2008 年 3 月 7 日

书

正如一首诗中说的那样,书是石,能击出生命之火;书是火,能点亮生命之灯;书是灯,能照亮前方的路;书是路,能通向四面八方。书啊,你是那么的令人沉迷陶醉!是你,给了我们成千上万不计其数的知识,点亮了我们心目中那盏熄灭的灯,引导带领我们走上了成功之路!

妈妈的爱

妈妈,您的爱如清新的春雨,滋润着我幼小的心田;如狂风暴雨中的一把大伞,保护着我那幼小的身躯。妈妈,您的付出终将得到回报,幼小的树苗定能长成参天大树! 我爱你,妈妈!

小作文练习三则:写好开头

2008 年 3 月 10 日

可爱的家乡

蔚蓝的天空中,一朵朵的白云悠闲自在地飘游着;碧绿的大海中,一条条鱼儿快活地游动着;海浪温柔地抚摸着堤岸,空气中弥漫着大海的气息。洁净的街道,宁静的城市,这就是我的家乡——烟台。

书

每当手中捧起那些书本,心中便仿佛点亮了一盏明灯,看着那一个个文字在我的面前飞舞,心中便油然而生一种快感。

幸福

当我的手接触到那张薄薄的纸时,我的心不禁激动了起来。看着那张"团校学习内容",我既感到了沉重的压力,又感到了无比幸福。

演讲稿——拒绝不良诱惑,成就精彩人生

2008 年 3 月 17 日

尊敬的老师,亲爱的同学们:

大家好!

今天我演讲的题目是:**拒绝不良诱惑,成就精彩人生。**

中学时代是一生引以为骄傲的青春时段,豆蔻年华、英姿风发、斑斓花季……多少美好的词语都被用来形容她、描述她。她富有诗

意，充满活力；她令人神往，富有魅力。

奥斯特洛夫斯基的《钢铁是怎样炼成的》这部名著中有这么一段话：生活赋予我们一种巨大的和无限高贵的礼品，这就是青春：充满着力量，充满着期待、志愿，充满着求知和斗争的志向，充满着希望和信心的青春。青春是生命之晨，是日之黎明。

如今，花花绿绿的社会现象，千姿百态的大千世界，让我们这些如初升太阳的懵懂少年眼花缭乱。"新事物"、"新产品"正披着美丽的外衣诱惑着我们，蛊惑着我们，扰乱着我们的视线，干扰着我们的思维。稍一疏忽，便会被它们鲜艳外衣下面的那张丑陋的大嘴所吞噬，被它们恶毒的本质所折磨。殊不知，在我们的身边就有许许多多包裹着鲜艳外衣的毒蘑菇：令人眼花缭乱的游戏机，价格不菲的高档服饰，如梦如幻的网络游戏，不健康信息的袭扰……如果只注重物质上的享受和一时痛快，而放弃了对自身素质的提高，换来的就会是一张张不及格的试卷、老师的叹息、父亲的责骂、母亲的哭泣和一颗更加暗淡的心……

名牌的诱惑让我们认为拥有了名牌就高人一等，却在对名牌的追逐中忽略了对才能与品格的追求；手机、MP4等奢侈品的诱惑让我们认为拥有了它们便步入了"上流社会"，却在众多的羡慕的目光中迷失了自己前进的方向；网络的诱惑让我们迷恋虚幻的成功而忘记了我们的目标是学有所成，学有所长……

一些同学也是如此在诱惑的泥潭中越陷越深，最终不能自拔。有的被游戏虚幻的外表所诱惑，几天几夜沉迷网络，最终断送了自己。然而有的同学却能够控制住自己，在日常的学习生活中，抵制住不良诱惑，升华自我，在日常的学习和生活中，面对诱惑的美丽，淡然一笑，置之不理，努力学习，发奋图强。我们要像高歌"安能摧眉折腰事权贵"的诗仙太白，如悲吟"吾庐独破受冻死亦足"的草堂杜甫，不为诱惑所动，广涉知识，培养广泛而有益的兴趣爱好，提升自我，展现健康向上、阳光乐观的中学生形象。

作为花季少年，要做强者，就要学会控制自己的行为；天底下不总是阳关灿烂，要想生存，就要学会抵制不良诱惑。

作家柳青有这样一句话："人生的道路虽然漫长，但要紧处却仅有几步。"同学们，我们风华正茂，前面的道路还很漫长。今天我们正处在优胜劣汰竞争激烈的时代，前有师长掌舵，后有父母加油，可谓天时地利人和。我们一定要走好每一步。作为花季少年的我们，面对种种的诱惑，学会分析，学会辨别，学会拒绝，抵制盲目从众心理的驱使，拒绝不良诱惑，避免造成"一失足成千古恨"的遗憾。首先，在学习上我们必须像海绵吸水一样，永不知足。我们要把握主动、抢占先机，学前预习、学中练习、学后复习，记好笔记提高效率，及时请教老师解决疑难问题，不让小疑成大祸，使自己一步一个脚印，一步一个台阶，稳扎稳打地成长提升。其次，在身心发展上，要培养自己的好奇心，发展高雅情趣；广交良师益友，与优秀同学交往，多交益友，不交损友，使自己远离坏朋友对我们带来的不利影响；丰富自己的文化生活，亲近大自然，参加各种文体活动，体悟生活，主动赢得和谐的生存空间，为远离不良诱惑成就精彩人生打下坚实的基础。在思想上我们应树立好的人生观和价值观，有人生的追求目标。

对于生活中的种种不良诱惑，我们可以请求老师家长及同学们监督，使自己远离不良诱惑的干扰。还应当在生活中培养高雅情趣，例如读书，多参加学校班级组织的文体活动，使自己成为一个积极向上的人。

同学们，我们既被称为朝阳，就理应拥有光彩照人的青春。青春，短暂而珍贵。请爱惜青春吧，别让它过早流逝；为它自豪吧，切不要虚度光阴，它毕竟是我们一生中最光辉的时刻！让我们好好地把握住青春，学那穿云破雾的海燕去搏击八方的风雨；学那高大挺拔的青松去经霜傲雪，拒绝不良诱惑。只有这样，才能在你的青春史上谱下无怨无悔的一页，才能成就精彩人生！

别了，小胡同

2008 年 4 月 20 日

"快，快，快！"我一边不停地催促着自己，一边飞快地拿出钥匙，打开门，连忙冲入房间，打开书包，写起了作业。我既希望自己马上写完作业,又希望自己保证质量。写完作业,我拿起了放在门边的两把仿真玩具枪,从抽屉中拿出了防弹眼镜。装备完毕以后,我飞快地跑向我们的集合地——小胡同。到了那儿,我们的队员早已等了多时。枪战开始了。

"快,快!"我蹲在地上,对其他两位站在一旁的同学说道。他们立刻心领神会,手持卡宾枪,慢慢地向另一边移动,准备从敌人背后实行突袭。我同时指挥着另外一个同学,不断从"掩体"上伸出头去,对着对方阵地上开上两枪,吸引敌方火力,为那两位同学做掩护。我们还不断地喊话,以达到从心理上压倒对方的效果。

这时,眼看着那两位实行突袭的战友即将就位,我也做好准备,顶上一梭子子弹,准备全面对敌大反攻。这时候,敌方阵地上一片安静,我不禁感到奇怪了起来:"是不是他们被发现了啊?"我忍不住小心翼翼地探出头,想一探究竟。"啊!"对方阵地响起一阵呐喊声,他们提前发起了进攻。"上!"我对着我们其他人说道,带头冲入了敌方阵地,与偷袭的同学汇合,与敌人展开了厮杀。得来全不费工夫,顷刻间我们就消灭了敌人,赢得了战斗的胜利!

如今,我已是一个中学生,早已不是那写完作业便跑出去玩的小学生。我沉浸于知识的海洋,不断丰富着自己的头脑,使自己更加完美。

别了,我的小胡同,我要不断通过学习新知识,使自己天天向上。我也将会永远告别那种天天沉浸于"快乐"之中的生活,努力在学习的阵地上战胜敌军!

考试后的重体力活

2008 年 5 月 6 日 星期二 晴

今天,是我们 2007—2008 学年期中考试的最后一天。经过了一天的"艰苦奋战",我终于从"考试"这一无形的焚烧炉中爬了出来,摆脱了精神的枷锁,从无休止的复习中挣扎了出来,如一朵冲破了泥土的新芽,摆脱了不见天日的日子,呼吸到了那清新的空气。

回到教室,我们刚想好好放松一下,看看书,却传来了一个晴天霹雳。衣老师走上台来,说道:"校长要求所有的男同学去图书馆搬书。"这句话像是一块巨石,压倒了我的精神防线。"什么?"考完了试得不到休息反而要重度劳动?! 没办法,恭敬不如从命,只好干吧。

来到图书馆,只见这里烟雾缭绕,空气中飘着白色细小的雪花。刚刚装修的大楼地上、墙上,全是白花花的粉末,夹杂着图书散发的霉味,让人窒息。

老师把我们带到藏书室,开始搬书。于是,考完试后三个小时本该愉快的时光,就在汗水、粉尘、霉气中度过了。

瑞士军刀——属于自己的"狼牙"

2008 年 5 月 10 日 晴

"嗒嗒嗒……"我飞也似地跑向电梯。时钟飞快地在表盘上跳跃着,发出嘀嗒嘀嗒的脚步声,我的心中却火烧火燎,焦急万分。看着电梯内的楼层数艰难地爬动着,望着手表上的时针向 9 靠拢,我的心像被揪一般得痛,心恨不得自己会飞,立马赶到 4 楼的柜台前。

哗的一声,电梯门开了。我没等电梯完全打开,便飞速冲了出去,健步如飞般地向目标跑去。100 米,50 米,我在这硕大的迷宫中左转右奔,在人流中左闪右闪。心中的欲望越烧越烈,如一头凶猛的野兽,横冲直撞,妄图摆脱身上的枷锁。到了! 到了! 我在心中大声呐喊着! 那柜台越来越近,越来越清晰! 终于,我停在了那个柜台前,贪婪地睁大双眼看着里面那一个个摆放整齐的、魂牵梦萦的东西——瑞士军刀。

一把把军刀在灯光下闪烁着寒光,那锋利的刀锋,狼牙般的"利刃",仿佛在向敌人发出怒吼。而那吹发即断的锋利刀刃,多功能的刀具,似乎说明了敌人来犯的下场。

我仔细地寻找着,寻找着那把属于自己的"狼牙"……

诗一首——草原

2008 年 5 月 14 日 天气小雨

蔚蓝如波,天高云低。

绿茵连天,碧绿如洗。

牛羊成群,骏马飞驰。

辽阔无垠,浩瀚无边。

小作文练习两则:场面描写

2008 年 5 月 15 日

等待

他在房间里踱着步子,饱经沧桑的脸上满是严肃,双眼中精光四射,炯炯有神,时不时扭头看看那紧闭的房门。"嘀嗒嘀嗒",时钟飞快地在表盘上跳跃着。他的脸色也越来越凝重,不时紧张地看一看手表。脸上的严肃掩饰不住心中的焦急,桌上的烟灰缸中,几十个烟头排列在一起。他又看了看表,来到了窗前,透过窗帘的间隙注视着楼下的车道以及那如蚂蚁般大小的车辆……

过年

"啪啪啪啪……"鞭炮声在大街小巷中回响着,全城一片喜气洋洋的气氛,家家户户成了一片红色海洋:门上倒贴的"福"字正裂开嘴对着人们微笑着,楼道中一个个大红灯笼正散发着温和的光……街上,一个个孩子正欢快地跑着,身上穿着崭新的衣服,地上的鞭炮闪着火光,撒着欢儿鸣叫着。看! 一个孩子正一只手捂着耳朵,一只手拿着香火,小心翼翼地半蹲在地上,慢慢地靠近放在一旁的大爆竹……人们的脸上挂着欣喜的表情,平和而温暖。

雪 芙

2008 年 5 月 25 日 晴

今天陪同妈妈逛街,一同搜刮"民脂民膏",半天下来,已经搜到了不少宝贝。这时,妈妈正在佰草集中"寻宝"。不一会儿工夫,几瓶化妆品已成她囊中之物。

"过来!"妈妈喊道,我连忙跑到妈妈身边,"怎么……""了"字还未出口,只听见一阵咝咝声,我的手上不禁顿时感到一股凉气直冲心肺,进而席卷全身,凉丝丝的。一看,只见一团泡沫正不断膨胀着,伴着哗哗的声音,被体温蒸烧着,冒着白气,舒服极了。我一看,妈妈手中拿着一罐化妆品,再仔细一看,名叫冰肌雪芙。"给你买了,怎么样?"那还用问,当然是"可以了"! 这宝贝夏天太管用了!

爸爸回来了

2008 年 5 月 26 日 晴

今天是 5 月 26 日,是爸爸出差回来的日子。爸爸已经离开 6 天了,在这 6 天中,家里少了一分和谐,多了一分寂静,少了一分温馨,多了一分冰冷的感觉。我如同失去了半边蓝天的小鸟,无法再次快乐地飞翔,如失去了褓襁的婴儿,不再无忧无愁。我日思夜想,爸爸的形象总浮现在我眼前。真的希望时间变得再机灵点儿,再灵敏一点儿,快快从我指间流走。我千盼万盼,盼来了这个日子。今天的我,格外兴奋,格外快乐。

晚上,躺在床上的我辗转难眠,希望听到那期盼已久的声音,"咔嚓……"一声门开了。"爸爸!……"

梦想在军营

2008 年 5 月 29 日 晴

"咱当兵的人,有啥不一样……""雄赳赳,气昂昂,跨过鸭绿江……"每当这些激动人心的歌曲在我耳边响起,我的心仿佛也跟着这铿锵的音调有力地搏动着,血液也燃烧沸腾起来,心情也会不由自主地多云转晴,仿佛找到了自己的归宿。现在,我才终于明白了为什么,因为我天生就属于军营。

每当看到电视上一个个解放军战士英姿飒爽地站在庄严的国旗下,挺胸抬头笔直地立在那里,脸上洋溢着自豪与骄傲,骨子里透出军人特有的豪气时,我的心底便流露出一股由衷的羡慕之情,滋润着我早已干涸的心田。梦想,这个我丢失已久的词汇,重新回到了我的心里,并被赋予了新的含义——军营。

有人说,军人只不过是一群会打仗的人罢了。不,当国家处于危难关头,冲在第一位的,是军人;当国家和人民的利益受到威胁,冲上去的，是军人；当国土受到侵犯时，第一个站出来保卫祖国的，也是军人；当大地震发生后，不顾千难万险，跨过重重障碍，第一个到达灾区，从死神手中抢夺生命的，是军人。那一刻，埋在废墟中的人们最渴望看到的是什么？有人说，是光明。没错，他们渴望看到光明，但更渴望看到的是那成群的绿色的军装啊！他们渴望那一张张陌生但温暖的脸，那一双双坚定有力、给予他们力量的手啊！军人是在关键时刻给人们以信念、力量的人！

美丽的校园

2008 年 5 月 30 日

步入烟台十中，映入眼帘的是那宽阔、美丽、整洁的校园。

我们的校园呈"口"字形被包裹于中，四周都是教学楼。放眼望去，校园内到处是一片绿色的海洋：教学楼门口，操场的边缘，沙坑旁，单杠边，都能看到那树木的身影。巨大的旗杆立在操场正中央，以国旗为中心，操场南北对称：南边为一篮球场，北边为一排球场。操场宽阔而结实，水泥地面坚固，跑道全长 400 米，共 6 个跑道，东西横跨全部教学楼。

操场西面，是一片花坛，灌木、牡丹、冬青树一应俱全。

操场北面，是体育器材活动处，单杠、双杠、沙坑……每逢课间，这里便成了同学们的乐园，充满了欢声笑语。

操场两侧是两栋教学楼，左右对立，分为南楼北楼。北楼面前是一片茂密的绿化带，整齐地排列着杨树、枫树、冬青、松树、月季，庄严肃穆。

这便是我美丽的校园。

中国，挺住！

2008 年 6 月 3 日 晴

轻轻地我走了，正如我轻轻地来。数万个生命就这样在一瞬间集体陨灭，就这样无声无息轻轻地走了。初生的婴儿还未仔细端详父母的容貌，孝顺的子女还没来得及孝敬父母，辛勤的父母还未见到那张满载希望的通知书,幼小的孩童还未步入向往的学堂,就在一瞬间,一切的一切,不复存在。

灾难留给我们的是痛苦,但灾难留给我们的,更多的是坚强!

四川不哭!中国不哭!中国挺住!在这个生死交织、人神共泣的时刻,中国不需要同情,中国需要理解;中国不需要怜悯,中国需要支持!愿逝者安息,愿生者坚强!事实又一次证明,灾难压不垮中国人的脊梁!

"重重的墙,将老师压,我们在他身下,都很听话。叔叔的手,使劲地挖,解放军的飞机送我回家……"这是流行于灾区的一首儿歌。从地震发生的那一刻起,中国人民便团结一致,上下一股绳,上到国家领导人,下到普通百姓,无不为灾区人民尽全力贡献力量。看看那一双双扒着瓦砾血肉模糊的双手,那一双双争相捐款的手,还有那一双双等待献血的手。灾区同胞,13亿中国人民与你们同在!

救灾过程中,一个个普通人成就着一个个不朽的传奇:死死保护学生的谭千秋老师,在废墟中读书的邓清清,坚守手术台的张瑛,跪下苦苦央求再救人的解放军战士……中国人民正以超人般的坚强证明,中国人,是打不垮,压不倒的!即使天塌下来,我们也能顶住,因为我们有英雄的13亿人民!

一颗很小的爱心,乘以13亿,都会变成爱的海洋,一次再大的灾难,除以13亿,都会变得可以承担。中国人身上散发的人性光辉,定会指引我们走向光明!

中国,这两个简单的汉字,有着不平凡的意义:它代表着坚强、勇敢……它让我们感到骄傲!我为我是一个中国人而感到骄傲,为我们拥有一个强大的祖国而自豪!

我们知道,一个总理在两小时内就飞赴灾区的国家,一个能出动10万救援人员的国家,一个企业和私人捐款短期就达到上百亿的国家,一个因争相献血、自愿抢救伤员而造成交通堵塞的国家,永远都不会被打垮!!!

中国,加油!

中国,挺住!

妈妈的爱

2008 年 6 月 10 日 晴

晚上，台灯下，我伏案复习，妈妈则远远地坐在床边，为我整理错题。灯光，只能为我带来光明，而带给妈妈的却只能是一丝昏暗的模糊的光线。此时，我在明处，妈妈在暗处，看着妈妈弯腰曲背坐在一个矮小的凳子上，昏暗的灯光让她不禁不时地搓着眼睛。我则坐在高高的转椅上，靠在靠背上，用着防近视防驼背的学习桌，舒服地放松着，而妈妈，不时地伸伸腰，扭扭脖子，伴随着一声声"哎……"此时，我直着腰，妈妈弯着腰。

"来，我给你捶捶，按摩按摩，放松放松。"说着，妈妈站了起来，让我趴在桌子上，只见妈妈挥起双手，先是对我的头上展开一番攻势：妈妈用 10 指肚，在我的头上，由前到后，迅速地抓了一遍，伸筋活血，我只感到头皮上一阵酥酥的感觉，麻麻的，还未享受够，只觉得头上一阵刺痛，痛感直刺大脑皮层，不禁清醒了些，原来是老娘用手指拔我的头发，把头上的头发挨个抓了个遍，可痛得我是死去活来。待妈妈松手，不觉一阵清凉自头顶而生，神经一松弛，顿时感到十分舒服，好不自在！紧接着，妈妈又举起拳头，对着我的背上便是一阵"狂轰滥炸"，只"炸"得那紧绷绷的肌肉松弛下来，之后，又来了一阵"九阴白骨爪"，对着肩膀一阵揉，只觉得是放松至极，舒服至极。我不禁闭上眼，好好享受。

按摩完了，只感到浑身上下舒服极了，肌肉放松，头脑清醒，像脱胎换骨一般，人也精神焕发，精力充沛，转头看看妈妈，只见妈妈直喘粗气，伸腰直背，我不禁感到一丝愧疚，我竟让妈妈为我捶背按摩。我应为妈妈按摩才对，哪有这样的儿子呀！妈妈为的是让我放松精神，好去更好地学习。

可怜天下父母心，妈妈为我付出的太多太多了！妈妈，我爱你！我要好好学习，加倍回报你！

腿 伤

2008 年 6 月 11 日 晴

"快！快！门！门！快过去防住！快呀！"球场上，一片混乱，红蓝两队已难分敌我，混战在一起，后卫成了前锋，门将成了后卫，不分队形，不分职务，统统冲上了第一线。只见对方球员带球向我方球门冲了过来，我两名队员一左一右向其冲去。对方一个假动作，我一号队员劫球失败，紧接着，我二号队员趁其不备，把球从他脚中一铲，球顿时改变了运动方向，掉头向对方球门冲去。对方球员一个转身，挡在二号前面，刚想奋力一踢，二号见状忙把球传向三号，谁知球还未到，便被对方五号大脚踢上云天，直冲云霄，向我这飞来。我连忙向球的方向跑去，不料途中牟家纬与我相遇，我俩争先恐后，谁也不让谁。"啪！"球落在我面前，我转身把球一带，突然被"木头"一拌，腿别了一下向地上摔去。顿时，我感到腿上如被撕裂了一般，被千针扎了一样，一阵钻心的痛直通大脑，痛得我大气不敢喘。"啊……"我知道，我腿很严重地踢伤了！

检查作业——"下雨"

2008 年 6 月 16 日 星期一 晴

今天早上，我刚刚走进教室，就感到气氛有些异常，同学们一个个脸上阴云密布，低着头，一言不语。衣老师怒气冲天，我连忙收敛起笑脸，也换上一幅冷冰冰的面孔，来到座位。

第一节语文课，只见衣老师一句话也不说，用那冰冷阴森的双眼看着我们——暴风雨前的宁静。忽然，老师把手一挥奉旨下诏："各科代表立即检查作业。"暴风骤雨来了！几十名科代表从班级不同的角落，一跃而起，冲向了自己管辖的区域，数学、英语、大卷单词，一个又一个检查接踵而至。几十分钟以后，当衣老师接到那份汇总时，只见她两眼喷火，七窍生烟，手也不住地颤抖起来——暴风骤雨刚刚开始……

奔向自由——我考完了

2008 年 7 月 8 日

"丁零零!"铃声如军令,我一下子从凳子上跳起来,收起了卷子,一边左拐右闪,躲避桌子,一边眼疾手快,收着卷子。我的心情难以形容,可以说欣喜若狂。"快快快!!!"我不断催促着自己,用尽全力,向监考老师跑去。眼下,我脚下的路不仅仅是普通的水泥地面,而是通向自由的大道。伴随着到点的铃声,同学们如逃脱出笼的困兽,如打了胜仗的战士,欢呼着,雀跃着,用力呐喊着,脸上的表情无一例外——嘴角上扬,两眼笑得眯成一线,手舞足蹈,飞也似的带着书包向教室外冲去——向着自由的沃土奔去。

是啊!多少个日日夜夜,我们挑灯夜战,努力学习,为的不就是这一刻的欣喜以及那一声发自肺腑、震天撼地的:我考完了!

雨中成长的我

2008 年 7 月 10 日 晴

六岁的我:

"大雨哗哗下,北京来电话,叫我去当兵,我还没长大!"望着窗外的大雨,我唱着童谣,看着外面的大树、小草被丝丝雨线滋润着,脸上挂着灿烂的笑容,心里像吃了蜜一样甜。六岁的我,喜欢下雨。

九岁的我:

望着窗外乌云密布的天空。乌云在天空中盘旋着,咆哮着,一道道白光划亮了阴蒙蒙的天,雨点密集地打在窗户上,吧嗒吧嗒的响声钻入我的耳朵。我站在窗前,眉毛拧到了一起,看看空无一人的操场,恨恨地说:"下什么破雨,都不能踢球了!"

十三岁的我:

走在路上,豆大的雨珠"吧嗒吧嗒"地打在雨伞上,摔得支离破碎。天灰蒙蒙一片,阴沉沉的。风在空旷的大街上怒吼着,咆哮着。道路两旁的行道树在劲厉的狂风中摇曳着,扭曲着。一串串密集的"子弹"打在我的伞上,"哗啦哗啦"的一股股水流从伞面上滚冲下来,像一朵朵"艳丽"的"花儿"在我的裤子上绽放，而我却全然不顾，任由它们在身上肆虐。"吧嗒吧嗒"，一串串雨水落在了我的心里，心中的天空不见了往日的晴朗。狂风、雨水在我的心中随意蹂躏，将地面冲刷得一干二净，荣誉、骄傲与自豪不复存在，留下的只是一片空白的土地。我的心宛如刀割，一切的一切，都不复存在。

但是，不经历风雨怎见彩虹？正是因为有了雨水的净化、冲刷与滋润，希望与努力的种子才会发芽，才能结出成功的果实。

十三岁的我，渴望着雨水的冲刷，得到磨砺，获得新生。

感受磁共振

2008 年 7 月 14 日　晴

今天，由于腿部有积液，我来到烟台山医院做磁共振。

步入熙熙攘攘的医院，穿过形形色色的人群，来到了一条清净的走廊。这里与刚才的大厅大不相同，寂静无声，传入耳中的只有机器若隐若现的嗡嗡声。走廊两侧，一扇扇厚重的大铁门矗立着，像一位位钢铁战士，守卫着门后的秘密。令我更吃惊的是，门上全贴上了防辐射警示标志。我连忙向身后看了看，"CTRT 室，没进错呀！那为什么要在门上贴上核的标志？"我怀着忐忑不安的心坐在了排椅上，时不时环顾一下四周，生怕那几扇铁门不牢靠，放射出核辐射……

到我了，我迈着步子，向走廊尽头迈进。只见，一扇铁门此时已经打开，只听到里面一阵阵机器的轰鸣声。"进去吧！"我害怕地向里面看了一眼，向里面迈了一步，只见一个圆形状的长方体机器横卧在那里，上方的气闸不断开启，发出咔咔咔的声音。"上去！"护士阿姨说道。看看那台机器，有点像《机动战士高达》中的太空舱。但在我看来，却更像一个张开了大口的怪兽。"快上去！"我没办法，只好爬了上去，躺在了平台上，把腿伸入了一个圆形仪器，塞上了海绵。现在，我是动弹不得。"啪！"门关上了，只剩下我一个人了。我越看那个仪器越害怕。突然，我躺的平台向前移动了，把我送入那怪兽之口。"啊！"我想停住，但是停不下来，只能眼睁睁地看着自己被送入"虎口"。"咚咚咚"，一阵声响从这机器里传出，"怎么？难道这真有怪兽吗?"这声音时而左时而右,好似有人在拿锤子敲来敲去。"嗡嗡嗡!!!"突然,声音又变了,像是千百只蜜蜂在我耳边飞来飞去……

我终于被从那个虎口中送出来了。一趟下来,我不仅不再觉得害怕,反而感到有趣极了。看似困难的东西有时实际很简单。

辽阔无垠的黑土地

2008 年 7 月 15 日 小雨

推开窗,一阵阵清风扑面而来,带走了身上的燥热,一种清凉的感觉由外到内,席卷全身。向远处望去,一片片肥沃的黑土地映入眼帘,像是在向我们挥手致意,欢迎我们的到来。今天,我们终于踏上了东三省广阔的土地。

早上,吃完饭之后,我们便驱车前往第一个景点——中华十大名山之一的长白山。

远处看,一片片绿油油的甜菜地展现在我们的眼前。在那稀稀疏疏的甜菜叶间,一块块肥沃的黑土隐约可见,像是一个个黑色的精灵,在田间追逐跳跃着。一幢幢别具风格的韩式建筑——蓝顶、黄面、屋顶呈"八"形,让我这个初来乍到的山东人大开眼界。空气中充满了清新、凉爽的气息,一阵风轻轻拂来,吹打在脸上,惬意极了。这就是东三省那广阔、肥沃的黑土地。

长白山是中华十大名山之一。之所以叫长白山,主要有三个原因:长白山终年积雪覆盖;长白山山顶云雾缭绕,看上去白白的一片;由于长白山是一座火山,火山喷发之后形成的火山灰是白色的。长白山最高 2610 米,垂直变化有四个植物带,如高原苔原带等,真是一山有四季,十里不同天。

不知不觉中,四个小时的时间已悄悄溜走,我们来到了长白山脚下。远远望去,四周被一片林海所包围,一望无际,广阔无垠。周围的一棵棵松树郁郁葱葱,高大挺拔,高达几十米,枝叶茂密,枝干粗壮,看起来像是一位位漂亮的姑娘,这便是长白山著名的美人松。向上望去,峰峦重重叠叠,不断交错,白云缭绕,直冲云霄。

我们马上就要开始登顶了,在我身边,整齐地排列着一队队猎豹越野车和一辆辆奔驰面包车。我选择了一辆猎豹越野车开始了我的登顶之旅。

　　两侧的树木不断向后飞逝，平坦的水泥公路上似乎没有什么惊险。突然，越野车来了个180°的大转弯！在不足8米宽的双车道上一直贴着边缘行驶，速度丝毫不减，只感到身子呼的一声向左一倾斜，差点撞到前挡风玻璃上。幸好我系着安全带，不然后果将十分严重。车身随着一起倾斜了起来，只听见轮胎一阵阵咝咝的摩擦声。我向左一看，只见速度表上写着60 km/h。我们在狭窄的公路上飙着车，时不时地，前面就来了一个180°的急速大转弯，丝毫不比过山车差。有好几次我眼看着护栏越来越近，呼的一声，车子转了过来。随着海拔的升高，周围的景色也越来越美。左边是悬崖峭壁，万丈深渊，一座座山峰远远看去，蓝蓝的一片，统统在我们的脚下，离我们远远的。白云在空中飘舞，清晰可见，仿佛触手可得。植被也变成了一棵棵狰狞张牙舞爪的长白树，矮小、粗短、丑陋。再向上，到了海拔2500米以上，是苔原自然带，一株株低矮的苔藓以及一棵棵青葱的小草，构成了这一自然带。远远看去，高原上一望无垠，平坦无壑，峭壁高耸险峻，旁边空旷无垠，宽阔无边，深不可测，心情也不禁舒畅起来。

峡谷漂流

2008 年 7 月 16 日　小雨

吃完早餐，我们坐上车，穿过茂密丛林，向漂流地进发。

　　一缕缕密叶轻轻分开，一条大河横卧在我们的面前，滔滔河水从上游飞速而来，在空中绽放出一朵朵美丽的水花，冲荡在岩石上，浪花四溅，一石"激起千堆雪"。河水在"岩石迷魂阵"中左旋右转，激流冲荡，产生了一个个迷人的漩涡。水流迅速，转眼之间，一片树叶便随着河水冲向下游。我的心在胸口呼呼直跳，呼吸急促，迫不及待地想立刻冲上去划上一艘橡皮船向着下游冲去。

　　我抢在第一个穿上了救生衣，将它紧紧地系在身上，"啪"的一下跳入了一艘充气船，拿上两个船桨，跟一个小弟弟一块，登上了漂流之路。

急促的河水将我们的充气船冲向下游。只见周围的树木飞快地向后逝去，我们的船在河中破水斩浪，顺着急流在河中左转右转，激起一片片浪花。风和水夹杂在一起迎面扑来，我只感到速度不断加快，风呼呼地掠过我的脸，转而飞逝不见，只留下阵阵清凉的感觉。突然，呼的一声，我们撞上了岩石，巨大的冲击力不禁让我们向前扑去，"哗啦"，紧接着，又被溅了一脸的凉水。"哈哈哈!"只听见后面传来一阵笑声。我转头一看，后面的人赶了上来，没等他们笑完，只听见"咔嚓"一声，他们卡在了两块石头里。我这时才发现自己还有船桨，于是一人一把，划了起来。我将沉重的船桨插入水中，用力地将它向后划去。船动了，可是，却是原地打转。我回头一看，只见那小弟弟与我在同一方向划船，我气得七窍生烟，叫他马上在另一边划。

我们的船终于动了，在平静的河面上"蜗行"着，缓慢地移动着。突然，我们的船转了个圈，向岸边游去，"呼!"又是一下，我们撞到了岸边。这一次，树枝上的树叶让我们吃尽了苦头，叶子上的露珠哗啦哗啦地落下，一个个蜘蛛网罩在我们头上。我回头一看，只见他又与我一起在船左边划船，船在原地打转，我气得手一松，船桨掉了下去，真是雪上加霜! 我一把夺过船桨，支住岩壁，用力地左划一下右划一下，向急流处缓缓前行。渐渐地，我们终于接近了急流水道。"哗哗"，我们被一起冲了下去! 我放下船桨，身上一身臭汗。但是看着自己在广阔的河面上急行，周围有小松相伴，也真是一场享受啊!"呼呼呼呼!"没等我好好享受享受，我们又入了"迷魂阵"，左撞右颠，撞得晕头转向。

渐渐地，水流平缓了起来，终点出现在我们面前。下了船，我不禁感到既刺激又惊险，意犹未尽!

五大连池

2008 年 7 月 18 日 晴

今天，我们来到了黑龙江省的五大连池。道路两侧，一棵棵参天大树遮天蔽日。松树高大的树枝上，一个个松果若隐若现，枝干上一个个针叶整齐地排列着。远远望去,松树林一眼望不到边,简直是一片绿色的海洋。

继续前行,植被渐渐稀疏,最终变成一块块裸露的岩石——灰黑色的外表,形状各异。有的褶褶皱皱,像衣服一样,有的像是大浪淘沙,如大海一般,这便是火山地区特有的岩石——石灰岩。它是由岩浆喷发冷却而成,所以形态各异。

下了车,我们来到了"石海"。这里一点植物都没有,只有一大片石灰岩,怪石嶙峋,绵延到天边,与云朵交织在一起,像一个个狰狞的怪兽。

我们向山上爬去。这里,早已没有了石灰岩地貌,反而被植被覆盖。到了山顶,一个巨大的凹坑横卧在山顶,它直径约为200米,深50米,全是细碎的石灰岩块,这便是三号火山口。

向山下俯视,地势平坦,万里无山,广阔无垠。由远到近,由森林到草原、石海,逐渐变化。一棵棵树小极了,排成了一片,像星星点点的蚂蚁,白云在天上悠闲地飘着。远远的,14座火山围成圈向内推进,分别是:外面12座死火山(人类前喷发过),五大连池,2座休眠火山(有史以来只喷过一次)。白云、蓝水、绿树、黑石,各种颜色交错而成,让人感到心旷神怡。

冰洞饮泉

2008 年 7 月 19 日 晴

一道道木门缓缓打开,一阵阵寒风顿时像脱缰的野马一般扑面而来。全身的血液似乎都凝固了,一片片鸡皮疙瘩也油然而生。原来,我们来到了地下冰河。

缓缓走入一道道木门,黑暗如野兽一般向我们扑来,将我们吞噬在它那无限的胸膛中。气温越来越低,越来越低,冰冷的空气将我们包裹,直入骨内。

台阶一步步向下,墙壁上的水珠越来越多,寒风刺骨,令我直打哆嗦。我们来到了底层,只见温度计上写着-22℃。向前看去,只见一个个冰雕在霓虹灯的闪耀下闪闪发光,一座连着一座,晶莹剔透,造型奇特。有的是金字塔,有的是狮身人面像,有的是城堡,构思巧妙,透明透亮。我似乎身上也不冷了,仿佛还是 20 多度,鸟语花香。而这里还有冰雕,真是奇!奇!奇!妙!妙!妙!

向地面走去,"哗",眼镜上结了厚厚的一层霜,眼前白花花的,什么也看不见。

接下来,我们来到了南北饮泉。茂密高耸的芦苇荡中,一眼泉水喷涌而下。它富含矿物质,人体难以接受,若与水果同吃,牙齿会变黑,两小时内,它会变黄,七小时后,便会变质。但它可以治胃病、肠病等,疗效显著,还可以用它来泡"冷泉",有利于身体驱寒保暖。

多么神奇的南北饮泉啊!

最"奇妙"的旅行

2008 年 7 月 20 日 晴

早上 3:30。随着火车咣当、咣当的声音,睡梦中的我被妈妈叫醒,"快点,都三点半了,快起床!"朦朦胧胧之中只见窗外已经泛起了鱼肚白。我头昏脑涨,眼冒金星,慢悠悠地从床上爬了起来,打着哈欠,晕乎乎地迷离着双眼整理好衣服,坐在床边,周围的人远远看去似乎蒙上了一层白布。

早上 4:00。看着沈阳周围的景色,一块块奥运标语向人们诉说着它的光荣。高楼耸立,道路平坦,街道整洁,环境优美。虽然是早上四点,但是大街上已经有不少晨练的人,他们个个神采飞扬,神清气爽。我则是脑袋重得可以当铅球了,迷迷糊糊地还没醒过来。

早上 5:00。"哗",客车停在了沈阳桃仙机场的二楼候机大厅门前,候机大厅空旷无人,连个鬼影子都没有。我们一行人拖着沉重的行李,向着"国内出发"前进。奇怪的是,平日繁华的机场现在却寂静无声,听不到机场广播,也不见飞机起降,更不见候机楼内人员穿行。一道道出入门都紧紧地关着,门口有三名安检人员把守。我们敲了敲门,只见一个安检人员走过来指了指一旁的告示:《关于大部分机场实施特别检查的通知》。今天真倒霉,赶上特别检查的第一天,连进候机楼都得安检。

早上 6:10。好不容易开了门,顺着通道方向向前走,周围是一个个高大威武的安检人员。他们用一块小布在我们手上擦了擦,检查炸药含量之后,又通过了生化、辐射两个检测仪才放行。由于是奥运特别检查第一天,安检十分严格,我买的子弹做的坦克只好"忍痛割爱"了。

上午 7:20。前往烟台、宁波的旅客请注意,我们抱歉地通知您,由于天气原因,飞机难以起飞,航班推迟到 8:30……9:30……一直到 10:30,我的心情真是糟透了。

"请由第三号登机口上飞机!""耶!"一阵欢呼声传到了候机厅的各个角落,我的心情随之轻松起来。

上午 11:50。"由于天气原因,我们的航班将返回沈阳机场。"这似一颗重型炸弹炸在我的心头,"唉,有家不能回,这是什么感觉啊!"看着窗外,心头一阵酸楚。此时,真的好想家啊。

中午 12:20。"我们的航班取消了,现在请乘大巴回宾馆休息。"伴着空姐的这句话,我心中仅存的希望顿时灰飞烟灭,心中有一点痛。

"烟台,我何时能回到你的怀抱啊?"

中午 1:00。"砰",我们的大巴撞上了收费站的栏杆,卡在了那里,动弹不得。司机、管理员大动干戈,吵了起来。我们心中似乎燃起了一把火,心急如焚。下面的人吵得不可开交,上面的人则哀声连连。

下午 3:00。最终,我们打了市长电话才解决了问题。来到宾馆,幸运的是,这是一家四星级的宾馆,服务不错。

下午,我们"因祸得福",来到了故宫转了一圈,又去最繁华的商业街逛了一圈。

多么"奇妙"的一天!!!

用谎言掩盖错误是愚蠢的行为

2008 年 7 月 29 日

尊敬的老师,亲爱的同学们:

大家好！今天我演讲的题目是《用谎言掩盖错误是愚蠢的行为》。

人生之舟，不堪重负，有弃有得，有取有失。失去了美貌，有健康陪伴；失去了健康，有学识追随；失去了学识，还有机敏相跟。但失去了诚信呢？失去了诚信，你所拥有的一切：金钱、荣誉、学识、机敏，就不过是镜中花、水中月，如过眼云烟，终会随风而逝。谎言像一剂毒药，让你失去美貌，心灵长满疮疤，让你深陷其中，难以自拔。谎言下的错误，就像一颗毒瘤，越积越大，腐蚀心灵最终爆炸。用谎言遮盖错误是一种愚蠢的行为。

一位哲人说："一个谎言要用一千个谎言来掩盖。"错误并不可怕，可怕的是没有面对错误的勇气，掩盖错误、谎言换来的可能是一时的利益、信任或快感，而最终纸是包不住火的。谎言付出的代价是昂贵的，谎言一旦戳穿，会将以前的成就从根基上摧毁，会将彼此的情感陷入不信任的痛苦之中，会把本来的错误扩大化。撒谎是以自己的人格作为赌资。人格不像金钱，输了一次，以后就很难值钱了。有些同学犯了错误不思悔改，不改正错误，反而用谎言掩盖错误。犯错乃人之常事，伟人也难免不犯错误。用谎言掩盖错误，只能是错上加错，只能在谎言中迷失了自我，陷入泥潭苦苦挣扎，不能自拔，最终换来的就不仅仅是一句批评、一句责备了，而是老师、家长、同学一双双怀疑的目光，一句句不信任的话语，以及自己人格的贬值和一颗暗淡的心……

在我们身边，谎言处处可见：没有完成作业却说忘带了，考场作弊却说成……然而，有些同学却能始终保持一颗纯正的心，正确面对错误，改正错误，吸取教训，坦诚相对，接受教导，他们获得的则是老师的赞许、技能的增长、人格的提升。事实上，没有什么值得我们去撒谎的。一个尴尬、一次失误，当我们坦诚面对后，我们得到的是信任、理解和尊重。但是，如果我们选择了谎言，将终日惶惶恐恐、担惊受怕，不利于自己吸取教训，进一步提高。重要的是我们诚信的基石没有了，我们陷入的是一个难以自拔的深渊……

在我们学生身上，诚信更为重要。处于新时代的我们，背负着振兴国家的重任,我们必须作为社会的榜样。

一、在日常生活中,我们应当恪守诚信,对自己所讲的话承担责任和义务。言必有信,一诺千金,答应他人的事一定要做到,做到表里如一,不说谎话。为人处世讲诚信,不说假话,真诚待人。在学习生活中,应坦诚毫无保留地与他人进行沟通合作,做到公平竞争,共同进步。诚信是为人之道,是立身处事之本,是人与人相互信任的基础。讲信誉、守信用是我们对自身的一种约束和要求,也是外人对我们的一种希望和要求。

二、面对错误,坦诚相待,积极认真地寻找原因,不怕别人笑话,寻求家长老师的帮助,主动承认错误,相信他们也不会过多地怪罪我们;吸取教训,避免下次犯同样的错误。在生活中坚决不用谎言掩盖错误,拒绝恶意谎言,因为"一个谎言要用一千个谎言来掩盖",与人为善。

在人生与风浪的洗礼中,有了诚信,你就用最阳光的心情高唱吧。若为人生故,诚信不可抛!

用谎言掩盖错误是愚蠢的行为!

面对挫折

2008 年 7 月 31 日 星期四

尊敬的老师,亲爱的同学们:

大家好! 今天我演讲的题目是《面对挫折》。

人生的道路上,有鲜花锦簇,也有荆棘挡路;有阳光满地,也有乌云密布。快乐的日子里,我们豪情满怀;悲伤的日子里,我们又如何去面对种种挫折与不幸?

芸芸众生,没有谁总是一帆风顺的,都会在人生路上遇到大大小小的挫折。而正是这些大大小小的挫折,才谱就了人生那曲平凡而又动听的歌。

奥斯特洛夫斯基曾经说过:"人的生命似洪水在奔腾,不遇着岛屿和暗礁,难以激起美丽的浪花。"挫折,是人生的调味剂,正是因为它,我们的人生才是一个缤纷多彩的世界。

有的同学一遇到挫折，比如考试不理想、受到老师的批评等，就会感到沮丧，觉得自己倒霉，为什么这种事偏偏落到自己的头上！于是自暴自弃，消极面对，在挫折的蜘蛛网中动弹不得，越陷越深，留下一串难以摆脱的徘徊和痛苦，一蹶不振。

然而，我们的身边仍不乏自强者，面对挫折这块人生必须搬开的绊脚石，勇敢进攻，战胜困难，超越自我。正如巴尔扎克说的那样："挫折就像一块石头，对弱者来说是绊脚石，使你停步不前，对强者来说却是垫脚石，它会让你站得更高。"挫折并不可怕，可怕的是面对挫折时你的胆怯、畏惧与绝望。

面对挫折，我们不应有任何畏惧的心理，应心不烦、气不躁地去面对现实，面对挫折。要善于进行心理调节，保持良好的心态，积极应对，寻找最佳解决方式，摆脱挫折感。要学会客观地对待自己，对自己有一个正确全面的认识，学会转移注意力，学会宽容。

门其实是开着的

2008 年 8 月 3 日 晴

哗的一声，轨道上闪过一辆飞速行驶的过山车，一个个模糊的身影飞速闪过。伴随着一声声的尖叫，我的心也吓得怦怦跳。过山车，对我来说，只能是敬而远之了。别说是十环过山车、垂直过山车，就连没有任何"圈"的过山车我都不敢坐。要是坐了，不知道会吐成什么样子了！

一旁的爸爸拉着我，在巨大的游乐场里寻找着合我们口味的娱乐项目。突然，爸爸兴奋地搋着我说道："快看快看，去玩那个吧！"说着，就拉着我向那跑去。我定睛一看，只见高高的大门上写着"雪山飞龙"。两个巨大的龙头恶狠狠地盯着我。大门后面，一个个直冲云霄的 O 形轨道在阳光下闪闪发光。嗖的一辆过山车飞驶而来，与平时常见的过山车有所不同的是，这种过山车是把人脚底悬空吊起来，进行翻滚，转圈。我顿时感到心里没了底，没了信心，我能坐这个过山车吗？吐了怎么办呐？吓不吓人？……一连串的问题在我脑海中闪过，我那仅存的自信也土崩瓦解了。在我看来，坐过山车是根本不可能的！我试图挣脱爸爸的手，可是爸爸却越抓越紧，说道："试一试吧，不试怎么知道行不行呢?!"，然后把我拉了进去。

"咔嚓"，安全带绑了上去，保险装置放了下来。我们渐渐地向着高空升去。望着远离的地面，我害怕得闭上了眼睛。突然，只感到天旋地转，我们头朝下倒转过来加速向着地面冲去。我忍受着地心引力和失衡两大困难，痛苦万分，但渐渐的，却没了感觉，睁开眼，带来的是速度的刺激。下了过山车，我竟然感到意犹未尽。我终于坐了过山车，突破了心里那道"门"！

拥有自信，万事皆能成功，相信自己，你会发现原来没有什么事是你做不到的。看似紧闭的门，其实是开着的。

支持参与奥运

2008 年 8 月 4 日　晴

"距离北京奥运会开幕还有 17 天……"伴随着电视中的倒计时声，我的心也不禁焦灼起来。看着电视中一面面飘扬的五星红旗，看着鸟巢、水立方那雄伟英姿，奥运健儿们艰苦奋战的场景，我的心也随之沸腾了起来，中华民族的自豪感也油然而生。我内心深处，不由地生出了一个念头：买一面五星红旗，挂在家里！虽然我无法去看奥运会，但我的心永远跟祖国紧密相连！一想到这，我便不由自主地兴奋起来。说干就干，可是首先得过妈妈这一关。于是，我慢慢地蹭到妈妈的身边，伏在妈妈耳朵上说道："妈妈，我想买一面国旗。"我的心异常紧张，生怕妈妈不同意。谁知，妈妈爽快地说了一句："好!""耶!"我的目的终于达到了。

说到做到，第二天，我和妈妈来到了三站批发市场，转了大半圈，终于找到了一家卖国旗的商店。只见这里到处挂满国旗，美国、中国、法国、德国……我看见一个大号的国旗，它红色的角上镶嵌着五个五角星……这要是挂在我卧室的天花板上，红黄白分明，会有多好看啊！我看着老板拿出一箱一箱的尺寸不同的国旗：五号，七号……还有小号的小国旗，琳琅满目。我依据尺寸挑了起来。最终，我拿着两面大号国旗高兴地回家了。

奥运，是中国人民的大事，需要全民参与。虽然我不能为奥运做出大的贡献，但我可以在行动上支持奥运，参与奥运！

微笑面对困难

2008 年 8 月 4 日 晴

"儿子，快过来，快！"我扔下笔，向厨房跑去。只见妈妈蹲在地上，周围放满了厨房用品，一只手把着塑料管下水道，一只手不断地"抢救"橱柜里的东西。我一看，这可不得了啊，水管从中间断裂开来，水正源源不断地向外流，厨房水漫金山了！"站着干什么，还不快往外拿东西啊！"只见妈妈皱着眉头，一脸不高兴。我连忙蹲下从柜子拿出一个个"物资"。终于，东西抢救过来了，但厨房却一片狼藉，水到处都是，洗洁精洗碗剂滚得到处都是，谁看了心里都烦，更别说水管碎了，水淹"龙王庙"了。

我和妈妈都是满脸愁相，一阵阵火从心底熊熊燃烧起来，恨不得把这水管踢碎，可是水管还有用，于是积蓄的怒火只能一压再压。看着厨房的这个烂摊子，心里是愁极了：这可怎么收拾啊？怎么修啊？心情越来越坏。可是，我渐渐冷静下来，感到自己不应当消极对付，而应面对它，想出办法。于是，我将心中的怒火渐渐平息了下来，心平气和地开始想办法。

我灵机一动，拿出了胶带，并告诉妈妈我的想法，让妈妈缠上去。妈妈一手撑住水管，让它与下部连接完全吻合，一只手小心翼翼地缠着，我在旁边接应，帮忙。一圈，一圈，又一圈，胶带越来越厚，水管也被黏在了上面。一松手，水管没有松动，打开水龙头，"哗"，水溅了我们一脸，一号方案失败了。我四处打量，看到一旁摆着的模型盒，心生一计，用 502 胶。我马山冲过去，找出两幅塑料手套，两管 502 胶水，还有一大卷医用胶布，套上手套。我拿上一管强力胶水，一手撑着水管，另一只手试着往水管断裂处抹胶水。渐渐地，胶水变成了凝固状晶体，水管牢牢地固定在另一头上。可我仍不放心，又往上面缠了几十层胶带，并抹上 502 胶水，配合使用，最后，又往上面缠了三层医用胶布，用手晃了晃，水管被稳稳地黏在了上面。打开水龙头，只听见里面咕噜咕噜的流动声。成功了！我终于成功了！

面对困难，"撕"掉愁脸，"戴"上笑脸，微笑面对，困难也会迎刃而解！

奥运开幕式有感

2008 年 8 月 8 日

第 29 届北京奥运会开幕式于 2008 年 8 月 8 日晚上 8 时，在北京国家体育场隆重上演，这一页新的历史正在诞生。而相隔千里的我们，都守在电视机前，和 80 多个国家的元首和首脑，204 个奥运大家庭成员，16000 名运动员和教练员，10 万名现场观众，数十亿电视观众，一起凝视，一起见证并且共同分享这个激动人心的时刻。

这个开幕式是以最现代化的形式，向全世界展示了古老的中华文明。

这一刻，我们仿佛站在一个古老民族的历史面前。五千年漫漫之路，浩浩然文明之光。2008 面古朴的缶，2008 名伫立的人，在鸟巢开阔的中央场地上组成气势宏大的"缶阵"。听着他们击缶时的呐喊，仿佛听到了远隔几千年之远传自大秦强中的呼喊。一道耀眼的光芒如闪电般从空中射来，激起缶阵上波涛起伏的光影，震耳的缶声如春雷隆隆响起。最为美丽的是倒计时。在鸟巢里，全场观众随着发光的缶面上闪现的数字，不由自主地也一同大声读起秒来。当时钟划过 8 点整，热烈的欢呼声瞬间响起。天空中，绚丽的焰火，映红了鸟巢，映红了北京的不眠之夜。这一刻，让人忍不住回望岁月沧桑。

鸟巢中央场地，一卷中国古代形制的画轴缓缓打开，一张白纸铺在画卷中央。在这个长卷上，中国文化历史深处尽情流淌出来，让世界经历一个目眩神迷的夜晚：古琴声起，《高山流水》淌进场中。15 位全身玄衣的舞者跃上画卷，如饱蘸的浓墨，如腾挪的笔锋，用独特的肢体语言，时而描摹，时而写意，行云流水，抑扬顿挫。接着，是活字印刷的表演、孔子三千弟子的吟诵、木偶京剧的喜悦之声、丝绸之路的艰辛之旅、簪花仕女的优雅、击缶而歌的朴拙、《清明上河图》的恢宏大气、"春江花月夜"的轻盈动人。包括四大发明在内的古代中国的灿烂文明，以如此方式展现，让国人骄傲，让世界动容。

著名钢琴家朗朗和一个5岁女孩的钢琴演奏，将人们从文艺表演上篇《灿烂文明》带出，进入下篇《辉煌时代》。古老的画卷在无垠的星光中延展，寓意中国的今天道路更加美丽宽广。

今夜，1万多名表演者，借助多媒体技术和声光电等影像效果，为全球观众打开中华文明长卷的一角。《画卷》《文字》《戏曲》《丝路》《礼乐》一一呈现，先秦百家哲人们的智慧，四大发明的创举，诗词、音乐、舞蹈、戏曲、书画、建筑等古代艺术的韵味，如梦如幻地勾勒出中国古代文明的博大气象。

全世界在北京的天空中看到了"奥林匹克的历史足迹"。一个个巨大的正在燃烧的脚印状焰火腾空而起，从永定门沿北京城中轴线一路向北，穿过天安门广场，一步步走向主会场鸟巢。这象征着第29届奥运会一步步走进中国，走进北京。第29个亮丽的脚印炸开在鸟巢的正上方，立即化为漫天繁星洒向地面，在鸟巢中央聚拢成星光闪烁的奥运五环。中国最美丽的古代艺术形象飞天，在空中舞动长袖，巨大的五环随着衣带飘飘的飞天缓缓升起，缓缓升高，像一个美丽的神话辉映全场。

这一刻，让世人永远记住奥运会第一次来到中国的这一天。这种梦幻、神奇的感觉，让人心潮涌动、百感交集。在兴奋、精彩、震撼之中，人们迎来了奥林匹克的发源地希腊的奥运代表团入场，世界惊奇地发现：运动员把彩色的足迹留在了"纸"上！来自全球的运动员和现场的艺术家以及儿童们共同完成的这幅画，超越了绘画，超越了体育，成为2008年最盛大最感人的行为艺术！

而这个长久的等待，让梦想成真的欢乐格外醋畅。千呼万唤中，中国第一块奥运金牌得主许海峰手持火炬跑进鸟巢。在全场观众有节奏的"北京加油！奥运加油！"的呼喊声中，他和高敏、李小双、占旭刚、张军、陈中、孙晋芳依次交接，跑完了北京奥运会火炬传递最后的路程。

在万众瞩目下，站在全场中央承担最后一棒的火炬手李宁将手中的火炬高高举起，在人们尚未明白之时，身体已经腾空而起。本届奥运会开幕式最大的悬念终于揭晓。李宁举着火炬，祥云伴着他的身影凌空绕场一周后，在主火炬塔不远处停下。与此同时，一幅中国式画卷沿"空中跑道"徐徐展开，画卷上依次呈现出奥运圣火在各地传递的动态影像。忽然间，流光溢彩的鸟巢里，10 万人仿佛同时屏住了呼吸。世界著名歌唱艺术家莎拉·布莱曼和中国男歌手刘欢演唱的本届奥运会主题歌缓缓响起，歌声柔美、清新，温情脉脉，沁人心扉。

李宁轻轻地将火炬伸向前方，在光影打出的一只金色凤凰前点燃了引线。一道火苗旋转上升，飞向火炬塔，"呼"的一声，矗立在鸟巢边缘的主火炬喷出熊熊火光，照亮了北京的夜空。这一刻，百年的现代奥林匹克运动揭开新的一页；这一刻，中华民族的伟大复兴写下新的篇章；这一刻，全人类的荣耀和梦想尽情绽放！

中国人的奥运梦已经整整 100 年。实现这个梦的历程，和中国人民争取民族独立、国家富强、生活幸福的道路相伴而行。在把梦变为现实的过程中，中国从落后到发展，从贫穷到小康，从封闭到开放，已然以崭新的面貌、负责任的大国形象和自信平和的心态，站立在世界东方。

今晚，世界看鸟巢，世界看北京，世界看中国。

北京奥运开幕式就是第一块金牌

2008 年 8 月 8 日

鸟巢，第 29 届奥运会就在这里开幕。

随着倒计时数，最后 10 秒，"缶阵"的击打节奏激烈，雷声轰鸣。缶面上连续闪出巨大的 9、8、7、6、5、4、3、2、1 等字样，与节奏相配。焰火在高空绽放，整个体育场如盛开的花朵。火焰此起彼伏，欢迎的烟火从空而起，在空中绽放着友谊的绚丽。梦幻的五环繁星飘落聚成，徐徐升起，环环相连，环环映辉。中国式的画卷，一幅幅展开，四大发明随着音乐从遥远的历史画卷里走来。

丝绸之路是中西方经济文化交流的重要通道。陆地上丝绸之路跨越了千里沙漠,经过河西走廊,进入欧洲大陆,成为中西方经济文化交流的重要通道,沿途播撒古代中国政治经济文化和文明。海上的丝绸之路,从中国的泉州出发,到达西亚、东非地区。丝绸之路是友谊之路,是平等互利之路。这表明现代中国一如既往地沿着友谊之路,平等互利之路和各个国家进行贸易交流。

刘欢和莎拉·布莱曼唱响了北京奥运会主题歌,这是高昂和纯美的合作:"我和你,心连心,同住地球村,为梦想,千里行,相会在北京。来吧!朋友,伸出你的手,我和你,心连心,永远一家人。"唱出北京奥运会的宗旨。莎拉·布莱曼头一次听主题歌《我和你》就为这首歌曲震撼得流下眼泪。她俩在开幕式唱灿了世界儿童的笑脸,唱出了同一个世界同一个梦的心声。

体操王子李宁腾空飞天,环绕鸟巢,用奥林匹亚的圣火点燃了主会场的火盆,点燃了世界朋友们激情。

确实,这是一场不止是给中国人看的开幕式,也是给外国人欣赏的中国文化盛典。现场的外国友人显然也跟中国人一样被震撼了,他们一样分享了中国人的激情。

赛事还没有开始,北京奥运会开幕式就赢得了世界朋友们心里奖给中国北京的一块沉甸甸的金牌。

金海洋火锅

2008 年 8 月 10 日 晴

今天上完英语课,我们依照事先的计划来到了家门口的金海洋火锅,准备好好宰一把爸爸。烈日炎炎,太阳以它那火辣辣的热情款待着我们,豆大的汗珠已从头顶上冒了下来,在我身上汇成一条条涓涓细流,滚落下来。

我们走进了火锅城,本想在电梯里的空调下好好地凉快一把,可谁知,里面竟像一个蒸笼一般,刚一打开门,滚滚热浪便席卷而来,里面比外面还热呢!但一上楼,情况就不一样了,顿时一阵阵冷风便把我们包围了,真是冷热两重天!

我一看,只见宽阔的大厅内,环境优雅,干净整洁,大厅中央,还摆放着一架古典钢琴,发出美妙而又让人心旷神怡的音乐。地板华丽考究,精工细造。天花板上,一个个美丽的人物,构筑成一幅精美的画卷。装饰现代优雅,一个个后现代主义的灯发射着七彩的光。

找到座位,只见,它是一人一个小火锅,方便省力,而且人不多,不受人影响,妙极了!

吃得就更不用提了,新鲜美味。在这样的环境下进餐,可真是一种享受啊!

启程大连

2008 年 8 月 15 日 晴

伴随着"呜"的一声汽笛声,海洋岛轮出现在了大连那美丽湛蓝的海面上,微风轻轻吹拂着我们的脸,带来阵阵海水的咸味。远处的海面上,几只海鸥迎风展翅,洁白的身躯在海面上划出一道道优美的弧线。对面的海港旁,一幢幢高层建筑占据了大半边天空,朵朵白云自远方悠悠飘来,给人一种舒畅、祥和、宁静的感觉。心情顿时豁然开朗,心中的积云也早已烟消云散。

走在大连的街道上,给人的感觉便是清洁,环保,实用。车道两旁,一片片青草地沿着车道绵延不尽,公共设施则并没太多艺术性的装饰,但却坚固实用,大方美观。

我们今天大连之旅的第一站——发现王国,就在我们的面前。它位于大连金石滩国家旅游度假区,是由曾参与迪士尼乐园设计的美国 RPVA 公司规划设计,韩国三星爱宝乐园参与管理,国际化的团队打造的国际化主题公园。它共分为七大主题区:发现广场,传奇城堡,魔法森林,金属工厂,神秘沙漠,疯狂小镇,婚礼殿堂。走进去,便仿佛步入了一个童话世界:活蹦乱跳的卡通人物,巨大的食人草,几十米高的空间站,巨大的金属工厂……我们玩得不亦乐乎,我对它的评价只有:绝妙! 刺激! 好玩!

冰峪沟冲浪滑道

2008 年 8 月 17 日 晴

今天,我们来到了大连的另一处旅游胜地——冰峪沟。

走入冰峪沟景区,一阵阵难耐的酷暑逐渐被丝丝凉爽的清风所代替,太阳也换上了另外一副面孔,由火辣辣的热情转变为柔柔的清风,带走了身上躁人的热气,清爽凉快。只见这里的景色如画,仿佛是一幅名家手笔的山水画。郁郁葱葱的山上,鲜花遍野,奇石突兀。一旁,几朵白云悠悠地飘着,山脚下,一条大河横穿而过,平静如镜,清澈见底。不远处,几只天鹅在水中嬉戏,增添了几分诗意。岸两边,也是一片绿色的海洋,一眼望不到边。

这时,我们来到了前方不远处。这里有摩托艇可以玩,我毫不犹豫冲了上去,想体验体验这速度的刺激。穿上救生衣,我一脚跨上了摩托艇。仔细观察,只见它船体呈流线形,前部隆起,高于其他部位,像是一个大花生仁,后部装有一台大功率马达。"呜",没等我反应过来,摩托艇便冲了出去,我身体一下子向后仰去。摩托艇的前部呈45 度仰角破风斩浪,溅起半米高的水墙,我仿佛飞起来了似的!风呼呼地吹过脸前,前面的水飞快地向后退去,我真正体验到了速度的快感,体验到了那种发自内心的愉快之情!周围的景物模糊成一片。"唰!"摩托艇忽然倾斜了过来。"完了!"正当我闭上眼为自己祈祷时,它正了起来。我一看,只见摩托艇转了个弯,犹如离弦的箭,飞了出去!简直太刺激了!

意犹未尽,接着,我又想体验滑道。一步步走上高高的滑道塔,我的脚不禁软了起来。这时距离塔下的水面,至少有 50 米,已经为自己的决定有点后悔了,但既来之则安之吧。于是,我放下心中的一点担心与不安,勇敢地来到安全索旁,带着一幅"壮士一去不复返"的表情,坐了上去。

片刻之后,被"五花大绑"的我走到了滑道塔的边缘,看看下面一个个甲虫似的小亭,陡峭的山崖,我的腿不禁又打起颤来……可没等我思考完,不知不觉中,我自身的重量已经慢慢压着安全索滑出了滑道塔!

眼前的湖面飞快地从眼前飞过。"哗!"我一下子向着湖面猛冲过去,高度不断下降,迎面吹来的风呼呼从我脸上飞过去,一阵阵清凉的感觉。湖面上的"甲壳虫"飞快地逝去,两旁的高山也模糊成一片绿色,我的心中已没有了刚才的恐惧,只有速度带来的快感,太刺激了! 一圈下来,我仍有点意犹未尽。

时间悄悄流逝,我们离开了冰峪沟景区。

奥运随笔——开幕式

2008 年 8 月 19 日 晴

百年奥运梦,今年终成真。2008 年 8 月 8 日晚,举世瞩目的第29 届奥运会开幕式在鸟巢内隆重举行。

一个世纪以前,我们中国人就曾发出这样的感叹,什么时候,中国能够派出一支代表团出使奥运会? 什么时候,中国能举办一场奥运会? 如今,中国人民的百年奥运梦终于实现了! 这当中,我们经历了多少不平凡的磨难,付出了多少鲜血与汗水! 中华民族的百年奥运梦,是我们翘首期盼了几万个日日夜夜,付出了无数艰辛才换来的啊! 100 年间,中国由一个任人宰割的"东亚病夫"成长为一个傲立世界、霸据东方的雄狮,由一个思想落后、社会动荡、政府糜烂的封建国家,变成一个思想开放、国泰民安、蓬勃发展的社会主义国家,这是经过了几代人的艰苦奋斗、浴血奋战而争取来的! 今天的奥运来之不易,它是由前辈的热血和汗水铸就而成的,是全世界对中国的肯定,标志着中国已经走向世界,已经昂首屹立于世界民族之林!

走进冰峪,触摸清凉

2008 年 8 月 30 日 晴

记得那天走进冰峪沟时,身上的躁气便转瞬即逝,取而代之的是一阵阵清爽怡人的冷风。高悬的太阳似乎也不再那么毒辣。恰逢冰峪的葱郁浪漫,清澈甘冽之季,正是避暑的最佳时节。冰峪沟真是无山不美,无水不美,一片片葱郁的原始森林遍布于群山之中,遮天蔽日,绵延不断。进入了冰峪,便仿佛进入了第二个香格里拉,青山吐翠,水色妖娆。湛蓝的天空中不时有成群的飞鸟经过,秀美的山峰边,一条小河如一条白色的绸缎,缠绕着一座座孤峰山林,依山傍水。夏日泛舟水上,观清透水景,赏徐徐涟漪,听百鸟齐鸣,闻翠美叶香。沉醉在如此美景之中,便会把一切烦恼抛在脑后,忘却夏日心中的烦躁,彻底投入到冰峪的浓浓舒爽之中。

冰峪的山既有北国的粗犷豪放,又有南方峰峦玲珑秀美的风姿。在此品味山林青翠,聆听碧水奔流,真是一种享受!

八年级

微笑描绘美丽的名片

2008 年下半年

像极了徐志摩的诗,轻轻的,我来了。

微笑,悄然走近我们身边。仿佛景观大道上一道亮丽的风景,五彩,那么艳丽。

第一笔　时光闪过痕迹

展开了蓝色的画布,我铭记学习进取。每一张笑脸都洋溢着自信,不管你来自哪里,不管你的肤色。为了这张名片,奋斗了,努力了,最后笑了。

难以忘记初次见你,心潮澎湃,激动不已。记忆里为你拼搏的思绪,如此熟悉。笔轻舞飞扬在答题纸上,声音自由驰骋在寥寥耳际。紧张了,出汗了,只为不会错过了。

再一笔　华章初显端倪

你洒下一片黑暗,我用诚实守信点燃光明。承诺,不光言语。手心里空空的,无他。这不是神的旨意,却终究神圣,宛如来自天堂的声音。

只是这样一个承诺,倒不是依赖金诚所致金石为开。男子一言既出驷马难追,女子巾帼不让须眉。撇开男与女的较量,赤裸裸地剩下人格,剩下传统,剩下华章一篇。

第三笔　张扬青春热忱

鲜红鲜红你的个性,乐于助人我的真理。中国红红遍了大江南北,透彻地浸入每个人的心扉。忘记了第一次它从哪儿升起,始终难以忘怀的,一抹记忆。

芳华尽显,强过展厅一只精美的花瓶。最美丽的蓝精灵,承诺奉献,满腔热血雕刻着炎黄子孙的印记。不分天涯海角,不论南北东西,一笔一画,沉默着的,是眷恋。

添一笔　小品金风玉露

金銮殿里挥洒着黄色的骄傲,志愿者谨记文明礼仪。黯淡了名利,淡漠了私欲。来这里,真诚地一笑,贴心地一语。从此你不会忘记,这个身影。

小小的金风玉露,小小的完美世界。礼让谦恭,烂熟于心的词条,烂熟于心的德行。背过去是骄傲,转过来是微笑。风中彩虹,抑或云霄雨霁,浑然一曲巧夺天工。

末一笔　亲吻绿野仙踪

香气馥郁萦绕绿色,天人合一保护环境。总有一些恻隐之心,于情不自禁的时候。游走在清新的空气里,像是一条小鱼。我不忍,破坏这片绿的宁静。

展不尽的风华,展不禁的妖冶。一路徜徉,一路歌唱。只一声轻轻的附和,只一段流苏飘扬,只纤指一挥,只魂牵梦绕。踏着绿野仙踪,去往你也婀娜我也婀娜的地方。

后　记

试问微笑是什么? 北京最好的名片。

志愿者的微笑,恰到好处地镶嵌在五色的微笑圈里,讲述着这样一些不为人知却又人尽皆知的故事。安检口的"站神",公共区的引路大使,运行中心的"白领",物流配送的"大力",还有数以万计的城市精灵,默默无闻的社会志愿者……

满满的都是爱,我想这样说志愿者的故事。

满满的都是爱,像香槟满出来,我的爱像气泡飘起来。

和志愿者朋友街头救助患病老人

2008 年 8 月 11 日

8 月 11 日上午,天气虽然炎热,但阻挡不了我们这些志愿者奉献的脚步。在文化广场城市志愿者服务站点,来自区卫生局和中医院的城市志愿者,和以往一样提前来到站点,开展了签名、量血压、分发宣传材料等活动。队列井然有序,市民参与奥运的热情高涨。城市志愿者们每一个都忙得不可开交,但是他们的脸上都洋溢着幸福的笑容。能为市民做一些事情,是城市志愿者的荣幸,他们也为此感到骄傲。

上午 11 时许,在志愿服务马上就要结束的时候,一位大姐气喘吁吁地跑过来说:"快,那边有一个不能走路的老大爷,需要急救!"群众的需要就是命令。站长马上拨打了 120 急救电话。其余几个人立刻奔向文化广场雕塑旁,看到了一个年逾八旬老大爷。老大爷此时正坐在椅子上,揉着腿。作为中医院的大夫,王阿姨立即给老人号脉,并且询问老人现在情况。通过那位热心大姐的叙述,志愿者们了解到老人是出来遛弯到此,突然腿麻,走路跌跌撞撞,碰坏了几个花盆。大夫阿姨在给老人号脉后,发现老人的脉象正常。林伟哥哥和李娟姐姐马上拿着老大爷的手机,通知其家人。拨了老大爷儿子的两个电话后,一个是空号,一个未接通。志愿者们就询问老大爷还有无其他电话,老大爷说出了家里的电话。这说明老大爷的意识还是清醒的,就是腿不能活动了。但是此时家里的电话也没有人接。志愿者们一边帮助老大爷揉腿,一边测试老大爷的腿部反射。

此时,救护车到达了文化广场,志愿者们拿着帽子挥动手臂,救护车马上发现了他们。在救护车到达后,志愿者们小心翼翼地将老大爷搀扶上车,并且交代了知道的情况,最后将手机交给了救护人员,请他们接着打家属电话并妥善保管。救护人员马上开着车将老大爷送往区医院。

看到老人被救护车拉走后,大家长出了一口气。志愿者们向服务站点走去。看到任站长在向大家招手,大家的脸上都流露出了最灿烂的笑容。那是志愿者最真诚的微笑,发自肺腑的微笑。城市志愿者用实际行动诠释了志愿者信念,也诠释了"奉献、友爱、互助、进步"这八个字的涵义。

老师,我对你说

2008 年 9 月 9 日 星期二

日复一日,年复一年,转眼间,我已从一名幼小无知的小学生成长为一名成熟的初三学生。随着时间的推移,学科的增多以及学习的深入,我也越来越觉得身上的担子更加沉重,知识也更加深奥,更加难以理解。

特别是上了初三以后,又新增了物理化学两门科目。时间更加紧迫了,不仅作业增加,而且需要复习的内容也增加了,我一时无法适应这种紧张的状态。在晚上,通常写完作业就已快 8:30 了。复习、预习每天的内容,一晚上下来,常弄得我筋疲力尽,而复习完的内容却很少。物理化学找不到学习的窍门,常常是事倍功半,效率低下。

忽然这一周,我感觉自己在学习进度和理解力方面都有了很大的提高。仔细一想,哪里有什么窍门呢? 只不过熟能生巧!

书写好学习生活的点滴

2008 年 9 月 10 日 星期三

伴随着铿锵有力的音乐,一条条长龙开始在操场上整齐地聚集排列着。我拿着板凳站在队列中,心中阵阵绞痛,昏暗的心情就如同这阴沉沉的不见天日的天空似的。

回想着自己上个学期的学习,不禁懊悔万分,可惜时间一去不复返,自是人生长恨水长流。此时此刻,我的心中阴雨蒙蒙,不见天日,悔恨交加,恨不得自己能回到过去,改变历史。

听着老师在上面宣读着一个又一个的名字,我的心便一次又一次地刺痛。看着领奖台上那一个个神采奕奕满面春风的同学,我多想能和他们一样风风光光地站在上边,可是……失去的时光不会倒转。

天下起了小雨,雨点滴滴答答地打落在地上,却如同滴落在我心中。雨点骤然变成了雨柱,进而变成了雨帘,主宰了整个世界。粗大的雨点密集地连在一起,随着狂风呼啸着从天空中倾泻而下。

新的学期,崭新的一页,我要书写好上面的每一点,每一滴。

蚯 蚓

2008 年 9 月 11 日 星期四

下午,我才突然想到明天的生物课上需要蚯蚓来做实验,我却一只也没有准备。眼看着夜幕降临,抓蚯蚓的时间早已过去,这可怎么办呀？我如一只热锅上的蚂蚁，心急如焚。再不想办法，明天就要被生物老师的唾沫星子给淹死了！看着课本上一幅老人垂钓的图片，我忽然心生一计，连忙跑出家门，向着一家渔具店跑去。眼看着时间已快7点，街道两旁，一家家商铺的铁卷帘早已放下，只剩下几家昼夜营业的超市银行。我忧心忡忡，不断地在心里祈祷着，希望那家渔具店不要关门。

200米，100米，50米，我现在可以清楚地看见那家店铺的招牌了，顿时，如一块石头击入了我的心中。一石激起千层浪，我的心不禁颤动起来，一种幻灭性的悲哀在那一瞬间抓住了我的心灵，似万箭穿心，肠断心摧，肝胆俱裂，最后一丝希望也破灭了。

可是当我走近时才发现，我看到的不过是另一家门面较大的渔具店，而在它一旁，仍有一家即将关门的店铺，希望的圣火再次点燃。

"要多少？"看着一条条蚯蚓在老板手中蠕动，我不禁笑逐颜开，真是功夫不负有心人啊！

繁重的作业

2008 年 9 月 12 日 星期五

"太好了！终于放假了！"走出校门，我不禁欢呼道。校园外一只只自由飞翔的飞鸟，一朵朵迎风摆动的花朵，仿佛都在庆祝着这一时刻的到来。

晚上回到家，刚刚那阵喜悦的心情早已烟消云散，肩膀上又扛起了重任：消灭作业。"哗啦啦！"翻着老师布置的作业，仿佛在看长篇小说加电视剧，永远也看不完，心情不禁沉重起来，眉头紧锁。"这可怎么这么多呀？"我犯起了愁来，"不管怎么说，今天晚上一定要写完！"我对自己下达了"作战指令"。

"哗哗哗"，四周一片寂静，只能听见我写字的声音。临近午夜了，淡淡的月光从窗户投射到桌面上，夜深人静，只有明月与我相伴。渐渐的，一阵阵困意袭上心头，手中的笔也变得越来越重，两个眼皮子不住地打架，睁也睁不开，手也似乎灌了铅似的，动也动不了。"睡吧！"我想，头慢慢地向椅子背倒去。这时，我一眼扫到了桌子上的作业本,"坏了!才完成了不到一半,明天怎么办?"我顿时清醒了许多,心凉了半截,立刻,重新拿起笔来。

时针也不知转了多少圈,当我终于写完了最后一个字时,不禁欣慰地倒在床上睡了过去。

中秋祝福

2008 年 9 月 14 日 星期日

今天是八月十五中秋节,今夜的月光,也格外得美丽。当夜幕完全降临的时候,明镜一般的月亮已悬在了苍穹之上,月光乳白而轻柔,像是瀑布倾斜一般,抚摸着大地。

明月清新飘逸,孤影婆娑,透着清辉。那微弱而洁白的光辉,细细密密地洒在大地上,洒在人身上,仿佛为大地为人身镀上一层金,精美华丽。

十五的月亮,圆圆的,盈盈的,没有天狗咬过的痕迹,像是一位柔情的少女,温柔地注视着大地,将它那皎白的月光洒向每一个人。

看着圆圆的月亮,我不禁想到了我的亲人。虽然我们难以相见,但是皎洁的月光代表了我对你们的思念。月亮代表我的心。月亮传达着我对你们的无限思念。每当我抬头仰望天空,你们便会在我眼前浮现。祝福你们!

西红柿炒鸡蛋——我的最爱

2008 年 9 月 18 日 星期四

一碗热腾腾的西红柿炒鸡蛋摆在我的面前,金黄的鸡蛋,点缀着鲜艳的西红柿。用筷子翻一翻那红灿灿如红日般的西红柿,顿时,一股鲜浓的红艳香汁从里面涌动出来,舒滑可口,像是一股股从地底喷涌而出的熔岩,在灯光的照耀下,显得更加诱人。

而那金黄的鸡蛋,内外皆熟,每一处都散发着使人难以抗拒的美味清香。忍不住咬上一口,丝丝顺滑感觉不言而喻,酥酥软软,仿佛入口即化,清淡而不油腻。

在鸡蛋与西红柿的下面,是稠稠的西红柿汤,一阵阵香气直入味蕾,刺激着我的神经。

夹起一块鸡蛋,舀起一勺西红柿汤,吃下一块西红柿,半酸半甜的汤汁,加上可口的鸡蛋,一起入口,真是人间美味。

西红柿炒鸡蛋——我的最爱。

睡过头

2008 年 9 月 20 日

"孩子,妈妈先出去有点儿事,等会儿 8:40 的时候到学校门口等我,咱俩一块出去。"妈妈轻声细语地在我耳边说道。我睡意蒙眬似听非听地点了点头,翻了个身,准备继续我的好梦。"对了,我把闹钟定成了 8:00,一会儿你起来啊!"妈妈又不放心地叮嘱了一句。我不耐烦地把头埋进了枕头里,心想:"定闹钟干什么,反正一会儿就醒了,还不如不定。"

当妈妈的脚步声渐渐远去,伴随着"咔哒"一声门响,我转过身来,把闹钟关上了,继续与周公邀游。

不知过了多久,我睁开睡意惺忪的双眼,举起手看了看表,顿时,一盆冷水泼在我头上,心凉了半截。我仍不相信,以为自己看错了,揉了揉眼,再一看,8:58,"坏了! 晚点了!"我从床上蹦了起来,如热锅上的蚂蚁,急得团团转,袜子、裤子、上衣,火速穿上,争分夺秒,顾不得吃饭,飞也似的冲出家门,"完了,完了! 这下死定了!"来到学校门口,妈妈是一脸怒气,后果可想而知……

松

2008 年 9 月 21 日

盛夏来临,各种各样的树木争相开花结果,向人们展示着自己的美艳色彩。唯独松树无意与它们争妍斗奇,一年四季,身上也只有一种单调的绿色。它的枝叶也没有其他树木美艳动人,一根根针形的树叶仿佛在诉说着它经历的苦难。它比不上桃树那艳丽动人的桃花,也比不上芭蕉那宽大厚实的树叶,更比不上柳树那迎风招展、妩媚动人的"秀发",但正是这样的松树,才能抵御住酷寒的考验。

严冬来临,其他的树木早已受不住寒冷的温度,唯独松树,仍是一袭绿衣,在寒风中屹立不倒。在更加寒冷的北方,看不到妩媚的杨柳,美艳的桃树,高大的芭蕉,看到的只有一棵棵挺拔的松树。

它的装束不会因季节而异。它不需要花朵来装点身姿,更不需宽大的树叶,因为,在它看来,那都是累赘。它不会刻意改变自己的装束来赢得他人的喜爱,它要的只是面对严寒毫不畏惧、抵御困难、坚若磐石的力量!

"阅兵式"

2008 年 9 月 22 日

"请走方队的同学马上到操场上集合,进行运动会预演。"随着广播中老师的一声令下,同学们以最快的速度,健步如飞地冲了出去。一时间教室内只剩下了我们几个不走方队的"闲散人员"。

"走,快出去看看!"广播中音乐响起,同学说着拉着我来到了楼梯口。只见操场上"满江红",一队队队列整齐地排在一起,同学们站得笔直挺拔,一动不动,远远看去,好像是一个个士兵,骨子中透出一股股英气。向前看,队伍的最前方则是我们初三(5)班的彩旗队和鲜花队,最光荣也最艰巨。看,我们的同学是最出色的,一个个充满着青春活力,英姿飒爽,朝气蓬勃,与众不同,不愧是重点班中的重点。

前面的国旗手走了起来,彩旗队与鲜花队也走了起来,踏着步点,动作到位,力气十足,充满了阳刚之气,目光坚毅,手一动不动地举着旗,捧着鲜花。我不禁感叹道:"我们班的队列简直就是一个小型三军仪仗队。"在这样的班里,我也不由地感到自豪起来。

再往右看,其他的方队也同样出色,我们也充当了一次"国家元首","检阅"着这支"特殊的军队",就如一次"阅兵式"一样。我为自己能身为烟台十中的学生而自豪。

"出征"运动会

2008 年 9 月 23 日

今天上午,秋高气爽,运动场内彩旗飘飘,擂鼓喧天,一派热闹欢快景象。

　　早上,同学们陆陆续续从各个入口涌入体育场,寻找着自己的座位。操场上,有的班级已经站好了方队,喊着口号,整齐划一地排练了起来。看来,他们对优秀方队奖虎视眈眈。看台上此时已经坐满了人,成了一片红色的海洋,远远看去,排列整齐,如一块又一块的小方格,煞是好看。

　　我们班级的看台上,同学们已按老师要求坐好了位置,紧张地为方队做着准备,为自己的仪容进行最后的整理,脸上的表情既兴奋又不安。"快下来!"老师一声令下,同学们迅速地离开座位,排列成一排排,手持彩旗,两腿并拢,挺胸抬头,接受老师的检验。

　　音乐响起,在八名旗手的带领下,我们班的队伍"出征"了! 我心中也不禁为他们担心,心都提到了嗓子眼里,生怕出什么差错,为他们捏了一把汗,紧张急切地注视着他们。来到主席台前,我们班的彩旗队与花束队整齐划一,动作标准,同学们踏着步点,跟着节奏,雄赳赳气昂昂地走过了主席台。后面一个个方队,虽然也很整齐,但看上去仍不如我们班的方队。

　　运动员入场结束以后,运动会便开始了。

"枪战"指挥员

2008 年 9 月 24 日

　　每当回想起童年那段美好的时光,我就不禁感到无比怀念与留念,带着自豪,甚至有些意犹未尽,因为我有一个童年游戏是没有人尝试过的,独一无二的——枪战。

　　"快! 那边去三个人,注意防御!""你们两个,上到三楼,在窗户那里狙击!"我站在我们的战壕里——居民区一个半人高的楼梯里发号施令。我们的手里面拿着一把把仿真枪,身上穿着厚重的外套,加上一副"防弹眼镜",组成了我们这两队几十个"战士"。两队以居民楼为阵地,互相进攻。一方占领对方"阵地",或对方全部"阵亡"时为胜。

　　"开始!"随着一声指令,双方的进攻开始了。我们以优势的火力向着对方"阵地"上一阵强攻。一把把步枪的瞄准镜套在了"敌人"露出战壕的身体上,扣动扳机,"呼"的一声,步枪一阵战栗,吐出一颗子弹,朝着敌方阵地飞去,"啪"的一声,只见一个"敌人"的脑袋上开了花,脑门被红色的子弹打得一片红。他气得自己狠狠地跺了两脚,把枪摔在地上,愤怒地瞪着我们这边,双眼似乎可以喷出火龙。

看着中弹的"敌人"脸上的表情,我们笑得前仰后合,但没等我们高兴太久,我们一位"战友"身上也挂了彩。"还击!"顿时,"战场"上硝烟弥漫,子弹横飞。"狙击手掩护,冲啊!"我跃出战壕,左躲右闪,依托地形向敌军靠近。在我身后,几个人的身上早已伤痕累累,"挂彩"出局了!"冲啊!"我边喊边与赶来的战友不顾一切地奔向敌方阵地,两名狙击手交替掩护着我们。"敌人"的脑袋已清晰可见,我对准一个扣动扳机,"啪",对方应声倒下。"投降!投降!""缴枪不杀!"我们狂喊着,对方看我们这强大的阵势,不得不举起了双手。

童年的趣事至今令我难以忘怀,令我意犹未尽。我思念我的战友、我的同学,思念那段纯真美好的童年时光。

享受读书

2008 年 9 月 27 日

冰心奶奶说:"多读书,读好书,读书好。"走进我们家,便仿佛进入了一个书的世界,书柜上,电视机旁,书桌边,电脑前,床头上,到处都能见到书的身影:古典名著,现代文学,英语学习,百科丛书,地理著作,历史回顾,科幻小说,应有尽有。有的伴随着我走过了小学,有的被我百翻而不厌,有的则是刚加入这个大家庭,没来得及被我翻阅。

看着这些数以百计的书,我的心中不禁充满了自豪与骄傲。每当我翻开一本书的时候,便会不由自主地被它的文字所吸引,眼睛便会着魔似的盯着书本,一个字、一句话,认认真真,像榨汁一般吸取其中的养分。我读着一本本书,心也跟着在书海中飞翔,与拿破仑一起南征北战,与科学家一同探讨"龙门山地震带",与法布尔一起观察昆虫……书可以充实大脑,增长见识。每当读完一本书,感到头脑更加充实,视野更加清晰,神清气爽。"足不出户,便云游四海。"看埃菲尔铁塔的高耸华美,品卢浮宫的艺术瑰宝,望金字塔的雄伟壮观……心中一样充满一种满足感,成就感。

读书让我享受,让我进步,让我充实……

我看基础教育改革 30 年

2008 年 9 月 30 日

1979 年,一位伟人下达了一个伟大的指令,改革开放的东风从此吹遍了祖国的大江南北,令中华大地春意盎然,再次焕发了蓬勃的生机与活力。中华民族终于走上了伟大的民族复兴之路。

30 年之后,中华民族以崭新的面貌重新屹立于世界强国之林。

改革开放 30 年,是教育事业稳步发展的 30 年。如今,每一个家庭都有能力为孩子提供上学的条件,几乎每一个城市都能为孩子提供必要的条件,与 30 年前相比,教育质量和数量简直是天壤之别。

听父辈们说过,他们上学的时候,要走半个多小时的山路才能到达学校。而且,学校条件十分简陋,比不上我们现在的钢筋水泥大楼,绿树如茵的操场,结实耐用的塑胶跑道。他们只能在十分简陋的土屋中学习,桌子凳子全都是水泥的,冬天坐上去冻得生疼,夏季四处漏雨,冬季四面通风。不像我们现在,教室里暖和温馨,明亮的吊灯,整齐的桌椅,还有暖气供热,风吹不着,雨淋不到,条件优越极了。而且当时的教育方法比较死板,存在着不少的错误,供他们练习的习题则更是少之又少。不像如今,教学方法科学合理而有序,教学中出现的错误则是几乎为零。老师们改变了以前死记硬背的方法,改用灵活记忆的方式,更加高效。走入书店,习题集成堆地摆在面前,看几天也看不完。现在学习的内容也更加广泛,而且要求我们多掌握课外知识,丰富大脑。以前每个家庭都要为孩子上学做出一定牺牲,而如今,每个孩子都有机会上学了!

回望改革开放 30 年,不禁感到我们伟大的祖国正变得越来越富强,相信伟大的中国人民必将创造一个又一个辉煌的 30 年!

秀美昆嵛山

2008 年 10 月 3 日 晴

抬头仰望天空,如同碧波荡漾的海水一般,但它比海水更加平静深奥。远远的,几片白云飘浮在蓝天上,悠游自在,清闲自得。在那白云下方,一座座高高耸立、直插云霄的山峰,连绵不断。茂密的树林为山峰披上了一套绿色伪装服,一颗颗高大的树木密集地排列着,即使再毒辣的阳光也休想照进去。深吸一口气,新鲜而又凉爽,心中的烦恼似乎也被这空气冲淡了,冲散了。

"站着干吗,快走啊!"妈妈大声说道。我连忙跟随着大部队进入了深山之中,仿佛走入了另一个世界。耳畔,充满了各种各样的鸟儿悦耳动听的歌声,有时,隐隐约约还能在稀疏的树枝间见到它们矫健的身影。走在路上,还时不时能闻到花丛中,大树上,小路旁,那一株株鲜花的香味,看到一只只蝴蝶起舞,美妙绝伦。

一条小溪在我身旁流过,清澈的溪水轻轻流过地面,滋润着大地,时而欢快地跳跃,时而平静和缓,曲曲折折,最终汇入了一个清澈的水塘中。

渐渐地,平缓的山路变为陡峭的台阶,台阶高而窄,让我这个"重量级"人物有些吃不消。眼看着同行的人一个个超过了我,我不禁焦急起来。此时,我的小腿肚早已负荷过大,紧绷的神经让我的肌肉不禁酸痛抽搐起来。可是,我已经顾不上那么多了,加快了速度,三步并作两步,飞身跃过一层层台阶,目标一直向前。"啪嗒,啪嗒",汗水如泉涌一般冲下来,简直能汇成一股水流。终于,我到达了第一个休息亭,倒在石板椅上,大口地喘着粗气,挥汗如雨,感到自己此时仿佛虚脱了。

休息片刻,继续向前。我的腿像灌了铅一样,身体重如千斤。我一步步地向上挪着腿,腿脚无一不酸痛肿胀,动一动,钻心地疼。

"坚持住!"我为自己打气。渐渐地,我的肌肉慢慢地适应过来,不一会超过了所有人,走在最前面。通向山顶的路,曲曲折折,时高时低,时缓时陡,最终,经过"千难万险",我终于将山顶踩在了脚下。

俯视四周，众山皆未有我高，云海缭绕，空气清新，世界就在我脚下！我不敢相信，我登上了山顶！我终于超越了自己！！！

爬山的苦与乐

2008 年 10 月 4 日

耳边听着鸟儿婉转悠扬的歌声，欣赏着百花盛开的美景，郁郁葱葱的森林，高大陡峭的山脉，蓝蓝的天，白白的云，整个世界仿佛都在围绕着我运动。这美丽的景色不禁让我沉醉其中，置身于此地就是一种幸福。陶渊明所追求的世界也不过如此吧！

慢慢地，随着上山的路程不断增加，我的腿也开始罢工了。肌肉酸痛，筋骨时而抽搐，脚板也被这石头路磨得有些吃不消，周围的美景也不能引起我的注意了，身体正承受着极大的煎熬，但心中只有一个信念——继续向前。每走一步，双脚如同被人用木棍不断敲打一样，腿上好似绑着千斤重的铅块，越来越感觉走不动了，只能以蜗牛般的速度一步一步向山上挪去。"还有多远啊？"我心中不禁抱怨道。刚才心中的天堂转眼变成了地狱，有点想回过头来，走下山去，可是到目前为止，即使比我小的孩子都没有放弃，我这个大哥哥又怎么能够打退堂鼓呢？算了，还是咬牙忍着吧。时间仿佛走得格外得慢，一秒钟仿佛有一个世纪那么漫长。"走了那么长时间应该快到顶了吧？"我心想。"快走，连二十分之一都不到呢？"一旁的叔叔提醒我道。我的心顿时凉了半截，"完了，完了，这下死定了。"我刚想退缩，只见比我小的那几个孩子超过了我。回头看看，发现自己已经成了"第一"，心里马上有了动力，管它有多高呢，豁出去了！我不管脚上和腿上的所有痛，一口气冲了上去，因为此时回头已为时过晚，只有向上冲了。身心承受着巨大的痛苦，宁可上刀山，下火海，也不愿在这受苦！

但是，慢慢地，腿和脚好像是适应了，不怎么疼了，似乎轻松了许多。我于是鼓足了劲，三步并作两步，飞跃上山，不久，便跃居第一的宝座，心情也轻松了起来，刚才的酷刑变成了一种享受。转头一望，天高云低，云海缭绕，多美啊！

看看身后的人们，我心中的欣喜难以言表。望着四下"低矮"的山峰，心中自豪、兴奋又高兴，我终于超越了自己，征服了我人生中的第一座高山！！！

举步量天

2008 年 10 月 5 日

五年前，"神五"圆了中国人千年的飞天梦；三年前，"神六"首次开展了太空科学实验，使我国从此成为了世界上第三个能够独立开展空间实验的国家。

而如今，"神七"成功再探苍穹，使我国在载人航天事业上又攀上一座新的高峰。

"神七"发射的那天晚上，我们全家一起坐在电视机前，等待那个令人激动的时刻。此时的我们，既紧张又兴奋，希望"神七"成功顺利问天。

"十，九，八，七，六……"随着电视中现场那一声声的倒计时铿锵有力的声音，我的心也随之一下一下地颤抖起来，不敢出一口大气，屏气凝神，双眼一眨不眨地看着火箭，心中万分紧张。随着一声"点火"，我的心跳加速跳动，瞳孔放大，直到看到火箭底部冒出红色耀眼的光，才大大地呼了一口气。当听到电视中传来"神七"已穿过大气层，成功发射的时候，我兴奋不已，高兴得蹦了起来，幸福的脸上堆满了笑容，心中更为自己是一个中国人而自豪，为国家的繁荣昌盛而高兴。

"神七"的成功问天，标志着我们国家航天事业新的进步，新的辉煌！

我的同学张宇坤

2008 年 10 月 7 日

每到课间，总能见到他活跃的身影。只见他坐在桌子上，同别的同学正谈得眉飞色舞，被一个笑话笑得前俯后仰，眼镜后的双眼眯成了一条缝。高兴时，随手拿起一本书，五个指头一撑，轻轻一旋，书便听话地在他的指间打转，从未失过手。地心引力似乎在他面前根本不起作用。

卖肉人

2008 年 10 月 11 日

热闹非凡的菜市场上，一个男人坐在一个摊位后边，身上穿了件满是油污，已成灰黑色，脏兮兮的"白围裙"，手上拿着一支烟，低着头，胖乎乎的体型，满脸的胡子好像从来没刮过一样。他跷着二郎腿坐在那儿，看着一本书，也不起来招呼顾客，时不时地抬起头来，瞄一瞄周围的人，又低下头来。

终于，看着空空的摊位，他再也忍不住了，站了起来，大声喊道："卖肉了，货真价实的猪肉！"周围的人冷不丁地被他这么一喊，都转过头来，打量了打量这个肉摊：一块块肉被放在泛着黑色的案板上，板子后边的白墙已经快成了黑墙……人人都望而却步。

等了好一会儿，终于有个人试探性地问了问价格，看来还算满意，可谁知，那人用手轻轻按按肉，一小股水从肉里缓缓流出："哎，你这肉怎么……""去去去！不买别找事！"卖肉人一边喊着，一边粗暴地挥了挥手……

初当升旗手

2008 年 10 月 12 日

"你们俩就当升旗手吧！"老师指着我和牟家纬说道。我一听，心里就乐开了花："太好了！我终于能当升旗手了！"平时，看着别人站在旗杆底下，将五星红旗缓缓升起，多么羡慕呀！而如今，我也当上了升旗手，能不高兴吗？

"快点，快点！"我拉着牟家纬，飞跑向旗杆。高高的五星红旗迎风飘展，庄严肃穆。我双手解下旗绳，慢慢将旗降下来。我学着天安门广场仪仗队的姿势立正，左手拿着国旗，右手拿着旗绳，一动不动地站好。"哗"的一声，我用力将国旗挥了出去，国旗如同鲜花，在半空中绽放出一朵最美丽的红玫瑰。我们唱着国歌，将国旗一点一点地升上去。此时，我的心异常平静安宁。看着缓缓上升的国旗，听着庄严的《义勇军进行曲》，这些平时普普通通的事，如今真正体验起来，却别有一番滋味。我的心灵再次受到了洗礼，我真为自己是一名升旗手，是一名中国人而自豪。

随着节拍，我们终于将国旗升到了旗杆顶，升旗成功。

合　奏

2008 年 10 月 17 日

"咚！咚！"一片寂静之中，一阵急促而短暂的鼓声响起，紧接着，鼓声越来越大，越来越急促，如黑暗之中的启明星，撕裂黑暗，冉冉升起。忽然，一阵吉他声由远而近，似一辆飞驰的赛车，声音越来越高，越来越高。这时，琴声也不再那么柔和，全用轮指，铿锵有力，短促动人，好似赛车在车道上不断加速，四周的影像模糊成一片，明亮的启明星顿时爆炸了，将黑暗吞噬！突然，琴声陡然一停，只剩下那鼓声"嘭嘭嘭嘭"如一颗健壮的心脏，在飞快地跳动着，震撼我全身。我血管中的血液似乎也沸腾了，在血管内飞快地流动，奔流不息。渐渐地，吉他、萨克斯……各种各样的乐器加入进来，音调高低不同，但都急促有力，时而统一，时而不同，时低时高，时远时近，一会又如同草原上飞驰的猎豹，急速狂奔，瞬间便不见踪影。这音乐如同一个个战斗的鼓点，令人激情澎湃，全身每一根神经、每一块肌肉无不兴奋、无比愉悦。

忽然，音乐一停，歌曲结束。

我当升旗手

2008 年 10 月 19 日

铿锵有力的节奏在操场上响起，伴随着雄壮的进行曲，一路路队列从四面八方向操场上涌来。远远望去，黑压压的一大片人，以国旗杆为中心迅速集合。

我的心现在别提有多紧张、多兴奋了。升旗仪式我都不知道参加多少次了，然而，却从来没有像今天这样让我激动兴奋过，既有些自豪和期盼，又有点不知所措，手心冒汗，豆大的汗珠从额头上滚落下来，还没升旗，身上就感觉有些心潮澎湃了！因为今天我有个特殊的任务——升旗，我要在几千人的面前荣当升旗手。

越来越多的人汇集在我面前，四千多双眼睛齐刷刷地看着我。我立正笔挺地站在旗杆前，始终将升旗台下的人锁定在视线以内，双手紧贴裤缝，神情严肃，目光聚集于一点，毫不动摇，努力使自己看上去既严肃庄重，又英姿勃发！此时，面前的队伍已经整理完毕，黑压压一片，人头攒动，但一切又静悄悄地进行，显得那么庄严肃穆！

从喇叭里传来主持人的声音，我的心不禁也紧紧地绷了起来，神情更加庄严，笔直地挺立着。当听到喇叭里传来我的名字时，我不禁扬了扬头，满脸自豪和兴奋。紧接着，我的心提到了嗓子眼儿，仔细地聆听着主持人的声音，就等听到升旗的命令了。随着一声"升国旗，奏国歌！"我把手中的国旗用力一扬，红彤彤的国旗在微风的吹拂下，像一朵绽放的红玫瑰，立即迎风舒展开来，多么漂亮、多么美妙呀！慢慢地，我和搭档两人互相配合，随着国歌雄壮的节拍，把国旗一点一点向上升起。我拉着旗绳的手在微微地颤抖，嘴里唱着国歌，双眼注视着神圣的国旗，心潮澎湃，心中油然升起一股幸福、庄严、神圣的感觉。终于，国旗合着最后的节拍，升到了旗杆顶，迎风飘扬起来！我们成功了！

一场虚惊

2008 年 11 月 8 日

课间十分钟，同学们如同一匹匹脱缰的野马，自由而无拘无束地嬉闹着，"享受"着期中考试后这片刻的空暇。

"噔！噔！噔！"衣老师鞋子那特有的声音从走廊传进教室里。不一会儿，只见她手捧试卷走了进来，脸上阴森森的，一看就怒火中烧，如同千万吨烈性 TNT 炸药，一触即爆。

老师手上的卷子如同有魔力一般，刚才还嘻嘻哈哈笑得正欢的王子俊，看到老师手中的卷子，笑容一瞬间凝固了，沮丧至极，焉了似的一声不吭地回到座位。

　　"发了!"老师狠狠地把卷子往前排同学的桌子上一扔,转身走出了教室。"完了,完了! 我肯定考砸了!"一旁的同桌说道。教室那头,有人说道:"听说这次咱们班考砸了,好多不及格的!"听到这儿,我的心不禁怦怦直跳,"这可怎么办是好? 要是考砸了怎么办?"我心想。头上冒出黄豆大的汗珠。"姜丰仪!""砰"的一声,我的心仿佛停止了跳动。"哗!"卷子飞到了我的面前。我用颤动的手把卷子翻开一看,欣喜若狂,"考得不错",一场虚惊!

零下一度

2008 年 11 月 11 日

2008 年 11 月 6 日:

　　"听说,这次政治咱们班考得不好,好几十个不及格的! 最好也不过 80 多分!"听着那边的几张"快嘴"提供的情报,我的心像是有一股寒流吹过,心里不住地想:"完了,完了! 这下考砸了! 这么难的题,我肯定考不好!"我心灰意冷,只感到浑身瑟瑟发抖,寒冷至极。眼看着发卷的同学越来越近,卷子"嗖"的一声飞向了我,我闭上了双眼,祈求着奇迹发生。睁开眼睛一看,81,考得不错! 阴云密布的心田上,顿时阳光普照,温暖包围了全身,刚才的持续低温渐渐回升,我也大大地松了一口气,身心从寒带来到了热带,心情也出奇地好。

　　今天气温:30℃ ,天气:晴。

2008 年 11 月 7 日上午:

　　今天上午,我的心情无比轻松,昨天政治为我带来的"暖流"仿佛仍未褪去,别人一束束羡慕的目光如一缕缕阳光一般,给了我一份份温暖与力量,我也对自己充满了信心。

　　看着发下来的物理卷,我心想肯定不错,谁知我不在意地一瞟,大吃一惊,心顿时凉了半截,91,与最高分整整差了 8 分! 我这时慌了神,忙抽出刚发的英语卷,113,这分数又给了我重重一击,把我打得晕头转向。心中乌云密布,伴随着一阵阵雷声,如同在向我发出"死亡"的命令,心想:"坏了! 坏了! 这次可能完了!"心神游移不定起来。

上午气温:7℃,天气:雷阵雨。

2008 年 11 月 7 日下午:

下午,怀着惶恐不安的心,我坐在座位上,看着老师手中的一摞卷,心中不住地祈祷:一定要考好! 一定要考好! 我如同站在千米高空的一根钢丝上行走,下面几科任何一门如果考不好,都可能置我于死地。我的心高高地悬着,神经高度紧张。我一点一点挪开挡住化学分数的手,97,不错! 我紧张的神经有所放松。但是,当我看到数学卷时,不禁感到头重脚轻,一头栽了下去:"101,不会吧!? 这么烂!"我简直不敢相信自己的眼睛,心中如同结冰了一般,冻住了。连我拿手的数学都成这个样子……我不敢再想下去,心脏如同停止了跳动,全身似乎没有了温度。除了一个空洞的大脑和一个"101",我感觉不到任何东西,心中空落落的,如同失去了一切。

如果 0℃能让水结冰,那么我现在的心情就是零下一度,我的心冻成了冰块,让数学成绩"打击"成一片一片。

2008 年 11 月 7 日下午,气温:－0℃,天气:冰雹。

秋

秋天来了,道路两旁,一棵棵粗壮的大树脱下了炫目的外衣,露出了那狰狞丑陋的光秃树干,如同一只只张牙舞爪的猛兽,挥动着双臂,扑面而来。

秋风呼呼地吹着,飞快地穿过街道,掠过楼宇,卷起片片落叶,如同一头恶兽在咆哮,在愤怒地呐喊。它从地上抓起一把落叶,狠狠地把它们扔到天上,摔了出去,在大地上肆虐纵行着。空中的一片片树叶,懒洋洋地在天上飘了几下,就躺在地上,一动不动了。寒风中,一棵棵大树挥动着双手,呼喊着,昔日美丽、宁和的大地不复存在,黄灿灿的落叶到处都是,随风飘荡,游移不定,发出"哗哗"的响声……

春天小景

2008 年 11 月 21 日

春天,桃花开了,一簇一簇地开满枝头,散发着淡淡的清香。粉色的花瓣,黄色的花蕊,装点得大地分外妖娆。

远看,那簇簇桃花好似一片粉霞,啊!像是少女脸上的红润。看,远远的,那柳树抽出了新芽,刚冒出的嫩叶儿,一片片抱在一起,好像是几个难分难舍的小兄弟,又像是绿色的花骨朵。高高的杨树上,垂下串串杨花。火红的杨花,如同那灯笼上的红穗,落在地上,"啪啪"作响,声声入耳,清脆响亮。

春天迈着轻盈的步伐来到人间,她越过山峰,飞过河流,一刻也不顾得歇息,便迫不及待地活跃在高山平原上。所到之处,无不蕴藏着无限的生机。春姑娘害羞地隐藏着自己的容貌,那就让我们去寻找她的足迹吧!

锻炼身体

2008 年 11 月 22 日

"从今以后,中考体育考 1000 米和引体向上!"妈妈严肃地对我说道。我的脑袋"嗡嗡"地一片空白,心一下子沉到了万丈深渊之中,心想:"坏了坏了!这下可坏了!我这两项都不是拿手,一定不及格了。"脑海中浮现出那 40 分与我无缘、渐渐远去的场面,不禁沮丧极了。妈妈紧接着说道:"从现在开始,每天晚上写完作业,10 分钟锻炼!"又是一颗重磅炸弹在我脑中炸开。锻炼?对我来说,世间最苦的事莫过于坚持锻炼了。那个目标对我而言仿佛可望而不可即。可是,为了将来,豁出去了。

晚饭后,我坚定地来到储物柜旁,在堆满灰尘的角落,找出了那个"年代久远"的文物级臂力器,取出呼啦圈,来到客厅中央,在妈妈监督之下,套上呼啦圈。我在心中对在我身上长期居住的钉子户——"肥肉先生"说了声"对不住了!再见!"两手用力一转,腰一扭,"嗖"的一声,呼啦圈飞快跃动着那细小的身躯,紧紧围绕着"钉子

349

户"展开集中轰炸。对我而言,每转动一次,都是痛不堪言,有掏心挖肺之感。呼啦圈重重地打在我的肚子上,一下又一下,痛极了!不一会儿,我的肚皮就宣布罢工,"啪嗒",呼啦圈重重地掉在我的脚背上,"啊!"我痛得叫了出来,捂着脚不断跳着。"快!接着练!"妈妈命令道,我不得不重拾呼啦圈,继续锻炼。

渐渐地,我转得自如轻松了,痛得也越来越轻。我竟喜欢上了这作业后的 10 分钟,我相信我会成功的!

坚守信念——读《心田上的百合花开》有感

2008 年 11 月 26 日

《心田上的百合花开》中最让我感动的,莫过于那朵为了自己心中的理想而坚忍不拔、克服万难的百合花了。

它长在"偏僻遥远的山谷里",与周围的杂草一模一样,出身卑微,但是在它的心中,却始终有一个信念,"我是一株百合,不是一株野草"。正是这个信念,不断地激励着它向着目标努力。虽然在过程中受到嘲笑与挖苦,但它坚持不懈,最终开了花,证明了自己。百合花虽然身处逆境,但是由于它内心那信念与自己的实际行动,一步一步走向了成功。

这正如生活中,每个人人生的起点各不相同,身处的环境也有天壤之别,但是只要你不断努力,你创造的价值,获得的成功便会超越那些条件优越的人。而此时,环境条件所带来的影响在你的努力面前只能是微乎其微了。

百合花的成功也来自另一个方面,那就是心中的理想与信念。它在心中树立了远大的理想后,在坚定的信念的推动下,创造的力量是巨大的。无论别人如何讽刺,也不会停下前进的脚步,因为在它心中,始终坚守着自己的信念,坚持着"是金子总会发光"的原则,最终走向了成功。而且,百合花的目的并非为了荣誉和利益,而是为了证明自己的人生价值。正如一些人,生活虽然贫苦,但是他们实现了自己的目标,为社会,为周围的每个人做出了贡献,乐在其中,活得有价值。

我认为,实现价值,走向成功也无非这几点:心中的理想＋坚定的信念＋坚忍的意志＋日积月累的努力＝成功。

动力来自思想的蒹葭

2008 年 11 月 28 日

在灰蒙蒙的天幕下,一杆风中的芦苇,摇曳于莽莽苍苍的水面,像一支羽毛笔,划动在洁白的稿纸上。水面上荡起的涟漪,就是这脆弱的芦苇写下的最清新、最淡泊、最空灵、最剔透的文字,也是我生命力量的最美源泉。

蒹葭苍苍,白露为霜。那一片芦苇不只是提供了背景,也摇曳着情思。一片起伏的芦苇,其实就得激荡。青春的叶片是那样柔滑,可以随着手掌的安抚而起伏,但却不会改变原来的形状。一根小小的芦苇,竟然承担起了世界所能给予它的所有负荷。由此,人生便有了生命动力与激情。

沉甸甸的芦苇絮,被现实捉弄着,摇晃着,摧残着,像风雨中深一脚、浅一脚艰难跋涉的旅人,又像被雷电惊吓,左歪右斜,凄凄惨惨,哀鸣着找不到家的雏鸟。那些飘飘然、沉甸甸的芦花,乍看去是一团蓬松,疏懒得很,却又并非懒散,只能说是困倦吧。命运的跌宕起伏就这样通过那一管纤细的苇秆与一团蓬松的芦花,被感知与激荡着。

同学们,在心灵深处培养一只思想的芦苇吧,你会时刻感受到生活的诗意,时时感到生命的动力。

仿写《心田上的百合花开》

2008 年 11 月 29 日

在一片浩瀚无垠的林海中,春风的到来唤醒了大地,也唤醒了那沉睡多时的一个个卵。于是,一只只娇嫩的幼虫降临到这个世界上。

它们形态各异,有的美艳动人,有着色彩斑斓的花纹,有的健壮发达,带着威震八方的硬甲,有的则是"皮肤白皙",毫无瑕疵。而最不起眼的,就当属那体态臃肿、满身是毛的毛毛虫了。

看着这个平庸丑陋的毛毛虫,那些"美丽"的虫子们不禁对它反感万分,一个个仿佛都怕得了传染病似的,躺得远远的,似乎晚一步,一场可怕的瘟疫就会爆发。它们看它的目光充满着鄙夷和不屑,时时刻刻只要有毛毛虫在,它们的言语中就总也少不了讥讽和挖苦。

而这些,毛毛虫都忍耐接受了,因为它深深地知道,它并不是一只丑陋的毛毛虫,而是世间最美丽的生物——蝴蝶。在它内心深处,有一股力量正等待着时机爆发出来,使它改头换面。现在,它要为那力量准备条件,积攒能量。

每当它受到嘲笑与讥讽时,它会抬头望天,因为,飞上蓝天是它的梦想。于是,它拼命地吸收营养与水分,为自己的理想积攒能量。

终于,毛毛虫吐出了洁白的丝,一圈又一圈,将自己包了起来。从此,树林中再也见不到毛毛虫的身影,而它也很快被人忘得一干二净。

然而,有一天,那洁白的茧包上被咬出了一个小洞,一只虫子用力从里边爬了出来,展开双翅。顿时,美丽的翅膀吸引了万物的眼睛,周围的一切不禁对它送去了羡慕的目光:修长的身体,婀娜的身段,五彩缤纷的纹络,长长的触角。这不就是那"丑陋"的毛毛虫吗?如今,它终于化蛹成蝶,成为了世间最美丽的生物。

而此时,那些曾经嘲笑过她的虫子,都不禁后悔莫及,与它相比,它们黯然失色,有的甚至已经成为害虫,为害四方。

雪娃娃

2008 年 12 月 6 日

早上,我刚一拉开窗帘,就被那洁白、耀眼的光闪了一下。定睛一看,只见窗外白花花的一片,大地银装素裹,大把大把的雪花在风中吹拂飘荡,撒落下来。一个个雪花像是一个个纯洁的天使,在天地之间舞动着那优美的身姿,浑身上下散发出柔和美丽的光芒,最终洒落人间。

厚厚的积雪把大地好好打扮了一番,大树上吊着一个一个的雪球,风一吹,一个个争先恐后地从树上跳了下来。房檐上,屋顶上,大街上,雪姑娘为它们盖上了一层厚厚的棉被,远远望去,洁白无瑕的积雪像是一个巨大的奶油雪糕，美味诱人。

风卷着大片的雪花席卷而来，在天空中翻滚着，像精灵一般跃动着，跳着欢快的舞蹈。又像一个调皮的孩子，在大街上横冲直撞，时不时地，钻进行人的衣服里，调皮地转一圈，或是不等人反应过来，朝着人扑面而来。好一个调皮的雪娃娃！

评《怀疑与学问》

2008 年 12 月 7 日

这篇文章运用有力而典型的例子证明了怀疑与学问之间的关系：怀疑并思索是做学问的基本条件，只有通过怀疑、思索，这学问才能是自己真正的学问。

本文运用了例证法、引证法两种论证方法及事实论据与道理论据两种论据种类。在分析问题过程中，几乎每提出一个分论点，都会有一个个事实论据，使文章具有很强的说服力，且举的例子简明而概括，十分具有代表性。

因此，我认为，在写议论文时，不仅要摆事实讲道理，还应当事实与道理结合，夹叙夹议。其中，可以引用名言，运用修辞，使文章更具说服力。同时，在论证过程中，可以有多个分论点来解释中心论点。

论学习

2008 年 12 月 31 日

学会学习就要学会留心身边的每件事情。学习并不仅仅是在课堂上听老师讲课，更重要的是细心观察，积累每一点有用的知识，即使一开始只有一丁点。

学习就不应当读死书，而应当将学习这一过程渗透到生活中的一点一滴，积少成多。譬如著名科学家牛顿，从小他便十分热爱科学，十分爱读书，对自然现象具有极大的好奇心，对各种自然现象例如日月四季的变化移动等分门别类做了心得笔记，不断积累，最终大有所成。

在生活中学习不仅可以增长见识，更可以激发你对学习的热爱。

一个身边不经意的小问题经过你的探讨研究后，能使你产生巨大的自豪感，激起你对科学的极大兴趣。

在生活中学习就要对身边的每一件事认真思考，主动探究，不拘于现成的理论。每一个伟大人物的成功多来自于对生活的思考：牛顿对苹果落地的思考导致了万有引力的发现，爱迪生对书写工具及照明的思考为人类带来了电灯、气动铁笔及穿孔笔……它们都是人们在生活中学习的结果。

时刻学习并非易事，要学会在生活中学习，一点一滴积累知识！

一波三折 PSP

2009 年 1 月 29 日 星期四 晴

黑色优雅的机身，流线形的外壳，近乎完美的身材，像一个鬼斧神工的艺术品，一位高挑美丽的妙龄女郎，吸引着我的目光。它静静地躺在展柜中红色绸子上面，似乎在等待着我的到来。PSP——我梦寐以求、日思夜想的东西，有了它，不仅可以玩游戏，还可以上网，看电影，听歌，看书……可以说，它就是移动便携式的掌上电脑。

每当我看见大街小巷中，人们拿着 PSP 玩得高兴的时候，我都不禁心中发热，脚心发麻，两手直哆嗦，两股热气直接冲上大脑，难以克制地希望能立马得到一台。今天，我的愿望终于要实现了！

今儿是大年二十九，我早早地起了床，为的就是能说服爸爸，给我买一台 PSP。我早早地就做好了打算，我首先写了一份保证书和一份计划表，为的是让爸爸放下心来，对我的学习有信心，对我买 PSP 之后的表现有信心。接下来，便是最辛苦的时刻了，我在房间中来回地踱着步子，心中想着一会怎么和爸爸诉说。每一个动作，每个表情，每一句话，每一个细节，我都仔细考虑，正所谓"细节决定成败"，我生怕哪一句不对爸爸的味，一下子便给我否了。我仔细地琢磨着每一句话的轻重，慎重地做着一个个的决定，将那两份"事关我命运的保证计划书"改了又改，千挑万选每个词，每个字都写得格外认真。

卧室的门开了，我的心跳到了嗓子眼，忽然间脑中一片混乱，心中像有一堆乱麻一般，理不清头绪，刚才精心准备的台词，早忘到了九霄云外。"不行不行，这样出去必死无疑。"我重新冷静下来，平息心中的紧张，让大脑重归理智。我深吸两口气，将那"台词"重新熟悉了一遍后，便在屋中彷徨了，"去，还是不去？"我打开房门，只见爸爸躺在床上舒舒服服地看电视。机不可失，我立刻下了决定，拿起两份保证书，视死如归般沉重地走向爸爸。

"爸爸，我想跟你商量个事。""什么事？说吧。"爸爸头也不转，目不转睛地盯着屏幕。"我想买个游戏机。"爸爸忽然把头转过来，盯着我说："这种事以后再商量。""爸爸，我知道你怕我的自制力不行，为了防止我沉迷，我写了这两份保证书，你看一看。""都是骗人的！"爸爸笑着走出卧室。我穷追不舍，一边跟爸爸背"台词"，时不时加上两句即兴发挥。终于，爸爸有些动摇了，"好吧，你先回去吧，我先看看这两份东西。"

十分钟以后，我满怀希望地走向爸爸。"怎么样，我的计划可以吧？"爸爸又笑了一笑，顿时，我感到心中一片冰凉，两眼直冒金星，完了，一定不同意。果然，爸爸说道："一天哪能玩三个小时？那还不上瘾？你这计划不合理。"我也不管什么提前准备的台词了，立即反击爸爸："这保证书分为三条，第一条执行，第二条不执行……"脑中一片空白，胸中怒火翻腾，爸爸这个"超级 BOSS"在我面前张牙舞爪，怎能不给他一点教训！

最终，爸爸让我逼得哑口无言，只得请援兵，要求与妈妈商量商量。我的心中不禁一阵窃喜："耶，赢了！"如同吃了蜜一样甜，可不知，妈妈是我发展的内线，这场战斗当然是我赢了！

爸爸答应给我买 PSP 后，我当机立断，要求爸爸今天中午便拉着我去买，生怕夜长梦多。爸爸也立马答应了，我不禁万分欣喜，心里边乐开了花，我梦寐以求的东西终于要来了！我忙打开电脑，从网上搜出三家全国连锁的电玩专卖店，把地址一一记下来后，拉着爸爸便上了车。

我们首先来到了乐安居数码城。当我满心欢喜地冲向数码城大门的时候，老天给我开了个玩笑，大门紧锁，里面空无一人，我的心里不禁有一种不祥的预感。"快，赶快去下一家！"我催促着爸爸开车。我们紧接着又来到三站科技市场，哪知两天前还热热闹闹的市场，如今已是人去市空，一个人影也见不着。我这时感到心中愈发地不安，难道今天我一台PSP都买不着吗？我像是热锅上的蚂蚁一样，心中焦急万分，生怕买不到PSP。为了心中梦寐以求的东西，我的心仿佛失去了理智，发疯抓狂了一样。"今天不买，誓不罢休！"我们继续往下一家店振华挺进，这下一定能买到！我信心十足地冲上七楼，同时，心里面又有些不安，害怕再次落马。"有没有PSP？"我满怀期待地问道。"卖完了"，"嗡"的一下子，我脑中一片空白，两腿发软。"完了，这下完了，天要灭我！爸爸同意我买了，却又找不到卖家，等过完年，找到了卖家，买家又不同意了，这可怎么办才好啊！""要不，咱们不买了？"爸爸问道。我瞪了爸爸一眼，默不作声。"都没有卖的，到哪里买？"说的也是，我进行着激烈的思想斗争，"买，不买？"突然，我灵机一动，想到了一家店，立刻拉着爸爸直奔那家店。

　　这可是我唯一的救命稻草，我在车上双手合十，希望天神保佑，让我一定要买到PSP！我心中忐忑不安，生怕又一次失败。远远的，我看见了那家店，没关门！太好了，我的心中一片难以言表的快乐。等了这么长时间，终于可以买到PSP了，我仿佛快乐得要飞上天一般，慌忙感谢上天诸神，太好了！

　　我不禁飞快地冲向那家店，刚一进门，便看见一排排的PSP摆在那里，心中一阵狂喜，见到店主便喊道："买PSP！"这时，我心中异常激动，日思夜想的东西终于摆在我的面前。我一台又一台，一款又一款地仔细挑选，不能让刚才的奔波白费了，一定要选出一款。选机、贴膜、加套、买壳，一个个步骤毫无漏洞。我早上在网上修了很长时间的购机课，为的便是现在一展身手，当然完美无比。一阵忙活后，一台完美的PSP便出现在我的眼前，毫无瑕疵：高贵优雅的钢琴黑，柔美的机身，在太阳下闪闪发光，我梦寐以求的PSP—3000终于到手了！

爱的守护神

2009 年 2 月 28 日

　　记得那是寒假中的一天,外出旅游的我突然发起了高烧,走路摇摇晃晃,左歪右斜,全身上下如同火炉一般,豆大的汗珠接连不断地滚落下来,脑中一片空白。

　　这突如其来的横祸可是急坏了爸爸妈妈。旅游车上,别人都在惬意地休息,可是他们俩却急得团团转:妈妈把随带的药品翻了个遍,为我找退烧药,连平时很少操持家务的爸爸,也变得灵巧了起来,只见他拿起一块毛巾,倒上水,敷在我的头上,之后,脱下外衣,披在我的身上。要知道,那时候的温度一直在零度上下徘徊!而爸爸除去了外套,身上只剩下几件单薄的内衣!

　　晚上,回到了酒店,爸爸妈妈推掉了宴席,拒绝了好友的邀请,一心在房间里悉心照料我。不管外面的叔叔阿姨如何请求,爸爸妈妈的脸上依然是坚定的表情。

　　而我的病情则是愈来愈重,躺在床上盖着两层被子,浑身发热,好像置身于热带的大火中,脑中一片混乱,思绪如一堆乱麻,大脑像是一台超负荷工作的发动机,不堪重负,好像热得要爆炸了!

　　妈妈为了买到退烧药,一个人走出了宾馆,在这陌生的城市中,走了几公里才寻找到一个开门的药店。回来时,只见妈妈脸上渗出了豆大的汗珠,她是一路飞奔回了我们下榻的宾馆,气喘吁吁急切地把药递给了爸爸。

　　半夜,我在床上仍是不安稳,翻来覆去地睡不着。妈妈为了不让我晚上着凉,和我一个床睡觉。睡梦中,我仿佛受到酷刑,头痛难受,心中别扭,脚便不由自主地乱踢了起来。不知妈妈为了让我睡个好觉,默默忍着让我踢了多少下。几次我从梦中惊醒,总感到妈妈在抚摸着我,为我反复掖被,见到的总是爸爸为我冲药烧水的情形。爸爸那双粗壮的大手一改以往粗犷的性格,小心翼翼地端着水,送到我的身旁,到我嘴边的水也是温度刚好合适。

　　第二天,爸爸妈妈放弃了参观景点,为的是一心照看着我,让我的病情继续稳定下来。在爸爸妈妈的悉心照料下,我终于康复了。

爸爸妈妈的关爱如寒冬中的一股暖流,酷暑中的一阵清风,为我送来温暖与关怀。爸爸妈妈对我的爱是最无私的,如同我的守护神一般,在关键时给予我无私的关怀与保护!

谈山寨文化

2009 年 3 月 13 日

2009 年临近春节,随着北京网友的一个新奇点子:举办山寨春晚以来,山寨之风席卷全国,一发而不可收。而现在,山寨也不仅仅是春晚,山寨手机、山寨电台竞相出现。

在我看来,山寨之风该封杀。虽然从一方面说,"山寨文化"给广大人民群众带来了展示自己才艺的大好机会,提供了面向普通百姓的大众舞台,有利于社会文化的发展,但另一方面,山寨文化带来的抄袭造作之风也造成了不利影响,恶搞明星、山寨名人毫无文化内涵,只不过是各大网站、个别网民提高知名度和浏览量的炒作新手段,给传统文化及人们的思想观念的冲击过大,不利于社会思想建设。更有甚者,山寨手机抄袭各大名牌手机,不仅质量不过关,更会带来安全隐患。山寨文化该封杀!

从另一个角度来说,山寨的出现也是中国网络文化成熟的标志,国家各部门应正确引导,为公众提供更加正确的文化舞台,改正不正之风,促进文化正常发展!

感受学习

2009 年 3 月 14 日

在过去的一周中,我认为我的学习状况比以前更加稳定了。相对于前几个周来说,自觉性提高了,能够与老师同步复习。晚上重点将史地生三门进行复习,对照参考资料进行查漏补缺。

但在第三周中,我晚上的复习时间把握不好,复习没有条理,没有计划,复习程序混乱,而史地生三门的复习时间也远远超过语数外物化五门主科,后者练习做得少。在学校的学习却进步不少。但由于临近会考,有点应接不暇,更显得我复习得有些无章法。我也因此感受到了初三的巨大压力和身上的重大责任。

下周我要把复习计划做好,更好地规划复习时间。

小议食品安全

2009 年 3 月 15 日

2008 年,要问人们最关心的是什么,那一定是食品安全。自从中国奶业巨头三鹿被检出问题添加物后,三鹿形象在人们心中突然坍塌。在我看来,食品安全应该严查!

俗话说得好:民以食为天。食是人们生活中最重要的部分,食品安全也成了重中之重。如果一个国家连其人民的食都无法保障,更谈不上奔小康了。食也是人民生活的基础,若这个基础打不牢,再向上的努力也白费。更重要的是,食也严重影响到人们的消费信心,如若一天到晚,食品安全问题接连不断,谁还敢用手中的钞票去买吃买喝?

食品安全问题是民生问题的重中之重,只有对食品严格把关,百姓才会吃得放心,吃得安心,也会更利于我国经济社会发展。

班主任衣老师

2009 年 3 月 19 日

她有着一头浓黑的短发,整齐划一,毫不拖泥带水,像是一个个训练有素的士兵列队一般,干脆、利落。她带着一幅方形眼镜,但仍挡不住她那双犀利眼睛中流露出的令人肃然的严厉目光,如雄鹰般捕捉着一丝一毫的风吹草动,又像那灵敏的 X 光机一样,洞察你内心的深处,一切伪装,在她面前如草原上的猎物,轻易地就能被她洞察、撕碎。在她面前,空气也凝固了,你能感到那不可侵犯的威严。

评《再塑生命》

2009 年 3 月 20 日

海伦·凯勒,从一个在黑暗中摸索前进的人,变成了一个驱赶黑暗、让光明普照大地的启明星,这是她付出数倍于常人的艰辛努力,克服了千难万阻才实现的。她那坚韧的性格及坚持不懈、希望获得光明的心让人敬佩。

花草树木,阳光雨露,这些我们司空见惯的事物,对她来说是极力渴求、无比美妙的,声音、光明对她来说是不可奢求的。在那个无声、无光的世界中,她学会了写字、说话。困难没有使她跌倒,反而使她更加坚强。与她相比,我们反而显得脆弱,一丁点小事似乎便可将我们击倒。

还有那位启迪海伦的安妮·沙利文老师,面对海伦,她耐心地帮助她,像一位母亲一样,对她施以无私的爱。

生活因尝试而精彩

2009 年 3 月 21 日

书房中传来敲打键盘的声音,我心急如焚地搜索着那经典小品《卖拐》的台词。"过几天就是茶话会了,可我们连台词都没有!"我在心中念叨着。

我手中拿着三份厚重的稿件,找到了我的合作人:叶俊志,丛林。望着这堆积如山的台词,我们三人感到了一份重重的担子落到了身上。我们三人一下课便冲出教室,开始连续不断地排练。可是,经过几天的艰苦努力,我们才排练了两三遍,还不是很熟练。周围的同学一个个轻车熟路,无比轻松地演练着他们的节目。我们的小品像是一只身体残缺不全的丑小鸭,怎能与这一只只美丽的白天鹅比美呢?"放弃吧?!"不知谁提了一句,我们三人立刻不约而同地同意了。

今天下午,茶话会在一片喜庆的气氛中拉开了序幕。同学们个个大显身手,"星"光四现。街舞、歌曲、魔术……个个精彩绝伦的节目横空出世,精彩无比。我的心中不禁羡慕起了台上的同学,心中那一点不安分的因素又开始活跃了:"看,他们在台上多风光啊!不仅能赢得荣誉,而且更证明了自己的能力!上去试一试吧!努力就足够了!"看着那被我丢弃在一旁的台词,我又有些心动了,"不尝试怎么就知道自己不行呢?失败是成功之母嘛!"我最终鼓起勇气,拿起台词,拉起合作人,"现排现卖",心中就想着尽自己的努力,表现最好的自己,将小品演好,为大家带来快乐。

我们在教室的走廊上最后一次努力地排练着我们的小品,仅凭心中的一丝记忆,模仿着明星大腕的动作形态,揣摩人物的心理、语气。我尝试着将它做得更完美、更逼真一些。最终,经过我们的不知疲惫的努力与尝试,丑小鸭终于要成为白天鹅了,而且是最美丽的那只!我们自信地走进了教室。

我们的小品表演是最后一个节目,同学们打量着我们,好像在说:"他们能行吗?"全班同学将焦点聚在了我们的身上,我们不禁有些紧张起来。"开始!"我们三人心中默念道,熟练地开始了对白和表演。台词熟稔于心,时间慢慢地流逝,我们三人均沉浸在表演的乐趣中,不知不觉地到了表演的结尾,我还意犹未尽。同学们个个被逗得哈哈大笑,掌声四起,"成功了!"我在心中喊道。虽然总感觉我们的小品还有些不足,但却获得了同学们空前的赞誉!表演成功了!

不尝试怎么能知道成功与否呢?只要勇敢尝试,生活会对你露出灿烂的笑容!生活因尝试而精彩!

英语课风波

2009 年 3 月 23 日

周三下午,上课之前,教室里一片混乱。讲台上,化学公式和计算步骤把黑板填得满满的,讲台下,沸沸扬扬,课桌间,科代表们穿梭着,收本的收本,闲聊的闲聊,像是农贸市场一样。同学们仿佛不知道离打铃还有 1 分钟,依旧我行我素。

英语老师不知从哪儿冒了出来,看着班里混沌的局面,还有那一黑板的公式,不禁气得喊了起来:"谁值日擦黑板?"教室里顿时静了下来。只见老师双眼圆睁,眉头紧锁,"呼"地把书往讲台上一摔,对着值日生喷起了火:"马上上课了,不知道吗?这是谁写的?谁写的?"科代表小心翼翼地把收起的作业本交了上去,这下更在老师心头引爆了一颗核弹,"咱们班就这么几个人吗?你们是干什么的?其他人的作业呢?你们看着办吧!"说着把本子扔给了科代表,随后又拿出一沓卷子,说道:"五分钟写课堂作业,之后马上考课文,再考大卷!""咣当"一声,我的心好像马上掉到了谷底……

我做着大卷,心中忐忑不安,"考课文,考得怎么样?老师可在气头上,要是这时候撞上去……""牟家纬!你这都是默写的什么?!"老师大声喊道。"还有你,叶俊志!都不背啊?都了不起呀!都在自己写作文呢!"我的心顿时提到了嗓子眼,紧张到了极点,生怕被老师点名。"看看!!看看!!!七十多个人就十几个过了,听好了,谁过了啊?!""咚咚!"我的心脏也紧张地加快跳动,"……姜丰仪……",太好了,太好了,过了!可真是够惊险的!

小议个人信息安全

2009 年 3 月 26 日

在今年的"3.15"晚会上,最让人印象深刻、触目惊心的莫过于那贩卖个人信息的录像了,400 元 1G 容量的银行卡密码卡号,几百元一份真实的身份证件,一毛钱一个的"肉鸡"……让人深深地感到保护个人信息刻不容缓。

首先,保护公民的个人信息安全,就是保护公民的隐私权,保护公民的合法权益,有利于公民更好地生活。

同时,个人信息的泄密也会对公民产生不良影响。垃圾短信,推销电话,骚扰电话,既打破了宁静生活,又引起财产受损,引发刑事犯罪。目前,部分不法之徒利用从网上购买的身份证件,办理银行卡恶意透支,取走账户全部财产,甚至用于洗钱等行为。当警方进行追查时,身份证所有者只能背黑锅了。更有甚者,将个人信息用于诈骗等活动,使公民信誉受到影响。

对于国家而言,保护公民个人信息是义不容辞的责任。如果自己的证件与信息在网上被随意叫卖,却束手无策,这也会增加社会管理的难度,引起社会秩序混乱。试想一下,生活在一个身份证横飞、证件难辨真伪、陌生人都对你了如指掌的社会,会是怎样一种局面?这也会对警方侦破工作带来极大的困难。

保护个人信息的私密性及安全性不仅是国家、社会的责任,也是每一个公民的责任：见到网上非法贩卖信息及时举报，时刻提防。不要购买此类信息，从每个人做起，保护我们的信息安全。

燕雀安知鸿鹄之志哉！——《陈涉世家》读后感

2009 年 3 月 27 日

司马迁的《陈涉世家》记述了陈胜不畏强暴、追求理想发动起义的经过。最令我印象深刻的便是陈胜发出的那声感叹——"燕雀安知鸿鹄之志哉！"

他不顾别人的言语，一心追求心中的理想，不畏险阻，最终以成大业。

美国巴顿将军，一心要成立美军的第一支坦克兵团，在被忽视了近二十年后，最终在二战期间大放光芒，也使自己一跃成为五星上将，名传千古。虽然别人对他所从事的事情不屑一顾，然而他却坚守自己的理想，不放弃，永远向着理想的方向努力追求，不论成功与否，始终坚定不移。

在我看来，每个人都应当胸怀大志，并为这个理想不断追求。拥有理想的人生才是精彩的人生。要不屑于他人的流言，一心追求自己的理想，为之艰苦奋斗。不论成功与否，这样的人生都是有意义的人生。当你蓦然回首往事时，你会骄傲地说："我为我的理想努力打拼过！"即使失败了，但过程也是精彩的，你也会无怨无悔！

正如生活中、学习上一样，人人都应有一个梦想，并为之努力奋斗。即使明知要失败也要尝试，那样的话，纵使失败也会有意想不到的收获。何况，谁能说成败是一定的呢？不应当像某些人一样，当看见成堆的作业和巨大的学习任务，就自暴自弃，停滞不前，被困难吓倒。我们要勇敢地冲上去，为了理想而拼搏。

抓住你的理想，为它奋勇拼搏吧！

让我去！

2009 年 3 月 28 日

"起来！不愿做奴隶的人们……"唱着雄壮的国歌，我踏着欢快的脚步向学校跑去,心中不禁涌出难以掩饰的喜悦,嘴角洋溢着快乐的气息,全身似乎散发着热血和力量。因为今天对我来说是一个非同寻常的日子:我即将填写那神圣的入团志愿书,成为中国共产主义青年团的一员。嘈杂的声音磨灭不了我激动的心情,人人好像都在对我报以开心的微笑。

我已经看见了学校那灰色的大门,"怦怦! 怦怦!"心跳越来越快,眼前似乎浮现出了那一张洁白的志愿书,那墨绿色的团员证,还有那神圣而光荣的团徽。我加快了脚步,恨不得自己有"上天入地之功",飞到学校,快快领到志愿书。

冲进大厅,只见这里已是人山人海。我来到同学们身旁,领到了那份志愿书,小心翼翼地把它铺在桌子上,久久地目不转睛地盯着,心情激动极了! 我终于可以成为一名团员了! 心中的思绪如同决堤的洪水,一发不可收拾,心潮澎湃。我认真地听着学校团委书记的讲解,仔细地做着笔记,丝毫不敢怠慢,生怕自己出现一丁点什么差错。

时间一分一秒地流逝,渐渐的,入团大会接近了尾声。正在这时,担任主持人的历史老师问道:"谁想代表新团员在烈士墓前讲话?"3000多人的会场顿时鸦雀无声,大家你看看我,我看看你,没有一个人站出来承担这个责任。而我,在内心深处的某个地方,是那么的想举起手来,大喊一声,"让我去!"可是,手似乎着了魔一般,被某种力量束缚着,抬不动,举不起来。心中的细胞分裂成了两半,成立了"蓝营""绿营",打了起来。眼看着时间一秒一秒地过去,我心中不由自主地着急起来,"应该属于哪一方呢?""绿营"生怕自己不行,"蓝营"又想得到这个机会。最终,我伸出自己的手,摆脱了"魔法"的禁锢,大喊道:"让我去!"命运最终向我露出了笑脸。

机会只属于勇于战胜自我的人,超越自我,战胜自我,终会成功!

惩　罚

2009 年 3 月 30 日

今天上午,天气晴朗,天气不错,很适合运动。第二节课我们上英语体活课,同学们个个满头大汗,玩得不亦乐乎。正好第二节课间又做操,于是他们一个个似乎仍未尽兴,趁着还没做操,又在操场上活动了起来。

正在此时,我不经意间一看,只见政教处老师怒发冲冠,两眼突兀,凶神恶煞地用手指着一个人喊:"你,过来!"一旁的几个同学见此情形,装作无事似的转过身去,晃悠着想离开。可是,老师也不是吃素的,一抓一个准,一个一个地把刚才打闹厉害的五个人抓住了,后果可想而知——"惨不忍睹"。老师拖着那五个人来到了操场最前面,让他们站在正中央,站在全校师生面前,像是观赏动物一般。此时,老师又使出了那"狮吼功",一个接一个地,把他们训了个遍。看着他们那幅样子,想象着被目光烤灼,被老师教育的情形,不禁为他们感到可怜,前车之鉴啊!

我的另一片天地

2009 年 4 月 2 日

晚上写完作业,我放下笔,快步走到窗前,从一旁的工具箱中取出一副手套戴上,继续当我的工程师,摆弄起窗台上摆放着的一艘未完成的模型——"旧企业号"航母。我一手拿着强力胶水,一手拿着模型零件,认真地对照着设计图纸将零件小心翼翼地安在那固定的位置。紧接着,我一只手稳稳地抚着那微小的零件,一只手将那胶水均匀地涂抹在接缝处,然后用力地按住零件的尾部一小会儿,使它更加牢靠而不脱落。不一会儿,这个零件便被结实地安装在了航母甲板的固定位置上。两个多小时过去了,看着一个又一个零件组装成功,航母已初具形态,心中不禁一阵欣喜。

说起组装模型兴趣的由来,我又想到了几年前的那件事。

那是我小学四年级的某一天,我同几个要好的朋友一起去同学家玩。正当我们参观他的房间的时候,一件东西吸引了我的目光:一艘威风凛凛的航母模型摆在书柜的最上层,甲板上的升降机上,一架飞机正从库房被运送到甲板的起飞点上;甲板上,武装直升机、反潜机、攻击机正蓄势待发,准备起飞;高耸的塔台,逼真的效果,足以以假乱真。我被它深深地吸引住了。同学见我看得那么痴迷,从书柜上拿了下来,自豪地说道:"怎么样?!这都是我自己一个人装起来的!"看着他,我心中一阵羡慕,真希望能和他一样,拥有自己的一艘。

回家后不久,我便也买回了一个航模,学着组装起来。一开始,精细的模型让我这个第一次做的人吃尽了苦头,复杂的线路、宏大的工程和多得难以想象的部件让我不知道从哪儿下手。有时错装了一个零件就不得不重新全部拆除重新再来。我对照着设计图,学习研究着组装步骤,一步一步慢慢来。几个小时的工作后,当我自己的第一艘模型诞生后,那种喜悦的心情简直难以形容,成功后的满足感充斥着我的全身。虽然手上早已被胶水粘得千疮百孔,眼睛瞪得发涩,胳膊几乎抬不起来,脖子都转不动了,但我仍然激动万分,为自己的"成就"而高兴,对自己的航母爱不释手!于是,组装模型正式成为了我的业余爱好。每逢周末和节假日,我便会组装,有时候几个小时,有时候一连几天。它给我带来了无穷的乐趣和财富,让我更加明白了严密、细心这两个词,养成了我吃苦耐劳和做事严谨的作风。组装模型成为我的另一片天地!

清明节

2009 年 4 月 4 日

今天是清明节,为了不误时间,我和爸爸妈妈昨天晚上就赶到了莱阳。今天一大早,不到 6 点钟便整装待发。天刚刚亮,便坐上车,向墓地进发。今天天气阴冷而多雾,老天似乎也特意为今天做了准备,用一层薄雾蒙住人们的双眼,一切朦朦胧胧,若隐若现。马路旁,已有不少的人站在路边,焚烧着纸钱。

我们加快了速度,渐渐地,车子离开了县城,向村中进发。不一会儿,一片片绿油油的田地呈现在我面前,一块接一块,有的已种上了菜苗,绿绿地一大片,有的土地已经耕好备用,远远望去,绿黄交替错综,像是一件数码迷彩服。靠近村庄了,我们下了车,向远处山头上的墓地走去。远远的,火光一闪一闪,夹杂着鞭炮声,看样有人早早地便上山扫墓了。

来到墓地,站在碑前,我不禁肃然起敬,默默地烧着纸钱,看着灰屑随风飘荡。爸爸妈妈静静地烧着那"金条""银条""元宝",看着墓碑,一动不动,似乎在回想着什么。扫墓烧纸,寄托了人们对逝者的思念,希望他们可以在天堂享福。在我看来,最重要的,要从现在起,每时每刻善待家人,珍惜与他们的每一段时光,才不至于以后悔恨。

清明代言

2009 年 4 月 5 日

尊敬的老师,亲爱的同学们:

大家好!青山绿水长留生前浩气,苍松翠柏堪慰逝后英灵!又是一个清明节,我们站在庄严肃穆的烈士纪念碑前,缅怀革命先烈。看着眼前高耸的墓碑,我脑中不禁浮现出一个个催人泪下的烈士故事,耳畔响起了那难以忘怀的歌词:"为了挽救这垂危的民族……"我心潮起伏,激动的心久久不能平静。我深感今天的幸福来之不易,它们是烈士们魂魄照日月,肝胆映河山,在茫茫黑暗中,擎起革命火把,在枪林弹雨中抛头颅、洒热血换来的!历史刻在石头上的记录可以随时间的流逝而渐渐消失,但刻在人们头脑中的记忆却永远清晰!青山埋忠骨,史册记功勋,革命先烈永垂不朽!来到这里,除了沉痛以外,我的心情同时又是兴奋的,我和一百多位同学一道,共同迎来了这个光荣而又神圣的日子。今天,我们将加入中国共青团。

漫长的等待和不懈的努力终于得到了回报。此时此刻,我们的心情难以用语言来形容。然而,激动之余,我感到了自己身上沉重的担子。我在思考,在成为团员以后,应当如何为国家为人民贡献自己的一份力量。站在这庄重的烈士墓前,我找到了答案:这里长眠着几十年前用自己的生命最直接、最义无反顾也最令人感动地为共产主义事业献身的人们,他们牺牲在了新中国的朝阳已经升起的清晨,甚至,连自己的名字都未留下,便永远地倒在了那被鲜血染红的土地上。我们虽不知他们在那生命的最后一刻的思想和语言,但是,这行动本身已经表达了他们心中那不可动摇的信念:为了共产主义……烈士们用自己的血肉之躯筑起了钢铁长城。烈士们倒下了,但身后成千上万"不愿做奴隶的人们"站了起来,不怕牺牲,勇往直前,置个人安危于度外,推翻了旧王朝的统治,中国人民走出了被奴役被侵略的历史,终于站了起来! 面对烈士,我们怎能不肃然起敬!? 与你们的光辉业绩相比,我们的成绩微不足道。正是你们一个个勇于奉献的精神,才让我们拥有了今天的幸福生活。

　　同学们,新一代的我们沐浴在改革开放的春风中,生活和谐安定,富裕安康,没有了战争年代的动荡与不安,优越的生活条件渐渐地淡漠了我们的使命——为建设祖国,实现民族振兴而奋斗! 我们作为新时代的团员,应当积极承担起领导广大青少年,向光辉目标前进的重任。首先,我们自身应当做到在生活中能够吃苦耐劳,养成艰苦朴素的作风,努力学习科学文化知识,积极响应团组织的号召,在学习方面应一丝不苟,做好榜样,热爱劳动,乐于助人,严守纪律,同学之间互相帮助,共同进步,将自己培养成为一名合格、优秀的建设者、接班人。其次,我们应当帮助同学共同进步。正所谓"志当存高远",我们应当帮助同学树立正确的目标和理想,努力学习,积极参加各种文体活动,抵制不良诱惑,成为一名身心健康、积极向上的中学生。

　　"今日之责任不在他人,而全在我少年,少年智则国智,少年富则国富;少年强则国强,少年独立则国独立;少年自由则国自由,少年进步则国进步;少年胜于欧洲则国胜于欧洲;少年雄于地球则国雄于地球!"

　　团员们、同学们,我们是祖国的未来,我们只要做到这些,便是对祖国最好的回报!!!

眼　睛

2009 年 4 月 6 日

战火纷飞,硝烟弥漫,
多少文明被毁,
多少生灵涂炭。
炮火之下,
士兵们一双双失望的眼睛,
平民们一双双无助的眼睛,

计算着他们的生命。

孩子们，

睁大了那一双双纯洁明亮的大眼睛，

哭喊着，

在那"断壁残垣"中，

寻找着爸爸妈妈。

快乐学习

2009 年 4 月 8 日

凡是学习都是有趣味的，只要你肯继续做下去，趣味自然会发生。因为，第一，一种求知的欲望会从你心底随着时间的推移油然而生，随着学习的知识深度不断增加。在好奇心的驱使下，探索世界的欲望会不断增强，而知识的吸收正满足了你这一需求，你会不断地向未知领域探索，趣味会不断增加。第二，当你学习的时候，会发现课本中隐藏着不少"鲜为人知"的事情，生活中的普通的小事在这儿也大不一样，越学就越有意思。第三，学习会遇到不少困难，当这个困难解决后，心中会有难言的快乐，一种征服感会油然而生。同时，当你多学一点，便会对世界更加了解，别人不懂，以前不会的道理，如今"了如指掌"，便会产生自豪感。第四，学习，总要和人"比拼"，因胜利而快乐。第五，在学习上想得多了，其他便想得少了。生活琐事、烦心事少了，自然就快乐了。

最美丽的瞬间

2009 年 4 月 15 日

在这一瞬间，痛是我最深刻、最真实的感受。然而，在痛苦之中，却有着超乎寻常的欣喜若狂的体会。

第一圈："跑！"随着体育老师一声令下，我如一枝离弦的箭，向前冲去。呼呼的风声在我耳边吹过，周围的人影一个个向后倒退着。两条腿像是高速运转的车轮，一下又一下，不断地向前运动着，双臂在身体两侧快速地有节律地摆动着。

第二圈：我心里默默地数着，随着时间的推移和每一步的奔跑，我渐渐地感到腿像是灌了铅一般，抬也抬不动，身上像背着一块大石头一样，伸不直腰，抬不起头，挥汗如雨，一颗颗豆大的汗珠争相滚落下来，"吧嗒，吧嗒！"在地面上摔得支离破碎。

第三圈：我只感到周围的人影有些模糊，思维有些混乱。然而，我现在最真实的体会就是："累！躺下休息会多好！"但我在心里默默地告诉自己："还有两圈！坚持下去！"太阳光此时仿佛格外狠毒，巴不得将我的皮肤穿透。"为什么体育要算考试分?！为什么?！"我心里恨得简直是咬牙切齿，恨不得将这 1000 米测试换成 0001 米测试。

第四圈：看着前方的跑道越来越模糊，而我此时离终点还有一圈多。头上的汗珠仿佛也成了负担，我的呼吸越来越急促，简直不能再坚持下去了。每跑一步对我来说都是个极大的挑战，自己感觉两条腿已很不协调，深一脚浅一脚地跑着。这时，我不禁心里对自己暗暗说道："合格时间早已过去了，快放弃吧！40 分不要了，这么做不值得！"我真想这时候躺在地上，大口大口地喘口气，休息一会儿。但是，我不能，1000 米都跑不下来，连这点意志都没有，怎么克服其他的困难？想到这儿，我似乎又有了劲头，竭尽全力地抬起那双重若千斤的腿，向着终点跑去。终点越来越近，越来越近，终点白色的横线似乎也越来越清晰。

当我越过那条跑道线的时候，我看到的不是秒表上的成绩，而是自己洒在跑道上的汗水。我一下子坐在地上，哈哈大笑，洋溢着兴奋的表情。我的努力没有白费，我终于跑过了 1000 米，我终于坚持下来了！此时此刻，我既痛苦又高兴，为自己的仅仅合格感到惋惜，又为自己超越自我感到欣喜若狂。我体会着同那些创造世界纪录的运动员们一样的喜悦，我创造了我的奇迹，超越了自我，这便是最美的瞬间！

汶川哀思

2009 年 5 月 12 日

5.12，一组中国人永远也无法忘记的数字！那一刻，发生在汶川的大地震夺去了多少鲜活的生命！一瞬间，多少个家庭妻离子散！那些尚在襁褓中的孩子，那些仍在读书的孩子，那些同我们一样有父母、同学、老师的孩子，顿时失去了他们的一切！但他们顽强地活了下来，并坚韧地追求着那失去了的幸福！他们坚强地同死神拼搏，同失去亲人的悲痛拼搏！他们是我们的榜样。作为同龄人的我们，只能尽自己的微薄之力，捐出自己的零花钱，来帮助他们。

理解爱情——《致女儿的信》读后感

2009 年 5 月 15 日

《致女儿的信》是苏霍姆林斯基为他女儿解释"什么是爱情"这个问题的一封故事般的家信。初读时，我不禁感到有些吃惊，竟会有这样的父母，主动向儿女阐述"爱情"这个敏感的问题，不回避，更不敷衍行事，而是仔细地将其真谛解释清楚。更让人吃惊的是，苏霍姆林斯基以一种故事的形式将道理解释得简单易懂，不用长篇大论就给了这个"既简单又深奥"的问题一个完美的解答。

我认为，苏霍姆林斯基在信中并不是以一种教导的、上级的口吻，而是用平等的、成人对成人的口吻说话，把女儿当做成年人来看待。他认为女儿已经不再是一个小孩子了，并从女儿的一生来考虑，严肃地告诉她爱情的真谛，教给她"生活的智慧"，体现了对女儿极大的尊重和良苦用心。

苏霍姆林斯基以一种平和的方式，类似普通谈话似的交流，减轻了女儿的紧张，让她更加正确地认识到了爱情。

苏霍姆林斯基以故事的形式，叙述着爱情，既有趣而不乏味，又不失大道理，潜移默化中教导女儿，告诉她爱情的信则：爱是一种无与伦比的美，爱情不会随时间而减弱流逝，反而会更加坚固……

苏霍姆林斯基在信中表达了对外祖母的怀念，告诉女儿"爱情是什么"，更重要的是告诉她生活的本事、智慧以及如何获得幸福，如何对待爱情。

在我看来，爱情是严肃的，伟大的，不是随随便便的。它不是外表上的，而是内心、道德、品行上的互相吸引与认可，不仅在表层，更是在精神层面的信任与寄托。只有这样，才会形成世界上最美最强大的力量，才不会随青春而褪色，才会连上帝都无法摧毁。我们现在这个年龄，品德行为尚未定型，各个方面飞速发展，社会经历少，我们互相在外表上的喜欢不能就用上"爱情"这个词并"疯狂追求"，这是毫无意义的，是不理智的。我们应该趁着年轻，多学知识，丰富升华自己，提高内在品德修养，提升内在美，我们不应着眼于目前，而应努力丰富自己，待事业有成时，放眼未来那长久而真正的"爱情"！

爱情的定义——《致女儿的信》读后感

2009 年 5 月 18 日

《致女儿的信》是苏霍姆林斯基写给他女儿的一封解释什么是爱情及怎么对待爱情的信。在信中，他以讲故事的形式，简单易懂却又不失哲理地解释了爱情的定义。

在我看来，爱情是世间最伟大的力量，但它不仅仅是外表上的吸引，更是内心心灵、思想品质上的相互吸引。爱情不仅在表面，更在深层。只有这样，爱情才会持久保鲜，才能迸发出最强大的力量。时间流逝也不会使它失去色泽，反而会使它更加坚固、长久。

十四五岁的美少年外表的吸引产生的感情，只能是称为不长久的"喜欢"。我们不能浪费宝贵的青春年华，因为爱情不是停留在表面而是在内心迸发出伟大的力量，这力量使人区别于野兽飞禽，区别于花草树木。正是这力量使人不断开拓，不断追求美好的未来，使人成为万物的主宰，成为高于世间万物的类群，为了幸福而不断地进行自我完善。

爱情也是促使人完成一系列创举的伟大力量。

自我是"最大的敌人"

2009 年 5 月 22 日

一个人最大的敌人是谁？是他自己。没错，人的一生中，最大的敌人便是隐藏在内心中的自己。正所谓"金无足赤，人无完人"，一个人必然会有种种难以避免的缺陷，性格上的，生理上的。它们像是一块块人生道路上的绊脚石，每当人生出现抉择时，它们便会出来作怪，阻碍你向那更高的山峰前进。

每个人或多或少会有不足，缺陷是不可避免的。这是一个普遍的现象，要敢于正确地面对。

要战胜自我，就是要不回避，要正确认识并努力解决，找到与他人的差距，针对原因，积极改正。要知道，自我是走向成功的障碍，只有战胜自己，才有可能成功。

要战胜自己，首先要找到病根，找到自己有碍于自我发展的种种性格缺陷。不要习惯于思想上这些缺陷，要为自己制定一个目标，向这个目标不断努力，从小节改善自己，坚持下来，终会逐步改变、战胜自己。在面临诱惑与选择时，要以自己的发展为重，而不要由自己的喜好而定。

要明确的是，自我的种种不良习惯是成功的大敌，战胜自我，是人生中的历练，是一次蜕变。

战胜自我有利于自己的发展。它是一次挑战，战胜它，你会变得更为顽强，这会有利于你把握人生的正确方向，一步一步走向成功的彼岸！

战胜自我，战胜人生最大的敌人，会磨砺你的意志，使你更加完美，会让你离你的人生目标越来越近，最终摘取成功的果实！

憨豆先生作弊

2009 年 6 月 8 日

憨豆先生嘴里唱着小曲，一只手从桌子上夹起了试卷，一脸轻松自在的样子，似乎是胜券在握，晃起了脑袋，一摆一摆地逐行浏览试卷，紧接着又吐出了舌头，像一个小孩子一样对试卷做起了鬼脸，似乎是对于如此简单的题目感到不屑。憨豆先生摆了摆手，准备答题。突然，只见他双眼紧紧地盯住卷子的背面，嘴巴大大地张开着呈现出一个O形，一刹那间，神情由轻松变为凝重，再变为吃惊，好像不敢相信自己的眼睛。"完了，完了！这下可死定了！"憨豆先生双手护住嘴巴，大口大口地喘着气，似乎想缓解一下心里紧张的情绪。一会儿,憨豆先生似乎平静下来,从众多的笔中选出了中意的一只……

追　日

2009 年 7 月 23 日　晴

　　今天,五百年一见的日全食的景观在中国境内上演。而在烟台,我们只能看到日偏食。虽说是一种遗憾,但比起其他地方的人们,也算得上是我们的一种福气了。

　　早上,我起床来到餐桌前,打开收音机,不经意间听到了一句:"今日八点二十七分本世纪将出现五百年一见日全食。"不由得心中一颤,带着好奇的心情,我打开电脑,查找起关于日全食的有关资料。我得知这次日全食发生在长江沿岸地带,那里能够观察到完整的日全食景观。日全食最早出现于印度,随后逐渐向北移动。由于地域关系,我们这里只能观测到日偏食。而观测日食的方法多种多样,最好使用日食专用观测眼镜观测,也可以用一些"土法",例如用墨镜、X 光片、胶卷、护目镜等等。

　　时间已经接近七点半,看着窗外明亮的天空,我不禁有些心动。去,还是不去呢? 我在心里犹豫着,既想去见识一下这百年不遇的奇观,又感到有些不妥,因为在这之前,我已经尽兴放松很长时间了,再不抓紧,会落下很多作业的。可是,怀着对日食的极大好奇心和猎奇的心理,我越来越想去看日食。这个念头像是小虫一般,在我心中爬来爬去,搞得我心神不宁。最终,鼓起了勇气,对妈妈说道:"妈妈,给王艺铮打个电话吧,我想和他去看日食。"令人吃惊的是,妈妈竟爽快地答应了。顿时,我的心像是开了花一般,欣喜之情难以言表。

　　我同他约好之后,便戴上墨镜、遮阳帽,提着一瓶水去同他会合了。走在路上,我不禁欣喜万分,像是吃了蜜一样,脚步也不禁轻快了起来。看着天上那颗巨大的发光发热的恒星,心中就是一阵激动。我加快了步伐,在八点十分赶到了会合点:航院大门。

　　来到了吹着徐徐凉风的海边,一切都是那么惬意美好。眼看着马上到日食时间了,我俩顺着马路来到了滨海假日酒店那海岸护栏边。面对凉风习习的蔚蓝大海,他拿出了准备好的观测装备——曝光胶卷。每人分了六张双层胶卷,拿在手中,我的心里既兴奋又激动:"马上就能看到日食了!"

要知道,我从来只是听说过日食的大名,但从未亲眼一见。物理课上学的知识"小孔成像,光线的运动……"一股脑儿地全都涌上了心头。我几乎感到自己的心跳加速,像是不安分的兔子一般,上蹿下跳,跳得我心神不宁。怀揣着对日食的极大好奇,我把胶卷重叠在一起,折成四层,防止阳光灼伤双眼。因为太阳光中有大量对人眼伤害极大的紫外线、红外线等,不经特殊保护会导致眼睛出现种种不适,严重时会导致失明。

在胶卷的过滤之下,太阳"温柔"地出现在我们面前。它呈现出优美的圆盘状,像是玉盘一样,高高地悬挂在空中,带给人们光和热。八点二十七分时,太阳右上角慢慢出现了一块小小的黑点,就像是一块沾染在洁白的布上的污迹,还像是一潭清水中被倒入了污水一般,逐渐扩散变大。缓缓地,那个"黑点"变大,变大,不紧不慢。太阳的右上角出现了一块"黑斑",像是被吃了一口的月饼。我放下胶卷,低下头,闭了会眼睛。因为观看日食不可过久,过久会对视网膜造成损坏。稍作休息后,我继续举起了胶卷观看日食。过了一会,那块"黑斑"可以显出其圆润的外形,具有极其美丽的圆弧。"那是月球!"我看出了月球那圆弧的外形。

到了九点多,日食就更加明显了,大半个圆形"黑斑"已经挡住了太阳大部分的光。月球美丽的外表出现在我眼前。太阳变成了美丽的月牙状,像是人的笑脸,朝我绽放出那动人美丽的微笑。太阳那圣洁的日光被月亮遮住,颇似古代女子那半掩的脸。太阳与月亮像是在进行一场选美大赛似的,争先恐后,谁也不让。这时我才注意到,大地变得昏暗起来,犹如黄昏一般。太阳散发出柔和、美丽的光芒,大地披着黄黄的睡衣,天气也不像开始时那么燥热,反而变得清爽、怡人。我拿下胶卷,欣赏着周围的景观,在这百年一遇的奇观中,夏日的上午,昏暗的天空,匆匆的行人,奔流不息的车流,蔚蓝的大海,有什么景色比这更奇特、更美呢?

我连忙掏出手机,给父母朋友报信,叫他们也一同享受这百年不遇的奇观。

渐渐地,太阳又恢复了原形,太阳的光芒重新普照大地,天也渐渐地亮了起来,气温回升。太阳由"月牙",到"月饼",再到"小潭清水"。月亮由"圆球"到"黑斑",再到"黑点"。姜还是老的辣,月亮最终斗不过太阳,放弃了"角逐",让太阳重新展现了"火辣辣"的容貌。

我们俩看完日食,又来到旅游大世界旁的天文馆安装的三台望远镜旁观看日食。可惜,因为我不小心碰了一下镜身,导致位置移动,没看到太阳,真是遗憾。

日食是多么奇妙啊!看过日食后,我发现,世界如此美丽神奇!多少谜底等着我们去解答,多少美丽等着我们去发现啊!科技知识多么伟大!它给人插上了发现美的翅膀。没有知识,怎么会发现日食如此多娇,定会认为是天狗食日,荒诞可笑!

我爱你,美丽的世界!

"缘"来我们是"一家人"

2009 年 8 月 12 日

一粒沙里看到一个世界,
一朵花里看到一个天堂;
把无限放到你的手掌上,
刹那间把永恒珍藏。

——题记

时光如梭!转眼间,我们已在长岛度过了难忘的一天。百鸟园里,月牙湾边,都有我们留下的欢声笑语。

今晚,来自烟台各县市区的志愿者朋友与我们学生小志愿者一起在海边绵绵的沙滩上进行了素质拓展训练。刚开始,我们按地区分了三组,首先是带有地域特色的"团队秀"。我们集思广益,为我们的团队起了个响亮而文雅的名字——"海鸥",因为我们是海边飞来的"海鸥",历尽风浪!我们有了自己的队歌——Q 版的《我是一只小小鸟》。

原本拓展训练,我们要在规定时间内完成五项拓展项目,并评出优胜团队。但是让大家惊喜感动的是,在完成两项拓展项目后,我们学生志愿者与开发区的志愿者叔叔阿姨们走到了一起,大家一起玩起了游戏。后来全体志愿者都放下自己团队的项目,参与到了一起。"友谊与和谐"在长岛的海边上铺展开来!

　　轻轻地握住彼此的手,给对方一个美丽友善的微笑,问问你的姓名,说说我的爱好,合影留念。虽然只是那么短短的两个小时,我们却仿佛已结识千年的缘分。快乐,友谊,欢笑,感动,在这里聚成了汪洋大海,"缘"来,我们都是一家人!

给妈妈的回信

2009 年 11 月 22 日

亲爱的妈妈：

　　你好。看着你在客厅辛勤劳作着，灯光下，你的头发中泛出零星的银丝，那悄然爬上眼角的"鱼尾纹"不知何时又添了几条（妈妈，虽然这样，但你在我心目中永远年轻漂亮），我的心不禁一阵心酸，便产生给你写信的念头。今天看到我们俩的书信本上，你那长达三大页给我的信，我的心更加感动不已，更有种写信的冲动以表达一下我内心的感激之情，感谢妈妈对我无微不至的关心和照顾。

　　亲爱的妈妈，或许你已经注意到，在给你的信中，我并未像以往那样称妈妈为"您"，而是普普通通的"你"，与你给我的来信称呼我为"您"恰好相反。这毫无不尊重之意，相反，这里满怀着感激与敬意。因为，在我看来，"您"是其他孩子毕恭毕敬对长辈的敬而远之的称呼，是一种老鼠与猫的关系。而我渴望你也给予了我的是：与你平等的、朋友般的关系，像朋友般真正地走入对方的心里，像朋友般毫无保留地吐露心扉，消除家长与孩子间的误解与敌意，跨越代沟，心心相通。有的人虽一世为母子，却如同陌生人一般，并不真正了解彼此的心，存在无谓的误解。而我渴望我们做到的是：虽为母子，却可以如同朋友般倾诉交心。你不用为了了解我的内心，而费尽精力，却叩不开我心中的大门；我也不必如同耗子见猫般躲躲藏藏，却始终无法搭起理解的桥梁。正如你所说的：你像蔡笑晚称呼孩子一样称我为"您"，是因为"您"字下面有个"心"，要与我进行心灵的沟通，可是我称"您"为"你"是因为"你"字下面没有"心"，代表着我拆除了与你之间的"心墙"，你我之间没有任何的心灵负担，打开我心灵的大门，渴望你来了解我。稍不留神便离题甚远。

亲爱的妈妈,回想以前生活中的点点滴滴,我恨不得抽自己一个大嘴巴子(别心疼妈妈)。曾几何时,你用尽了各种方法,渴望叩开我心灵的大门,走进我内心的世界。可是,我却像书中常说的或如同学所做的那样:不但没打开那扇门,还一次次将它狠狠地摔上,使门关得更紧。然而,当时的我却不知这犹如尖利的刀一次次在你至诚的心上划出一道道血痕,这有多伤你的心;不知你是否在想,自己身上掉下来的心头肉——亲生的儿子,怎么会与自己形同陌路,如此陌生、如此难以接近? 在此,我郑重向你道歉:为我之前的不懂事以及对你造成的伤害而深表歉意。

其实,亲爱的妈妈,殊不知儿子那坚硬而难懂的外壳下,也是一颗痛苦挣扎、脆弱、渴望接触的心,只是因为"维护"青春期那特有的可怜的"自尊",不情愿或不好意思开口与你接触,认为如果开口沟通交流会显得太幼稚、太不成熟,自己还是像个小孩子不够独立、不够有主见、不够显得已长大。其实,亲爱的妈妈,我的内心也十分痛苦,心中的苦闷因自我封闭而无人倾诉。唯有通过伤害别人和封闭自己,躲进麻木的壳中才能让痛苦远离,如同那吸食鸦片的"瘾君子"躲避现实的痛苦。正如你上次告诉我也催促我要多背文章,其实我的心里也想这么做,可是却因为自认为听从你的建议会太"幼稚",依然我行我素,坚决不背作文,这样不仅"断"了作文"这条腿",成绩上不去,更伤了你的心。

妈妈,回想生活中的一点一滴,才发现我离不开你的身影,离不开,真的离不开……

妈妈,是你每天上学时,站在门口挥动着手,摆出恒久不变的"加油"姿势,目送我背着书包远行;是你站在雨中,用着急的目光望穿了那丝丝缕缕的雨线,直至寻找到人群中的我,急忙把雨伞撑开送上;是你在我生病发烧时,整夜整夜守护着我、照顾着我,而不敢入睡;是你半夜起来,悄悄地来到我的床前,为我盖好蹬掉的被;是你一日三餐为我端上可口的饭菜;是你从我呱呱坠地的那一刻起,对我就倾注了无尽的爱与祝福;是你给予了我生活的快乐与幸福,给予了我无微不至的关怀和亲切的鼓励;是你教给我做人的道理、生存的技巧,教会我要坚强、要率真、要有毅力;是你在我伤害了你后,你还毫无怨言地为不懂事的我牵肠挂肚。是你一直站在我身边,始终如一地支持我;是你当我获得进步,取得成功的时候,用慈祥的目光欣喜地注视着我,欣赏着我;是你当我面临困难,步履维艰的时候,坚定地说:"胜不骄,败不馁,走一步,再走一步!""孩子,努力些,再努力些!"鼓励着我战胜困难;是你的严厉之爱,让我领悟到"不经风雨,怎见彩虹"的意境;又是你的宽容之爱,让我步入到"给我阳光,我就灿烂"的境地。

妈妈,你会时刻用你的母爱张开温柔的双臂,用温暖的胸怀拥抱我。正是因为有你的耐心教导,我才有今天的成绩,我才会成为同学们羡慕的骄子;正因为有你在前面为我开路,我才会在人生的道路上勇往直前,走出一条将属于自己的康庄大道。有了你的大力支持,我的学习才会越来越好,我的人生才会充满豪情,我的人生路上才会开出娇艳的花朵。你就是我的精神支柱、强大而有力的后盾与挡箭牌。无论我有多么固执与气盛,你的温情、耐心与爱让一切困难与负面影响荡然无存。你一次又一次把握住了我,让我在人生的黄金期,重要的十字路口航向正确。我现在明白了:你的关爱,是为我;你的恩惠,是为我;你的日夜劳作,也是为了我! 你是我最亲爱的人,我的心愿向你敞开,永远、永远、永远……

妈妈,很多人在感叹世事多舛,当他们明白了道理,那珍惜的东西早已逝去。而我要感谢上帝,他让我拥有一个伟大的母亲,使我及时醒悟过来——我没让时光白流,而是把握住黄金的青春,我懂得生命中我有最最重要的——你。

妈妈,感谢你,因为你伟大,无私;感谢你,因为你宽容,醇厚。面对你为我所做的一切,面对着你无私的爱,再华美的语言此时都苍白无力。妈妈,我不是作家,不会用精湛的辞藻来夸赞你;我也不是歌唱家,不会用唯美动听的歌声来歌颂你。我,一名中学生,只能用点滴行动来感谢你,用优异的成绩报答你……

谁言寸草心,报得三春晖。你给予了我生命;给予了我无尽的爱,给予了我温暖的家;你是我爱的源泉! 请允许我再一次地说:"妈妈,感谢你,妈妈,我爱你!"愿你开开心心,年轻漂亮,幸福永远。

你的朋友,你的儿子

丰仪

2009 年 11 月 22 日夜

做一个懂事孝顺的孩子

2009 年 11 月 23 日

我是一个稳重成熟、快乐自信、孝顺懂事的男孩子,家庭、学校的教育使我懂得"以孝为先"、"孝是对父母之爱的最好回报",是做一切事情之基础。

每次外出,我总是大包小包抢着背在肩上;上学时的"爸爸、妈妈、再见",回家时的"爸爸、妈妈,我回来了",大人回到家及时的问候"爸爸(妈妈)回来了?"是最体贴的问候;吃饭前的端饭拿碗、父母做完家务送上一杯温水是最好的体贴;床铺整洁、房间清朗是自立自理的象征;妈妈病时,轻声的问候、寻医问药、带着歉意端上自己做的略酸的"西红柿炒鸡蛋"是最好的关心方式;不管何时,再好的东西,总是说:"爸爸、妈妈,您吃",是礼貌的见证;节日里,为父母送上真诚的祝福、送上自制的贺卡,是对父母爱的回报;父母外出,给他们准备上手电,当父母回家,见到走廊上亮起的那一抹灯光时,升起的温暖与温馨,让一切劳累与艰辛一扫而光;当父母失落或工作繁忙与劳累时,奉上的开导、宽慰与体贴,让父母觉得,生活幸福温馨。

这一切,让父母觉得我阳光快乐、积极向上,所做的一切,让父母觉得我的心地更善良、更懂事成熟、胸怀更宽广。我要使我们的家庭更幸福和谐,生活更充实。作为普通的家庭一员,我要成为父母的骄傲。

以上的一切既是我的精神基础,更是我今后学习生活做人的动力,将带给我无穷的乐趣。今后需要改进的地方也很多,希望自己在自理自立、力所能及的家务处理上多锻炼,要做到眼中有活,脑中想事,这既是孝敬父母的拓展表现,更为今后发展提升奠定坚实的基础。

捐一份书香 献一份真情

2010 年 4 月 23 日

书籍是人类进步的阶梯，是学习的基本工具，是开启人类智慧的金钥匙。

贫困山区的学生会因为经济困难而无法看到自己向往的书籍，会因此造成精神饥困与贫乏。我把曾读过的好书、用过的教材和习题集等奉献给贫困山区的同学，让在我心中或许已无太大价值的书籍，给他们带来无尽的快乐与财富。

或许当接受者慢慢翻开我曾经触摸过的书页的时候，当他们看到我在书上记载的心得的时候，当他们重温我的记忆的时候，我及我的书会永远保存在无数接受者的心中。或许有一天，有人因读了我赠的书上的一句话，从而改变一生。

赠人玫瑰，手留余香；大厦巍然，梁椽共举。虽然一个人的赠送有限，但涓涓细流定能汇成知识的海洋。

海纳百川，有容乃大。我尽心献出饱含爱心的书籍，让爱心的暖流以文化的方式永远传递！

飞扬的青春

高中

十年级

那一刻我流泪了

2010 年 10 月

在做山东省残疾人运动会志愿者的十几天里,我们每天早上都是五点起床。虽说有点累,但我已经习惯了这样的生活,同时我也喜欢上了这种前所未有的体验。因为这种生活繁忙而有序,紧张而充实。

早上五点半,我们踏着晨曦来到了烟台大学那个熟悉的停车场。当我看到司机师傅们一张张欢迎的笑脸时,我发自内心地感动,很想对他们说:"您辛苦了。"他们一天休息时间还不到几个小时,每想到这里我都会振作起精神,把最好的状态带到运动场。

这几天我是在盲人门球场地进行服务。当奥运会听人们第一次说"两个奥运,同样精彩"时,我还不会相信,可今天我们所有服务残疾人运动会的工作人员的亲身经历,却见证了这句话的真实性。当盲人朋友们凭借听力辨别球的来路、奋力扑球的场景呈现时,当所有观众的热烈欢呼声一起回荡在运动场上空时,我被他们不畏艰难、战胜自我的精神所感动。我流泪了,因为我为他们而感到骄傲和自豪!

有一次在观众席上,我注意到了一名残疾人观众,手里拿着一面队旗。每当她看到有运动员站在起跑线上时,她就开始挥动手中的旗帜,嘴唇还在不停地动着。我猜想那一刻她在为所有站在跑道上的运动员加油,因为在我们每个人的心里,只要能参与残奥会,那就是一种成功、一种骄傲。

我们在观众服务岗位时,要引导观众一起为运动员加油助威。作为东道主城市,我们还要为其他城市的运动员呐喊,因为在所有运动员的心中,为自己的地市争光是他们作为运动员的责任,他们为了这个目标,在赛场上挥洒泪水与汗水。他们身残志坚、面对挫折永不言败的精神,是我们所有人学习的榜样,更是我们所有人前进的动力。

从未有过的感动让我一次又一次流泪,我为所有运动员骄傲,为全体志愿者自豪!

用心、用情服务

2010 年 10 月

山东省残疾人运动会男子盲人门球赛场上,一群来自全区各个学校做义工的年轻人格外引人注目,我就是其中的一员。我们负责捡球、引领、服务。开始我们还有点缩手缩脚,不太知道如何下手。经过近一刻钟的熟悉,我们放下一切,从心底觉得我们的工作对残疾朋友是一种莫大的帮助。一切一切,离开了眼睛是多么困难,他们多么不容易!我们经过志愿者的工作锻炼,用情、用心,处处做榜样,展现了出色志愿者的精神面貌。

志愿者工作看似简单,其实要求我们有很好的服务、应变能力。

志愿服务心得

2010 年 10 月 5 日

微风轻拂,天气微凉,我们二十来人头戴红色小帽正赶往志愿服务地。一路上好多人不约而同地投来异样的目光,有诧异,有好奇,当然,更多的是欣赏的目光。这使我异常激动,生平第一次参加志愿服务活动,原来是如此光荣,让我充满激情与活力。

说句实话,参加活动我们还要步行去服务。一开始我很不乐意,而当身体力行后,我才体会到其中的意义。毕竟许多"人"才形成"众",一路整齐有序的队伍不是一种形式,而是一种精神,一种行动,更是对社会大众的号召。希望更多的人参与我们这样的志愿服务活动。

我以满腔的热情投入这次服务。在人间仙境般迷人的海边,无限美景尽收眼前。蓝蓝的大海,苍翠的树木,华美而壮观的烟台山,各种独特的建筑让我不禁赞叹:"原来这就是人间仙境!"我们开始了我们的志愿服务捡垃圾,我惊喜地发现一路走过也没有多少垃圾。

唉！多亏有像我们这样的红色服务活动起的作用，环境才保持得如此清洁。

然而，不久我发现有穿黄马褂的清洁工人拿着清洁工具，每当游客们一丢垃圾他们立马把垃圾清除！这清洁的环境原来是他们用无数汗水换来的。我对人们是否真有环保意识感到怀疑起来。当我发现我们捡到的垃圾更多来自于花圃、路旁、水沟这些难以找到、看到的地方时，我又开始陷入了沉思：既然知道损坏环境的不光荣，为何不凭举手之劳来保护环境呢？难道在物质生活更好的今天，人们变得更麻木了吗？

这时我十二分的热情只剩七分了。我专门站在吃零食的人群后面，很快我已硕果累累。这时一个清脆的声音传入我耳："妈妈，那哥哥在干吗呢？"我抬头一看，一双好奇的眼睛望着我，还没有等我反应过来，他妈妈就说：在捡垃圾，随之拉着他走了。我内心一阵寒战："捡垃圾，捡垃圾。好一句捡垃圾。"这话不停地在我耳边回荡，难道红色的志愿者服务帽，舞动着服务者旗帜，他们都视而不见？

我借用鲁迅先生的话，我要呐喊几声，唤醒麻木的民众，使他们不堪趋于贫穷。而我们志愿服务要取得更大的收获，不仅要我们的行动，还需要更多的宣传，这点显得尤为重要。毕竟人多力量大，而纯粹的埋头苦干意义不大。

秋天是丰收的日子，我也有一点收获，这次活动令我感触许多。虽然有许多失望，但这不足熄灭我心中那团奉献的火种，毕竟我一直坚信少数人的不良行为终究会被大多数人的优良行为所感化。我也希望有更多机会参加这样的志愿活动，也希望更多的人加入到我们的活动中来，携手共建美好家园！

参观烟台市博物馆有感

2011 年 1 月 29 日

在每一座城市，博物馆都是个有故事的地方。馆藏的文物，一桩桩、一件件，有说不尽的背后的故事。而坐落在烟台市中心毓岚街 2 号的烟台市博物馆即福建会馆，也是如此。

　　烟台市博物馆成立于 1958 年,又称天后行宫,是我国北方唯一一座具有闽南风格的古代建筑。整个建筑继承了乾隆以后建筑的特点,巍峨端庄,结构宏伟,装饰绚丽多彩,木、石雕刻精湛,琳琅满目,是我国古代建筑艺术的瑰宝。会馆虽历经百年风雨,依然焕发出勃勃生机。由我国大文学家郭沫若先生于 1964 年亲笔题写的"烟台市博物馆"六个大字,高悬门外。

　　整个建筑由戏台、山门、大殿和厢房四部分组成,占地面积 3500平方米。从北门进入馆内大院,先看到的是戏楼,然后往南是山门,再南面是大殿,院的东西两侧各有一排廊庑。这就是烟台市博物馆了。所有的展览均在两侧的廊庑里展出。目前有五个固定陈列厅,分别是胶东原始社会、烟台历史文物陈列、阳主与秦始皇东巡、妈祖文化陈列和馆藏中国古代货币展。

　　通过参观我们更深刻地了解到:烟台属齐鲁之邦,自古便是"人杰地灵、物华天宝"之乡,勤劳善良的先民们在这块土地上创造了灿烂悠久的历史文化,也为今天的烟台留下了无数的文化瑰宝。博物馆内收藏有陶瓷器、青铜器、铁器、玉石器、牙角骨器、书画、碑帖、近现代文物及考古标本近十万件,其中珍贵文物六千余件,多为烟台地区出土和传世的精品。博物馆文物收集的一个途径是许多个人将家传之宝慷慨捐赠,另一个重要来源是文物调拨、交换与移交。有关文物故事数不胜数:历史的、爱国的、战争的、文化的……烟台以她独特的地理环境和丰富的生态资源,孕育了特色鲜明的古代人文内涵,将一幅幅生动的历史画卷舒展在秀丽的山海间。

　　妈祖文化陈列馆帮助我们深入了解天后圣迹与文化精髓;烟台历史文物陈列激起我们探求文化奥秘的兴趣;胶东原始社会展示了胶东史前文化谱系,让我们看到了胶东夏商周时期夷人文化的代表性遗存;阳主与秦始皇东巡更让我们知道胶东半岛的中心地带——烟台自古便是适合人类生活的良域佳地,碧海灵波,山林清秀,气候宜人,人间仙境。

　　穿行于展厅中间,在文字和文物感染下,就仿佛漫步于老烟台的街巷,使我们在领略妈祖文化、欣赏精美古建筑的同时,也深深感受到烟台历史文化的熏陶,直观地感受了烟台旖旎的自然风光和历史巨变。我们开阔了眼界,丰富了知识,深深感到了强烈的使命感与责任感。弘扬民族文化、热爱家乡、热爱祖国,是我们青少年的责任,我们要刻苦学习、励精图治,以实际行动为烟台的繁荣富强做出应有的贡献。

倾听 交流 携手 成长——读《英才是怎样造就的》有感

2011 年 2 月 12 日

倾听心声:倾听是对对方的尊重,还对方说话的权利,倾听让你我了解各自的困惑。

交流思想:交流让彼此走近,避免隔阂,疏导存在的困惑,也就有了水到渠成的可能。

携手共进:携手使我们手挽手肩并肩,共同面对一切困难和挫折,共同努力,人多力量大。

成长提升:成长是目的,成长就是永不停止追求。让我们都学着去长大,学着去感悟,互促同长,一起进步,共同提升。

——题记

家长读《英才是怎样培养的》之感悟:给儿子的信

亲爱的儿子:

您好。您可记得初三寒假的那一天,我俩去书店看到王金战的《英才是怎样造就的》一书,我俩不谋而合,决定买下看看? 其实很早就听说过王金战这个名字:中国人民大学附属中学数学特级教师,全国优秀教师。他是一位带有传奇色彩、平凡而又伟大的老师,是一个创造高考奇迹的教师。2003 年,他作为人大附中高中 12 班班主任,把全班 55 名学生中的 37 人送进了清华大学和北京大学,10 人送进了剑桥大学、牛津大学、耶鲁大学等名校,成就了一段高分高能的传奇。

假期里,我俩迫不及待地读完了《英才是怎样造就的》一书后,就分别尝试着王老师的做法,感觉很灵验。今年寒假,学校假期推荐读书书目中有《英才是怎样造就的》一书。带着对王老师的崇拜,带着真正求教的态度，我又自觉地认真地阅读了此书，内心一次次翻腾，激动不已，信心又一点点增加。从王老师的身上，我觉得不但学到了新形势下教育引导孩子、英才家庭造就的好方法，还从书里感悟了很多人生的道理，对我的工作和生活都有很大的启发。

我的感悟很多，想必您也如此。让我们用已有的习惯——以书信的方式进行交流、学习、沟通，共同提高好吗？

亲爱的儿子，人生在世要有自己的奋斗目标。

目标是什么？它是决定一个人能走多远的标志。用王金战老师的话说，就是四句话：科学家的思维，外交家的智慧，军事家的勇敢，政治家的胆魄。意思是，学生以学业为主，首先要具有科学的精神。其次每个人还要有个性化的发展目标。书中这样一个故事想必给您的印象也很深吧：把一些跳蚤放到一个玻璃杯里，然后那些跳蚤就跳个不停，跳得高的就跳出来了。如果怕它们跳出来，就在上面盖一个盖子，那些跳蚤继续跳，跳得高的跳蚤，忽然发现就算跳高了，还是会撞到盖子掉下来，于是就不跳高了。过一会把盖子拿下来，你会发现每一个跳蚤都在里面跳，但是它们跳得都一般高，没有一个跳出来的。现在的一些教育模式存在这样或那样的问题，但提倡发展个性，提倡勇争第一是教育的一种觉醒，也是课改的新理念，正如王老师常对学生们说："一个人可以一辈子不登山，但他的心中一定要有座山，这就是目标。这座山使你总往高处爬，使你总有个奋斗的方向，使你任何一刻抬起头都能看见自己的希望。"要实现希望和憧憬，就要挑战艰难，挑战自己，这就是"犯其至难，图其至远"的境界。

"犯其至难，图其至远"这句话引自宋代词人苏轼。意思就是，向至高至难的地方冲击，才能够达到至臻至美的境界；向至高至难的地方发起挑战，才能够达到最远的目标。一个人敢于挖掘潜力，挑战极限，就能超越自我。用伟人毛泽东的话说就是："无限风光在险峰。"这是人生的宏伟目标。

在实际生活中，还要结合实情给自己定一个个实际的目标。目标不要太高，太高了高不可攀，一旦摔下来，会把你的自信摔掉；目标不要太低，太低会让你失去拼搏的斗志。路要一步一步地走，楼梯要一级一级地爬,脚踏实地才是真。给自己一个合适的目标,然后在一个个目标的实现中,不断提升,也就实现了自己的人生理想。另外有时候,一个人的成才往往是在体验到挫折之后。在挫折面前,有些人选择了沉沦,而有些人则愈挫愈奋。挫折并不可怕,关键在于你的选择。只要自己坚定改变的信念,就总会有翻牌的机会。

亲爱的儿子,"行百里者半九十",不论做什么事情都要有持之以恒的品质。

现实生活中,很多人经过努力已到达成功边缘了,但就是因为缺乏最后一点耐心,结果无功而返。有成就的人和普通人的最大区别就是他们能凭着坚强意志、坚忍不拔的精神,克服重重困难,以良好的心态对待挫折,能承受生活随时袭来的苦难,"人生无失败,只有暂时停止成功。"最终,成长才是最重要的。成绩是手段,成长是目的。你可以成绩不优秀,但你必须是个优秀的人。优秀是一种选择,优秀是一种习惯。成长就是学着优秀,成长就是永不停止追求,在竭尽全力后笑着面对。让我们都学着去长大,学着去感悟,互促同长,一起进步,共同提升。

亲爱的儿子,做人要做一个有个性、有能力、活力四射、积极向上的人,要健康而快乐地成长。

现代化的社会需要有个性、拥有阳光心态的人。在目前竞争白热化的时期,有个性特长,就等于多了一份机会。在国外,优秀的人才,都是最有特点的人。现在我们的教育也开始向这方面发展了,所以我觉得保持自己的特色是最重要的。但有个性不能以违反校纪为表现形式,有个性不能以目中无人、唯我独尊为表现形式,有个性不能以我行我素为表现形式。我并不要求您的成绩一定要排在第一,但我希望您会因为独自优秀的特点被大家欣赏和认可,被大家喜欢和记住,因为有能力、能为他人着想而让同学钦佩。

亲爱的儿子,我还想说,是不是英才这并不重要,因为生活中,我们大多数人都是平凡的人。最重要的是您要开心、健康地生活着,心存善良。因为健康比成绩重要,幸福比成功重要!心理阳光才是真。但什么是正确的开心,什么是错误的开心,我想日渐丰翼的您能区分开来,知识也会给您正确答案的。

亲爱的儿子,学习是一件心如止水、宁静才能致远的事情。

您看,在一个非常平静的湖面上,哪怕掉下一片枫叶,也能荡起无限的波纹,长久消散不去,但在一个浊浪翻滚的江面上,就是抛下一块石头,溅起几朵浪花,也能立即被吞没。所以身为学生的您,应以学业为重。当今社会,复杂多变,是一个充满诱惑的世界。一旦涉足学习以外的东西,您的心就如同浊浪翻滚的湖面,学业成绩这样的外部刺激,很难在心里留下痕迹,原来的那点知识沉淀,也就会全被淹没了。您也就会一泻千里,一发不可收拾,到头来后悔晚矣。如何抵制诱惑,拒绝外部干扰?最好的方法就像王老师所说:"要想让地里不长草,最好的办法就是给地里种满庄稼。"学习的过程是一个苦尽甘来的过程,如果你更多地感觉到"苦",正说明你的"苦"还吃得不够,还没有到"甘"的境界。学习的季节,尽情播撒学的种子,学业的地里种满庄稼,到时候定会水到渠成收获喜悦与甘甜。

亲爱的儿子,此时此刻,看着您一天天成长,一天天更加优秀,我情不自禁地说:"拥有您,我非常幸福。"看到您阳光、健康、懂事、明理是一种幸福,拥有您的孝敬、尊重、爱戴和感激更是一种幸福,这或许是做妈妈最大的心灵慰藉。我知道,青春年华不可忽视,它是人生的黄金期,您的人生之路还很长,我还要继续做好您的引路人。我也知道,在今后的成长历程中,还将面临许多的问题和困惑,但我相信,只要我俩用心交流,互倾心声,齐心协力,不断地学习和思考,大胆地探索与实践,只要我们用心去做,携手共进,就一定会获得别样的喜悦和成功!您也一定会成长得更快、提升得更高!亲爱的儿子,让我们一起为之努力吧!您的人生定会精彩无限!

爱您的妈妈

2011 年 2 月 12 日夜

孩子读《英才是怎样培养的》之感悟:给妈妈的信

亲爱的妈妈:

你好。

看到你的书信,我深有同感。重读《英才是怎样造就的》,如醍醐灌顶。王金战老师以自己丰富的教学经验,用一个个鲜活的教育案例,一串串让人咂舌的高考数据给我们展示了一个应试教育与素质教育成功结合的范例。《英才是怎样造就的》是一个培养出了无数成功学生的老师写给正期待着成功的你我的绝好的"教育实践指导书",读来不禁使人击掌叫妙,受益匪浅。看完这本书让我明白了原来人生的角色都可以这样富有挑战性、创造性、成就感。从这本书中我也深深地体会到了教育的伟大、匠心和快乐。

亲爱的妈妈,让我们做真正的最亲密的知心朋友吧。课堂上的"王老师",平时口中的"老王",游戏作品中的"中场大侠"等等,让我看到了王金战老师与他的学生心与心的交流,朋友式的关爱呵护,也深深地感染着我,你不是也很期望这样吗?记得以往你我间的书信中,我在给你的信中并未像别人那样称妈妈为"您",而是你,与你给我所用的"您"恰好相反。这毫无不尊重之意,相反这里充满着感激,因为我的成绩和进步凝聚着你的心血。因为在我看来,"您"是其他孩子毕恭毕敬的称呼,是一种老鼠和猫的关系。而我渴望的是与你平等而尊重、亲密朋友般的关系。我渴望我们能像朋友般真正走入各自的心里,像朋友般毫无保留吐露心扉,跨越代沟,心心相通。正如你所说的,你像蔡笑晚一样称我为"您",因为"您"字下面有个"心",要与我进行心灵的沟通,可我称您为"你"是因为"你"字下面没有"心",代表了我拆除了与你之间的"心墙",你我之间毫无阻隔,彼此交流沟通。

现在看来,我们刚走入浅表,生活中我们做得还远远不够,更应做知心朋友:平时我在学校的表现如何?学习如何?生活如何?和老师、同学相处如何?你的工作如何?心情如何?身体如何?我们都进行交流,互相做一位最好的听众,走进对方的内心世界。你再也不用为了解我的内心而费尽精力,却还叩不开我的心门,我也不必如耗子见猫般的躲躲藏藏,始终无法搭起理解的桥梁。亲爱的妈妈,什么事只管跟我说,我们虽为母子,却可以如朋友般倾诉,了解彼此,也因为我是男子汉,我将顶天立地行走天下。

亲爱的妈妈,看完王老师的这本书,我更加觉得你平时的教育之正确。

过去我总是做事慢条斯理的，哪怕是拿课本出来，都比别人慢几秒。平常不注意收拾整理自己的东西，各种用品到处乱摆，需要的时候就这里找那里找，找东西都浪费不少时间。找东西的时间其他同学已经可以做几道题了。你曾经说过："在大家水平都是差不多的群体里，你怎样去跟同学竞争？"当时我还有点不服，经过初四、中考、高中新生活，我渐渐觉出此缺点的弊病，现在正努力改正着，培养良好的习惯。当我写到这里，回忆着自己成长历程，收获着一个个良好的习惯，正是我接受你教育的最大收获。

还有，亲爱的妈妈，你平时说的保持良好的心态很重要，你经常用两个女儿（一个卖雨伞，一个卖扇子）的老婆婆的心态来教育我。我则经常听后当成耳旁风。书中为了让我们形象地读懂心态的微妙，王老师向我们举了这样一个例子：当你驱车来到十字路口，恰好红灯亮了，你可能会感到自己倒霉。但如果这样想：绿灯亮时我第一个先走，你的心态也就平和了。这个例子很好地说明了心态的重要性。王老师还提到，对于有一种良好心态的人来说最关键的是自信，自信是很重要的。做任何事，有信心不一定赢，但没有信心就一定会输。因为你越担心会输，你的心理压力就越大，心理压力越大，你的思维就会受到影响变得很乱，甚至在一些取舍问题上犹犹豫豫，最终连时机都失去了。而一个自信的人无论遇到什么挫折都不会气馁，即使遭遇失败也能正确面对。平日里，我常因为生活、学习中的某些不如意而意志低沉，有时还被"自卑、懊悔"所左右，这个事不该做，那个事不妥当，觉得自己这里不如别人，那里没有别人强，越想就越后悔，越难以自拔，到头来什么也没做好，最终更后悔。现在明白了你所说的"活在当下"的意义，也懂得了该书作者引用的美国影片里菲拉老师的话"人都有过错的时候。过去并不重要，把握现在和将来才是最重要的"的含义。其实人潜藏在自己身上的能力是巨大。人要拥有自信、有面对挑战的雄心和获取成功的野心。

亲爱的妈妈，感谢你给我提供那么多的精神食粮，课外读物给我提供了一个展现创新思维的空间，让我的视野不再狭窄，眼光不仅限于书本、课堂,我的创造力在阅读中得以提升。其实,妈妈,学习好比一个生物过程,而不是一个冶炼过程。种瓜得瓜、种豆得豆,你不能让一个西红柿苗子结出一个苹果来,西红柿就让它结西红柿,苹果就让它结苹果,而每个成果都富含营养价值。学习是一个积累的过程,厚积薄发,只要塌下心来,扎扎实实学习,终会有所收获的。

再是,妈妈,我这里有一个小小的请求,请你放手,我能做的事你不用插手,不要事无巨细地包办。放开手,你也当一当"甩手大掌柜",什么事让我自己做,给我一个锻炼的机会。你在一旁默默关注就行,我会努力地做好一切。当我确实需要帮助的时候,你再及时地伸出援手。因为自我管理它将成为我前进的助手、成长的阶梯;在发展自己的个性的过程中,我将学会宽容与约束。

"王金战老师有一根魔棒,让他的学生在成功的天空中翱翔,点石成金削铁如泥的秘密就藏在这本书里。读这本书,犹如打开爱和智慧的天窗,你也许会长出翅膀。"毕淑敏如是说。亲爱的妈妈,这本书给了你我很大的启发与教育,愿我们共同努力,互促互进,借这根魔棒之力,互相交流、互相沟通、互相学习。让更多的书给我们启示,让我成长之路更加丰富多彩,让你我的认识更加深刻,使我的人生能够更加精彩纷呈!

你的儿子:丰仪
2011 年 2 月 13 日 午间

家庭教育的现状、问题成因与对策初探

2011 年 2 月 15 日

家庭是社会的细胞,是社会最基本的单位,是一切社会关系的总和,是孩子接触社会的根据地与综合能力培养的大本营。一个人在成长过程中所接受的教育也主要表现为家庭教育、学校教育和社会教育的综合作用。在这三位一体的过程中,家庭教育则是最初始、最长久、最具体、最深刻的。俗话说得好:"父母是孩子的第一任教师。"家庭教育对每一个孩子来说,不仅是做人的摇篮教育,更是成才的终身教育,它集中而有力地影响、决定和改变着孩子的性格形成、人格

培育、思品造就、身心发展等多方面的因素。家庭教育因其特殊的地位和影响,在教育中起着举足轻重的作用。同时,由于家庭教育最为人格化,也最容易为广大家庭所忽视,从而在孩子的心理成长、意志培养等诸多方面收到不良效果,产生负面影响。按照研究性学习作业的要求,我利用假期初中母校返校的时间,对烟台市中学家庭教育情况进行了抽样调查。此次调查人群为初中一、四年级的部分学生及其家长。设计调查问卷两张,共 46 个问题。调查人数 229 人,方式为问卷抽样调查。其中家长问卷和学生问卷皆为不记名调查。调查结果显现出家庭教育的现状与问题。

家庭教育目的消极,导致孩子学习动力不足。26％的学生回答对学习不感兴趣,43％的人认为学习内容枯燥乏味,19％的学生回答不愿上学。

溺爱现象严重,对孩子干涉过多,"娇宠"会造成孩子的"任性"。"任性"又成为他们一切不良品性的"苗床"。有 56.5％的孩子是父母给挑选穿的衣服,有 49％的孩子是父母给倒掉洗脚水,甚至还有 9.8％的孩子是父母给洗脚。51.9％的学生长期由家长整理生活和学习用品,74.4％的学生在生活和学习上离开父母便束手无策,有 13.4％的学生偶尔能做些简单家务。

前苏联教育家马卡连柯曾发出这样的告诫:"过分的溺爱,虽然是一种伟大的感情,却使子女遭到毁灭。"对孩子过分的关心、呵护,使孩子没有经历过任何的挫折和困难,实际上不利于孩子的健康成长,甚至会导致严重的人格障碍。近几年报纸上经常报道一些独生子女因为一点琐事或困难,小小年纪就离家出走,甚至自杀的事件,也说明了这个问题的严重性。

父母在教育孩子时,往往具有片面性,重智轻德,投资成本大,只重视孩子智力的开发,而忽视了品德和行为习惯的培养和教育。

调查结果显示,59.18％的家长在养育孩子上不惜代价,孩子要什么就给买什么。每月给孩子零花钱的数目50 元以上的占22.02％,其中每月超过百元的占 7.85％。相反,孩子每周从事家务劳动的时间却极少。18.72％的学生根本不参加任何家务劳动,

47.78％的学生每周只参加 1 小时以下的家务劳动。

成长时期,正是养成良好行为习惯至关重要的时期,家长无微不至的关爱和越俎代庖,不仅造就了孩子任性、懒惰、自我中心的性格,而且会耽误孩子动手能力的发展,形成奢侈浪费的作风。

许多家长对儿童教育学、儿童心理学等知识并不了解,造成家庭教育的失误。中国青少年研究中心少年儿童研究所的调查表明,79.2％的父母们没学"儿童心理发展方面的知识",52.5％的父母没学过"儿童教育知识",88.3％的父母没学过"儿童性教育方面的知识",69.5％的父母没学过"儿童生理发展方面的知识",45.5％的父母没学过"儿童卫生保健知识",51.6％的父母们没学过与孩子学习有关的文化知识。因此,他们也就不可能从教育学、心理学的高度把握自己孩子的身心发展规律。家长教育知识的欠缺,最终导致了孩子对家庭教育的不满意。

同一项调查表明,11.1％的孩子认为"家长经常不尊重我",17.4％的孩子说"家长总是斥责我",20.8％的孩子认为"家长限制我交朋友",54.8％的孩子说"家长喜欢夸奖别人的孩子",认为"我爸爸很理解我""我妈妈很理解我""非常符合"自己情况的仅为 36.6％和 48.2％。孩子对家庭教育不满意,势必会影响家庭教育的实际成效。家长缺乏教育知识所造成的家庭教育失误的现象在生活中并不鲜见。孩子和他们的父母生活在同一个家庭环境中,因此他们绝大部分的言语和行为都是父母言传身教的再体现。但生活中,有些家长却不了解其中的奥妙,在教育孩子时,只习惯于单方面要求孩子去干什么,而往往忽略了对自身的要求。这样的家庭教育就很难取得实效。比方说,有的家长想让自己的孩子养成诚实的个性和不挑食的好习惯,但在他们教育孩子这样做的同时,他们却时有说谎的情况和吃饭挑食的坏毛病。如此情况下,孩子就不可能走向他们的反面。因而,做家长的首先应该是"身教",然后"言教"才有可能奏效。

综上所述,家庭教育问题可归结为:从思想意识上看,存在"溺爱娇宠式"教育的问题;从管教环节上看,存在"放任自流式"教育的问题;从培养举措上看,存在"粗暴压制式"教育的问题;从愿景期望上看,存在"揠苗助长式"教育的问题;从教养态度上看,存在"故步自封式"教育的问题。

家庭教育问题成因的分析:1. 知识传授多,智力开发少;2. 娇惯宠爱多,严格要求少;3. 物质满足多,精神给予少;4. 期望要求多,因材施教少;5. 关心智力因素多,培养非智力因素少;6. 身体关心多,心理指导少;7. 硬性灌输多,启发诱导少;8. 脑力劳动多,体力劳动少;9. 教育分歧多,统一要求少;10. 为个人着想多,为社会着想少。

家长要正确引导教育,培养孩子良好的习惯。爱玩是每个孩子的天性,也是孩子的共性。家长要善于引导和教育。找孩子谈心,启发孩子把每天在校的所见所闻说给你听,然后再引导孩子把自己感受最深的事情写下来。家长还可以引导孩子开展有趣有益的活动,如教孩子读书、下棋、集邮、种花、美术、音乐、写字等。家长可以陪伴或引导孩子读书。读书是提升孩子素质的重要途径。家长不但要鼓励孩子多读书,读好书,而且要培养孩子善于思考,以科学的理论武装头脑,以高尚的精神塑造心灵,以丰富的知识提高素质,以创造我们民族新的伟大时代。正确的引导不仅可以让孩子课余生活丰富快乐,还可以学到课堂上学不到的知识。

家长对自己的孩子要充满信心,设法激发孩子的学习兴趣。兴趣是最好的老师,是成功的良好开端。没有积极情趣的加入,认知活动就变得苍白无力。很多名人的成功,都是从兴趣开始的。做家长的应该引导启发,列举事例向孩子讲清楚学习知识的重要性。鼓励孩子勤奋学习、刻苦学习。孩子在学习上遇到了困难,做家长的应该帮助孩子树立信心,克服困难,不要被困难吓倒。孩子在你的鼓励下,一次又一次地攻克了学习上的困难,以后在学习上遇到问题就不会知难而退了。家长如果对自己的孩子失去了信心,不帮助自己的孩子树立信心,还有谁对你的孩子有信心?

家长对孩子的教育要持之以恒,不可三天打鱼,两天晒网。孩子养成自主学习的好习惯,需要家长经常教育,反复提醒。随着孩子年龄的长大,知识的丰富,家长要不厌其烦地对孩子提出越来越高的要求。出现问题时，家长应该保持清醒的头脑，分析孩子出现种种现象的原因，有针对性、更细致、耐心地引导教育孩子。家长切不可把自己的孩子武断地视为"屡教不改"或"不可救药"。家长一定要有高度的责任心，对孩子的教育一定要持之以恒。

家长教育孩子应知己知彼，平等相处。自己的孩子喜爱什么，不喜欢什么，性格是内向型的，还是外向型的，都有哪些良好的习惯，又存在哪些缺失，他的理想又是什么，做家长的应该清楚。对孩子既要爱，也要严。没有严就谈不上真正的爱，因为爱必须严，严在当严处，爱在细微中。孩子只有在这样的情形鞭策下，才能努力地向前发展，不断进步。

另外，家长要和孩子平等相处，不要把自己凌驾于孩子之上，要孩子的一切都必须听命于自己，这是不对的。家长可以教育孩子，家长也应接受孩子的意见或建议。理想的教育方式应当是民主的、互动的教育。

重视开展家庭活动，注重言传身教，努力营造一个快乐和睦的家庭环境。家长完全可以以传统节日为契机，开展丰富多彩的家庭活动。在妇女节、重阳节期间开展"妈妈好"、"祝福老人"等情感活动；在春节、中秋节期间开展"我爱我家"系列活动。通过活动的开展，家长以"情感"为桥梁，以"亲情"为纽带，适时对孩子进行教育，一定会收到意想不到的效果。

父母应该非常精心地营造一个令孩子身心健康成长的家庭人文环境。父母应该以自己的言传身教以及在生活中创造出来的每一个生活细节，让孩子沐浴在和谐、文明、健康、宽松的家庭气氛中。要培养孩子活泼、开朗、勇敢、进取的性格，培养孩子良好的公民意识和社会责任感，培养孩子树立平等、契约、宽容、创新、共生的现代意识，让孩子懂得：要想成才，先要成人。

家长要严于律己，加强自身学习，提高自身素质，重视德育教育，树立正确的家庭教育观；主动与学校老师紧密配合，教育内容要科学化，注重孩子全面发展；根据孩子实际情况确定合理的期望值，重视吸取外国家庭教育经验，拓展视野。

斯普朗格曾说过："教育并非单纯的文化传递，教育之所以成为教育，正因为它是一个人心灵的唤醒，这是教育的核心所在。"家庭教育就是对孩子心灵深处真、善、美的唤醒，让他们拥有丰富的、多姿多彩的生活体验，让他们的内心充实，充满爱，热爱生命，使他们以健康快乐、积极向上的阳光心态与应对成长中的一切，这样他们的明天才有希望。

成长的快乐

2011 年 2 月 20 日

仍记得刚上高中那会心中的感受：忐忑、兴奋、好奇以及对未来的一丝不安。如今，当我走过了高中的第一个学期，回首刚刚过去的半年时光后发现：当初的忐忑与不安已经消逝，多了份坚定与执着；当初的兴奋与好奇已经褪去，多了份踏实与平静。不知不觉中，高中生活已经抚去了我心中的那份幼稚，让我愈发成熟起来。当然，正如破茧成蝶，这其中有辛酸与痛苦，也有喜悦与成就。唯有风雨之后才能见彩虹，当我目送那个曾经天真幼稚的孩子离我而去时，也迎来了一个坚毅执着而又崭新的自己。我想说，在这半年中，我成长了，我不后悔。

在过去的半年中，我认为提高最大的便是我的能力。在担任体委一职后，运动会、军训、广播体操，比赛一个个接踵而至，不仅提炼了我的意志，更培养了我与人沟通的能力。从前，体育总是我的弱项。如今，在面对自己的劣势之时，我便不得不想尽办法扬长补短：重管理重组织，计划并分配好任务，努力做一个好体委而不仅仅是一个好运动员。一个学期下来，我提升的不仅仅是自己的体质和运动能力，更是管理的技巧与随机应变的心理素质。

在德育方面，我能以德为先，和同学友好相处，同学有了困难能尽力帮。与人为善，善对他人。我认为在未来还应该加强自己的修养，做到心宽一些，不被外界的一些纷纷扰扰所左右，做一个男子汉大丈夫。

对于学习，我能积极钻研，勤学好问，上课认真听讲，下课积极复

习。扎实学习,努力维持了学习成绩的稳定。但是学习生活中仍有
很多问题需要克服,学习上升空间还很大,尚需加倍努力。

高中学习,重效率讲方法,要求灵活贯通。我虽然取得了不错的
成绩,但是仍有"大时间没有,小时间抓不住"的毛病,没有充分利用
时间。有时喜欢开夜车,第二天效率不高。如此反复,形成恶性循
环。这些都是需要改进的地方。

对于美的认识,我也进了一步。"内心美"才是真正的美,"内秀"
是对自己心灵的美化,不需要任何绝世的容颜。唯有内心的美才是
亘古不变的。

回首过去的一个学期,我最满意的便是自己面对挫折与困难时
的态度:保持乐观,积极向上,奋力抗争。这是我未来人生路上的基
础。长路漫漫,坎坷无数,摔倒了再爬起来才能向成功更进一步。最
不满意的便是自己太容易受外界干扰,在心中惊起波澜,产生不良情
绪。不满足是前进的动力,我将博采众长,不断完善自我,努力克服
缺点,争取更好的成效。

无论如何,我对这过去的一个学期很满意:虽然有坎坷,但也有
彩虹。可过去的已经过去,我应当放眼未来,希望在下个学期,我会
更加优秀!

Self-confidence——英语演讲比赛

2011 年 4 月 13 日

There are many factors that can contribute to a person's success in life. Whether he is at school or at work, a person is more likely to succeed if he is hard-working, honest, intelligent, responsible, and so on. But of all the possible characteristics that can affect one's success, I believe self-confidence to be the most important for the following reasons.

The first reason is that when a person has self-confidence he believes in himself. He believes that he can and will succeed, and this gives him the courage to try new things. In order to be successful we must be willing to take some risks, so having self-confidence is very important. Another reason is that a confident person rarely gives up. When he fails he tries again and again until he wins. A final reason is that confident people are not afraid to show off their achievements. This is not to say that they should brag, but that they should gracefully and confidently accept the compliments of others. When their achievements are noticed more by others at school or work, they are more likely to succeed.

In short, I believe self-confidence to be the most important factor in success. It enables people to take risks, try again when they fail, and enjoy their accomplishments when they win. With these abilities, a confident person can succeed easily at school or work.

英语创新大赛

2011 年 5 月 28 日

Dear Son,

I know you are wondering why you have to work so hard now—compared with your friends without sorrow and anxiety. In addition, you must be hating me deeply in your heart.

So, first, I want to apologize for having pushed you so hard, and I want you to remember these words below and you may understand me.

The reason why I treated you so strictly is that I want you to have a bright future. When I was young, I was as playful as you. I wouldn't play the piano when your grandpa asked me to do so, and I hated to sit in front of the desk for hours to memorize those stupid words. However, when I get older, I find those "stupid words" would help me to get in a better university; playing piano could help me to cultivate a higher taste on art. But nothing could change at that time.

Your father has more experience, than you. He has been fighting against the mistakes he had made for a long time. Being so strick with you would help you to keep those mistakes away.

When you get older, you would find those who were playing cards while you were playing the piano would gather around you to enjoy your music. Those who were hanging out while you were studying would have to book tickets to listen to your speech.

If you want to make your life successful, you have to work hard now. Therefore, I have to be strict with you.

Work hard, man! Fight for your future from now!

Sincerely

Your father

品味不凡人生　吸纳智慧清泉

2011 年 6 月 25 日

时间飞逝，一切如白驹过隙，高中生活的三分之一很快便走完了。回首高一的点点滴滴，在我看来，对我促进最大的，便是修身课上李老师对我的启发。

两个学期修身课的熏陶，让我感到：一个人，决定其成功与否的因素不是渊博的学识，不是优厚的条件，更不是聪慧的天资，而是其内在修养、道德水平的高低。一个人唯有不断提高修养，升华人格，才能以更加开阔的眼光去看待人生旅途上或美丽或险恶的风景。同样，修身课也使我更加真实地感觉到，决定一个国家、一个民族兴衰成败的关键可不是经济指数，而是其国民的道德修养。

没有高尚人格、良好修养的人是可怕的，没有了高尚修养的支撑，学识、天资与殷实的家境最终会成为一个人危害社会的助推器。因此，我感到在学校开设的修身课上，我获益匪浅。李老师对我的教导，帮助我树立了一个正确的人生观和价值观，让我学会做人。

"欲治其国者，先齐其家；欲齐其家者，先修其身。"这是修身课上我印象最深的一句话。中华文化源远流长，"古之成大事者，非唯有超世之才，必有坚忍不拔之志。"伟人之所以称之为伟人，是因为他们具有独特的人格魅力与精神力量支撑着他们不断前行，即便遭遇挫折而也不放弃，而这力量便源于他们内心高尚的道德情操。仲尼厄而作《春秋》；屈原放逐，乃赋《离骚》；左丘失明，厥有《国语》；孙子膑脚，《兵法》修列。正如课上所讲的那样，"仁，义，礼，智，信"，在我看来，唯有克服小我，"立志践行"，才能铁肩担道义，最终成就一番事业。内心的良好修养是我们成功的基石。在人生的旅途中，我们必定会遭遇挫折、不幸，也定会遇到成功与机遇，那么以一颗平常心去面对这些风雨坎坷便显得尤其重要。要做到不以物喜不以己悲。

倘若当今社会，人人均能以德修身，以仁待人，以信服人，那么我们距离所倡导的和谐社会也就不远了。只可惜的是，中华民族传承发展五千年所积淀的传统文化，那些世世代代国人所坚守的"礼义廉耻"因为历史的动荡而渐渐从有些人身上淡去，而一并消逝的还有那些先贤们所倡导的修身立人之本——这才是中华民族在世界民族之林立于不败之地的根基。在我看来，无论做什么，都要以"德"字为先，扪心自问，要对得起自己的良心，对得起国家与社会。如果人人都能做到克服小我，"明明德，亲民，至善"，做到：仁——"内求仁善外尽职守"、义——"公平正义勇担责任"、礼——"立己达人"、智——"明辨是非"、信——"内诚外信"，那么也就不会有毒大米、毒馒头……因此，我感到，一个人利于现代社会的根基便在于拥有一颗具有良好修养的心灵。只有这样，才会一步一步脚踏实地，求真务实，做到于人于己皆利，最终凭借自己高尚的品德成为社会栋梁之材，做一个正直的人。

我认为，修身课对我的影响，还存在于为正处于青春迷茫期的我，找到了人生的方向——教我学会"仰望星空，脚踏实地"。

正如李老师所讲的，人的一生真的很长，算起来足有三万多天，而人的一生却又真的很短，算起来只有三天：昨天、今天、明天。对我们高中生来说更是如此。说实话，在李老师讲课前，我从未真正意识到时间已经将我的青春带走了一大半，直到讲到"惜时"那三课时，我才开始真正反思自己的过去，并为未来打算。仔细想想，时间过得真快,一年、三年甚至五年前的自己仍历历在目,而现在的我,已经面临高考升学的压力,高中生活已经过了三分之一,真有"未觉池塘春草梦,阶前梧桐即秋声"的感触。那一刻我不禁如睡梦中的惊醒一般,一下子醒悟了,回首时猛地发现,自己剩下的时间真的不多了,李老师的一席话真是一言点醒梦中人。不过,在我看来,只要珍惜时间,那么一切皆有机会。

修身课让我懂得了学会立志,让自己的生命之路有方向。做到"昂昂千里,泛泛不做水中凫",我相信自己终究会像众多先贤一样成功的。"仰望星空",我会不断以自己的目标激励自己,告诉自己不抛弃不放弃——就像每一个伟人所做的那样,相信自己终会成功。

还有,修身课更让我体会到了中华文化的博大精深,让我感受到国学中不同于西方文化的那深厚的一面,也让我更加坚信,中华民族是伟大的民族。

感谢修身课让我学会了德字为先,让我惜时,教会我立志。感谢李老师!

我的高一生活

2011 年 7 月 8 日

高一的时光转瞬即逝,一年前的那些难忘的片段似乎仍历历在目:中考前的紧张与焦虑,毕业离别时的惋惜与不舍,接到成绩时苦尽甘来的喜悦,初上高中时的忐忑与兴奋……一切的一切,如今回忆起来仿佛都是昨日之事,触手可及。不禁感叹时光易逝,白驹过隙。但是静下心来仔细想想,如今的我早已不是一年前那个毛毛躁躁的孩子了,高一的这一年我学会了很多很多,变得成熟、稳重了起来。

这一年中,我有过痛苦与挫折,有陷入泥潭的迷惘与不解;有过喜悦与成功,有峰回路转最终迎来彩虹时的兴奋与骄傲。上了高中后,我担任了体育委员的职务,身上的担子又重了一分,无形之中又给我增加了不少压力。可是,回首高一的这一年,虽然有汗水也有泪水,但是我认为这一年是十分成功的,因为我成长了,成熟了。正是在不断的遭遇挫折并战胜挫折体会成功的途中,我们感受着青春的迷人风景。有一句话说得好:成长就是不断杀死过去的自己。虽然这有些言过了,但是我却认为,这是十分恰当的。一个人的一生是不可能一帆风顺的,唯有经历过挫折之后才会有苦尽甘来的喜悦,才能同过去脆弱的自己告别,迎接一个更加稳健成熟的自己。

仍记得刚上高中时,我作为体委承担了军训的很重要的一部分组织活动。面对 60 张陌生的面孔,从来没有当过体委的我不禁有些打怵,既怕自己过于严厉同同学们关系处不好,又怕工作做得不到位班主任不满意。于是,军训的第一天,我带着忐忑与不安上任了。然而一切并没有我想象得那么困难,同学们对于我的工作还是十分理解的,大家都明白我是在公事公办,所以也就没有什么怨言。到后来,我与同学们熟悉了以后,大家就打成了一片,军训的成绩也越来越好,最后我们班的方队在会操预演的时候被评为第一(虽然后来会操因为大雨取消了,但我们同学相信,即使会操,我们班也会是第一)。甚至到后来,当一班向我们挑战要求"对歌"的时候,我们班无人应战,我自告奋勇地站出来带着全班同学唱了一首《对面的女孩看过来》,这在以前的我看来是不可想象的。原本内向的我开始变得开朗与活泼,逐渐融入了新的班集体。

在我看来,体委的工作着实锻炼了我的能力,沟通协调的能力、组织集体活动、点燃同学们热情的能力都有了很大的提高。特别值得一提的是,我们班连续两次在运动会上取得了团体项目总分第一的好成绩!

课外活动能力的提高也促进了我学习的进步,我懂得为了一个坚定的目标而努力奋斗持之以恒,不会因为在学习上遇到的一点困难就止步不前。虽然在刚升入高中的时候,面对班级内高手如云的情况,我有些不知所措,遇到了不少挫折,受到了比较大的打击,但是,经过一段时间的调整与反思后,我又重新燃起了对学习的信心,重整旗鼓,再次出击,不断努力,最终在月考中成绩回升,在期中期末考试取得了很好的成绩,重新回到班级尖子生行列。从这一过程中,我学会了自我调整。

高一的一年,真是极为宝贵,令人难忘。在这一年中我学会了很多道理，也因此成长了许多。我相信，只要我刻苦努力，持之以恒，始终对未来保持一颗积极乐观的心，那么我就一定会成功的，我的高中三年就不会荒废虚度，迎接我的定是一个美好的明天！

青年志愿者与我

2011 年 7 月 13 日

青年志愿者协会，一个神圣而又无私的团体，承载着许多人的希望和梦想。

青年志愿者，很可爱的一群人，他们把温暖送给了那些寒冷无助的人们。

我，一个高中生，怀抱着梦想与希望，闯进了这个团体。这是个没有上下级，没有谁被孤立，每个人都有发言权，每个人都是主角，每个人都很优秀的团体。

参与青年志愿者协会是最美丽的意外。那天，我和朋友路过青年志愿者的招新教室，被一群小红帽吸引了。因为好奇，我们凑了过去。伴随他们的讲解与邀请，我和朋友走进教室加入到他们中。那天的我意外地被录取了，接着填申请表登记信息。后来的日子里我喜欢上了这种感觉，作为青年志愿者的感觉。那不仅仅是一种荣誉，还是一种责任，即你必须有一颗为他人奉献的心。

喜欢就要坚持。当青年志愿者有时会很累，但我喜欢这种工作。正是因为我的付出才能体现我自己的价值，因为我喜欢为自己的梦想付出，因为我想奉献自己的力量，即使很小，那我也是付出过。美丽的话语经不起时间的摧残，简单即是皈依。

家一样的大集体。在青年志愿者协会里，我们就像在一个大家庭里面，没有争吵，大家都很和谐。团友之间关系和谐，老团友像哥哥姐姐一样在照顾我们。我喜欢青志，喜欢这种没有争夺的感觉，就像是一个家。

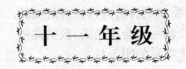

十一年级

中国会发展成为低智商社会吗

2011 年 10 月 24 日

　　当长征火箭托载着天宫一号,承载着中华儿女千百年的飞天梦想一跃而起的时候,当中国百万亿次超级计算机雄踞世界第一,傲视群雄的时候,当歼 20 一飞冲天,让中国成为继美俄之后第三个掌握战机隐形技术的国家的时候,作为中国人的你,是否在心底油然而生出一股强烈的自豪感? 是否对国家科技的腾飞、技术的进步充满了希望?

　　是啊,曾经的我们愚昧无知、落后腐朽,落后的科技成为除了腐朽的体制之外,阻碍中华复兴的又一大枷锁。一个世纪以后,当我们回首历史,两弹一星的成功,人工合成牛胰岛素的诞生,标志着中国的科技一步步的振兴,向着世界前列阔步前进。作为中国人的我们是多么自豪,感到多么扬眉吐气啊!

　　但是科技的进步并不代表我们社会、我们广大民众变得更加成熟,更加理性。相反,科技的进步似乎正培养出一些低智儿。时下有些年轻人追求物质生活胜于精神享受;人们在网上散播谣言,人肉搜索,人身攻击,毫不顾及道德准则;遇到困难,懒于思考,立即放弃;论文抄袭,学术作假,人云亦云,做什么事总愿意随大流……

　　纵使我们拥有世界上最优秀最严格的基础教育,纵使我们的高中生在学业水平测试中位列世界第一,但这些都无法阻止我们沦为低智商社会。一切的一切,都无法掩盖一个愈加明显问题:我们不善于思考,更不善于质疑。

　　虽然中国学生们的读书能力让人欣慰,但是令人遗憾的是,我们都不善于质疑,或者说是不敢于质疑。面对着社会中、学术上的各种问题,我们大多数人选择回避或者忽略。

　　由于各种原因,我们普遍缺乏独立思考的能力,应试教育培养出一批批没有个性的人。我们总是在服从，却从来没有想过怀疑。

提不出问题是个最大的问题。要知道，自从人类诞生至今，人类发展的历史就是一部不断对自己质疑反思，求索进步的过程。一位位伟人类先哲，不断地质疑着当代体制、政治、经济、文化的弊端，正是通过这样的方式，才有了古罗马艺术文化的兴盛，才有了古希腊民主政治的尝试，才有了人类自我意识的觉醒，才有了反对教会思想控制的抗争，才有了文艺复兴波澜壮阔的艺术成就，才有了百家争鸣的繁荣情景……正是对自我的不断质疑，不断反思，人类社会才得以不断进步。不会思考的人是可悲的，一个社会的民众如果只知道迷信权威，只懂得匍匐在他人的足迹下，那么可以说这个社会，这个民族是没有希望的。纵使他们有着很高的科技水平，那也只能是一时的辉煌。不会反思，不懂的质疑的人，在学术只懂得迷信教条。迷信教条，就是活在别人思考的结果中，永远不会有自己的成果。

所以你看到，我们总是在模仿，却从未能超越。当有些高级技师们娴熟地操作着数控机床的时候，他们所做的就是造出一台台以假乱真的山寨 iPad、iPhone，却从未想过用自己的技术去创新，去改进。这就是我们的悲哀，我们有技术，有知识，却只能做一个高级打工仔。我们所做的就是为国外的设计师们实现他们的设想，将他们的设计图在工厂中变为一个个光鲜的产品。

人与动物的最大区别就是思考，我们有自己的头脑，但是为什么要被别人的想法所左右呢？为什么张悟本说吃绿豆养生我们就吃，众人说吃碘盐防辐射我们就抢购？为什么别人说的总是对的？难道我们就不能思考一下吗？我们社会最可悲的一点就是不会思考，不会思考的人最终只能让人牵着鼻子走，不会思考的社会则更为危险。

同时，我们也看到，伴随着近几年来民众意识的崛起，越来越多的人学会质疑，懂得质疑，相信，在不久的将来，当我们学会思考，学会了反思以后，我们的社会会变得更加成熟，而我们的民族，也会变得更有希望。那一天终将会来临，因为，愚昧麻木不会再一次成为羁绊雄狮觉醒的枷锁。

师在我心——印象·曲英老师

2012 年 3 月 16 日

千枝吐翠,姹紫嫣红,群芳竞秀,莺歌燕舞,华兹华斯,因您而美!

知识之师

曲英老师知识广博,她的教育空间,可以让我的思想飞跃;曲英老师思想活跃,思路清晰,听她的课是一种享受,能够陶冶情操;曲英老师热情亲切,讲课声音清脆甘甜,教学内容丰富新颖,教学严谨,方法先进,方式独特,气氛活跃,令人赏心悦目;曲英老师思想前卫,见解独到,妙语连珠,句句经典,给以我启迪、激进与思考;曲英老师讲解细致耐心,更善于引导学生,幽默风趣的她教学方法灵活多变,上课总是以独到的方法吸引我们的眼球,让我有如坐春风的感觉。

服务之师

可掬可亲的笑容,幽默风趣的谈吐,明快开朗的性格;对工作尽职尽责、认真踏实,待学生视如己出;教育跟进扎实细致,不辞辛劳,责任心强,想我之所想,每回的作业都是认认真真地批阅,小小的错误都逃不过她的眼睛;对我要求很严格,对自己更严格,对生活洒脱乐观,积极进取。她是一个优秀的人,一位真实的好老师,正是她给了我一杆生活的尺,让我自己天天去丈量;她又给了我一面模范行为的镜子,让我处处有学习的榜样。

师之美

曲英老师精力充沛,洋溢着青春的气息,生活追求简单,繁忙工作之际不忘充电加压。她的身上独有一种理性,人格的魅力诠释着她的人性之美;她教书育人,日日躬耕,修养道德,尽展良师风采! 华兹华斯,因您而美!